博雅文学论丛

重回现场
五四与中国现当代文学

王风　蒋朗朗　王娟　编

图书在版编目(CIP)数据

重回现场:五四与中国现当代文学/王风,蒋朗朗,王娟编.—北京:北京大学出版社,2014.1
(博雅文学论丛)
ISBN 978-7-301-23471-6

Ⅰ.①重… Ⅱ.①王…②蒋…③王… Ⅲ.①新文学(五四)-文学研究-国际学术会议-文集②中国文学-现代文学-文学研究-国际学术会议-文集③中国文学-当代文学-文学研究-国际学术会议-文集 Ⅳ.①I206.6-53

中国版本图书馆 CIP 数据核字(2013)第 273530 号

书　　　　名：重回现场——五四与中国现当代文学
著作责任者：王　风　蒋朗朗　王　娟　编
责任编辑：延城城
标准书号：ISBN 978-7-301-23471-6/I·2690
出版发行：北京大学出版社
地　　　址：北京市海淀区成府路 205 号　100871
网　　　址：http://www.pup.cn　新浪官方微博:@北京大学出版社
电子信箱：pkuwsz@126.com
电　　　话：邮购部 62752015　发行部 62750672　出版部 62754962
编辑部 62767315
印　刷　者：北京大学印刷厂
经　销　者：新华书店
650mm×980mm　16 开本　26.75 印张　452 千字
2014 年 1 月第 1 版　2014 年 1 月第 1 次印刷
定　　　价：55.00 元

未经许可,不得以任何方式复制或抄袭本书之部分或全部内容。
版权所有,侵权必究
举报电话:010-62752024　电子信箱:fd@pup.pku.edu.cn

目 录

序 ………………………………………………………………… 1

五四综论及其阐释史

五四文学思潮探源 ………………………………… 严家炎 / 3
谁的五四？
　——论"五四文化圈" …………………………… 李　怡 / 11
波诡云谲的追忆、阐释与重构
　——解读五四言说史 …………………………… 陈平原 / 24
几代人的五四 ……………………………………… 商金林 / 37
从30年代对五四文学传统的反思看两种不同的
　文学思路 ………………………………………… 朱晓进 / 63
80年代、五四传统与"现代化范式"的耦合
　——知识社会学视角的考察 …………………… 贺桂梅 / 85
中国现当代文学史学的兴起和话语的历史变迁
　……………………………………………………… 林春城 / 109
余光中笔下的"五四新文学" …………………… 樊善标 / 125
五四新文学与古典传统及其评价 ……………… 高　玉 / 145
新文化运动与普世意识 ………………………… 王乾坤 / 161
疏导和重释
　——对五四新文化运动的历史评价 …………… 刘玉凯 / 189
论战后初期五四在台湾的实践
　——许寿裳与魏建功的角色 …………………… 黄英哲 / 198
三一运动与五四运动的文化论探讨 …………… 郑灿荣 / 216
法国汉学家心目中的五四新文化运动 ……… 何碧玉(Isabelle Rabut) / 229

周氏兄弟研究

周氏兄弟早期著译与汉语现代书写语言 ……………	王　风/237
文学的五四、文学的世纪与"鲁迅文学" ……………	汪卫东/276
尼采与鲁迅五四时期批评的中国"国民性"	
………………………………………………………	张钊贻/293
鲁迅的《孔乙己》与芥川龙之介的《毛利先生》	
——围绕清末读书人和大正时期英语教师展开的回忆故事	
………………………………………………………	藤井省三/309
丹斋与鲁迅的思想比较	
——韩国三一与中国五四的代表思想 …………	金彦河/321
暧昧的启蒙　暧昧的自我	
——《狂人日记》、《沉沦》新论 ………………	张志忠/331
五四前期周作人人道主义"人间观"研究 …………	张先飞/344
哪里来？何处去？	
——论周作人的五四文学观 ……………………	高恒文/384
五四时期周作人的基督教观 ………………………	白永吉/406

序

陈平原

2009年4月23—25日,北京大学中文系主持召开了"五四与中国现当代文学"国际学术研讨会。会议"盛况空前",共提交学术论文103篇,加上未提交论文但主持各专题讨论会的三位教授,以及致开幕词的校长,险些凑成了梁山泊一百单八将。正是因诸多前辈后学、旧雨新知的共襄盛举,加上媒体朋友的闻风而动,这次会议获得了很大的成功。

为了此次国际会议,我前前后后写了好几篇文章。作为"预热"的《走不出的"五四"?》(《中华读书报》2009年4月15日),其中有这么一段自白:"我所学的专业,促使我无论如何绕不过五四这个巨大的存在;作为一个北大教授,我当然乐意谈论'光辉的五四';而作为对现代大学充满关怀、对中国大学往哪里走心存疑虑的人文学者,我必须直面五四新文化人的洞见与偏见。在这个意义上,不断跟五四对话,那是我的宿命。"

在会议的开幕式上,我又提及:人类历史上,有过许多"关键时刻",其巨大的辐射力量,对后世产生了决定性影响。不管你喜欢不喜欢,你都必须认真面对,这样,才能在沉思与对话中,获得前进的方向感与原动力。在我看来,"'事件'早已死去,但经由一代代学人的追问与解剖,它已然成为后来者不可或缺的思想资料"。对于20世纪中国思想文化进程来说,五四便扮演了这样的重要角色。作为后来者,我们必须跟诸如五四(包括思想学说、文化潮流、政治运作等)这样的关键时刻、关键人物、关键学说,保持不间断的对话关系。这是一种必要的"思维操练",也是走向"心灵成熟"的必由之路。

与五四对话,可以是追怀与摹写,也可以是反省与批判;唯一不能允许的,是漠视或刻意回避。在这个意义上,五四之于我辈,既是历史,也是现实;既是学术,更是精神。类似的意思,我在好多地方提及——而且至今坚信不疑。此前一年，为了筹备这次会议，我给国内外同行发去"邀请信"，除了强调五四新文化运动与现代中国的命运密不可分，更称：此前八十年，"纪念五四"，成了中国思想文化界的一件大事，但也不无"走过场"的时候。近年风气陡变，随着保守主义思潮的迅速崛起，社会乃至学界对五四有很多批评，对此，我们需要做出回应。并非主张"坚决捍卫"，而是希望站在新时代的立场，重新审视五四新文化运动。

此次国际会议的分主题包括：五四新文学及新文化内部的多元场景；五四新文化与晚清新学的历史纠葛；新文学与新学术；五四文学与左翼文学；新时期文学与五四之关联；台港及海外作家如何与五四对话；重读五四与保守主义思潮等。之所以将论述的焦点锁定在"新文学"及"新文化"，除了五四运动的主要成就在此，而现代作家及当代作家更是在与五四的对话中逐渐成长，还有一个很现实的考虑——自我限制，以便获得学校的鼎力支持。外面的人只晓得北大与五四运动关系密切，有责任扛这个旗子；不知道北大为了这个"责无旁贷"所必须承担的风险。此前十年，北大曾主办纪念五四运动八十周年国际学术研讨会，因会上若干发言"不合时宜"，被人四处告状，害得主办者做了好多次深刻检讨。因此，我这次申请办会，必须从技术层面上取消校方的顾虑。既要让大家畅所欲言，又必须适当控制会议的节奏与气氛；而且，这一切都不能明言，要处理得"水过无痕"，还真不容易。直到会议结束，代表们平安归去，各方反应良好，我这才大大松了口气——平日开会没么复杂，谁让我们抢在这让人浮想联翩的节骨眼上，而且是在五四运动的发祥地北大！

这些后台的"花絮"，不该影响世人对于"演出"的评价。作为一次国际学术会议，成功与否，关键还在各位学者提供的论文以及现场对话。这方面，我有自信——当初感觉不错，两年后翻看论文集目录，依旧兴致盎然。这三册、六大专题62篇文章，我相信还是能代表目前中外学界此领域的思路及水平。

会前，北大出版社刊行了中文系同人的论文集《红楼钟声及其回响——重新审读五四新文化》；会议中间，中文系学生在办公楼礼堂演出了让代表们惊艳的"红楼回响——北大诗人的'五四'"诗歌朗诵会；会后，除了各种媒体上的报道，学生们撰写了四篇各具特色的研讨会综述——袁一丹《作为方法的"五四"》（《北京大学学报》2009年第4期）、张广海《"五四"遗产的溯源、建构和反思》（《中国现代文学研究丛刊》2009年第4期）、林峥《触摸历史与对话五四》（《鲁迅研究月刊》2009年第7期）、王鸿莉《对话五四》(《社会科学论坛》2009年第8期)。

将所有会议资料装订成册,上交给学校,表示不辱使命,作为这次国际会议的主持人,我的任务就算是完成了。至于编辑会议论文集,就交给了王风、蒋朗朗、王娟负责。积极参与会议筹备工作的,除了以上三位老师,还有陈跃红、李杨、高远东、吴晓东四位教授,以及中文系办公室主任杨强,研究生张广海、袁一丹、周昀、林峥等,对于他们所付出的艰辛劳动,我深表谢意。

2011年9月10日于香港中文大学客舍

五四综论及其阐释史

五四文学思潮探源

严家炎

中国现当代文学史,按我个人理解,其主体是以白话文写成的具有现代性特征并与"世界的文学"(歌德、马克思语)相沟通的最近一百多年中国文学的历史。我因为接受中国教育部高等教育司和高等教育出版社的委托,过去七八年都在忙着主持撰写一部叫做《二十世纪中国文学史》的教材,不久之前刚刚交稿,上、中、下三册正在印刷之中,所以有一些想法乐于在这里和同行们交流,很想得到各位学者朋友的批评匡正。

本文选择了教材研究的许多问题之一作为论文题目:中国现代文学的起点在何时?

中国现代文学的开辟和建立,是经历了一个过程的。它的最初的起点,根据我们掌握的史料,是在19世纪80年代末、90年代初,也就是甲午的前夕。

根据何在?我想在这里提出三个方面的史实来进行讨论。

首先,五四倡导白话文学所依据的"言文合一"(书面语与口头语相一致)说,早在黄遵宪(1848—1905)1887年定稿的《日本国志》中就已提出,它比胡适的《文学改良刍议》、《建设的文学革命论》等同类论述,足足早了三十年。"言文合一"这一思想,源于文艺复兴时期的欧西各国,他们在建立现代民族国家的过程中,改变古拉丁所造成的言文分离状态,以各自的方言土语为基础,实现了书面语与口头语的统一。黄遵宪作为参赞自1877年派驻日本,后来又当过驻美总领事等职务,由多种途径得知这一思想,并用来观察、分析日本和中国的言文状况。我们如果打开《日本国志》卷三十三的《学术志二》文学条,就可读到作者记述日本文学的发展演变之后,用"外史氏曰"口吻所发的这样一段相当长的议论:

> 外史氏曰:文字者,语言之所出也。虽然,语言有随地而异者焉,有随时而异者焉;而文字不能因时而增益,划地而施行,言有万变而文止一种,则语言与文字离矣。居今之日,读古人书,徒以父兄师长,递相授

受,章而晋焉,不知其艰。苟迹其异同之故,其与异国之人进象胥舌人而后通其言辞者,相去能几何哉……

余观天下万国,文字言语之不相合者莫如日本。……

余闻罗马古时仅用腊丁语,各国以语言殊异,病其难用。自法国易以法音,英国易以英音,而英法诸国文学始盛。耶稣教之盛,亦在举旧约、新约就各国文辞普译其书,故行之弥广。盖语言与文字离,则通文者少;语言与文字合,则通文者多,其势然也。然则日本之假名有裨于东方文教者多矣,庸可废乎!泰西论者谓五部洲中以中国文字为最古,学中国文字为最难,亦谓语言文字之不相合也。然中国自虫鱼云鸟①屡变其体而后为隶书为草书,余乌知乎他日者不又变一字体为愈趋于简、愈趋于便者乎!自《凡将》《训纂》逮夫《广韵》《集韵》增益之字,积世愈多则文字出于后人创造者多矣,余又乌知乎他日者不有孳生之字为古所未见,今所未闻者乎!周秦以下文体屡变,逮夫近世章疏移檄、告谕批判,明白晓畅,务期达意,其文体绝为古人所无。若小说家言,更有直用方言以笔之于书者,则语言文字几几乎复合矣。余又乌知夫他日者不更变一文体为适用于今,通行于俗者乎!嗟乎,欲令天下之农工商贾妇女幼稚皆能通文字之用,其不得不于此求一简易之法哉!(标点符号为引者所加)

胡适在写《五十年来中国之文学》时,大概只读过黄遵宪的诗而没有读过《日本国志》中这段文字,如果读了,他一定会大加引述,佩服得五体投地的。这段文字所包含的见解确实很了不起。首先黄遵宪找到了问题的根子:"语言与文字离,则通文者少;语言与文字合,则通文者多",这可能是西欧各国文艺复兴后社会进步快,国势趋于强盛的一个重要原因。胡适在上世纪30年代谈到白话文学运动时曾说:"我们若在满清时代主张打倒古文,采用白话文,只需一位御史的弹本就可以封报馆捉拿人了。"②可黄遵宪恰恰就在清代主张撇开古文而采用白话文,这难道不需要一点勇气么?胡适说:"白话文的局面,若没有'胡适之陈独秀一班人',至少也得迟出现二三十年。"③可是黄遵宪恰恰就在胡适、陈独秀之前三十年,早早预言了口语若成为书面语就会出现"农工商贾妇女幼稚皆能通文字之用"的局面,这难

---

① 此处"虫""鱼""云""鸟"四字,当指最初的象形字。
② 见《中国新文学大系·建设理论集导言》。
③ 见《中国新文学大系·建设理论集导言》。

道就不需要一点胆识么？黄遵宪得出的逻辑结论是：书面语不能死守古人定下的"文言"规矩，应该从今人的实际出发进行变革，让它"明白晓畅"，与口头语接近乃至合一。事实上，黄遵宪所关心的日本"文字语言之不相合"问题，也已在 1885—1887 年间由坪内逍遥、二叶亭四迷发动的文学革命①中通过倡导以口语写文学作品，真正实行"言文一致"所解决；只是黄遵宪写定《日本国志》时，早已离开了日本，因而可能不知道罢了。应该说，黄遵宪所谓"更变一文体为适用于今，通行于俗者"，说的其实就是白话文体。不过，由于黄遵宪毕竟由科举考试中举进入仕途，而且是位诗人，他似乎缺少将小说、戏曲亦视为文学正宗的意识，自己又未能通晓一两种欧洲语言（只是通晓日语），这些局限终于使黄遵宪未能明确提出"白话文学运动"的主张。虽然如此，黄遵宪在《日本国志》中所鼓吹的"言文一致"的思想依然产生了很大的影响，尤其当清廷甲午战败，人们纷纷思考对手何以由一个小国突然变强，都希望从《日本国志》中寻找答案②的时候，"言文合一"、"办白话报"等措施也就成了变法维新的组成部分，声势猛然增大。梁启超1896 年读完《日本国志》后，写了《后序》，对之评价极高，称赞黄之考察与论述深入精细，"上自道术，中及国政，下逮文辞，冥冥乎入于渊微"，令读者"知所戒备，因以为治"。可见，包括黄遵宪"言文一致"的文学主张在内，都曾引起梁启超的深思。梁启超后来在《小说丛话》中能够说出"文学之进化有一大关键，即由古之文学变为俗语之文学是也。各国文学史之开展，靡不循此轨道"，其中就有黄遵宪最初的启发和影响。至于裘廷梁在《无锡白话报》上刊发《论白话为维新之本》，更是直接受了黄遵宪《日本国志·学术志》的启迪，这从他提出的某些论据和论证方法中亦可看出。黄遵宪本人晚年的诗作，较之早年"我手写我口"的主张，也更有新的发展，他大量吸收俗语与民歌的成分，明白晓畅，活泼自然，又有余味，力求朝"言文合一"的方向努力。总之，黄遵宪在中国应该变法维新方面始终是坚定的，一直到百日维新失败、被放归乡里的 1899 年，他还对其同乡、原驻日大使何如璋说：

---

① 坪内逍遥从研究欧洲近代文学中得到启发，1885 年发表《小说神髓》，提倡写实主义，反对江户时代一味"劝善惩恶"的主观倾向；二叶亭四迷则于 1887 年听取坪内逍遥的意见，用口语写出了小说《浮云》，体现了"言文一致"的成功。这是日本近代文学史上一场很大的变革。请参阅山田敬三：《中日文化交流史大系·文学卷》第六章，杭州：浙江人民出版社 1997 年版。
② 《日本国志》1890 年就由广州富文斋刻板印刷，甲午战前仅印两次，但自 1896 年起则接连多次印刷。不仅广州如此，杭州、上海诸地的书局也在 1898 年纷纷出版该书。上海一地还分别出了铅印本和石印本两种版本，在全国风行一时。

"中国必变从西法。其变法也,或如日本之自强,或如埃及之被逼,或如印度之受辖,或如波兰之瓜分,则吾不敢知,要之必变。"并预言说:"三十年后,其言必验。"①但他自己在1905年就因病去世,早已看不到了。

黄遵宪的局限,却由同时代的另一位外交家兼文学家来突破了,此人就是陈季同。下面我们的讨论也就逐渐转向第二个方面。

陈季同(1852—1907)和黄遵宪不一样,他不是走科举考试的道路进入仕途的。他读的是福州船政学堂,进的是造船专业,老师是从法国聘请来的,许多教材也是法文的。他必须先读多年法语,还要学高等数学、物理、机械学、透视绘图学等理工科的课程。而为了学好法国语文,老师要求学生陆续读一些法国小说以及其他法国文学作品。出身书香门第的陈季同16岁进船政学堂之前,已经受过良好的中国文化和文学方面的传统教育,根基相当厚实。

据《福建通志》列传卷三十四记载:"时举人王葆辰为所中文案。一日,论《汉书》某事,忘其文,季同曰:出某传,能背诵之。"②可见他的聪明好学、博闻强识和求知欲的旺盛。西学、国学两方面条件的很好结合,就使他成为相当了不起的奇才。他先后在法国十六年,虽然身份是驻法大使馆的武官,人们称他为陈季同将军,但他又从事大量文学写作和文化研究活动,是个地道的"法国通"。他在巴黎曾不止一次地操流利的法语作学术演讲,倾倒了许多法国听众。罗曼·罗兰在1889年2月18日的日记中写道:

> 在索邦大学的阶梯教室里,在阿里昂斯法语学校的课堂上,一位中国将军——陈季同在讲演。他身着紫袍,高雅地端坐椅上,年轻饱满的面庞充溢着幸福。他声音洪亮,低沉而清晰。他的演讲妙趣横生,非常之法国化,却更具中国味,这是一个高等人和高级种族在讲演。透过那些微笑和恭维话,我感受到的却是一颗轻蔑之心:他自觉高于我们,将法国公众视作孩童……他说,他所做的一切,都是在努力缩小地球两端的差距,缩小世上两个最文明的民族间的差距……着迷的听众,被他的花言巧语所蛊惑,报之以疯狂的掌声。③

---

① 见黄遵宪为《己亥杂诗·滔滔海水日趋东》诗作的自注。
② 转引自李华川:《晚清一个外交家的文化历程》,北京:北京大学出版社2004年版,第11页。
③ 转引自《罗曼·罗兰高师日记》中译文,译者孟华。见孟华为李华川著《晚清一个外交官的文化历程》一书所写的《前言》,李华川:《晚清一个外交官的文化历程》,北京:北京大学出版社2004年版。

可见陈季同法语讲演之成功。他还用法文写了八本书,有长篇小说创作、剧本创作、学术著作、小品随笔、《聊斋》故事译文,主要传播中国文学和文化。这些书在法国销路相当好,有的还被译成意大利文、英文、德文等出版。值得注意的是,八本书中竟有四本都与小说和戏剧有关,占了半数以上,可见陈季同早已突破中国传统的陈腐观念,在他的心目中小说、戏剧早已是文学的正宗了。尤应重视的,陈季同用西式叙事风格,创作了篇幅达三百多页的长篇小说《黄衫客传奇》,成为由中国作家写的第一部现代意义上的小说作品(1890)。他更早出版的学术著作《中国人的戏剧》(1886),则在中西两类戏剧的比较中准确阐述了中国戏剧的特点。"作者认为中国戏剧是大众化的平民艺术,不是西方那种达官显贵附庸风雅的艺术。在表现方式上,中国戏剧是'虚化'的,能给观众以极大的幻想空间,西方戏剧则较为写实。在布景上,中国戏剧非常简单,甚至没有固定的剧场,西方戏剧布景则尽力追求真实,舞台相当豪华,剧院规模很大。作者的分析触及中西戏剧中一些较本质的问题,议论切中肯綮,相当精当。"[①]后来,陈季同回到国内还采用不同于传统戏曲的西方话剧的方式,创作了剧本《英勇的爱》(1904年由东方出版社在上海出版),虽然它也由法文写成,却无疑是出自中国作家笔下的最早一部话剧作品,把中国的话剧史向前推进了好几年。陈季同所有这些写作实践活动,不但在法国甚至整个欧洲产生了影响,而且都足以改写中国的现代文学史。

问题还远不止于此。陈季同的更大贡献,在于当历史的时针仅仅指在19世纪80年代、90年代,他就已经形成或接受了"世界的文学"这样的观念。他真是超前,真是有眼光啊!下面请看他的学生曾朴(《孽海花》的作者,1897年就认识陈季同)所记下的他的一段谈话:

> 我们在这个时代,不但科学,非奋力前进,不能竞存,就是文学,也不可妄自尊大,自命为独一无二的文学之邦;殊不知人家的进步,和别的学问一样的一日千里,论到文学的统系来,就没有拿我们算在数内,比日本都不如哩。我在法国最久,法国人也接触得最多,往往听到他们对中国的论调,活活把你气死。除外几个特别的:如阿培尔·娄密沙(Abel Rémusat),是专门研究中国文字的学者,他做的《支那语言及文学论》,态度还公平;瞿亚姆·波底爱(M. Guillaume Pauthier)是崇拜中

[①] 李华川:《晚清一个外交官的文化历程》,北京:北京大学出版社2004年版,第57页。

国哲学的,翻译了《四子书》(*Confucius et Menfucius*)、《诗经》(*Ch'i-king*)、《老子》(*Lao-Tseu*),他认孔孟是政治道德的哲学家,《老子》是最高理性的书。又瞿约·大西(Guillard d'Arcy),是译中国神话的(*Contes chinois*);司塔尼斯拉·许连(Stanislus Julien)译了《两女才子》(*Les Deux Jeune Filles Lettrée*)、《玉娇梨》(*Les Deux Cousines*);唐德雷·古尔(P. d'Entre-Colles)译了《扇坟》(*Histoire de La Dame a L'éventail blanc*),都是翻译中国小说的,议论是半赞赏半玩笑。其余大部分,不是轻蔑,便是厌恶。就是和中国最表同情的服尔德(Voltaire),他在十四世纪哈尔达编的《支那悲剧集》(*La Tragédie Chinoise, Par le Pére du Halde*)里,采取元纪君祥的《赵氏孤儿》,创造了《支那孤儿》五折悲剧(*L'orphelin de la chine*),他在卷头献给李希瑠公爵的书翰中,赞叹我们发明诗剧艺术的早,差不多在三千年前(此语有误,怕是误把剧中故事的年代,当做作剧的年代),却怪诧我们进步的迟,至今还守着三千年前的态度。至于现代文豪佛朗士就老实不客气的谩骂了。他批评我们的小说,说:不论散文还是韵文,总归是满面礼文满腹凶恶一种可恶民族的思想;批评神话,又道:大半叫人读了不喜欢,笨重而不像真,描写悲惨,使我们觉到是一种扮鬼脸,总而言之,支那的文学是不堪的。这种话都是在报纸上公表的。我想弄成这种现状,实出于两种原因:一是我们太不注意宣传,文学的作品,译出去的很少,译的又未必是好的,好的或译得不好,因此生出重重隔膜;二是我们文学注重的范围,和他们不同,我们只守定诗古文词几种体格,做发抒思想情绪的正鹄,领域很狭,而他们重视的如小说戏曲,我们又鄙夷不屑,所以彼此易生误会。我们现在要勉力的,第一不要局于一国的文学,嚣然自足,该推扩而参加世界的文学。既要参加世界的文学,入手方法,先要去隔膜,免误会。要去隔膜,非提倡大规模的翻译不可,不但他们的名作要多译进来,我们的重要作品,也须全译出去。要免误会,非把我们文学上相传的习惯改革不可,不但成见要破除,连方式都要变换,以求一致。然要实现这两种主意的总关键,却全在乎多读他们的书。① (着重号为引者所加)

这是陈季同长期在法国所感受到的痛彻肺腑的体会。作为中国的文学家和外交家,他付出了许多痛苦的代价,才得到这样一些极宝贵的看法。他发

---

① 见曾朴答胡适书,收入胡适《论翻译》文后附录,见《胡适全集》第3卷,合肥:安徽教育出版社2003年版,第807—809页。

现,首先该责怪的是中国的"妄自尊大,自命为独一无二的文学之邦",不求进步,老是对小说、戏曲这些很有生命力的文学品种"鄙夷不屑"。其次,陈季同也谴责西方一些文学家的不公平,他们没有读过几本好的中国文学作品,甚至连中文都不太懂,就对中国文学说三道四,轻率粗暴地否定,真要"活活把你气死",这同样是一种傲慢、偏见加无知。陈季同在这里进行了双重的反抗:既反抗西方某些人那种看不起中国文学、认为中国除了诗就没有文学的偏见,也反抗中国士大夫历来鄙视小说戏曲、认为它们"不登大雅之堂"的陈腐观念。他提醒中国同行们一定要看到大时代在一日千里地飞速发展,一定要追踪"世界的文学",参加到"世界的文学"中去,要"提倡大规模的翻译",而且是双向的翻译:"不但他们的名作要多译进来,我们的重要作品,也须全译出去",这样才能真正去除隔膜和避免误会,才能取得进步。正是在陈季同的传授和指点下,曾朴在后来的二三十年中才先后译出了五十多部法国文学作品,成为郁达夫所说的"中国新旧文学交替时代的这一道大桥梁"(郁达夫:《记曾孟朴先生》)。事实上,当《红楼梦》经过著名翻译家李治华和他的法国夫人雅歌再加上法国汉学家安德烈·铎尔孟三个人合作翻译了整整二十七年(1954—1981),终于译成法文,我们才真正体会到陈季同这篇谈话意义的深刻和正确。可以说,陈季同作为先驱者,正是在参与文学上的维新运动,并为五四新文学的发展预先扫清道路。他远远高于当时国内的文学同行,真正站到了时代的巅峰上指明方向。

  这里再说第三个方面,就是当时有无标志性的文学作品可供人们指认。答案是肯定的:继陈季同1890年在法国出版第一部现代意义上的中篇小说《黄衫客传奇》之后,1892年,韩邦庆(1856—1894)的《海上花列传》也开始在上海《申报》附出的刊物《海上奇书》上连载。《海上花列传》可以说是首部有规模地反映上海这种现代都市的生活的作品。如果说《黄衫客传奇》借助新颖的小说结构、成功的心理刻画、亲切的风俗描绘与神秘的梦幻氛围,钩织了一出感人的浪漫主义爱情悲剧,那么《海上花列传》则以逼真鲜明的都市人物、"穿插藏闪"的多头叙事与灵动传神的吴语对白,突现了"平淡而自然"(鲁迅语)的写实主义特色。它们各自显示了现代意义上的成就,同属晚清小说中的上乘作品。虽然甲午前后小说阅读的风气未开,人们对韩邦庆这位"不屑傍人门户"[①]、有独到见地的作家未必理解,而且《海上花》当时的市场反应只是销路平平(颠公《懒寓随笔》),但不久情况就有改变,尤其到五

---

① 海上漱石生(孙玉声):《退醒庐笔记》,上海:上海图书馆1925年版。

四文学革命兴起之后,那时的倡导者鲁迅、刘半农、胡适,各自用自己的慧眼发现了《海上花列传》的重要价值。胡适在《〈海上花〉序》中甚至称韩邦庆这部小说为一场"文学革命"。近几年上海几位学者如栾梅健、范伯群、袁进等更纷纷撰文探讨这部小说的里程碑意义,为学界所瞩目,我个人也很赞同。所有这些,都从各方面证明:《海上花列传》的意义确实属于现代。

以上我们分别从理论主张、国际交流、创作成就三个角度,考察了中国现代文学起点时的状况。可以归结起来说,甲午前夕的文学已经形成了这样三座标志性的界碑:一是文学理论上提出了以白话(俗语)取代文言的重要主张;二是伴随着小说戏剧由边缘向中心移位,创作上出现了一些比较优秀的真正具有现代意义的作品;三是开始了与"世界文学"的双向交流,既将外国的好作品翻译介绍进来,也将中国的好作品向西方推介出去。这就意味着,当时的倡导人本身已经开始具有世界性的眼光。这些事例都发生在19世纪80年代末、90年代初,看起来似乎只是文学海洋上零星地浮现出的若干新的岛屿,但却预兆了文学地壳不久将要发生的重大变动。它们不但与稍后的"诗界"、"文界"、"小说界"的"革命"相传承,而且与二三十年后的五四新文学革命相呼应,为这场大变革做着准备。尽管道路有曲折:戊戌变法被扼杀,付出了血的代价,国家也几乎到了被瓜分、宰割的边缘,但随着科举制度的彻底废止,留学运动的大规模兴起,清朝政府的完全被推翻,文学革命的条件也终于逐渐走向成熟。

19世纪80年代末以来的许多文学史实证明:五四文学革命实际上是经过了三十年的酝酿,两三代人的共同参与,创造出不少标志性的业绩,最后在诸多条件比较成熟的情况下,才取得圆满成功的。五四文学思潮获得胜利,绝不是偶然的。

【附记】六七年前,我在香港《明报月刊》(2003年4月号)上曾发表《全球化时代的中国文学研究》一文,主张将陈季同、林语堂的外文作品也写进中国文学史。但此次本文第二部分之能够写成,却在很大程度上有赖于李华川博士的著作《晚清一个外交官的文化历程》以及他和同人所翻译的陈季同《中国人的戏剧》(李华川、凌敏译)、《吾国》(李华川译)、《巴黎印象记》(段映红译)诸书。谨此说明,并向李华川博士及其导师孟华教授表示深切的感谢与敬意。

(作者单位:北京大学)

谁的五四?
——论"五四文化圈"

李 怡

五四新文化运动九十周年的纪念一点都不能减少今天围绕它的种种争论,尤其是在文化保守主义声名鹊起的当下,关于五四激进的判断似乎早已盖棺论定了。问题在于,这些判断和争论究竟在多大程度上立足于对历史事实的把握? 会谈的双方又是否具有了文化研讨所必需的思想认同的平台?

先不论我们对所谓"激进"、"偏激"本身的认识是否完整,一个更初级的问题是,我们所假定的这样一个可供质疑和批判的五四是否就是真实可靠的? 五四的知识界究竟是怎样构成的? 在现代中国的历史长河中,五四遗产真正包含了哪些内容?

一

今天,但凡人们举证五四新文化运动的"问题",都要反复引述这样的材料:

陈独秀《再答胡适之》有云:"必不容反对者有讨论之余地,必以吾辈所主张者为绝对之是,而不容他人之匡正也。"①

汪叔潜《新旧问题》说的是:"新旧二者,绝对不能相容。折衷之说,非但不知新,并且不知旧;非直为新界之罪人,抑亦为旧界之蟊贼。"②

这样的言论的确相当的"偏激",如果五四文化界就是由这样的思想与行动所组成,可能早就将传统文化毁灭得千疮百孔、体无完肤了。但问题在于,这样的言论和行动足以代表五四文坛的完整格局吗? 经过五四新文化

---

① 胡适编:《中国新文学大系·建设理论集》,上海:良友图书公司1935版,第56页。
② 原载《青年杂志》1915年9月15日第1卷第1号。

运动冲击的现代中国社会与文化都接受了此等的"革命"洗礼,沿着"二元对立"、"非此即彼"的方向不断前进吗?

五四,究竟属于谁?

如果考察一下五四的词语史与解说史,我们就不难发现:关注五四,不断提及五四,需要借五四说话的绝非就是在《新青年》上发表过"偏激"言论的人们,在很大的程度上,它已经成为了现代中国诸多阶层"发声"的基础。

这里有北京大学的青年学生,如罗家伦。就是他发表于《每周评论》上的文章第一次使用了"五四运动"一词。①

这里有更年长的近代学人,如梁启超。在他1920年的《五四纪念日感言》一文中,第一次出现了"五四"一词。②

顾颉刚1920年毕业于北京大学,随即就职于北京大学图书馆。对中国历史文化深具学术兴趣的这位青年学者在这一年发表了《我们最要紧着手的两种运动》③,另一位在大学课堂旁听的自学成才的青年学人郭绍虞也在同一期的报纸上发表了《文化运动与人学移植事业》,他们共同使用了"新文化运动"这一基本概念,在五四的言说史上,这也是第一次。

远在美国留学的吴宓也多次在日记里提到他对新文化运动的反应,他为这个运动的"邪说流传"而痛心和绝望,甚至悲观地想到了自杀。④

从青年学生到青年学者,从置身"偏激"阵营的新文化运动的倡导者、反对者到旁观的思想前辈,都充分意识到了五四与自己的人生世界的联系。到后来,左翼的"激进"的中国共产党人从"新民主主义革命开端"确定了五四的革命意义(尽管从创造社、太阳社的"革命文学"到"民族形式讨论"他们一度想超越五四),亲历五四的毛泽东在《五四运动》一文中提出:"二十年前的五四运动,表现中国反帝反封建的资产阶级民主革命已经发展到了一个新阶段。五四运动的成为文化革新运动,不过是中国反帝反封建的资产阶级民主革命的一种表现形式。"⑤而在一个相当长的时期内,除了蒋介石1940年代初的批评言论外,相当多的国民党人也愿意肯定和认同所谓的

---

① 毅(罗家伦):《"五四运动"的精神》,《每周评论》1919年5月26日。
② 梁启超:《五四纪念日感言》,《晨报》1920年5月4日。
③ 顾诚吾(顾颉刚)文,《晨报》1920年5月4日。
④ 吴宓:《吴宓日记》第二册,北京:生活·读书·新知三联书店1998年版,第148—154页。
⑤ 毛泽东:《五四运动》,《毛泽东选集》第2卷,北京:人民出版社1991年版,第558页。

"五四精神"①,也就是说,五四不仅属于"左",在某种程度上也属于"右",它就是现代中国诸阶层、诸文化的共同的思想平台。

二

属于现代中国诸阶层、诸文化的共同思想平台的五四很难根据其中某种思想的单一表现来加以界定,甚至我们的褒贬好恶也不能以后来官方主流的"权威阐释"为基础。例如,今天我们对五四新文化运动"偏激"的印象其实是来自于1949年以后激进革命的话语,这个时候的"革命政权"将自己视作五四遗产的唯一合法继承人,于是对五四新文化运动激进革命的观点的竭力突出就成了题中之义,这样的阐释一方面单一地突出了陈独秀"必不容"的决绝,将他视为五四运动几乎唯一合法的"总司令",而另一方面则将另外一位文化领袖胡适遗弃了,我们清除掉的不仅仅是"资产阶级文人"的胡适,也是一位在文化态度上比陈独秀更为复杂的存在——政治上的保守与文化上的某种激进并存,而文化上的所谓激进也与陈独秀前述的"必不容"判然有别:胡适既是"文学革命"的主导人,又是"整理国故"倡议者。一个省略了胡适的五四当然是很不真实的五四。

有意思的是,在"革命"话语不再占据主导的时代和地区,我们对于五四偏激的指摘却依然沿用着上述"革命"判断的基本材料,于是,来自台湾和美国的林毓生提出了五四"激烈的反传统主义"问题:"就我们所了解的世界史中社会和文化改革运动而言,这种反传统的、要求彻底摧毁过去一切的思想,在很多方面都是一种空前的历史现象。"②1990年代以后"革命"鼓噪不再的中国也四处响起了质疑五四的声音,郑敏先生的著名判断就是极具代表性的:"我们一直沿着这样的一个思维方式推动历史:拥护—打倒的二元对抗逻辑。""这种决策逻辑似乎从五四时代就是我们的正统逻辑,拥有不容质疑的权威。""从五四起中国的每一次文化运动都带着这种不平凡的紧张,在六十年代史无前例的文化大革命中则笔战加上枪战,笔伐加上鞭

---

① 蒋介石在1941年7月的一次题为《哲学与教育对青年的关系》讲演中,称新文化运动"实在是太幼稚、太便宜,而且是太危险"。见周策纵:《五四运动史》,长沙:岳麓书社1999年版,第483页。
② 林毓生:《中国意识的危机——五四时期激烈的反传统主义》,穆善培译,贵州:贵州人民出版社1986年版,第6页。

挞,演成了一次流血的文化革命。"①这样的结论往往立足于五四时期的一些情绪化色彩浓厚的片言只语,而置其他更丰富复杂的历史事实于不顾。例如,作为"发难者"的新文化先驱与作为创造者的新文化人之间的重要差别问题。正如有学者指出的那样:"五四文学作者无不确认着自己站在'新'的一面的立场和态度,却很少像发难者们那样看重新/旧、传统/现代之间对抗的尖锐性。"②而五四新文化运动,并非就是由发难者及其情绪化的发难之辞所构成,它是由挑战、质疑、批判和引进、转化、创造、开拓等一系列文化行为组成的全过程,以在今天备受争议的初期白话新诗为例,事实很清楚,无论我们能够从胡适、陈独秀等人那里找到多少表达"二元对立"的绝对化思维的言论,都不得不正视这样的一个重要事实:中国新诗并没有因为这些先驱者简单的新/旧二分而变得越来越简单,在1949年以前的历史中,胡适或者其他任何一位诗人都无法实现个人单一艺术风格之于诗坛的控制和垄断,从上世纪初到40年代,中国新诗早已经摆脱胡适式的朴素单一的写实追求,在开创中国式的浪漫主义、现代主义与古典主义方面各有建树,国统区诗歌的政治呐喊与生命探索、解放区诗歌的革命理想与民间本色都获得了自己生长的天地,在作为艺术主流的新诗之外,旧体诗词的创作并没有遭遇到任何新文化力量的障碍和禁止。

以《新青年》为阵地的新文化运动的倡导者被我们称为"五四新文化派",除了这一派,或者说除了这一派别中某些"曾经"偏激的重要人物外,同样存在于五四的知识分子群体是否还有其他?他们是被历史排斥在外了呢还是有机地构成了历史的一部分?作为现代中国的共同思想平台,是否也有不同倾向的文化人的参与?除了积极致力于新文化运动的人们,我们是否还存在一个更大的参与时代主题的知识分子群落——姑且称之为"五四文化圈"?我想答案是肯定的,比如前文提到的梁启超。

在一般人印象中,戊戌失败后流亡异邦的梁启超曾经大力学习西方文化,倡导了中国文学与文化在一系列领域的改革,对中国传统价值观念进行大胆的批判,然而1918年底,梁启超赴欧,在接触了解西方社会的许多问题和弊端之后,却转而宣扬西方文明破产论,主张光大传统文化,用东方的"固有文明"来"拯救世界",思想趋于保守,对五四新文化运动多有批评,甚至就是五四新文化运动的敌对者。其实,欧游归来的梁启超虽然确有思想

---

① 郑敏:《世纪末的回顾:汉语语言变革与中国新诗创作》,《文学评论》1993年第3期。
② 刘纳:《二元对立与矛盾绞缠》,《中国现代文学研究丛刊》2003年第4期。

上的重要变化,但对这一场正在导致中国变革的文化运动却抱有很大的热情和关注,甚至认为它们从总体上符合了他心目中的"进化"理想:"曾几何时,到如今'新文化运动'这句话,成了一般读书社会的口头禅。马克思差不多要和孔子争席,易卜生差不多要推倒屈原。这种心理对不对,另一问题,总之这四十几年间思想的剧变,确为从前四千余年所未尝梦见。比方从前思想界是一个死水的池塘,虽然许多浮萍荇藻掩映在面上,却是整年价动也不动,如今居然有了'源泉混混,不舍昼夜'的气象了。虽然他流动的方向和结果,现在还没有十分看得出来,单论他由静而动的那点机势,谁也不能不说他是进化。"① 针对当时一些守旧人士的怀疑指摘,梁启超提出:"有人说,思想一旦解放,怕人人变了离经叛道。我说,这个全属杞忧。若使不是经、不是道,离他、叛他不是应该吗?若使果是经、果是道,那么,俗语说得好:'真经不怕红炉火。'有某甲的自由批评攻击他,自然有某乙某丙的自由批评拥护他,经一番刮垢磨光,越发显出他真价,倘若对于某家学说不许人批评,倒像是这家学说经不起批评了。所以我奉劝国中老师宿儒,千万不必因此着急,任凭青年纵极他的思想力,对于中外古今学说随意发生疑问,就是闹得过火,有些'非尧舜、薄汤武',也不要紧。他的话若没有价值,自然无伤日月,管他则甚?……若单靠禁止批评,就算卫道,这是秦始皇'偶语弃市'的故技,能够成功吗?""至于罪恶的发现,却有两个原因:第一件,是不受思想解放影响的。因为旧道德本已失了权威,不复能拘束社会,所以恶人横行无忌。你看武人、政客、土匪、流氓,做了几多罪恶,难道是新思想提倡出来的吗?第二件,是受思想解放影响的。因为提倡解放思想的人,自然爱说抉破藩篱的话,有时也说得太过,那些坏人就断章取义,拿些话头做护身符,公然作起恶来。须知这也不能算思想解放的不好,因为他本来是满腔罪恶,从前却隐藏掩饰起来,如今索性尽情暴露,落得个与众共弃,还不是于社会有益吗?所以思想解放,只有好处,并无坏处。我苦口谆劝那些关心世道人心的大君子,不必反抗这个潮流罢。"②"凡一个社会当过渡时代,鱼龙混杂的状态,在所不免,在这个当口,自然会有少数人走错了路,成了时代的牺牲品。但算起总账来,革新的文化,在社会总是有益无害。因为这种走错路的人,对于新文化本来没有什么领会,就是不提倡新文化,他也会堕落。那些对于新文化确能领会的人,自然有法子鞭策自己、规律自己,断断不至

---

① 梁启超:《饮冰室合集》第39卷,北京:中华书局1989年版,第39—48页。
② 梁启超:《欧游心影录节录》,《梁启超选集》,上海:上海人民出版社1984年版,第718—737页。

于堕落。不但如此,那些借新文化当假面具的人,终久是在社会上站不住,任凭他出风头出三两年,毕竟要屏出社会活动圈以外。剩下这些在社会上站得住的人,总是立身行己,有些根柢,将来新社会的建设,靠的是这些人,不是那些人。"①"革新的文化,在社会总是有益无害。"梁启超的这个重要结论,保证了他作为现代中国知识分子对新文化发展的大致肯定,因此,他理当被划入五四文化圈。

那么,那些在五四时期对新文化运动激烈反对的人们又怎样呢?例如被文学史描绘已久的五四新文化运动的三大反对势力——学衡派、甲寅派与林纾。

人们长期以来追随新文化运动主流("五四新文化派")人物的批评,将学衡派置于五四新文学运动的对立面,视之为阻挡现代文化进程的封建复古主义集团,甚至是"与反动军阀的政治压迫相配合"的某种阴暗势力。其实,吴宓、胡先骕、梅光迪、刘伯明、汤用彤、陈寅恪、张荫麟、郭斌和等都是留洋学生,学衡派中的主要成员都接受过最具有时代特征的新学教育,目前也没有证据表明他们与反动军阀如何勾结配合,《学衡》竭力为我们提供的是它对中西文化发展的梳理和总结,是它对中西文学经验的认识和介绍。全面审视《学衡》言论之后我们就会发现,学衡派诸人对于五四新文学的态度其实要比我们想象的复杂。这里固然陈列着大量的言辞尖锐的"反潮流"论述,但是,除了这些被反复引证的过激言论以外,"学衡"诸人其实也在思考着新文化和新文学,探讨着文化和文学的时代发展路向,他们并不是一味地反对文学的创新活动,甚至在理论上就不是以"新文化"、"新文学"为论争对手的。正如吴宓自述:"吾惟渴望真正新文化之得以发生,故于今之新文化运动,有所訾评耳。"②这就是说,他所批评的不是新文化和新文学而是目前正以"不正确"的方式从事这一运动的人,支持它的文化学说的现实动力也并不来自于对传统的缅怀,而是一种发展中的西方文化理想。吴宓表白说:"世之誉宓毁宓者,恒指宓为儒教孔子之徒,以维护中国旧礼教为职志。不知宓所资感发及奋斗之力量,实来自西方。"③由此观之,学衡派其实应当属于现代中国知识分子中的一个思想文化派别,同倡导"文学革命"的

---

① 梁启超:《辛亥革命之意义与十年双十节之乐观》,《梁启超选集》,上海:上海人民出版社1984年版。
② 吴宓:《论新文化运动》,《学衡》第4期。
③ 吴宓:《吴宓诗集》卷末,《空轩诗话》,上海:中华书局1935年版,第197页。

"五四新文化派"一样,也在思考和探索现代中国文化和文学的发展道路,他们无意将中国拉回到古老的过去,也无意把中国文学的未来断送在"复古主义"的梦幻中。在思考和探讨中国现代文化的现实与未来方面,学衡派与其说是同各类国粹主义、复古势力沆瀣一气,还不如说与五四新文学运动的倡导者们有更多的对话的可能。①

今天我们对甲寅派的描绘其实最为笼统和不真实,其实在日本创办《甲寅》月刊的章士钊恰恰在政治文化的理论探索方面完成了对中国传统结构的根本突破,《甲寅》月刊无论是思想追求还是作者队伍都为《青年杂志》(《新青年》)的出现奠定了坚实的基础,1922年正值新文化运动中的胡适对此是感念甚多的,他在《五十年来中国之文学》一文中首先提出了"甲寅派"这一名词:"甲寅派的政论文在民国初年几乎成为一个重要文派",并称高一涵、李大钊、李剑农三人都是"甲寅派"主将。②到后来章士钊任职北洋政府,《甲寅》以周刊形式在京复刊,其反对新文化派的种种表现并不能扭转《甲寅》月刊曾经通达新文化运动这一重要历史过程,而在总结新文化运动历史的后人眼中,也依然承认落伍的《甲寅》周刊"若是仅从文化上文学上种种新的运动而生的流弊,有所指示,有所纠正,未尝没有一二独到之处,可为末流的药石"③。

至于1919年的林纾,虽然在上海《新申报》上发表《荆生》、《妖梦》,以人身攻击的方式引发了新文化阵营的口诛笔伐,以至有当代学者提出了"是文化保守主义还是文化专制主义"的严厉批判④,不过,这也不能改变正是林译小说开启了西方文学大规模进入中国、从而改变文化生态,最后走向新文学运动与新文化运动的重要现实,"一言以蔽之,从小说与思想学术变迁的层面看,不管他自己和新文化诸人是否承认,林纾可以说是个新人物"⑤,是五四文化圈的组成部分。

与《新青年》"新文化派"展开东西方文化大论战的还有《东方杂志》。作为"东方文化派"的一方如杜亚泉等人同样具有现代文化的知识背景,同样是现代科学文化知识的传播者,他早年曾在上海开设亚泉学馆,创办了中

---

① 关于学衡派和五四新文化运动的复杂关系,请参阅拙文《论"学衡派"与五四新文学运动》,《中国社会科学》1998年第6期。
② 胡适:《五十年来中国之文学》,《胡适文存二集》,合肥:黄山书社1996年版,第184页。
③ 陈子展:《最近三十年中国文学史》,上海:上海古籍出版社2000年版,第305页。
④ 王富仁:《林纾现象与"文化保守主义"》,见张俊才《林纾评传》,北京:中华书局2007年版。
⑤ 罗志田:《林纾的认同危机与民初的新旧之争》,《历史研究》1995年第5期。

国第一个综合性自然科学刊物《亚泉杂志》,积极向国人介绍西方自然科学知识。在商务印书馆任职期间,杜亚泉还翻译、编纂了大量自然科学教科书、工具书。

梁漱溟的《东西文化及其哲学》曾被视作五四东西文化论战中最有分量的理论著作,但就是这样一本著作却包含了五四文化选择时期最复杂的信息。就努力揭示西方文化负面意义、维护中国传统文化的道德价值而言,梁漱溟显然与五四新文化派有异,然而有意思的却在于,他最后为中国文化发展开出的药方却依然是"全盘承受"西方文化①,这里无疑又包含了论者对于中国文化衰弱现实的深刻体会。一个深刻介入五四话题的梁漱溟显然是主动进入了"五四文化圈"。

今天,在重新评价五四"文化保守主义"倾向的时候,人们不断将揭示西方文明弊端的美誉赐予这些传统文明的辩护者,好像在这一点上五四新文化派都一律"偏激",一律因为"崇洋"而缺乏对异域文化的严肃审视,其实早在日本留学时期,像鲁迅这样的新文化先驱就充分意识到了西方文明的物质主义问题,1907年的《文化偏至论》就一针见血地指出:"递夫十九世纪后叶,而其弊果益昭,诸凡事物,无不质化,灵明日以亏蚀,旨趣流于平庸,人惟客观之物质世界是趋,而主观之内面精神,乃舍置不之一省。重其外,放其内,取其质,遗其神,林林众生,物欲来蔽,社会憔悴,进步以停,于是一切诈伪罪恶,蔑弗乘之而萌,使性灵之光,愈益就于黯淡:十九世纪文明一面之通弊,盖如此矣。"②

一个传统文明的辩护者(如梁漱溟)主张的是对西方文化的"全盘承受",一个大力倡导"拿来主义"的新文化主将(如鲁迅)同样也是西方文明之弊的洞察人,这就是五四,一个中外文化视野混合、"新""旧"交错的时代,居于这个时代的许多知识分子同样出现了思想的交错与混合,尽管他们彼此有那么多的意见分歧,但同时也有着那么多的共同话题,而就是这样或显著或潜在的共同关怀促使了一个更为广阔的五四文化圈的存在。有学者指出:"新文化运动的一个重要时代意义,就在于其迫使所有的中国士人对中国传统(虽然当时并不用这个词)进行全面的反思。不论新派旧派,都必须面对中国在世界上日益边缘化(中国在士人的心目中经过了一个从世界的中心到世界的一个组成部分再到世界的边缘的历程)这一不容忽视的事实。

---

① 梁漱溟:《梁漱溟全集》第1集,济南:山东人民出版社1989年版,第528页。
② 鲁迅:《文化偏至论》,《鲁迅全集》第1卷,北京:人民文学出版社1981年版,第33页。

新旧两边实际上都想要找到重新回到中央、或至少是达到与西方平等的地位这样一条路径。这是中国最根本的问题,两派的认识其实并无大的分歧。"①

总之,所谓"五四文化圈"就是指这样一个同时存在于五四时期,共同关心新文化问题的由不同观念和价值理想所组成的知识分子群落,他们各自属于不同的同人群体,具有不同的知识背景,占据不同的出版传播媒介,拥有不同的读者队伍,在如何建设新文化、如何对待传统文化与西方文化方面产生了不同程度的意见分歧,甚至出现了激烈的论争,但是,所有这一切,都不能否定他们同样作为现代知识分子关注民族文化的现代命运这一基本的事实,不能否认他们在现代世界的巨大背景上面对"中国问题"的基本倾向,这都从根本的意义上将他们与前朝旧臣、乡村遗老严格区别开来,这些现代中国的知识分子不管观点还有多大的差异,都一同站在了五四历史的起跑线上,组成了色彩斑斓的"五四文化圈"。

这里——

有总体上相对激进的群体,包括《新青年》、《新潮》知识分子,其中,他们各自的"激进"程度、方向和阶段却又并不相同,所谓的新文化派内部分歧也大,不仅有具体问题的认知差异,也有中心与边缘之别,如一直自居边缘的鲁迅。就其中的"文学革命"而言,有《新青年》同人的首开风气之举,又有创造社所谓的"文学革命第二阶段",对于"第二阶段"的郭沫若来说,其狂飙突进的气概与他对孔子等先秦文化传统的赞美又相伴而生。

有总体上相对保守的群体,包括《学衡》、《东方杂志》与林纾等,但他们各自"保守"的程度、方向和阶段同样并不相同。

有前后变动的群体,如《甲寅》从月刊、日刊到周刊。

还有更多的个体,或许在某些方面倾向于前者,又在另外的方面倾向于后者,有时候,简单的"激进"或"保守"概念很难对他们加以准确的定义,如梁启超、梁漱溟。

在五四文化圈存在的更广阔的背景上,对五四的任何笼统的谈论包括对它的"激进"、"偏激"的指摘,都不得不首先回答一个问题:我们所讨论的究竟是谁的"五四"?

---

① 罗志田:《林纾的认同危机与民初的新旧之争》,《历史研究》1995 年第 5 期。

三

提出五四文化圈的问题,并不意味着我们企图将五四时期的一大堆毫无相干的历史人物与思想勉强揉捏到一起,作为历史的混杂的背景,也不意味着我们试图通过引入一大批矛盾丛生的事件,以此形成对新文化方向的刻意的模糊与干扰。实际上,这些看似分歧、矛盾的不同思想倾向的存在恰恰证明了现代中国文化自五四开始的一种新的富有活力的存在,矛盾着的各个方面有机的具有张力性的组合其实保证了现代文化发展的内在弹性和回旋空间,而在思想交锋中坎坷成长的新文化也就尤其显示了自身的韧性,经受住了来自方方面面的质疑和挑战,这难道不正是现代中国文化、不是现代中国文化之中扮演拉动力的五四新文化最富魅力的所在?在这样的丰富、复杂的文化环境中蓬勃向上的中国文化不就与中国古代文化形成了最显著的"结构性"的差别吗?

正是来自五四文化圈的复杂声音锻炼了现代文化主导力量——五四新文化派的基本心态与精神气质:一种兼具情感的激烈与理性的宽容的现代品格。今人为了证明五四新文化派是如何的偏激独断,往往反复纠缠于陈独秀的"必不容"的激烈,殊不知《新青年》、新文化派同人那里同样体现着另外一种理性的魅力,《新青年》通信栏中不时刊登读者的批评与质疑,还有编者如胡适等的自律性告白,就是声称"本志同人大半气量狭小,性情真率,就不免声色俱厉"的陈独秀也会表示骂人"本是恶俗","本志同人自当有则改之,无则加勉,以答足下的盛意"①。我们常常又只看到了五四文化论争中水火不容的态势,却没有发现论争并没有妨碍新文化人士与其反对派的交谊,没有注意到论争进行与论争结束后他们给予对手的公正的评价和肯定。胡适与章士钊就白话文学发生论战,却各自以撰写对方擅长的文体来唱和打趣,章士钊有云:"你姓胡,/我姓章;你讲什么新文学;/我开口还是我的老腔。/你不攻来我不驳,/双双并坐各有各的心肠。/将来三五十年后,/这个相片好作文学纪念看,/哈,哈,我写白话歪词送把你,/总算是老章投了降。"反对白话文学的章士钊将白话诗题写在照片上送给胡适,还附言道:"适之吾兄左右:相片四张奉上,账已算过,请勿烦心。"主张白话文学的胡适却以旧体诗歌作答:"但开风气不为师,龚生此言吾最喜。同是曾

---

① 真爱、独秀:《五毒》,《新青年》1918年12月15日第6号。

开风气人,愿长相亲不相鄙。"①陈独秀在与梁启超、章士钊、张君劢和梁漱溟激烈论战的同时坦率表示:"我虽不认识张君劢,大约总是一个好学沉思之人,梁任公本是我们新知识的先觉者;章行严是我的二十年好友;梁漱溟为人的品格是我所钦佩的。"②

也正是五四文化圈的复杂存在催生了一个更富有包容性的现代知识分子的生存空间,而就是这个相对宽敞的生存空间给现代中国的诸种文化创造提供了可能。

古典时代结束以后,大学与出版传媒是中国现代知识分子的两大生存场所。在前者,我们看到了容纳不同学说与思想的北京大学,见识了以"兼容并包"闻名的大学校长蔡元培,与其说是蔡元培个人的仁厚接纳了形形色色的思想人物,毋宁说就是五四文化圈多重思想倾向并存的现实扩展了这位现代管理者的思维空间。正如蔡元培在致傅斯年、罗家伦的信中所述:"校中同人往往误以'天之功'一部分归诸弟……在弟个人观察实并不如此,就既往历史而言,六、七年前,国内除教会大学而外,财力较为雄厚者惟北大一校,且校由国立而住在首都,自然优秀之教员、优秀之学生较他校为多,重以时势所迫,刺激较多,遂有向各方面发展之势力。然弟始终注重在'研究学术'方面之提倡,于其他对外发展诸端,纯然由若干教员与若干学生随其个性所趋而自由伸张,弟不过不加以阻力,非有所助力也。即就'研究学术'方面而论,弟旁通多,可实未曾为一种有系统之研究,故亦不能遽有所建设。现在如国学研究所等,稍稍有'研究'之雏形者,仍恃有几许教员、几许学生循其个性所趋而自由伸张,弟亦非有所助力也。"③的确,随其个性所趋而自由伸张,这就是五四时代一批精英知识分子生存的方式。

在五四知识分子生存圈的背后,是历经清政府衰弱、军阀政权频繁更迭的社会政治乱局,就是这样的乱局使得从1906年《大清印刷物专律》到1914年袁世凯颁布的《出版法》试图实施的出版传媒控制常常出现了较多的"空隙",而近代以后中国逐渐形成的出版传媒的民营体制格局与民国法律在"法理"上保护民权的相互结合更给言论自由的存在创造了比较宽松的条件,所有的这些相对有利的因素都在五四前后的知识分子生存中聚集起来,成为传达自由思想、形成多元化舆论阵地的重要基础。五四前后中国

---

① 郑振铎编:《中国新文学大系·文学论争集》,上海:良友图书公司1935年版,第204页。
② 陈独秀:《精神生活与东方文化》,《前锋》1924年2月1日第3期。
③ 高平叔、王世儒编:《蔡元培书信集》上册,杭州:浙江教育出版社2000年版,第708页。

的出版传媒呈现为两个特点,首先是数量激增,郑振铎说:"中国的出版界,最热闹的恐怕就是1919年了!虽然不能谓之'绝后',而'空前'却已有定论了!"①罗家伦感叹说:"中国近来杂志太多,不能全看。"②其次是各种不同的追求——政治的、商业的、消闲娱乐的、学术的、文学的、激进的、保守的——都能够找到自己的市场和空间,不同的文化思想获得了各自的发布渠道,北京大学既有新文化派的《新青年》《新潮》,又有研究传统文化的《国故》以及以"增进国民人格,灌输国民常识,研究学术,提倡国货"为宗旨的新旧派都能够接受的《国民》。这些刊物对内号称尊重同人的个性(《新青年》宣言谓:"社人各人持论,也往往不能尽同",《新潮》发刊旨趣书称:"本志主张,以为群众不宜消灭个性;故同人意旨,尽不必一致"),对外则透过论争形成思想的互动,从而推进社会文化的发展,罗家伦《今日中国之杂志界》一文便将商务印书馆主办的各种杂志骂得体无完肤,最终导致了该方一系列杂志机构的大改组,而像沈雁冰接掌《小说月报》更是直接推动了现代中国小说的繁荣。

如此——既营造了知识分子的生存空间,又借助思想论争(而不是政治干预)的方式推进了文化建设——可以说正是在五四新文化的倡导、论争和扩展中形成的现代文化的运行模式,它和蔡元培"兼容并包"的大学理念一起最终构成了保证文化与文学发展的"民国机制",中国现代文化与现代文学的繁盛,便得益于这一"机制",五四,则是该机制的第一次自然形成的历史见证。

就是在这个意义上,我认为五四的意义虽然是以新文化派的文化创造为标志的,但又并不是这种主流的文化思想所能够完全囊括的。在五四新文化派活跃的背景上,有着我们所谓的更大的五四文化圈。就是这个色彩斑斓的文化圈中,展开了现代中国各种思想砥砺、碰撞的宏大图景,中国知识分子从独立思考出发,自由进行如此多方向的关于"现代"中国社会文化建设的设计,在整个中国的历史上,只有春秋战国时代能够相比拟,而在中国现代的历史上,则是第一次,由此而形成了中国现代思想多元格局的基础,既是中国现代知识分子参与文化建设的心理基础和思维基础,又是现代中国社会如何容忍不同观点发生和发展的"体制"基础。所以说,五四多元

---

① 郑振铎:《1919年的中国出版界》,见宋原放主编:《中国出版史料》(现代部分),济南:山东教育出版社,武汉:湖北教育出版社2004年版,第382页。
② 罗家伦:《今日中国之杂志界》,同上书,第393页。

思想的存在与《新青年》知识分子的思想挑战一样具有重大的意义,五四中国社会开始形成的对不同意见与文化形式的心理容忍与一些思想先锋的锐意探索一样难能可贵,而作为在此期间形成的具有弹性的文化发展机制("民国机制")与当时出现于思想界的各种观点一样值得珍视——所有的这一切,从观念、心理、氛围到机制,共同构成了我们宝贵的"五四遗产"。面对这样丰富的遗产,任何望文生义、以偏概全的指摘都无济于事,当我们试图"解构"五四、"超越"五四的时候,恐怕还需要首先反问一下,我们所说的究竟是"谁的五四"?

(作者单位:北京师范大学)

波诡云谲的追忆、阐释与重构

——解读五四言说史

陈平原

所谓的"五四运动",不仅仅是1919年5月4日那一天发生在北京的学生抗议,它起码包括互为关联的三大部分:思想启蒙、文学革命、政治抗议。虽然此后的中国发生了翻天覆地的变化,但那个时候建立起来的思想的、学术的、文学的、政治的立场与方法,至今仍深刻地影响着我们。一代代中国人,从各自的立场出发,不断地与五四对话,赋予它各种"时代意义",邀请其加入当下的社会变革;正是这一次次的对话、碰撞与融合,逐渐形成了今天中国的思想格局。史家大都注意到,半个多世纪以来,各党派对于五四运动阐释权的争夺,与一时代的意识形态建构纠合在一起。这么说,并非将五四新文化的伟业完全归结为当事人的"自我建构",进而泯灭是非功过;而只是提醒读者,这一经典化过程之所以如此神速,是因为其中蕴涵着权力与计谋。如此常说常新的五四,毫无疑问,容易被"过度阐释",其中有遮蔽,有扭曲,也有意义转移。至于是否真的实现"创造性转化",当视一代人的心志与才情。

1929年"无产阶级革命文学"的提倡,1934年《中国新文学大系》的编纂与刊行,1939年陕甘宁边区将五四确定为"青年节",1944年昆明的西南联大举行纪念五四系列活动,所有这些,都很精彩。中国共产党掌握政权后,将"纪念五四"上升为政府行为,作为一种制度性设计,一年一次小纪念,十年一次大纪念,更是蔚为奇观。其间,香港和台湾也有不少关于五四的文章和纪念活动,但与中国大陆相比,实在是"小巫见大巫"。

面对如此波澜壮阔的"五四言说史",需要很多精心的辑佚、钩沉与阐释。本文选择一个特殊的视角,借助若干重要报刊的纪念文字,呈现1949—1999年间,中国大陆关于五四的历史记忆,以及如何借谈论五四来因应时局变化,让史学论述与波诡云谲的政治风云纠合在一起,构成一道隐含丰富政治内涵的"文化景观"。值得注意的是,同样谈论五四,政治家、思想家、文学家、史学家等,各有各的立场,也各有各的声音,无法互相取代(比如我本人便格外关注文学家五彩缤纷的往事追忆)。只不过在我设计的论述框架中,政治家的"意愿"起主导性作用——而实际上,在中国内地的公开出版物中,很长时间里,确实如此。

我选择了以下四种报刊——《人民日报》、《光明日报》、《中国青年》和《文艺报》,观察其在五四运动三十周年、四十周年、五十周年、六十周年、七十周年以及八十周年时的表现。其中第一种最为关键,第二种次之,第三、四种"文革"十年停刊,复刊后声威今非昔比。

在正式论述前,略为介绍这四种报刊。《人民日报》:中国共产党中央委员会机关报。1948年6月15日由《晋察冀日报》和晋冀鲁豫《人民日报》合并而成,在河北省平山县里庄创刊,毛泽东题写报头。1949年8月1日,被确定为中国共产党中央委员会机关报。《光明日报》:创刊于1949年6月16日。初由中国民主同盟主办,1953年起由中国各民主党派及全国工商联合办;1957年改由中共中央宣传部和中共中央统战部领导;1994年改为中宣部代管的新闻机构。主办者及隶属关系屡次更改,但以知识分子为主要读者这一初衷,大体没有改变。《中国青年》:共青团中央机关刊,创刊于1923年10月。历经诸多挫折,1948年复刊。"文化大革命"前,在青年读者中影响极大。1966年8月停刊,1979年9月重新与读者见面。现为半月刊,共青团中央主办,目标读者为"中国青年"。《文艺报》:中国作家协会主办,1949年9月25日创刊,时而半月刊,时而周报。本是一份探讨文艺理论与文学创作的评论性刊物,却因上世纪五六十年代中国的特殊情况——文坛紧紧连着政坛,杂志变得特别重要。1966年停刊,1978年7月复刊;进入新时期后,随着"文艺斗争"不再是整个社会关注的焦点,其重要性大为降低。

以下就用素描的办法,勾勒几十年间中国大陆"'五四'言说"的概貌。

1949年,关键词:革命路线

1949年5月4日的《人民日报》,第一、二版刊登了陈伯达的重头文章《五四运动与知识分子的道路》。在大军南下势如破竹的诸多"战报"中,夹杂如此长篇大论,显得非同一般。以五四作为新、旧民主主义革命的分界,突出马克思主义思潮传入中国的意义,强调知识分子与工人阶级相结合,批判"五四运动中以编辑《新青年》杂志而著名的陈独秀",还有"曾经在革命队伍中混过若干日子的张国焘",当然也不忘扫荡一下宣传"实验主义"的胡适和介绍"柏格森哲学"的张君劢等。何为毛泽东主导的正确路线,这是革命成功后历史书写最为重要的一环。但这个问题的主要症结,在延安整风运动中便解决了。陈文不过是根据毛泽东的若干论述略加阐释而已。

当日的《人民日报》第四版,乃"五四运动三十周年纪念特刊",打头的是《毛泽东同志论"五四运动"》,收《新民主主义论》语录三段,《反对党八股》语录一段。以"伟大领袖"的"英明指示"为准绳,是以后半个世纪中国大陆"'五四'言说"的一大特色。不过,这回毛主席语录还只是作为"纪念特刊"的"引言",而且放在第四版,与日后置于报头的"最高指示"相比,还是有很大区别的。

这一版的主打文章,是得到毛泽东高度赞誉的革命老人吴玉章的《纪念"五四"运动三十周年应有的认识》,文章开篇就是:"今年纪念五四的特点,是人民解放军获得伟大胜利,南京已经解放,南京国民党反动政权已经宣告灭亡,革命很快就要得到全国范围的胜利。"文章的主要功能在表彰毛主席革命路线,批判改良主义,包括自由主义、中间路线等。有趣的是,这一版的下方有好几则广告,其中数"春兴酒庄"的最为精彩:"春兴酒庄,庆祝五一!庆祝五四!本庄一周年纪念。酬谢各界劳动英雄,特将本庄储存之绍兴酒半价廉售一周。"

5月4日《人民日报》第三版有作为"参考资料"的《五四运动介绍》,第六版则是诸多名人文章,包括俞平伯的《回顾与前瞻》、叶圣陶的《不断的进步》、宋云彬的《从"五四"看知识分子》、何家槐的《唯一的真理》、王亚平的《"五四"哺育了我》、臧克家的《会师》。此外还有柏生的《几个"五四"时代的人物访问记》,分别采访了原北京高师学生、现华北人民政府检察院副院长于力,原北大哲学系教授、现中国民主促进会常务理事马叙伦,原北大学生、现中国国民党三民主义同志联合会常务委员谭平山,原清华学生、现北大政治系教授钱端升,原北大学生、现北大中文系教授杨振声,原北大学生、现北大中文系教授俞平伯,原北大学生、现北大中文系教授罗常培等,文章最后写到,"记者又访问了北大法学院教授周炳琳"。周与国民政府关系密切,1949年春拒绝飞往南京,属于统战对象。

采访记中,专门提及俞平伯如何撰文纪念五四,此即该版第一篇文章《回顾与前瞻》。俞平伯自称"不过一名马前小卒,实在不配谈这光荣的故事",只是因进入新社会,作为五四老人,非表态不可。俞是真心实意说好话,但性格使然,调门不太高,适可而止:"'五四'当时气势虽然蓬勃,但不久内部在思想上起了分化作用,外面又遭逢反动残余势力的压迫,这些人们虽然想做,要做,预备做,却一直没有认真干(当然在某一意义上亦已做了一部分),现在被中共同志们艰苦卓绝地给做成了。"照俞平伯的理解,这好比是三十年前的支票,如今总算兑现了。不过,下面还有一句:"但我信五四的根本精神以至口号标语等原都很正确的,至少在那时候是这样。"这种"五四论述",与毛泽东最为倚重的笔杆子陈伯达的宏文,有很大的距离。1936年与张申府合作,努力推动"新启蒙"的陈伯达,原本对胡适等五四新文化人充满敬意;不过此番重回北平,已非吴下阿蒙,自然可以板起面孔训斥陈独秀、胡适等。

与《人民日报》相比,1949年5月4日出版的《中国青年》(1949年第7期),又是另一番景色。重刊毛泽东1939年文章,题为《在延安五四运动二十周年纪念大会的演讲》(此文原刊延安《中国青年》第1卷第3期);与之配合的,是毛泽东的另一重要笔杆子田家英的《五四与今天》。田文不若陈文气势磅礴,提及"五四以后,在中国,曾经存在着对于知识分子的两种方针,一种是中国共产党的,一种是国民党反动派的",也未能真正展开。文章的最后是口号:"纪念五四运动的三十周年,要在毛泽东为人民服务的伟大旗帜下,继续历史的事业前进!"倒是邓颖超的《五四运动的回忆》值得一读。此乃讲述而非撰著,重点在天津而非北京,这两点,都对日后的五四老人"口述史"起了引领作用。

1959年,关键词:思想改造

1959年5月4日的《人民日报》,头版头条是《首都盛大集会纪念"五四"四十周年》,至于副题,很复杂,也很有趣。上面是:"四十年前,我们的国家处在内忧外患民不聊生山河破碎的黑暗时期;今天,我们的社会主义祖国正像初升的太阳出现在东方的地平线上";下面是:"郭沫若、康生、胡耀邦等讲话号召发扬革命传统,从胜利走向更大胜利;三万多人振臂高呼:反对干涉中国内政,维护祖国统一和领土完整。"再看看与之配合的社论《发扬光荣传统,建设伟大祖国——纪念"五四"运动四十周年》,着重强调的是:"西藏是中国领土不可分割的一部分,平定西藏叛乱是中国的内政,绝对不容许任何外国人的干涉。纪念'五四'运动四十周年,全国青年应当继承和发扬反对帝国主义的光荣传统,同全国人民团结一致,彻底平息西藏上层反动集团的叛乱,粉碎帝国主义和印度反动派干涉我国内政、支持叛乱分子、破坏我国统一的阴谋。"

当日的《人民日报》第一版,上半截是新华社关于纪念集会的通稿,下半截左边是《人民日报》社论,右边是三篇报道:一是人民解放军协助山南藏胞及时抢种抢收;二是山南藏胞大力支援平叛大军;三是班禅访问国防部和总参谋部,听取关于迅速平定西藏叛乱的战斗情况介绍。可见,1959年的"五四纪念",基调在爱国主义,重点在宣传"平叛"。

当日《人民日报》的第二版,更是主打西藏牌:《天山南北燃怒火,东南沿海卷狂涛——全国人民痛斥外国干涉者》、《西藏人民谴责帝国主义和印度野心家——西藏是强大祖国的一部分,绝对不准任何外国人干涉》;至于第三版发表郭沫若讲话《发扬反帝反封建的"五四"精神》、康生讲话《高举马克思列宁主义的红旗前进》、胡耀邦讲话《中国人民有力量维护祖国的统一》,表面上各有分工,可最后都落实为发扬爱国主义精神、坚决平定西藏叛乱。在如此"时代最强音"的映衬下,那些谈文论艺的,显得格外的苍白无力。第七版发表邵荃麟《"五四"文学的发展道路》,那是《人民文学》第五期上《关于"五四"文学的历史评价问题》第二部分。第八版萧三诗《"五四"四十周年有感》、高士其诗《伟大的"五四"》、曹靖华文《片言只语话当年——关于李大钊同志和瞿秋白同志的故事》,基本上是应景文章。

有趣的是第八版下幅的广告:新华书店的"纪念五四运动四十周年"专栏,介绍了人民出版社的《李大钊选集》、《五四时期期刊介绍》,中华书局的《蔡元培选集》、《五四运动回忆录》,还有就是三联书店的《胡适思想批判论文选集》,后者的说明文字如下:"这是从1955年三联书店出版的《胡适思想批判》(共八辑)及1956年各期刊、学报中继续发表的批判胡适的文章中选编的一本论文集。"接下来是人民文学出版社广告,左边是"为纪念五四运动四十周年,我社特编印下列作家选集",鲁迅打头,赵树理收尾,共26种;右边是新书预告《胡适思想批判资料选辑》,附有解说文字:"今年是五四运动四十周年,为了发扬'五四'革命精神,继承'五四'战斗传统,我们特开始编印'现代文学论争资料丛书',陆续出版。这本书,就是丛书之一,由北京大学中文系现代文学组编选,所收资料,都是有关批判胡适的反动文学思想、文学史观点,以及对他有关中国古典文学研究方面的批判文章。编末附有部分反面资料,以供读者参考。"为何纪念五四的同时,必须突出"批胡",就因为这是"知识分子思想改造"的重要一环。

1959年5月4日的《光明日报》,头版头条《首都盛大集会纪念"五四"四十周年》,发的是新华社通稿,只是副题略有变化。第二版是社论《知识分子前进的道路》,因读者主要是知识分子,按照报纸分工,便着重强调:"知识分子的改造是一个脱胎换骨的过程,把资产阶级的尾巴割净必须经过痛苦的长时期的自我斗争。"关于知识分子在思想改造运动中如何"割尾巴",其尴尬与痛苦,杨绛的长篇小说《洗澡》有精彩的描写,值得参阅。

相对于中共中央机关报,《光明日报》还是比较关注"学术"和"文化"的。5月3日的《光明日报》第五版,以《纪念五四,促进社会科学的理论研究,首都学术界广泛展开学术活动》为题,分别介绍了在京各学术团体、研究机关和高等学校如何召开学术报告会与讨论会。以北京大学为例:中文系举行"现实主义问题"讨论会,兼及对于陶渊明、王维的评价;历史系主任翦伯赞谈历史研究中如何处理古与今、人与物、正面与反面、史料和史观等问题;哲学系任继愈等人合写《批判胡适对中国哲学史的研究》、老教授冯友兰则撰成《四十年回顾》一文,叙述自己从五四运动到现在哲学思想的变迁。接下来,着重推荐的是邓广铭的论文《胡适在五四运动中究竟起什么作用》,强调胡的言论主张及所作所为与五四运动的发展方向背道而驰。

5月4日《光明日报》第三版上的《继承和发扬"五四"光荣传统——首都高校开展各种庆祝活动,天津各界人民集会纪念》,特别提及"北大东语系学生集体创作的以1919年5月4日火烧赵家楼的历史事实为背景的活报剧《火烧赵家楼》,也在全校文娱演出晚会上正式演出"。第五版则是北师大部分教师合写的《"问题与主义"的论战——"五四"时期马克思主义与反马克思主义思潮的最早的一次斗争》,以及五四时被捕的北京高师学生杨明轩的回忆文章《在"五四"的日子里》(此文有史料价值,语气也较好)。第六版《"五四"的光辉》包含众多图像,其中有吴作人画的《"新青年"时代的鲁迅先生和李大钊同志》,一称先生,一为同志,还是有区别的;但为何鲁迅画正面,中国共产党的创始人李大钊反而是侧面,那是因为,毛泽东曾称鲁迅是"现代中国的圣人"。两位都是五四先驱,但到目前为止,没有材料证明他们如画面所描述的,在一起切磋学问、讨论文稿。

《中国青年》1959年第7期(4月1日)上刊出了共青团中央宣传部的《发扬"五四"革命精神,为实现1959年更大更好更全面的跃进而奋斗——纪念五四运动40周年的宣传纲要》,号召:"我们每个青年都应当继承和发扬'五四'以来的光荣革命传统,以冲天的干劲去建设社会主义,并且为将来过渡到最美好的共产主义,贡献出全付力量。"同期刊出北京大学学运史编写小组的《五四运动前前后后》,以及北大东语系创作组的《火烧赵家楼》。此活报剧的第一幕在巴黎和会休息厅,第二幕在北京大学民主广场,

第三幕是东交民巷西口,第四幕是赵家楼曹宅花园,最后是高呼口号的"尾声"。

第 8 期《中国青年》发表徐特立的《纪念"五四"对青年的希望》和李达的《"五四"以来我国知识分子的道路》;第 9 期(5 月 1 日)则是吴玉章的《回忆"五四"前后我的思想转变》以及邓拓的《五四的历史性号召》。相对来说,吴文自述从辛亥革命到 1925 年寻求真理的心路历程,最具史料价值;而且,不管你是否认同其政治主张,"我的前半生一直在一条崎岖不平的道路上摸索前进",闻者无不动容。这几期的《中国青年》,印数在 138 万至 152 万之间。

这个时候的《文艺报》是半月刊,印数在八万左右。1959 年第 8 期(4 月底刊行)《文艺报》乃"五四运动四十周年纪念专号",刊发了包括林默涵、夏衍、唐弢、巴人、杨晦等的《文学革命与文学传统笔谈》,各文自立题目(如杨晦《新与旧,今与古》);另有许广平的《鲁迅在"五四"时期的文学活动》、以群的《"五四"文学革命的真面目——批判胡适、胡风及其他反动分子对文学革命的歪曲》,以及茅盾的《关于文学研究会》和郑伯奇的《略谈创造社的文学活动》。以群的文章很特别,批判胡适、胡风这些"死老虎"也就罢了,为何还有"其他反动分子"?仔细阅读,发现其批的是"文化特务潘公展"刊于《中央周刊》第 3 卷第 40 期(1941 年 5 月)的《敬告可爱的青年——五四精神的新生》,以及"国民党反动派全力支持的法西斯主义者'战国策'派代表陈铨主编的《民族文学》,以及陈在 1943 年第 3 期上用"编者"名义发表的《五四运动与狂飙运动》。潘、陈二文之论述"国家至上,民族至上",主张批判/超越五四的"个人主义",确有迎合当时国民政府政治宣传的态势。可倘若反躬自省,以群等人不也与之"异曲同工"?

这一期的《文艺报》,未上要目的川岛《"五四"杂忆》、钦文《"五四"时期的学生生活》、胡仲持《"五四"时代的一页回忆》,反而有意思;就连石泉的《介绍几首"五四"时期的歌谣》、北京大学中文系 56 级四班的《〈五四散文选讲〉前言》、周维煌等的《略谈"五四"时期的重要期刊》,也都比较踏实。再配上王琦的木刻《鲁迅与"三一八"》、滑田友等人创作的浮雕《五四运动》、张松鹤的雕塑《鲁迅像》,此期专号确实质量不错。

1969 年,关键词:知识分子再教育

1969 年 5 月 4 日《人民日报》,头版头条是毛泽东的《青年运动方向》。

此文最初刊于 1939 年《中国青年》第 1 卷第 3 期,后由《中国青年》1949 年第 7 期转载,题为《在延安五四运动二十周年纪念大会的演讲》。此次重刊,仅删去开头的"同志们:",减少三字一标点,讲演于是变成了文章。这一天报头上的"毛主席语录",出自《论人民民主专政》:"整个革命历史证明,没有工人阶级的领导,革命就要失败,有了工人阶级的领导,革命就胜利了。在帝国主义时代,任何国家的任何别的阶级,都不能领导任何真正的革命达到胜利。"

第三版上,是那个年代最为权威的"两报一刊"(《人民日报》、《红旗》杂志、《解放军报》)社论,题为《五四运动五十年》。文章称:"五十年来,中国革命的青年运动沿着毛主席指出的知识分子同工农兵相结合的道路,由新民主主义革命阶段发展到社会主义革命阶段,又发展到无产阶级文化大革命的红卫兵运动,在中国革命历史上起了巨大的作用。"戴过了高帽,进入实质内容——"无产阶级文化大革命中,青年知识分子,红卫兵小将,立下了丰功伟绩,这是应当充分肯定的。但是,他们同样要走五四运动以来革命知识分子必走的道路——和工农兵相结合的道路。……知识分子一定要下定决心,长期地、老老实实地拜工农兵为师,接受工农兵的再教育,坚定地在这条正确道路上走下去。"如何接受"再教育","文革"中习惯于"毛主席挥手我前进"的红卫兵,此时正面临转型的巨大危机。此前半年,《人民日报》(1968 年 12 月 22 日)发表了《我们也有两只手,不在城市吃闲饭》的报道,编者按中引述毛主席的另一最高指示:"知识青年到农村去,接受贫下中农的再教育,很有必要。"以此为开端,先后有一千六百万知青被卷入这场史无前例的上山下乡运动,浪费了整整一代人的青春年华。预感到可能面临的巨大反弹,此次"两报一刊"社论在这方面做足了文章。至于第二版上解放军战士的《坚定不移地走与工农兵相结合的道路》,以及在部队农场劳动锻炼的知识青年之《沿着毛主席指引的方向继续前进》,都是配套产品,没什么信息量。

《光明日报》1969 年 5 月 4 日第一版和第三版的处理,和《人民日报》完全一样。略有发挥的是第二版:一是解放军某雷达站党支部如何"坚持用毛泽东思想对知识分子进行再教育",一是成都某机床厂群众如何"人人做知识分子再教育工作";都是努力论证"最高指示"的英明:"知识分子如果不和工农民众相结合,则将一事无成。"

1979年,关键词:解放思想

在这么多关于五四的十周年纪念中,1979年可能是最为天清气爽,也是最让人意气风发的。那年的5月4日,《人民日报》第一版发表了新华社电《继承光荣革命传统,誓把无产阶级革命事业推向前进——纪念"五四"六十周年大会在京隆重举行》,报道了华国锋、邓小平等党和国家领导人出席纪念大会。另外,又全文刊出了华国锋的长篇讲话《在纪念五四运动六十周年大会上的讲话》:"我们国家正处在历史上的一个重大转折时期。社会主义现代化建设的前景极大地鼓舞着全党和全国人民。……未来属于永远站在时代前列的青年!"第二版刊发了四篇大会发言,包括团中央第一书记、北京大学团委书记、对越自卫还击战一等功荣立者,这三者各有其代表性;而最权威的是人大常委会副委员长、"五四运动的参加者许德珩同志"的《在纪念五四运动六十周年大会上的讲话》。有趣的是,在一个号召思想解放的时刻,许副委员长还在批判自己的老师胡适如何反对马克思列宁主义,甚至连几位北大老同学都一并拉出来示众:"胡适和傅斯年、罗家伦、段锡朋之流,后来都投到帝国主义、蒋介石的怀抱,成为人民的敌人。"

《人民日报》5月5日发表社论《解放思想,走自己的道路》,文章开头说:"正当我们把工作重点转移到四个现代化上来,提倡解放思想,发扬民主精神和科学精神的时候,纪念五四运动六十周年,具有特殊的意义。"谈五四新文化,表彰其如何"向西方寻找真理",这当然是题中应有之义;着眼当下,此话更是别有幽怀。社论的重点在批判林彪、"四人帮"如何死守马列只言片语,盲目排斥一切外国的东西:"'崇洋媚外'、'洋奴哲学'的帽子满天飞,闭眼不看世界的变化,关起门来自吹自擂,他们的倒行逆施,使得我们的国家和世界先进国家的距离拉大了,国民经济濒于崩溃边缘。"向外国学习,不但科技要革新,体制也要改进:"五四时期科学和民主的口号,对我们仍有巨大的现实意义。我们需要科学,我们也需要民主。没有民主就没有社会主义,没有民主也没有四个现代化。"

5月5日《人民日报》第三版上有记者采写的《反帝反封建的青年先锋——记周恩来同志"五四"时期在天津的革命活动》,下面是许德珩的《纪念五四运动六十周年》。第四版则是篇幅颇大的报道《北京大学隆重集会纪念五四运动六十周年》。每到五四,《人民日报》是否以及如何报道"五四运动发源地"北京大学的活动,是测量政治风气的重要指标。若是大加报道,意味着政治稳定、风气开通。

5月4日的《光明日报》,除了发新华社通稿,还有社论《走历史必由之路——纪念五四运动六十周年》。此文主旨是批判林彪、"四人帮",还不忘把胡适也拉上来数落一通:"他竭力破坏马列主义在中国的传播,企图把运动拉向右转。后来,他跑到蒋介石那里去了,又干起'三害'们干的事业,拼命要把中国往半殖民地半封建的道路上拉,堕落成为帝国主义的走卒,反动派的帮凶。"可见那时的"思想解放",还有很大的发展空间。

1979年5月4日的《光明日报》,除了报道中国社会科学院纪念五四运动六十周年学术讨论会,以及中国社会科学出版社刊行《五四运动回忆录》、《五四爱国运动》二书,重点还是在北京大学。第二版发表本报记者采写的长篇文章《追求真理的渴望——北京大学杨晦教授谈五四运动》,第三版则在通栏标题"纪念伟大的五四运动六十周年"下,用整整一版篇幅,刊登了六篇北大学生谈五四的文章。第四版"发扬'五四'革命精神——一九一九年五四运动照片剪辑",照片是真实的,但编排很见用心——第一排李大钊、毛泽东,第二排周恩来、鲁迅。时至今日,如何准确评判毛泽东在五四运动中的作用,依旧未能真正落实;更何况思想刚刚解冻的"新时期"。

1979年5月5日的《光明日报》,第一版"纪念五四运动六十周年,为实现四化贡献力量",分别报道了中国社科院、北京大学、清华大学、中国人民大学、北师大为纪念五四举行的学术活动。5月6日《光明日报》第二版《"五四"老人谈五四运动》,报道了五月四日下午三点在人民大会堂湖南厅举行的五四时期老同志座谈会,"回忆六十年来的峥嵘岁月,这些'五四'老人无不思潮奔涌,豪情满怀"。文章分别报道了邓颖超、李维汉、沈雁冰、胡愈之、杨东莼、唐铎以及主持人邓力群的发言。至于第二、三版刊载周扬长文《三次伟大的思想解放运动——在中国社会科学院召开的纪念五四运动六十周年学术讨论会上的报告》,谈论五四运动、延安整风和当下的改革开放三者的历史联系,高屋建瓴,气魄雄大,可那是转载自《人民日报》的文章。

相对来说,复刊不久的《文艺报》,还没有确立自己的思想高度,也发纪念文章,但影响力有限(《中国青年》则是四个月后才复刊)。反而是人民文学出版社刚创刊不久的《新文学史料》,在1979年5月推出了第三辑,以"纪念五四运动六十周年"为主打文章,所收十三文,有新有旧,以回忆为主;其他各栏文章,多少也与五四新文化运动有关。整个专号显得厚重朴实,沉稳中见锋芒。

1989年,关键词:体制改革

在这一年的五四纪念中,《人民日报》第一版的报道为《首都青年集会纪念五四》,中共中央总书记发表了讲话《在建设和改革的新时代进一步发扬五四精神》,社论为《发扬五四精神,推进改革和现代化事业》,强调"稳定的政治环境"。

1989年5月4日的《光明日报》,发的是新华社通稿。5月3日头版头条为"本报评论员"文章《中国知识分子的道路和历史使命——为五四运动七十周年而作》,5月4日发表了社论《高举爱国主义的光荣旗帜——纪念五四运动70周年》,后者称:政治体制改革需要爱国主义精神支持,需要增强凝聚力。"凝聚力的形成,又仰仗于社会的安定。安定则人心稳,动乱则人心散。人心散则力不齐,力不齐则事不成。"

略为显得隔阂的是第二版上许德珩的《纪念五四》。此文追怀五四,谈及《新潮》、《国民》、《国故》三个不同政治倾向的北大刊物。那是一个卧病在床已三年的五四老人,回首平生,号召青年"为了祖国的美好未来,努力奋斗吧!"这显然是为纪念"五四"七十周年,事先准备好的稿子;与5月2日《人民日报》第八版所刊冰心短文《70年前的"五四"》,同样值得品味与赞赏,因为,那是最后一批"五四老人"的追忆。

与时政类报纸的紧急响应不同,此时已日渐边缘化的《中国青年》和《文艺报》,因事先组稿、发稿,显示了不一样的风采。《中国青年》为了纪念五四运动七十周年,第一至五期开辟专栏,发表纪念文章。《文艺报》同样动手较早,4月22日发出了刘再复长文《"五四"文学启蒙精神的失落与回归》,4月29日又以《七十年后重回首,五四精神应长驻》为题,发表冰心、夏衍、臧克家、李准的短文,还有唐达成的《文学发展与民主、科学精神——"五四"运动七十周年有感》。5月6日,该报还在第一版发表通讯《要发扬"五四"文学的现实主义精神——王瑶、吴组缃谈"五四"运动》。

1999年,关键词:振兴中华

吸取十年前的深刻教训,这一回的五四纪念,显得相当低调,"不求有功,但求无过"。1999年5月5日《人民日报》,头版头条《五四运动八十周年纪念大会在京举行》,副题是"发扬五四运动爱国进步民主科学光荣传统,肩负起振兴中华民族的伟大使命"。江泽民等中央领导全数出席,国家副主席胡锦涛发表题为《发扬伟大的爱国主义精神 为建设有中国特色社会主义努力奋斗》。胡文刊第一版,第三版则有时任"中国关心下一代工作委员会"主任王丙乾的《发扬五四精神,光大民族希望》,以及全国各地庆祝五四青年节的报道。至于此前一天的《人民日报》,第九版上戴逸的《五四运动的光辉道路》,乃"纪念五四运动八十周年专论之四";第十一版陈漱渝的《追忆"活的鲁迅"》,则是为北京出版社六卷本《鲁迅回忆录》写的序言。如此东拼西凑,看得出外松内紧,小心翼翼,生怕出错。

《光明日报》也好不到哪里去,5月5日发新华社通稿,5月4日发社论《肩负振兴中华的伟大使命》,特别引述江泽民总书记向全国青年发出的"四点希望";第六、七版则是共青团北京市委组织的,包括《高举五四火炬,创造时代业绩》等文章,诸多历史图片,还有年表性质的《北京青年运动1919年—1999年》。

此时的《中国青年》和《文艺报》,再也没有五六十年代的独立苍茫、八面威风,虽也有关于五四的若干报道和文章,但未见精彩之作。《文艺报》稍微好些,5月4日那一期,请若干作家学者谈五四精神,大标题是《回望八十年:五四精神不老,五四精神常新》。只是在"爱国进步民主科学"这四平八稳的统一口号的笼罩下,实在也变不出什么新花样。倒是第二版陈涌的长文《"五四"文化革命的再评价》值得注意,因其力图回答一个迫在眉睫的难题:如何看待90年代以后"国学热"的兴起,以及对于五四新文化日趋严厉的批评。陈文称:"'五四'文化革命,首先批判孔子以'礼'为标志,以'三纲'为主要内容的伦理政治思想,实际上也就为以后中国的民主革命在思想上扫清道路,因此是正确的必要的。但孔子的思想不只是伦理政治思想,还有哲学思想,教育思想,文艺思想,等等。而且就伦理政治思想来说,也还不是他的伦理思想的全部。"也就是说,批孔没错,但若完全否定孔子在中华文明史上的意义,则是"过犹不及"——陈文的基本立场,成为日后希望兼及"五四新文化"与"传统中国"的论者所喜欢采用的论述策略。

在《走不出的"五四"?》(2009年4月15日《中华读书报》)中,我提及:"'五四'之所以能吸引一代代读书人,不断跟它对话,并非'滥得虚名',主要还是事件本身的质量决定的。必须承认,一代代读者都跟它对话,这会造成一个不断增值的过程;可只有当事件本身具备某种特殊的精神魅力以及无限丰富性,才可能召唤一代代的读者。当然,会有这么一种情况,事件本身具有巨大的潜能,但因某种限制,缺乏深入的持续不断的对话、质疑与拷问,使得其潜藏的精神力量没有办法释放出来。比如说文化大革命,这绝对是个'重大课题',只是目前我们没有能力直面如此惨淡的人生。'五四'不一样,几乎从一诞生就备受关注,其巨大潜能得到了很好的释放。九十年间,'五四'从未被真正冷落过,更不要说遗忘了。我们不断地赋予它各种意义,那些汗牛充栋的言说,有些是深刻挖掘,有些是老调重弹,也有些是过度阐释。说实话,我担忧的是,过于热闹的'五四纪念',诱使不同政治力量都来附庸风雅,导致'五四形象'夸张、扭曲、变形。"

正是因为意识到关于"五四"的言说中,隐含着巨大的政治风波、思想潜力以及道德陷阱,本文有意借钩稽史料,初步呈现这一斑驳陆离的历史图景。

2009年4月7日于京西圆明园花园

(此文宣读于"'五四'与中国现当代文学"国际学术研讨会[2009年4月23—25日,北京]及"五四论坛"[2009年5月4日,台北]上,刊[台北]《文讯》2009年第5期及[北京]《读书》2009年第9期,均略有删节。)

(作者单位:北京大学)

几代人的五四

商金林

一、"五四运动"和"'五四'精神"的命名

1919年5月4日,北京各校学生"因山东问题失败",怀着满腔的怒火,到天安门集会、宣读《北京学生界宣言》,又游行到东交民巷,火烧赵家楼,在中国现代史上写下了最辉煌的一页。

天安门集会游行和火烧赵家楼的壮举留下的文献资料中,最珍贵的要推顾兆熊《一九一九年五月四日北京学生之示威运动与国民之精神的潮流》[①]、罗家伦《"五四运动"的精神》[②]、张东荪《"五四"精神之纵的持久性与横的扩张性》[③],这三篇"短评",是五四运动最重要的三份文献。

顾兆熊(孟余)是北京大学教授、教务长。他在5月4日天安门集会游行后的第五天发表的这篇评论,是目前见到的最早的有关五四的文献资料。顾兆熊称5月4日的行动为"北京学生之示威运动与国民之精神的潮流",是铲除"旧秩序"与恶社会,建设新秩序、新社会的"示威运动";是反对"旧道德"("被动的道德"、"旧时之伪道德"),提倡"新道德"("主动的道德")的"示威运动";是"良善分子与恶劣分子"的"可贵"的"决斗"。他从这场运动展望国家的未来,对前途充满憧憬:"吾观此次学生之示威运动,似青年之精神的潮流,已有一种趋势。倘再输以详确之学说,教以真道德之实质与决斗之作用,则将来之社会,必可转病弱为强健也。"顾兆熊把5月4日的集会游行界定为"五月四日北京学生之示威运动",而所谓"运动"至少

---

① 《晨报》1919年5月9日"评坛"栏。
② 《每周评论》1919年5月26日第23号。
③ 上海《时事新报》1919年5月27日"时评"栏。

有以下两种涵义:(一)不是一时的心血来潮;(二)是为目标进行的努力和抗争。顾兆熊把集会游行上升到"运动"的层面,这个"定性"充分表现了一位北大教授的敏锐和卓识。

作为北大学生领袖,罗家伦对顾兆熊所说的"一九一九年五月四日北京学生之示威运动",作出了更准确更鲜明的历史定位。他在5月26日发表的《"五四运动"的精神》一文中提出了"五四运动"这个词。"五四运动"这个词显然比"一九一九年五月四日北京学生之示威运动"的提法更响亮,更简洁,更好记。

张东荪是政治活动家、上海《时事新报》的主编。他在5月27日发表的《"五四"精神之纵的持久性与横的扩张性》一文中提出了"'五四'精神"这个词,虽说该文比罗家伦的《"五四运动"的精神》晚一天发表,但他的这个"'五四'精神"的提法,比罗家伦的"'五四运动'的精神"更准确、更科学。

顾兆熊的《一九一九年五月四日北京学生之示威运动与国民之精神的潮流》最可贵之处,是最早提出了"运动"这个词,给游行示威、火烧赵家楼定性为"运动";罗家伦的《"五四运动"的精神》最可贵之处,是最早提出了"五四运动"这个词,给五四运动命名;张东荪的《"五四"精神之纵的持久性与横的扩张性》可贵之处,是最早提出了"'五四'精神"这个词,给五四精神命名。这三篇文献,前后呼应,各有千秋。顾文和罗文侧重在给"一九一九年五月四日北京学生之示威运动"作历史定位,张文侧重在给"一九一九年五月四日北京学生之示威运动"的"精神"作历史定位。从此,"五四运动"和"'五四'精神"这两个词镌入史册,"五四"两个字成了中国现代史上最神圣、最鲜明、最响亮的名词,"五四精神"成了中华民族最可宝贵的民族精神。

二、五四运动的阐释

五四作为一场伟大的爱国运动和新文化运动在我国现代史上永放光芒。孙中山先生在五四运动以后曾有很热烈的赞叹新文化运动的话,他说:

> 自北京大学学生发生五四运动以来,一般爱国青年,无不以革新思想为将来革新事业之预备;于是蓬蓬勃勃,发抒言论,国内各界舆论,一致同倡,各种新出版物,为热心青年所举办者,纷纷之应时而出,扬葩吐艳,各极其致。社会遂蒙绝大之影响。虽以顽劣之伪政府,犹且不敢撄

其锋。此种新文化运动在我国今日诚思想界空前之大变动。推原其故,不过由于出版界之一二觉悟者从事提倡,遂至舆论放大异彩,学潮弥漫全国,人皆激发天良,誓死为爱国之运动。倘能继长增高,其将来收效之伟大且久远者,可无疑也。吾党欲收革命之成功,必有赖于思想之变化。兵法攻心,语曰革心,皆此之故;故此种新文化运动,实为最有价值之事。①

金兆梓在《我之社会改造观》②一文中说:

> 自世界大战之结果,产生思想界之革新。此种新思潮,挟其澎湃汹涌之势,沛然直卷入于吾国而莫之能御。吾国有志之士,久苦于政治之黑暗,社会之消沉,本来已有迎新之机。至是遂如响斯应,树之风声。不崇朝而波靡全国。五四之后,更如春雷一震,万蛰皆惊。无在而不呈其怒茁之象。与吾墨守习俗礼制之旧社会,处处觉其扞格不相入,于是改造改造之声,几令人耳欲聋。

可自1919年以来,人们对五四运动的阐释却见仁见智。"五四运动"究竟从何时算起、到哪天截止,各有各的认知,较为代表性的阐释有以下五种:

一是1919年的五四——即所谓"狭义"的五四。蔡元培1920年5月4日发表的《去年五月四日以来的回顾与今后的希望》③、甘蛰仙1923年5月4日发表的《唯美的人格主义——第五个五四的感言》④,以及1928年5月4日《中央日报》社论《五四运动的成绩》、1931年5月4日南京《中央日报》社论《五四运动与今后学生应努力之新途径》等等,这些作为五四纪念有代表性的文章,所纪念的都是1919年的五四,虽说也把五四上升到"青年运动"、"政治的运动"、"国家的运动"、"国民运动"、"民族运动"、"打破恶社会制度的运动"的高度,但都认为这是一场学生运动,青年学生是这场"惊天动地的大运动"的"中流砥柱"。⑤

二是1919年起截至"民国十年止"的五四。周作人在《五四运动之功

---

① 《与海外同志募款筹办印刷机关书(1920年1月29日)》,《孙中山全集》第四卷(二),三民公司1926年版,第27—28页。
② 《东方杂志》1920年6月25日第17卷第12号。
③ 《晨报》1920年5月4日"五四纪念"增刊。
④ 《晨报副镌》1923年5月4日第114期。
⑤ 钱用和女士:《"五四"的精神》,《晨报》1920年5月4日"五四纪念"增刊。

过》①中说:"五四运动是国民觉醒的起头,自有其相当之价值……五四是一种群众运动,当然不免是感情用事,但旋即转向理知方面发展,致力于所谓新文化的提倡,截至民国十年止,这是最有希望的一时期。"

三是"从火烧赵家楼的前二年或三年起算到后二年或三年为止"的五四。茅盾《"五四"运动的检讨——马克思主义文艺理论研究会报告》②中说:五四应该"从火烧赵家楼的前二年或三年起算到后二年或三年为止。总共是五六年的时间。火烧赵家楼只能作为这运动发展到实际政治问题,取了直接行动的斗争的态度,然而由此也就从顶点而趋于下降了。这样去理解'五四',方才能够把握得'五四'的真正历史意义"。

四是"民国六七年的五四运动"。1935 年 5 月 5 日,张奚若在天津《大公报》发表的《国民人格之培养》一文中,有"民国六七年的五四运动"的提法,对五四运动作了"广义"的阐释和解读。"民国六七年的五四运动"这个提法,立即得到胡适的赞同。胡适在随后发表的《个人自由与社会进步——再谈五四运动》③一文中说:"他(张奚若)把'五四运动'一个名词包括'五四'(民国八年)前后的新思潮运动,所以他的文章里有'民国六七年的五四运动'一句话。这是五四运动的广义,我们也不妨沿用这个广义的说法。"

五是"1915—1920 年"的五四。胡绳《关于撰写〈从五四运动到人民共和国成立〉一书的谈话》④中说:"'五四运动'既是指 1919 年 5 月 4 日的学生爱国运动,又是指一个时期的新文化的思想运动,即 1915—1920 年这一段。……五四运动既是旧民主主义革命时期的基本结束,又是新民主主义革命的开始,是二者交替的时期。"

三、1920 年代对五四精神的阐释

对五四运动的界定和解释不一,再加上各自身份的不同、立场和认知的差异,以及时代(时局)等诸多因素的制约,人们对五四精神的阐释也是色彩纷呈,和而不同。

---

① 《京报副刊》1925 年 6 月 29 日,署名益噤。
② 《文学导报》1931 年 8 月 5 日第 1 卷第 5 期,署名丙申。
③ 《独立评论》1935 年 5 月 12 日第 150 号。
④ 胡绳:《胡绳全书》第 7 卷,北京:人民出版社 2003 年版。

罗家伦在1919年5月26日发表的《"五四运动"的精神》一文中,将五四运动的精神归为"三种":第一"是学生牺牲的精神";第二"是社会裁制的精神";第三"是民族自决的精神",并三呼万岁:"学生牺牲的精神万岁!""社会裁制的精神万岁!""民族自决的精神万岁!"

张东荪在1919年5月27日发表的《"五四"精神之纵的持久性与横的扩张性》一文中,将五四运动精神概括为"雪耻除奸的精神"。

傅斯年把五四精神说成是"北大的精神"。他在1919年9月5日撰写的《〈新潮〉之回顾与前瞻》①一文中说:"五四运动过后,中国的社会趋向改变了。有觉悟的添了许多,就是那些不曾自己觉悟的,也被这几声霹雷,吓得清醒。北大的精神大发作。社会上对于北大的空气大改换。以后是社会改造运动的时代。我们在这个时候,处在这个地方,自然造成一种新生命。"

太空在《五四运动之回顾》②中第一次把"五四运动"的精神概括为"民主"精神:

> 五四运动的动机,就是山东问题,外交问题;但是说到五四运动的精神,决不如此单简,五四运动的精神到底什么?就是发挥"德谟克拉西"(Democracy)的精神,拿出最大的努力,斩断奴隶索子,打破黑暗势力,创造我们的新生命!

罗家伦的"三种真精神"说、张东荪的"雪耻除奸的精神"说、傅斯年的"北大的精神"说、太空的"'德谟克拉西'(Democracy)的精神"说,代表着五四运动刚刚发生的1919年,作为五四运动的亲历者和见证人对五四精神的界定和理解。作为北大学生运动领袖的傅斯年,对北大当然是情有独钟。他在这里所说的"北大的精神",大概也就是北大校长蔡元培先生当年倡导并彰显的"民主"、"自由"的思想,不屈不挠的大无畏的精神,以及"内图个性的发展,外图贡献于人群"③的信仰。

1925年5月9日,周鲠生在《现代评论》第1卷第22期发表的《青年学生的政治运动》一文中说:"'五四运动'之可贵,在于激发于关系国家主权名誉之大事,全然出自青年学生自动的行为代表一种纯洁的爱国的奋斗精

---

① 《新潮》1919年10月30日第2卷第1号。
② 《晨报》1921年5月4日"五四纪念"。
③ 宋云彬:《继续蔡先生的精神》,《宋云彬杂文集》,北京:生活·读书·新知三联书店1985年版,第155页。

神。青年学生们！大家不要失掉了这种精神罢。"把五四精神归结为"一种纯洁的爱国的奋斗精神"。1928年,叶圣陶创作的长篇《倪焕之》第二十章专写五四运动,书中将五四精神归纳为青年的"自己批判的精神"、"怀疑"精神、嗜尚"西洋的学术思想"的精神、"德谟克拉西"的理想,等等,热情地讴歌五四运动。

当然也会有杂音。众所周知,大约到了1920、1921年,由于社会日趋黑暗,前途渺茫,人们对五四的评价也就出现了分歧。1921年5月4日,罗家伦发表《一年来我们学生运动底成功失败和将来应取的方针——穷则变——变则通——通则久》①来纪念五四,文章开篇就盛赞五四,说:

> 无论是赞成的反对的,总不能不认"五四运动"是中华民国开国以来第一件大事。这件事为中国政治史上添一个新改革,为中国的社会史上开一个新纪元,为中国的思想史上起一个新变化!

可到了后半部分就来了个大逆转,猛烈地批评五四,说五四运动已经"失败"了,结尾连呼"三个破产":"全国的青年破产！全国的教育破产！全国一切的新运动破产！"从"三呼万岁"到"三呼破产"前后不过两年,持这种看法的还远不止罗家伦一个人。

茅盾在论及五四运动时说过:"'五四'以斗争的姿态出现,从高唱'文学革命'到赵家楼的群众运动,为时不过一年,从火烧赵家楼到激起了全国的学生运动,'父'与'子'的斗争,为期亦不过一年;当时真有点雷鸣电掣,扫荡一切的气势,然而'其兴也暴,其衰也骤',正合着谚所谓'飘风疾雨不索朝',转瞬间'五四'便已下火。"②朱光潜也说五四运动的来势很凶猛,"但是'飙风不终日,骤雨不终朝',它多少是一种流产"③。

相对说来,像茅盾和朱光潜的批评还是温和的。1921年五四二周年纪念,伏庐的《五四纪念日的些许感想》④、延谦的《"五四"的我感》⑤就都谈到社会上对五四运动恶评:说"五月四日是打人的日子";"这群少年,不过是一时的乌合之众,有意的捣乱";五四运动是"学生干政的运动"。蒋梦麟在

---

① 《晨报》1921年5月4日"五四纪念"。
② 茅盾:《"五四"与民族革命文学》,《文艺新闻》1932年5月2日第53号。
③ 《中国青年》1942年2月第6卷第5期。
④ 《晨报》1921年5月4日。
⑤ 《晨报》1921年5月4日。

《扰攘不安的岁月》①中就曾说到"学生在'五四'胜利之后,果然为成功之酒陶醉了","学校里的学生竟然取代了学校当局聘请或解聘教员的权力。如果所求不遂,他们就罢课闹事","他们向学校予取予求,但是从来不考虑对学校的义务。他们沉醉于权力,自私到极点。有人一提到'校规'他们就会瞪起眼睛,撅起嘴巴,咬牙切齿,随时预备揍人"。1924年五四五周年纪念日,马叙伦在纪念文章《五四》②中罗列五四的"坏样":"出风头啦,吵架啦,嫉妒相争啦",以及"纨绔子弟的习气";说"五四'衰老'"了,担心"四十五十而无闻焉"。周作人1925年五四六周年纪念写的《五四运动之功过》③一文中说:

> 五四运动是国民觉醒的起头,自有其相当之价值,但亦有极大的流弊,至今日而完全暴露。……五四以来前后六年,国内除兵匪起灭以外别无成绩,对外又只是排列赤手空拳的人民为乱七八糟的国家之后盾,结果乃为讲演——游行——开枪——讲演……之循环,那个造因的五四运动实不能逃其责。……五四运动之流弊是使中国人趋于玄学的感情发动,而缺乏科学理知的计划,这样下去实在很是危险……

把"五四以来前后六年"国内的"兵匪起灭",以及"讲演——游行——开枪——讲演……之循环"归咎于"五四运动",出自"新文化运动主干之一"的周作人的笔下,还真有点匪夷所思。

梁启超在1925年5月4日《晨报副刊》"五四运动纪念号"发表的《学生的政治运动》一文中说:

> "五四"这个名词,不惟一般社会渐渐忘记,只怕学生界本身对于他的感情也日淡一日了。

事实也正是这样。从1920年至1926年的七年间,《晨报副刊》每年的"五四纪念日"都出"纪念专号",所发表的纪念文章虽说褒贬不一,但都在营造"纪念"的氛围。可到了1927年5月4日五四八周年,《晨报副刊》就只发了主编瞿菊农的一篇题为《谈自由》的短文,"作为五四运动的一番纪念"。而所谓的"纪念",也只是告诫学生正确理解"自由"的含义,"不要救国适以害国,更不要放纵的侵犯他人的自由"。

---

① 蒋梦麟:《西潮与新潮——蒋梦麟回忆录》,北京:东方出版社2006年版,第155页。
② 夷初:《五四》,《晨报附镌》1924年5月4日。
③ 《京报副刊》1925年6月29日,署名益嚗。

国人对五四运动的淡忘以及种种恶评，当然与执政当局的专制和误导有关。早在1920年4月14日，教育部就命令北京大学彻查《学生周刊》，"嗣后务宜研讨学术，妥慎立言"，勿得再有"偏宕议论，致受法令干涉"。1925年5月4日，教育部命令北京大学禁止学生游行讲演，国耻亦不许纪念。命令云：

> 日前学联会议决五四，五七两日，游行讲演。现闻政府方面，借词此事与地方治安有关，特由警厅致函教部，设法阻止。国立学校已于昨日接到该项公文，用志于左：
>
> ……准京师警察厅函开，据探报，五四，五七等日，本京各校学生，拟择地集众露天讲演，并结队游行，散发传单等语。如果所称属实，诚恐奸人乘机扰乱，所关甚巨。亟应先事预防，除饬各警署一体注意外，相应函达贵部，即希转行查明。各校学生，如有前项情事，应请预为防范，严加禁止。以维秩序，而保公安。等因，到部，合亟令行该校，仰即遵照办理，是为至要。此令。

北洋政府教育部明令"不许纪念'五四'"。国民南京政府成立后，对纪念五四的防范就更厉害了。1928年5月4日五四运动九周年，南京《中央日报》刊登中宣部制定的《宣传大纲》，该大纲指出共产党利用每年的五四纪念进行"鼓煽"，将五四运动分化成"阶级斗争"，使学生界四分五裂，"这是'五四'以后最不幸的现象"。也正是由于执政当局的蓄意压制，1930年代五四运动一度成了"北大纪念日"，"除了北京大学依惯例还承认这个北大纪念日之外，全国的人都不注意这个日子了"①。

从这个意义上说，叶圣陶长篇《倪焕之》第二十章就显特别可贵，这一章专谈五四运动，原载《教育杂志》第19卷第9号，出版时间为1928年9月20日。1928年，在我国现代文学史上是一个值得注意的年份。是年1月中旬，胡愈之为躲避白色恐怖，在上海悄悄踏上法国"波尔多芬"号邮轮，开始了他历时三年游历欧洲的生活。2月24日，郭沫若化名吴诚，假借往东京考察教育的南昌大学教授的身份，独自乘日本邮船"卢山丸"离开"很不情愿离开的祖国"，流亡日本。7月初，茅盾东渡日本，成了"亡命之客"②。革命作家被迫流亡海外，一些正直的进步作家也陷入了无路可走的惶惑中。

---

① 胡适：《个人自由与社会进步——再谈五四运动》，《独立评论》1935年5月12日第150号。
② 秦德君：《我与茅盾的一段情》，香港《广角镜》1985年4月16日第151期。

朱自清的名篇《那里走——呈萍郢火栗四君》①就写于1928年2月7日。萍,是茅盾的笔名;郢,是叶圣陶的笔名;火,是刘熏宇的笔名(栗,待考)。他们都是朱自清最信得过的朋友。朱自清在文章中说"我既不能参加革命或反革命","我往'那里走'呢?""萍郢火栗四君"当年是怎么答复朱自清的,现在已无从查考了,但从《倪焕之》第二十章看来,当年的叶圣陶也是显得很坚强的,经历了五四落潮和1927年的"大变动",在那"流亡"和彷徨的年代,他仍是这样真诚、全面、完整地解读五四,颂扬五四时代青年的朝气和冲劲,以及他们跟中国的古老社会决裂直至宣战的精神,是有其特定的时代意义的。

四、1930年代对五四精神的阐释

1930年代,随着民国政府的"民族"、"国家"和"主义"话语的强化,以及民族矛盾的上升,对五四的纪念受到种种钳制。在为数不多的"纪念"和"研究"中,茅盾对五四的批评以及新文学大系的出版,值得注意。

茅盾1930年4月自日本回国后,为了阐述"马克思主义文艺理论",写过一系列关于"'五四'运动的检讨"的论文,现择要介绍于下:

1931年8月发表的《"五四"运动的检讨——马克思主义文艺理论研究会报告》中,把五四界定为"中国新兴资产阶级的运动","无产阶级运动崛起,时代走上了新的机运,'五四'埋葬在历史的坟墓里了"②。

1931年9月发表的《关于"创作"》③中说:"'五四'的旗号"是"打'孔家老店'"!为什么要打"孔家老店"?因为"孔家老店"的存在是不利于中国资产阶级的。"'五四'并没有完成它的历史使命","'五卅'暴发后宣告'五四'时代的正式告终"。

1932年5月发表的《"五四"与民族革命文学》④中说:五四运动并未完成它的历史的任务:反封建与反帝国主义的斗争。五四虽然以"反封建"为号召,但旋即与封建势力做各种方式的妥协,对封建势力做各种方式的屈服。

---

① 《一般》1928年3月第4卷第3期。
② 丙申:《"五四"运动的检讨——马克思主义文艺理论研究会报告》,《文学导报》1931年8月5日第1卷第5期。
③ 《北斗》1931年9月20日创刊号。
④ 《文艺新闻》1932年5月2日第53号。

1934年4月发表的《从"五四"说起》①中说:"'五四'时代的文艺理论,在'五卅'时期已经不能在青年心里发酵,到了现在,更加被人唾弃。"

1939年7月发表的《"五四"运动之检讨》②中说:"'五四'运动的两面大旗是:拥护'德先生'和'赛先生'。二者都是资本主义文化的主要内容。因此,'五四'新文化运动也可以说是资本主义文化运动。"

茅盾在1930年代谈五四的文章还不止这几篇,他最主要的贡献是把"德先生"和"赛先生"看作是"'五四'运动的两面大旗";把周作人所说的五四后"反已愈逃愈远"的"《新青年》同人所梦想的德先生和赛先生",界定为五四精神。

1935年《中国新文学大系》由上海良友图书出版公司出版,在"中国新文学大系"的篇目及编选者撰写《导言》中,涉及对"五四运动"的评述,在某种意义上又唤起了人们对五四的记忆。

最值得关注的要推蔡元培为《中国新文学大系》作的《总序》了。他在《总序》中说:"我国的复兴,自五四运动以来不过十五年,新文学的成绩,当然不敢自诩为成熟。其影响于科学精神民治主义及表现个性的艺术,均尚在进行中。但是吾国的历史,现代环境,督促吾人,不得不有奔逸绝尘的猛进。吾人自期,至少应以十年的工作抵欧洲各国的百年。所以对于第一个十年先作一总审查,使吾人有以鉴既往而策将来,希望第二个十年与第三个十年时,有中国的拉飞儿与中国的莎士比亚等应运而生呵!"蔡元培把五四运动界定为我国"复兴的开始"。更有意思的是,蔡元培《总序》中的这段文字作为《中国新文学大系》的"评语"时,文字上有少许改动,为了便于对照,特抄录于下:

> 蔡元培先生说:"我国的'复兴',自五四运动以来,不过十五年,新文学的成绩,当然不敢自诩为成熟;其影响于科学精神,民治主义(即新青年所标揭的赛先生与德先生)及表现个性的艺术,均尚在进行中。但是吾国的历史,现代环境,督促吾人,不得不有奔逸绝尘的猛进。吾人自期,至少应以十年的工作,抵意大利的百年。所以对于第一个十年,先作一总检查,使吾人有以鉴既往而策将来,决不是无聊的消遣!"

"评语"对"科学精神"和"民治主义"作了解释,即"赛先生"与"德先

---

① 《文学》1934年4月1日第2卷第4号,署名芬。
② 新疆学院校刊《新芒》1939年7月第1卷第1期。

生"。至此,五四运动有了最完整的表述:五四运动"像欧洲的'文艺复兴'一样,正是一切新的开始"①。五四运动的精神是"赛先生"与"德先生"。在这之前,也有人认为五四运动"像欧洲的'文艺复兴'",北京学界早在1925年5月4日的"五四纪念会"上就这么说过②,但似乎未能成为全社会的共识。蔡元培《总序》面世后,"文艺复兴"的言说不胫而走。同时代许多人都认为五四运动开启了我国政治运动和文学革命的新纪元,在社会、学术、思想、文化各方面都产生了深远的影响。"太学举幡辉青史","后此神州日日新"。③

《中国新文学大系》的编者胡适、郑振铎、茅盾、鲁迅、郑伯奇、周作人、郁达夫、朱自清、洪深、阿英十人中,对五四的看法最有代表性的当推郁达夫。郁达夫在编纂《中国新文学大系·散文二集》之前,就写过《五四文学运动之历史的意义》④,侧重评述五四与新文学的关系,他说:

> 五四运动所给与的社会的影响,比文学的影响,要大得多,不过中国新文学的诞生,当然应该断自五四始。现在且简略地来谈一谈五四与文学的关系。
>
> 第一,最重要的一点,是因五四的一役,而打破了中国文学上传统的锁国主义;自此以后,中国文学便接上了世界文学的洪流,而成为世界文学的一枝一叶了。如封建思想的打倒,德谟克拉西的提创,民族解放的主张等等,是风靡世界的当时的倾向。中国自五四以后,才处入了世界呼吸的神经系统之下,世界一动,中国便立时会起锐敏的感觉而呈反应。
>
> 第二,五四运动,在文学上促生的新意义,是自我的发见。欧美各国的自我发见,是在十九世纪的初期,中国就因为受着传统的锁国主义之累,比他们挨迟了七八十年。自我发见之后,文学的范围就扩大,文学的内容和思想,自然也就丰富起来了。北欧的伊孛生,中欧的尼采,美国的霍脱曼,俄国的十九世纪诸作家的作品,在这时候,方在中国下了根,结了实。

---

① 赵家璧:《中国新文学大系缘起》,《中国新文学大系》(各集),上海:良友图书公司1935年版。
② 《京学界举行五四纪念会》中说:"北京的学界以'五四'等于欧洲之'文艺复兴'",决定今日午后一时"开纪念大会"(北京大学档案馆)。
③ 俞平伯:《一九七九年己未"五四"周甲忆往事十章》,《俞平伯全集》第一集,石家庄:花山文艺出版社1997年版。
④ 《文学》1933年7月1日创刊号。

第三,文言的废除,白话的风行,不过是一种表现形式的更新,它的意义当然也有相当的重要,但只以这一点来说五四与文化,是不能抓住五四运动的重心的。

以上是五四运动在文学上的历史的意义,以扩大的眼光,从文化史方面立脚而下起论断来,当然更有许多别的意义好说,因为要逸出文学的范围以外,所以不提。

至于促成五四运动的社会基础,当然是在封建制度的崩溃,与国际资本帝国主义的压迫。民族意识的抬头,也是上举两种现象的自然反响,系同时发生的三一体。

五四运动,不过是中国思想解放,文艺复兴的一个序幕,它的结果,与后来的影响,还要看我们的能不能努力合上世界的革命潮流,而把促生五四运动的社会遗毒,全部肃清,才能说话。

在《〈中国新文学大系·散文二集〉导言》[①]中,郁达夫论及五四与现代散文的发生时说:"五四运动的最大的成功,第一要算'个人'的发见。从前的人,是为君而存在,为道而存在,为父母而存在的,现在的人才晓得为自我而存在了。我若无何有乎君,道之不适于我者还算什么道,父母是我的父母;若没有我,则社会,国家,宗族等那里会有?以这一种觉醒的思想为中心,更以打破了桎梏之后的文字为体用,现代的散文,就滋长起来了。"在郁达夫看来文学是"人学",因为有了"'个人'的发见",才有了"'文学'的发见"。郁达夫所说的五四运动的这一"最大的成功",也是那个时代的共识。

五、1940年代对五四精神的阐释

1940年代五四运动成了"纪念"和研究的"热点"。毛泽东《五四运动》(1939年5月)、《新民主主义论》(1940年1月)、《中国青年运动的方向》(1939年5月4日)的发表,对五四运动作了更清晰的定性,"反帝反封建的革命运动"、"启蒙运动"和"无产阶级世界革命运动的一部分",成了评价五四运动的准绳。国民党政府出于对抗心理,也在报刊上纪念五四,鼓吹"'五四'精神"就是"三民主义精神","发扬五四精种,必须以三民主义为

---

① 郁达夫编:《中国新文学大系·散文二集》,上海:良友图书公司1935年版。

中心"①,"团结在'本党'旗帜下,服从领袖,便是发扬五四精神"②等等,如若违背了这个精神,五四纪念就成了"非法活动"。

1939年陕甘宁边区的青年组织规定"五月四日为青年节"。1945年5月,中华全国文艺界抗敌协会第七届年会定五月四日为文艺节。1949年12月23日,中国人民政府政务院正式规定:5月4日为中国青年节,五四成了全中国的节日。郭沫若1941年在为"五月四日为青年节"写的《青年哟,人类的春天》③中说:

> 我们把"五四"定为青年节,也就是这种意识觉醒的明白表示了。我们希望:"五四"运动时所表现的那种磅礴的青年精神要永远保持下去,而今后无数代的青年都要保持着五四运动的朝气向前跃进。继承"五四",推进"五四",超过"五四"。使青年永远文化化,使文化永远青年化。

从这篇《青年哟,人类的春天》中不难看见,当年的五四纪念,已经成了一种革命的"仪式",因而也就成了民国政府的心头大患。1944、1945年的昆明和成都的五四纪念遭到的破坏和压制,就是一个例证。

1944年5月初,西南联大文艺社决定举办一场文艺晚会,纪念五四青年节。这一年,国民党政府宣布改3月29日革命先烈纪念日为青年节,号召举行纪念活动。西南联大学生坚决不予理睬,他们与李广田、闻一多商量后,确定晚会的中心议题为《"五四"以来新文艺成就的回顾》,邀请八位教师作演讲:罗常培讲《"五四"前后新旧文体的辩争》,冯至讲《新文艺中诗歌的收获》,朱自清讲《新文艺中散文的收获》,沈从文讲《"五四"以来小说的发展及其与社会的关系》,卞之琳讲《新文艺与西洋文艺的关系》,李广田讲《新文艺中杂文的收获》,闻一多讲《新文艺与文学遗产》,杨振声讲《新文艺的前途》,地点定在学校南区10号大教室。海报贴出后,同学们欢呼雀跃,纷纷提前赶去听讲,教室被挤得水泄不通,会议组织者只好临时决定把会场改到图书馆大阅览室,听众又蜂拥而至。可演讲刚刚开始,电灯就突然熄灭

---

① 南京《中央日报》1940年5月4日社论《"五四"最青年》。
② 南京《中央日报》1943年5月4日社论《国民革命与五四运动》。
③ 重庆《新华日报》1941年5月4日。

了,显然有人蓄意破坏,会场顿时骚动起来,主持人被迫宣布改期举行。①

1945年5月4日下午1时,西南联大、云南大学、中法大学、英语专科学校四校学生自治会,在云大操场举行"五四纪念大会"。闻一多、潘光旦、潘大逵、曾昭抡、吴晗、李树青等教授出席了大会。到会者还有中学生、职业青年、新闻记者及盟国友人,共六千余人。

会议开始时,天突然下起雨来,有人到树下避雨,会场秩序出现紊乱。闻一多站出来大声疾呼:"是青年的都过来!是继承五四血统的青年都过来!""这雨算得什么雨,雨,为我们洗兵!"这件事,吴晗在《哭一多父子》一文中有较详细的叙说:"正当开始的时候,天不作美,在下雨了,参加的男女青年在移动,找一个荫蔽,会场在动乱了。你,掀髯作狮子吼,'这是天洗兵!不怯懦的人上来,走近来,勇敢的人走拢来!'在你的召唤下,群众稳住了,大家都红着脸走近讲台,冒着雨,开成了这个会。"②会后,举行了万人游行,人们高呼"立即结束国民党独裁专政!""建立联合政府!""取消特务!"等口号,走过昆明主要街道。这是皖南事变后,国统区出现的第一次群众示威游行。

纪念五四成了"革命"和"斗争"的象征,成了与民国政府斗争的一种策略。在国统区成都,五四纪念与"反纪念"的斗争更为白热化。且看叶圣陶1945年5月4日的一则日记:

> (下午)二时,再至青年会,参加庆祝文艺节之会。到者除文协会友外,尚有各文艺团体之主持人及各报副刊编者。余为主席,致词半小时,复请周太玄演说,谈五四精神。继之则为余兴节目。……
>
> (晚)与二官驱车往华西坝。坝上殊热闹,各大学皆特出壁报纪念"五四",蔚为大观。方在开大中学一百零五个学生团体之纪念"五四"大会。后有特务人员来捣乱,裂旗拆台,会遂散。特务人员以此为工作,为报销,不足深责,而行此制者,其恶不可恕矣。
>
> 余所参加者为营火会,亦各大学学生所召集。燃木柴一大堆,火焰炽然,会众围之,藉草而坐。歌声四起,别有情味。虞特务人员再来捣

---

① 这次流产的文艺晚会后于5月8日在联大图书馆前大草坪重新举行,演讲的老师又增加了二位,孙毓棠讲《谈谈现代中国戏剧》,闻家驷讲《中国的新诗与法国文学》。听众除西南联大生外,还有云大和其他大中学校的学生,三千余人席地而坐,自始至终秩序井然。晚会开得十分成功。参见西南联合大学北京校友会编《国立西南联合大学校史》,北京:北京大学出版社1996年版,第451—452页。
② 吴晗:《哭一多父子》,《周报》1946年7月20日第46期。

乱,则各校推出纠察队。致辞者四人,陈觉玄、沈体兰(燕大秘书长)、文幼章(美国人)及余。……①

纵观1940年代,因为纪念五四的意义越来越重要,纪念五四的文章也越来越多,最有代表性的作家可推郑振铎、郭沫若和沈从文三人。

著名文学家、学者郑振铎是五四运动急流中涌现出来的风云人物。1917年,他从温州来到北京,考入交通部北京铁路管理学校(今北方交通大学前身)。也就在这一年,郑振铎受到俄国"十月革命"和《新青年》的影响,与当时在北京求学的瞿秋白、耿济之、瞿菊农成了挚友,经常在一起谈读书体会,谈国家大事。1919年五四那天,是星期天,郑振铎没去学校,午间休息时突然被门外的叫喊声惊醒,那就是有名的"火烧赵家楼"。赵家楼离他的住处西石槽六号很近,因为郑振铎、瞿秋白等人就读的都不是"名校",所以5月4日那天北京大学等校的同学们"起事"时,他们都因为没有得到通知而未能参加。但从第二天起,他们就都全身心地投入了爱国运动,如创办著名的《新社会》旬刊(后来,许地山、郭梦良、徐六几也参加编辑);与郑天挺、郭梦良、徐六几、朱谦之、黄庐隐等在京福建籍学生创办油印刊物《闽潮》,还一起组织了一个"S. R.(即Social Reformation的缩写,意思是社会改革)学会";和北大学生易家钺、罗敦伟等人成立"青年自立会";和罗敦伟、徐六几、周长宪等人创刊《批评》半月刊;主持"社会实进会"的讲演会,邀请胡适、高厚德(H. S. Galt)、陶履恭、周作人等名家讲演;还主持出版"永嘉(即温州)新学会"会刊《新学报》;翻译列宁1917年4月初写的《俄罗斯之政党》②等重要文章;和耿济之一起翻译《国际歌》歌词(这是最早的中文译词),等等。郑振铎一生辉煌的文学事业和学术事业,就是从五四时期开始的。他在那时开始翻译和组织翻译俄国文学作品,开始介绍和组织介绍西方文学理论,开始创作新诗和小说,开始编辑文学丛书,等等。特别是,以他为核心,发起和成立了我国现代文学史上第一个纯文学社团"文学研究会"。所有这一切,都与郑振铎积极投身五四运动有关。

1946年,郑振铎发表了《前事不忘》、《五四运动的意义》、《五四运动的精神》、《迎"文艺节"》、《说"文艺节"》、《〈文艺复兴〉发刊词》等一系列论述五四运动的文章,还为《世界晨报》等报刊题词纪念五四,并创作一部专

---

① 叶圣陶:《叶圣陶集》第20卷,南京:江苏教育出版社2004年版,第397—398页。
② 《新中国》月刊1919年12月15日第1卷第8期。

写五四运动的小说——一部未完成的小说《向光明去(断片)》①。他在1958年6月致人民文学出版社的信中说:"虽是断片,但没有发表过,是描写五四运动的,似还可用。"小说今见前六章,二万五千多字。从结构、人物、线索、场面、氛围等等方面看来,作者无疑是准备写一部长篇巨著的,可能是因为当时工作繁忙,未能完成,十分遗憾。郑振铎对五四的评述可推1946年为五四运动第二十七个纪念日写的《五四运动的意义》②作代表,文章说:

> 这运动开始于北京东城赵家楼曹汝霖住宅的一火,其光芒竟不数月而普照于整个中国。中国的现代化运动乃由此而急骤的进行着。封建的最顽固的壁垒,最后竟被攻破了。思想的解放,文艺的解放,使后来的青年们得到了自由观察,自由思想,自由写作的机会。这二十多年的比较蓬勃的学术文艺的发展,可以说都是导源于五四运动之一举的。
>
> 所以,"五四"是一个特别值得纪念的一个划时代的日子。
>
> 五四运动所要求的是科学与民主。这要求在今日也还继续着。
>
> 我们纪念"五四",我们不要忘记了五四运动所要求而今日仍还没有完全达到的两个目标:"科学与民主"。
>
> 我们现在还要高喊着,要求"科学与民主"!

五四是"中国的现代化运动"的起始,"思想的解放,文艺的解放",青年们"自由观察,自由思想,自由写作",以及"这二十多年的比较蓬勃的学术文艺的发展","可以说都是导源于五四运动",五四高举的"科学与民主",仍是我们奋进的方向。郑振铎的这些论述都极为生动,极为深刻。

1919年五四发生时,郭沫若正在日本留学。他在《序我的诗》③一文中谈到五四对他的影响时说:

> "五四"运动发动的那一年,个人的郁积,民族的郁积,在这时找出了喷火口,也找出了喷火的方式,我在那时差不多是狂了。民七民八之交,将近三四个月的期间差不多每天都有诗兴来猛袭,我抓着也就把它们写在纸上。当时宗白华在主编上海《时事新报》的《学灯》。他,每篇都替我发表,给予我以很大的鼓励,因而我有最初的一本诗集《女

---

① 郑振铎:《郑振铎文集》第1卷,北京:人民文学出版社1959年版。
② 《民主》1946年5月4日第29期。
③ 重庆《中外春秋》月刊1944年5月第2卷第3、4期合刊。

神》的集成。

但我要坦白地说一句话,自从《女神》以后,我已经不再是"诗人"了。自然,其后我也还出过好几个诗集,有《星空》,有《瓶》,有《恢复》,特别像《瓶》似乎也陶醉过好些人,但在我自己是不够味的。要从技巧一方面来说吧,或许《女神》以后的东西要高明一些,但像产生《女神》时代的那种火山爆炸式的内发情感是没有了。潮退后的一些微波,或甚至是死寂,有些人是特别的喜欢,但我始终是感觉着只有在最高潮时候的生命是最够味的。

1940年代,郭沫若已经成了鲁迅的"继承者",成了"中国革命文艺界的领袖"①,成了"新文化运动的主将"②,成了在"新文化战线上"带领文化界的战士们奋勇前进的"又一面旗帜"③。从这个意义上说,郭沫若畅谈五四的文章有"指导意义",理应值得格外关注。

除了上面提到的《青年哟,人类的春天》和《序我的诗》之外,郭沫若还写过《新文艺的使命——纪念文协五周年》④、《"五四"课题的重提》⑤、《中华全国文艺协会总会文艺节告全国文艺工作者》⑥和《学术工作展望》⑦等,他在《"五四"课题的重提》中说:

"五四"运动的课题是接受赛先生(科学)与发展德先生(民主)。这课题依然是一个悬案。

我们今天的任务,依然要继续"五四"精神,加紧解决我们的悬案:接受科学并发展民主。

……今天要接受科学,主要的途径应该是科学的中国化……要做到这一层,总要有政治的民主化为前提。

在《青年哟,人类的春天》一文中说:"'五四'运动成为文化运动的纪念碑,中国文化乃至中国民族经这一运动而青年化了。'五四'以来的二十二年

---

① 吴奚如:《郭沫若同志和党的关系》,《新文学史料》1980年第2期。
② 周恩来:《我要说的话——论鲁迅与郭沫若》,《新华日报》1941年11月16日。
③ 阳翰笙:《回忆郭老创作二十五周年和五十寿辰的庆祝活动》,《新文学史料》1980年第2期。
④ 重庆《新华日报》1943年3月27日。
⑤ 重庆《群众》月刊1945年5月15日第10卷第9期。
⑥ 重庆《新华日报》1946年5月4日,编入《郭沫若全集》第20卷改题名为《纪念第二届"五四"文艺节告全国文艺工作者书》。
⑦ 重庆《中国学术》季刊1946年8月创刊号。

间的进展,毫不夸张地,可以说抵得上'五四'以前的二千二百年间的进展。我们不要为泥古的习惯所囿,应该把眼光看着前头。二千二百年来的文化积蓄,固然有它精粹的成分存在,值得我们研究、阐发、保存、光大,但从那年代的久远和适用价值的有限上来看,我们的进步实在是十分迂缓……到了现代,空前的距离有了无限的缩短,时间的范畴得到无限的扩充,人力的效率增大到无穷倍。这是事实,也可以说是人力造成的奇迹。我们虽然还未走到近代文化的高峰,但自'五四'以来,我们是不息的在向上走着。这路是荆棘的路,但同时也是争取荣冠的路。我们要发挥我们文化民族的使命,便不得不斗争。没有斗争便没有文化。目前的世界有极端疯狂的暴力正在向着文化摧残,向着创造文化的精神摧残,把人类拖到黑暗的悲惨的死灭地狱。我们要从这世界末日中把文化救起,把创造文化的精神救起,救起自己本身,救起全民族,救起全人类。"在《学术工作展望》中再次说道:"'五四'以来的课题:实现科学与民主,到今天依然是我们学术工作者急待解决的课题。"这些热切的话语今天读来依然感到十分亲切。

在五四唤醒的一代青年中,沈从文是最富有代表性的。是1919年五四的召唤,使青年沈从文离开"打打杀杀"的"军队",从"边城"湘西来到五四策源地北京,梦想"读书",立志"从文"。沈从文多次谈到他一生遇到的好人太多了,这些好人大都是他在北京遇到的。他多次谈到他从林宰平、徐志摩,胡适、陈西滢、杨振声、丁西林的诸先生那儿获得"一种作人虔敬的力量"、"对工作的热忱态度",因而能"稍稍打破了五四初期作家的记录,而且还走得满有兴致。也间或不免受小石子绊倒,可是歇一会会又依然走去!"是林宰平、徐志摩,胡适、陈西滢、杨振声、丁西林的帮助使沈从文走上了文学的道路。而帮助他的这批人从某种意义上说都是"五四人"。也正是因为如此,沈从文特别感念五四,感念"五四人"。在《青年运动》①一文中说:五四是破除"迷信"的"思想解放运动";五四运动是"'新青年'运动","推动了中国革命","重造一个崭新的中国"。在《"五四"二十一年》②中说:五四运动是"'思想解放'与'社会改造'运动"。在论及文学革命"把明白易懂的语体文来代替旧有的文体"时说:

> 对语体文的价值与意义,作过伟大预言的,是胡适之先生。二十年前他就很大胆的说:"语体文在社会新陈代谢工作上,将有巨大的作

---

① 北平《实报》1935年12月29日。
② 沈从文:《沈从文全集》第14卷,太原:北岳文艺出版社2002年版。

用。二十世纪的中国文学史,语体文必占重要的努力。"这种意见于二十年前说出,当时人都以为痴人说梦,到如今,却早已成为事实了。但二十年前胡适之先生能够自由大胆表示他的意见,实得力于主持北京大学的蔡孑民老先生,在学校中标榜"学术自由"。因学术自由,语体文方能抬头,使中国文学从因袭、陈腐、虚饰、俗套、模仿中,得到面目一新的机会,酝酿培养思想解放社会改造的种子。

沈从文说:五四精神的特点是"天真"和"勇敢"。在为五四运动二十八周年纪念写的《五四》①一文中说:"'五四'二字实象征一种年青人求国家重造的热烈愿望,和表现这愿望的坦白行为",把民族与国家的希望寄托在青年身上。在1948年写的《纪念五四》②一文中再次谈到:五四精神特点是"天真"和"勇敢"。最有特色的当推《五四和五四人》③,文章说五四精神得靠"五四人"来诠释,在谈到他所接触到的"五四人"时说:

> 照我所接触的五四学人印象而言,他们一面思想向前,对于取予都十分谨严,大多数都够得上个"君子"的称呼。即从事政治,也有所为有所不为,永远不失定向,决不用纵横捭阖权谲诡崇自见。这不仅值得称道,实在还值得后来者取法,因为这是人的根本价值。其次是对事对人的客观性与包涵性,对于政见文论,一面不失个人信守,一面复能承认他人存在。尤其是用于同学师友间,得到真诚持久的融洽。民主与自由不徒是个名词,还是一个坚定不移作人对事原则。这不可说不是亲炙孑民先生人格光辉的五四人幸运。因为有了这个,才会有学术上的真进步。这是培养创造种子的黑壤,能生发一切不同的苞芽。这不同又由一个较长时间来自然清算,得失即近乎公正本来。也因此,学校能始终作各种进步的尝试与发展。对学校制度,从近处看或为尾大不掉;从远处看,即永远有个新的趋势及变的事实。五四人之存在于北平,服务于清华北大两校的,尽管思想如何不同,却能永远保持个人友好,这一点也值得后来者认识借镜。五四人因所学不尽同,虽同在一学校,所负责任又不一致,也因之在学术成就上未见齐一。然而一种青春不老创造的心,却似乎能始终表现于各自工作上。这一点,实在说,是只有新的北大人从更多方面来学习认识,才会转而为自己一种工作态

---

① 天津《益世报·文学周刊》1947年5月4日第39期,署名编者。
② 天津《益世报·文学周刊》1948年5月4日第90期。
③ 北平《平明日报·五四史料展览特刊》1948年5月4日,署名窄霉斋主。

度指向的。以五四学人的学而言,不论是日坐讲台作精密析理的冯友兰,或日守办事桌应付杂事之郑天挺,其克服困难守定工作那点忠诚,则完全出自同一源泉。参加扭秧歌的朱自清,和为学校收购古物的杨振声,同学以为是两种人两种事情的,其实还是出自同一那个青春不老的创造心,企图把生命与国家发展连接而为一,贡献自己于后来者那点忠诚心不二,而还带一点天真的稚气,不同的不过所取用方式,由一个十六岁到二十岁同学看来不同而已。

五四又来了,大家为纪念这个五四,为迎接这个五月,都显得十分紧张、兴奋,同时也异常忙碌。一个新的北大人必不少以为一切要更进一步,有个更进步表现,才能发扬光大五四精神。时代变动大,社会一切在分解,也待新生,三千同学中能共同组成个千人大合唱,也自然能在许多必要独自为战工作上,表现出真正战斗持久精神,与进步事实。但广泛与深刻的来认识北大五四人,在当前似乎也十分需要,因为基于这种认识,才会有个反集权的民主与自由作风来发扬光大!

这两段话说得尤为精彩。"五四人"都有富国强国的理想,都有忧患意识,都有追求真理、崇尚科学的热忱,都有做人的准则——有所为有所不为,都是君子,爱己也爱人,都有"一种青春不老创造的心",都还带有一点天真的稚气,因而极其可爱,极其可贵。

六、1949年北京大学的《五四纪念特刊》

1949年5月3日,北大纪念五四筹备会编辑出版了《五四纪念特刊》,这是五四运动策源地的北京大学在北平解放后第一次纪念五四,也是新中国成立前最后一次纪念五四,是有着特殊的意义的。现将这份《五四纪念特刊》的篇目抄录于下:

展开一个热烈的学习运动——纪念五四三十周年
五四的体验　　　　　　　　　　　　　　　　钱端升
新民主与新科学　　　　　　　　　　　　　　袁翰青
急起直追——参加革命建设工作　　　　　　　范文澜
"五四"三十周年纪念(贺词)　　　　　　　　吴玉章
加紧学习——发扬"五四"的科学精神　　　　曾昭抡
五四感言　　　　　　　　　　　　　　　　　闻家驷

关于李大钊先生	川岛
第一首歌(为北平解放后的第一个"五四"作)	冯至
五四在北大	费青

纪念文章中的第一篇《展开一个热烈的学习运动——纪念五四三十周年》，显然是"北大纪念五四筹备会"写的，这篇极富号召性的短论代表了北大校方纪念五四的基调，且看文章的头二节：

> 从五四到今天的新民主主义革命已获得了巨大的胜利，并带给了中国人民新的艰巨的建设任务。今天，我们是这一巨大建设工程的后备军，"学习"是我们主要的战斗任务！今天，在中国人民胜利的兼程进军中，工农劳动人民加紧生产，用生产竞赛纪念他们的节日——五一，我们要向他们看齐，展开一个热烈的学习运动，用学习竞赛纪念我们的节日——五四。
>
> 在反动派的黑暗统治下，在旧的不合理的教育制度下，我们深深中了封建思想、买办思想、剥削思想，和其他种种坏思想的毒害，我们不能从正确的观点、方法观察事物，研究学问。今天，我们急需学习的是革命的理论——马列主义和毛泽东思想，从而建立革命的人生观，世界观，用正确的科学的观点、方法观察事物，洗刷干净我们过去在思想上所受的毒害，彻底改造我们自己。只有以马列主义和毛泽东思想武装了我们的头脑，彻底改造了我们自己，才不致在工作上迷失了方向，才能与工农结合在一起，共同为新中国的建设而努力！

纪念五四已经从五四引申开来，畅谈学习马列主义和毛泽东思想、改造人生观和世界观的紧迫性和重要性了，而纪念五四的最好的方式，就是"展开一个热烈的学习运动"，学习马列主义和毛泽东思想。

钱端升的《五四的体验》谈五四时期"知识分子所犯的错误"，一是与工人及店员"未作长久的广泛的联系"，二是"当时的领导运动者有不少人充满了领袖欲，以至很快地和青年群脱了节，灭低了青年运动的力量"。他希望知识分子坚定"正确的方向"，"为保障工作和行动完全符合于革命的要求起见，仍须旦夕以三十年前的错误为戒，而深自惕励"。范文澜的《急起直追——参加革命建设工作》侧重谈知识分子"改造"的迫切性。作为五四运动的继承者和发扬者，必须"急起直追"，在"参加革命建设工作"的过程中改造思想。文章说：

> "五四"运动的光荣、伟大、划时代是属于中国共产党、中国无产阶

级、中国人民所有的。小资产阶级知识分子(除去投入无产阶级阵营的一部分)动摇、消极、悲观,资产阶级知识分子与敌妥协,站到反动方面去,如果他们在"五四"运动中也曾有过光彩的话,那止能说,或多或少的光彩是有过的,可惜不久,有的就失去光彩,有的背叛"五四",变为可耻的反动知识分子。

  我在"五四"运动前后,硬抱着几本经书、汉书、说文、文选、诵习师说,孜孜不倦,自以为这是学术正统,文学嫡传,看不起那时流行的白话文、新学说,把自己抛弃在大时代之外。后来才知道错了!错了!剑及履及般急起直追,感谢时代不抛弃任何一个愿意前进的人,我算是跟上时代了。想起那时候耳不闻雷霆之声,目不观泰山之形,自安于蚯蚓窍里的微吟,为何不后悔呢!

  今天,轰轰烈烈的革命胜利,其显而易见易闻。比雷霆泰山不知要高多少倍,大量知识分子倾向或涌入革命阵营,这决不是偶然的现象。可是还有一部分人舍不得旧有的一套,不愿意改造自己的立场、观点、方法,有的立场迟暮,懒得再下工夫去改造。这两种思想都是不对的。新中国伟大的建设工作——经济的、政治的、文化的、军事的——正在开始,只要参加这个工作总是早而不算迟的。关键在于立场观点方法的改变是否早而不迟,如果愿意改,就有改的机会,但迟到不禄而还没有改那就真是迟了。

  我也是一个知识分子,虽然经过改造,却改造得很不够,愿意和我的同伴们共同努力,攀着时代的轮子,永远前进。我们要在革命建设工作的实际行动中证明我们都是"五四"运动的继承者和发扬者。

闻家驷的《五四感言》强调知识分子"需要把自己过去的工作重新检讨一下,看看这些工作是不是有利于人民大众,如果不是的,我们应该如何改进,如果已经是的,是不是还要加强,使之更符合人民大众的利益"。吴玉章的《"五四"三十周年纪念》(贺词):"发扬'五四'精神站稳革命阶级立场,为新民主主义的人民共和国而奋斗。"正好用来概括上面几篇纪念文章的基本思想。

与"展开一个热烈的学习运动"、"急起直追——参加革命建设工作"、"站稳革命阶级立场,为新民主主义的人民共和国而奋斗"相呼应的,是对五四时代提出的"民主"与"科学"二个口号的重新定义。

袁翰青的《新民主与新科学》认为:五四时代提出的"民主"这个口号,"所仰望的民主还只是资产阶级的形式民主",今天"我们已迈进了无产阶级所领导的新民主主义阶段","毫无疑问地已经跨过了'五四时代'的要求"。言外之意是五四时代提出的"民主"这个口号已经过时了,不适用了。五四时代所提出另一个口号"科学",是"单纯的科学",也不合用了。于是提出了"新民主"与"新科学"这两个概念。他解释说:

> 所谓"新"是指研究科学的制度、作风,态度和目的而言。新民主主义的文化是民族的、大众的。可是我们以前的自然科学工作却不幸是殖民地的、贵族的。如何使中国的科学成为民族和大众的,是"新科学"的一个主题。
>
> 在文艺界,那种"为文艺而文艺"的思想早已被肃清。在科学界,却充满了"为科学而科学","为趣味而科学"的气氛。是的,我们不应当是短视的功利主义者……今天我们是在二十世纪五十年代的中国,不是牛顿时代的英国。……"新科学"是有计划、有组织、为人民的科学工作,这是时代的迫切要求。新中国的科学工作者是不应当辜负了时代的。

曾昭抡在《加紧学习——发扬"五四"的科学精神》一文中,延续了袁翰青的观点,认为五四时代提的"科学",是"单纯的科学"。他说:

> 三十年前,大多数人的眼界,趋于窄狭。当时的科学,大抵仅指自然与应用科学而言。现在科学的定义扩大了。不但政治、经济、社会学等种种社会科学,可归于科学范围。即如历史等学问的处理,亦日趋于运用科学方法。所以今日说到提倡科学,决不是重理工而轻文法,乃是发扬科学的精神,将其应用于科学研究,以及行政事务的处理。

曾昭抡在这里对"科学"的定义无疑是相当精确的,但说"科学"在五四时代"大抵仅指自然与应用科学而言",恐怕并不切合陈独秀及《新青年》同人的本意。陈独秀在《青年杂志》发刊词《敬告青年》[①]中提出"孰为新鲜活泼而适于今世之争存,孰为陈腐朽败而不容留置于脑里"的"六项标准":

(一)自主的而非奴隶的。
(二)进步的而非保守的。
(三)进取的而非退隐的。
(四)世界的而非锁国的。

---

① 《青年杂志》1915年9月15日创刊号。

（五）实利的而非虚文的。

（六）科学的而非想象的。"科学者何？吾人对于事物之概念，综合客观之现象，诉之主观之理性而不矛盾之谓也。想象者何？既超脱客观之现象，复抛弃主观之理性，凭空构想，有假定而无实证……"

陈独秀在阐明六项标准之后，着重指出"近代欧洲之所以优越他族者，科学之兴，其功不在人权之下，若舟车之有两轮焉"，"国人而欲脱蒙昧时代，羞为浅化之民也，即急起直追，当以科学与民权并重"。陈独秀所推举的科学，既包括自然科学，也包括社会科学和哲学，重在提倡科学精神，尊重科学规律，它的对立面是主观臆断、盲从迷信、愚昧无知，简言之曰蒙昧。

袁翰青和曾昭抡对五四时代提出的"民主"与"科学"这两个口号的审视，可能与当对五四运动的评价有关，与对陈独秀以及五四领袖的评价有关。费青的《五四在北大》在肯定了北大对五四的贡献、北大师生"有识见，有勇气"之后，接着说：

> 但是，革命的进程是迂回曲折的。"五四"以来，文化界固然产生了无数的勇敢斗士，同时却不少中途即退，甚至转化而为帮凶帮闲的丑角。即就北京大学来讲，一辈青年参加火烧赵家楼的英雄们，多少还迄今保持了旧时气骨，多少已投入了民族罪人的怀抱？
>
> 当此全国一片解放欢呼声中来纪念这个"五四"节日，我们——身处在"五四"策源地的北大人——直感到无限的兴奋和感触。我们不应自豪，却只有惕励。过去的光荣迫使我们赶着时代前进又前进。古老的中华民族正在茁壮起来，重新赶上世界革命力量的前列。苍旧的北大红楼，我们自信也正在焕然重新，来保持它"五四"的光荣。

世道日新，时不我与。新中国即将诞生，北大人要保持"'五四'的光荣"，就必须"加紧学习"！袁翰青在《新民主与新科学》中说"中国有了新民主"，今天需要的是"新科学"。"发扬'五四'精神"的唯一的要求就是"站稳革命阶级立场，为新民主主义的人民共和国而奋斗。"北大人在1949年新中国诞生前夕对"'五四'精神"的阐释，与当时社会的主流思潮是一致的。茅盾1949年5月4日发表的《还须准备长期而坚决的斗争——为"五四"三十周年纪念作》[①]一文中说：

> 今年是"五四"的三十周年，在这"红五月"，半封建半殖民地的旧

---

① 《人民日报》1949年5月4日。

中国从此结束,震撼了全世界的一个新中国已经产生,"五四"的历史任务也终于完成了……

作为文学家兼革命家的茅盾是这么认为的,作为一位"杰出的抒情诗人"同时兼"北大人"的冯至也是这么认为的,且看他的《第一首歌(为北平解放后的第一个"五四"作)》:

　　三千年的老岁月
　　　　退给了年青的今天;
　　三十年的青年的血
　　　　换来了灿烂的今天。

　　在这三十年的过程
　　　　有离叛,有坚持——
　　离叛是自然的淘汰,
　　　　坚持的给我们证实:

　　腐朽的都成为阴影
　　　　沦入无底的深渊;
　　三十年前的一粒光
　　　　如今照遍了山川。

　　我们起始歌唱
　　　　我们的第一首歌,
　　像人类从木石里
　　　　第一回钻出来火。

　　我们起始歌唱
　　　　我们的第一首歌,
　　像人类才有了锄头
　　　　第一回到田里耕作。

　　我们起始歌唱
　　　　我们的第一首歌,

>隔离久的心
>
>>如今又融成一个。
>
>脖子上没有了锁链,
>
>>脸面上恢复了红颜:
>
>三十年前一粒光
>
>>如今照遍了山川。

冯至纵情高歌"三千年的老岁月/退给了年青的今天;/三十年的青年的血/换来了灿烂的今天"、"三十年前的一粒光/如今照遍了山川",这优美的乐章中交织着像茅盾那样的由衷的喜悦:"震撼了全世界的一个新中国已经产生,'五四'历史任务也终于完成了。"1944年5月西南联大学生、青年诗人何达为纪念五四写了一首题为《五四颂》[①]的新诗,诗中写道:

>五四/是从喑哑的历史里/跳出来的/血红的大字/五四/是从喑哑的世纪里/爆发出来的/怒吼的声音/五四/用中国人的愤怒/震落了/签订卖身契的笔/五四/在青年人的生命上/挂上了/拯救民族的勋章。

事隔五年,在新中国如一轮朝阳即将喷薄而出的时刻,何达的师长们对五四有了全新的解读:"'五四'运动的光荣、伟大、划时代是属于中国共产党、中国无产阶级、中国人民所有的!""以马列主义和毛泽东思想武装了我们的头脑",彻底改造人生观、世界观,成了五四运动策源地北大师生的共识,这又是一个观念的突变。

伴随着新中国的诞生,"赶着时代前进又前进"成了知识分子共同的心声。"以马列主义和毛泽东思想武装了我们的头脑",彻底改造人生观、世界观,成了新时期继承和弘扬五四精神的主旋律。

(作者单位:北京大学)

---

① 何达:《我们开会》,上海:中兴出版社1949年版。

从 30 年代对五四文学传统的反思看两种不同的文学思路

朱晓进

中国现代文学是以五四为开端的,因此,五四文学传统是中国现代文学研究中一个绕不开、说不尽的话题。在五四其后的不同历史阶段,都有着诸多对于五四文学传统的阐释和评价,而且种种阐释和评价的观点和结论往往并不一致甚至常常会截然相反。简单的对五四文学传统的肯定和否定固然不免失之偏颇,但这些简单肯定和否定的声音却在不同的历史时段的节点上不断地被重复着。这里,值得注意的是,在很大程度上五四文学传统在阐释者和评价者那里是作为一种绝对的标准和尺度或者作为一种历史责任的承担者而被言说的。一些言说者往往仅仅站在五四的立场上,以五四的思路来否定基于不同的文学理念和文学思路形成的其他文学传统,这里所隐含的误区是,五四文学传统被看成是一种完美形态的文学传统,可以用是否完全继承或完全符合这一文学传统来对其他文学传统作出褒贬评价,这就是我们时常听到的所谓"重返五四"、"回到五四"等呼声背后的对五四的基本价值判断。另有一些言说者则与此相反,他们往往将中国现代文学初始阶段的五四文学传统视为后来时代文学发展过程中种种失误的承担者,这里所隐含着的误区是过分夸大五四文学传统对于其后阶段文学的影响力和决定作用,忽略了五四文学传统赖以产生的独特的文化语境,也忽略了其后阶段文学发展中的不断的转型和变异。本文选择从 30 年代文学界对五四文学传统的反思入手,目的在于通过关注五四其后时代种种对于五四文学传统的阐释和评价,探究其背后所隐含的不同言说目的和看问题的角度,由此来透视言说者和评价者基于不同历史阶段所持的不同的文学思路,从而对这些阐释和评价的准确性和合理性作出判断,同时,通过 30 年代与五四所持文学思路的差异来反观五四文学传统,来把握 30 年代文学的转型,从而在参照和对比中更准确地把握五四文学传统和 30 年代文学传统的主要和重要的特征和内容,更公允地对二者作出阐释和评价,更好地总结五四文学传统和 30 年代文学传统的经验和教训。

一

　　30年代文学界曾有过对五四文学传统的反思,从这种反思中的种种分歧、种种观点,可以看出各自在看问题时所采取的不同的角度,同时也能够透过这种"反思"清晰地看到30年代与五四在整体上的不同的思路。30年代对五四文学传统的反思,说到底是30年代文学思路与五四文学思路的两种不同思路的对峙。

　　30年代,特别是"左联"成立之后,对五四文学传统作了较多的否定。茅盾发表的《"五四"运动的检讨》一文,代表了"左联"对五四的基本看法。茅盾在1929年写的《读〈倪焕之〉》一文中,还肯定了五四的历史功绩,很坚决地认为:"我们亦不能不承认,活跃于'五四'前后的人物在精神上虽然迈过了'五四'而前进,却也未始不是'五四'产儿中的最勇敢的几个。没有了'五四',未必会有'五卅'罢。同样地会未必有现在之所谓'第四期的前夜'罢。历史是这样命定了的!"并提醒人们不要忘记了历史,割断了历史。①但"左联"成立后不久,茅盾便在"左联"的理论机关刊物《文学导报》上发表了《"五四"运动的检讨》一文。该文的副标题为"马克思主义文艺理论研究报告",文中茅盾对"五四"作了全新的思考,也得出了全新的结论:"'五四'是中国资产阶级争取政权时对于封建势力的一种意识形态的斗争。换一句话,'五四'是封建思想成为中国资产阶级发展上的障碍时所必然要爆发的斗争。……然而这以后,无产阶级运动崛起,时代走上了新的机运,'五四'埋葬在历史的坟墓里了。"茅盾给"五四"的定位是:"资产阶级的'五四'"。并指出:"甚至尚有'五四'的正统派以新的形式依然在那里活动,例如'新月派'。这一些,在现今只有反革命的作用。扫除这些残存的'五四',也是目今革命工作内的一项课程。"②显然,这已是站在与《读〈倪焕之〉》一文及其之前所不同的政治的和阶级的立场上来反思五四文学传统了。从这种思维出发,对五四就自然持有较多的否定。

　　茅盾的上述观点,代表了"左联"对五四的基本看法。据茅盾自己讲,自己这篇文章是"遵照瞿秋白的建议"写的,并且在"文章写作之前我都与秋白交换过意见,其中有的观点也就是他的观点"。"30年代初期,人们

---

① 茅盾:《读〈倪焕之〉》,《文学周报》1929年5月第8卷第20期。
② 丙申(茅盾):《"五四"运动的检讨》,《文学导报》1931年3月5日第1卷第2期。

(包括瞿秋白和我)却普遍认为'五四'运动是中国新兴资产阶级的革命,这个革命是先天不足的,短命的,到'五卅'运动时,它就退出了历史舞台,让位于新崛起的无产阶级革命运动。我的这篇报告就是按照这样的理论来展开的,因此,对于'五四'运动的历史作用,评论必然偏低。"尽管如此,"这认识在当时还被认为是温和的,保守的"。① 瞿秋白作为"左联"的理论家,对于五四的表述则更为明确:"五四时期的反对礼教的斗争只限于智识分子,这是一个资产阶级的自由主义启蒙主义的文学运动。我们要有一个无产阶级的'五四'。"② 而当"自由人"胡秋原提出"要继续完成五四之遗业,以新的科学的方法,彻底清算,再批判封建意识形态之残骸与变种"③时,瞿秋白则认为,"再批判意识形态"是分散反对日本帝国主义的战斗"火力",并要求他们"脱弃'五四'的衣衫"④。而冯雪峰更是认为,胡秋原对"五四遗业"的坚守是"反革命派别的政治主张之在文艺理论上的反映"⑤。可以看出,在30年代左翼文坛是把对五四文学传统的舍弃还是坚守,看成是一种政治的、阶级的立场问题,这是从30年代特殊的社会变革和政治革命的要求看问题的必然结果。

那么,何以"再批判意识形态"会成为问题? 这背后显示出的其实是五四时期与30年代两种不同"思路"的差异。茅盾在《"五四"运动的检讨》一文中宣称,"'五四'这时期并不能以北京学生火烧赵家楼那一天的'五四'算起,也不能把它延长到'五卅'运动发生时为止。这应该从火烧赵家楼的前二年或三年起算到后二年或三年为止"⑥。这种时间上的界定,其背后的目的是很明确的,这实际上就是要将五四时代与其后的从五卅开始的社会革命时代区分开来,就是要将五四的传统定格定位在思想革命范围内。从新的社会革命的思路出发,停留在思想革命的思路的"再批判意识形态",自然就会成为问题。

那么,五四思路与30年代思路的根本差异在哪里呢? 鲁迅曾经有过这样的表述:五四时期"文学革命者的要求是人性的解放,他们以为只要扫荡了旧的成法,剩下来的便是原来的人,好的社会了";而30年代是"阶级意

---

① 茅盾:《我走过的道路》(中),北京:人民文学出版社1984年版,第73—76页。
② 史铁儿(瞿秋白):《普洛大众文艺的现实问题》,《文学》1932年4月25日第1卷第1期。
③ 胡秋原:《真理之檄》,《文化评论》1931年12月25日创刊号。
④ 瞿秋白:《请脱弃"五四"的衣衫》,《文艺新闻》1932年1月18日第45号。
⑤ 洛阳(冯雪峰):《并非浪费的认争》,《现代》1933年1月1日第2卷第3期。
⑥ 丙申(茅盾):《"五四"运动的检讨》,《文学报》1931年3月5日第1卷第2期。

识觉醒了起来,前进的作家,就都成了革命文学者"。① 也就是说,五四时期是从人性解放、个性主义、新与旧、文明与落后等来看待和解释一切问题;而30年代是以阶级意识、前进与反动、革命与不革命等来看待和解释一切问题。这点到了30年代文学思路与五四文学思路的根本的区别。

说到底,这种区别是在于,五四的文学思路是倾向于我们通常所谓的人文学科的思路,即关注的是人的精神世界和文化世界,关注的是理想人格的塑造,探讨的是人类的精神文化现象,是要引导人们去思考人生的目的、意义和价值等等,注重的是在思想范围里解决问题。由此来看五四作家和五四文学创作,就可以理解,何以五四作家多以思想启蒙为己任,何以人道主义、个性解放、张扬人性会成为文学思潮,何以人生的目的和意义、美和爱的追寻、人的精神的自由、人的尊严和人格的平等等等会成为五四文学创作表达的主要内容,何以作家学者们五四学习、研究、思考、探索常常集中于伦理、宗教、人类学、民俗学、语言学、心理学等等精神文化领域。即如鲁迅,在五四时期特别注重于文明批判,注重于伦理道德的探索,包括他的文学创作,从根本上就是带着一种鲜明的思想启蒙、改变人们的精神世界的目的去进行的。用鲁迅自己的话说,"我们的第一要著,是在改变他们(指国民——引者)的精神,而善于改变精神的是,我那时以为当然要推文艺,于是想提倡文艺运动了"②。很明显,鲁迅从事文艺活动的最初目的就是以文艺作为人的主体精神文化建设的一种途径。

而30年代的文学思路是倾向于社会科学的思路,即关注的是社会的现实发展状况,关注的是社会政治制度、社会生产关系,着眼于人的现实的政治、经济和物质利益以及寻求满足人的物质需求和精神需求、改善人的生活质量、实现人的发展的重要手段等等,注重的是社会分析的方法。由此来看30年代的作家和30年代的文学创作,就可以理解,何以30年代作家们对社会科学的兴趣普遍加强,何以30年代有不少作家并不甘心于只做一个作家,他们往往同时兼为社会活动家、社会科学家,何以作家学者们30年代学习、研究、思考、探索常常集中于政治、经济、社会、历史、民族、国际关系等等社会科学领域,何以30年代文学的"社会科学化"倾向会成为一个非常普遍的文学现象,何以文学创作对社会科学理论的借鉴和对社会科学方法的

---

① 鲁迅:《且介亭杂文·〈草鞋脚〉小引》,《鲁迅全集》第6卷,北京:人民文学出版社1981年版,第20页。
② 鲁迅:《呐喊·自序》,《鲁迅全集》第1卷,北京:人民文学出版社1981年版,第417页。

运用等等会成为一种趋势。① 文学的"社会科学化"的思路,在很大程度上影响了30年代作家的文学选择,决定了作家们文学创作的风貌,带来了文学形式和文学文体等方面的诸多变化,并导致了30年代文学的一些重要特征的形成。

从30年代的文学思路出发,前面所述的胡秋原提出"再批判意识形态",在30年代主流作家那里自然就会成为问题。正是30年代与五四时期两种文学思路的差异,造成了30年代文学与五四文学的主要区别,也正是这种思路的差异,成为30年代对五四文学传统给予较多否定的潜在的重要根源。

二

社会科学的思路是30年代标志性的文学思路,也是整体性的文学思路。说它是标志性的,是因为这一思路标识了30年代文学区别于五四文学的根本差异和主要的分野。说它是整体性的,是因为这一思路在30年代具有主导性和普遍性。

30年代知识分子社会科学意识普遍加强,对社会政治问题普遍给予了特别的关注,这导致了广泛的对于包括马克思主义学说在内的社会科学的兴趣。顺应这样的情势,"1929年的出版界,可以说是关于社会科学的出版物风行一时的年头",社会科学读物的兴盛,甚至已经超过了文艺方面的出版物。② 1930年1月《新思潮》杂志上刊载的《一九二九年中国关于社会科学的翻译界》一文指出:"关于文艺方面的出版物虽不能说是已经衰歇,但总没有像关于社会科学的那样来得蓬蓬勃勃的。"该文列举了有关社会科学的出版物计有151种,并就1929年关于社会科学的出版物作了统计分析,指出,"第一,是新兴的社会科学抬头。……第二,是关于经济学的书籍特占多数。第三,是关于方法论——尤其是唯物辩证法这一类书籍的流行。这就意味着中国的读书界已经有更进一步去研究社会科学的需要之表示。第四,是关于苏联的研究的书籍和关于帝国主义的书籍,占了不少的数目。第五,是关于历史方面——如经济史、革命史及经济学史、社会思想史等等,

---

① 朱晓进:《略论30年代文学的社会科学化倾向》,《文学评论》2007年第1期。
② 《一九二九年中国关于社会科学的翻译界》,《新思潮》1930年1月第2、3期合刊。

也占了相当的数目"①。该文中提供的虽仅是1929年一年中较为详细的资料,但已足以看出30年代社会科学之普遍受重视的情况。这种社会科学的热潮,对30年代文学的发展所起的影响作用较为突出地体现在30年代文学思路的"社会科学化"趋向上。

30年代文坛经历过文学思路的整体性转换。茅盾、鲁迅都不能例外。例如茅盾,他在与创造社、太阳社论争中坚持的许多具有一定真知灼见的观点,在其后的一些论争中不仅不再坚持,反而给予了相当程度的否定。在对待五四的评价上,观点明显发生变化,其中就可以看出其社会科学的思路在迅速加强,如《"五四"运动的检讨》,是向"左联"的"马克思主义文艺理论研究会"提交的一份报告。这是一份政治性很强的报告,无论是从社会科学理论的运用、鲜明的政治见解的阐释,还是从社会分析角度发言的口吻,都可以看出作者新的思路的确立。30年代开篇的第一场文学论战首先拿鲁迅开刀,其中无疑包含着要以新的思路取代鲁迅代表的五四文学思路的地位。而鲁迅也正是在这场论战中逐步改变了自己的文学思路。鲁迅多年之后这样来谈论这场论争:"革命者为达目的,可用任何手段的话,我是以为不错的,所以即使因为我罪孽深重,革命文学的第一步,必须拿我来开刀,我也敢于咬着牙关忍受。"②而且他多次表示是这场论战促使他认真学习了许多社会科学的理论,使他掌握了许多社会科学的方法。

就在左翼文学阵营要求胡秋原"请脱弃'五四'的衣衫"③时,事实上,胡秋原的思路已不完全是五四的了。胡秋原看到"五四运动之使命,反封建文化的使命,并没有完成",所以表示要"要继续完成五四之遗业"。④ 但他并非是要重新回到五四时期通行的以思想解决问题的思路上去,而是充分注意到了30年代新的政治形势所带来的新的任务。他很快也指出,"五四运动没有与一般民主革命连接起来","五四运动没有发展到一个普遍而深刻的民主革命,其不能完成其使命而终,是当然的","这自然是当时国际及中国经济政治之环境所决定的"。⑤ 他给"再批判封建意识形态"确立的前提条件是"以新的科学方法,彻底清算"。而且明确其批判的目的是因为

---

① 《一九二九年中国关于社会科学的翻译界》,《新思潮》1930年1月第2、3期合刊。
② 鲁迅:《南腔北调集·答杨邨人先生公开信的公开信》,《鲁迅全集》第4卷,北京:人民文学出版社1981年版,第628页。
③ 瞿秋白:《请脱弃"五四"的衣衫》,《文艺新闻》1932年1月18日第45号。
④ 胡秋原:《真理之檄》,《文化评论》1931年12月25日创刊号。
⑤ 胡秋原:《文化运动问题》,《文化评论》1932年4月20日第4期。

"统治阶级要利用封建势力巩固其统治","帝国主义也要利用封建势力维持其势力"。他在提出批判封建意识形态的同时,也强调"要以新的方法,分析批判各种帝国主义时代的意识形态","不仅在理论上作严正的批判,同时还要努力作社会上的一般实际腐败现象的批判与暴露"。[①] 胡秋原是把反封建与反帝联系起来、与现实的社会斗争联系起来的,而且强调了"新的科学方法"的使用。可以看出,胡秋原也是在反思五四文学传统,在与左翼阵营的论争中,其思路其实有同一性:都是以社会科学的思路来反思五四文学传统的,分歧只是政治的立场和政治态度的不同,共同的是对五四思路的摒弃与否定。

不同文学社群"立场"上尖锐对立,而其内在文学思路上却有某种相通或相近,这正是30年代文学的一个重要特点。被茅盾称之为"'五四'的正统派"、"以新的形式依然在那里活动"的"新月派",30年代其实也在文学思路上明显发生了转型。梁实秋自己就曾在文学思路的某些方面对左翼文学表示过认同。他曾明确表示:"有一点我以为是'普罗文学家'之可称赞的地方,——他们的态度是严重的","有史以来,凡是健全的文学家没有不把人生与艺术联系在一起的,只有堕落的颓废的文人才创造出那'为艺术而艺术'的谬说!所以近来'普罗文学家'之攻击以艺术为娱乐的主张,我以为凡是主张文学的'尊严与健康'的人都应该在这一点上表示赞成,虽然是站在不同的立场上。"[②] 在梁实秋看来,五四时期的"各种文学主义,乃是文艺范围以内的事",而30年代"乃是站在文艺范围之外而谋如何利用管理文艺的一种企图"。既然30年代与"过去"所面临的文艺处境不同,故所能采取的文学思路自然就不一样,"文艺范围以内的事",可以作为纯艺术问题来讨论,而"文艺范围之外"的问题则不能不以非艺术的态度来对待。左翼作家也罢,"自由人"也罢,新月派作家也罢,他们面临的文艺处境是相类似的,因而在文学思路上有相通或相近之处是不足为怪的。

文学思路的差异,导致了五四时代和30年代文学群体的不同构成方式。我们在谈五四时期文学群体时,常常难以直接用某种政治阶层、阶级的名号或政治倾向性来冠名,例如最早的《新青年》群体,就是由诸如资产阶级知识分子、激进的小资产阶级知识分子和初具马克思主义思想的知识分子等多个社会阶层组成的。文学研究会也是如此,"它的分子之社会关系

---

① 胡秋原:《真理之檄》,《文化评论》1931年12月25日创刊号。
② 梁实秋:《文学的严重性》,《新月》1930年6月第3卷4期。

太复杂,中间至少可以分出十几个社会阶级层"①。创造社相对来说成分单纯一些,但"内部便自然之间生出了对立","明白的说便是无产派和有产派的对立",其结果是后期创造社多数的集体"剧变"。② 1930 年代的文学群体在其性质上发生了很大的变化,这种变化是以文学研究会的解体和创造社的转向为其标志的,诚如茅盾早在 1931 年就指出的那样:"无产阶级的革命运动卷去了大多数的深受封建制度压迫的青年,他们固然不满于文学研究会的意识不明确的'为人生而艺术',同时也唾弃了创造社派的象牙塔中生活的'为艺术的艺术'了。新的时代要求那表现着新的意识的文学。在阶级斗争日形尖锐化的新局面下,文学团体必然的要起变化,结果是文学研究会的无形解体,和创造社派的改变方向。"③

文学思路的转换,应该是导致文学研究会无形解体和创造社改变方向的内在原因。在五四文学思路之下的创造社主要是作纯艺术的追求,用他们自己的话说,是陷在一个"错误的深渊"里面,"把艺术当作了一个泥塑的菩萨,在所谓艺术至上主义的声浪中曾经作过无意义的膜拜"。④ 这是典型的人文学科的思路。而 30 年代当他们集体转向后,立即宣称,他们办刊物"不再以纯文艺的杂志自称,却以战斗的阵营自负"。而在文学观念上,"我们的文学理论再不是玄妙不可理解的东西,而是战斗的'指导理论'的文学理论"。⑤ 这背后明显是社会科学的思路在起着支配作用。

文学群体人员构成和关注热点的变化是能看出背后的文学思路的变化的。即如"新月派",1927 年以前的新月社俱乐部时期,新月文人多不主张干预政治,他们曾有过不成文的规定:剃头、洗澡、聊天什么都可以来得,但就是不能打牌和谈政治。"新月"同人的政治热情,严格意义上讲是在 1927 年以后才明显体现出来的,这与 30 年代政治文化氛围导致的整体的文学思路有关。新月派成员 1927 年重新集合于上海,表面看来似乎是一种偶然的聚合,而实际上是当时政治斗争形势发生剧变这一背景造成的。据他们中许多人回忆,在那时的形势下,他们聚谈中国的问题,谈得最多的是政治问题,即中国的现状、中国社会的发展趋向与最终出路等问题。他们办新月书店和出版《新月》杂志,就是想有一个提出和宣传他们种种政治和文学主张

---

① 丙申(茅盾):《"五四"运动的检讨》,《文学导报》1931 年 3 月 5 日第 1 卷第 2 期。
② 麦克昂(郭沫若):《文学革命之回顾》,《文艺讲座》1930 年 4 月 10 日第 1 册。
③ 丙申(茅盾):《"五四"运动的检讨》,《文学导报》1931 年 3 月 5 日第 1 卷第 2 期。
④ 王独清:《新的开场》,《创造月刊》1928 年 8 月第 2 卷第 1 期。
⑤ 《流沙·前言》,《流沙》半月刊 1928 年 3 月第 1 期。

的阵地,"想要一个发表文章的机关"①。《新月》第 1 卷,由徐志摩、闻一多、饶孟侃等编辑,尚不失其文学色彩,但同时也刊载有胡适、罗隆基、潘光旦、彭基相等人的政治、哲学、社会学等方面的文章。从第 2 卷第 2 期始,梁实秋、叶公超、潘光旦参加编辑,压低了文学的分量,把政治论文放在首要位置。在第 2 卷第 6、7 期上,甚至特意在《敬告读者》中申明,该刊"以后还要继续的谈'政治',每期都希望于原有的各种文章之外,再有一二篇关于时局或一般政治的文章"。从第 3 卷第 2 期起,由罗隆基主编,政治色彩更加浓厚,有几期中,政治论文占据了绝对多数。"《新月》成了讨论政治的著名论坛,这点在 1929 年和 1930 年表现得尤为突出。"②此外,从新月书店出书情况看,也是一开始时出版文艺书籍较多,而后来文艺书籍所占比例逐年下降。在当时新月书店拟出版的《现代文学丛书》目录中显示,文学艺术书籍在总数中仅占七分之一左右,而政治经济与社会研究类书籍则占二分之一强。

五四时期是政治家谈文学,30 年代是文学家谈政治,这种文学领域中的错位现象盖由于不同的文学思路使然。一般说来,人文学科思路占主导地位的社会,会出现政治家热衷于谈文学的现象,五四时期许多政治家如陈独秀、李大钊等都与文学紧紧裹挟在一起;其实五四新文化运动以反对旧道德提倡新道德、反对旧文学提倡新文学为主要内容,标示了整个五四时代就是一个热衷于大谈文学的人文学科思路主导的时代。而社会科学思路占主导地位的社会,则会出现文学家热衷于谈政治的现象,30 年代这种状况就是最明显的。左翼作家自不待言,即使像梁实秋这样以强调人性、个性和超阶级性为标榜的作家,在涉及文学的社会功用方面时,也曾肯定文学反映社会政治的现状和大众生活的作用。他认为"民间的痛苦,社会的窳败,政治的黑暗,道德的虚伪,没有人比文学家更首先的感觉到,更深刻的感觉到",因此"文学家永远是民众的非正式的代表"。③ 而向来被视为远离政治的作家的沈从文,事实上在 30 年代从来就没有明确主张过文学要回避政治,相反他在 30 年代曾写过许多文章批评当时的一些时事评论和一些小品文"份量上单薄,政治也不够大胆"④等等弊病,提倡"以文学附丽于'生存斗

---

① 《敬告读者》,《新月》1929 年 9 月 10 日第 2 卷第 6、7 期。
② 格里德:《胡适与中国的文艺复兴》,南京:江苏人民出版社 1995 年版,第 243 页。
③ 梁实秋:《文学与革命》,《新月》1928 年 6 月 10 日第 1 卷第 4 期。
④ 金介甫:《沈从文传》,长沙:湖南文艺出版社 1992 年版,第 186 页。

争'和'民族意识'上"。① 30年代文学家的热衷于谈政治,其实正是社会科学化的文学思路使然。

三

30年代文学思路的变化,必然导致30年代对不同思路之下的五四文学传统的不同评价。鲁迅作为五四文学的代表者的地位是公认的,因此,30年代对五四文学传统的最初的否定,是从对鲁迅的批评开始的。鲁迅因其文学、思想上的业绩使他在五四以来文坛上的地位得到了普遍的确认,诚如冯雪峰在《革命与智识阶级》一文中所说:"在艺术上鲁迅抓着了攻击国民性与人间的普遍的'黑暗方面',在文明批评方面,鲁迅不遗余力地攻击传统的思想——在'五四'期间,智识阶级中,以个人论,做工做得最好的是鲁迅。"鲁迅的这种公认的作为五四文学传统杰出代表者的文坛地位,就使他成为改变了文学思路的创造社、太阳社成员首选的要踏倒并跨越的对象。"创造社改方向"后"一本大杂志有半本是攻击鲁迅的文章,在别的许多地方是大书着'创造社'的字样,而这只是为要抬出创造社来"②。很明显,创造社倡导"无产阶级革命文学"时,首先拿鲁迅开刀,其中无疑包含着以一种新的文学传统取代鲁迅为代表的五四文学传统的策略性考虑。

不仅是创造社、太阳社,就是被认为从未写文章批评过鲁迅的冯雪峰,事实上在《革命与智识阶级》一文中,一方面批评了创造社、太阳社,另一方面也从"政治"、"无产阶级"等角度说鲁迅"在艺术上是一个冷酷的感伤主义者","在政治上"常以'不胜辽远'似的眼光对无产阶级","在批评上,对无产阶级只是一个在旁边的说话者"。③ 而钱杏邨则是更明显地以"阿Q时代"已经死去这样的论题,来否定以鲁迅为代表的五四文学传统。他认为:"阿Q是不能放在'五四'时代的,也不能放在'五卅'时代的,更不能放到现在的大革命时代的",阿Q形象在1930年代政治形势下已经落伍,因为"现在的中国农民第一是不象阿Q时代的幼稚,他们大都有了严密的组织,而且对政治也有了相当的认识;第二是中国农民的革命性已经充分的表现

---

① 沈从文:《〈雪〉序》,《沈从文文集》第11卷,广州:花城出版社1984年版。
② 画室(冯雪峰):《革命与智识阶级》,《无轨列车》1928年9月25日第2期。
③ 同上。

出来"。① 五四时期是从"人性觉醒"这样的思想革命的角度看农民,1930年代则是从政治角度看农民,二者的差异就体现在对农民身上的弱点或革命性哪一方面予以更多关注的问题上。从"人性觉醒"的角度看到的自然是农民身上的属于人性不健全的精神病弱,而从政治革命、政治斗争的需要看,农民作为深受阶级压迫的受害者,其革命性正是需要去加以发现和肯定的。这里实际上标示的是从什么角度看农民。这里显示出了五四时期与30年代人们考察问题的不同思路。

不同的文学思路,在文学观念上形成了五四与30年代不同的分野。五四新文学在观念上是以反"载道"为其开端的,尽管有文学上的"为人生"与"为艺术"派的分野,但其反封建旧文学的目标却是一致的。在谈论"文学"的同时,尽管有观念上的"新"、"旧"之分,但基本上还是属于站在文学圈子内看文学。文学本身的尝试、追求是许多从事文学者努力的目标,从"文学"自身的完善出发,是文学界较为普遍的看待文学的态度。毫无疑问,这是五四文学思路所致。而到了30年代,人们对于文学,忽然变换了看问题的角度。跳出文学圈看文学,成为一种普遍的视角。文学不再具有独立意义和价值,而只是一种为了成全其他事业、其他工作、其他追求的一种工具和手段,正因为如此,文学的"功用"问题,几乎成了30年代文学论争的焦点。围绕文学的"功用"问题,左翼文学阵营与其他文学阵营的论争中,其分野就有:"文艺表现阶级性"——"文艺表现人性";"文学革命论"——"文学自由论";"文学社会性"——"文学的闲适、消遣性"等等。争论来争论去,关注的是文学的属性。这种争论正是两种文学思路的交锋。前者是典型的社会科学的思路,而后者是则可以视为是"继续五四之遗业"者对五四文学思路的坚守。

不同的思路,直接体现为思想方法的差异。作为五四时代精神的表现者的郭沫若,30年代在进行文学创作的同时,还进行古史研究,他在1929年9月的《〈中国古代社会研究〉自序》中特别表明自己的古史研究与胡适等人的区别在于:"我们对于他所'整理'过的一些过程,全部都有从新'批判'的必要";"我们的'批判'有异于他们的'整理'";"'整理'的究极目标是在'实事求是',我们的'批判'精神是要在'实事之中求其所以是'"、"'整理'的方法所能做到的是'知其然',我们的'批判'精神是要'知其所以然'"。从中我们可以看出,郭沫若强调"求其所以是"、"知其所以然",

---

① 钱杏邨:《死去了的阿Q时代》,《太阳月刊》1928年3月1日第3期。

正是为了强化历史研究中的"分析"机制,而这种思想方法,也正是当时文学的社会科学思路之下多数作家所追求的。

茅盾在30年代很强调作家具备社会分析能力的重要性。1932年他曾在回顾自己的文学创时说过:"一个做小说的人不但须有广博的生活经验,必须有一个训练过的头脑能够分析那复杂的社会现象;尤其是我们这转变中的社会,非得认真研究过社会科学的人每每不能把它分析得正确。而社会对于我们的作家的迫切要求,也就是那社会现象的正确而有为的反映!"[①]茅盾在创作中是最自觉地运用社会科学的分析方法的。他曾说过:"生活经验的限制,使我不能不这样在构思过程中老是先从一个社会科学的命题开始。"[②]丁玲也曾明确说过,她"那时为什么要写小说",是因为"对社会不满",于是"提起了笔,要代替自己来给这社会一个分析"。[③] 注重社会分析,在30年代文学创作中是一个带有普遍性的特征。强调"分析",这本身就是典型的社会科学的思路。30年代作家文学创作的"社会科学化"倾向,首先就表现为创作中反映生活时分析性因素的加强。有学者据此认为,30年代文坛上甚至已经形成了以"社会分析"或"社会剖析"为主要特征的文学流派。[④]

30年代有许多作家在谈自己的文学经验时,都不约而同地谈到了社会科学知识和方法对自己文学创作所起到的重要作用。有作家这样明确提出,"现代所需要的是用那一种思想和方式所表现的文学……尤其是对于社会科学及心理学更要有精密的研究,才使作品有伟大的成功"[⑤]。就是在谈及"小说译作的经验与理解"时,30年代也有作家明确指出:"到了我们这时代,相当的社会科学知识是每个作家必须具有的。以现代社会的情形之复杂和变化之多而且快,一个作家如果始终还只具有一副传统的书呆子的头脑,丝毫没有社会科学的眼光,那一定不能看透社会上的种种事象和人生的各方面,他的作品里一定要表现出一种与世隔绝的意味,而不会表现丝毫的时代性和社会意义。这样的作品,这样的作家,不是我们这时代所需要

---

① 茅盾:《我的回顾》,《茅盾自选集》,上海:天马书店1933年版。
② 茅盾:《我怎样写〈春蚕〉》,《青年知识》1945年10月第1卷第3期。
③ 袁良骏主编:《丁玲研究资料》,天津:天津人民出版社1987年版,第109—110页。
④ 参见严家炎:《中国现代小说流派史》中《社会剖析派小说》一章,北京:人民文学出版社1989年版。
⑤ 段可情:《要做文学家是不容易的》,《我与文学》,郑振铎、傅东华编,上海:生活书店1934年版。

的……切莫忘记社会科学的重要吧。"①

社会科学的方法不仅普遍见用于创作者,而且也普遍见用于文学批评。茅盾就曾说过,看30年代的许多批评文字,"观其词汇,动辄言'把握'",可以猜想作者"是社会科学的研究者"②。也许不能断定说作者都是"社会科学的研究者",但起码可以看出当时批评家多数是在使用社会科学的批评尺度,并且好用社会科学的术语。在当时许多著名作家评价茅盾创作的文字中,我们是能够明显看出这种社会科学的思想方法的。例如,叶圣陶在《略谈雁冰兄的文学工作》一文中说:"我有这么个印象,他写《子夜》,是兼具文艺家创作与科学家写论文的精神的。"③瞿秋白在《子夜与国货年》一文中指出:"应用真正的社会科学,在文艺表现中国的社会阶级关系,这在《子夜》不能够说不是很大的成绩。"④吴组缃在《评茅盾〈子夜〉》一文中认为:"有人拿《子夜》来比好莱坞新出的有声名片《大饭店》,说这两部作品同样是暴露现代都市畸形的人生的,其实这比拟有点不伦不类。"因为《大饭店》"没有用一个新兴社会科学者的严密正确的态度告诉我们资本主义的社会是如何没落着的;更没有用那种积极振起的精神宣示下层阶级的暴兴"。而《子夜》则相反,它以社会科学者的态度,一方面暴露了上层社会的没落,另一方面宣示着下层阶级的兴起。⑤

可以看出,30年代对五四文学传统的反思,是站在与五四不同的文学立场、不同的文学观念和不同的思想方法上来进行的,背后隐含的是文学思路的根本性差异。这种差异的确也导致了30年代作家们很难更多地抱同情之理解的态度去观照五四文学传统,难以更加客观公允地去评价五四文学传统的得失优劣,致使30年代对五四文学传统更多的是持否定性的评价,这多少妨害了30年代对五四文学传统中的优良成分的借鉴和继承。但30年代文学思路的变化以及由此导致的对五四文学传统的否定性评价,恰恰标示了30年代文学的转型。

---

① 张友松:《我的小说译作的经验与理解》,《我与文学》,郑振铎、傅东华编,上海:生活书店1934年版。
② 茅盾:《我走过的道路》(中),北京:人民文学出版社1984年版,第120页。
③ 叶圣陶:《略谈雁冰兄的文学工作》,《新华日报》1945年5月24日。
④ 乐雯雯(瞿秋白):《〈子夜〉与国货年》,《申报·自由谈》1933年3月12日。
⑤ 吴组缃:《评茅盾〈子夜〉》,《文艺月报》1933年6月1日第1卷创刊号。

四

从社会科学的思路出发,30年代的作家特别关注社会的现实发展状况,关注社会政治制度、社会生产关系,注重着眼于人的现实的政治、经济和物质利益,注重采用社会分析的方法。文学思路的变化,直接带来了30年代文学在创作风貌、文学题材的选择、处理题材的角度和方法等诸多方面的重要变化。正是这一系列新的变化成就了30年代文学的转型。

与五四文学相比,30年代的变化最为明显地体现在作家的创作动机、创作目的上,这便是历史使命感的加强。钱杏邨1928年初就指出:"在最近的中国文坛上有一种可喜的现象,就是很多的作家认清了文学的社会使命,在创作中把整个的时代色彩表现了出来。"①创造社在1928年1月创刊的《文化批判》的《祝词》中就明确表示:《文化批判》要"负起它的历史的任务。它将从事资本主义社会的合理的批判,它将描出近代资本主义的行乐图,它将解答我们'干什么'的问题,指导我们从那里干起"。1933年7月创刊的《文学》杂志,虽不以左翼色彩为标榜,但在其创刊号的发刊词中也明确表示办刊宗旨是要以批评、创作、考证作手段,诅咒阻碍"光明之路"的"仇敌"。强烈的社会使命感带来的是创作追求中政治目标的明晰性,对此,许多作家都曾在不同场合有过鲜明的表述。田汉曾在30年代这样说起过自己的"创作经验":作为"五四以来的文学青年"曾"不断地迷惘,徬徨,不断地追求摸索",而30年代"终于""认清了时代的症结和自己的任务,因此渐渐能更意识地根据客观的需要去竭尽自己在所关系的文化部门的最美的力量"。②王统照也曾谈起过,五四时期"那时的青年构成一个空洞而美丽的希望寄存在未来的乐园中",然而"虽然并没有几年的间隔,而对人生痛苦的尖刺愈来愈觉得锋利,对解决社会困难的希求也愈来愈迫切"。③终于导致王统照在30年代创作出了《山雨》那样的政治意识、阶级意识非常鲜明,社会分析方法非常明显的作品。这种创作上的变化,在30年代的作家中是非常普遍的,丁玲也谈到她一开始所写的《梦珂》、《莎菲女士的日记》仍是沿袭五四文学的思路,但很快便在环境的驱使下对自己作

---

① 钱杏邨:《幻灭》,《太阳月刊》1928年3月1日第3期。
② 田汉:《创作经验谈》,《创作的经验》,上海:天马书店1933年版。
③ 王统照:《霜痕·序言》,《霜痕》,上海:新中国书局1932年版。

了调整,再"不是什么'为文艺而文艺',也不是为当作家而出名,只是要一吐为快,为造反和革命"①。

文学思路的变化,作家创作历史使命感的强化,势必带来文学创作题材的转换。30年代与五四时期相比,文学创作题材的转换是一个非常明显的文学趋向。刘呐鸥、施蛰存等人早在主编的《新文艺杂志》1930年2卷1期的《编辑的话》中,就正面肯定了描写劳动人民生活的创作,批评了国内文坛"三角恋爱一类的玩意儿"。"左联"执委会1931年11月的决议《中国无产阶级革命文学的新任务》中更明确就作家创作题材问题做出规定,要求作家必须抛弃"身边琐事"、"恋爱和革命的冲突"等题材,抓取反帝国主义、反对军阀地主资本家政权以及军阀混战、工人对资本家的斗争、描写农村经济的动摇和变化等现实生活题材。钱杏邨在发表于1932年1月的《一九三一年文坛回顾》一文中指出,作家社会责任感、历史使命感的普遍强化,共同关注当时中国的社会政治现状,造成了创作题材的相对集中:"第一,是全国经济的更加破产,失业的恐慌,农村的破灭,金融界危机的深伏";"第二,是洪水的灾难,这一年的水灾,灾区达十六省的地域,死亡的人数达二十余万,流离失所的农民更不知多少,在政治上,经济上,都将给中国以及世界以巨大的影响";"第三,是东三省问题,日本帝国主义对东三省侵略的军事行动";"第四,是统治阶级统治力量的破产,在三次围剿共产军的失败"。②这种创作题材相对集中在几个领域的状况,是体现在整个30年代,体现在多数作家的创作中的,其中最盛的是农村题材的创作。中国农村题材的文学源起于五四时期,但在整个五四时期"鲁迅而外的作家大都用现代青年生活作为描写的主题"③。而到了30年代,农村题材的创作却成为特别兴盛的创作题材。1934年鲁迅、茅盾所选中国作家短篇小说集《草鞋脚》和1936年赵家璧、茅盾等二十位著名作家推荐选辑的《短篇佳作集》,农村题材小说均占三分之一左右。1934年林徽因选编的《大公报文艺丛刊小说选》,更在《题记》中指出:"在这些作品中,在题材的选择上似乎有个很偏的倾向,那就是趋向农村或少受教育分子或劳动者的生活描写";"描写劳工社会,乡村色彩已成为一种风气,且在文艺界也已有了一点成绩"。④ 不止

---

① 丁玲:《我的生平与创作》,成都:四川人民出版社1982年版,第13—14页。
② 钱杏邨:《一九三一年中国文坛的回顾》,《北斗》1932年1月第2卷第1期。
③ 茅盾:《读〈倪焕之〉》,《文学周报》1929年5月第8卷第20期。
④ 林徽因:《大公报文艺丛刊小说选·题记》,《大公报文艺丛刊小说选》,上海:大公报馆1936年版。

是小说,诗歌、戏剧也是如此。创作题材本来是不同的作家因人而异的选择,但当众多作家的选择过于集中在少数几种题材上,这就构成了可供探究的文学现象。这里明显标示了30年代文学思路变化所带来的文学的转型。

文学的转型,不仅体现在30年代文学创作题材的转换上,更重要的是体现在作家处理题材方式的转换上。例如婚恋、爱情题材的创作,是五四时期的重要题材,这是与五四作家普遍的出于人性解放、个性解放的考虑分不开的。五四文学中两性关系,彼此的结合或分离,其合理性依据是个性主义,或借两性关系抨击封建制度对人性的戕害,或借两性关系张扬人性。而30年代的文学创作中,涉及两性关系,彼此的结合或分离,其合法性依据中个性主义已经退场,代之以革命的志向、社会的行动和阶级利益的考虑。再如工、农生活题材的作品,五四时期多止于表现他们生活的苦况,其出发点多是人道主义的同情,而30年代,无论作家创作的出发点还是借以探究的问题,都明显地更带有分析其社会出路的意味。循社会科学的思路,30年代多数作家,无论选择什么题材进行创作,他们都不甘心止于题材本身的描述,而是力图通过题材从生活的一隅来表现出时代的变化,借以分析这变化的时代、动荡的社会中人民大众的历史命运。用茅盾的话说就是:一篇作品"并不能仅仅以是否描写到时代空气为满足",而应该写出"时代给人们以怎样的影响"和"人们的集团的活力又怎样将时代推进了新方向",即"怎样由于人们集团的活动而及早地实现了历史的必然"。①

30年代作家处理题材眼光的和采取的处理题材的角度及方式,都与五四时期有着明显的不同。例如农村题材作品的创作,如果说,五四时期"文学革命者的要求是人性的解放,他们以为只要扫除了旧的成法,剩下来的便是原来的人,好的社会了"②,因此,作品往往侧重于表现农村的思想关系,表现农民在封建主义压迫、奴役下的精神病态,以控诉和批判封建制度及封建思想文化对农民"人性"的残害。到了30年代,普遍的"阶级意识觉醒了起来"③,作家们开始转而从社会革命的角度去分析中国农村社会,甚至以阶级分析的方法,侧重于表现农村的经济关系,即农民所遭受的封建地主阶级的压迫和剥削,以及由此而产生的农民的反抗和革命。30年代许多作家

---

① 茅盾:《读〈倪焕之〉》,《文学周报》1929年5月第8卷第20期。
② 鲁迅:《且介亭杂文·〈草鞋脚〉小引》,《鲁迅全集》第6卷,北京:人民文学出版社1981年版,第20页。
③ 同上。

在农村题材的创作中,不约而同地对"土地"问题给予了特别的关注,而这一点是五四时期所未曾出现过的。30年代中国农村社会有一个最为显著的特点,这就是农民破产、农村衰落、土地迅速集中,农村两极分化。抓住了土地问题,就抓住了农村问题的主要症结。对这个问题的剖析,显示了30年代作家在社会科学理论指导下对中国农村社会本质的认识所达到的历史深度。从社会科学思路切入,对中国农村社会状况、经济关系的剖析,令人信服地揭示了农村解放的根源和农民进行反抗及革命的可能性与必然性。五四时期从"人性解放"的角度对农民命运表示人道主义的同情,从精神状况和思想状况去理解和分析农民,这都有其时代的合理性,但只有将对农民精神和思想状态的探索与对其经济地位、政治态度的考察结合起来,才能全面把握农民,才能理解和合理解释农村社会的一切变动。

总之,30年代社会科学的思路对当时的作家和文学创作活动起了重要的制约作用,在较大程度上决定了作家从事创作的使命感和源于社会问题思考的创作预设,而且多少也决定了作家们观照问题的角度、选取文学题材的眼光和处理题材的方式,并由此形成了30年代文学创作的许多重要现象和重要特征。

五

充分注意和认识到五四文学与30年代文学背后所隐含的不同的思路,有助于我们加深理解30年代对五四文学传统的反思,有助于我们通过30年代与五四所持文学思路的差异来反观五四文学传统和30年代文学传统,并对各自的利弊得失作出更准确的分析,对各自经验教训进行更好的总结。

五四文学思路之下,作家们所关心的多数是属于带有永恒性的话题,诸如关于美和爱,关于生死命运,关于人生的意义价值,关于宗教等等,很少关注一时一地的政治问题和现实生活中的具体社会政治背景,小说故事、事件发生的背景也大多比较"虚"。由于五四时期"文学革命者的要求是人性的解放,他们以为只要扫除了旧的成法,剩下的便是原来的人,好的社会了"①。所以,包括鲁迅小说在内的五四小说,主要是顺应思想启蒙的任务,作品往往侧重于表现农村的思想关系,表现农民在封建主义压迫、奴役下的

---

① 鲁迅:《且介亭杂文·〈草鞋脚〉小引》,《鲁迅全集》第6卷,北京:人民文学出版社1981年版,第20页。

精神病态,以控诉和批判封建制度和封建思想文化对农民"人性"的戕害,切入的角度也多在思想、伦理、道德乃至风土人情等方面。因为作品批判的指向多是封建制度、礼教和文化传统,所以小说背景的时代实指性并不强。即使像鲁迅的《阿Q正传》、《风波》等作品,虽然背景涉及辛亥革命或张勋复辟等时代事件,但作品并不以这些背景为叙事中心,叙事中心仍在整个中国文化传统造就的农民的精神病态。

社会科学的思路能促使人增强"全局"观,注重"大背景",重视对社会的整体性把握,30年代小说因而在叙事结构上开始大量出现以社会政治背景为中心的叙事结构。30年代由于普遍的阶级意识觉醒了起来,有大批作家自觉地从政治的经济的角度去分析中国社会,以阶级分析的方法,侧重于表现农村社会的经济关系,即农民所遭受的封建地主阶级的压迫和剥削,以及由此而产生的农民的反抗和革命的可能性。许多小说的背景均是当时现实中发生的重大事件,其时代实指性非常强。30年代有一大批作家的创作都注重社会政治的"大背景",注重表现时代实际发生着的大事件。尤其是乡土题材的小说,其背景几乎不出30年代所特有的诸如"丰收成灾"、"水灾旱灾"、"军阀混战"、"农民暴动"、"东北事变"、"上海事变"等等方面。社会科学思路影响之下的"全局"观念和注重对"大背景"的把握,带来了文学叙事的宏大性。从尽可能广阔的范围去把握时代,成为30年代普遍的文学追求。

由此可见,五四思路对探讨思想问题,有独特的深刻之处,而在处理社会政治问题时却不免有时捉襟见肘。30年代思路对解释制度背后的思想文化问题固然显得力度不够、缺少深度,但它对社会现实的变革具有直接有效性。

五四文学思路之下,五四时期作家笔下流露出的往往是一种人道主义的悲悯情感。在反映人生的命运,反映下层人民的疾苦时,最多是发几声鸣不平的哀叹,作品人物命运令人深深地同情,但作品却很少给人以希望。从人道主义立场思考人生命运,有它独到的思想深度,但又往往难以给人们指出改变命运的途径,玄虚的"美"和"爱"的药方,留给读者的也许只是甜蜜的感伤。30年代文学从社会科学思路去分析社会人生,其创作中往往渗透着一种源于对社会发展趋向的认识而产生的明确的目标感。这种目标感,就使30年代文学创作中更多了一些理想主义的情愫。例如同样是表现"乡愁"这样一个普通的主题,但由于受制于不同的文学思路,30年代与五四时期却给人以不一样的感觉。五四时期写"乡愁"的作家们往往是通过

"回忆故乡的已不存在的事物",用以"自慰"。① 因此,他们作品中的"乡愁"在较大程度上是从个体的人生感受出发的,无论是写及故乡的人事与景物,都较多带有游子思乡和怀旧的伤感。而 30 年代文学作品中写"乡愁",与其说是针对个体的故乡,还不如说是对于广义的故乡和家园——沉沦的"土地"而发的。他们也写回忆中的人事与景物,但他们"依恋风情,并不感伤"②。他们的"乡愁"中往往更包蕴了追求土地、山河完整的民族情绪。与五四作家创作在整体上呈现出的忧郁色调不同,30 年代作家作品中即使仍会有忧郁情调,也并不给人以感伤的感觉。诚如有作家所明确表示的,作品中虽可能有"忧郁的气氛",但"还不致于使人落到……感伤的深渊里面去",因为"现在应该是从忧郁里面兴奋起来的时候了"。③ "光明的尾巴"在 30 年代文学作品中是一个普遍特色。30 年代作家笔下也大量涉及社会苦难、人生坎坷、人间不平,但作品却往往流露出一种乐观主义的精神。

不同的文学思路导致了五四文学和 30 年代文学呈现出不同的文学风貌。30 年代文学在审美风格上有一种对粗疏之美、力度之美的追求。用鲁迅的话说,30 年代是一个"风沙扑面,狼虎成群"的特殊时代,因而时代要求于文学的,是"耸立于风沙中的大建筑,要坚固而伟大,不必怎样精",是"匕首和投枪,要锋利而切实,用不着什么雅"。④ 这种追求力度甚至崇尚粗疏而忽略精、雅的审美追求,在 30 年代的确成了一种文学的风尚。当时有人甚至将"力的文学"理解为粗暴、狂躁乃至粗糙的美学作风,还将这种作风具体化到艺术技巧方面,提出"力的技巧"、"狂暴的技巧"。⑤ 有人这样评价蒋光慈的作品,看似"粗俗、浅薄、鲁莽、句子不通;诗歌是标语口号,太重理论",实际上"是极热烈极奔进",因而对之给予充分肯定。⑥ 在 30 年代,不管作家们各自在思想和文学倾向上有何差异,但在评价作品,进行创作时,事实上所持的审美标准,往往也都偏向于对"力之美"的肯定。曾是五四时期学衡派代表人物的吴宓,在 30 年代曾以激赏的眼光高度评价过茅盾

---

① 鲁迅:《〈中国新文学大系〉小说二集序》,《鲁迅全集》第 6 卷,北京:人民文学出版社 1981 年版,第 247 页。
② 刘西渭:《叶紫的小说》,《咀华二集》,上海:文化生活出版社 1942 年版。
③ 荒煤:《长江上·后记》,《长江上》,上海:文生书店 1937 年版。
④ 鲁迅:《南腔北调集·小品文的危机》,《鲁迅全集》第 4 卷,北京:人民文学出版社 1981 年版,第 575 页。
⑤ 钱杏邨:《郭沫若及其创作》,《现代中国文学作家》第 1 卷,上海:泰东书局 1930 年版,第 69 页。
⑥ 钱杏邨:《蒋光慈与革命文学》,《现代中国文学作家》第 1 卷,上海:泰东书局 1930 年版,第 166—169 页。

的《子夜》等作品,是"表现时代动摇之力,尤为深刻"。① 京派的主要批评家之一刘西渭在评论叶紫的小说时,也曾以赞叹的笔调称:"这是力,赤裸裸的力,一种坚韧的生命之力。"他甚至将"力的文学"看作是"中国新文学的高贵所在"和"艺术价值"的"标志"。② 五四时期的文学创作就审美倾向而言,在整体上给人以一种感伤、压抑的感觉。而在 30 年代文学创作中,一扫这种感伤气息,呈现出壮美的风貌。30 年代文学对"力度"的追求在整体所形成的"壮美"的审美特征,是 30 年代文学历史阶段区别于五四时期文学的一个显著标志。这里需要指出的是,审美倾向的不同、审美风貌的变化等等,只是审美形态的不同,并不是界定文学作品艺术水准高下的标准。追求力度甚至崇尚粗疏,而故意忽略精、雅的审美取向,不免会导致艺术上的偏颇。

　　五四文学思路之下,五四作家要表达的感情相对单纯,要反映的生活场景相对单一,短篇小说的承载量基本能够胜任,因此,在整个五四小说形式中,短篇占了主导地位,偶有长篇小说,也常常是显得内容比较单薄,结构相对单调。30 年代则有所不同,由于短篇的容量难以承载对社会广阔生活的表述和对宏大叙事内容的表达,因而长篇巨制开始受到重视,长篇小说形式得到了长足的发展。不仅仅是单篇的长篇小说形式,30 年代以"三部曲"形式出现的长篇小说大为盛行,其原因也正在此。早在五四之前,晚清"新小说"已大盛长篇,五四时期的主要小说体裁从晚清"新小说"的重长篇转为重视短篇,主要原因是在五四作家们对小说功能的新的理解上。五四思路之下,作家关心的不是叙述历史事件和现实政治背景,不是为了像晚清政治小说那样提供一种社会通行的政治理论,而在于探究人生、命运、伦理、爱情等命题,其思考往往由个人命运出发,纠合具体人物的心理状况,重在抒发一种个性的情感,因而,小说的功能从讲故事转为描摹世态伦理、个体命运和抒发个体情感。也正因为如此,在小说形式上就比较地注重采用撷取生活横断面的短篇叙事形式。而 30 年代的重视长篇叙事形式,则是由作家们在社会科学思路之下对小说表达内容的追求所决定的。"五四小说大都语调直率夸张,难以冷静深沉之作,而身边小说流于宣泄情感,散文化的篇幅短小,都难于表现较为广阔的社会人生,也难于深入发掘并体现新的叙事模式的美学功能。尽管有个别作家意识到这一危机,但这种偏向还是 30 年代

---

① 茅盾:《我走过的道路》(中),北京:人民文学出版社 1984 年版,第 121—122 页。
② 刘西渭:《叶紫的小说》,《咀华二集》,上海:文化生活出版社 1942 年版。

以后才明显得到纠正的。就这一点而言,30年代以后的小说艺术上是比五四小说成熟。"①但反观30年代的许多短篇小说,在严格意义上讲,却只是压缩了的中长篇小说。诚如茅盾所说:"许多短篇小说还不是'生活的横断面'的表现。"这是因为在作家们看来,"对于全面茫无所知,就不可能深入一角"。② 在30年代,这种"缩紧了的中篇"的短篇小说写法颇为普遍,这应该视为是社会科学化思路之下对"大叙事"、"全景式"过度追求的结果。

社会科学的思路之下,还导致了30年代文学创作中观念先行的创作路数的流行。由于进行社会分析时,作家所依据的基本上都是作家们当时所了解和掌握的社会科学知识和方法,因而通过理论的推导或带着某种先验的观念来创作,就成了当时的重要创作路数。茅盾的《子夜》是最为明显的,这方面已有普遍的认定。其实,不止是茅盾,当时许多作家都是这种创作路数,洪深在谈起自己30年代的创作经验时,就曾谈到自己的创作往往是通过分析,"对于某一种人事某一个情形,有了一个主张或结论"。然后"更去多多的阅历观察人生,从人生中寻取适当的材料,凑成一个足以发挥我的结论的故事"。③ 社会科学的思路之下,30年代知识分子思想追求的总体趋向是由"人性的解放"到"阶级意识觉醒"④,整个文坛的风尚,实行着个性主义向集体主义的转换,文学群体的趋向于"组织化",文学创作的排斥"个人性",这往往导致了作家个性、作品个性的被忽略。30年代作家创作中"形式感"普遍淡薄,不仅没有再出现像鲁迅那样的"几乎一篇有一篇新形式"的"创造'新形式'的先锋"。⑤ 而且在整体上也很少有五四时期作家创作中那种突破传统写法,探求独特形式的自觉和冲动。这与30年代强调集团性、阶级性意识,抑制个性、自我的整体文学氛围是密切相关的。即如五四时期已经著名的老作家叶圣陶、王统照、王鲁彦等作家也是这种情况。叶圣陶所写的《多收了三五斗》,与当时一批写"丰收成灾"的作品,"形式"上大同小异;王统照的《山雨》、王鲁彦的《乡下》、《野火》等作品与当时多数写农民反抗内容的左翼文学作品在叙事模式和观念表达上也都彼此相类似。即使是在诸如沈从文的《大小阮》、老舍的《黑白李》这样的作家作品

---

① 陈平原:《中国现代小说叙事模式的转变》,上海:上海人民出版社1988年版,第253—254页。
② 茅盾:《〈茅盾短篇小说选集〉后记》,《茅盾短篇小说选集》,北京:人民文学出版社1955年版。
③ 洪深:《我的经验》,《创作的经验》,上海:天马书店1933年版,第141页。
④ 鲁迅:《且介亭杂文·〈草鞋脚〉小引》,《鲁迅全集》第6卷,北京:人民文学出版社1981年版,第20页。
⑤ 沈雁冰:《读〈呐喊〉》,《时事新报》1923年10月8日。

中,我们也能明显看到当时流行的革命文学作品的基本套路。由此看来,公式化产生的根本原因并不仅仅在于作家缺少艺术的技巧和方法,而是在于陷入某种集团性艺术规范中而失却了具有个性的艺术创新的能力。应该说,30年代文学创作中概念化、公式化盛行,与30年代普遍的文学思路是有一定的联系的。

综上所述,30年代文学思路之下的30年代文学与五四文学思路之下的五四文学一样,都存在着诸多不足,这些不足也都折射出各自文学思路的局限。因此,我们有必要跳出两种不同的文学思路来看问题,而不是陷入某一种思路来评判基于不同的文学理念和文学思路形成的其他文学传统,这样得出的肯定和否定都必然会失之偏颇。30年代和五四的两种不同的文学思路,其实并没有高下之分,而只是范式上的差异。它们是各自时代语境的产物,都在最大程度上顺应了各自时代的历史任务,当然,也必然都承担着各自时代的局限。我们在这里指出30年代与五四两种不同的文学思路,并不是为了对这两种思路做简单的褒贬评价,而是试图通过30年代对五四文学传统的反思,弄清楚两种不同文学思路的差异到底何在,找到基于不同思路提出的"反思"的理由和误区。通过理解两种不同文学思路的差异,可以更好地把握两个时代不同的文学特点,通过对这两种不同思路的考察,使不同年代的基于不同文学思路的许多文学现象可以获得更有效的解释,而且可以找寻到不同时段文学特征形成和变化的某种根源,可以探究基于不同思路导致的不同文学时段文学变异的一些规律。

(原载《中国社会科学》2009年第6期)

(作者单位:南京师范大学)

80年代、五四传统与"现代化范式"的耦合
——知识社会学视角的考察

贺桂梅

一、80年代的历史意识和知识社会学考察

从五四传统在现代中国的接受史的角度来看,恐怕没有哪个时期比80年代与五四传统的关联更密切了。80年代常常被视为"第二个五四时代"。从70—80年代之交"思想解放运动"中的"反封建"主题,到80年代中期的"新启蒙"思潮与"文化热",五四传统进驻到当代中国文化阐释的中心位置,并构成了人们体认"新时期"的核心表述。"新时期"作为一个告别50—70年代的"前现代""革命"的"现代化"时期,作为一个重新接续五四新文化运动而打碎传统文化"铁屋子"的新的文化启蒙时期,同时也作为一个挣脱了传统中国"闭关锁国"谬见而"走向世界"的开放时期,这种历史意识和时代认知在80年代赢得了普遍认同。

进入90年代后,这种意识开始受到质询。有关"学术史"与"学术规范"的讨论,对80年代的"空疏"学风及其为五四所限的学术范式提出了批评;在反省"激进主义"的命题下,从五四延续至80年代的"革命"传统受到批判;而在有关"后新时期"的断代讨论和一种"后现代"的历史视野中,80年代的启蒙现代性则受到了尖锐质疑和否定性评价。不过,这种对80年代意识的反省和批判,如同80年代所建构的"新时期"意识一样,不言自明地将五四和80年代视为两个重叠的历史时期,关心的问题始终是如何通过反省五四传统而批判性地反思80年代,而很少反思80年代因何、如何成为了"第二个五四时代"。因此也可以说,这种对80年代的反省其实并没有超越80年代的历史意识。隐含在这种历史意识中的关键,或许在于如何评价50—70年代的历史与文化。正因为50—70年代被判定为"前现代"乃至

"封建"时期,80年代作为"新时期"而倡导五四的文化启蒙传统才成为可能。到90年代后期,在被称为"自由派"与"新左派"的知识界论战中,80年代的历史意识开始受到相对深入的反省,而50—70年代历史的现代性内涵则得到了不同程度的关注。更重要的是,90年代迄今的"全球化"格局以及中国在这一格局中位置的改变,使得知识界的"世界"想象、历史叙事和民族—国家认同的文化维度,相对于80年代都发生了很大的变化。在这样的历史背景下,重新认识那种强调与50—70年代相"断裂"的80年代式的"新时期"与"新启蒙"意识,不能仅仅在论战式的理论争辩中进行或肯定或否定的评判,而需要在一种超越特定意识形态限定的批判性理论视野的观照之下,做出历史性的分析和考察。

这里所谓"历史性的分析和考察",并不简单地是一种历史主义的泛泛之论,而意味着一种知识社会学的考察方式。知识社会学理论的主要创始人、德国社会学家卡尔·曼海姆(Karl Mannheim),曾经讲述了一个"农民的儿子"的故事,认为正是在那个已经都市化了的乡村少年,对乡村和都市的思想与观念的有意识区分中,蕴涵着知识社会学"力图详细发展的那种方法的萌芽"。这种分析方法试图完成三个层次的考察:一是"关联论",即考察一种思维现象和知识表述,"是与什么样的社会结构有关系时才产生出来和发挥效用的"。乡村思维正是乡村生活的产物,尽管这曾经被生活其间的农民视为"天经地义"的世界观。第二个层次,曼海姆称之为"特殊化"。当那个都市化了的农民的儿子发现他早期的思想方式与乡村环境关联在一起时,他已领会到"不同的视角之所以特殊,不仅在于它们以不同的视野和整个现实的不同部分为前提,还在于不同视角的洞察兴趣和洞察力是受制于它们从中产生并与之相关联的社会状况的",因而他早年曾被认为是天经地义的思维与言谈方式,只是在乡村这个范围内是绝对的和有效的,因而是"特殊的"而非"普遍的"。第三个层面,是不同视角的思想与观念之间的关联。对知识与社会环境的关联性及其特殊视角的强调,最后并不是落实为一种相对主义的描述①,而是为说明:对自身视角的自觉意识和历史认知,才是引导不同的知识与解释进行对话的"第一个准备步骤"。正是在这样的意义上,曼海姆提出,"在一个已经意识到其利益不一致和思想

---

① 兰德尔·柯林斯、迈克尔·马科夫斯基:《发现社会之旅——西方社会学思想述评》,李霞译,北京:中华书局2006年版。

基础是不统一的时代,知识社会学就是争取在更高的层次上达到这种统一"①。

考察 80 年代,值得关注的重要现象,一方面在于 80 年代历史与文化意识的高度统一,另一方面则在 90 年代以来这种共识的分裂和评价上的紧张分歧,以及由此而产生的激烈争辩。值得分析的问题,不仅在于怎样的历史情境造就了 80 年代的特定文化意识,也在于去讨论这种文化意识在 90 年代以来发生分化的历史条件。正是从这一角度,曼海姆有关知识社会学的阐释,在此获得了特殊的针对性。只有在 90 年代以来的历史情境中,80 年代历史和文化意识与其环境的关联性,及其作为特定视角的知识与解释的特殊性,才得以显现出来。一方面是 80—90 年代之交的社会转型,包括市场社会的成型、大众文化的兴起、中国卷入"全球化"格局等,使得 90 年代的社会现实相对 80 年代发生了剧烈变化;而另一方面则是知识界在试图理解与回应现实变化时所产生的分歧与争论,人们讨论问题的思想基础乃至所归属的利益集团都发生了分化。这或许也正是曼海姆所谓的"一个已经意识到其利益不一致和思想基础不统一的时代"。在这样的背景下,80 年代的历史与文化意识作为一个特定时代的独特视角所赋予的阐释世界的方式,应该得到历史的讨论。

这也就意味着,应当超越 80 年代的历史意识,从更广阔的历史视野和更自觉的立场出发,去重新讨论 80 年代。那种"新时期"意识,那种强烈的"现代化"冲动和理想化的现代性想像,那种"走向世界""与国际接轨"的全球化诉求,不应当被看作是"天经地义"和"自然而然"的普遍意识,而应视为特定时段、处于特定地缘政治位置的中国文化环境中的产物。由此,关于 80 年代与五四传统的讨论,就不应当仅仅是两者的历史类比、阐释和发挥,而更应当对被植入 80 年代历史意识的核心的五四传统,与作为"新时期"的 80 年代这两者的耦合过程,做出一种知识社会学的考察。

二、"新时期"意识的由来:一组话语框架

采用"80 年代"而非"新时期"这一范畴,来作为对所研究历史时段的指称,本身就构成问题讨论的起点。"新时期"这一产生于 70 年代后期并

---

① 卡尔·曼海姆:《意识形态与乌托邦》,黎鸣、李书崇译,北京:商务印书馆 2000 年版,第 287—291 页。

在很长时间内成为当代中国通用的时期范畴,携带着特定历史语境的浓厚历史意识。这是一种相当意识形态化的"现代"想象视野中关于时代的自我认知,它将"文革"后的历史时段视为一个"崭新"时代的开端。如同哈贝马斯在分析黑格尔的现代概念时所说的那样,"'现代'或'新的时代'概念所表达的历史意识,已构成了一种历史哲学的视角:一个人必须从整个历史视界出发对自己的位置作反思性认识"①。而新的世界被看作是"现代世界",处在与"旧日的生活与观念世界的决裂"当中。黑格尔所描述的"一个新时期的降生与过渡的时代",大约正是80年代所体验的时代意识。当我们将这种体验历史的方式置于当代中国的特定历史语境中,需要进一步追问的问题就是:怎样具体的历史内容被填充在这一新/旧、过去/未来的现代性话语框架当中?

首先被填充在这一强调历史断裂性的话语框架之中的,乃是"文革"与"新时期"这两个历史时段。可以说,正是参照于有关"文革"的历史叙述,"新时期"才获得了自身的历史意识与合法性表述。从70—80年代转折的角度来看,"新时期"作为一个最初出现在政府工作文件中的断代术语,最终转换为全社会(尤其包括知识界)共享的对于时代的指称,表明的是人们对于这一历史转折的普遍态度。应当说,这种广泛的认同并非因为对于未来的具体规划,而是出于对历史即由"文化大革命"指称的60—70年代社会主义实践的普遍拒绝。无论人们出于何种立场与诉求,告别并走出"灰色而沉闷的70年代",已经成为当时普遍的社会愿望。但这也并不意味着当时不存在分歧。分歧表现在如何向新的时代转型的方式上所存在的不同政治构想;而这种关于未来的规划事实上也倒过来决定了人们如何叙述历史。在这一意义上,"新时期"并不是一个不需要去追问和考察的历史断代依据,而是一种叙述历史(也包括未来)的方式。在考察"新时期"意识形成的过程中,或许最有意味的便是关于"文革"的叙事所发生的变化。

对"文革"的定性,从70年代后期到80年代经历过一个变化的过程。1971年林彪事件发生之后,其"反革命"性质被确定为"修正主义的极右实质"②、"新产生出来的资产阶级和资本主义的代表"③。这和毛泽东将发动"文化大革命"的动机描述为批判蜕变为特权阶级的官僚阶层与"资产阶级

---

① J.哈贝马斯:《现代性的哲学话语》,曹卫东等译,南京:译林出版社2004年版,第5—13页。
② 短评:《广泛深入开展批林批孔的斗争》,《红旗》1974年第2期。
③ 姚文元:《论林彪反党集团的社会基础》,《红旗》1975年第3期。

走资派",是一致的政治判断。1976年后,对"四人帮",华国锋等"凡是派"延续了对林彪集团的说法,将其定性为"反革命的修正主义路线"、"极右的路线"①。不过有意味的是,这种定性在"改革派"那里开始发生了变化。1978年的重头文章《实践是检验真理的唯一标准》称"四人帮""只有蒙昧主义、唯心主义、文化专制主义",其性质也变成了极"左"路线。另外的文章开始提出"民主和法制"问题,并把对"四人帮"的定性与"封建主义"联系在一起:"我们从'四人帮'身上,就可以清楚地看到封建主义的阴魂。"②"文革"十年被视为"专制主义、帝王思想、皇权思想、特权思想、等级观念、宗法思想、蒙昧主义"等"封建主义的遗毒恶性发展,重新泛滥"的时期③。1981年正式通过的《中国共产党中央委员会关于建国以来党的若干历史问题的决议》,则基本延续了上述对于"文革"的定性。正是以这种"文革"论述方式为依据,"思想解放"成为了一个有力的口号,对"文革"历史的批判和反省也与"反封建"主题有了直接联系。从"修正主义极右路线"到"封建法西斯主义"的定性,事实上不仅仅是对于"文革"的历史定位,同时也相应地决定了"文革"后中国社会的发展方向,以及一整套意识形态话语。如同韩少功分析的:"这里有一个知识和话语的转换过程。一旦确定了'封建主义'这个核心概念,人们很容易把新时期的改革想象成欧洲18世纪以后的启蒙运动,想象成'五四'前后的反封建斗争。与此相关的一整套知识轻车熟路,各就各位,都派上用场了。"④这也就是说,"新时期"的合法性首先来自将"文革"叙述为"封建法西斯专政",进而将自身的历史主题确定为"反封建",并与五四新文化运动以及欧洲启蒙运动发生历史关联。

不过,这一"文革"/"新时期"、"现代迷信"/"思想解放"、"封建"/"民主科学"乃至"愚昧"/"文明"的对偶式叙述结构,在80年代中期又发生了变化。回顾80年代的历史,很少有人能否认从1983—1984年开始到80年代后期这段时间之间,形成了一次高潮性的文化段落。这大致指的是当时在整个人文学界形成的"历史反思运动"、"文化热"(或称"中西比较风");文学领域的"反思文学"向"寻根文学"的转移,"现代派"小说、先锋小说的出现和"现代主义诗群大展"及号称"pass北岛"的新生代诗群,以及其他艺

---

① 《人民日报》、《红旗》、《解放军报》社论:《伟大的历史性胜利》,1976年10月25日。
② 《人民日报》"特约评论员":《民主和法制》,1978年7月13日。
③ 《人民日报》"特约评论员":《封建主义遗毒应该肃清》,1980年7月18日。
④ 《韩少功、王尧对话录》,苏州:苏州大学出版社2003年版,第41—42页。

术领域内的诸如"第五代电影"、85美术新潮与现代主义建筑等。这次文化热潮的构成因素相当庞杂，但在当时，几乎所有参与者都会将这次文化运动与五四新文化运动联系起来，并且认为这是对那次历史运动的一种继承。正是在这次文化运动当中，一种区别于50—70年代经典社会主义语言的新的话语形态获得了表述。这首先表现为"文革"叙述的不同。对"文革"乃至整个革命史与社会主义实践的反思，逐渐从对"封建主义"的批判转移为对中国"传统文化"的反思；而"西方"文化资源的输入，相应地被描述为"现代"思想的启蒙。在这里，新/旧的时间框架，被"传统"/"现代"所切分，并与"中国"/"西方"这一地缘空间的框架同构。它以更突出"文化启蒙"的方式，强调了80年代与五四的历史同构性。这也正是80年代中期的文化热潮被称为"新启蒙"的原因。

或许可以简单地概括说，80年代是参照着"文革"这一被称为"民族浩劫"的历史时段，从50—70年代主流意识形态当中摆脱出来，推进民族—国家内部以市场经济为导向的"改革"和向外部即全球市场"开放"的历史进程。"文革"被视为社会主义历史实践和意识形态困境的具体表征，表明人们基本上将"改革"的历史动力解释为社会主义体制内部的弊端造成的后果，这种弊端被明确地表述为"封建遗毒"、"封建主义"或"传统文化"；而"现代化"则成为人们构想未来的价值标准，同时也是一个乌托邦式的理想社会范型，其规范性来源则是被充分去政治化了的"西方"。这两个方面构成了推进80年代社会变革的、被不同社会阶层、不同文化领域所共同分享的最具整合性的历史意识。正是基于这样的"内部"和"外部"的认知，针对民族—国家内部的自我改造式的"决裂"和朝向民族—国家外部的"新世界"的"进军"，从中国"内部"反省社会主义体制和从中国"外部"输入社会/文化变革的资源，使得80年代越来越自觉和明晰地将自身定义为"又一个五四时代"。

"新时期"与五四的历史同构，显然必须被视为一种意识形态叙述而非历史分析。甚至可以说，将"新时期"叙述为"第二个五四时代"，乃是80年代所构造的最大"神话"之一。正是借助于"五四新文化运动"在整个20世纪作为"现代性起源"的神话地位，"新时期"才为表述自身的合法性找到了有效的语言。它将一个第三世界国家为了摆脱冷战格局中的地缘政治封锁与发展困境而朝向全球资本市场开放并改革自身体制的过程，描述为传统的中华帝国从"闭关锁国"、"夜郎自大"的迷误中惊醒，从而变革传统、开放国门、"出而参与世界"的现代化过程。这里的社会主义中国与晚清中华帝国乃至神学统治时期中世纪西欧、"新时期"与五四及欧洲启蒙运动之间的历史对位,构成了极具意识形态意味的隐喻式历史大叙述。而决定这一隐喻式的历史叙述的,乃是"文革"/"新时期"、"传统"/"现代"、"中国"/"西方"这三组核心的话语框架。这组框架的意识形态性,体现在其关于"内部"和"外部"的认知方式。张旭东曾这样提出:

> 人们似乎已经习惯于从"内部",即由其体制的结构性弊端来解释社会主义的问题,而从"外部",即以所谓"全球文化"交流和影响来解释任何"超越"历史条件的文化创造。然而事实上把思路颠倒一下或许更富于成果:从"外部",即从作为特殊历史条件下的民族经济战略的社会主义同全球资本主义体系的关系,从全球资本主义体系强大的扩张力和毁灭性诱惑中解释社会主义的困境(这一观念最为明确的表达来自 Duke University 历史系的 Arif Dirlik 教授)。同时从"内部",就是说,从作为历史主体的"前现代"民族日益明确的自我意识,从这种历史意识不可遏制的表达的必然性,从这种表达所激发的非西方的想象逻辑和符号可能性,同时,也从这种想象在全球文化语境中自我投射、自我显现的机制中解释作为"当代文学"的民族文学的兴起。①

这种颠倒"内部"与"外部"视角的历史解释的可能性,揭示出 80 年代以非意识形态的方式加入现代世界的普遍历史意识,恰恰是相当意识形态化的。

这其中隐含着"内部"/"外部"与"中国"/"世界"的对应关系,并将后者(外部、世界)作为对前者(内部、中国)展开历史批判的依据。它一方面不能历史地考察内部与外部、中国与世界之间复杂、互动的地缘政治关系,另一方面也使其关于当代中国历史的反思受制于二元结构框架而将"世界"(西方)作为全部思想规范的来源。从这样的角度来看,"中国"这一民族—国家单位不能作为思考 80 年代文化问题的毋庸置疑的前提,而应当将其作为一个需要在全球体系中加以分析的地域文化主体,进而考察特定的地缘政治空间位置如何决定这一主体认知历史、时代、自我的"视角"。

三、全球视野中的 70—80 年代转折与中国

正是在传统/现代、中国/西方乃至"愚昧"/"文明"这一同构的意识形

---

① 张旭东:《"朦胧诗"到"新小说"——新时期文学的阶段论与意识形态》,《批评的踪迹:文化理论与文化批评:1985—2002》,北京:生活·读书·新知三联书店 2003 年版,第 243—244 页。

态框架,被一种由单一民族—国家视野所划定的"内部"/"外部"的空间想象中,包含着我们应当去深入理解的80年代文化空间的政治经济学。可以说,以传统/现代框架批判50—70年代社会主义历史实践的思维模式,恰是由对中国在70—80年代世界体系中的地缘政治位置的判断衍生出来的。对这个中国主体位置的关注,也正是从曼海姆的知识社会学角度会特别着力地加以考察的地方。这也意味着,我们需要将"中国"/"西方"这一意识形态框架,置于某种全球视野当中加以考察;而考察的关键切入点,则在70—80年代的历史转折,以及这一转折过程中,"中国"这一主体位置的变迁。

对于70—80年代的转型与"新时期"的发生,从中国内部的政治、社会与经济诸因素来加以描述和分析,已经成为人们的思维定势。关于"四人帮"的文化专权,关于中国经济发展的迟缓或停滞,关于中国社会由于频繁的政治运动与国家暴力机器的强控制而处在沉闷、紧张与酝酿反抗的状态中,这些基本上都属于"文革"后期的社会现实。可以说,也正是这种社会状况,使得"人心思变",也使得"思想解放运动"以破竹之势迅速得到全社会的呼应。但这种描述本身,应当说是一种历史的"后见之明",它使人们忽略当时复杂的多方位的历史因素,而将以"改革、开放"作为指导原则的政治改革视为"历史的必然"。而如若我们尝试去考察历史"现场"的不同侧面的话,应当说这个"历史的必然"却是多种国内外政治、经济、文化与社会力量博弈的结果。或许正是在这里,用得着福柯称之为"谱系学"的历史考察方法。福柯批判那种关于历史"起源"的神话,认为"寻求这样一种起源,就是要找到'已经是的东西'";而他所谓的"谱系学",则是"要将一切已经过去的事件都保持在它们特有的散布状态上;它将标识出那些偶然事件,那些微不足道的背离,或者,完全颠倒过来,标识那些错误,拙劣的评价,以及糟糕的计算,而这一切曾导致那些继续存在并对我们有价值的事物的诞生;它要发现,真理或存在并不位于我们所知和我们所是的根源,而是位于诸多偶然事件的外部"。[①] 按照这种方法去考察某一历史时期的出现,也就要撇开那种按照"已经是的东西"去在历史中寻找其起源,将历史解释为连续性过程的观照方式,而应当去探讨特定历史情境中不同社会因素与社会力量之间的冲突与耦合关系。

具体到对"新时期"的考察,如果我们始终在单一民族—国家的内部视

---

① 米歇尔·福柯:《尼采·谱系学·历史学》,《尼采的幽灵——西方后现代语境中的尼采》,汪民安、陈永国编,北京:社会科学文献出版社1993年版,第121页。

野中讨论问题,把 70—80 年代的历史转折仅仅解释为对"文革"暴虐历史的合理反抗的话,显然并不能呈现出历史的全部复杂性与丰富性。尽管这里并不打算对 70—80 年代的转折作一番历史学的深入描述与考察,但进行批判性历史考察的一个关键维度,却必须首先提出。这就是应该注意到,70 年代末期中国社会的变迁,是与全球性的历史转折同时发生的。从 1973—1974 年开始,二战后在全球形成的稳定的冷战结构和地缘政治空间格局,从资本主义体系、社会主义阵营到第三世界国家,此时都发生了剧烈的变迁。对资本主义阵营而言,在经济方面,这是二十余年以福特主义—凯恩斯主义为主要特征的"黄金时代"转入衰退的时期,具体表现为能源危机与金融动荡,以及一种以资本全球流动为主要特征的后福特主义的生产—消费方式开始形成。这也是政治上的新自由主义开始登台,与文化上的后现代主义浮现的时期。而就社会主义阵营来说,按照霍布斯鲍姆(E. J. Hobsbawn)的说法,"除了中国而外,当世界由 70 年代步入 80 年代时,凡世上自称为社会主义的制度,显然都出了极大的毛病"[①]。经济停滞、官僚机构臃肿、与东欧关系的紧张,以及与美国在中东地区展开的"第二次冷战",这些因素迫使苏联发起了改造苏维埃社会主义的运动,而且原则看似与中国相同,"一是'重建',政治经济并行;一是'开放'"[②]。而曾经在 60 年代被作为"世界革命"希望的第三世界国家,在 70—80 年代的转折中,不仅陷入债台高筑的境地,而且在 50—60 年代独立建国浪潮中涌现的民族—国家形态本身,也受到全球资本主义的冲击与挤压,而与社会动荡以及不断扩大的全球两极分化联系在一起。总之,如果说在 70 年代后期,中国社会遭遇到深刻的危机而步入转折年代的话,那么这也正是因共同的危机而导致的全球性转折的时期。

从一种全球关系的角度来看,60 年代的中国不仅作为资本主义世界体系的"外部"而遭到美国主导的资本主义阵营的排斥与封锁,同时也在很长时间被视为"革命的 20 世纪"继苏联之后在东方国家中取得的最大成功。尤值得提出的是,在 60 年代,中国还因其与资本主义世界"脱轨"(或译"脱钩")、并对抗苏联式正统社会主义,而被视为第三世界"另类现代化"发展

---

① 霍布斯鲍姆:《极端的年代:短暂的 20 世纪(1914—1991)》,郑明萱译,南京:江苏人民出版社 1999 年版,第 699 页。
② 同上书,第 712 页。

道路的典范。① 这也就是说，尽管50—70年代中国在国际关系体系中一直处在紧张状态，先是美国的层层封锁，接着是苏联的威慑，不过，这并不意味着毛泽东时代的中国真如80年代新启蒙文化思潮所描述的那样，是处在"闭关锁国"状态中的夜郎之国。相反，恰恰是当时的全球关系体系，从不同层面决定了50—70年代中国的政治决策和社会运作方式。即使是中国国内发生的那些看似与国际关系并无关联的历史事件，事实上也必须被纳入全球关系格局中加以考察。

那么，如果拉大视野，从全球体系的角度观察70—80年代的转折，这对于当时的中国意味着什么？

这首先意味着中国所面对的"西方"，不再是所谓19世纪的"古典资本主义"世界，也不是在二战后为对抗社会主义而自我调整的带有国家资本主义（或称国家社会主义）特征的那个资本主义世界，而是一个"全球化"的"新世界"。美国学者德里克（Arif Dirlik）在他那篇富于理论创见的文章《世界资本主义视野下的两个文化革命》中提出，终结文革和中国式60年代的关键原因，不仅在于文革作为一种革命思想自身存在的危机，以及这种实践在国内引发的深刻社会矛盾，更在于全球关系结构在70—80年代之交所发生的剧烈变化。这种变化的根本所在，是资本主义自我更新与自我创造为一种"灵活累积"的全球形态，它不仅越过了冷战界限，而且也使第三世界国家卷入其中。更糟糕的是，这种"全球化"首先使已"融入"全球资本主义市场体系、并处于边缘—半边缘位置的社会主义和第三世界国家，为资本主义中心国70年代初期的能源危机与金融危机"买单"。霍布斯鲍姆这样写道："欧洲'现实中的社会主义'（指东欧社会主义国家——笔者注）最头疼的问题，在于此时的社会主义世界，已经不像两战之间的苏联，可以置身于世界性的经济之外，因此也免疫于当年的'大萧条'。如今它与外界的牵连日重，自然无法逃遁于70年代的经济冲击。欧洲的'现实中的社会主义'经济，以及苏联，再加上第三世界的部分地区，竟成为黄金时期之后大危机下的真正牺牲者；而'发达市场经济'虽然也受震荡却终能历经艰难脱身而出，不曾遭到任何重大打击（至少直到90年代初期是如此）。"② 同样的

---

① 德里克：《世界资本主义视野下的两个文化革命》，林立伟译，香港《二十一世纪》总第37期，香港中文大学中国文化研究所1996年版。
② 霍布斯鲍姆：《极端的年代：短暂的20世纪（1914—1991）》，南京：译林出版社1999年版，第702页。

危机未曾直接冲击70年代中国的原因在于,此时的中国仍在资本主义全球市场的"外部"。但这并不意味着中国可以始终处在这个资本市场的"外部"。一种经济学的解释是:"由于已经有了前30年中央政府集中全国资源完成工业化的资本原始积累,中央政府控制的国家工业为主的国民经济,已经初步具备'社会化大生产'的产业门类齐全、专业分工社会化的特征,有了进入市场开展交换的基础条件。"①这也就是说,从中国作为一个民族—国家经济单位的发展前景而言,它必须进入更大的交换市场才能进一步发展,并且它已经具备了进入更大市场的条件。这也为中国的"开放"政策提供了内驱力。而从国际关系角度来看,60年代处在美苏两大霸权国的封锁和威慑之下的中国,处在一种类似于30—40年代延安的窘境当中。尽管"文革"的诸多激进政策是以继承"延安精神"和"延安道路"的方式而提出的,不过在完全丧失任何外援的情形下,"文革"中的中国并没有在全球范围内完成"农村包围城市"的壮举,反而使自身陷入发展的难以为继的困境中。这才有了70年代初期调整与美国的关系,加入联合国,并在70年代后期正式与美、日等国建交,主动纳入"太平洋经济体系"等一系列变化。

显然,身处70年代全球性的经济危机与社会转折的时期,中国的问题不是在"开放"与"闭关锁国"之间自主地选择,而是以怎样的方式加入全球化的市场扩张体系当中。70年代的世界性经济危机和能源危机,曾被1975年第1期的《摘译》杂志做了专刊报道。在当时的中国激进派看来,这次危机不过是经典马克思主义预言的资本主义世界"病入膏肓,回天无术"、"昏惨惨似灯将尽"的末路表现②。而事实上,在70年代初期,在与美国及西方国家建立外交关系的同时,中国就"通过大规模引进欧、美、日设备,开始了对重偏斜的工业结构的大调整,努力形成产业门类齐全的工业体系"。化肥使用量猛增、农产品产量翻番、"的确良"、洗衣粉,以及电视、洗衣机和冰箱"三大件"都是伴随着这次"开放"而在中国出现的"新事物"。至1976—1977年,曾提出更大规模地引进外资,并预期借助世界性的"油元"猛涨而

---

① 温铁军:《新中国三次对外开放的"收益和成本"》,《我们到底要什么?》,北京:华夏出版社2004年版。
② 上海外国哲学社会科学著作编译组编:《摘译》(外国哲学社会科学)1975年第1期,上海:上海人民出版社出版。

通过"上它几十个大庆"来偿还债务。这也就是被后来所称的"洋跃进"①。经济学家温铁军认为正是上述现象导致了80年代的改革,并在此基础上提出一个大胆的判断:"中国50年来都是先开放,后改革。改革是开放派生的,其内容方面的不同一般都取决于政府向哪里开放。"②如果这个叙述能够成立的话,那么关于"新时期"和"新启蒙"叙述的历史考察,便可获得一个有效的批判性支点。

从表面上看起来,五四时期和80年代的中国,都经历过一个由世界体系的"外部"向"内部"的转移,由"封闭"转向"开放"的历史过程,这正是"新时期"将自身确定为"第二个五四时代"的历史依据。不过,这种历史观察所忽略的,恰恰是五四前的晚清帝国和"新时期"前的50—70年代这两者的不同。50—70年代并不是回复到前现代的封建时期,而是作为第三世界国家的中国展开"另类现代化"实践的时期。也因此,中国在70—80年代转型中对现代化方案的调整,并不能被解释为从"传统社会"向"现代社会"的启动。毋宁说,这仅仅是基于民族—国家的内部视野而作出的将西方视为理想现代化道路"典范"的、带有明显西方中心主义色彩的"启蒙主义"阐释。如若跳出这种内部视角,而着眼于中国在全球经济体系中的地缘位置和处境,或许可为80年代变革的动力与方向提供更准确的阐释。也只有纳入这种批判性的全球视野,才可能使我们对西方(也包括50年代的苏联)现代性规范,以及当代中国自身的历史实践和特殊性,有充分的了解。而所谓"现代性"内涵及"现代化理论"所携带的地缘政治意识形态,也才能够得到清晰显现。

四、"新启蒙"思潮、五四阐释与"现代化范式"

将有关80年代中国的讨论,扩展至70—80年代的全球转折与国家关系体系中的中国位置的考察,显然并不是为了简单地套用"全球化"理论来阐释中国问题,而是为了凸显不同立足点或主体位置如何限制我们想象80

---

① 参见温铁军:《新中国三次对外开放的"收益和成本"》,《我们到底要什么》,北京:华夏出版社2004年版;莫里斯·梅斯纳:《毛泽东的中国及其后:中华人民共和国史》,杜蒲译,香港:香港中文大学出版社2005年版;程中原、夏杏珍:《历史转折的前奏:邓小平在1975》,北京:中国青年出版社2003年版。

② 温铁军:《新中国三次对外开放的"收益和成本"》,《我们到底要什么》,北京:华夏出版社2004年版。

年代的视野,使我们看到从"内部"和"外部"所观察到的历史景观如何的不同;尤为重要的是,仅仅从中国内部视野考察文化问题遮蔽了什么;进而为进一步分析"新时期"借以叙述自身的知识与文化表述如何形成,提供一种相应的分析视角。如果从一种全球视野来观察70—80年代的转型,转向"新"西方的中国显然存在着一个关于自身表述的困境,以及为了再度整合认同而进行文化选择的问题。落实到关于"新时期"意识与"新启蒙"文化思潮的讨论,这也就意味着去考察那一套以"传统"/"现代"的对偶结构来确认"新时期"合法性的叙述模式从哪里来。如果说"西方"与"中国"的形态与位置在70—80年代转折过程中都发生了巨大变化,那么在有关"新时期"意识的那一组意识形态框架当中,关键之处便在于"中国"与"西方"的对立和转化,如何被"耦合"到有关"传统"与"现代"的叙述结构之中。

对五四启蒙传统的重新启用,可以说构成了80年代一个持续的文化展开过程。70—80年代之交,在"思想解放运动"背景下,1979年的五四运动六十周年受到了格外的重视。这次纪念活动关于五四运动历史意义的界说,做了一次极具针对性的修订,即将毛泽东称五四运动"彻底地不妥协地反帝反封建"之"彻底"的涵义,修订为"并非说,那时已经把封建思想反掉了",而是指"坚决反对"的"态度",而非"程度"。① 而"文革"时期的"封建法西斯专政",则正是五四运动"反封建"任务没有完成的历史后果。巴金写道:"六十年,应该有多大的变化啊! 可是今天我仍然像在六十年前那样怀着强烈的感情反对封建专制的流毒,反对各种形式的包办婚姻,希望看到社会主义民主的实现。"② 于是,"新时期"与五四在"反封建"这一点上,便建立了直接而紧密的承继关系,并成为突出五四的文化启蒙意义,进而重申"新时期"作为另一场"新启蒙运动"的基础。这事实上也是"历史反思运动"与"文化热"发生的历史动因。不过,尽管80年代中期的"新启蒙"思潮与70—80年代之交的"思想解放运动"关系密切,但它们关于五四传统的阐释方式却并不相同。对五四传统与"新时期"关系的新启蒙式讲述,李泽厚的《启蒙与救亡的双重变奏》或许是最为系统和典型的文本了。这篇文章最富于症候性特征的地方在于,文章前两部分是关于"封建主义"如何

---

① 黎澍:《关于五四运动的几个问题》,收入《纪念五四运动六十周年学术讨论会论文选》(一),北京:中国社会科学出版社1980年版,第273—285页。
② 巴金:《五四运动六十周年》,收入《随想录》第一集,北京:人民文学出版社1980年版,第64—67页。

"改头换面"地渗入革命的讨论,而到第三部分,则没有过渡地被关于"传统"、"传统文化"的讨论所取代。如果说"反封建"这样的表述语汇,仍是经典马克思主义的语言,并因此而划定了人们叙述历史的话语疆界的话,那么,以"传统"、"传统文化"作为表述历史惰性的新语汇,则脱离了80年代知识界一直尝试从中"突围"的经典马克思主义的话语轨道。这并非仅仅是"修辞"上的变更,而意味着关于历史、时代与自我认知的方式发生了全面的转变,称其为"话语"或"范式"的转型更为合适。或许可以说,"反封建"论述是与"革命"范式联系在一起的,而有关"传统(文化)"的讨论则与"现代化理论"范式密切相关。从"思想解放运动"到"新启蒙"思潮,尽管所借重的五四传统的语词表象看起来是一致的,但应该说真正支配后者的话语形态,不再仅仅是中国语境内的五四传统,而更是一种全球性的"现代化理论"范式。

现代中国对五四运动的讲述,从来就是不一致的,如汪晖所概括的,存在着"文化批判或启蒙主义的,民族主义或文化保守主义的,新民主主义或共产主义的"这三种五四观①。在很大程度上,"新启蒙"文化思潮在80年代中期中国知识界的出现,常常被解释为从"新民主主义或共产主义的"五四观向"文化批判的或启蒙主义的"五四观的转移,甚至是被毛泽东时代所压抑的五四知识分子传统之"复归"。这种阐释方式的问题在于,它并没有质询"五四传统"作为现代历史起源的神话位置,相反是在将其视为神话源头的前提下展开类似阐释的。似乎是,五四运动(尤其是五四新文化运动)在现代中国历史的开端处,就已经预示了现代问题的全部,不同历史时期的人们就像从"武器库"中提取武器一样,从中提取趁手的思想资源。这种关于五四传统的讲述方法,与福柯的谱系学试图加以批判的那种本质主义历史学并没有多大差别:"整个历史学(神学的或理性主义的)的传统都倾向于把独特事件化入一个理念的连续性之中,化入一个目的论运动或一个自然的链条中。"②关注不同时期五四阐释的独特性,不仅意味着去关注"不同的历史角色基于各自的历史处境而形成的对于同一历史事实的相异的记忆

---

① 汪晖:《中国的"五四观"——兼论中国现代文学史和思想史研究的历史前提》,收入《无地彷徨:"五四"及其回声》,杭州:浙江文艺出版社1994年版,第179页。
② 米歇尔·福柯:《尼采·谱系学·历史学》,《尼采的幽灵——西方后现代语境中的尼采》,汪民安、陈永国编,北京:社会科学文献出版社1993年版,第129页。

方式"①,更意味着去关注在现代历史语境中那些激活"五四传统"、并且只能在那个特定的语境中才能耦合成型的话语形态。具体到对80年代"新启蒙"思潮的讨论,关键的问题不在于这种关于五四的讲述方式与五四新文化运动之间的异与同,而在于借助怎样的话语框架(或许使用另一译法更形象:话语"装置"),五四新文化运动被重新讲述为一个"活的传统"。

80年代在批判50—70年代历史实践基础上产生的"新启蒙"文化诉求,与五四时期新文化运动,这两者在有关传统中国(文化)表述上的一个重要差别,在于一种整体主义描述的出现。而事实上,五四时期对于中国文化的表述,或是"具体"的对象,比如孔教、礼教、孔子之道、家族制度,并将之与儒家以外的诸子学区分开来,或与现代民族—国家关联的语汇比如"国故"、"国学",或是新旧对比的"旧文化"、"旧道德"等,但却很少把中国传统文化作为一个整体来抽象地加以讨论,也很少出现过"传统"与"现代"这一对偶结构,更很少将有关中国的讨论置于落后国家政治、经济与文化的全方位发展结构中来加以叙述。这也正是王元化、严家炎等学者在质疑美国学者林毓生把五四叙述为"全盘性反传统主义"②时,引用诸多资料加以考证的内容③。自然,这并非关乎具体语词的使用,也不简单是海外(主要是美国中国学界)学者与大陆学者之间出于意识形态定见而形成的分歧,而涉及80年代论述五四传统的话语框架问题。

以一种"整体主义"的方式来探讨中国传统,并由此检讨五四传统的缺失,这种论述方式在80年代中国的出现,如王元化所说,最早来自海外中国学研究界,尤其是"新儒学和儒学第三次复兴的传播"④。其中,林毓生的《中国意识的危机——"五四"时期的激烈反传统主义》或许是影响最大的一本书。对于林毓生所称的"全盘性反传统主义",美国史学界大师本杰

---

① 汪晖:《中国的"五四观"——兼论中国现代文学史和思想史研究的历史前提》,收入《无地彷徨:"五四"及其回声》,杭州:浙江文艺出版社1994年版,第178—179页。
② 林毓生:《中国意识的危机——"五四"时期激烈的反传统主义》,穆善培译,贵阳:贵州人民出版社1988年版。
③ 王元化:《为"五四"精神一辩》,原载《新启蒙》论丛第一辑《时代与选择》,收入林毓生等:《五四:多元的反思》,香港:三联书店1989年版;《论传统与反传统——从海外学者对"五四"的评论说起》,《人民日报》(海外版)1988年11月28—29日;严家炎:《"五四""全盘反传统"问题之考辨》,《文艺研究》2007年第3期。
④ 王元化在《为"五四"一辩》中这样写道:"我认为首要解决'五四'精神是不是可以用全盘性反传统和全盘西化来说明。这种论调先出自海外,后传入国内,似已成定论不容置疑了"(参见林毓生等:《五四:多元的反思》,香港:三联书店1989年版,第15页)。

明·史华慈(Benjamin Schwartz)将其概括为:"其一,过去的社会—文化—政治秩序必须当做一项'整体'看待;其二,此一秩序也必须作为一个'整体'来拒斥。"①在某种意义上,史华慈为《中国意识的危机》所做的不长的序言,包含了有关中国传统文化的一种阐释模式的典型特征。一方面,古代中国被视为"僵滞的传统主义的典型",它由"社会、文化与政治完全得到整合的秩序无所不涵的整体性的功能所组成"。或许借用金观涛、刘青峰在80年代发明的表述,这是一个由社会、文化、政治等不同子系统构成的"超稳定结构"②。另一方面,也正因为传统文化具有这种"整体性",源自西方的(外来的)现代思想才与传统"截然不同"。而作为对这种源自19世纪西方并在20世纪中期成为"常识"的叙事模式的"修正",林毓生虽然倡导"传统"可以被"创造性转化"为"现代的",不过他要批判的是"全盘性反传统主义在现代中国思想史与政治史上的确扮演了一个影响深远的角色"。依照史华慈更明确的阐释也就是,"吾人发现无论中共面对过去文化遗产时的态度是如何暧昧复杂,到现在(1978年),全盘性反传统主义依然和官方之根本拒斥中国文化传统的理论相缩结"。也就是说,固然应当承认那种把传统文化与现代文化截然分开的观点并不完全适合中国,并要求史学家在研究时加以适度修正,不过,这种观点对于讨论"现代中国思想史与政治史"来说却仍旧适用。

　　如果熟悉美国中国学研究的话,那么应当看出上述关于中国传统的叙述模式及其修正形态,正是美国学者柯文(Paul A. Cohen)在他那本批判性的史学著作《在中国发现历史——中国中心观在美国的兴起》中所概括的"传统与近代"或"近代化理论"模式。这种模式的主要特点在于"把社会演变分为'传统的'与'近代的'两个阶段的做法",并且,"在50—60年代,几乎所有这批史家(指美国的中国史专家,如费正清、列文森、史华慈等——笔者注)都采用'传统'和'近代'二词来划分中国漫长的历史……甚至今日尽管这些词语的用法已发生相当大的变化,但在学术著作中仍然颇为流行"③。柯文指出,这种"传统与近代"的史学模式,源自冷战时期的美国社

---

① 参见本杰明·史华慈为林毓生的《中国意识的危机——"五四"时期激烈的反传统主义》所作的序言,第2—3页。
② 金观涛、刘青峰:《兴盛与危机——中国封建社会的超稳定结构》,长沙:湖南人民出版社1984年版。
③ 柯文:《在中国发现历史——中国中心观在美国的兴起》(增订本),林同奇译,北京:中华书局2002年版,第54—55页。

会科学界,"它适应了西方的,主要是美国的社会科学家意识形态上的需要,被用以对付马克思列宁主义对'落后'和'未发达'现象的解释。同时它也提供了一套完整的说法来解释'传统'社会如何演变为'近代'社会"①。另一本近年出版的讨论"现代化理论"得以产生及传播的冷战史著作《作为意识形态的现代化——社会科学与美国对第三世界政策》②,与柯文对"传统与近代"史学模式的判断大致相同。它详细描述并分析了在冷战格局中,为了与苏联革命范式的发展模式争夺新兴第三世界国家,美国的经济学、政治学与社会学等社会科学界,如何构造出"现代化理论"。这一理论的核心部分集中在几个"互有重叠互有关联的假设之上"③,它从西方发达社会中提取出有关现代性的规范知识,并用来作为衡量第三世界国家现代化程度的准则。正是这一点,使柯文得出基本判断说:"研究中国历史,特别是研究西方冲击之后中国历史的美国学者,最严重的问题一直是由于种族中心主义造成的歪曲。"④

"现代化理论"在 80 年代成为编史学范式的主导模式,被阿里夫·德里克称为"现代化范式"⑤。德里克对中国研究的这种概括,曾遭到史学界不同角度的质询⑥。不过在本文看来,德里克的概括真正富于启示性的地方,乃是基于一种全球性的历史视野而对"现代化范式"所做出的知识社会学阐释。他提出,这一意图取代"革命范式"的新范式所取得的支配地位,

---

① 柯文:《在中国发现历史——中国中心观在美国的兴起》(增订本),北京:中华书局2002年版,第55页。
② 雷迅马(Michael Latham):《作为意识形态的现代化——社会科学与美国对第三世界政策》,英文版出版于2000年,牛可译,北京:中央编译出版社2003年版。
③ 书中列出的几个理论假设是:(1)"传统"社会和"现代"社会互不相关,截然对立;(2)经济、政治和社会诸方面的变化是相互结合、相互依存的;(3)发展的趋势是沿着共同的、直线式的道路向建立现代国家的方向演进;(4)发展中社会的进步能够通过与发达社会的交往而显著地加速。尤其重要的是,"理论家们将西方的、工业化的、资本主义的民主国家,特别是美国,作为历史发展序列中的最高阶段,然后以此为出发点,标示出现代性较弱的社会与这个最高点之间的距离"(见《作为意识形态的现代化——社会科学与美国对第三世界政策》,第6—7页)。
④ 柯文:《在中国发现历史——中国中心观在美国的兴起》(增订本),北京:中华书局2002年版,第53页。
⑤ 阿里夫·德里克:《革命之后的史学:中国近代史研究中的当代危机》,《中国社会科学季刊》(香港)1995年春季卷,第135—141页。
⑥ 参见罗荣渠:《走向现代化的中国道路——有关近百年中国大变革的一些理论问题》,《中国社会科学季刊》1996年冬季卷总第17期;冯钢:《关于中国近现代史研究的"现代化范式"》,《天津社会科学》2000年第5期;杨念群:《"中层理论"的建构与中国史问题意识的累积和突破》,《中层理论——东西方会通下的中国史研究》,南昌:江西教育出版社2001年版。

不仅显示出现代中国史学研究的范式危机,更是70—80年代转型之后的一种全球性意识形态的呈现。正是在同样的语境中,"打开国门"的中国知识界在"新启蒙"思潮中有关五四传统的阐释框架,由传统/现代的二元框架所主导。这种变化,不仅是与海外学界互动的结果,甚至可以说其自身就是全球性的"后革命氛围"中的一个话语场。《启蒙与救亡的双重变奏》在"反封建"与"(反)传统"论述上的跳跃性,正是这一话语转换的症候性呈现。而"文化热"中的"中西比较风"、文化与现代化等议题和思路,则表明在如何理解五四传统与现代中国历史的基本思路上,"现代化范式"的广泛而远非自觉的影响①。

五、"现代化理论"在中国的散布与再生产

从上述分析可以看出,80年代中期中国知识界阐释五四传统的话语方式的一个大变化,在于从"反封建"论述的革命范式向以"传统"/"现代"作为主要框架的现代化范式的转变。而这种表述上发生转变的重要契机来自美国中国学研究界的影响,并且这种研究在很大程度上受制于"现代化理论"模式。我们似乎也有理由以此为入口来探讨80年代中期中国知识界的话语转型。

如何看待80年代的历史属性,即80年代到底是作为"资本时代的19世纪"的新阶段,还是"革命的20世纪"的尾声,学界存在着分歧。而事实上,80年代并非均质的历史时期,应该说它自身便又可以切分为不同阶段。如果说80年代作为革命世纪的尾声的话,那么指的是70年代后期到80年代中期这一时段,农村的经济改革、对外关系上的开放政策、文化领域的"思想解放运动"和人道主义/马克思主义作为主要思想资源,成为这个时段的主要特征;而从80年代中期开始,城市经济体制的改革、市场化开始渗透到人们的日常生活,文化领域的"历史反思运动"与"文化热",五四和欧洲的启蒙话语作为主要思想资源,则标示着一种话语转型的发生。事实上,正如一位"文学主体性"理论的支持者把老左派评论家讥讽为"白头宫女在,闲坐说玄宗"②那样,这种话语转型的发生是如此迅速与突然,致使那些

---

① 关于"文化热"与"现代化范式"关联的详细论述,参见贺桂梅:《1980年代"文化热"的知识谱系与意识形态》,《励耘学刊》2008年第1—2期,北京:学苑出版社出版。
② 程麻:《一种文艺批评模式的终结——与陈涌同志商榷》,《文论报》1987年7月21日第21期。

还坚持正统马克思主义话语的论者在新潮学者眼中,很快就成了"三代以上的古人"①。但这一在80年代中期形成的话语形态,旋即在1987年的第一轮商业化大潮的冲击,尤其是1989年那场风波和1992—1993年的快速市场化过程中濒临瓦解,而成了某种"未完成的故事",也成为90年代知识界悲情的理想主义情绪的来源。于是,它不仅在80年代被用来批判50—70年代的历史实践以及与之同构的中国传统文化,也在90年代被用来批判市场社会的现实,并被固执为中国知识界关于80年代文化的定型化想象。——如果这种关于80年代的历史描述成立的话,那也就是说,80年代既不仅是"革命世纪的尾声",也不仅是新一轮"资本的时代"的序幕,而是在"尾声"和"序幕"之间在80年代中期形成过某种短暂却稳定的文化形态。也就是,在"后革命"与"前市场"之间存在着的"新启蒙"这一文化形态,构成了人们指认80年代文化特殊性的关键所在。它在话语上的最突出特征,便在于用"传统"/"现代"这一二元知识框架,统摄了不同层面的表述,并把"文化"置于格外重要的位置。80年代作为一个"新时期"与"文革"历史的关系,在时间序列上被直接认定为现代社会与前现代的中华晚清帝国的关联,而在空间位置上被描述为现代的"西方"与前现代的"中国"之间的关系。因此,全部的社会与文化问题,被认定是一个"传统社会"如何实现"现代化"的问题。

能够暴露出这一叙事的意识形态性的关键在于,去追问其表述语汇源自何处。显然,这一套语汇绝不是对于经验的"自然而然"的描述,它也不完全来自五四式的新文化运动语言,毋宁说乃是源自50—60年代美国并向全球扩散的"现代化理论"的中国版。

需要格外地讨论"现代化"叙事的知识来源的原因在于,在整个80年代,人们谈论"现代化"的方式,就好像这是一种自然而然的事实,一套不需要追问其出处或来源的普泛价值标准。"现代的"便是"好的"乃至"理想的","现代化"乃是人类社会步入"文明阶段"的必经之路。也就是说,它被视为一种"天经地义"的世界观,而并不被作为一种"理论",更不被看作一种应当被历史化并接受批判性质疑的话语对象。事实上,这也是诸多发展中国家的知识群体看待"现代化理论"的常态。人们几乎从来不曾意识到这是西方中心国(尤其是美国)为确立其冷战格局中的霸权地位,而从西方社会发展的历史中提取思想资源和合法性依据,并由其社会科学界的知识

---

① 刘半农:《初期白话诗稿·序》,北平:星云堂1932年版。

精英所"发明"的一套历史叙述。更重要的是,正如《作为意识形态的现代化》中提出的,随着"现代化理论"作为美国对待第三世界的主导国家政策,"现代化"已经不再作为一种"理论"存在,而成为了一种"意识形态"。由于"现代化理论"以"人类"的名义来构造第三世界的发展道路,并以19世纪欧洲的启蒙文化作为主要知识来源,因此,当它的有关落后国家的发展规划被第三世界国家自身接受为一种普泛性的知识时,"现代化理论"就远远超越了它的"美国性"(毋宁说这正是它试图去掩盖的东西),而成为全球性的意识形态。可以说,《作为意识形态的现代化》一书正是通过将"现代化理论"放置在冷战时期的全球语境中,而使其由一种美国所制造的意识形态,暴露为一种针对"美国"的意识形态批判。而如果我们转换作为出发点的主体位置,即从包括中国在内的发展中国家或第三世界国家的主体位置,来考察"现代化理论"的话,那么这正是一种伴随着美国的经济援助、政治控制和文化扩张,而同时到来的新价值、新理想和新的意识形态。而由于中国在全球体系中的特殊位置,这个"新神降临"的时刻并不发生在50—60年代,而是70—80年代的转折中。70—80年代的全球转折,尤其是第三世界国家在这一历史转折过程中遭遇的经济发展和文化认同上的挫败,以及西方国家借助后福特主义(或称新自由主义、晚期资本主义等)而迅速完成的自我调整和成功转型,则有可能使得"现代化范式"伴随着穿越冷战界限而全球流动的资本而扩散至中国。很大程度上,当中国的政府文件和国家领导人发言于1975年开始启用"现代化"一词,并将"实现四个现代化"作为"新时期"的国家目标时,从一种全球视野来看,或许也正是"现代化理论"透过冷战壁垒而在中国的衍生。

不过,强调"现代化理论"作为一种知识范式,在中国散布的可能性乃至结构性动力,并不意味着去一一证明80年代中国的历史与文化意识如何接受"现代化理论"。正因为"现代化理论"既是一种指导落后国家经济发展的国家政策,也是一种由社会科学主导的学术范式和理论模式,更是一种整合社会不同阶层的意识形态,因此,这种考察就远不是对一种理论或观念的"比较研究"或"影响研究"所能胜任,而需要摸索一种相对别样的分析方式。对本文来说,《作为意识形态的现代化》一书更重要的启示在于,它详细地展示了在60年代的美国,"现代化理论"如何从社会科学界的知识生产中,转变为美国政府针对第三世界的国家政策,进而被提升为一种确立美国主体性的意识形态,这一演化过程。而在80年代的中国,可以说,存在着一个与之相逆的散布与再生产过程。这也就是说,"现代化理论"范式作一种中国政府、知识界乃至普通民众构想、规划和想象"新时期"的知识语言,首先是作为一种国家政策,同时作为一种被社会普遍分享的现代化意识形态而出现的。不过,正因为在 70 年代后期 80 年代前期,"现代化"主要是作为一种意识形态,而知识界尽管也分享这一意识形态,但仍旧处在正统马克思主义话语内部,还没有创造出一种与之相应的学术语言来参与这一意识形态(国家机器)的建构。直到 80 年代中期,以用传统/现代的框架来阐释五四传统与"文化热"的出现为标志,中国知识界才真正完成了从马克思主义话语"突围"而向"现代化理论"范式的转型。也许可以说,这里完成的是一个与 60 年代美国逆行的知识散布过程,即首先是国家政策与大众意识形态,继而中国知识界才参与到关于"现代化理论"的知识生产中。这一方面意味着中国的新启蒙叙述仍旧直接或间接地受到"现代化理论"的影响,而另一方面则意味着,这并不是对美国"现代化理论"的简单移植,而是一个重构和再创造的过程。

尤其值得关注的是,与 60 年代美国不同的是,80 年代中国知识界再生产这一范式的主体,乃是人文学界而非社会科学界。造成这一现象的关键原因,是因为在 80 年代中国,西方式社会科学建制尚未确立,而作为 50—70 年代主流的正统马克思主义政治经济学,又处在受质疑的状态中。文学、历史、美学、哲学等领域的人文学者,正是在社会科学或政治经济学历史性地"缺席"的情形下,通过对"现代化理论"范式的社会科学语言的"翻译"、想象与再叙述,而成为了 80 年代中国知识生产的主角。也正因此,陈平原曾从社会科学与人文学界关系的角度,来解释 80—90 年代知识界的转型:"90 年代的学术转型,跟社会科学在中国的迅速崛起有关。以前的'文化热',基本上是人文学者在折腾;人文学有悠久的传统,其社会关怀与表达方式,比较容易得到认可。而进入 90 年代,一度被扼杀的社会科学,比如政治学、法学、社会学、经济学等,重新得到发展,而且发展的势头很猛。这些学科,直接面对社会现状,长袖善舞,发挥得很好,影响越来越大。这跟以前基本上是人文学者包打天下,大不相同。"[①]这也就是说,由于西方式的社会科学建制直到 90 年代才完善起来,因此在 80 年代,事实上是人文学界与人文学科在讨论、传播与再生产有关"现代化"这一本该由社会科学传输的理念与价值。如果考虑到"现代化理论"与二战后以美国为中心的知识生

---

① 查建英主编:《八十年代:访谈录》,陈平原部分,北京:生活·读书·新知三联书店 2006 年版,第 141 页。

产体制之间的关系,以及这种学科建制与当代中国社会文化变革的关联,显然可以为观察"新启蒙"思潮的知识谱系提供更为广阔的历史视野。这并不是将70—80年代中国语境中的"现代化"意识形态等同于美国60年代的"现代化理论",而是试图指出,从后冷战的历史结构和话语机制的角度来看,无论从现代性话语自身的扩散还是中国接受这种话语的条件,中国知识界有关"现代化"的想象与叙事,都可能受到"现代化理论"的影响,甚至就是"现代化理论"在全球扩散过程中的一个创造性的新版本。

正是在上述全球格局和现代化知识散布的大背景下,经由"现代化理论"及其意识形态话语机制的"转译"和"转换",80年代对五四传统的"复归"才成为可能。这两者的"耦合",并不是由于两者历史结构(开启现代)或推进运动的历史主体(知识分子)的类同(毋宁说这种看法本身正是一种话语建构的结果),而在于"现代化理论"与作为启蒙现代性工程之一部分的中国五四新文化运动有着共通的知识渊源。有论者曾指出"现代化理论"的知识构成——"虽然近代化理论产生的近因是战后世界的某些情况,但是它对非西方文化以及这些'宁静地区'的变化性质所持的最根本假设,则大量吸取了19世纪西方知识分子中广泛流行的一套思想"[①]。"现代化理论"与19世纪的"启蒙运动和进化论的社会变迁模式背后的逻辑极为相似",因为他们提出并试图解答的是这样的问题,即"为什么西方进步而非西方世界则停滞不前",而这正是一个"深深植根于帝国历史"的问题[②]。也就是说,"现代化理论"与西方19世纪启蒙主义/殖民主义现代文化有着直接的渊源关系,不过将其改造成为更"现代"和更"科学"的形态而已。而某种程度上应该说,五四新文化运动正是深深地依赖于同样的西方启蒙文化,并内化其启蒙主义思路的。这种共同的知识渊源,显然才是"现代化理论"与五四新文化看起来如此"相似",进而主导了80年代"新启蒙"思潮关于五四传统的阐释模式的原因。

结语:知识分子·启蒙主义·知识社会学

英国文化理论家霍尔(Stuart Hall)曾这样界定他提出的"耦合"(articu-

[①] 柯文:《在中国发现历史——中国中心观在美国的兴起》(增订本),北京:中华书局2002年版,第55页。
[②] 雷迅马:《作为意识形态的现代化——社会科学与美国对第三世界政策》,牛可译,北京:中央编译出版社2003年版,第97页。

lation)理论:"一种耦合理论既是一种理解方式,即理解意识形态的组成成分何以在一定条件下通过一种话语聚合在一起;也是一种询问方式,即询问意识形态的组成成分何以在特定的事态下耦合成或没有耦合成某一政治主体。换言之,耦合理论询问的是一种意识形态何以发现其主体,而非询问主体如何去思考那些必然地不可避免地属于自己的思想。"[1]在很大程度上,当我们面对五四传统在现代中国的巨大影响和阐释力时,也需要以这种理论眼光来观察问题。对五四传统与五四接受史的讨论,与"知识分子"这一主体密切关联。讨论者总是自觉不自觉地从知识分子的立场出发,把五四启蒙文化看作"知识分子"这个主体"必然地不可避免地属于自己的思想",而不是去解释有关五四传统的阐释如何"创造"了"知识分子"这一主体。换言之,将启蒙文化看作是知识分子"天然"的所有物和思想产品,而不是相反,考察启蒙文化如何在特定历史语境中建构出"知识分子"这一现代社会群体。这种对待五四传统与启蒙文化的方式,或可称为"启蒙主义"。

这种思路倾向于把在特定历史语境中发生的与文化启蒙关联的问题,纳入抽象的思想史乃至哲学命题的考察中,从而建构出一个"连续"的现代传统。而事实上,有关"传统"的认知本身便是一种话语建构与知识再生产,而这一建构与再生产总是与特定历史语境中的话语装置关联在一起的。当"启蒙主义"思路以一种封闭的思想史与观念史视野观察问题时,它遮蔽的正是那些使"新的启蒙"成为需要和可能的历史条件与装置。形成"遮蔽"的关键之一,乃是其所立足的单一民族—国家视野。由于民族—国家这一现代世界体系的发明,被视为天然合法的思考单位和立足点,"启蒙主义"总是把特定民族—国家的社会问题解释为自身文化传统的缺陷和困境,并将在资本全球化过程中获得特权的西方地缘文化,作为"人类"文化的理想形态。以"新启蒙"眼光来看待80年代与五四传统的关系,进而以五四新文化运动反省传统中国文化的方式来批判50—70年代的历史实践,正是这种"启蒙主义"思路的集中反映,并导致了80年代从中国"内部"寻找弊端缘由,而从"外部"寻求思想资源的思维框架。

为克服这种把"知识分子"主体和"启蒙主义"思路本质化的局限性,一种全球视野的知识社会学或许是可行的思考路径之一。这或许因为,五四

---

[1] Hall, *Critical Dialogues in Cultural Studies*, Edited by David Morley and Kuan-Hsing Chen, London and New York, 1996. 另见中译文:《接合理论与后马克思主义:斯图尔特·霍尔访谈》,周凡译,收入周凡主编:《后马克思主义》,北京:中央编译出版社2007年版,第196页。

新文化运动本身就是在"东西方文化大碰撞"中发生的,西方启蒙文化在一个第三世界国家所产生的巨大冲击力,格外需要一种全球史的分析视野。在当前中国的历史处境下,质询启蒙主义的内部视角显得尤为必要的地方在于,"全球化"格局早就打碎了中国之"内"与"外"的界限。启蒙主义思路所习惯的那种"自我憎恨"式的思维方式,往往会忽略并无力处理在"全球化"处境中格外需要关注的地缘文化关系。正是出于这样的考虑,跳出思想史的"内部"视角,尝试在全球知识流动格局中,探询"新时期"、"五四传统"与"现代化范式"如何"耦合"在一起的历史过程,不仅是为了显现特定历史时期五四传统发生作用的方式,同时也是在新的历史条件下探询重新激活五四传统的可能性路径。这或许才是"跳出五四,光大五四"的真义,也是五四之为"现代传统"的持久的再生能力和批判能量的秘密所在。

(作者单位:北京大学)

中国现当代文学史学的兴起和话语的历史变迁

林春城

一、"中国现当代文学史学"的兴起

自古以来在中国,文学无疑是具有独特地位的。自其从学术中独立前开始,就作为人文记录的重要一部分发挥着作用,即使曹丕宣布文学独立后也与史哲、政治、经济保持了密切关系。以兼济天下为志向的传统知识分子大部分持文以载道的文学观,没有割断文学与社会的关系纽带。文以载道的传统也被现当代知识分子继承了下来,在大部分时代转型期,文学处在社会的中心位置。以梁启超等引领的晚清文学革命为开端,五四新文学运动、左翼文学运动、抗战文学运动等可以说都是有力的证据。可是,进入改革开放时期,突如其来的大众文化潮流将文学边缘化,加剧了文学的危机。温儒敏谈及妨碍文学史发展的因素时指出的"文学边缘化"和"文化研究"问题是铜钱的两面。"文学史学"是对长期处在中心位置的文学的历史进行的认真研究,同时也是为了打破边缘化(marginalization)的危机状况而进行的新的探索。

进入20世纪90年代,"中国现当代文学史"正在重新形成。在这种情况下,能指(signifier)一直是滑溜着的。陈思和将中国"现当代"文学研究史分为三个时期,即"新文学史"研究时期、"现代文学史"研究时期、"二十世纪文学史"研究时期,各个时期的起点分别为1933年、1949年、1985年。[①]和别的文学史家使用的能指相比,这是以所指为中心进行的划分。换

---

① 陈思和:《关于编写中国二十世纪文学史的几个问题》,《犬耕集》,上海:上海远东出版社1996年版,第236—242页。在第三个研究阶段即"二十世纪文学"提出后的十五年,中国现当代文学史直面着新的挑战。这就是关于通俗文学的提出。

句话说,陈思和指出,五四以来的文学史叙述把自1933年起换成了"新文学",自1949年起换成了"现代文学",自1985年起与当代文学统合起来换成了"二十世纪文学"。这是对"二十世纪文学"论进行的史后概括,但是从细节看,并不能充分呈现中国现当代文学史研究。特别是在"新文学"研究时期,从文学史观的层面上有必要去对布尔乔亚文艺理论和马克思主义文艺思想进行一下区分,在现当代文学史整个过程中缺少对通俗文学的评价。在"二十世纪文学"提出十五年后的2000年,"双翼文学史"的概念被提出,指出通俗文学和纯粹文学都是"二十世纪文学"的主要组成部分,揭示了"二十世纪文学"这一概念的不完整性。

很早就关注文学史编纂学的黄修已在坚持"新文学"这一能指的同时,从编纂史的观点对主要著作进行了评论。值得注目的是,在"新文学"的能指里,把"二十世纪文学"和范伯群的通俗文学也列为对象。他对中国新文学史编纂的历史进行了如下回顾:"新文学"代替古代文学开启了中国文学新的历史,20世纪三四十年代、50年代和八九十年代出现了文学史著述的三次高潮。黄修已划分各个时代的主要思想依据是30年代的进化论和阶级论,40年代和50年代以后的新民主义论。[1]但是,50年代新学科开设后,新文学成为新民主主义革命时期的文学,成为运用历史事实宣传、教育大众的工具。因此,这一时期"不是客观地、冷静地来回顾、反思的时候,也不是可以用纯学术的态度来研究文学的时候"[2],"当时,人们大都认为历史的描述只有符合《新民主主义论》的论述,才是符合历史真实的,才能具有那时的'当代性'和'先锋性'"[3]。在20世纪50年代形成的模式经过思想解放运动后被解构了。在改革开放背景下进行的解构在新文学的历史、作家、文学史内容的扩张等领域展开。他说:"中国新文学史从建设到解构,受时代背景的巨大影响和制约。历史评价的变化所反映的、印证的,其实是时代背景的变换。"[4]黄修己的回顾虽然局限于"新文学",却让我们联想起"政治化的国民文学"这一核心概念。作为近现代(modern)制度的国民文学(national literature)无疑是国民国家(nation-state)形成的主要机制,但是现当代中国的国民文学却特别地走向政治化的道路了。

---

[1] 黄修已:《中国新文学史编纂史(第二版)》,北京:北京大学出版社2007年版,第266—267页。
[2] 同上书,第268页。
[3] 同上书,第270页。
[4] 同上书,第278页。

温儒敏①根据教育部和国务院学位委员会的规定,将"现当代文学"②设定为独立学科,以王瑶的《中国新文学史稿》(1951)作为其建立的标志,把王瑶以前作为前史来把握。他写道:经过五六十年代的"体制化"和"集体著述",80年代的热烈讨论和90年代的"重写文学史"阶段,进入了多元阶段。他参照黄修己③等人的研究成果,以文学史观和方法论为重点,发扬了将现代和当代整合起来考察的长处。有趣的是他在最后一部分(第20章)中,作为使现当代文学发展产生困惑的问题,提到了"边缘化问题"、"文学史与思想史的关系"、"文化研究问题"、"现代性"问题。但是换个角度,面对危机和困惑,如果不失时机,我们也更容易实现创新和进步。边缘化逼我们深入研究文学史学,现代性和全球性一起组成21世纪全球和中国的语境。引人注目的是"文化研究(cultural studies)"。据我所知,中国的"文化研究"直到20世纪90年代才真正开始。在社会主义三十年间被禁止的西方理论以"现代化"的名义进入,中国的知识分子开始对"后学"(postism or postology)和"文化研究"的方法论产生了兴趣。④ 各种西方理论虽然缓解了改革开放初期中国知识分子的焦虑,但是在碰到中国的现实时却只能变成"灰色理论"。在这漩涡中,只有作为研究方法论的理论才能有效。"文化研究"就是批判的、有效的跨学科的研究方法,这点好像得到了一些学者的认同。

任天石在《中国现代文学史学发展史》⑤中坚持"现代文学"的能指,分为"多元化的尝试"、"文学历史的政治批判"、"走出困境的自觉"、"历史的多维呈现"几部分,既坚持毛泽东思想的历史观和方法论,也把胡适和朱自清的著作以及最近的地域文学史和台湾、海外著作都列为叙述对象。

依靠上述关于新兴文学史学的研究成果,下面我想把中国现当代文学史话语分为"新文学史"、"现代文学史"、"二十世纪文学史"、"双翼文学史",对这些话语的历史变迁过程和各个话语间的排除和压抑,解放和复原

---

① 温儒敏等:《中国现当代文学学科概要》,北京:北京大学出版社2005年版。
② 根据教育部和国务院学术委员会的规定,"中国文学"具有古代文学、文艺学、比较文学与世界文学、现当代文学、汉语语言学、古典文献学等下位分类体系。
③ 黄修己:《中国新文学史编纂史(第二版)》,北京:北京大学出版社2007年版。
④ 李陀:《当代大众文化丛书——序》,载戴锦华:《隐形书写——九十年代中国文化研究》,南京:江苏人民出版社1999年版;《1990年代与'新意识形态'》,《在新意识形态的笼罩之下》,南京:江苏人民出版社2000年版。这两篇文章可以说是中国文化研究的宣言。
⑤ 任天石主编:《中国现代文学史学发展史》,南京:江苏文艺出版社2002年版。

的机制进行一下考察。

二、新文学史话语与现代文学史话语

中国拥有两千五百年以上有记录可寻的历史,大部分时期都算得上是世界一等国家,中国的传统知识分子长期以来都是以儒家世界观为基础,侧重于忧国忧民的文以载道文学观。鸦片战争以后,陷入失败和挫折深渊的现当代知识分子倾向于富国强民的启蒙文学观是理所当然的。启蒙文学观在鸦片战争前后,从龚自珍的先声开始,由晚清文学改良运动和五四新文学运动接续下来。五四以后,分化为"左(李大钊)——中(鲁迅)——右(胡适)"的启蒙文学观经过革命文学——左翼文学——抗战文学,延安文艺座谈会以后归结为"新民主主义文学"。鸦片战争以后,在众多的挫折和摸索中,将"反帝反封建民族解放人民民主革命(NLPDR)"引向成功的毛泽东的"新民主主义革命论",在1949年以后到改革开放前所谓的"社会主义三十年"时期,成为统括社会全领域的、无所不为的指导理念,贯穿了"社会主义三十年"。

在本文中,"新文学"和"现代文学"是指从五四到1949年这段时间。不过两者间的区别是:"新文学"包括以五四为代表的所有启蒙文学;与之不同,"现代文学"在五四以后的分化中,排除了全部右派,以及鲁迅以外的中间派。

在中国现当代文学史上,"新文学"是在批判"旧文学"的基础上建立起来的。因此,新文学的倡导者夸张地将一切不是新文学的文学统称为"地主思想和买办主义的混血儿"、"半封建半殖民地十里洋场的畸形儿"、"游戏性的消磨时光的金钱主义"①等,把它们视为敌对力量,与其形成了鲜明对立。初期的文学史著作以多样的文学史观评价"新文学",在30年代,带着各自独立的新意叙述"新文学史",但是在对"旧文学"的批判上,大多数文学史家保持了一致的见解。虽然这在当时是"共识",并且从历史上看,"新文学"通过艰苦的过程掌握了主导权之后,其内部派生出了左与右的对立②,但是从今天的观点来看,人们又对"'新文学'通过抹掉(to erase)'旧

---

① 范伯群主编:《中国近现代通俗文学史》(上),南京:江苏教育出版社2000年版,第2页。
② 代表性事件就是"问题与主义之争"。1919年7月,胡适在《多研究些问题少谈些主义》中批判了只谈主义时产生的弊端,引起了争论。对此,李大钊通过给胡适题为《再论问题与主义》的公开信提出了异议。因为他们的争论,新文化运动队伍分化成了革命派和改良派、马克思主义者和实用主义者。这样的分化削弱了新文学运动的推动力。此后,胡适脱离政治,埋头进行"整理国故运动",李大钊等从政治的角度对整理国故运动的负面作用进行批判,两者完全决裂。

文学'来确保自我认同果真是正当的吗?"这点产生了疑问。虽然没有必要否认提倡白话文学、国语文学、人的文学、平民文学的五四新文学的思想文化启蒙意义,不过同样不能否认的是,在其深层一直存有话语权力的政治学。

　　毛泽东思想的指导理念在声称"最早的完整现代文学史"的王瑶的《中国新文学史稿》中体现得非常明显。王瑶把新文学的基本性质进行了如下界定:"为新民主主义的政治经济服务的,又是新民主主义革命的一部分,必然是无产阶级领导的、人民大众反帝反封建的民主主义文学。其性质和方向是由新民主主义革命的任务和方向来决定的。"① 仅就此看来,王瑶不过是把主流意识形态反映在文学史中的官方学者。不过,他的弟子们还是将其著作作为独立学科开设的标志(温儒敏),王瑶对钱理群等人提出的"二十世纪中国文学"也进行了质疑②。没有直接师承关系的王晓明也认为《中国新文学史稿》开创了研究模式,改革开放以后拨乱反正中的正就是王瑶的研究模式,其特征就是相信文学历史的不断进步以及强调社会经济因素对文学的决定性影响。这样的表述明显受到了当时主导意识形态的森严约束,使对于现代文学的体系解释得以迅速构筑。③ 但是,王瑶的模式没能持续下来,"现代文学等于新民主主义文学"这一等式一直贯穿了社会主义三十年。其中,唐弢的《中国现代文学史》(1979—1980)和想根据个人的文学史观进行书写的主编者意图④不同,作为教育部的统一计划,在包装的政治干涉下没有自由,我们甚至于很难否认他迎合当时政治状况的企图。王宏志批评唐弢的文学史编写方法虽然和提出"重写文学史"的陈思和和王晓明等的主张有很多共同点,但是唐弢主编的《中国现代文学史》是由"集

---

① 王瑶:《中国新文学史稿》,上海:上海文艺出版社1982年版(初版1951年),第9页。
② 钱理群说,王瑶在"二十世纪中国文学"提出不久,严肃地说,"你们讲二十世纪为什么不讲殖民帝国的瓦解,第三世界的兴起,不讲(或少讲,或只从消极方面讲)马克思主义,共产主义运动,俄国与俄国文学文学的影响?"钱理群:《矛盾与困惑中的写作》,《文学评论》1999年第1期。这里引自王晓明主编:《二十世纪中国文学史论》上卷(修订版),上海:东方出版中心2003年版,第20页。由此可知王瑶对文学与社会关系的真切关心。
③ 王晓明:《序》,《二十世纪中国文学史论》第1卷,上海:东方出版中心1997年版,第9页。
④ "我认为文学史应该多种多样。现在的几种文学史大同小异,章节的安排也几乎相同。如果我自己来写文学史的话,我将不同意现在的方法。"(唐弢:《关于中国现代文的编写问题》,《现代文学论集》,北京:北京师范大学出版社1984年版,第2页)"我说过我们可以拥有多种文学史。我一个人人写的话,将会写一个人的见解和自己的艺术鉴赏基准。"(同上书,第5页)"我想根据个人的见解来写。按照我的口味来写的话,我不喜欢的东西就会少写。只有这样才能发现很多新的问题和新的作家作品。"(同上书,第5页)

体工作"而成的教材,因此无法和王晓明、陈思和等的主张相符合。①

"现代文学史"阶段的文学在革命文学论争以后,快速转向左倾。同伴者文学或者右派文学毫无立足之地。尤其是在延安文艺座谈会上"人民文学"理念型提出之后,老舍、巴金等所谓"民主主义作家"也很难立足。这是1949年以后从"左派文学独尊"的观点对1917—1949年的文学进行的解释。"二十世纪文学史"的贡献之一则是将被"现代文学"压迫过的所谓"右派文学"重新回归于"现代文学史"的研究领域。如果说"新文学"是与"旧文学"对立的概念,而"现代文学"与新民主主义革命时期文学是同一概念,那么"二十世纪文学"概念则是他们煞费苦心创新的概念。陈思和评价其"不仅解放了现代文学的研究对象,而且也开拓了研究者自身的学术视野"②。之后,"二十世纪中国文学"③成为中国文学界通用的概念④,在韩国的中国文学界也成为一个为人熟知的概念。⑤

三、二十世纪文学史话语

作为新时期现当代文学史的代表性话语——"二十世纪中国文学"就是在这样的背景下提出来的。代表论者北京大学的钱理群和复旦大学的陈思和不谋而合地在1985年5月6日到11日由中国现代文学研究会、中国社会科学院文学研究所、中国作家协会中国现代文学馆在北京共同主办的"中国现代文学创新座谈会"上分别发表了《论二十世纪中国文学》和《中国新文学研究整体观》,引起了很多研究者的共鸣。

1.《论二十世纪中国文学》

《论二十世纪中国文学》的代表执笔者钱理群和王瑶具有直接的师承关系。他虽然继承了进化论的历史观,但是在强烈批判社会政治因素对文

---

① 具体内容参照王宏志:《主观愿望与客观环境之间:唐弢的文学史观和他主编的〈中国现代文学史〉》,《中国文学史的省思》,陈国球编,香港:三联书店1993年版,第15—47页。
② 陈思和:《关于编写中国二十世纪文学史的几个问题》,《犬耕集》,上海:上海远东出版社1996年版,第241页。
③ 关于"二十世纪中国文学"的探讨,参照林春成:《关于中国近现代文学史论的检讨及其课题》,《中国现代文学》1997年3月第12号,第3章。
④ 王晓明主编:《二十世纪中国文学史论》(共三卷),上海:东方出版中心1997年版。
⑤ 例如,陈思和的《中国新文学整体观》在韩国翻译出版时,书名改为《二十世纪中国文学的理解》,韩国外人中国现代文学研究会译,首尔:青年社1995年版。

学的决定性影响时,把焦点放在文学的相对独立性上,倡导了新的文学史论。或许,这是为了批评在"现代文学史"进程当中政治的过分干涉。"二十世纪文学"这一能指含有所谓"迈向世界文学的二十世纪中国文学"的量的规定和所谓"改造民族灵魂"的思想启蒙主题的、"反帝反封建国族文学"的质的规定。按照这些叙述,从鸦片战争开始学习西方的中国经历了无数的试错,从单纯地模仿西方技术阶段,经历了照搬西方政治、经济、法律制度阶段,直到19世纪末才开始关心西方的文学艺术。1989年《天演论》出版,梁启超的《译印政治小说序》和裘廷梁的《论白话文为维新之本》发表,开始对文学的社会功能进行正式考察,从那时起和古代中国文学的全面"断绝"开始了。这样的断绝直到五四时期才最终完成,五四时期成为"二十世纪中国文学"第一次熠熠闪光的高潮期。他们的逻辑是打破已有的近代—现代—当代三分法模式,将"二十世纪文学"作为不可分割的有机整体来把握,用共时的方法来考察。他们将1898—1917年设定为"二十世纪中国文学"的准备期,1917—1949年设定为"上篇",1949年以后为"下篇"。

他们设定"二十世纪"这一"文学史时间"的另一依据是所谓"世界文学"的形成。他们设定了"世界文学"这一大系统和中国文学这一小系统。19世纪末初步形成的"世界文学"具备由各国的国民文学实体之间的关系所决定的系统,各国文学与20世纪"世界文学"汇合的过程也各不相同。他们认为作为20世纪"世界文学"这一大系统组成因素的"中国文学"这一小系统从1898年起开始了与古代文学的全面断绝,到五四时期完全断绝。他们的研究方法论的主要特征是"整体意识"。纵向上以具有两千年传统的中国古代文学作为时间背景,横向上以20世纪世界文学的整体框架为空间背景。同时,他们还果敢地批判文学理论、文学史、文学批评这样的分工式研究惯行,指出重写文学史与文学理论的革新以及新的批评标准的确立有着密切关系。这样的"整体意识"将20世纪中国文学的美感特征界定为悲凉。"悲凉"是和以理性的、情意的、浪漫的激情为特征的19世纪文学决然不同的20世纪的危机感和焦躁感的产物。这是与西方和古代中国相比呈现出的现当代悲剧感的悲凉。对文学相对独立性的关注自然连接着对艺术形式的关心。但是,和一般的形式主义者不同,他们关心传播新思想(内容)形式的语言结构和题材,其问题意识就是"现代化和通俗化"这一主轴。

"二十世纪文学"这一问题意识试图贯通已有的"近代——现代——当代"分工研究,获得一种宏观视角,又强调其是为了微观研究进行的宏观考察。与这一强调相应,在文学史、小说史、现实主义发展史、作家研究等诸多方面展开研究。同时,与他们持相同基本问题意识的研究者们也不少。另外,对"二十世纪文学"的关心进入21世纪也还在持续。这证明了"二十世纪"不单纯是一个时间概念。

2.《中国新文学整体观》和《中国当代文学史教程》

陈思和在《中国新文学整体观》中提供了一个关于中国现当代文学史的新视角。他将"二十世纪文学"(当时称"新文学")分为从1917年的五四新文学运动、1942年的抗日民主根据地文艺、1978年的思想解放运动开始形成三个阶段,不过各个阶段的文化发展是相互交叉、此消彼长的。再仔细看一下,陈思和把五四到新时期用"新文学"这一能指来标记,将其设定为一个开放型整体,提出把传统和发展作为主要方法论。对他来说,"传统是发展中的传统,发展也是各时代传统知识的变形"①。把作家、作品、读者三方面综合起来考察,将"新文学"的发展分为三个阶段六个层次的陈思和在时期划分上是相当独特的。其独特之处在于以文学自身的发展、空间概念和主要潮流的形成与发展当作时期划分的共同标准。他的时期划分可以进行如下再整理:第一层次1917—1927年,第二层次1927—1937年全体区域以及1937—1949年国民党统治区文学和1937—1942年共产党领导区文学,第三层次1942—1949年共产党领导区文学,第四层次1949—1976年的文学,第五层次1976年—80年代初期的文学,第六层次80年代中期以后的文学。第一二层次组成了第一阶段,第三四层次组成了第二阶段,第五六层次组成了第三阶段。②大部分的现代文学史把1937—1949年这一时期的文学作为一体,其内部又分为国民党统治区和共产党领导区以及日本占领区。与之相反,陈思和把这一时期的文学看作是1927—1937年的延续,而把1942—1949年共产党领导区文学独立设定为第三层次,这点是其独特之处。

在《中国当代文学史教程》③中,陈思和将在他的三个阶段六个层次的构图中相当于第四层到第六层文学的那部分以文学史的形式进行了具体叙述。换句话说,把1949年以后的文学史分为1949—1978年、1978—1989年和1990年代以后三个阶段。两书出版相隔十二年,由此可以看出,和前著

---

① 陈思和:《中国新文学整体观》,上海:上海文艺出版社1987年版,第30页。
② 同上书,第2—8页。
③ 陈思和主编:《中国当代文学史教程》,上海:复旦大学出版社1999年版。

相比,这本著作要细化了很多。作为划期标准的1978年和1989年分别与"十一届三中全会"和"政治风波"相关联。他追求独立于政治之外,却没有缩小两个事件的文化意义。陈思和在《前言》中提到多层面、潜在写作、民间文学的形态、民间隐形结构、民间理想主义、共名与无名等主要概念,并对这些概念进行了说明。李杨站在"当代文学"专业学者的立场上,将陈思和的核心概念概括为"潜在写作"和"民间意识"后,批判其著作虽然对支撑17年文学和文革文学的一元论进行了批判,但仍然陷入了新的二元对立的一元论。换句话说,只是把主流意识形态和潜在写作及民间意识相对立,而无视两者间的依存关系。① 他还把福柯的知识考古学方法论作为替代方案提了出来。关于这点,李杨的批判不能说是中肯的分析,因为庙堂文化和民间文化以及启蒙文化是陈思和谈论"当代文学"的文化背景。

1987年,和王晓明一起主导了"重写文学史"讨论的陈思和说这场讨论的目的"只是为了倡导一种对文学史既定结论的怀疑风气,更加进一步推动文学领域的学术研究"②。他以自身的文学史是带有"偏见"的、"属于我的文学史"为前提,把从19世纪末士大夫新文学运动开始到20世纪末新一代知识分子的成长理解为"中国知识分子历史地位变迁史和心灵发展的坎坷历程"。同时,那一时期还是"一个由古代中国向现代中国转型的一百年,是古代士大夫的庙堂专制向现代知识分子的多元价值转型的一百年"。③ 他把改变20世纪国家文化结构的大变动和大变故的辛亥革命和抗日战争作为文学史分期的标准,前者颠覆了皇帝制度建立了共和,通过从根本上杜绝知识分子登龙门,在庙堂之外开设场地,发起新文化运动,建立了以启蒙文学为特征的新文学传统。这是他的新的第一阶段。把抗战作为第二阶段分期基准是陈思和的独特构思。他把"五四新文学的启蒙文化传统和抗战以来的抗战文化传统"作为所谓"当代文学"的主流,在第一阶段(1949—1978年)中,后者作为主流存在,前者作为隐形结构存在④。换句话说,五四新文学的启蒙文学在《在延安文艺座谈会上的讲话》之后被战争文化压倒,但是作为由少数作家构成的民间隐形结构(hidden structure)仍

---

① 李杨:《文学分期中的知识谱系学问题——从当代文学的'说法'谈起》,《文学评论》2003年第5期,第59—60页。
② 陈思和:《关于编写中国二十世纪文学史的几个问题》,《犬耕集》,上海:上海远东出版社1996年版,第233页。
③ 同上书,第232页。
④ 陈思和主编:《中国当代文学史教程》,上海:复旦大学出版社1999年版。

然存在着,并在新时期重新复活(rivival)。

3. 对"二十世纪中国文学"论的批判

"二十世纪中国文学"的提出已经超过二十年了。在中国,不用说北京和上海,从济南到重庆和成都,从南京到石家庄,遍布中国全域,接受"二十世纪文学"这一问题意识的文学史出版的状况说明了其广泛的影响力。就韩国的中文学界来说,虽然必须要警惕对其不加批判地进行追随,但是在"客观化"、"相对化"①之前,有必要对其意义和脉络好好地进行深钻而后批评地接受。

二十世纪中国文学论者们虽然打破了既有的学术壁垒,提出了新的问题意识,但是也各自都存在着问题。《论二十世纪中国文学》的代表执笔者钱理群在那篇文章发表十四年以后(1999年),这样披露了自己对"二十世纪中国文学"的所感:虽然"二十世纪中国文学"的基本精神仍是坚实的,并在学术界获得了普遍认可,但发表时的确也受到了20世纪80年代乐观主义和理想主义时代氛围的感染,以及把西方现代化道路作为中国现代化理想模式的西方中心论、历史进化论和历史决定论文学史观的影响。②

与此同时,从全球化的角度或以东亚为坐标进行观察时可以指出下面几点。

首先,虽然他们把"二十世纪中国文学"设定为开放型整体,但是开放仅仅限定在中国国内。他们对韩国或日本的东亚文学的问题意识不怎么关心。钱理群在20世纪90年代以后开始对民间思想潮流倾注了更多的精力③;陈思和对韩国的东亚文学问题意识没有作出作为一个研究者的反应,只是努力把中国作家介绍到韩国,相反,他很久以前就开始对美国汉学倾注了关心,想跳过东亚,与世界结合——"脱亚入球"。

其次,研究与教学之间的背离。他们虽然提倡了20世纪中国文学,却没有执笔完整的20世纪中国文学史。北京大学的钱理群等写了"现代文

---

① 全炯俊:《二十世纪中国文学论批判》(韩文),《现代中国文学的理解》,首尔:文学和知性社1996年版。
② 钱理群:《矛盾与困惑中的写作》,王晓明主编:《二十世纪中国文学史论》上卷(修订版),上海:东方出版中心2003年版,第20页。
③ 我个人很佩服钱老师对文革和反右派运动的研究。有关文章在韩国也翻译出版了;钱理群:《中国边境地区基层知识分子对文化大革命的回想》,《中国文化大革命时期学问和艺术》,巴州:太学社2007年版。

学史"①,复旦大学的陈思和主编了"当代文学史"②。即便考虑到难以将研究成果轻易转换到教学中,但两者间暗存默契的可能或许还是有的。结果,只是提出了"二十世纪中国文学"这一问题意识,之后在教学这一实践中,却重新回到了"现代文学"和"当代文学"的分界,这点我觉得可惜。

最后,我看他们仍旧把焦点放在以知识分子为中心的启蒙上。比如说在钱理群等人的著述中通俗文学的地位微不足道。陈思和的"无名"问题意识也是无名中的共名。他所指向的不是在资本市场大海中漂流的无名。共名可以说是为五四知识分子启蒙文化所指导的共名。因此,在他的文化地形图中没有大众文化立足之地。③和他的初衷不同,陈思和关于"共名"与"无名"的区分在区别"新时期"和之前时做出了贡献。

四、双翼文学史话语

"双翼文学史"话语是由范伯群提出的。其文学史意义在于继"二十世纪文学史"把"右派文学"解放以后,将"新文学史"排除的"通俗文学"(旧文学、传统文学、特别是传统白话文学、本土文学、封建文学)引入了中国"现当代"文学史研究的视野。在范伯群编写文学史前,通俗文学的问题意识还由陈平原④、刘再复⑤等提起过。

作为通俗文学的代表体裁的小说在中国古代文学中就未登过大雅之堂,一直在边缘位置徘徊。小说上升为文学的最高地位是通过梁启超的"小说界革命"实现的。之后,在处于边缘位置时不存在的高级小说和通俗小说开始分化,并与文坛的权力问题相连接,进入了无法化解的格局。陈平原对20世纪文学中通俗小说的三次上升进行了分析。第一次是从辛亥革命到五四,第二次是20世纪40年代,第三次是20世纪90年代初。五四新文学提倡者攻击的就是第一时期的通俗小说,"这一时期,迎合小市民的口味、形式化和娱乐性很浓的小说的大量出版,被称为是'封建文学的复辟'

---

① 钱理群等:《中国现代文学三十年》,上海:上海文艺出版社1987年版。钱理群、温儒敏、吴福辉:《中国现代文学三十年(修订本)》,北京:北京大学出版社1998年版。
② 陈思和主编:《中国当代文学史教程》,上海:复旦大学出版社1999年版。
③ 《中国当代文学史》(鲁贞银、朴兰英译,首尔:文学村2008年版)安排相当篇幅给了电影或崔健摇滚乐等的大众文化,而在理论地形图中,却没有通俗文化进入的余地。
④ 陈平原:《小说史:理论与实践》,北京:北京大学出版社1993年版。
⑤ 刘再复:《金庸小说在二十世纪中国文学史上的地位》,《当代作家评论》1998年第5期。

和'鸳鸯蝴蝶派的泛滥'"①。五四新文学抓住这些小说在在思想和艺术上的弱点进行攻击,"为引入西欧现代小说奠定了基础"②。陈平原将其称为高级文学对通俗文学的"打倒"。与之相反,20世纪40年代,以张恨水的"通俗文学"的高雅化和赵树理的"高级文学"的通俗化为代表,可以说是当时落实主流文学的文艺政策——"普及与提高"的突出变化。通俗文学的第三次上升是香港和台湾武侠小说与言情小说风靡以后各种通俗小说与高级小说争夺地位的时期。80年代,由于文艺创作出现了多元并存、多元探索的局面,文艺理论家们对待通俗小说的态度,表现出了一种颇为洒脱的理解和宽容。③陈平原进一步在艺术发展规律的层次上说明了通俗小说上升的原因。在他看来,在高级小说对艺术的探索愈来愈深远的同时,作为小说最基本特征的娱乐功能却被无视,因此出现了面向一般读者的美学水平不高却有趣的通俗小说。于是,在"二十世纪文学"中形成了如下循环:梁启超的政治小说——鸳鸯蝴蝶派小说——五四新文学——20世纪三四十年代武侠小说——20世纪80年代初新时期小说——通俗小说。可贵的是,陈平原认为小说界理想的局面是由"高级小说"、"高级通俗小说"④、通俗小说三种组成。陈平原通过所谓"新小说"研究获得的省察可以扩大适用于现当代文学史全局的见解,和范伯群的"双翼文学史"是一脉相通的。

通俗文学的问题意识曾由刘再复提为"本土文学"。他在论及金庸小说的文学史位置时进行了如下说明:20世纪初中国文学因社会变化和外来文学的影响,分裂为"新文学"和"本土文学"两个不同的文学流向。后者与前者一起组成了"二十世纪文学"的两大实体或者潮流,经过缓慢的积累过程,建立了自身巨大的文学建筑。它经过了20世纪初的苏曼殊、李伯元、刘鹗,20世纪三四十年代的张恨水和张爱玲等,直到金庸。金庸在香港这一新的环境中,直接继承了"本土文学"的传统,并将其集大成,发展到新的境地。⑤

---

① 陈平原:《小说史:理论与实践》,北京:北京大学出版社1993年版,第273页。
② 同上书,第273页。
③ 同上书,第273—274页。
④ "高级通俗小说"是陈平原的独特概念,担负着统合"高级小说"和"通俗小说"这一对立两级的任务,其文学性、趣味性、通俗性都是"比上不足比下有余",有意识地占据"高级小说"和"通俗小说"之间的位置。可以说占据这里的是真正的"雅俗共赏"。"高级通俗小说"更重要的价值在于维持了高雅和通俗间的平衡。参照陈平原:《小说史:理论与实践》,北京:北京大学出版社1993年版,第276页。
⑤ 刘再复:《金庸小说在二十世纪中国文学史上的地位》,《当代作家评论》1998年第5期,第19—20页。

他的"本土文学"就是被五四时期的"新文学"逐出文坛的"旧文学"和"鸳鸯蝴蝶派"小说,刘再复在和"新文学"对等的水平上,将其恢复为20世纪文学的一轴。刘再复的新文学—本土文学是和范伯群的纯文学—通俗文学相对应的。

范伯群在2004年4月主编了《中国近现代通俗文学史》(上、下),可以说这一事件表明了中国现当代文学史研究的新阶段。仅正文就达1,746页的内容又分为社会言情、武侠党会、侦探推理、历史演义、滑稽幽默、通俗戏剧、通俗期刊编七个领域以及大事记编进行叙述。可以说这是一部考虑和尊重下级体裁相对独立性的体裁别文学史大作。

在中国近现代①时期"虽然劣等"却被人们广泛喜爱的通俗文学的社会历史意义和价值是什么?

中国近现代通俗文学是指以清末民初大都市工商经济发展为基础,在内容上以传统心理机制为核心,在形式上以继承中国古代小说传统模式的文人创作或经文人加工再创造的作品为主;在功能上侧重趣味性、娱乐性、知识性和可读性,但也顾及"寓教于乐"的惩恶劝善的效应;基于符合民族欣赏习惯的优势,形成了以广大市民阶层为主的读者群,是一种被他们视为精神消费品的,也必然会反映他们的社会价值观的商品性文学。②

上文中最重要的是指出了中国近现代通俗小说是以大都市工商经济发展为基础才取得了繁荣发展。因此,从某种意义上说,通俗小说也可以称为"都市通俗小说"。它与"现代文学史"或"二十世纪文学史"里的"社会剖析派"都市小说或"新感觉派"的心理分析小说不同。它是从近现代都市生活中选取广泛的题材,用趣味十足、细致入微的描写勾画出丰富多彩的社会面貌。这些作品可以很好地把握中国民族的传统文化心态,淋漓尽致地反映社会事态和人情冷暖,不仅继承了白话小说的语言传统,而且适当融合了外国文学的技巧。"他们在崇尚民族传统形式的同时,也向外国文学学习创作技巧和活的文学语言。"③

---

① 范伯群的"近现代"在以前的"三分"法中是作为单纯统合"近代"和"现代"的意义被使用的。换句话说把从晚清时期开始到1949年这段时间称为"近现代"。这和笔者多次提到的近现代(modern)的概念有差别。
② 范伯群主编:《中国近现代通俗文学史》(上),南京:江苏教育出版社2000年版,第18页。范伯群曾在1994年的《中国近现代通俗作家评传丛书》(南京:南京出版社1994年版)的总序中提到过相似的内容。
③ 范伯群主编:《中国近现代通俗文学史》(上),南京:江苏教育出版社2000年版,第21页。

再看一下与文学史研究相关的文章。

在这二十年中,近现代文学史研究者正在形成一种共识:应该将近现代通俗文学摄入我们的研究视野。纯文学和通俗文学是我们文学的双翼,今后编纂的文学史应是双翼齐飞的文学史。

在这二十年中,近现代文学史研究者正在接受一种观点:过去将近现代文学史上的通俗文学重要流派——"鸳鸯蝴蝶派—《礼拜六》派"视为一股逆流,是"左"的思潮在文学史中的一种表现。①

把通俗文学和纯文学一起作为文学史的双翼来接受的共识的变化,并不像范伯群期望的那样是一帆风顺的。这里可以通过《中国现代文学三十年》看出范伯群提出的共识变化的典型。初版(1987年,上海文艺出版社)和修订版(1998年,北京大学出版社)时间上相隔十一年,空间上有从上海到北京的变化。但重要的是"修改"的内容。钱理群代表作者们在《后记》中说总体上没有变动,只是进行了个别的修改。②但是从具体的内容中可以看到相当大的变动。与范伯群所说的共识相关的事项为例,在初版本的章标题当中无法找到的"通俗小说",却在修订本里出现了三次。在"第一个十年"(1917—1927年)、"第二个十年"(1928—1937年6月)、"第三个十年"(1937年7月—1949年9月)中,都叙述"文学思潮和运动"、"小说"、"新诗"、"散文"和"戏剧"等章节。通俗文学与这些章(体裁)处于同等地位。总之,把通俗小说纳入文学史研究的领域,叙述其各个时期的事项,可以说是文学史上的一大变化。

但是这个变化并非是根本性的,而只是局部性的。从《中国现代文学三十年》看,通俗文学只不过是编入了一部分研究对象,作者们似乎并未达到让纯文学和通俗文学比翼齐飞的文学史认识。"二十世纪文学史"话语的另一提倡者陈思和虽然也具有民间文学的问题意识,但是没有重点论及可以归为通俗文学范畴的作品。

最近,范伯群出版了《中国现代通俗文学史》③,完成了有关通俗文学的第二期工程。他果断地摘掉了中国"现代"通俗文学头上"逆流"和"配角"的帽子,从时间、源流、读者、功能层面上对通俗文学的历史进行了概括。特

---

① 范伯群主编:《中国近现代通俗文学史》(上),南京:江苏教育出版社2000年版,第35—36页。这一内容在《中国近现代通俗作家评传丛书》总序中也提到了。
② 钱理群、温儒敏、吴福辉:《中国现代文学三十年(修订本)》,北京:北京大学出版社1998年版,第665页。
③ 范伯群:《中国现代通俗文学史(插图本)》,北京:北京大学出版社2007年版。

别是把通俗文学在被知识精英文学排斥的同时吸收其养分而摸索出了新的道路的过程,概括为"相克中的相生"。还将晚清谴责小说归类为社会通俗小说,扩大了其外延,考察了启蒙主义和通俗文学的关系,重新解释了继承传统的功能。他扬弃传统中的封建因素,认为继承诸如"孝"文化这类传统美德是通俗文学生存的根据和意义。范伯群最终的目的就是切实把"现代"通俗文学统合到中国"现代"文学史的"大家族"中。这就是他说的"双翼文学史"的内涵。我们可以期待"双翼文学史"扩展到"当代文学"的第三期工程。

五、他者化的政治学

我以前研究中国武侠小说现代性(modernity)时,认识到包含武侠小说的通俗文学在"现当代文学史"中几乎没有被涉及,直到 20 世纪末才以雅俗共赏的名目编入文学史。还有,在新中国被称为"现代文学"的左派文学在五四以后压制了和自身一起组成"新文学"的右派文学与同伴者文学这一事实也不容忽视。"可以说是传统的'文以载道'文学观的延长的五四启蒙文学观虽然主张与过去割裂的'新文学',对'旧文学'进行了批判,但是它沿袭了区分雅俗的传统,公然抬高'雅',将'俗'他者化。'通俗文学'被定罪为是陈旧、颓废的东西,被逐出文坛。提倡以'人民解放'为口号的中华人民共和国的文学史被禁锢在了为了'人民文学'必须要打倒右派文学以及同伴者文学的意识形态中,对它们进行了打压。还有,'左派们'彼此竞争,导致了'极左'。解放这一口号没能解决任何问题,最后连自身也陷入了泥沼之中。"①本文把这一现象称为"他者化(othernization)"。②

他者化的理论基础是"差异政治学(the politics of difference)"或"认同政治学(politics of identity)"。"差异政治学"是为了克服从人类不平等开始以来就不断运转下来的机制"区别(distinction)"或者"他者化"而进行的研究。将"认同政治学"理论化的学者是从新马克思主义的立场进行文化研究的斯图尔特·霍尔(Stuart Hall)。按照霍尔研究者 James Proctor 的总结,霍尔的"认同政治学"是由"差异政治学"、"自我反映性政治学"、"随语

---

① 林春城:《中国近现代武侠小说的近现代性》(韩文),《中国现代文学》第 29 号,首尔:韩国中国现代文学学会 2004 年版,第 183 页。
② 他者化的现象到处可以发现。例如,笔者考察上海人的身份认同时,才认识到"江南人将苏北人他者化"的情况。林春城:《移民、他者化与身份认同:电影里再现的上海人》,《甘肃社会科学》2008 年第 5 期,第 127 页。

境变而不断运转的政治学"、"切合(articulation)政治学"组成的。把差异、自我反应性、语境依存性、切合作为核心语的霍尔的认同理论,有别于传统的"认同政治"。①它显示了从传统的认同政治"向立足于差异的政治学的变化"②,指向"差异内的统一性"。

把霍尔的论旨和本文的主题进行一下联系。在中国现当代文学史话语当中,"新文学史"话语为了"新文学"的生存,排除"通俗文学"(旧文学、传统文学、特别是传统白话文学、本土文学、封建文学),"现代文学史"话语压制了和"现代文学"一起组成"新文学"的"右派文学"和"同伴者文学"。五四时期时少数者(minor)的"新文学"经过艰难的过程,批判当时是主流的"旧文学",在确保了话语权力之后,排除了旧文学,"现代文学"在政治权力的庇护下,压制了跟自己不同的其他文学。"从支配集团或差异集团不能享有多样文化这点来看,由于排除差异,多样文化不存在的社会是无益的。"③对旧文学的排除和对右派文学的压制使中国现当代文学自己排除了多种可能性。直到进入改革开放新时期,迎来了思想解放的学界在1985年通过提倡"二十世纪中国文学"话语,解放了被"现代文学"压制的"右派文学"和"同伴者文学"。在21世纪开头,"双翼文学"话语提出的同时,复原了被"新文学"抹掉的"旧文学"。

如果继"二十世纪中国文学"话语之后,"双翼文学"话语被中国现当代文学研究者广泛接受的话,中国现当代文学史将会初步体现霍尔语境中的"认同政治学"和本文脉络中的"他者化的政治学"。如果作为排除与压制的主体和客体的话语,互相认定和尊重彼此差异的同时,面向"结构性共善"或者"差异内的统一性"的话,中国现当代文学史话语将会进入"多文化(multi-culture)"状态。如果说克服依然存在的"现代文学"和"当代文学"在学科间和学会上的分派是短期课题的话,那么中心对边缘、强者对弱者、主流对非主流、支配集团对差异集团等近现代(modern)式两分法的扬弃则是中国现当代文学史话语的"长期持续(longue durée)"的课题。

(作者单位:韩国,木浦大学)

---

① "认同政治"是"对通过把所有他者排除而选取共同战线的特定共同体的绝对的完全的献身及与之认同",它"压制内在差异,强要把差异全部他者化这一暗默前提"。James Proctor:《现在Stuart Hall》(韩文),首尔:LP 2006年版,第218、219页。
② 同上书,第229页。
③ Lee Namseog:《差异的政治》(韩文),首尔:Bookworld 2001年版,第19页。

余光中笔下的"五四新文学"

樊善标

一

踏进21世纪,余光中在一篇回顾平生文学历程的文章里说:

> 要做一位中国作家,在文学史的修养上必须对两个传统多少有些认识:《诗经》以来的古典文学是大传统,五四以来的新文学是小传统。当年临风眷顾的那少年,对这两个传统幸而都不陌生……不过即使在当年,我已经看出,新文学名家虽多,成就仍有不足,诗的进展尤其有限,所以我有志参加耕耘。①

不少人知道,四十多年前,余光中高呼过"下五四的半旗",约三十年前,他写过一系列专论,指陈好些新文学家的缺失。余光中历来绝少称扬五四,上面这段话看似一仍旧贯,不过表达得委婉宽容些,把新文学也算作"传统"之一。但是"传统"的概念含义抽象,指称复杂,常与"传统"连在一起的动词"继承"和"反叛",也未必针锋相对,因为更关键的是:在具体情境里,"传统"的内涵是什么?继承或反叛怎样见诸行动?何以需要宣示继承或反叛的立场?余光中早年勇于笔战,批评五四新文学常是为了抨击对手;及至七八十年代,虽然不再轻易燃起烽烟,却写了一系列论文重评戴望舒、朱自清等名家,语气颇重。千禧以后,他把五四新文学纳入传统,是否修订了多年来的立场?传统在他的文学理念里又有何意义?这些都涉及一位文学史意识浓厚的重要作家晚年自我定位的问题,值得仔细探讨。

---

① 余光中:《炼石补天蔚晚霞》(2002),《举杯向天笑》,台北:九歌出版社2008年版,第149页。本文是九卷本《余光中集》(天津:百花文艺出版社2004年版)的自序。

二

在余光中入集文章中,第一篇提到五四的,是《文化沙漠上多刺的仙人掌》(1959):

> 五四时代是新诗运动的第一阶段,目前自由中国的创作属于第二阶段。在五四,新诗刚刚诞生,提倡者一方面由于无所依凭,另一方面由于有意普及,遂倾向于大众化,颇带一点迁就读者的意味,这是不幸的。我们不屑于使诗大众化,至少我们不愿降低自己的标准去迎合大众,因为流行音乐在这方面已经满足了大众的需要。相反地,我们要求大众艺术化,要求读者提高自己的水准。……今日之新诗又将取代五四的白话诗,是必然的历史性的发展。①

这篇文章把五四和当时的台湾新诗划作两个阶段:前面是大众化的白话诗时期,后面是艺术化的新诗时期,并肯定新诗将取代白话诗。这一基本看法余光中后来多次重申②,最集中表达他的"五四观"的,则是《下五四的半旗》(1964)。该文承认五四提倡的民主和科学"已经渐渐长大",但在文学上,"苍白的五四已经死了",因为"五四文学最大的成就",是"语言的解放,而非艺术的革新"。五四作家"西化不够,对中国古典文学的再估价也不正确","就在这种左右皆不逢源的半真空地带,企图建立中国的新文学,大致上说来,他们是失败了",但文学的五四是死在"现代文艺的金号铜鼓声中"的。文章以号召一个运动的高昂语调作结:"敲马齿的朋友们,举起我们的笔来!"③

这个运动余光中后来称之为"中国文艺现代化运动",并说在50年代后期已经展开,是"中国文艺复兴"的前奏。按他的构想,中国的文艺复兴要经过下列程序:"少壮的艺术家们必须先自中国的古典传统里走出来,去西方的古典传统和现代文艺中受一番洗礼,然后走回中国,继承自己的古典

---

① 余光中:《掌上雨》,台北:水牛图书出版事业有限公司1989年版,第112—113页。
② 例如《摸象与画虎》(1960):"新诗迄今已有四十年的历史,既已有五四以迄新月的'大众化过程',我们岂不应该就此艺术化起来?"同上书,第132—133页。大概由1960年起,有些前卫的诗人把台湾当时的新诗——也就是他们自己的作品——称为现代诗,以与1949年以前大陆的新诗相对,余光中也常常这样做,但并不彻底。本文叙述时主要仍用新诗一词。
③ 余光中:《逍遥游》,台北:水牛图书出版事业有限公司1986年版,第1—4页。

传统而发扬光大之,其结果是建立新的活的传统。"①很明显,这是治疗五四文学"西化不够,对中国古典文学的再估价也不正确"的针药。余光中提到的文艺门类,包括现代诗、抽象画、现代音乐,可见追求"现代化"不限于新诗。他甚至主张"以中国的现代化运动作讨论一切问题的标准"②。

以上概述了余光中对五四新文学整体的意见,这些言论多出自笔战或宣言,难免因时制宜有所强调或简化。余光中在这时期大量介入不同的论争,对手不一,情境各异,要逐一交代每篇文章的来龙去脉,势必枝蔓丛生,失去方向。本文旨在了解余光中对继承文学传统的看法,因此把焦点缩小,先集中探讨几个问题:一、他心目中的五四文学包括哪些;二、他把五四文学概括为"语言的解放"有何理由;三、他对台湾当时的文学和传统的关系有何主张。

三

余光中既然把五四和当时的台湾划分成两个阶段,前者自应包括由五四至1949年,但把这三十年统称为白话文学阶段,今天恐怕很难接受。其实余光中也有过不同的表述,例如《中国的良心——胡适》(1962):

> 五四时代的新诗人们,虽然有志推行新诗运动,但一方面由于对旧诗欠缺透视的距离,对西洋诗尚未认识清楚,而另一方面,以白话为基础的新语文尚未演变成熟,是以当时的新诗只是半旧不新的过渡时期的产物,作文学史的资料则可,作美感的对象就勉强了。一直要到徐[志摩],何[其芳],卞[之琳],李[金发],冯[至],戴[望舒]诸人,新诗才算进入美的范围。是以五四的新诗运动,本质上是语言的,不是艺术的,而胡适等人在新诗方面的重要性也大半是历史的(historical),不是美学的(aesthetic)。在今日的自由中国,几乎任何新诗人的作品都超越了《尝试集》。③

这段话里的"五四时代"只限于新诗出现的头几年,称为白话时期是合理

---

① 余光中:《迎中国的文艺复兴》(1962),《掌上雨》,台北:水牛图书出版事业有限公司1989年版,第195页。本文的写作年份原书误排作1961年。
② 余光中:《迎七年之痒》(1963),《逍遥游》,台北:水牛图书出版事业有限公司1986年版,第11页。
③ 余光中:《左手的缪思》,台北:大林出版社1984年版,第30页。

的。但他更习惯把五四和之后的三十年视作一个阶段,笔下最常出现的作者包括徐志摩、朱自清、冰心等:

> 我们必须承认:徐志摩的诗,冰心的散文,巴金的小说,已经退休到文学史里去了。我们必须自大众化的时代进入艺术化的时化[代]。五四的前辈们,你们的除法做得够累的了,也看看我们做点乘法吧。

> 目前最流行的散文,在本质上,仍为五四新文学的延伸。也就是说,冰心的衣裙,朱自清的背影,仍是一般散文作家梦寐以求的境界。某些副刊与国文课本的编者,数十年如一日,仍然以为那样子的散文才是新散文的至高境界。浅显的文义,对仗的句法,松懈的节奏,僵硬的主题,不假思索的形容词,四平八稳的成语,表现的无非是一些酸文人的孤芳自赏,假名士的自命风流,或者小市民的什么人生哲学,婆婆妈妈的什么逻辑。这一切,距离现代人的气质和生活,实在太远了。①

不管五四的断限是否得宜,在新文学头三十年里,显然不止这几位作家。那么余光中对新文学的认识是否只是局限在这几个人身上呢?他在《从古典诗到现代诗》(1962)里自述早年阅读经验:

> 我最早接触到的新诗,是[郭沫若的]《凤凰》和[臧克家的]《烙印》。事实上,这两本诗集都不能算杰作,可是对于年轻的我,颇发生一点影响。到了大二那年,由于一本叫《诗的艺术》的批评文集的介绍,我接触到卞之琳和冯至的作品。②

论者也常指出余光中早年诗作取法于新月派和臧克家等人③,近年朱双一发掘出余光中就读厦门大学时的诗文,其中一篇《臧克家的诗——〈烙

---

① 引自余光中:《凤·鸦·鹑》(1963),《逍遥游》,台北:水牛图书出版事业有限公司1986年版,第51页;及《我们需要几本书》(1968),《焚鹤人》,台北:纯文学出版社1976年版,第90页。
② 余光中:《掌上雨》,台北:水牛图书出版事业有限公司1959年版,第179页。
③ 如刘登翰、陈圣生《"钟整个大陆的爱在一只苦瓜"——〈余光中诗选〉编后》:"余光中最早的作品《扬子江船夫曲》有郭沫若五四时期的情绪,《算命瞎子》有《烙印》作者的痕迹,这是很容易辨认出来的。即使到了台湾之后的初期之作,遣词选句仍常常是对他喜爱的五四诗人的模仿,……而他的某些情绪、意境,又往往不自觉地是对前辈(中国的和外国)诗人的重复。"刘登翰、陈圣生选编:《余光中诗选》,福州:海峡文艺出版社1988年版,第204页。又,黄维樑《情采繁富,诗心永春——试论余光中各期诗作的特色》:"余光中青少年时阅读英国诗歌、中国古典诗歌和五四以来的新诗;浪漫主义的激情、中国古典诗歌的声韵、五四新月派的格律,都影响了这时期余氏的少作。"《联合文学》1998年10月第168期,第52页。

印〉》,称许《烙印》是"新诗中最前进最优秀的作品"①。但国民党政府迁台后,大量查禁了新文学作家的著作,无论余光中的文学品味有没有转变,这些禁书作者自然不宜多提。徐志摩、朱自清等之所以在台湾广受推崇或讥评,先决条件是作品能够正常流通。而因为流通的作者甚少,这几位竟代表了整个新文学,甚至长期成为台湾新一代作者仿效的对象。余光中就曾质疑徐志摩、朱自清的代表性:

> 五四人物中,徐志摩的诗,和朱自清的散文,素为新文学的读者所称道,迄今仍有不少人,言新诗必举《再别康桥》,言散文则必推《背影》,好像自二十年代迄今的四十年中,我国的新文学贫乏得只留下这么两篇小品。②

另外,余光中批评的表面上是五四作家,但锋芒真正所指,是以五四新文学为典范的时人,这一点《文化沙漠中多刺的仙人掌》表达得非常明显:

> 这些平素低估新诗的论者,竟而骤然提高了五四时代新诗的成就,以为徐志摩朱自清等在新诗上"皆卓然有成",而目前的新诗则"走入如此幽奥险峭的狭谷,则三五十年后,我们可能真成为一个没有诗人的国家,更有理由被几个责备苛严的外国学人称为文化沙漠了。"这是言曦先生自十一月二十日至二十三日在中副连载了四天的"新诗闲话"一文中的观点。③

一般认为50年代的台湾文学主流是反共文学,但当时更流行的其实是抒情诗文④,余光中毋宁是把尊崇五四和陈旧的抒情滥调等同起来。

把五四文学定性为白话文运动,同样涉及政治因素。吕正惠指出,在30年代后,"作为五四精神之代表的新知识分子绝大部分都左倾了",国民党迁台时,这些人都留在大陆,因此在国民党的诠释里,"五四新文学运动变成只是以'白话'代替'文言'的白话文学运动,而五四新文化运动内涵也降低为'西化'与'反传统',至于五四知识分子基于救亡图存所发展出来的

---

① 转引自朱双一:《余光中早年在厦门的若干佚诗和佚文》,《现代中文文学评论》1995年6月第3期,第116页。
② 余光中:《盖棺不定论》(1968),《望乡的牧神》,台北:纯文学出版社1974年版,第265页。
③ 余光中:《掌上雨》,台北:水牛图书出版事业有限公司1989年版,第102页。
④ 参许世旭:《延伸与反拨——重估台湾五0年代的新诗》,《新诗论》,台北:三民书局股份有限公司1998年版,第17—19页及第27—28页,应凤凰:《台湾五十年代诗坛与现代诗运动》,《现代中文文学学报》第4卷第1期(2000年7月),第84—86页。

强烈的现实主义关怀则完全被淡化了,甚至掩饰了"。① 余光中的五四观表面上和执政当局一致,但这只是出发点。

余光中在1962至1963年卷入了一场"文白夹杂"论战,他最初是要为台湾新诗的前卫写法辩护,结果提出了散文改革宣言的《剪掉散文的辫子》,以及创作了一系列的"现代散文"。在论战中,主张"纯正白话"的多为官方或半官方人士,他们的中心论点是,文学革命进行了四十多年还未成功,关键在于白话还未能完全取代文言,因此必须把白话文运动贯彻到底,才能实现文学的现代化。余光中也主张五四是白话文运动,但他在五四和当前之间划出一条鸿沟,通过反对胡适和林语堂的语言、小品文主张及朱自清等的创作实践,来界定现代化的散文面貌,借此突破意识形态的禁忌。②从双方都尽力争取现代化的解释权看来,这场论战根本没有真正的保守派,起码没有人主张回到用文言写作。这样就能解释,为什么相对来说走得更前的现代诗人,他们力争的其中一点,竟是使用文言词语和句法的自由。正因为对手以新文学作为理论依据,余光中干脆主张绕过五四,宣布现代诗可以直接继承古典文学的传统。

余光中当然无意复古,但他在参与新诗论战之初,已提出传统的重要。③ 当时的论敌言曦试图用一组价值标准——主要归纳自中国古典诗歌——来衡量一切的诗,指出当前的新诗难以索解,是因为脱离了传统。④《文化沙漠中多刺的仙人掌》极力为创新辩护:"崇拜传统,怀疑创造,是保守社会对于艺术一贯的态度;而事实上,一切社会莫不保守,此所以先知先

---

① 赵遐秋、吕正惠主编:《台湾新文学思潮史纲》,台北:人间出版社2002年版,第286—287页。据本书《台湾版后记》,上述引文所属的一节由吕正惠根据他的《现代主义在台湾》一文修订改写(第511—512页)。又,吕氏认为五四精神不仅在于西化和反传统,还表现为民族、爱国、平民、人道、现实等主义。

② 详细论证见樊善标:《战场与战略——余光中六十年代散文革新主张的一种诠释》,《人文中国学报》2004年第10期,第187—219页,及《炉外之丹——余光中六十年代"现代散文"的历史意义》,《人文中国学报》2006年第12期,第245—272页。

③ 余光中与传统的亲近,可以追溯到他写作的早期,梁实秋评论他的第一本诗集时说:"作者是一位年青人,他的艺术并不年青,……他有旧诗的根柢,然后得到英诗的启发。"梁实秋《舟子的悲歌》,收于黄维樑编:《火浴的凤凰——余光中作品评论集》,台北:纯文学出版社1979年版,第5页。

④ 瘂弦认为批评者"表面上虽在于诗的懂与不懂,但究其主因还在于责难新诗'师承西洋,背离传统。'"瘂弦:《现代诗的省思——当代中国新文学大系导言》(1980),《中国新诗研究》,台北:洪范出版社1981年版,第8页。在言曦看来,创造社、新月派、朱自清等所以胜于李金发及当时的台湾新诗,是因为更符合他的标准。

觉之可贵。"①又说:"新诗的所以新,新诗的所以异于旧诗……在于整个价值观念,整个美学原则的全面改变。"②但文中也声明:"我们反叛传统,可是反叛只是最高度的学习,我们对于传统仍保留相当的敬意","我们佩服古代的大诗人,只因为在当时他们也是新诗人,也富于大胆的独创精神"。③这里所谓对传统的敬意,是尊敬传统的塑造者在当年也是独创者。这番话其实未能涵盖余光中当时的传统观。他在另一篇回应言曦的文章中对传统有更深入的阐发,该文题目为《新诗与传统》。

《新诗与传统》重申"一切艺术皆贵乎独创,新诗尤其如此","新诗作者有打倒偶像的胆识,反叛传统的精神",可是他"不承认'新诗与传统脱节'的论调"。余光中征引了大量中西文学——尤其是中国古典文学——的例子,说明论者对中国诗歌传统理解之褊狭,不明白"诗自有其本身高级的音乐性",因而过分强调吟唱。他认为如果仔细玩味新诗,即可发现它已经"接受了旧诗的技巧,且将旧诗的韵味点化成更新的现实"。针对论者批评"新诗作者用中国文字写西洋诗",余光中又论证英国文学的传统和中国古典文学的传统,都是"经过各种文化背景长久的糅合而形成的","新诗的大量吸收西洋文化","只是中国文化之现代化的一个支运动,犹如我们舍古服而就西装,弃君主而行民主,原是非常自然的一件事",也就是说,传统必然是持续发展、变化的,保持纯粹是对传统概念的错误理解。

余光中把独创和传统这两个一般认为意思相反的概念统合起来,很接近美国新批评文论家布鲁克斯的观点:

> 运用既有的形式,而不以新观点修订,就会丧失形式原来具有的锐利感,变为俗套,或者说仅仅顺服于一些随意的"成规"。……主动尝试驾驭过去,以现在的眼光察视往昔,参酌过去的成果解决当下的问题——这才是最高意义的"传统"作者。不加甄别地模仿过往,最多只能制造出过时的东西,它们与现在没有联系,因此,除了外观,与过去也没有真正的联系。④

布鲁克斯明言他的说法引申自艾略特《传统和个人的才能》的著名论断:

---

① 余光中:《掌上雨》,台北:水牛图书出版事业公司1989年版,第101页。
② 同上书,第111—112页。
③ 同上书,第112页。
④ Cleanth Brooks, "tradition", in Joseph T. Shipley ed., *Dictionary of World Literary Terms*, Boston: The Writer, INC, 1970, p.336.

> 传统并不是可以继承的遗产;假如你想获得,非下一番苦功不可。①

余光中熟悉艾略特的诗和诗论。正是在写《文化沙漠上多刺的仙人掌》和《新诗与传统》的同一个月,他替《文星杂志》写了一篇封面人物介绍——《艾略特的时代》。余光中笔下的艾略特,显然有几分他自己的样子:

> 反叛传统,但同时不忽视传统,是艾略特对于诗的一贯态度。

他接着指出,反叛传统和不忽视传统,分别与艾略特的诗人和批评家两重身份对应:

> 做一个大批评家,他必需了解传统,熟悉他批评的对象;而做一个大诗人,他必需有披荆斩棘,另辟天地的抱负与能力。②

艾略特说过,最高级的批评,是作家在创作时的思考③,可是余光中在这篇文章里,没有转述这一观点④。反之,他翻译了艾略特一段论传统的文字为全文收结:

> 陶醉于怀古的伤感中,是毫无益处的。第一,即使在最优秀的活的传统之中,也恒有优劣因素的混合,和许多有待批判的成分;其次,传统也不仅是感情方面的事。同样地,如果不加以充分批判的研究,我们也无法很有把握地固执几个教条式的观念,因为在某一时代认为是健康的信仰,如果它不是少数的基本因素之一,到了另一个时代就可能变为一个危险的偏见。同样地,我们也不应该株守传统,以保持我们对于比

---

① 艾略特:《艾略特文学评论选集》,杜国清译,台北:田园出版社1969年版,第4页。
② 余光中:《左手的缪思》,台北:大林出版社1984年版,第9页,原题《大诗人艾略特》,刊《文星杂志》1960年1月1日第5卷第3期(总27期),第2—3页。
③ 艾略特《批评的机能》(The Function of Criticism):"实际上,也许,在写作中,作者的心血劳动大部分就是批评的劳动;也就是为了选词用字,结构组织而不断删改,不断尝试的劳动:这种绞尽脑汁煞费工夫的苦事不仅是创造的,更是批评。我甚至认为一个热[熟]练而灵巧的作家在本身创作时所做的批评是最重要,最高级的批评;而且(我想我以前说过)有些作家在创作上比其他作家更为优异只因为他们具有更为优异的批评能力而已。"见艾略特:《艾略特文学评论选集》,杜国清译,台北:田园出版社1969年版,第166页。
④ 在文章开始时,余光中引用艾略特《诗与批评之用途》:"选择一首好诗并扬弃一首劣诗,这种能力是批评的起点;最严格的考验便是看一个人能否选择一首好的'新诗',能否对于新的环境作适当的反应。"艾略特在这里并不指创作时的批评,见《左手的缪思》,台北:大林出版社1984年版,第9页。

较不受欢迎的人们的优越地位。①

在这段文字里,传统不是完全正面的,余光中很可能特意借用来批评言曦等人的保守态度。可惜引文的出处暂未找到,但看来与《传统和个人的才能》并不一致,最低限度重点不同。《传统和个人的才能》认为作家要"获得"传统,必须令自己"在提笔写作的时候不仅在骨髓中深切地感觉到自己的时代,同时也感觉到自荷马以来的欧洲文学整体以及其中一部分的自国文学整体是一个同时的存在,而且构成一个同时并存的秩序"②。尽管艾略特说,"这个秩序由于新的(真正新的)艺术作品之介入而得到变更",但下文他用了不少篇幅说明,"艺术家的进展是一种不断的自我牺牲,不断的个性泯除","诗不是情绪的放纵,而是情绪的逃避;诗不是个性的表现,而是个性的逃避"。③ 韦勒克指出,"艾略特传统观的必然结果显然易见,它们多少是否定性的:说明不相信单纯个性、新颖、独创是有道理的"④,因此可以说,艾略特的观点是古典主义的。韦勒克似乎比布鲁克斯更接近艾略特的原意。

《传统和个人的才能》是艾略特最著名的论文,论题又正好是传统,余光中却不引用,看来并非偶然。⑤《文化沙漠中多刺的仙掌》这样表白立场:"我们反对浪漫主义而又不屑乞援于古典主义。"⑥在50、60年代之交,余光中最关心的是创新的自由,他论述传统是为了清除开拓的障碍。直至和另一位现代诗人洛夫展开笔战后,这一立场才开始改变。

---

① 余光中:《左手的缪思》,原题《大诗人艾略特》,刊《文星杂志》1960年1月1日第5卷第3期(总第27期),第16页。
② 艾略特:《艾略特文学评论选集》,杜国清译,台北:田园出版社1969年版,第4—5页。
③ 同上书,第7、13页。
④ 雷纳·韦勒克(Rene Wellek):《近代文学批评史》第5卷,杨自伍译,上海:上海译文出版社2002年版,第312页。但韦勒克也不是说艾略特完全取消了创新的可能:"[艾略特]主张诗人遵守规则,不过不是完全或被动地遵守。"(第312—313页)
⑤ 余光中的友人黄用回应言曦,也引用了"自荷马以来的欧洲文学整体"那一段来说明新诗人心目中的传统,"不是整个死的'过去',而是经过选择的可以活用的累积的智慧",这段话近似布鲁克斯。黄用还说,艾略特的话可以支持余光中《文化沙漠中多刺的仙人掌》:"在现代诗中,一切不同的时空被压缩在一起……"黄用:《从摸象说起》,《文星杂志》1960年2月1日第5卷第4期(总28期),第11页。
⑥ 余光中:《掌上雨》,台北:水牛图书出版事业有限公司1989年版,第112页。

四

现代主义风行于60年代台湾文坛,当前学术界认为,主要是由于五四文学传统和台湾本土文学传统的双重断裂。① 余光中《在中国的土地上》(1967)以亲历者的资格提供了其中一种断裂的证词:

> 年轻一代的作者,对于五四以来的新遗产既无缘涉猎,对中国的"旧大陆"也说不上有什么切身的经验或热爱;至于深厚的古典遗产,在目前崇洋的风气之中,更被人否定而且鄙弃了。于是,诗人们的眼色都羡羡然投向西方。从失落的一代到愤怒的青年到存在主义到卡缪,为了服西方新上市的特效药,此地的作者先学会了西方人的流行性感冒。②

近十年后,他再度提出类似的意见:

> 一九六一,那正是台湾现代诗反传统的高潮。那时国内时局沉闷,社会滞塞,文化的形态趑趄不前,所谓传统,在若干旧派人士的株守之下,只求因袭,不事发扬,反而使年轻的一代望而却步。年轻的一代呢,自然要求新的表现方式和较大的活动空间。传统的面目既不可亲,五四的新文学又无缘亲近,结果只剩下西化的一条"生路"或竟是"死路"了;这诚然是十分不幸的。③

这两段话对五四文学表露珍重之情,但却是为了指出现代诗的不足,立论的源头可溯自他提倡"广义的现代主义"时。④ 1961年5月,余光中发表《天狼星》组诗,7月洛夫撰《天狼星论》批评组诗不够现代,10月余光中撰《幼稚的"现代病"》,指部分现代诗人"最严重的错误,便是(自以为)对于传统的澈[彻]底否定"⑤,12月又撰《再见,虚无!》,正式反驳洛夫的评论,痛斥达达主义和超现实主义是死巷⑥。自此现代诗人分成两种态度:

---

① 参奚密:《边缘,前卫,超现实——对台湾五六十年代现代主义的反思》,《现当代诗文录》,台北:联合文学出版社1998年,第156—159页。
② 余光中:《望乡的牧神》,台北:纯文学出版社1974年版,第199—200页。
③ 余光中:《天狼仍嗥光年外》(1976),《天狼星》,台北:洪范书店1981年版,第153页。
④ 余光中:《从古典诗到现代诗》(1962),《掌上雨》,台北:水牛图书出版事业有限公司1989年版,第189页。
⑤ 同上书,第148页。
⑥ 同上书,第163页。

> 一种是所谓彻底反传统的,一种是要再认识传统的。前者走上了达达与超现实的迷路,后者则主张在接受现代化的洗礼之后,对传统进行再认识,再估价,再吸收的工作。①

后者所遵行的正是"中国文艺复兴"的程序。自此以后余光中声言:

> 我的主张是一柄青锋棱棱的双刃剑,既斩左,亦斩右。②

他除了继续抨击保守派,也不忘指摘"狭义的现代主义派"脱离中国传统。

在《天狼星》论战前,余光中最关心的是向保守派争取创新的合理权利。他从原理上论证创新和传统并不互斥,但新诗怎样延续了传统,他只举出一些诗句,或用"消化过了"、"点化成更新的现实"等语简约交代。艾略特说要获得传统,诗人须下一番苦功,余光中却没有讨论个人在创作上如何解决困难。及至《天狼星》论战后,余光中提出"广义的现代诗"概念。他说:

> 我主张扩大现代诗的领域,采取广义的现代主义[……]用现代手法处现代题材的作品固然是现代诗,用现代手法处理传统题材的作品也是现代诗,且更广阔而有前途。③

又说:

> 我敢向他们挑战,说他们现在不敢写(也写不出)像我的《蜜月》那种正面歌颂恋爱的作品。④

其实他大可用更早的《六角亭》为例。⑤ 这首诗紧接洛夫《天狼星论》而发表,列于诗集《莲的联想》之首。余光中自言《莲的联想》试图把"爱情历史

---

① 余光中:《从古典诗到现代诗》,《掌上雨》,台北:水牛图书出版事业有限公司1989年版,第183页。
② 余光中:《迎中国的文艺复兴》,《掌上雨》,台北:水牛图书出版事业有限公司1989年版,第195年。
③ 余光中:《从古典诗到现代诗》,同上书,第189页。几年后的《现代诗的名与实》(1967)表达得更清晰:"我一向主张'现代诗'分狭,广二义。狭义的'现代诗'应该遵循所谓现代主义的原则:以存在主义为内涵,以超现实主义为手法,复以现代的各种现象,例如机器,精神病,妓女等等为意象的焦点。广义的'现代诗'则不拘于这些条件。在精神上,它不必强调个人的孤绝感和生命的毫无意义;在表现方式上,它不必采纳超现实主义的切断联想和扬弃理性,因为那是不可能的,更因为,表现上的清晰不等于浅显;在意象上,它甚至可以快乐地忘记工业社会的种种,而自己去寻找一组象征。"《望乡的牧神》,台北:纯文学出版社1974年版,第168页。
④ 余光中:《掌上雨》,台北:水牛图书出版事业有限公司1989年版,第185页。《蜜月》一诗写于1962年4月,收入《五陵少年》。
⑤ 写于1961年8月1日,余光中:《莲的联想》,台北:水牛出版社1989年版,第1—2页。

化,神话化,玄学化",成为"一个纯东方,纯中国的存在"①,它"在本质上不是一卷诗集,而是一首诗,一首诗的面面观,一个 andante cantabile 的主题的诸多变奏"②。可以说余光中在《幼稚的"现代病"》和《再见,虚无!》两篇文章之前,已率先用新风格的《六角亭》来回应洛夫的"狭义现代主义"了,这本诗集也是余光中有意追求民族传统的最初尝试。他更大的成绩应该是稍后的《敲打乐》、《在冷战的时代》,以及"自传式的抒情散文"系列,这些诗文表现出一种"中国意识",奠定了余光中持续数十年的乡愁作家声誉。③

社会学家金耀基在 60 年代后期有一篇讨论社会发展方向的文章,和余光中的思路颇为一致:

> 中国文化复兴运动,最深刻地说,在找回一个业已长期失落的中国的"古典形象",使中国人重新有一强固的国家或文化认同;而中国现代化运动,基本上说,则在追寻一新的中国的形象,在使中国人有一新的强固的国家或文化的认同。从这个意义上讲,中国文化复兴运动与中国现代化运动是相辅相成的。中国的新形象必需与中国古典的形象衔接起来才能产生真正的认同的力量,中国的古典形象必须发展为中国新的形象才有真正的历史与时代的意义。④

可见"广义现代主义"的意义并不局限于文学之中。当然,他们对"中国性"的强调可以在台湾地区国民党政府的意识形态里找到根源,执政当局甚至

---

① 余光中:《改版自序》(1969),《莲的联想》,台北:水牛出版社 1989 年版,第 2 页。
② 同上书,第 160 页。
③ 《敲打乐》收 1965 至 1966 年诗作,《在冷战的年代》收 1966 至 1969 年诗作。"自传性的抒情散文"是"现代散文"的别称,散见于《逍遥游》、《望乡的牧神》、《焚鹤人》、《听听那冷雨》。"中国意识"参郑明娳:《余光中论》,《现代散文纵横论》,台北:大安出版社 1988 年版,第 108 页。
④ 金耀基:《我对中国现代化的一个看法》(1968),《中国现代化与知识分子》,台北:时报文化出版事业有限公司 1984 年版,第 9 页。该文原刊于《东方杂志》复刊 1968 年 2 月 1 日第 1 卷第 8 期,第 6—9 页。胡适从 20 年代起,就把五四文学革命定性为"中国文艺复兴运动",1958 年 5 月他在台北中国文艺学会的演说辞,即题为《中国文艺复兴运动》,见胡适:《胡适演讲集(一)》,台北:远流出版事业股份有限公司 1988 年版,第 177—196 页。当时余光中正在台湾,至同年 10 月才赴美进修。胡适的演讲虽然说他追求的是人的文学、自由的文学,但主要篇幅却是介绍活语言怎样取代死语言,范围远比金耀基和余光中说的狭窄,这可能是余光中谈论"中国文艺复兴"时,不把首倡之功归于胡适的原因。另参金耀基:《胡适与中国现代化运动》,《从传统到现代》,台北:时报文化出版事业有限公司 1978 年版,第 269—283 页,及余英时:《文艺复兴乎?启蒙运动乎?——一个史学家对五四运动的反思》,《重寻胡适历程:胡适生平与思想再认识》,台北:联经出版事业股份有限公司 2004 年版,第 265—291 页。

可以声言,是中国性让现代主义成为可能,不过事实可能刚刚相反。① 但无论怎样,金耀基和余光中等的现代化计划,都把古远的中国文化传统重新放在显眼的位置。

我们现在可以回到本节开首引用余光中的两段话。他这时对五四新传统的态度,似应结合另一篇文章才能得见真相:

> 这时由于政治局势异于平时,五四以来的新文学作品,除了徐志摩、朱自清等极少数例外和迁台名作家的一些,几乎完全成了禁书。一个年轻作家学习的对象,纵而言之,有中国悠久的古典文学,横而言之,有外国的文学,尤其是欧美和近邻的日本现代文学,可是在父亲一代的老作家,所谓"走在前面的一代"(immediate predecessors)之中,却没有几位可供借镜、亲炙。这种与昨日脱节的现象,在文学史上虽不乏前例,毕竟是罕见的。也就难怪,在五十年代的初期,仍然有这么多作家,在念旧和怀乡的心情下,向徐志摩和朱自清的遗作频频索取养分。②

对五四传统断裂的遗憾,仍是指向以徐志摩、朱自清为榜样的不足。依照原文的逻辑,当然可以说,如果能够亲近更多"父辈"作家,应能弥补缺陷,可是余光中从来没有把这个虚拟的延伸落实为文字。③

五

1974 年是余光中生命里的大转折,这一年他移居香港,任教的学科也由外文转为中文。这地方"既非异国,也非故土"④,陌生和熟悉都不足以形容。居港十一年,他的写作方向和风格都发生了重大变化,与本文直接相关的,是他写出了一系列评论新文学作家和作品的文章,主要包括:

---

① 中国性和现代主义的双向因果关系,借用黄锦树《中文现代主义——一个未了的计划?》的说法。黄锦树:《谎言或真理的技艺:当代中文小说论集》,台北:麦田出版社 2003 年版,第 29 页。黄文讨论了中文现代主义的两种基本型:"中国性——现代主义"和"翻译——现代主义",此处借用的是他对前者的意见。
② 余光中:《向历史交卷——〈中国现代文学大系〉总序》(1972),《听听那冷雨》,台北:九歌出版社 2002 年版,第 106 页。
③ 余光中也称赞过一些新文学作家,如前面引述过的何其芳、卞之琳、李金发、冯至、戴望舒(《中国的良心——胡适》),他更推崇的是钱锺书和梁实秋(《剪掉散文的辫子》),可是并没有详论。
④ 余光中《忘川》(1969)里的诗句,收于《在冷战的时代》,台北:纯文学出版社 1984 年版,第 92—94 页。

《评戴望舒的诗》(1975)
《闻一多的三首诗》(?)
《新诗的评价——抽样评郭沫若的诗》(1976)
《论朱自清的散文》(1977)
《徐志摩小论》(1977)
《早期作家笔下的西化中文》(1979)
《论民初的游记》(1982)
《白而不化的白话文》(1983)[①]

前五篇是作家专论,后三篇分属于白话文和中国山水游记两个研究系列,三者都是余光中在香港开展的研究。

本文旨在了解余光中的传统观,不拟全面讨论这些文章,只集中于各篇相通的文学评论原则。首先,在这些论文里,他语气斩截地为一些新文学大家重新定位,如说戴望舒"用中国古典与西洋大诗人的标准来衡量,他最多只能列于二流",闻一多"距大诗人之境尚远","用古文大家的水准和分量来衡量,朱自清还够不上大师。置于三十年来新一代散文家之列,他的背影也已经不高大了"[②],只有徐志摩得到较多好评[③]。文章惹来不少回响,有人甚至说要"请戴望舒原谅余光中"[④],这些反应也非本文探究的重点。

文学的古今或中外比较,当然并不新鲜,大而化之的话容易说,落实到具体作品上,就需要提出比较的理由和标准。《新诗的评价》说:

> 新诗迄今只有半个世纪,创作不能算丰收,理论和批评更是欠缺,而古典诗的继承与西洋诗的吸收尤不调和,加以六十年间,文学批评往往蔽于政治的主观,因此,新诗本身尚未建立起一个新的传统。也因

---

① 第一至四篇收于《青青边愁》(台北:纯文学出版社1977年版),第五、六篇收于《分水岭上》(台北:纯文学出社1981年版),末二篇收于《从徐霞客到梵谷》(台北:九歌出版社1994年版)。《青青边愁》另有一篇《骆驼与虎》,谈论老舍《骆驼祥子》中的两段文字,篇幅短小,不予列入。另有一篇《试为辛笛看手相——〈手掌集〉赏析》,在1981年香港中文大学中国语言及文学系主办的"四十年代中国文学研讨会"宣读,没有入集。又,《明报月刊》第136期(1977年4月)《编者的话》:"余光中先生前在本刊曾评戴望舒,现评郭沫若(将来还评艾青)"(第108页),艾青诗评论未见。
② 见《评戴望舒的诗》、《闻一多的三首诗》、《论朱自清的散文》。
③ 见《徐志摩小论》,《分水岭上》,台北:纯文学出版社1981年版,第1—12页。
④ 这是香港诗人、散文家李国威的文章题目,原文刊于《南北极》第110期(1979年7月16日)。前四篇作家专论和《骆驼与虎》,曾在1992年代重刊于大陆的《名作欣赏》,也引起了很强烈的反应。

此,要评定一首新诗的高下,往往不得不乞援于源远流长的中国古典诗的传统,或是向影响新诗人很深的西洋诗去借镜。等到新诗的创作渐丰,理论渐富,而批评也日渐犀利而公正,我们要评定一首新诗,就可以用已经公认的新诗杰作来充试金石了。①

不过余光中并非每篇专论都用比较法。以一些放诸四海或古今而皆准的原则来衡量作家的表现,同样可以看出水平高低。他在"香港时期"之前,曾根据诗人奥登的说法,提出大诗人的五个条件:多产、广度、深度、技巧、蜕变。除了技巧可用来分析单篇作品外,其他四个条件主要是就作家的整体表现而言。余光中的作家专论,大部分是作品的抽样研究②,所以他最常使用的标准是技巧——在具体的评论里,主要是语言运用③。例如他说"戴望舒的语言,常常失却控制,不是陷于欧化,便是落入旧诗的老调","戴望舒接受古典的影响,往往消化不良[……]最显著的毛病,在于词藻太旧,对仗太板,押韵太不自然"④,过于抽象;朱自清行文多欧化语病,譬喻浮泛重复,意象低俗等⑤。以此衡量新文学家的成就,余氏得到新文学不如古典文学的结论。⑥ 余光中以往说过:"艺术贵乎独创,你不能拿汉赋的尺度来衡量唐诗,同样地,也不能以唐诗的尺度来高下宋词。"⑦在这些论文里,古典主义的永恒标准取代了随时代更新的观念,古今文学作品构成了艾略特所说的"一个同时并存的秩序"。

但要注意,余光中并非一力崇古。新文学的成绩在他眼中所以低下,是

---

① 余光中:《青青边愁》,台北:纯文学出版社 1977 年版,第 197—198 页。
② 其中以《评戴望舒的诗》较全面,《论朱自清的散文》从《背影》、《荷塘月色》等六篇代表作探讨朱文的高下,其他各文题目已见选篇评论的意味。
③ 《大诗人的条件》(1972),《听听那冷雨》。黄维樑《初论余光中的文学批评》也指出了余光中的评论特别注重语言,黄维樑:《璀璨的五彩笔:余光中作品评论集(1979—1993)》,台北:九歌出版社 1994 年版,第 392—394 页。
④ 余光中:《青青边愁》,台北:纯文学出版社 1977 年版,第 169、180 页。
⑤ 余光中还认为,"朱自清在散文里自塑的形象,是一位平凡的丈夫和拘谨的教师",这种"艺术人格"不够动人。
⑥ 除了以上所引,《论民初的游记》开篇即说:"山水游记的成就,清人不如明人,民国初年的作家更不如清。"结论则说:"新文学散文真能胜过古文吗？在议论文、杂文,和人情世故生活趣味的小品文上,也许接近古人;但在写景叙事的感性上,还罕见能追古典文学的水准。"
⑦ 见《新诗与传统》,《掌上雨》,台北:水牛图书出版事业有限公司 1989 年版,第 115—116 页。又,余光中当年反驳言曦用来"衡量一切诗的三大'构成条件'"时说过:"新诗的所以新,新诗的所以异于旧诗,不仅在于这三个枝节性的技巧问题,而在于整个价值观念,整个美学原则的全面改变",见《文化沙漠上多刺的仙人掌》,《掌上雨》,第 112 页。言曦的三大"构成条件"是:造境、琢句、协律。

因为夹在古典文学和现代(台湾)文学的高崖间。而两崖之所以高峻,隐然是语言运用有以致之,如《论民初的游记》分析今不及古的一个原因,是"文笔不如古人"①。他在一篇"白话文研究"系列的文章里说:

> 新文学迄今已有六十年的历史,白话文在当代的优秀作品中,比起二、三十年代来,显已成熟得多。在这种作品里,文言的简洁浑成,西语的井然条理,口语的亲切自然,都已驯驯然纳入了白话文的新秩序,形成一种富于弹性的多元文体。②

相反,"新文学早期的白话文,青黄不接,面对各种各样的挑战,一时措手不及,颇形凌乱","文言的靠山靠不住了,外文的他山之石不知该如何攻错,口语的俚雅之间分寸难明",鲁迅、周作人、徐志摩、沈从文、何其芳、艾青,都难逃他的指瑕。③

尽管这些文章罗列了不少例证,但仔细阅读就会发现,判断(新文学成绩低落)和标准(白话文水平不足)之间尚未严丝合缝。举例来说,《早期作家笔下的西化中文》评论何其芳散文:"好处是观察细腻,富于感性与想象,缺点是太不现实,既少地方色彩,又乏民族背景,读来恍惚像翻译。至于语法,往往西而不化,不是失之迂回,就是病于累赘。"④正反两面都列出了好几点,特别是缺点颇有超出语言运用之外,可见评价作品不是只有单一的标准。但余光中在各篇评论里说得最多的仍是语言,这或许可以由余氏"香港时期"的处境得到解释。

上述几篇新文作家专论,是余光中在香港中文大学讲授"中国现代文学"、"中国新诗"等课的副产品,据说还有不少材料可写。⑤余光中向来对

---

① 余光中:《从徐霞客到梵谷》,台北:九歌出版社1994年版,第65—66页。另一个原因是现代人生活节奏太快,不能从容游赏。
② 余光中:《从西而不化到西而化之》(1979),《分水岭上》,台北:纯文学出版社1981年版,第135页。但这只是最理想的情况,余光中马上指出:"这当然是指一流作家笔下的气象,但是一般知识分子,包括在校的大专学生在内,却欠缺这种选择和重组的能力,因而所写的白话文,恶性西化的现象正日益严重。"
③ 余光中:《早期作家笔下的西化中文》,同上书,第123页。但余光中也说:"像梁实秋、钱钟书、王力这些学贯中西,笔融文白的文章行家,却遭到冷落。另一方面,像陆蠡这样柔美清雅的抒情小品,也一直无缘得到徐志摩、朱自清久享的礼遇,而声名也屈居在毛病较多的何其芳之下。"见《白而不化的白话文》,《从徐霞客到梵谷》,台北:九歌出版社1994年版,第281页。
④ 余光中:《分水岭上》,台北:纯文学出版社1981年版,第131—132页。
⑤ 余光中:《离台千日——"青青边愁"后记》,《青青边愁》,台北:纯文学出版社1977年版,第310—312页。

自己的写作历程非常自觉,他曾说:"我写评论,多就创作者的立场着眼,归纳经验多于推演理论,其重点不在什么主义、什么派别,更不在用什么大师的学说做仪器,来鉴定一篇作品,不,某一'书写'是否合于国际标准或流行价值,而是在为自己创作的文类厘清观点,探讨出路。"①其实在80年代一篇杂文里,他已指出,"外文系读西洋文学,从希腊罗马的古典一直到现代,主要是欣赏章学诚所谓的辞章,对于基督教的义理与经典的考据,或欠兴趣,或欠能力,可以说有点像明朝文人的'空疏不学'。但在另一方面,外文系少了这'道'的负担,其文学之途也比较坦荡。外文系出的'辞章家'多些,这也是一个原因。"②余光中自己不就是出身外文系吗?他迁居香港,同时也转行到中文系,当时中大中文系偏重文字音韵及古典文学,现代文学课教什么、怎样教,他只有自行揣摩、规划。③谚语说"隔行如隔山",但余光中对传统中国文学向不陌生,本人又是现代中国文学作家,当时的处境大概算是介乎"异国"与"故土"之间,正好造就他以诗人、散文家的创作心得开展现代文学的辞章研究,而研究成果也反过来滋养了创作生命。④

余光中的白话文研究,也可以由这一理路把握。中大的翻译课程当时附属于中文系,余光中在中大教得最久的科目是"现代文学"和"翻译"。⑤他曾列出在各大学讲授翻译的课程纲领,其中一个课题是"中文西化之病"⑥,相信在中大授课时已有。他的"白话文研究"系列,大概就是备课心得。⑦60年代初,他以《剪掉散文的辫子》一文扫描当时散文界,批判的锋芒指向行文问题,如"国学者"文白夹缠、"洋学者"含糊冗长、"浣衣妇"素淡无味,又提倡散文语言须丰富多元。这一语言主张,其实借自他的诗论。写于1960年的《摸象与画虎》说:"新诗为求达到更含蓄,更富于弹性的效

---

① 余光中:《炼石补天蔚晚霞》,《举杯向天笑》,台北:九歌出版社2008年版,第154页。
② 余光中:《鸡犬相闻》,《凭一张地图》,台北:九歌出版社1988年版,第55页。
③ 香港中文大学在1963年由三所私立书院合并而成,余光中任教初期,三所书院的教学和行政仍颇为独立,他属于联合书院,该院的现代文学教授只有他一人,见《双城记住》第147—148页、《回顾琅嬛山已远——联合岁月追忆》第182—183页,都收于余光中:《日不落家》,台北:九歌出版社1998年版。据中大中文系张双庆教授回忆,当时新亚和崇基两书院都不设现代文学科。
④ 余光中在台湾时期虽然任教于大学,但常以作家身份居先,如《中西文学之比较》(1967)说:"我只能凭借诗人的直觉,不敢奢望学者的分析",见《望乡的牧神》,台北:纯文学出版社1974年版,第205页。
⑤ 余光中:《回顾琅嬛山已远》,《日不落家》,台北:九歌出版社1998年版,第182页。
⑥ 余光中:《翻译之教育与反教育》,同上书,第113页。
⑦ 包括《论中文之西化》、《早期作家笔下的西化中文》、《从西而不化到西而化之》(以上《分水岭上》)、《白而不化的白话文》(《从徐霞客到梵谷》)。

果,遂兼采白话文言与适度欧化之长,有意变更字的属性与句的安排,且创造异于顺口到滑油程度的律绝句法的新节奏。"① 不过到了七、八十年代之交,余光中的基本论点变为:今日的白话文已经"锻炼了口语,重估了文言,而且也吸收了外文,形成了一种多元的新文体",因此"不但不可再加西化,而且应该回过头来检讨六十年间西化之得失,对'恶性西化'的各种病态,尤应注意革除"。② 这一组论文分别从原理、早期作家的语病、西化病句的修改等角度下笔,要求行文有所限制,与早年不惜冲决语法,表面上大相径庭,但文学语言无论怎样追求兼包并蓄,总还有取舍的分寸,其实余光中早年作品里的语言破格也非无理可讲。不过这几篇论文多次鼓吹酌用文言,反映了他的文笔趣味的确有别于早期。

余光中在《天狼星》论战后主张继承古典文学传统,主要是宣示创作方向,转职到中文系让他有机会也有必要把主张落实到学术研究上。余光中1964年论李贺的《象牙塔到白玉楼》,早已证明他的中国古典文学功底。他甚至着手撰写《李贺评传》,但不知为何没有完成。③ 另外,他又写了《中国古典诗的句法》(1967)、《中西文学之比较》(1967)。④ 不过在70年代中期以前,他的评论文章主要还是关于现代诗和西方文学,直至定居香港,他和中国古典文学的关系才日趋密切,其中最重要的论文当是"香港时期"最后几年所写的《龚自珍与雪莱》(1984)和中国古代山水游记研究系列,⑤ 这时他已经完全放下新文学的评论了。如果他没有在1985年回到台湾,或虽然回去,但仍在中文系教学,大概还会开展更多古典文学研究课题。

六

服膺传统往往给人保守的印象,但传统这一概念其实是现代性的产物。英语 tradition 的词源固然可以上溯至拉丁文,意谓传递,在罗马法中与财产

---

① 余光中:《掌上雨》,台北:水牛图书出版事业有限公司1989年版,第134页。
② 余光中:《论中文之西化》,《分水岭上》,台北:纯文学出版社1977年版,第122页。
③ 余光中:《六千个日子》,《望乡的牧神》,台北:纯文学出版社1974年版,第120页。
④ 收于《望乡的牧神》。
⑤ 余光中:《龚自珍与雪莱》,《蓝墨水的下游》,台北:九歌出版社1998年版。游记研究系列包括《杖底烟霞》、《中国山水游记的感性》、《中国山水游记的知性》、《论民初的游记》,都写于1982年,收于《从徐霞客到梵谷》。《论民初的游记》顾名思义以新文学为评论对象,但文中大量引用古代作家如苏轼、杜牧、王思任、恽敬等人的文章来与新文学作家对照。

的继承有关;但今天把传统作泛指、总体的用法,在欧洲却只有约二百年的历史。传统最基本的特征在于,它是重复又重复的仪式,跟随传统行事的人无须考虑其他替代办法。在现代化的社会,传统没有消失,我们完全可以用非传统式的方法证明它的存在价值,也就是说,依随传统是与其他行事方式比较之后的选择,而并不因为它是一种要求因循的仪式。① 故此,"所谓已被证明为合理的传统,实际上已经是一种具有虚假外表的传统,它只有从对现代性的反思中才能得到认同"②。这样说来,现代人继承传统不一定就是守旧的表现。而且传统不是实物,无法从前人手中不多不少地接过来,继承的前提其实是对传统的想象和建构,所以艾略特可以把早已消沉的玄学诗派重新论证成为英国17世纪诗歌的主流。③ 另一个例子是身兼中国中古文学专家、翻译家、散文家的林文月。她出版过一本散文集《拟古》④,书中每篇文章的题目都注明所拟对象,如《饮酒及与饮酒相关的记忆——拟〈我与老舍与酒〉》、《江湾路忆往——拟〈呼兰河传〉》、《香港八日草——拟〈枕草子〉》。从这些题目可见,拟仿的对象可以跨越文类,甚至语言。林文月在一次演讲中,解释当时怎样由研究西晋陆机的《拟古诗》得到启发,尝试"'有意'地去接受某个人或某种作品的'影响'",例如台静农《我与老舍与酒》"写二人身处乱离之世的聚散,而以饮酒贯穿全文",《饮酒及与饮酒相关的记忆》亦"以饮酒贯穿全文,甚至题目也略仿原文方式而故意写得长些"。但两文也有差异,台文的"人物对象只有老舍一人,因此篇幅也就比较短",林文"人物对象则稍多,我把围绕着饮酒的话题、场景、人物,写入文章里,当然也包含了台老师,所以文字也变得相当长了"。⑤ 显然这是对前人作品别具匠心的阐释,也只有这样,才能跨过文类、语言的界限接受"影响"。

余光中的情况何独不然?《逍遥游》问世后匆匆三十余年,他在最新版的序言里,对《下五四的半旗》语带保留,认为"题目豪气凌人,说理却强调

---

① Anthony Giddens, *Runaway World: how globalization is reshaping our lives*, New York: Routledge, 2000, ch.3 'Tradition', esp. pp.57、59、63.
② 安东尼·吉登斯(Anthony Giddens):《现代性的后果》(*The Consequences of Modernity*),田禾译,南京:译林出版社2000年版,第34页。
③ 艾略特:《形而上诗人论》("The Metaphysical Poets")《艾略特文学评论选集》,杜国清译,台北:田园出版社1969年版,第213—242页。
④ 林文月:《拟古》,台北:洪范书店1993年版。
⑤ 林文月:《〈拟古〉——学术研究与文学创作之结合》,《蒙娜丽莎微笑的嘴角》,台北:有鹿文化事业有限公司2009年版,第70、84页。

崇尚西化潮流,不脱革命青年的进化观念"①。的确,余光中在"香港时期"后,已没有专文批评新文学,但他萃取文言、警惕西化的白话文观仍旧不变。② 写于2000年的《创作与翻译》除了表达这一贯的观点,还提出:

> 诗人对于自己民族语言的贡献,在我看来,一是保持民族生动活泼的想象力,二是保持语言新鲜独创的表现力。③

如果说五四新文学激烈地和古典文学切断了关系,余光中多年来论证1949年后(台湾)现代文学和新文学的断裂,则是为了让现代文学重新接上古典文学,那么这段话实在是他四十年来工作的总结。在他心目中,现代文学家和古典文学家属于同一个群体,他们负起相同的任务,这就是继承传统的真义。当然,断裂和延续都是论述的结果,刻意切断何尝不是一种延续的证据?余光中评论五四新文学,由始至终都是站在作家立场,为个人和同侪的写作争取出路,所以有论者认为他"要告别新文学的薄弱传统","相当程度是出于影响的焦虑"。④ 本文从余光中对五四新文学的批评切入,用意不在于月旦他持论是否恰当,而是试图通过观点的变与不变,勾勒他的文学历程。当然,充其量本文只做了一半的工作——探讨余光中在论文中表达了怎样的看法,至于他的诗文创作如何消解对五四新文学的焦虑,则需要另外研究,而那当然也是论者的一种阐释了。

(作者单位:中国香港,香港中文大学)

---

① 余光中:《九歌新版序》,《逍遥游》,台北:九歌出版社2000年版,第7页。
② 在新近出版的论文集《举杯向天笑》有四篇文章表达了这一观点,包括《创作与翻译》(2000)、《翻译之教育与反教育》(1999)、《虚实之间见功夫》(2004)、《翻译之为文体》(2006)。余光中有时也流露出对文言成分过重的保留,例如《成语和格言》(2004):"早期飞扬跋扈,不知为谁而雄。后期似乎'雅驯'多了,却也太'驯'了吧。"《炼石补天蔚晚霞》说有些论者看重他早期的文字风格,有些则认为晚期才算醇而不肆,"你若要问我如何反躬自估,我会笑而不答,只道:'早年炉ört火旺,比较过瘾。'"见《举杯向天笑》,台北:九歌出版社2008年版,第58、153页。
③ 同上书,第98页。
④ 李有成:《行云流水,无挂无碍》,《联合文学》2008年5月第283期,第75页。李有成认为在诗集《与永恒拔河》(1979)后,"诗艺明显获得解放,从此心无挂无碍,自由自在"(第76页),与本文看法稍有不同。

五四新文学与古典传统及其评价

高 玉

不可否认,五四新文化运动和新文学运动有失误的地方,五四之后中国文化和文学的很多弊端都可以从五四之中找到历史的渊源,所以,对五四进行历史反思和现实意义的总结是非常必要的。但另一方面,我认为,评价和定位五四,我们不应该脱离具体的历史语境,不能用今天的现实状况和理论水平来要求五四,很多人都把目前中国思想文化领域存在的问题归罪于五四进而否定五四,我认为这是反"历史"的,也是标准错位的。那么,现代文学与传统文学是否是断裂的关系?在现代与传统的意义上我们如何评价五四?本文将主要探讨这两个问题。

一

近年来,对五四新文化运动和新文学运动的否定性观点越来越多,比如批评白话文运动,郑敏认为:"将文言文定为封建文化并予以打倒,其结果是播下整个世纪轻视汉语文化传统的政治偏见的种子。"[1]再比如批评五四把"科学"和"民主"绝对化,张灏认为五四知识分子把"德先生"和"赛先生"变成了"德菩萨"和"赛菩萨"[2],批评五四新文化运动试图用这两个"先生"来一劳永逸地解决中国的一切问题。还有诸多具体的批评,但根本性的批评也是最多的批评是认为五四极端反传统,从而丢弃了传统,造成了中国文化与文学的断裂。

我认为,这种观点不仅对五四新文化运动和新文学运动的理论有误解,对中国现代文化特征和性质的判断也是错误的。

---

[1] 郑敏:《关于〈如何评价"五四"白话文运动〉之商榷》,《结构—解构视角:语言·文化·评论》,北京:清华大学出版社1998年版,第126页。
[2] 张灏:《五四运动的批判与肯定》,《张灏自选集》,上海:上海教育出版社2002年版,第233页。

五四新文化运动的确是陈独秀、胡适等人发动的,他们的理论代表了新文化运动的主流,通常被称为"新文化派"。但五四以后所形成的中国现代文化包括文学却是一种复合体,五四新文化运动时,各种力量相互制衡并且相互作用,因而所形成的现代中国文化和文学也具有各种因素,既有西方的因素,也有中国传统的因素,因而既具有西方性,又具有中国传统性,这两方面相融合使中国现代文化和文学既不同于西方文化和文学,也不同于中国传统文化和文学,而具有新的品质。五四新文化运动不具有单纯性,中国现代文化和文学也不是单一的整体。

很多人都把中国现代文化和文学理解为陈独秀、胡适等人所提倡的"新文化"和"新文学",这是很大的误解。五四时期,在文化和文学上有各种各样的理论主张和具体实践,从极端传统派到传统派到折中派到西化派到极端西化派,构成了一条完整的从"中"到"西"的链条。极端传统派也可以说是极端保守主义,以辜鸿铭为代表,五四时期以主张"复古"而著名。传统派也即保守主义,代表人物有"学衡派"诸君子以及杜亚泉、章士钊、梁启超、梁漱溟等。折中派也即调和派,以伧父、刘鉴泉为代表。西化派也即"新文化派",当时被认为是激进主义的,以陈独秀、胡适、鲁迅、李大钊等为代表。极端西化派则以陈序经为代表,当时以提倡"全盘西化"而著名。并且这每一派都不是凭空产生的,都有历史渊源,比如辜鸿铭的极端复古主张就可以追溯到杨光先、倭仁那里,杨光先非常有名的言论是:"宁可使中夏无好历法,不可使中夏有西洋人。"①传统派的理论可以追溯到张之洞的"中学为体,西学为用"②。西化派实际上是魏源、林则徐、王韬等人"师夷"主张的进一步发展和深入。而陈序经"全盘西化"则把向西方学习极端化或者说绝对化。

五四新文化运动是陈独秀、胡适等人发动的,所以"新文化派"思想是当时的主流思想,但保守主义的思想同样对新文化运动有着深刻的影响,只不过方向相反罢了。五四新文化运动并不完全是按照"新文化派"的理论和设想来行进的,"新文化派"的有些设想和主张实现了,有些则没有实现或者说没有完全实现,比如废汉字改用拼音文字的设想就没有实现。白话

---

① 转引自鲁迅的《随便翻翻》"杨光先"注释,《鲁迅全集》第6卷,北京:人民文学出版社1981年版,第140页。
② 张之洞《劝学篇·会通》,原话是:"中学为内学,西学为外学,中学治身心,西学应世事。"《张之洞全集》第12卷,石家庄:河北人民出版社1998年版,第9767页。关于这个问题的来龙去脉,可参见丁伟志、陈崧:《中西体用之间》,北京:中国社会科学出版社1995年版。

文取代文言文可以说是"新文化派"最重要的成功,但五四后通行的白话文和胡适所倡导的口语性的白话文实际上有相当的差距,五四之后通行的白话文当时叫"国语",现在叫"现代汉语",在构成上,它既具有民间口语的成分,又有西方语言的成分,还有古代汉语的成分,也就是说,文言文实际上以词语和话语的方式融入了现代汉语。"新文化派"的各种理论和主张之所以不能畅通无阻地施行,与保守主义的制衡有很大关系,保守主义实际上以他们的理论和实践对"新文化派"的文化革新进行了修正、补充和完善,这种修正、补充和完善不是主观愿望上的,而是事实上的。

实际上,五四时期,激进与保守不仅相互制约,而且相互作用。关于激进与保守,余英时先生曾有一个非常精彩的论述:"相对于任何文化传统而言,在比较正常的状态下,'保守'与'激进'都是在紧张之中保持一种动态的平衡。例如在一个要求变革的时代,'激进'往往成为主导的价值,但是'保守'则对'激进'发生一种制约作用,警告人不要为了逞一时之快而毁掉长期积累下来的一切文化业绩。相反的,在一个要求安定的时代,'保守'常常是思想的主调,而'激进'则发挥着推动的作用,叫人不能因图一时之安而窒息了文化的创造生机。"① 五四时期激进与保守就是第一种状况,用现在的政治话语来讲就是,陈独秀、胡适等人的激进派是"执政党",而"学衡派"等"传统派"则是"反对党"或者"在野党","反对党"不是可有可无的,它在整个新文化运动中扮演了重要的角色,是一种重要的力量,作用主要是制约。

五四之后,中国文化发生了根本性的变化,所形成的中国现代文化深受西方文化的影响,大量吸收和借鉴了西方思想资源,从而在"类型"上迥异于中国古代文化,这就是我们所说的"现代转型"。比如中国现代知识谱系就与中国古代知识谱系在类型上有根本的差别,中国古代是"四部"之学,而中国现代则是"七科"之学。但是,这并不意味着中国传统文化在五四之后就消失了,恰恰相反,在中国现代文化中,中国传统文化仍然是非常重要的构成因素,只不过不再以谱系的方式存在。五四新文化运动可以说摧毁了中国传统文化的秩序并建立了新的文化秩序,但它并没有完全抹去传统文化,传统文化在新的文化秩序中仍然是重要的组成部分。在传统问题上,我非常赞同这样一种评价:"事实上,'五四'以及'五四'以来的半个多世

---

① 余英时:《中国近代思想上的保守与激进——香港中文大学二十五周年纪念讲座第四讲(一九八八年九月)》,《钱穆与中国文化》,上海:上海远东出版社1994年版,第216页。

纪,是从未与传统脱过钩的。'五四'的最激进者在态度上仿佛是与传统决裂的,但无论从他们本人的生活还是从他们写出的东西上看,他们都与传统保持着千丝万缕的联系。"①

"打倒孔家店"是我们后来对五四新文化运动一个非常流行的概括,但却是非常简单化的概括。它并不能概括五四新文化运动的精神,联系胡适这句话的语境,它其实有其特殊的含义。② 实际上,五四新文化运动真正的口号,肯定性的是"民主"与"科学"(即"德先生"和"赛先生"),否定性的是从尼采那里借来的一句话:"重新估定一切价值","估定"而不是"否定"非常明确地表达了五四对于传统的态度。对于"国故",胡适主张"整理"而不是"否定",这同样说明了五四对于传统的态度。五四新文化运动的确具有强烈的反传统色彩,但主要是反封建专制政体和专制思想,并不是全盘否定传统,也从来没有"全盘否定传统"的说法,有人把五四新文化运动说成是主张在传统的灰烬上重建中国文化,这是非常错误的理解。

五四时期,陈序经曾提倡"全盘西化"。什么是"全盘西化",我们没有看到陈序经具体的解释,他曾说"全盘"就是"彻底",但这仍然是词语上的意义循环,没有具体内涵。所以对于"全盘西化",我们至今仍然在理解上存在着歧义,有人认为,陈序经真正的意思是"要在中国确立现代性"③。殷海光则认为"全盘西化"就是把"自己的文化完全洗刷干净,再来全盘接受西方",所以他说:"严格地说,主张全盘西化的人,连'全'、'盘'、'西'、'化'这四个汉字也不能用,用了就不算全盘西化。"④事实上,陈序经"全盘西化"的主张是建立在胡适的一个基本判断上,胡适认为"我们必须承认我们自己百事不如人,不但物质上不如人,不但机械上不如人,并且政治社会道德都不如人"⑤,因为不如人所以要学习西方。陈序经似乎是在"百事"上做文章,既然中国"百事"不如人,那就应该"百事"都向西方学习,所以他提倡科学要西化,教育要西化,政治要西化,法律要西化,文化要西化等⑥。据此,我的理解,他所说的"全盘西化"应该是"全面西化",不只是物质上要西

---

① 孔庆东:《现代文学研究与坚持"五四"启蒙精神》,《中国现代文学研究丛刊》1997年第4期。
② 关于这一问题,严家炎先生有详细的辨析,参见严家炎:《"五四""全盘反传统"问题之考辨》,《文艺研究》2007年第3期。
③ 张世保:《陈序经"全盘西化"论解析》,《中南民族大学学报》2008年第2期。
④ 殷海光:《中国文化的展望》,上海:上海三联书店2002年版,第364、368页。
⑤ 胡适:《请大家来照照镜子》,《胡适文集》第4卷,北京:北京大学出版社1998年版,第27页。
⑥ 参考陈序经:《东西文化观》第三编,北京:中国人民大学出版社2004年版。

化,精神上也要西化,因为西方精神和物质是一体的。所以,"全盘西化"并不是我们一般人所理解的把传统放弃,改用西方的那一套,这既没有必要,也不可能。退一步讲,就算陈序经的"全盘西化"本义是主张照搬照抄西方,完全否定中国传统,这也只是一家之言,并不代表五四新文化运动的全部。陈序经的理论并不能主宰新文化运动的方向。

就文学来说,中国现代文学既与中国古代文学有根本的区别,但又有深层的联系,并没有割断与传统文学的血脉关系。中国现代文学与中国古代文学是"转型"的关系而不是"断裂"的关系。这首先表现在,五四以后所形成的中国文学格局不只是有新文学,还有旧文学,比如旧体诗词、章回体小说、武侠小说等。其实,五四新文学运动之后,旧文学的力量和势力还非常强大。当今的中国现代文学史以"新文学"为本位,排斥旧文学和旧文学色彩比较重的通俗文学,似乎五四时期和五四之后就是新文学一统天下,似乎旧文学一夜之间就从中国文学舞台上消失了。其实不是这样。五四时期,新文学运动作为新文化运动的急先锋,作为新兴文学,曾非常风光,给中国文坛造成了巨大的振动,并改变了中国文学的格局和发展方向,但当时中国文学的主流并不是新文学,而是旧文学,旧文学在出版和发行上都处于绝对的优势地位。事实上,五四新文学运动之后很长一段时间新文学都非常寂寞,作家有限,作品有限,读者也有限。赵家璧之所以要编后来影响巨大的《中国新文学大系》,一个很重要的原因就是"30年代初五四文学已经衰落并且被迅速忘却","竟有些像起古董来"。① 这可能有些夸张,但新文学在五四时期以及之后很长时间的确不像我们现在文学史中书写的那样热闹和一统天下,这却是事实。在《中国新文学大系·小说一集》的"导言"中,茅盾描写新文学初期的情况:"那时候(民国十年春),《小说月报》每月收到的创作小说投稿——想在'新文学'的小说部门'尝试'的青年们的作品,至多不过十来篇,而且大多数很幼稚,不能发表。""那时候,除《小说月报》以外,各杂志及各日报副刊上发表的创作小说,似乎也不很多。"② 茅盾这里所说的"创作小说"其实就是现代小说。1921年,中国的小说并不少,只是属于新文学的现代小说不多。

---

① 刘禾:《跨语际实践——文学、民族文化与被译介的现代性(中国,1900—1937)》,北京:生活·读书·新知三联书店2002年版,第310、313页。
② 茅盾:《中国新文学大系·小说一集·导言》,《中国新文学大系·小说一集》,上海:上海文艺出版社2003年影印版,第1页。

1943年，郭沫若还这样描述新文学的历程："经过一九一九年的'五四'运动，随着反帝、反封建的政治旗帜的明朗化，新文艺运动乃至整个的文化运动，获得了划时期的胜利，便由叛逆的地位升到了支配的地位。"①20年代初期，新文学运动就可以说取得了胜利，但新文学何时取得支配的地位，这是一个有争论的问题。一个基本的事实是："五四"时期新文学是"反抗者"，是"被压迫者"，而传统文学则是"被反抗者"或"压迫者"，新文学取得支配地位之后，二者的位置颠倒过来，但不管谁是"反抗者"或"被压迫者"、谁是"被反抗者"或"压迫者"，都说明，新文学和传统文学在中国现代文学史上是共存的，并且同等重要，范伯群先生称之为"两个翅膀"②。传统文学特别是纯粹的旧文学虽然在40年代之后越来越式微，但总体上仍然是一种广泛的文学现象，有自己的审美特征以及文学史的贡献，至今也没有从文坛上消失并且仍然有影响。

更重要的是，即使在新文学内部，传统的因素也是非常强大的。今天我们批评五四新文学太激进因而导致和传统文学的"断裂"，其实，五四之后很长一段时间文学界对新文学的批评和现在的方向恰恰是相反的，多是批评五四新文学在传统问题上的不彻底性和妥协性。比如茅盾就多次批评五四新文学，认为它是失败的："'五四'运动并未完成它的历史的任务：反封建和反帝国主义的斗争。'五四'以'反封建'为号召，但旋即即与封建势力为各种方式的妥协，对封建势力为各种方式的屈服！"③"'五四'做'启蒙先生'的时候，得意文章之一是'反对封建思想'。不幸他只做了一个头，就没有魄力做下去。"④又说："'五四'的文学运动在最初一页是'解放运动'；就是要求从传统的文艺观念解放出来，从传统的文艺形式（文言文、章回体等等）解放出来。"但实际却是："'解放运动'堕落为白话文运动，而新旧文学之争也被一般人认为文言白话之争；到了问题只在'文''白'的时候，所谓'新文学运动'者只是阉割了的废物。"⑤郭沫若在1923年这样评价五四新

---

① 郭沫若：《新文艺的使命——纪念文协五周年》，《郭沫若全集》"文学编"第19卷，北京：人民文学出版社1992年版，第375页。
② 见范伯群：《我心目中的中国现代文学史框架》，《深圳大学学报》2004年第1期；《"两个翅膀论"不过是重提文学史上的一个常识——答袁良骏先生的公开信》，《文艺争鸣》2003年第3期。
③ 茅盾：《"五四"与民族革命文学》，《茅盾全集》第19卷，北京：人民文学出版社1991年版，第311页。
④ 茅盾：《从"五四"说起》，《茅盾全集》第20卷，北京：人民文学出版社1990年版，第52页。
⑤ 茅盾：《我们有什么遗产》，《茅盾全集》第20卷，北京：人民文学出版社1990年版，第54、55页。

文学运动:"四五年前的白话文革命,在破了的絮袄上虽打了几个补绽,在污了的粉壁上虽涂了一层白垩,但是里面内容依然还是败棉,依然还是粪土。"①这些批评不一定正确,新文学是否在"反封建"、"反传统"的层面上失败了?是否只是白话文运动?是否是"新瓶装旧酒"?这值得深入地讨论。但这种从新文学内部发出来的批评新文学保守的观念,则从另外一个方面说明了新文学的传统性或者说它与传统文学之间的密切联系,新文学对传统文学的反抗和叛逆其实是有限度的。

新文学的开创者们都是从旧文化的母体中脱胎出来,他们从小就熟读古书,他们的语言、思维、对事物的感知方式、情感等都与从小的阅读有很大的关系,中国传统文化和文学的精髓就像血液一样流淌在他们的体内,他们的文学创作不可能与传统文学没有关系,中国古代经籍和文学对他们的影响是巨大的,并且表现在他们的创作中,只不过这种影响是深层的,他们本人可能并没有意识到。②

事实上,五四之后的新文学并没有完全脱离传统,它具有很强的传统性。冯至认为,五四新文学既有对传统的继承,又有对外来文学的借鉴,二者的历史逻辑是先有对西方文学的学习然后才有对传统继承的自觉。他说:"有两种看法:一种是认为新文学是继承和发展了中国进步文学的传统,一种说是受到西方文学的影响。这两种看法各有它的理由,但不能只强调一方面而忽视另一方面,把两者结合起来,才符合实际。……先有了西方文学的影响,新文学才更好地继承和发展了中国文学的优良传统,而不是相反。"③周质平先生认为胡适的文学观念一方面深受西方文学观念的影响,另一方面也具有本土性,"他承继了相当的祖宗遗产,他们的综合之力是大于创始之功的"④。胡适说:"做新诗的方法根本上就是做一切诗的方法。"⑤"一切诗",既包括西方诗歌,也包括中国传统诗歌。新诗作为自由体

---

① 郭沫若:《我们的文学新运动》,《郭沫若全集》"文学编"第16卷,北京:人民文学出版社1989年版,第4页。
② 关于这一问题,笔者在《读古书与现代知识分子》一文中有详细的论述,见《学术界》2009年第3期。
③ 冯至:《新文学初期的继承与借鉴》,《冯至全集》第8卷,石家庄:河北教育出版社1999年版,第218页。
④ 周质平:《胡适文学理论探源》,《胡适与现代中国思潮》,南京:南京大学出版社2002年版,第167页。
⑤ 胡适:《谈新诗——八年来一件大事》,《胡适文集》第2卷,北京:北京大学出版社1998年版,第145页。

诗,它的发生深受西方自由诗的影响,但与西方自由诗又有根本的区别。它与中国古典诗歌在形式上迥异,但在深层上包括思想、意境、意象、技法等方面都大量从古典诗歌中吸收营养①,特别是成熟之后的新诗越来越回归中国传统,换句话说,新诗由于回归传统而越来越成熟。

诗歌是这样,小说也是这样。实际上,中国现代"小说"概念既不是西方的"小说"概念,也不是中国古代的"小说"的概念,而是综合了中西方两种"小说"概念的新的概念。文学事实是,中国现代小说一方面深受西方各种小说的影响,但另一方面又充分吸收和借鉴了中国古典小说的形式,在结构、表现手法和写作技巧等多方面多有继承,因而中国现代小说仍然有很浓的传统因素。散文、戏剧也是这样。所以,中国新文学是一种调和或中和的文学,既学习西方,又不失中国传统。

对于陈独秀、胡适、鲁迅、李大钊、周作人等新文学运动的发起者和开创者,我们过去一直把他们定性为"激进派",认为他们的观点过于偏激。我认为这极其表面。的确,现在看来,胡适、鲁迅以及钱玄同、傅斯年、陈独秀等人有很激进的主张,比如鲁迅主张青年人少看或者干脆不看中国书,认为中国古书页页害人,中国国粹等于放屁,胡适主张"全盘西化"。但实际上,胡适、鲁迅等人的这些观点具有策略性,在激烈的表述后面具有一种中庸的心态和目标。胡适理论上提倡"全盘西化",但真正希望的是折中的、调和的事实。"取法乎上,仅得其中,取法乎中,风斯下矣","全盘接受了,旧文化的'惰性'自然会使他成为一个折衷调和的中国本位新文化"。② 对于中国传统文学,他表面上激烈地否定,但本意并不是完全否定,而是在否定中求得平衡,在激进中求得中庸。

鲁迅也是这样,他曾经说:"中国人的性情是总喜欢调和,折中的。譬如你说,这屋子太暗,须在这里开一个窗,大家一定不允许的。但如果你主张拆掉屋顶,他们就会来调和,愿意开窗了。没有更激烈的主张,他们总连平和的改革也不肯行。"③主张折中、调和,理论上当然正确,但是在当时的语境中,在强大的传统惰性力量中,他会成为保守观念的一种委婉的表达。

---

① 关于新诗与中国古典诗歌之间的关系,可参见李怡:《中国现代新诗与古典诗歌传统》,重庆:西南师范大学出版社 1999 年版。
② 胡适:《编辑后记》,《从"西化"到现代化》,罗荣渠主编,北京:北京大学出版社 1990 年版,第 416 页。
③ 鲁迅:《无声的中国——二月十六日在香港青年会讲》,《鲁迅全集》第 4 卷,北京:人民文学出版社 1981 年版,第 13—14 页。

所以我们可以这样说,"保守派"在理论上主张调和而实际上是保守,"激进派"在理论上主张激进而实际上是中庸。在这一意义上,我们不能根据胡适、鲁迅等人的一些理论主张就认定他们否定传统文学并反对继承传统文学。

二

如何评价五四新文化运动和新文学运动?过去的充分肯定本来是没有多少争议的,但目前似乎又成为了一个问题,否定性的意见越来越多。我认为,五四新文化运动对建构中国现代社会的贡献是巨大的,它所确立的"科学"、"民主"等一系列价值观,使中国社会和文化发生了转型,中国社会的结构和知识谱系、中国人的思维方式和观念都发生了根本性的改变,从此脱离了"古代"类型,真正进入了"现代",进而融入到世界体系之中,并且不可逆转。张申府这样评价五四:"中国在思想见解学术文化上,五四以前是封锁的,五四以后是开放的;五四以前是单纯的,五四以后是复杂的;五四以前是停滞的,五四以后是急进的。"①中国近代以来向西方学习从器物的层面上升到社会的层面再上升到文化的层面,这是一个逐步深入的过程,相应地,中国社会的变革也是从科学技术上升到政治体制再上升到思想文化,可以说,五四新文化运动是戊戌变法运动的合理延伸。在当时的历史语境下,"革新"是最佳时机,五四新文化运动是最合理的选择、最好的选择,也是最有效的选择。

在文学上,我认为,向西方学习,反传统,积极寻求变革与创新,这无可非议。中国文学在《红楼梦》以后到新文学运动前夕一百多年一直处于低谷,没有伟大的作家也没有伟大的作品。中国文学已经长期停止不前,不论是内容上还是形式上都需要革新和创造,五四新文学运动则可以说是积蓄已久的文学变革的一个总爆发。作为变革,它是长期积累的结果,有其历史根据和逻辑根据,并不是某些人的心血来潮和随心所欲。鲁迅认为文学革命的发生有两个原因:"一方面是由于社会的要求的,一方面则是受了西洋文学的影响。"②茅盾也说:"'五四'不是从天而降的。不是北大的几位教

---

① 张申府:《五四当年与今日》,《张申府文集》第1卷,石家庄:河北人民出版社2005年版,第428页。
② 鲁迅:《〈草鞋脚〉小引》,《鲁迅全集》第6卷,北京:人民文学出版社1981年版,第20页。

授胡适之随陈独秀他们一觉困醒来时忽然想起要搞个'五四'玩玩。这是有它的必然要发生的社会的基础。"①也就是说,五四新文学运动其实是顺应历史,它和晚清的"诗界革命"、"小说界革命"等文学革新运动是一脉相承的。

整个新文学是这样,新文学中的具体文体和问题也是这样。比如新诗,臧克家说:"中国旧诗到了'五四'以前的那个时期,已经丧失了它的生命力,从中再也找不到古典优秀诗歌里所具有的那种时代精神和人民性,虽然也还有几个人顶着诗人的头衔,其实他们只是在苦心摹拟古人,只'专讲声调格律',那种腐朽的内容,和时代的要求相去是多么远呵。"②就是说,诗歌革命是历史的必然要求,也是诗歌发展的一种趋势。

事实上,新文化和新文学运动中的很多具体问题都是有历史来源的。比如,五四时期,钱玄同提出废除汉文:"欲废孔学,不可不先废汉文;欲驱除一般人之幼稚的野蛮的顽固的思想,尤不可不先废汉文。"③傅斯年主张"汉字改用拼音文字"④。鲁迅当时在私下里也曾表示:"汉文终当废去,盖人存则文必废,文存则人当亡。"⑤这在今天看来也是非常极端的。但实际上,早在晚清就有废汉文的主张,最早对汉文表示怀疑的是谭嗣同,在《仁学》中他提倡"尽改象形字为谐音字"⑥,这可以说是"废汉字改拼音文字"主张的先声。1904年,蔡元培设想造一种"新字","又可拼音,又可会意,一学就会"⑦。而在1907年,吴稚晖、褚民谊、李石曾、张静江等人则比较系统地提出了"废汉字"的理论,他们在《新世纪》杂志上对这个问题进行了广泛的讨论,还提出了具体的方案。实际上,新文化运动前夕,文化界曾对中国

---

① 茅盾:《"五四"运动的检讨——马克思主义文艺理论研究会报告》,《茅盾全集》第19卷,北京:人民文学出版社1991年版,第231—232页。
② 臧克家:《"五四"以来新诗发展的一个轮廓——〈中国新诗选1919—1949〉代序》,《臧克家全集》第10卷,长春:时代文艺出版社2002年版,第219页。
③ 钱玄同:《中国今后之文字问题》,《钱玄同文集》第1卷,北京:中国人民大学出版社1999年版,第162页。
④ 傅斯年:《汉语改用拼音文字的初步谈》,《傅斯年全集》第1卷,长沙:湖南教育出版社2003年版,第160页。
⑤ 鲁迅:《致许寿裳》(1919年1月16日),《鲁迅全集》第11卷,北京:人民文学出版社1981年版,第357页。
⑥ 转引自杨思信:《文化民族主义与近代中国》,北京:人民出版社2003年版,第229页。
⑦ 蔡元培:《新年梦》,《蔡元培全集》第1卷,杭州:浙江教育出版社1997年版,第435页。

是否应该废汉字改用"万国新语"(即世界语)进行过广泛的讨论①。

再比如白话文问题,五四新文化运动和新文学运动最明显的成果就是白话文取代文言文并最终成为中国现代通用语言。但实际上,提倡白话文并不是五四的新主张,早在戊戌维新时期,裘廷梁就提出"崇白话而废文言"的主张②。事实上,在五四白话文运动之前,晚清有一个同样广泛的白话文运动③,当时的陈独秀和胡适都曾积极参与。白话文在五四之后通行并构成了国语的基础或前身,当然与胡适的倡导有关,但它与其说是胡适的"发明创造",还不如说是胡适在代历史说话,正如郁达夫所说:"要知道白话文的所以能通行,所以不必假执政和督办的势力来强制人家做或买而自然能够'风行草偃'的原因,却因为气运已到,大家恨八股文,恨'之乎者也',已经恨极了,才办得到。哪里是胡氏的一句话,就能做出这样的结果来呢?"④如果白话文不能通行或者没有必要通行,多少个胡适提倡也是没有用的。

五四新文学运动的成就是巨大的,它为中国文学新的发展开辟了广阔的道路。现代文学与古典文学最大的不同就在于,它不再是封闭和自我循环的,而确立了向西方开放的机制,建立了与西方文学进行有效交流和对话的平台。西方文学不仅仅只是中国文学的资源,更是中国文学创造和革新的参照。郁达夫总结五四新文学的意义有三条,"最重要的一点,是因五四的一役,而打破了中国文学上传统的锁国主义;自此以后,中国文学便接上了世界文学的洪流,而成为世界文学的一枝一叶了。"⑤王瑶先生把"五四"文学革命的精神概括为五个方面:"(一)提倡白话文,反对文言文;(二)提倡正视现实,反对瞒与骗;(三)提倡创新,反对模拟;(四)提倡批判精神,反

---

① 详细观点可参见罗志田:《国家与学术:清季民初关于"国学"的思想争论》第四章,北京:生活·读书·新知三联书店2003年版。
② 裘廷梁:《论白话为维新之本》,《中国近代文论选》上册,郭绍虞、罗根泽主编,北京:人民文学出版社1959年版,第178页。
③ 参见陈万雄:《五四新文化的源流》,第6章第1节,北京:生活·读书·新知三联书店1997年版。
④ 郁达夫:《咒〈甲寅〉十四号的评新文学运动》,《郁达夫全集》第10卷,杭州:浙江大学出版社2007年版,第124页。
⑤ 郁达夫:《五四文学运动之历史的意义》,《郁达夫全集》第11卷,杭州:浙江大学出版社2007年版,第83页。

对折中调和;(五)提倡学习外国进步文学,反对国粹主义。"①新文学的精神当然不只是这些,但就是这些已经大大创新了中国文学,使中国文学在内容和形式上都取得了巨大的进步。比如在文学对人的描写和表现上,新文学呈现出一种全新的面貌,胡风评价"人的文学"的文学史进步:"这并不是说,五四以前的一部中国文学史没有写人,没有写人的心理和性格,但那在基本上只不过是被动的人,在被铸成了命运下面为个人的遭遇或悲或喜或哭或笑的人。到了五四,所谓新文学,在这个古老的土地上突然奔现了。那里面也当然是为个人的遭遇或悲或喜或哭或笑的人,但他们的或悲或喜或哭或笑却同时宣告了那个被铸成了命运的从内部产生的破裂。"②

今天我们站在新文学的基础上,享受和沐浴着新文学的阳光时,对白话文运动,对"人的文学",对文学革命,对戏剧等新文体的产生,觉得都不算什么,但是在当时的条件下,这是非常了不起的革新。正如臧克家评价新诗的贡献所说:"新诗之所以'新',首先在于它表现了'五四'时代新民主主义的革命精神,也就是彻底反帝反封建的精神。但是语言形式革命的重要性也不能低估。用了人民的口语或比较接近口语的语言写诗,在形式方面,打破了固定的格律,另作一种截然不同的创造,在当时来说,是了不起。"③正是这种种革新创造使中国文学走出了低谷,并走向了全新的繁荣,产生了鲁迅、郭沫若、茅盾、巴金、老舍、曹禺这样一大批文学大师。朱光潜说:"五四运动促成精神的解放,可以说是一种具体而微的文艺复兴。"④中国现代文学是中国几千年文学史上少有的辉煌时期,就创造性来说,历史上只有春秋战国时期差可比拟。

这样说,并不是说五四新文化运动和新文学运动就是完美无缺的。五四也有失误,也存在着偏颇,并且这些失误和偏颇给中国现代文化和文学造成了某些遗憾。比如,对西方文化认识的一知半解,误解误读很多。对西方各种学说和理论缺乏深入的研究,借鉴和学习缺乏审慎的选择和甄别,有时

---

① 王瑶:《"五四"文学革命的启示》,《王瑶全集》第5卷,石家庄:河北教育出版社2000年版,第171页。
② 胡风:《文学上的五四——为五四写》,《胡风全集》第2卷,武汉:湖北人民出版社1999年版,第622页。
③ 臧克家:《"五四",新诗伟大的起点》,《臧克家全集》第9卷,长春:时代文艺出版社2002年版,第446页。
④ 朱光潜:《五四运动的意义和历史影响》,《朱光潜全集》第9卷,合肥:安徽教育出版社1993年版,第114页。

盲目和急躁。对某些主张过于自信,陈独秀说:"伦理的觉悟,为吾人最后觉悟之最后觉悟。"①"改良中国文学,当以白话为文学之正宗之说,其是非甚明,必不容反对者有讨论之余地,必以吾辈所主张者为绝对这是,而不容他人之匡正也。"②今天看来,这些话在词句上过于绝对,也不是很科学的态度。再比如,五四新文化运动和新文学运动在价值选择和取舍上过于偏执,把某些价值强调到极端,而又忽视一些有用的价值,过分强调社会功利目的,比如强调理性忽视和否定非理性,强调科学忽视和否定宗教,强调现代性、启蒙主义忽视传统,强调物质价值忽视精神价值等。在文学上,强调文学的社会价值而忽视文学的娱乐休闲价值,重纯文学而忽视通俗文学,重现代文学而忽视传统文学等。③ 现代文学因为过分关注于国家民族的命运,过分关注于社会重大问题,强调启蒙主义和现代主义,有时不免显得太沉重、太严肃乃至陷于林语堂所批评的"方巾气"、"道学气"或者"冷猪肉气":"动辄任何小事,必以'救国''亡国'挂在头上,于是用国货牙刷也是救国,卖香水也是救国,弄得人家一举一动打一个嚏也不得安闲。有人留学,学习化学工程,明明是学制香烟、水牛皮,却非说是实业救国不可。"④

又比如,关于中与西对立问题。理论上,"中"与"西"并不是二元对立概念,不过是表示不同的地理位置而已,但在近代中国特殊的语境之中,学习西方就意味着传统的某些东西要放弃,所以它们构成了尖锐的对立,可以说,"中"与"西"的对立在鸦片战争之后突显出来,而五四新文化运动因为激烈的变革不仅没有理性地缓解二者之间的矛盾,而且加剧了二者之间的冲突。陈独秀说:"吾人倘以新输入之欧化为是,则不得不以旧有之孔教为非。倘以旧有之孔教为是,则不得不以新输入之欧化为非。新旧之间,绝无调和两存之余地。"⑤这是当时比较普遍的观念,这种对立深刻地影响了中西两种文化和文学在五四时期的交融与整合。我们看到,五四时期,白话与文言、现代与传统、科学与玄学、专制与民主、体与用、问题与主义、新与旧等

---

① 陈独秀:《吾人之最后觉悟》,《陈独秀著作选》第1卷,上海:上海人民出版社1993年版,第179页。
② 陈独秀:《再答胡适之(文学革命)》,《陈独秀著作选》第1卷,上海:上海人民出版社1993年版,第302页。
③ 参见拙文《论"启蒙"作为"主义"与现代文学的缺失》,《人文杂志》2008年第5期。
④ 林语堂:《方巾气研究》,《林语堂名著全集》第14卷,长春:东北师范大学出版社1994年版,第168页。
⑤ 陈独秀:《答佩剑青年(孔教)》,《陈独秀著作选》第1卷,上海:上海人民出版社1993年版,第281页。

构成了尖锐的二元对立,在态势上你死我活、势不两立,互相以否定和打倒对方为前提,从而制造了很多人为的对立和分裂。

在这一意义上,五四新文化运动和新文学运动值得反思也应该反思。但反思不能脱离历史语境,不能是非历史的,不能用今天的标准和眼光,不能站在现实立场和理论水平上来苛求五四进而否定它。

科学可以说是现代社会的核心价值,它作为一种精神价值的确立与五四新文化运动有着根本的关系,新文学运动某种意义上可以说是"科学"与"民主"的运动。陈独秀说:"凡此无常识之思,惟无理由之信仰,欲根治之,厥维科学。"①科学在五四时期可以说被强调到至高的地位,张君劢概括为:"盖二三十年来,吾国学界之中心思想,则曰科学万能。"②梁启超称之为"科学万能梦想"。在很多人的印象中,科学能够解决所有的问题。抽象地来说,把科学强调到极致、绝对化,这的确有它的问题,在这一意义上,我们可以对五四科学至上主义进行反思。但是,在当时传统思想方式占主导地位的语境下,在最缺乏科学的历史条件下,提倡科学和科学精神,这无可非议。20世纪初,西方都还沉浸在对科学和民主的满怀信心之中,让中国人对西方的核心价值观进行反思,这样的要求太高了,也是非历史的、极端理想化的。今天,以后现代主义为理论背景,站在西方一百多年社会发展的现实基础上,也即启蒙主义和现代性的问题都充分暴露出来之后再来看科学,我们看到,科学的确具有双面性,它给人类带来巨大进步的同时,也对现代社会造成了很大的负面影响,比如技术的发展使人类和地球自我毁灭的危险性大大增加,物质的繁荣导致精神上的更加空虚和异化,追求知识和真理而忽视幸福、正义和美,压抑"叙事"等。但五四时期,我们根本就不可能有这种理论水平,西方都不可能预见,我们怎么就应该有这种先见之明呢?而且,今天对科学的合理反思并不意味着对科学的根本否定,它只是否定了科学的唯一性、万能性、至上主义等,某种意义上后现代主义对科学的反思可以看作是对科学的修补和完善。科学仍然是我们这个社会的主体价值,也是最有用的价值,科学给这个社会带来了危害,但如果不要科学,这个社会将会陷入更大的灾难。

实际上,反思科学要求我们具有高度的科学水平,五四时期中国对科学

---

① 陈独秀:《敬告青年》,《陈独秀著作选》第1卷,上海:上海人民出版社1993年版,第135页。
② 张君劢:《再论人生观与科学答丁在君》,《科学与人生观》,济南:山东人民出版社1997年版,第61页。

认识和了解还非常浅显,首要的任务是确定科学的观念,发展科学,达到西方的科学水平,然后才有可能进一步反思科学。否则,反思就只能是肤浅的、失败的,也是没有意义的。事实上,五四初期,新文化运动正在蓬勃开展之时,梁启超就对"科学"有所反思,后来的梁漱溟、张君劢也对科学有所批评,但他们的情绪是悲观主义的,方向是复古主义的"向后转",其工具是"东方文化"和"玄学",因而其论证自然是苍白的,不得要领,虽然有一定的影响,博得了一定同情,但总体上是失败的。周策纵评价"科学与玄学"之争:"争论的双方在许多方面看来是很肤浅和混乱的,它们更像大众的辩论而不是学术的探讨。"①也就是说,当时的中国,不论是对科学的认识还是对传统的认识,都达不到反思的水平。

中国现代社会以及当代社会出现了很多失误,有很多问题,但我们不能把这些失误和问题都归罪于五四,比如把后来的极"左"路线和"文革"归罪于五四。"文革"不是"西化",而是极端化,即把西方的某些学说和理论极端化,极端化便造成五四所形成的那种传统与现代、中与西所构成的"张力"没有了,因而文化失范,其结果是传统受到伤害,现代也受到伤害。"文革"不是源于五四,恰恰是背离了五四。今天很多人都主张恢复传统,这有一定的合理性,但恢复传统并不是对五四的否定,恰恰是五四精神的继承和发扬,即恢复中国现代文化的张力。

林毓生说:"我们今天纪念'五四',要发扬五四精神,完成五四目标;但我们要超越五四思想之藩篱,重新切实检讨自由、民主与科学的真义,以及它们彼此之间的和它们与中国传统之间的关系。"②我非常赞同这个观念。五四的反传统,以及提倡科学、民主、自由、人权等这在精神上是没有任何问题的,今天我们根据现实的情况对这些问题进行反思和重新调整,恰恰是继承和发扬五四精神。中国有几千年的文明,这说明了中国古代文化的合理性;但中国在近代以后落后挨打、受尽了欺压也是事实,这又说明了传统的确有它的局限和弊端,需要改革,因而又说明了五四反传统以及向西方学习的合理性。五四完成了其历史使命,这是一个层面;从现实的角度来反思五四,这是另外一个层面。我们应该把历史的五四与现实的五四区别开来,五四留给我们丰富的历史遗产,这是不容否定的,但五四时期所建立的一些具体理论和观念在今天是否还有用,我们应该根据今天的现实来反思;在现实

---

① 周策纵:《五四运动:现代中国的思想革命》,南京:江苏人民出版社1996年版,第460页。
② 林毓生:《中国传统的创造性转化》,北京:生活·读书·新知三联书店1988年版,第149页。

的层面上,我们继承的应该是五四的精神,而不能把五四时期的一些具体观点当作绝对真理。社会在发展,我们的思想文化也应该发展,我们应该在已有的基础上,大胆革新、创造,推动社会的发展。我们应该走出历史并建立新的历史。

具体于文学也是这样,新文学运动进行"文学革命",改革语言,提倡"人的文学"、"平民文学",向西方文学学习,改良文体,创造现代小说、现代诗歌、现代散文、现代戏剧四大文体,在内容和形式两方面展示出全新的面貌,具有巨大的开创性。新文学在五四时期乃至三四十年代都有它不成熟的地方,50年代之后又走过了一段曲折的路程。新文学当然也有它失误的地方,比如对通俗文学、旧文学的压制和忽略等,在这一意义上,我们今天应该总结五四新文学的经验,对新文学运动进行重新研究和反思,但这种重新研究和反思构不成对五四新文学的否定。中国当代文学需要重估传统,需要重估学习西方文学的问题,需要重估文学的娱乐消遣价值,需要重估传播、接受和市场问题,需要重估作家身份和写作方式的问题,需要重估通俗文学大众文学的走向问题,等等,但这些都构不成对五四文学的否定。当代文学在精神上不仅不应该违背五四,恰恰相反,它们之间应该是一脉相承的。

(作者单位:浙江师范大学)

新文化运动与普世意识①

王乾坤

那是一场令人缅怀的运动。它为古老民族带来的破晓曙光,将为后世无尽感念。整整一代士子②那种已成绝版了的道义与真性,或许会构成"知识分子"永远的羞惭。按说我应为逝者歌,至少为尊者讳,但是,近些年笔者越是缅怀其长,就越是遗憾其短。这与求全的"辩证法"之类毫无关系,而大概是一种情结使然。

没有缺点的人是假人而不值得交,太完满的历史是伪史而不值得信。但这只是说,真实可以构成学术、道德或审美的价值,而绝不意味应该将残缺扣留在生活中。当我们发现有一种残缺直接就是新文化运动乏力和夭折的内在原因,尤其是它还在深刻影响今天的时候,还是不讳的好。缘此,我将我思献给五四九十周年。好在"为尊者讳"从来就不是先驱们之所为,他们中的一些人直接对这一教条进行过打击。在这个意义上,笔者没有违背所尊者。

"普世意识"这个字眼容易让人联想到"基督教"、"世界主义"、"普遍主义"甚至"全球化"等等,所以我应当交代,本文姑且使用的所谓普世意

---

① 本文省略了对文学的分析,是因为必须另有专论。可报告会上袁国兴先生偏偏就"普世意识与现当代文学"问题向笔者发问,感谢他给了一个补论的机会。我即席的回答是:新文化运动之困同时属于现当代文学,后者普世意识的匮乏,不只表现在"世界文学"观难以建立,更在于没有足够的思想力量来突破形形色色的工具化模式,同时难有相宜的高度面对"纯文学"。这个时代的主流作品重在激励各种与"主义"相关的功能性情感,却难在美学上引起个体生存论上的静默体验和悲剧感受,而在理论上,文学本体论识度的对话几乎无法进行。好在文学对工具化禀有天生的反叛性,同时有一些作品也能直扑生命,表现出应有的文学性灵光,而对工具化之失有所补救。"文革"之后十年的文学迹象曾给人以一种春天来临的信心,但所期待的景观并没有出现。1986年刘小枫先生在谈到中国新文学景观的时候有个命题:"'五四'文学作为汉语文学的新开端,不幸被中断了。"他预言文学的新景观"也许会聚集在即将到来的世纪末和世纪初发生"。新开端的文学为什么会中断?新景观为什么终于没有出现?检讨的思路当然有多个,国人的普世意识当属其一。
② 其中包括新文化运动的反对者。

识,不是任何实体性的文化类型或思潮,它所指谓的,不过是一种经验理性之后的超验价值识度。① "世"在汉语中兼具时间和空间义,而"普世"在汉语中尤其是宗教文化中可以理解为"超世"、"超三界"、"超时空"等。因此可以将普世意识理解为一种超验性精神指向。

生造这个词没有别的理论动机,只是想借此指出一个事实:新文化运动的精神结构中缺少了普世意识这个维面;就像"短板"之于水桶一样,它决定了新文化运动的标高和结局。也正因为此,这个运动虽然可能是先秦之后中国历史上最具革命性的一个思想高潮,但其创获与春秋战国的"百家争鸣"以及欧洲的启蒙运动相较,并不在一个等高线上。这恐怕也是五四可以让一代代中国知识者亢奋,却难以进入世界话题的原因之一。

我知道这个态度难以得到同情与理解。尤其是,在新文化运动正蒙受不公的当下,有似"落井下石"。不过这不是我所顾虑的。新文化毕竟不是宗法文化,它应该有力量自我肯定和敞开自己,不需要讳言,更不需要宗派式的帮腔或党同伐异的起哄。冷静的理性评判是一切学术的应有品质,当然也应该是新文化精神的应有之义和光大。我所犯难的倒是交流的困难。我得承认研究并不充分,也惭愧没有分寸得当、深浅裕如的表达能力。如果没有本次会议,笔者恐怕永远不会落笔于这样的题目。既然受邀与会又不能不提交论文,就不妨借此机会指出问题,以就教于一切有兴趣于五四和新文化运动讨论的人们。

为方便起见,我从"五四新文化运动"这样一个术语的辨析开始。

一

五四是什么？在年代学上,"五四"是公元1919年5月4日。作为一个运动过程,则是从1915年至1919年由"二十一条"和"巴黎和会"引发的历史事件链。它的起因、内容、性质都不复杂,一开始就是一场群众性的救亡运动,或者是"一个很纯粹的爱国运动"(胡适)。五四的目的,用当时的口号一言以蔽之,便是"外争国权,内除国贼"。运动的结果是:国贼被打倒,条约被拒签,国权保住了。两个目的均已实现。五四两字就是这个运动的指代。正是在这个意义上可以说:五四胜利了。

---

① 这就是说,它强调的只是精神的一个维面,所以普世意识也不是西方"后学"所要消解的本质主义对象。

新文化运动又是什么？它不是一个通常意义上的"事件"，不如五四边界明确。大致说来，它是滥觞于清末民初①、高涨于《新青年》②、退潮于20年代的"中国的文艺复兴"、"中国的启蒙运动"。学者们的这些类比恰当与否可以存疑③，但恐怕谁也不能否认它是一种精神性运动。"新文化运动"这个词本身就能表明，它有别于五四直接的政治行动。除了白话文这种具体的工作，没有人能断言，新文化运动胜利了或成功了。

二者在时间、空间、参与者诸方面都有所交叉或重合，这使"救亡"具有一定的"新文化"色彩④，而不同于此前的相类事件。反过来说，可以把新文化运动的目的理解为"再造文明"⑤从而保卫共和⑥，因此视为广义的救亡。但是，新文化运动毕竟不同于"爱国救亡"而有其自身的思想文化内容，这只要读一读《新青年》、《新潮》等杂志有关办刊声明甚至从这些杂志的名称就可见一斑。⑦近一个世纪以来，五四爱国运动几乎得到所有党派和各色人物的认可，而新文化运动却没有这样的待遇。

然而不知何时，二者被合成了一个颇为费解的词组："五四新文化运动"。

它在语法上是一个什么结构？同位，并列，还是偏正？

显然不是同位关系。再强调相同性的人也不会将五四与新文化运动说成一回事，用以相互指称。如果上面的界说不谬，它应该是一个并列结构，即五四运动和新文化运动的缩语。二者虽然性质相异，但在时空上相互重合与交叉，并且在内容上相互纠结，合成一个历史名词不是不可以的。然而在教科书和流行语中，它却是一个偏正短语，若"戊戌变法"、"辛亥革命"

---

① 如果不把康有为算在内，可以严复的《天演论》和梁启超的《新民说》为起点。
② 因此《新青年》成了新文化运动的标志。
③ 刘小枫先生二十多年前甚至这样判定，"中国不仅从来没有过文艺复兴，也从来没有过启蒙运动。"（《这一代人的怕和爱》，北京：生活·读书·新知三联书店1997年版，第136页。）
④ 可参见北大学生许德珩、罗家伦分别起草的两个《宣言》以及游行者递交给美国公使馆的《陈词》。
⑤ 胡适：《新思潮的意义》，《胡适文选》，《胡适作品集2》，台北：台湾远流出版公司1986年版，第41页。
⑥ 陈独秀在《旧思想与国体问题》一文中正是这样理解二者关系的。"我们要诚心巩固共和国体，非将这班反对共和的伦理文学等等旧思想，完全洗刷得干干净净不可。否则不但共和政治不能进行，就是这块共和招牌，也是挂不住的。"《独秀文存》，合肥：安徽人民出版社1986年版，第104页。
⑦ 《新青年》与《新民》之"新"一样，都可以视作为动词。而《新潮》的英文译名干脆就称为 The Renaissance（文艺复兴）。

然。稍有不同的是,五四在其中不只是时间限定,更是语义限定或修饰:将五四冠于前,不单是突显其地位,更在于以此标识后者。

那么问题就出来了:五四可以标识新文化运动么?一场旷日持久的爱国运动作为一个历史过程,时间跨度很大,以其最具事件性的五月四日为标识而命名,称之为"五四爱国运动",没有一点问题,但用同仇敌忾的民族主义事件来修饰以输入外国学理和批判民族传统为其特色的精神界革命,缺少学术说服力。

问题还在于,自此,文化运动加快向"政治根本解决问题"①转变,"救亡"很快压倒了"启蒙"。用这个拐点性事件来借代前此的新文化启蒙运动,逻辑上难圆其说。

从纯理论上,道理并非不可以讲通:启蒙固然首先是"人"的发现,而不是对"国"的发现,或者说是对"人权"而不是对"国权"的觉悟,但"国权"可以在自由的价值系统中获得国家主权意义,从而得到现代性辩护。

可是,这场运动并没有给人提供多少这样的辩护空间。关于五四的历史文献和尔后的相关论著以及纪念性节日与活动表明,对大多数中国人来说,五四事件是在民族主义和群众运动的框架中发生和被认知、被记忆的。浏览那些尘封的文字,很难读到现代性阐释,而太容易感受到岳飞"怒发冲冠"的情怀。五四用以泄愤、明志和醒民的语言,多来自传统资源。比如为了诅咒曹、章,一幅游行挽联竟附会到了汉宋的同姓两奸臣:"卖国求荣,早知曹瞒遗种字无碑;倾心媚外,不期章惇余孽死有头。"也许可以说,没有新文化运动的思想背景,"毋忘国耻"、"还我青岛"、"外争国权,内除国贼"等口号也可以提得出来,而血书陈词、游行请愿、火烧赵家楼、痛打章宗祥之类的行动也一样可以发生。

如上辨析,无意对一个成语的存废或它的学术合法性说三道四。事实上,人们在从众性地用到这一能指的时候,未必都接受了其固定的意义编码。② 我想借此引出的问题在于:这样一个术语的合成何以可能?它何以可能在无数咬文嚼字的学者那里不构成疑点,并且流行于大众?

其首创者是谁?他有没有作过一种界说?他为什么可以躲开事实和逻辑的逼问而做这种组合?这都可以作一种很有趣的个案研究。限于资料和

---

① 陈独秀:《吾人最后之觉悟》,《独秀文存》,合肥:安徽人民出版社1986年版,第39页。
② 只要在特定的语叙述中,概念清楚,遵守同一律就行。笔者二十年前曾有一论:《离开了个性自由无以规定"五四"传统》,其中的五四就是从众而用,指的就是新文化运动。

时间,本文只好从略。不过即便条件不成问题,我也更愿意当作一种国民性现象来思考。它的流行与其说是某个权威的影响,不如看作一种集体约定。没有"群众"背景,权威什么都不是。评点五四能有几人比胡适更权威?然而,他将二者分而论之的意见①又有多少人注意?不错,孙中山先生曾经把五四和新文化运动相提并论,用以相互发明②,但知道孙先生意见的人恐怕不多。即便是知而和之,那么人们相和的为什么偏偏是孙中山,而不是胡适?

  语言现象的秘密常常得从文化心理中寻找,因为人们总是按其价值法则和精神秩序去组织语言。用五四标识新文化运动,虽然有如上诸多矛盾,却真实地也合乎逻辑地表达了国人的内在语法:民族主义高于启蒙主义,后者服从前者。在一些人看来,新文化运动的目的不过是救中国。孙中山也正是在这个维度上发现"新文化运动,实为最有价值之事"③。有了这个共同的内在语法,语言学上的大众流行也就不难理解了。

二

  这种内在语法不能轻易放过。

  "救亡压倒启蒙。"李泽厚先生的这个断语已经成了学者们的口头禅,用以言说现代史。其实这个几个字不只是历史表述,更是国人的价值图像或集体意识:突显民族主义,弱化启蒙主义。或者说,在启蒙被救亡所"压倒"之前,它本来就是国民的精神事实。而用五四标识新文化运动,可以视

---

① 如:"在1919年所发生的'五四运动',实是这整个文化运动中的,一项历史性的政治干扰。它把一个文化运动转变成一个政治运动。""我告你这件事,就是说从新文化运动的观点来看——我们那时可能是由于一番愚忱想把这一运动,维持成一个纯粹的文化运动和文学改良运动——但是它终于不幸地被政治所阻挠而中断了!"唐德刚译注:《胡适口述自传》,上海:华东师范大学出版社1993年版,第183、186页。
② 这是孙中山在五四运动七个月后所写的一段话,极具研究意义,撮录备考:"自北京大学学生发生五四运动以来,一般爱国青年,无不以革新思想,为将来革新事业之预备。于是蓬蓬勃勃,发抒言论。国内各界舆论,一致同倡。各种新出版物,为热心青年所举办者,纷纷应时而出。扬葩吐艳,各极其致,社会遂蒙绝大之影响。虽以顽劣之伪政府,犹且不敢撄其锋。此种新文化运动,在我国今日,诚思想界空前之大变动。……倘能继长增高,其将来收效之伟大且久远者,可无疑也。吾党欲收革命之成功,必有赖于思想之变化,兵法'攻心',语曰'革心',皆此之故。故此种新文化运动,实为最有价值之事。"1920年1月29日孙中山《致海外国民党同志函》,《孙中山全集》第5卷,北京:中华书局1985年版,第209—210页。
③ 同上。

为这种价值图像或集体意识的语言学见证。

在新文化运动策源地北京大学举行纪念,不能不想起那些风采各异的启蒙明星,同时又不能不想到其在很短的时间里不约而同的失踪。这种失踪是集体性的,五四以后,只剩下少数孤寂的启蒙幽灵或隐或现,彷徨无地。用"救亡压倒启蒙"的历史来解释何以失踪并不能回答问题,并且很像同义反复。问题是,救亡何以可能压倒启蒙?

归因于"列强"几成共识,人云亦云。似乎如果不是"外患",启蒙就不会中断。然而证诸历史,很难说20年代以后,民族危机比"中国存亡,就在此举"①的五四之际更加严峻。1922年,有陈独秀、李大钊、②张国焘、高君宇、邓中夏等五四弄潮儿在其中的中共二大,并没有将"推翻国际帝国主义压迫"列在首位,而把第一目标放在"消除内乱,打倒军阀,建设国内和平"上。而包括蔡元培、胡适、陶行知、丁文江在内的学界名流则认为,当前中国最重要目标是"建立好政府"。他们还说干就干,展开了一系列的工作。胡适还这样批评论敌们:中国现阶段只需向民主主义的一个简单目标去做,不必在这个时候牵涉什么帝国主义的问题。可见各派知识者当时离启蒙而去,并不是起于列强的"国难当头"。而在历史的纪年表上,五四之后接着出现的,不是外争国权的救亡运动,而是漫长的国内战争。对日抗战除外,知识者投笔从戎或从政的理由并不比五四之前更充分。如果这些论据还不足以证,那么40年代,"反动派被打倒,帝国主义夹着尾巴逃跑了"(当年歌词),救亡任务完成,启蒙主题为什么没有随之续写呢?尤其是,在"中国雄踞东方",救亡只有在电视剧里才能看到的今天,启蒙为什么近乎空谷足音,只是偶尔有几个傻子似的人物念叨呢?

更多的人同时归因于政治压迫,当然有太多的事实支持。比如蒋公治下,五四一直以爱国主义被认可,启蒙主义或新文化运动则处于不合法中。③ 但这样的归结同样是不深刻的,并且逻辑上不无问题。启蒙思想不

---

① 罗家伦:《北京学界全体宣言》。
② 李大钊没有出席会议,但当选为执行委员。
③ 蒋介石1941年7月有过这样的讲演:"我们试看当时所谓新文化运动,究竟指的是什么?就当时一般实际情形来观察,我们实在看不出它具体的内容。是不是提倡白话文就是新文化运动?是不是零星介绍一些西洋文艺就是新文化运动?是不是推翻礼教否定本国历史就是新文化运动?是不是打破一切纪律,扩张个人自由就是新文化运动?是不是盲目崇拜外国,毫无抉择的介绍和接受外来文化就是新文化运动?如果是这样,那我们所要的新文化,实在是太幼稚、太便宜,而且是太危险了!"(《哲学与教育对于青年的关系》,转引自周策纵:《五四运动史》,长沙:岳麓书社1999年版,第483页。)

是靠温室呵护才有的宁馨儿，相反，它是严冬的伴生物。中国新文化运动兴起的背景，是辛亥失败的悲剧和随之而来的复辟闹剧，而《新青年》是在《甲寅》被封杀的环境中问世的，并且一路坎坷。启蒙的本义就是让光明进入黑暗，就是与蒙昧共行。近代史上没有哪个欧美国家的启蒙是在权力支持下完成的，也没有听说多少启蒙著作是在官方的资助和褒奖下写就的。是的，五四之后，中国知识者有过骂谏、劝谏、泪谏、跪谏式地民主诉求，有民运，有造反，甚至有流血行动，并且多失败。这也许可歌而且可泣，但不能把这些行动等同于启蒙，从而将失败归因于政治。这个习惯性的思路恐怕得有所反省。启蒙既然是一种思想运动，那么它就不应该只有激情澎湃的口号与运动，同时应该有一种冷静的理性反思与研究。事实是，中国的精英们很少人有兴趣和耐心像西方启蒙学者那样，潜心于艰苦的理论探索，以致图书馆中难寻出自中国学者之手的启蒙著述，尤其是纯学理的，而随手可得的是"中国向何处去"之类的策论。（一个大国靠随机的策论来呼唤或规划什么，不仅悖于现代启蒙理性，而且是危险的。）

　　一定能找出更多的原因（比如近年有人补充，说"农民革命压倒了启蒙"），但大同小异，就不一一分析了。这些意见都有一个预设，它总是让人这样去想，中国社会存在"好"（启蒙）和"坏"（非启蒙）两种力量。这种社会学假定以及由此而来的归结即便是无可怀疑的，也是太简单化了：把历史检讨的目光引向外部，而将自己置身局外。这通常容易导致一种人对另一种人的情绪化对峙，而情绪化对峙除了满足一种非理性的冲动外，于事无补，而且恶性循环。启蒙虽然有时可能表现为阶层间的启蒙与被启蒙、启蒙与反启蒙的冲突，但它本质上或者首先是每一个人的精神革命事件。梅菲斯特并不就是外在于浮士德的另一个什么敌人，而同时是浮士德自己。我们常常能在现代史上看到这样的例子：反抗黑暗的"好人"（启蒙者）参政后，并没有给政治带来光明甚至他本人就成了黑暗。不管怎么说，有一条更重要的检讨路线给忽视了，那就是反观知识者、启蒙者本身。

　　这种反观当然不是没有，比如对知识者"胆小"、"软骨"、"两面性"的批评就司空见惯。但这种道德的归结不尽符合事实，而且本身恐怕就值得检讨。先说前者：

　　　　西洋人因为拥护德、赛两先生，闹了多少事，流了多少血，德、赛两先生才渐渐从黑暗中把他们救出，引到光明世界。我们现在认定只有这两位先生可以救治中国政治上道德上学术上思想上的一切的黑暗。若因为拥护这两位先生，一切政府的压迫，社会的攻击笑骂，就是断头流血,都不推辞。①

这是陈独秀代表《新青年》的宣言。这样的勇气在中国几代启蒙者那里绝不是个别现象。"有专制则无我辈,有我辈则无专制。我不愿与之共立,我宁愿与之偕亡。"②"为两千年来翻案,吾所不惜;与四万万人挑战,吾所不惧。"③慨当以慷,何等悲壮! 从康、梁到陈、李,没有理由说他们的"骨头"软于伏尔泰、孟德斯鸠、卢梭之辈。走出书斋,走上街头,赴汤蹈火,直接与黑暗肉搏,这绝非无胆之流可为。况且他们中一些人用生命殉了革命的事业。也没有理由说接下来的几代学人疏远启蒙,是因为"缺钙"。且不谈喋血于街头的闻一多,饿死不领美国救济粮的朱自清,即便是被人以软相诟的郭沫若,也无法证明他在《女神》之后不久另趋一途,追随革命和大众,只是出于怯弱。

再说后者。生命是有尊严的,不能虚掷。在一个人命如草芥的国度里,恰恰是需要特别慎言牺牲的。胡适、鲁迅等多次感叹中国青年流血太多而不赞成请愿游行即为此。读一些有关"革命"、"流血"的道德高论,有时望而生畏。因为我们从中可以看到对生命价值一种无足轻重的蔑视,而蔑视生命直接地就是启蒙主义的敌人。启蒙固然是需要勇气的,以致康德借"敢于"、"勇气"这样的词来定义和标举启蒙:"Sapere aude! 要有勇气运用你自己的理智!"④但这勇气不是匹夫之勇、铁血之勇,尤其不是鼓励别人逞流血之勇。(也许,独立地运用自己的理智或不惮为"国民公敌"、"思想流亡者",才是中国知识者所最缺乏的勇气。)

退而言之,即便上述归因全可成立,也不能构成启蒙何以被压倒的根据,不能说明集体失踪何以可能。因为它没有注意到人的思想结构,而思想结构是一个人作出价值取舍的机制所在,价值天平所在。这道理并不复杂,生活中某事淡出或被遗忘,只有在这件事被认为不重要或不再需要的时候,才是可能的。

冬宫的隆隆炮响,五四的街头行动,以及接着而来的国民革命所产生的效果,促成了这种遗忘。不就是"反帝反封建"么? 既然"火与剑"可以立竿见影,那么思想启蒙便是迂远之举;既然最正确的道路已经找到,那么"上

---

① 陈独秀:《〈新青年〉罪案之答辩书》,《独秀文存》,合肥:安徽人民出版社1986年版,第243页。
② 梁启超:《拟讨专制政体檄》,《梁启超文集》,北京:北京燕山出版社1997年版,第309页。
③ 梁启超:《饮冰室合集·饮冰室文集之九》,北京:中华书局1989年版,第59页。
④ 康德:《历史理性批判文集》,北京:商务印书馆1990年版,第22页。

下求索","怀疑","重估"也就成了多余。启蒙于是就不是被谁"压倒"而成了主动自愿地放弃。研究近现代人物,可以发现很多人不约而同地谈到过这种自愿。郭沫若在《文艺家的觉悟》中是这样"自愿"的:"在现代的社会没有甚么个性,没有甚么自由好讲。讲甚么个性,讲甚么自由的人,可以说就是在替第三阶级说话。""朋友,你既是有反抗精神的人,那自然会和我走在一道。我们只得暂时牺牲了自己的个性和自由去为大众人的个性和自由请命了。"①郭氏所谈到的,是那几代知识者疏远和遗忘启蒙的一个共同的思维逻辑。② 这个思维逻辑的要害,是没有搞懂"个性"为何物。有了这个逻辑,先自动放弃自己的个性,继而呼吁别人不要个性,臣服英明领袖或抽象的集体,就是势所必至的了。③

所以,启蒙者与其说是被什么外力所吞没,不如说是自我消解;充当催化剂的,正是他们本身的思维,新文化运动与其说是被"夭折",不如说由于其先天不足,只能活到这个份儿上。因此,与其感叹启蒙蓝图的未完成,不如检讨这蓝图本身。

这幅蓝图当然包含了自由主义因子,不然无以称启蒙,不能叫新文化,但其底色却是民族主义:先是通过"新民"唤起"睡狮"而保种,继而是通过民主以立国。狭义的新文化运动主要是在后一个框架中弄潮,只有少数自由派因子或即或离于其中。由此可见,用五四标识新文化运动,与上述启蒙蓝图大体一致。这大概就是该词组即便在启蒙者那里,也觉得并无不妥,顺理成章的原因吧。

三

如果把原因指向启蒙者的价值天平没有错,那么,我们还是不清楚,究竟是怎样一种思维机理,在促成这种自愿地倾斜或滑动,而使各色知识者不约而同离启蒙而去?为什么西方启蒙者、个性主义者很少有类似滑动或失踪?

也许应该作一种比较。

涉猎过古希腊罗马的人,大概都会强烈地感到,在西方,"文艺复兴"不

---

① 郭沫若:《文艺家的觉悟》,《郭沫若全集》第 16 卷,北京:人民文学出版社 1989 年版,第 31 页。
② 这一现象笔者在拙著《回到你自己》一书中有所考察,此不赘。
③ "转变"后的作家在诗文中间或也会发出个性之光,那是情感火石的本能性迸发,不在此列。

是一个形容词,近代五百年的一切新思想,都可以在那里找到渊源,从而对近代巨人站得如此之高少一些惊叹。而"中国的文艺复兴",则不过一个形容或者比方。中国古代缺乏相应的人学资源让启蒙者来"复兴",来完成现代性理论建构,以致启蒙的核心词汇 individual, liberty, right 的汉译都大成问题,让严复先生"一名之立,旬月踌躇",不知抬断多少茎须。在西学比照下,几代学人都深浅不同地认识到了本土文化的根本性缺失。"夫自由一言,真中国历古圣贤之所深畏,而从未尝立以为教者也。"①然而仓促"拿来"的资源在数量和质量上都成问题,且来不及消化,不足以帮助他们形成学理。

出于改革中国的目的,陈独秀将启蒙定位在了"民主与科学"上。这是一个划时代的口号,直到今天,这也还是启蒙主义的经典表述,学人们也还是以此为尺度裁判历史,臧否人物,但很少人怀疑和反省这个"百年梦想"。其实陈先生这个简约的定位,彰显了先行者实用智慧的同时,也突出地表现了新文化运动在理论思维上的先天不足。"两面旗帜"可以作为一种社会目标,但不能构成启蒙的根本,因为它不是第一义或第一尺度。

严复曾经用中国古代哲学术语概括过彼邦的启蒙理路:"以自由为体,以民主为用"。②后者是一种派生的环节,它只有从"自由"之本体才能获得意义,否则可能成为一种屏蔽,而走向启蒙的反面。所以思想上的天才们从来没有放弃对"民主"的警惕。③

自由为体的道理在西方知识者中也并不是人人清楚,大众更是人云亦云,但其启蒙精英们却是不含糊的。康德曾以德国哲学家的深刻直击要害:"这一启蒙运动除了自由而外并不需要任何别的东西。"④以这一眼光看来,视民主和科学若圭臬而无视其第一尺度,这本身就是一个需启之蒙。因为,"人是目的","人所愿欲的和他能够支配的一切东西都只能被用作手段;唯有人,以及与他一起,每一个理性的创造物,才是目的本身"。⑤"在目的的秩序里,人(及每一个理性存在者)就是目的本身,亦即他决不能为任何人(甚

---

① 严复:《论世变之亟》,《严复集》,北京:中华书局1986年版,第2—4页。
② 严复:《原强修改稿》,同上书,第23页。
③ 在五四同人中,最持这种警惕态度的是鲁迅。他因此被诟病。
④ 康德:《答复这个问题:"什么是启蒙运动?"》,《历史理性批判文集》,何兆武译,北京:商务印书馆1990年版。
⑤ 康德:《实践理性批判》,韩水法译,北京:商务印书馆2001年版,第95页。

至上帝),单单用作手段,若非在这种情况下他自身同时就是目的?"①

"人本身就是目的"不过是"自由"的终极性说法,这是启蒙主义的应有底色。这一底色并非始自近人康德,也非来于此前的启蒙学者,而与古希腊的"目的论"和"自然哲学"传统相承。人是目的,不是国家或民族的工具,对此中国的启蒙者们都似有所悟,并且多有只言片语。在对西学的涉猎中,他们中有人也曾豁然于那些最为深层的内容,在介绍中也讲到了"个人本位",甚至用到了"神圣"或"天赋"之类的语词,但在总体上,这是一种感悟和知识性理解,而不遑学理消化和积淀,所以很不巩固。浅尝的学理终究敌不过固有的精神情结,稍遇刺激,便程度不同地回到既有洞穴中。以致可以说,"个人"作为目的,并没有进入新文化运动的启蒙话语中。几乎没有看到理论著作,用学术语言一以贯之地对此作过一种先验性定格。没有这种绝对的定格,"人是目的"不过是经验生活中的所谓"以人为本",不过是伦理秩序中的"个性解放"、政治意义上的"人民做主",等等。

洞穴既有情感的,也有思维的,二者相互纠缠,互为支撑。以思维方式而言,人们习惯在"群己关系"中界定"个人",也就是在社会学视野中思考个人与集群的关系。在这个层面上,当然会有"蛋生鸡和鸡生蛋"式的问题,所以"群"与"己"孰重孰轻孰先孰后常常困扰着他们。知识者摆不脱"救亡"与"启蒙"之惑,在两者中"双重变奏",道理也在于此。

应该说,在社会学思路中,郭沫若"牺牲了自己的个性和自由去为大众"不仅有道理,而且是可敬的:"我们要求从经济的压迫之下解放,我们要求人类的生存权,我们要求分配的公平,所以我们要对个人主义根本铲除。""彻底的个人自由,在现在的社会制度下是追求不到的",所以有志的青年应该"到兵间去,民间去,工厂去,革命的漩涡中去。"②这也仍然是今天我们所熟悉的思路,只是提法不断改变。

然而经验社会学不足以支撑启蒙思想。启蒙得有它的哲学基石,尤其是它的第一公设③。公设也称公理,指的是理论整体那不需证明的基本命题,其他所有命题或定理都由这些公设逻辑地推证出来。公设是无条件的、先验的。在这个视域内,那与不可分割的原子(atom)同源的"个人"(indi-

---

① 康德:《实践理性批判》,韩水法译,北京:商务印书馆2001年版,第144页。
② 郭沫若:《革命文学》,《郭沫若全集》第16卷,北京:人民文学出版社1989年版,第43页。
③ "所谓公设,我理解的是一种理论的、但在其本身不可证明的命题,它不可分离地附属于无条件有效的先天实践法则。"康德:《实践理性批判》,韩水法译,北京:商务印书馆2001年版,第134页。

vidual)不需以集群为条件,它不是与集群对立的"小己",并且是不能让渡的,无法"暂时牺牲"或"放弃"的。因为这里的"个人"或"我"不只是那个经验的自我,无法拆卸为某种对象化的东西。

这一个维度的"个人"基本上没有进入中国启蒙者的思维结构。也许是不经意地,陈独秀在《最后的觉悟》中似乎触摸到了一个重要命题:"以自由、平等、独立之说为大原"①。"大原"或"大源"在中国哲学中指的就是原道,原道不是通常的社会学道理或定理,而相当于第一公设。因此"大原"所涉,不只是"群己"关系问题,而是一个超于此的价值形而上学命题。陈独秀没能下工夫去研究并咬住这个"大原",用以作为全部理论的拱心石,只是把握住了"大原"所从出的"两面旗帜"——民主与科学,而与大原擦肩而过,启蒙思想之缺也就在所难免。

在其文集自序中陈独秀这样说:"我这几十篇文章……没有什么有系统的论证,不过直述我的种种直觉罢了。"②这是自谦,也是事实。胡适后来也这样论定:"我觉得独秀早年的思想大多是很浅薄的;除了他晚年从痛苦中体验出来的'最后'几点政治思想值得表彰外,我也总觉得他是一个没有受过严格训练的老革命党,而不是一个能够思想的人。"③措词也许不客气,但不远于事实。陈独秀特别推崇"法国文明",但他几乎不涉及启蒙理论的论证过程和理论来源,其眼光只是盯着作为结果的环节,即"法兰西人之有大功于人类"的"民主与科学"。"德""赛"两先生成了来路不明的两个偶像。

即便不是出于民族主义目的,民主也不能作为启蒙的第一公设。民主是一种体制,而一种体制的合法性既不能由自己证明,也不能让另一种体制来反证:"既使我与若辩矣,若胜我,我不若胜,若果是也?我果非也邪?我胜若,若不吾胜,我果是也?而果非也邪?"④民主是需要最终理由或原因的。

启蒙主义是一种理性主义(rationalism)。通俗一点说,理性主义是一种追究原因(reason 或 cause)的主义。然而,理性主义讲的原因不只是我们通常说到的科学因果律,它包括这种技术论原因,也包括本体论原因(可表述

---

① 陈独秀:《吾人最后之觉悟》,《独秀文存》,合肥:安徽人民出版社1986年版,第41页。
② 同上书,第1页。
③ 《胡适致李孤帆的信》(1961年8月28日),《胡适语萃》耿云志编,北京:华夏出版社1993年版,第261页。
④ 庄子:《齐物论》。

为两种理性:ontological reason 和 technical reason)。技术原因是一种经验原因,经验原因总是存在于无穷的因果链之中,即原因后边总还有原因,所以它没有最终的可靠性,而不可以作第一理由或最终尺度。因此,理性主义者不能止于"科学理性",而要同时将思维视角指向本体理性。西方启蒙学者正是这样做的,虽然其中有人可能反对"超验"这种字眼。为什么要民主?为什么要反专制?这在格劳秀斯、斯宾诺莎、洛克、伏尔泰、孟德斯鸠、卢梭那里,都有艰难的学理思辨与求索,他们的人权理论和民主理论无不建立在人性的终极性追问上。追问的结果不一或者相反,但一定有追问。离开了各自的人性公设,他们的民主理论(比如洛克的"三权分立")就像一座没有根基的大厦那样不可想象。卢梭与洛克、孟德斯鸠的民主构想分歧严重,皆根于人性假设相反。格劳秀斯大概最早讲出了近代启蒙思想的这种理论逻辑:"有人性然后有自然法,有自然法然后有民法。"①他们不断修改自己的政治蓝图,也变化着对理论公设的表述,但不曾勾销对终极价值的信念。格劳秀斯这样说:"自然法是如此的不可变易,就连上帝也不能加以变更。因为上帝的权力虽然无限,但是有一些事情即使有无限的权力也是不能动摇的。"②

如上的道理也适于"赛先生"。科学是什么?众口一词的标准答案是"主观符合客观",而且多指实证归纳。③为什么要科学?随处可闻的理由是:知识就是力量,科学可以强国富民。当然有理,然而不能为知识或者科学的合法性提供第一理由;可以构成某种行动口号,却无以构成启蒙体系。在西方,对科学的辩护有大陆理性主义和英国经验主义,但二者的立论基点从来没有放在"力量"或者"救国""救世"上。要富强所以要科学,不是一个理论命题。如果要寻第一理由,大陆理性主义的根据是笛卡尔的"我思故我在",而英国经验主义的根据则有洛克的"白板说"。④似乎大相径庭,但都涉及对人的认识能力的终极性考问,侧面不同而已。科学理性既在这种拷问中,也建立在这种拷问上。在今人看来,这是多么大而无当、迂腐可笑的清

---

① 《西方法律思想史资料选编》,北京:北京大学出版社1983年版,第139页。
② 同上书,第143页。
③ 不独胡适为然,陈独秀也很典型:"科学者何?吾人对事物之概念,综合客观之现象,诉之主观之理性而不矛盾之谓也。"陈在列举了中国种种愚昧迷信之后说,"凡此无常识之思,惟无理由之信仰,欲根治之,厥维科学,夫以科学说明真理,事事求诸证实。"(《独秀文存》,第8、9页)
④ 洛克认为人的知识是后得的。他假定人的心灵如同一块白板,上面原本没有任何标记,后来,通过经验在上面印上了印痕,形成了观念和知识。

谈！但是很少人想到,我们奉为圭臬的科学或民主不过是这种拷问的结果,一如土壤上的花草。不要原因只要结果固然省事,但这捷径可靠么?

很多人以美国为例,说明没有形而上学同样可以有发达的民主与科学,但是人们忘了美国与欧洲的关系。房龙曾这样说:"所有的美国人应该永远感激不尽的是,他们的联邦是由一批真正的哲学家缔造的。这些人无愧于哲学家这个词。"①略知美国史的人都知道,这些"缔造"美国的"哲学家"们的哲学之根在何处?

四

当我们遗憾中国的启蒙思维短板的时候,不能不想到胡适先生。

可以说,胡适是新文化运动中最不急功近利者之一。他关注的不是政治,而是中国教育的改革和学术的提高。并且,他不同于当时的科学救国论者,而强调学术独立,为学问而学问。② 胡适具有一个启蒙者很多必备素质,加上他有哲学的学历背景和"开风气之先"的个性,在中国,这位自由主义者最有可能率先走出群体性的思维洞穴,看到新思想之"大原"。但是可惜,胡适先生没能满足现代中国对他的这个期待。用他对陈独秀的标准而论,他虽然"像受过严格训练"的"是一个能思想的人",却未必不"浅薄"。以致有学者说,思想一经胡适之口就显得肤浅。稍嫌尖刻,却并非无稽之谈。

胡适一生勤于读书与思考,做过很多沉潜的努力,为什么终免不了他所批评的"肤浅"?同样不能不归因于思维短板。有了这短板,将再多的水引入水桶,也难增其高度。

比如说"科学之最精神的处所,是抱定怀疑的态度;对于一切事物,都敢于怀疑"③,比如说"重新估定一切价值"④,这都是近现代哲学的主题词。

---

① 房龙:《宽容》,北京:生活·读书·新知三联书店1985年版,第397页。
② "我不认为中国学术与民族主义有密切关系,我们整理国故只是研究历史而已,只是为学术而做工作,所谓实事求是也,从无发扬民族情感的作用。"(《胡适致胡朴安》1928年月11月,《胡适往来书信集》上册,北京:中华书局1979年版,第497页)"我以为我们做学问不当先存这个狭义的功利观念,当存一个:'为真理而求真理的态度'。"(胡适:《问题与主义》,《胡适作品集4》,台北:远流出版公司1986年版,第216页)
③ 胡适:《东西文化之比较》,《胡适文集》第11卷,北京:北京大学出版社1998年版,第190页。
④ 胡适:《新思潮的意义》,《胡适文选》,《胡适作品集》第2卷,台北:远流出版公司1986年版,第42页。

前者让人想到笛卡尔,后者他明白地说来自尼采。但是读下去就会发现,胡适不过是借用了这些说法的空壳,就如现在一些人喜欢套用新名词一样。他之所谓"怀疑"、"重估",怎么读都很像汉学考据论的现代版。

笛卡尔对现存的一切以怀疑,是企图在科学上找到一个"确切无疑的"第一根据。这里的"确切无疑"绝不是他那个胜于雄辩的"真凭实据",而是一个抽象而又抽象的阿基米德点。胡适没有这样想问题,因此他也就不可能将怀疑贯彻下去;他虽然也说"一概不肯盲从,一概不肯武断"①,但奉"拿证据来"的实验主义为至尊。他不追问这方法的可靠性,似乎也没有注意到怀疑论压根儿就无视"证据"的可靠性,而且是一切独断的天敌。

他引尼采为同调:"尼采说现今时代是一个'重新估定一切价值'的时代。'重新估定一切价值'八个字便是评判的态度的最好解释。"②但他似乎没有意识到,尼采所要重估和颠覆的,恰恰包括了他所奉行的经验理性主义和科学进化论,尤其是他的"科学人生观"。尼采对这种人生观以嘲讽,他打着灯笼寻找上帝,他要的是"超人"。

思维死角是这样明显地导致了一位先行者的眼障(这甚至比陈独秀还要典型,陈的任才使气有时可以让他穿透偏见而直击真谛,胡则少有这种直觉),真是让人惋惜。同是哲学出身后来翻译过《纯粹理性批判》的蓝公武先生曾经提醒过他注意抽象思维。胡适似乎认可,却不像听进去了:

> 蓝君在批评我的文章中指出学理或主义是最重要的,因为学理或主义是代表一种智慧化的程序。这种理性化[或智慧化程序],在他看来实是对实际问题作有实效分析的先决条件。他说主义代表一种抽象观念,而在解决实际问题之前,先[谈谈或共同信奉着]一个抽象观念,实在是必要的。③

一个作家完全不必通过辩难领域而可以靠艺术天才,直通形上阃机。一个学术家也完全可以不懂抽象学理,而将其考据之学搞得有模有样。问题是胡适不是一个单纯的学术家,更是一个"输入学理"的思想领袖,并且是以思想立足中国并影响中国的,人们有理由对他提出相应的要求。

---

① 胡适:《一师毒案感言》,《胡适文集》第11卷,北京:北京大学出版社1998年版,第114页。
② 胡乱:《新思潮的意义》,《胡适文选》,《胡适作品集》第2卷,台北:远流出版公司1986年版,第42页。
③ 胡乱:《胡适自传》,南京:江苏文艺出版社1995年版,第275页。

>近来所关心之问题,如下所列:
>(一)泰西之考据学,
>(二)致用哲学,
>(三)天赋人权说之沿革,
>皆得其皮毛而止,真可谓肤浅矣。①

这是他早年留学美国的一则日记。胡适此后大半生的工作都与这三者相关,同时也被其感叹所不幸言中。"皆得其皮毛"当然不至于,应说他在这三个领域都没有达到应有的深度。他以实验主义的信徒自居,但不曾像詹姆士、杜威那样有过学理上的穷根究底。在他的笔下,我们只知道改良社会的杜威,实验主义的杜威。其实杜威本人是一个新黑格尔派的唯心主义者,他在霍普金斯大学研究黑格尔的思想体系并成为"黑格尔的忠实信徒"。他后来关注社会改造,也不应该理解为对绝对唯心主义的抛弃,而有似马克思式的转向。黑格尔思想经过实用主义的改造后,成为杜威社会思想的基石。这些背景性的内容,胡适没有兴趣,整个实验主义体系,用一篇二十来页的论文《实验主义》给打发了。这不奇怪,他说过,"输入学理","也就是从海外输入新理论、新观念和新学说。我指出这些新观念、新理论之输入,基本上为的是帮助解决我们今日所面临的实际问题"。② 这也并不算错,问题是,这不算"输入学理",不过是借杜威之势,加强中国人固有的"致用哲学"。

胡适一生为"人权"或"民主"不懈努力,至今令人肃然,其相关意见不可谓少,也有相当的价值。但由于同样的原因,他青睐的是人权制度或宪政,而太忽视了相关元理论。人们甚至有理由怀疑他对"天赋人权说之沿革"是否下过应有的研究工夫,因为到了晚年,他还有这样的轻率之词:

>从前讲天赋人权;我们知道这个话不正确。人权并不是天赋的,是人造出来的。所谓民主自由平等,都是一个理想,不是天赋的。如果是天赋的,就没有人投票选举了。③

当然不是怀疑其日记的真实性,而只是说,他用经验思维研究问题,所

---

① 写于1913年1月25日,见胡适:《胡适日记全篇》第1卷,合肥:安徽教育出版社2001年版,第223页。
② 胡适:《胡适自传》,南京:江苏文艺出版社1995年版,第262页。
③ 出自胡适1953年在台湾的一个讲演:《三百年来世界文化的趋势与中国应采取的方向》,《胡适作品集》第26卷,台北:远流出版公司1986年版,第109页。

以只看到一些经验性道理而昧于其他。在中国现代史上,无数的人都在像他这样"觉悟"着,从而自以为是地批判着天赋人权。天赋人权论者真的认为人权不同时需要"人造出来"而是从天上掉下来的?难道投票选举、改良或革命不正是其学说的组成部分或结果?

经验思维无法理解"天赋"。这个形而上学命题不过是说人权是每人所固有的,无条件的,超时空的,不管承认与否。这个"有"不是现成的或伸手可来的"实有",而是自然法所规定的"应有"。这是一个先天的自然法则,一个神圣的绝对命令。正是根据这个神圣的法则,才有"投票选举",才有"人造出来"的制度,才有我们所看到的民主史。美国学者李普曼在涉及自然法的时候指出:这种哲学是西方社会的制度得以运转的前提条件。而另一位英国学者则更早有言:"如果自然法没有成为古代世界中一种普遍的信念,这就很难说思想的历史、因此也就是人类的历史,究竟会朝哪一个方面发展了。"①

胡适争人权,但又认为天赋人权"不正确"。这个思维障碍妨碍了他如此联想:正因为人权是"天赋"的应有,他与新月社诸君的人权运动才有最终合理性,而"党国"则是非法的。也正是这个思维障碍,他终生与美国发生关系并以美国制度为然,却忘了美国人的独立战争(人为)正是以"天赋"为根据的。《独立宣言》就是这么开宗明义,确切无误地写上去的,他们把自己据以独立的理由表述为听从"自然法则"和"自然神明"(the laws of nature and of nature's God)的规定。

怎样理解"天赋",也会怎样解读"人权"。胡适与启蒙者们习惯在具体的生活环境中论说"权利"问题。在与梁启超的通信中,严复曾检讨,将 rights 译为"人权"是"以霸译王",不过同时他也将 rights 直译为"天直"、"民直"。"天直"尤可注意,它强调了这种价值的天赋性、先天性。天直是本体论意义上的纯直或第一尺度,这与本体论上的"正义"一样,并不具有经验生活中的法律意义、道德意义或权利意义。"西文有 Born Right 及 God and my Right 诸名词,谓与生俱来应得之民直可,谓与生俱来应享之权利不可。何则,生人之初,固有直而无权无利故也。"②这样一种思维对中国社会来说是不习惯的,所以"天直"、"民直"都没有被接受而成了废语。没有"天直"之思,只讲具体人权,人权就不能分有神圣性,就是一个或多或少甚至

---

① 梅因:《古代法》,北京:商务印书馆1959年版,第43页。
② 严复:《严复集》,北京:中华书局1986年版,第519页。

可有可无的东西,人云亦云的"神圣"的一票也就无从谈起。一个世纪以来人权问题上的思想混乱,都与这种超验之思的匮乏相关。

五

不究终极,更是胡适和他的战友们对待宗教和文化的一般情形。

对大多数中国知识者来说,科学是救国的手段。胡适胜出一筹,把科学上升到方法论高度。但是他把这方法限定在"实事求是","拿证据来",将归纳法当不二法门。这就滑入了独断。独断这东西很可怕,它可以使一个学者终生熟知一个领域,而无缘步入这个领域的堂奥。

对本体论理性的漠然不仅会造成启蒙理性的眼障,而且必然地会带来对宗教价值的无视或短视。正如《独立宣言》中的"自然神明"无法让人检验一样,宗教的基本命题或"圣言"更不能"拿证据来"。"无证"当然也就"不信",陈独秀、李大钊等对宗教的决绝态度就是这样来的:

> 增进自然界之知识,为今日益世觉民之正轨;一切宗教,无裨治化,等诸偶像。①
>
> 人类将来之信解行证,必以科学为正轨;一切宗教,皆在废弃之列。②
>
> 人类本是进化的,宗教偏说"人与万物,天造地设"。……好笑的宗教,与科学真理既不相容:可恶的宗教,与人道主义,完全违背。③

五四后不久,知识界发动了一个非宗教运动,看起来是新文化运动的左转,其实是其合逻辑的后果。虽然并不是所有的先行者都加入这个大合唱,周作人、钱玄同等少数人以"宣言"表示过反对的立场,胡适则采取了优容的态度。但总体上说,这种不同是思想文化上的而非本体论上。周作人等所取的是自由主义立场,胡适没有加盟,除去他对基督教年轻时就形成的好感外,一半也是出于自由人立场,另一半则因于知识论态度:"中国知识阶级对于基督教,我认为应该有两种态度。第一是容忍(Toleration);第二是了解(Understanding)。承认人人有信仰的自由,又承认基督徒在相当范围的有传教的自由:这是容忍。研究基督教的经典和历史,知道他在历史上造

---

① 陈独秀:《宪法与孔子教》,《独秀文存》,合肥:安徽人民出版社1986年版,第73页。
② 陈独秀:《再论孔教问题》,同上书,第91页。
③ 李大钊、邓中夏等:《非宗教大同盟宣言》。

的福和作的孽,知道他的哪一部分是精彩,哪一部分是糟粕,这是了解。"①

他的这些标准不只是对基督教而言。胡适对佛教"没有好感",其原因除了其"对中国的国民生活有害无益,而且危害既深且巨",就是它的不实:"我个人虽然对了解禅宗,也曾做过若干贡献,但对我一直所坚持的立场却不稍动摇:那就是禅宗佛教里百分之九十甚或百分之九十五,都是一团胡说、伪造、诈骗、矫饰和装腔作势。"至于道教他似乎更不屑一说:"所谓圣书的'道藏',便是一大套从头到尾,认真作假的伪书。"②

是非这里勿论,我要说的是,他们对宗教无论肯否,都是基于其科学观和社会进步论,极少人同时注意到宗教是"向上之民,欲离是有限相对之现世,以趣无限绝对之至上",更没有由此认定"人心必有所凭依,非信无以立"。③ 他们不关心:我是谁? 从哪里来? 那哪里去? 似乎灵魂事件与人的解放没有关系,似乎一切只有在知识论和社会论的尺度中才能获得某种价值和存在的权利。

陈独秀认定"教宗之价值,自当以其利益社会之量为正比例"④。他"不敢轻视基督教",并不是基于神学的本体论证明或终极思考,而同样出于实用的态度(虽然他正确地批评过"基督教救国论"):"这回朝鲜参加独立运动的人,以学生和基督教徒最多。因此我们更感觉教育普及的必要,我们从此不敢轻视基督教。"⑤"中国底文化源泉里,缺少美的、宗教的纯情感。""我主张把耶稣崇高的、伟大的人格,和热烈的,深厚的情感,培养在我们的血里。"⑥

在社会、伦理意义上论基督教的作用并没有错,但这不是对宗教意义的到位理解,甚至可以说没有触摸到宗教之质。读彼时相关论文给人一种感觉,作者们所考虑的尽是基督教的社会作用和文化功能,似乎不曾出现过生命悬欠感和对无限的敬畏,没有想到过人在社会域之外的苦难深渊和得救。在那里,"不属于这世界"的属灵之域和超验之爱没有位置。这应该看作人

---

① 胡适:《基督教与中国》,《生命》月刊1922年第2卷第7册。
② 胡适:《胡适口述自传》,唐德刚译注,上海:华东师范大学出版社1993年版,第250—251页。
③ 鲁迅:《破恶声论》,《鲁迅全集》第8卷,北京:人民文学出版社1982年版,第27页。鲁迅以其超越启蒙的态度有别于其他启蒙者,其关注点不在体制操作,因而对科学、民主、宗教的态度也别具一格,似另有专论才能说清。故本文尽可能不涉及鲁迅。
④ 陈独秀:《朝鲜独立运动之感想》,《独秀文存》,合肥:安徽人民出版社1986年版,第693页。
⑤ 陈独秀:《答刘竞夫》,同上书,第405页。
⑥ 陈独秀:《基督教与中国人》,同上书,第282页。

所皆有的"信仰天赋"的屏蔽状态(本文不准备考察其古代传统),这一维度的视域匮乏持续地影响到整个20世纪。

有人要质问了:以科学认知非宗教,以人文非神文,不也是西方启蒙家所做过的工作吗?当然是的。比如伏尔泰们都曾用很大的精力揭露创世记的不实,他甚至指出原罪、方舟、神迹等等是对人类理性的侮辱。但问题是复杂的,基督教不等于教会之教,不等于教会组织及其活动。科学上的"相信"属于知识领域,而"信仰"作为终极关怀,是知识论之外的一种精神活动,既不肯定也不否定知识,它只是从根本上关心人在存在论上的痛苦,关心个我灵魂的救赎。因此,也正是他们中的一些人,用科学知识论赶走上帝的时候,又把上帝放在神圣的位置上。据有关作家回忆,伏尔泰晚年在向一个美国孩子赐福时,告诫其要记住的是"上帝与自由"。而卢梭更直截了当:"我是信神的!"①浏览那个时代的作品,哪怕是看一眼彼时的绘画,很难想象在西方,离开了上帝的文艺复兴和启蒙运动会是什么样子。

海涅关于康德"杀死上帝"又"复活上帝"的调侃②被广为称引,用以批判其"两面性"、"不彻底性"。其实康德未必是我们想当然的那种折中,而海涅也未必就是我们所认为的那样断然:"康德使自然神论得以复活也许不仅是为了老兰培,而且也是为了警察吧?或者他当真是出于确信才这样行事吗?"③在学理上,康德不过是因为看到了知识的僭妄,而要为其权限设定一个正当的界限。而这个界限,恰恰是自信的赛先生们失察的,这种失察在后来的"科玄论战"中有了充分的暴露。不察这个界限,赛先生很容易糊里糊涂越过自己领地而成为科学主义,就像我们后来所看到的那样。

在西方历史上,理性并不在任何意义上与宗教对立。二者在本体论层面从来就是互通的,"逻各斯"与"上帝"可以互释。近代启蒙学者并没有离开这一传统,"自然法"是他们和同时代神学家的共同话题。法国启蒙领袖们高扬的"自然法",不是感觉主义所设的物性权利,而是指理性的绝对命令。这种绝对命令与上帝是可以通约的,所以倡自由和反宗教的伏尔泰把"自由"与"上帝"相提并论是可能的,就像希腊国旗上的两种图案(十字架与自由理性)可以相互支持一样。

---

① 罗素:《西方哲学史》下卷,何兆武译,北京:商务印书馆1976年版,第233页。
② "康德就根据这些推论,在理论的理性和实践的理性之间作了区分并用实践的理性,就象用一根魔杖一般使得那个被理论的理性杀死了的自然神论的尸体复活了。"海涅:《论德国宗教和哲学的历史》,海安译,北京:商务印书馆1974年版,第113页。
③ 同上。

要用经验认知论之眼看到西方文化中的理性"公设"以及宗教中的终极性价值,几乎是不可能的。这不禁让人想起了对新文化运动"全盘西化"的指控。人无法在其眼光或思维所未及的领域取舍什么,既然他们在考察西方文化时有视线死角,因此"全盘西化"也就无从谈起,虽然"全盘"作为修辞未尝不可用之。

同样的道理,这个盲点也使他们无睹于中国儒道佛的普世资源,因此所谓"全盘反传统"的指控也不能成立。这一责难越来越多,似成共识。然而共识也可能是共同的错觉。应该说,这场运动触动了传统制度的中枢:家族本位。这对礼教的整体秩序的确有全盘搅局之效,但是"三纲五常"之礼教终究是传统文化中的经验秩序,即便"百分之百"的否定,也无以断言"全盘"。"百事不如人"①之类的全称判断不足为据,即便他们中的人用到了"全盘"字眼,也不能靠想当然定罪②。断案同时还要看"客观要件",即看被告在事实上是不是如此。事实是什么呢?由于思维死角,先行者锋芒所向,并没有伤及传统的价值形而上学领域,他们不曾在儒道佛的"道论"层面立论。而道论正是中国文化的本体论所在,圣贤们"终日乾乾夕惕"守护的即在于此。因此,也许可以说,他们"全盘"地打击了这一本体的功用层面,尤其是末流化了的纲常名教,但毫发无伤于本体大道。形上本体之道与纲常名教之道是有区别的,正像本体论理性并不等于技术理性,上帝并不就是中世纪教会的偶像一样。

也就是说,与对西学一样,他们同时疏忽了中国传统的普世资源。

"礼教"固然可以从孔子批判起,但仪规治制之礼教并不是孔子思想的核心,孔子最大的忧患也不在这个层面。"子曰:'人而不仁,如礼何?人而不乐,如乐何?'"③如果限制一下偏见,这样的判断标准在《论语》中是易见的。因此可以说,"打倒孔家店"未必不合于孔子之道,或者说可以奏正本

---

① 胡适:《介绍我自己的思想》,《胡适文选》,《胡适作品集》第2卷,台北:远流出版公司1986年版,第12页。

② "我主张全盘的西化,一心一意的走上世界化的路。"(《充分地世界化与全盘西化》,《胡适论学近著》,济南:山东人民出版社1998年版,第437页)这样的话在胡适那里常常表现一种策略:"中国的旧文化的惰性实在大的可怕,我们正可以不必替'中国本位'担忧。我们肯往前看的人们,应该虚心接受这个科学工艺的世界文化和它背后的精神文明,让那个世界文化充分和我们的老文化自由接触,自由切磋琢磨,借它的朝气锐气来打掉一点我们的老文化的惰性和暮气。将来文化大变动的结晶,当然是一个中国本位的文化,那是毫无可疑的。"(《试评所谓〈中国本位的文化建设〉》,《胡适论学近著》,济南:山东人民出版社1998年版,第435页)

③ 《论语·八佾》。

清源之效。过去和现今的民族主义者都喜欢搬出孔子,而激进者的论辩策略则常常是反弹琵琶,这样一来,似乎孔子真的是民族主义的符号。然而,打开儒家元典很容易看出,礼制、邦国从来不是其标举的最高价值尺度。我们很难从中看到孔子狭隘的乡邦意识或民族情结,倒是不难感觉到,他是一个具有超越情怀的天民。与同时代的圣者一样,他所心仪的,不是人爵而是天爵,不是制治而是天道,以致"朝闻道夕死可也"。与柏拉图一样,他当然也想当王者师,并且躬行于国家事务,那是企图在王者与天道之间当一中介,改善社会以兼济天下,并不表明他是一个民族主义或国家主义者。他胸中有更高的超越性价值和情怀,所以他不可能像屈原那样愚忠于某君某邦。"邦有道则仕,邦无道则可卷而怀之"①,这让人想到苏格拉底"世界公民"的说法,二者之间,有着相同的生命风范。

唯道是从,不只是儒家的风范,更是道家和佛家的品格。正是这些,构成了中国文化最为精粹的内容之一。"国粹"是一个很好的词,即便从字面上讲,"粹"也应该是指一个国家的文化中那最为超越最为提纯因而也最为永恒的内容,而不是或者首先不是经验范畴的仪规和道德教条。然而新文化运动的论战中,无论国粹主义者还是反对者,都没有将前者视作国粹。启蒙者们不无超越意识,其中一些人也称得上世界公民,但他们忽视了中国传统文化中本来可以引为支援的普世意识。他们完全可以方便地用国粹相驳国粹论,可是没有,他们没能发现眼皮底下的这个"武器"。

人们也许可以举出很多例子,来证明以上"忽视"说之妄。没错,这是一个古今中西大交汇的时代,新文化运动营垒中,好多人物博古通今,中西兼治。几千年的中外文化,很少没有被他们提到过。问题是,就像前面述过的案例那样,历数到了是一回事,是否把握或在什么份上把握到了又是一回事。

> 盖宇宙间之法则有二,一曰自然法,一曰人为法。自然法者,普遍的,永久的,必然的也,科学属之;人为法者,部分的,一时的,当然的也,宗教道德法律皆属之。②

这是陈独秀的一段语录,由此可以证明他触摸到了"自然法",但是否也能证明他体认到的是那个先天的自然神明呢?不可以。这里面有"隔"。

---

① 《论语·卫灵公》。
② 陈独秀:《再论孔教问题》,《独秀文存》,合肥:安徽人民出版社1986年版,第91页。

将"自然法"与"人为法"在形式上对举没有错,将自然法说成是"普遍的,永久的,必然的"也没问题,但将其理解为"科学"或自然规律,显然是有问题的。这问题就在于,"自然法"中的自然并不就是自然科学中的研究对象,不是"被创造的自然",更是"创造自然的自然"。二者有形下形上之分。同样,"人为法"也不是人文社会科学,因此"人为法者……宗教道德法律皆属之"也是想当然的划分。历史上,"自然法"的研究者恰恰多是宗教家、哲学家、伦理学家和法律学家。虽然自然法与自然科学有亲缘关系,但自然科学家要就自然法说点什么,他也必须兼具上述身份,或者必须进入"物理学之后"即形而上学语境中,才是可能的。

还有一些先验论范畴,陈独秀也囊括其著作中。后人慨乎先驱者涉猎之广时也不免惜乎其言不及义:"什么先天的形式,什么良心,什么直觉,什么自由意志,一概都有是生活状况不同的各时代各民族之社会的暗示所铸成。"接着,他例论各民族文化价值观不同,然后断言:"由此看来,世界上哪里真有什么良心,什么直觉,什么自由意志!"①

有什么样的眼光就有什么样的世界,他也这样处理中国的形而上学。圣贤们"非常名"的道论在他那里,是可以靠"常名"或常识判断而予以否证的。比如说他把孟子本体论域的"性善"拉到经验事实的判断中,然后这样认定:"孟子人性皆善的话,只见性底一方面,已为常识所不能承认的了。"因为可以说"独占之心,人皆有之;残杀之心,人皆有之;嫉妒之心,人皆有之;嗔忿之心,人皆有之;自利之心,人皆有之。"②

"先天的形式"、"自由意志"、"良知良能"之类先验理论当然是可以而且一定要批判的,但是,必须在同一个水平面上展开,才是有效的。驳论(尽管为虚设)当然不无意义,他要借此指出"人类本性上黑暗方面"并加以"扫除",虽然简单化了也无可厚非,但在学理上,这些驳论没有增加任何新内容。这与后来对"抽象人性论"的批判一样,言之凿凿,可惜都在经验中运思而不识其形上之道,交锋也就不在一个层面上,或者说根本没有构成交锋。就像上下两层道上跑的车,仿佛迎面而撞,却没有发生关系。

这样的思维公式,这样自以为是的言路,在主流学术著作和社会习语中,至今没有两样。

---

① 陈独秀:《〈科学与人生观〉序》,收入《科学与人生观》。
② 陈独秀:《答郑贤宗》,《独秀文存》,合肥:安徽人民出版社1986年版,第812页。

六

陈独秀本来可以像很多西方启蒙学者那样,在普世意识的精神背景中对民主体制的合法性以学理证明和辩护(本体论上的"先天的形式"、"自由意志"、"良知良能"都可以引为思想资源),可是普世意识的亏空让他看不到这一点。这种情形让人想到"普世价值"一语的流行及其是非短长。

严格地说,普世价值一种超验性价值,是一种价值的价值。在这个意义上,可以把普世意识可以理解为普世价值的意识。也就是说,普世价值不是社会运作意义上的经验性价值(比如民主),而不管后者有着怎样大的公共性。但是,由于这种经验性价值总是超验性价值的某种实在化、对象化或现象化,所以世人往往将二者当作一回事,把人类事务中的一些政治的、伦理的普适性公共价值直接称为普世价值。这在日常用语中未尝不可,但在思维上却不能含糊,正如价格不等于价值,金器不是金本身一样,权利、民主等虽然分有但毕竟不等于"天直",不是"为体"的"自由"。普世不只是公共性,更是超验性。在普世意识的语境中讲普世价值,有着逻辑上的方便性,不妨简论之。

尽管这个词的流行是近些年的事,但普世价值是新文化运动中一个很核心的课题,只是缺少相应的研究。

已如上述,先行者们囿于思维之隔,没有将经验性的世界眼光上升到自觉的普世意识,但正如这两者在实际中相互关联而不可分一样,他们对人类公共价值的吸纳同时包含了对普世价值某种程度的认同。先行者与各种思潮的论战,所根据的往往是普世价值。陈独秀有言:

> 学术为吾人类公有之利器,无古今中外之别,此学术之要旨也。必明乎此,始可与言学术。盲目之国粹论者,不明此义也。吾人之于学术,只当论其是不是,不当论其古不古;只当论其粹不粹,不当论其国不国。以其无中外古今之别也。[①]

后两句尤其中肯。"无中外古今之别"简直就是"普世"的另一种说法。虽然只是在学术论中给出,却应该读作新文化运动中普世价值观最具学术性的表达。相同的思想在胡适、鲁迅等人的著作中,也有同样好的说法,但同

[①] 陈独秀:《学术与国粹》,《独秀文存》,合肥:安徽人民出版社 1986 年版,第 545 页。

样难被认可,尤其在人文价值层面。普世价值之所以至今是个敏感的话题,是因为国人将其等同于西方价值,而在心理上则与一百多年"受伤—自卫"的弱者情结有关。这是一个复杂而令人同情的话题。不过本节不准备由此展开,而只想因着本文的言路作一点逻辑上的申论:普世价值是西方的么?

如果沿着上文,将儒道佛的价值形而上学再作些材料性的展览,足可以证明,把普世意识或普世价值归于西学大谬不然。但这种"别人有的我也有"式的论证,可以满足某种民族自卑的心理需要,可以获致一种暂时的神经亢奋,而无助于思想长进半步。所以,我现在宁可退一步问,即便别人有的我没有,普世价值是否只属于西方?

很多年前看过一个资料。爱奥华大学一位哲学教授想编一本《人权观念溯源》,于是请一位台湾学者写"中国人权观念的发展"一章。这位先生拒绝了,他认为中国社会的伦理传统,一向是以"义务为本位",即使有人权思想,也是居于很次要的地位。这当然是对的,但接着读下来却有问题了,他说人权观念是西方的产物、西方有的东西,中国文化不必有,就像食谱一样各有其体系。

这个比方很生动,也很符合常识,但只对了一半:人权决不只是一种已然的政治或理论形态,而且如上所述,它是"天直",是每一个人与生俱来的"应有"。某个人权学说或人权制度也许是汉堡包或食谱,但"人权"(天直)则肯定不是。如果要沿用这个比喻,那得修改一下:人权应该同时是"食"本身;是人就应该"食"。各国和各地当然可以有自己的食谱(特色),不能一律,然而坚持不同食谱的不同吃法不意味着否定"食"本身。一个中国人不吃汉堡包,一点也不会影响其生活质量,但没有"食"却一定得影响而且会饿死的。同理,不用美国的法国的英国的人权法律,一点不影响一个国家的民主水准,但没有人权却肯定会成为奴隶之邦。

一种学说出于西方,并不等于所揭示的法则属于西方。亚氏逻辑是希腊人的研究成果,不能说只有希腊人才有形式逻辑。爱因斯坦是德国人,其相对论的知识产权或发明权属于爱氏,但这个法则不属于他本人,也不属于德国或欧洲。比方总是有漏的,所以我得赶紧强调,普世价值讲的不是自然界的客观定理,而是更高于此的公理价值,尤其是属于"人"的普适性价值。所以更好的例子(且不谈宗教)应该是:"自然法论"可以属于希腊,属于罗马,属于荷兰,但"自然法"独立于人的意志,超时空地不为任何一个人、任何国家所有。换用一个国人爱听的比方吧,"极高明而道中庸"也许是孔子的哲学,也许出于其他的圣贤,但这极高之中道不属于孔子、孟子、子思或其它什么人,不属于鲁国、齐国等和之后形成的中国,因为它讲到了一种大道法则,这种法则"放诸四海而皆准,置于四时而皆合"。先秦著作对宇宙大道的这种普世性有很多很好的描述,可惜后世多作了经验化的诠释(比如纲常之道),于是成为独断主义,而受到正当的批判。

既然普世意识是一种超越性价值取向,它就永远高于或独立于东方中心主义与西方中心主义。吊诡之处在于,这种超时空的取向不仅不抹杀民族个性,反而是其最有力的辩护。短视者看不到这一点,于是起劲地把它与民族个性对立起来而呼天抢地。

在民族主义的框架中为本民族特色辩护,是保守主义的通常策略。全球化和文化殖民主义的威胁带来的敏感,更使这种策略成了习惯性的自卫套路。然而这不仅无力,而且可哀。情况可能恰恰相反:跳出这个自恋自卫的思维洞穴,民族的个性辩护才是可能的。

普世价值不是某种价值模式。有人把某种私货偷换为"普世价值",从而利用话语霸权推行于全体,这种"越权"固然可能是灾难性的,但据此拒斥普世价值,却是因噎废食,是视力与神经的双重衰退。捍卫民族个性在全球化中变得很重要,但是不必以抵制普世价值为前提。普世价值既然是一种超验价值,它本质上是一切文化霸权的克星而意味着自由。而自由一定表现为个性化选择,它怎么会与各民族的健康"食谱"发生冲突而不是为其张目呢?任何经验形态的价值法则都不能证明民族个性的最终合理性,因此也只有在普世性视域中,才能驳倒文化霸权主义。文化霸权主义意味着把一种经验强加给另一种经验,而普世价值则为任何健康的经验价值提供辩护,它只是一切非人价值的对立物。

普世价值是一个无限的圆,其圆点不在西方,也不在东方,哪里确证它,它就出现在哪里。正如哪里有爱,哪里就有上帝。中国人不乏智慧理解它的"存在":时时在在皆道场。

余　论

不能不结束这过于冗长的文字了。

读者很容易发现,笔者不时离开新文化运动,顾左右而言他。这表明笔者企图在更广阔的参照系中来考察五四和新文化运动,同时通过这一个案的考察,来思考中国知识者的普世意识问题。一个世纪以来,我们逐渐知道了什么叫狭隘,知道了"走向世界",但是我们很难想到,一个人即使走遍全球,学贯中西,如果没有普世意识,仍然可能是狭隘的。知识和思维之间没有必然的对应关系。

黑格尔在《历史哲学》的"东方世界"部分中,第一篇考察的是中国。文末他这样总结:"以上所述,便是中国人民族性的各方面。它的显著的特色就是,凡是属于'精神'的一切……一概都离他们很远。"①"精神"是他在该著反复使用的一个术语,指的一种不受经验所束缚的内在自由。他要指出的不过是中国文化中绝对精神的缺乏。②

黑氏这样举例:"说到科学的本身,在中国人中间,历史仅仅包含纯粹确定的事实,并不对于事实表示任何意见或者理解。他们的法理学也是如此,仅仅把规定的法律告诉人;他们的伦理学也仅仅讲到决定的义务,而不探索关于他们的一种内在的基础。"③"各种科学,在这一方面,虽然似乎极受尊重和提倡,但是在另一方面,它们可缺少主观性的自由园地,和那种把科学当做一种理论研究而的确可以称为科学的兴趣。这儿没有一种自由的、理想的、精神的王国。能够称为科学的,仅仅局于经验的性质,而且是绝对地以国家的'实用'为主——专门适应国家和个人的需要。"④

搁下黑格尔的"偏见"不谈,应该说他鞭辟到了要害。儒道佛虽然有超验之维,有与逻各斯、理式、绝对精神等高的"道",但一旦进入形而下的生活构建中,这"道"便极容易成为经验的奴隶。要么无视终极之道,要么将有关理论截头去尾,或者处理为与现实相关的经验性常识或"规律",这是五四先驱者的做法,也是学界至今的习惯。"精神……离他们很远"与普世意识的缺乏是同一种问题。启蒙战士们左冲右突,多是在经验范围论是非而裹足于思维的制高点之下,他们并没有逃出黑格尔的批评;毋宁说,他们印证了这种批评。

有人沉不住气了:即便如此,那又怎么样?是啊,为什么一定要有所谓"普世意识"呢?为什么非得侈谈什么"先验的知识"和"精神"、"大道"呢?这跟我有何关系?

没错,这一大堆云遮雾绕的名词不过就是些历史尘埃,与我毫无关系。然而,它之所涉,却一定不是我之外的他物而与我生存攸关。超越洞穴而自

---

① 黑格尔:《历史哲学》,王造时译,上海:上海书店1999年版,第137页。
② 黑格尔在谈到"精神"在"本性上的抽象的特质"时说:"'自由'是'精神'的唯一的真理,乃是思辨的哲学的一种结论。"同上书,第17页。
③ 同上书,第135页。
④ 同上书,第133—134页。

由,是我与生俱来的本能,所以超验之思是我的天赋。我对它是个盲点,只是证明它在我的精神中沉睡着,而沉睡意味着我无知和放弃了我应有的自由。所以,普世意识的缺失,一定与一个人或一个民族的自由自觉和生存质量相关,非同小可。把专制主义归因于"统治者"是那样的解恨,那样的符合事实,却是那样肤浅。为什么"个我"价值极容易被统治者连根拔起?为什么人的尊严总是被用来同某种工具性的价值交换而没有不可侵犯性?为什么这种危险的交换极容易得到万众一心的赞同乃至赞美与欢呼?这一定与国人的思维短板相关。如果笔者的考察不妄,也就是说,连先知先觉们也未曾在绝对的维度去拷问个我价值及其与现代民主的关系,又怎么能企望在千年惯性中生活的庶民看懂个中缘由,而成为现代公民?

既然普世意识不是某种意识形态而是一种超越的思维向度,它就是一个无限生长的制高点。一切相对性"定理"、"规则"、"主义"之类都在其俯视或审察之中。因此,具有这种超验性的人会有一种自我批判自我生长的机能或解蔽能力。康德曾如此自信地谈到他的先验哲学:"谁尝到了'批判'的甜头,谁就会永远讨厌一切教条主义的空话。他以前只是由于它的理性得不到所需要的更好的营养才无可奈何地满足于那些空话的。"①先行者横空出世的批判姿势值得缅怀,然而这个姿势为什么会如此轻易变形乃至消失?或者说,其"新思想"为什么不仅无力于自我更新,而且很少例外地蜕变为独断或教条?最难被认识到的秘密可能就在于,新思想"得不到所需要的更好的营养",即那能使其更新的超越种子——普世意识——沉睡着。

我愿意读者将本文视作这种沉睡状态的某种描述,尽管它是如此的粗糙和词不达意。当然我更愿意并且祈望:所谓"短板"问题根本就不存在,而是笔者看走了眼。

(作者单位:华中科技大学)

---

① 康德:《任何一种能够作为科学出现的未来形而上学导论》,庞景仁译,北京:商务印书馆1978年版,第161页。

疏导和重释

——对五四新文化运动的历史评价

刘玉凯

五四新文化运动是现代中国关键走向世界的一个历史性变动。历史上的五四,有几个层次的运动:一个是文化革命意义上的五四新文化运动,它实现了中国同西方文化的接轨;与之相关的还有一个文学上的五四新文学革命,它诞生了中国新文学;当然还有一个从北京的学生运动发展的全国性的五四爱国运动,不但迎来了中国伟大的社会变革,也诞生了一个"彻底地、不妥协地反帝反封建的爱国精神",并导致了一个党的建立和中华人民共和国的诞生。这次运动的伟大,是无论如何也否定不了的。但是,如何评价五四新文化运动,既是一个历史问题,也是一个现实问题。

重释五四的理论依据

史学家的历史描述和学者的历史阐释是一个无尽的认识链,大家的研究,都在试图重现、再造五四新文化运动。于是,长期以来,在对五四的评价上出现了不少问题。这并不是历史的错,也不是现实的错,而是一种研究的必然。史家认为,所谓载籍之史,并不是再现往事,而是今人对往事的重演、重释。克罗齐称"一切真历史都是当代史"[①],他曾经将语文的历史称为最粗糙的历史。他这样说:"语文性历史所提供的实际上是编年史与文献而不是历史。""语文性历史是没有真实性的。它像编年史一样,本身中没有历史真实性,而是从他所求助的根据那里去取得真实性。……编年史、最粗糙的编年史、最无知最轻信的编年史也同样检验和选择它所认为最值得信赖的根据,这永远是一个信赖问题(即一个别人的思想和过去的思想的问题),不是一个批判问题(即我们在自己的活动中的思想的问题),是一个逼

---

① 克罗齐:《历史学的理论和实际》,北京:商务印书馆1997年版,第2页。

真问题,不是一个确凿性、即真实性问题。可见语文性历史当然能是正确的,但不是真实的。它既不具有真实性,它就不具有真正的历史兴趣——就是说,它并不把光辉投射到一组针对实际的和伦理的需要的事实上去;它可以漠不关心地拥有任何事项,不管那事项距离编纂者的实际的和伦理的心灵是多么遥远。因此,作为一个纯语文学者,我欣赏漠不关心的自由选择,过去半世纪的意大利史和中国秦朝的历史对我说来,价值是一样的。我将从这一种历史转向另一种历史,毫无疑问是被一定的兴趣所推动的,但那是一种超历史的兴趣,是在语文学的特殊领域中所形成的那种兴趣。"① 汪荣祖先生引述克罗齐这本书的观点时概括为:"载笔记古,乃今人之判断而非重演之往事,哲学亦遂为供应理论以解决具体历史方法矣!"②"英语国家中最有影响的历史哲学家"③柯林武德在《历史的观念》中称探索伯里关于历史学的原则和方法的思想时说:"历史学思想,乃是世界上的一项新事物,还只不过一个世纪之久;它一点也不是和自然科学一样的东西,而是有着它自己的独特性,向人类提供着一种新的世界观和一座新的思想武器库。"正如伯里说过的:"历史学不过是科学而已,不多也不少。"④

可见无思想的史学就是一些粗糙的资料,我们从这样的意义上认识研究史,认识长期以来对五四的不同态度,就不会觉得有什么奇怪。历史展示的空间,给我们准备了讲说历史的自由,也给我们开拓了争论的天地。

对五四的重释,实在也是一种现实需要。由于中国的社会变动、政治变动和思想变动,我们对五四的不断变化的认识,不仅存在着很大的差异性,而且并不是越来越走向理性。相反,在不同的时代有不同程度的理论迷失。认真地思考一下就会发现,我们判断文化现象得失的度量衡是有问题的。干扰我们认识五四精神的,有两种参照系:一个是以现今的文化现象当作一个尺子来衡量一切历史,将那些不合于当今社会的思想都看作错误的倾向。而且绝对不是新历史主义,而是愚蠢的功利主义。还有一个就是我们分不清楚什么是原则,什么是策略。我们喜欢以历史的策略来规范后来的行为,这是一种经验主义。在这样的思维中,我们应该保持一种清醒的态度。

---

① 克罗齐:《历史学的理论和实际》,北京:商务印书馆1997年版,第16、17页。
② 汪荣祖:《史传通说》,北京:中华书局1989年版,第200页。
③ 沃尔什:《历史哲学导论》,1960年英文版,第48页。
④ 柯林武德:《历史的观念》,北京:商务印书馆1997年版,第216页。

五四文化人的策略思想

以往,我们对待五四新文化运动的评价,多是关注运动的政治意义和思想意义,却很少从策略思想上来论述五四人。事实上,五四新文化运动的发生,有强大的反对者,来自传统政治力量、社会习惯势力。这并不会成为文化论争的真正对手,真正引起我们重视的可能应该是文化阵营中的思想论争。

从五四发生始,围绕着策略问题就展开了论争。我们很容易发现,五四新文化运动的所谓"反对派",大多数人并不是旧派人物,甚至可以说他们中的很多人比五四人开拓新文化起步还要早些。胡先骕在《中国文学改良论》中表明:"某不佞,亦曾留学外国,寝馈于英国文学,略知世界文学之源流,素怀改良文学之志。且与胡适之君之意见,多所符合。"这是很坦率的话。如果没有五四的发生,没有更极端的激进派出现,他们可能永远以激进的姿态站立于历史上让我们仰视。在我们的现代文学史研究中,几乎一切文学史著作都满有理由地把骂五四文化人是"铲伦常"、"禽兽行"的林纾划为旧派人物,把主张"文言优于白话、言文不能合一"的学衡派划为五四的反对派。现在看来总觉得不很公正。可是如果我们现在为了表示公正,把他们纠正为五四新文化的开拓者、说他们是另一支生力军,却也不合实际,或者发明一个并不负责的词"多元共生",也显得更加不伦不类。林纾的文学创作,特别是他对西方文学的翻译介绍,影响了五四时期的文化人,更影响到众多的读者。学衡派的吴宓、胡先骕、梅光迪、刘伯明、柳诒征、邵祖平、张荫麟、汤用彤、缪凤林、陈寅恪、王国维等,都不是封建遗老;不仅不是遗老,他们倒是有点洋味儿,不但了解中国,也深知西方,他们对中西文化的了解大多都是深入的,有的人还是一些新学科的开拓者。但是他们却被五四思潮边缘化了,中国五四时代的大形势是重在提倡引进西学,重在勇敢地拿来。"重新估定一切价值",这是五四启蒙口号;把对历史的怀疑和对人文价值的变革看作是启动社会现代性的原动力,从人的觉醒出发,视"伦理之觉悟"为"最后觉悟之最后觉悟",这是五四反传统的基本理路。对整理和研究中国旧文化与引进西方文化之关系上,他们重视引进。

在这样的策略之下,传统文化被暂时"悬搁"起来了。我这里用了"悬搁"的概念,就是说,五四文化人从策略的思想出发,暂时不研究旧文化,但是也并不是想抛弃它们,而是加以封存和保护,有待以后有更多的机会,以新观念、新方法加以深入研究。那时的所谓"重估一切文化价值",还不打算立即动手整理国故。在这样的文化策略之下,连最敏感、最喜欢标新立异的胡适也被视为五四的右翼。胡适毕竟不是思想家,他对策略问题的思考不如陈独秀、鲁迅。

　　总而言之,策略上的不同,表明的并不是根本立场的对立。如果以此来解释五四的论争,也许能够摆脱教条主义的论调,看出一些问题的根本。这就让我们想起北大校长蔡元培在五四之后提出的"疏导论",这是对五四新文化运动方向的最早的策略性调整。1920年,蔡元培在《新青年》上刊出了《洪水与猛兽》。将新思潮比作洪水,将军阀比作猛兽,他说:"中国现在的状况,可算是洪水与猛兽竞争。要是有人能把猛兽驯服了,来帮同疏导洪水,那中国就立刻太平了。"胡适在这篇文章的"附记"中特别强调:"这是蔡先生替《北京英文导报》的特别增刊做的。我们因为这篇文章很重要的文字,很可以代表许多人要说而不能说的意思。"①罗家伦在纪念先师蔡孑民先生时,称蔡先生的文章是"光芒万丈的短文"②。蔡元培希望有人把猛兽驯服了,来疏导洪水,就是说安定了军阀,不让他们闹乱子,然后再管一下学生们的过激行为。郑师渠先生认为:"蔡元培的'洪水'论,既将新思潮比作洪水,实际上就是预设了它难免存有破坏性这样一个前提。但他又强调'疏导洪水',则说明他也不单是强调支持新思潮的自由发展,而是同时强调了对新思潮积极引导的必要性。要言之,强调对新思潮即新文化运动要加以积极正面的引导,这是蔡元培'洪水论'的根本取向;从长时段看问题,它是五四后蔡元培推进新文化运动发展策略转变的重要思想表征。"③此前,蔡先生在北大实行的"兼容并包主义",公开号召支持新思潮以反对军阀,从现代意义上开放新学,在客观上让激进思想找到了存身的机会。以"兼容"的名义"容"进来的是与旧思想相对立的"新思潮",可谓策略主义的高手。从一个校长的身份出发,他不能公开支持过激主义,对学生的行为提出疏导是一种明智而得体的思想策略。这真是难能可贵。他以洪水比喻新思潮的过激,提倡疏导,把大家的激情引向一个正确的渠道,这同样值得

---

① 蔡元培:《洪水与猛兽》,《新青年》1920年4月1日第7卷第5号。
② 罗家伦:《伟大与崇高——纪念先师蔡孑民(元培)先生》:"北洋军阀横施压迫的时候,先生处于危难艰苦之中,突然发表一篇不过二百字左右、却是光芒万丈的短文,叫做《洪水与猛兽》,主张疏导新思潮的洪水,而驯伏北洋军阀的猛兽。"罗久芳:《罗家伦与张维桢:我的父亲母亲》,天津:百花文艺出版社2006年版,第256页。
③ 郑师渠:《蔡元培的洪水论》,《光明日报》2009年2月10日。

重视。其实,五四退潮,《学衡》1922 年 1 月正式创刊,其宗旨是:"吾国近今学术界,其最显著之表征,曰'渴慕新知'。所求者多,所供者亦多。此就今日出版界可以见之。此种现象,以与西方文艺复兴相较,颇有相似之处。实改造吾国文化之权舆也。然其趋向新奇,或于新知之来,不加别择,贸然信之;又或剽窃新知,未经同化,即以问世。冀获名利,其他弊端时有所闻。"因此,他说,创办《学衡》的目的就是加强学者之自信、自得、贞操、求真的精神,并且应该有审慎的态度。①《学衡杂志简章》申明,杂志的宗旨是:"论究学术,阐求真理,昌明国粹,融化新知。以中正之眼光,行批评之职事。无偏无党,不激不随。""本杂志于国学则立以切实之工夫,为精确之研究,然后整理而条析之,明其源流,着其旨要,以见吾国文化,有可与日月争光之价值。"②这的确是一种民族文化"自信"的态度,也是想将五四新文化向更新国学一条路上疏导,但是他们绝对不是守旧。

依照一般的规律,新思想的提倡,应该有一定的声势,才能从根本上击碎旧势力的抵抗。但运动过后,就应该有一个秩序的转换。从这样的意义来讲,他们的主张也没有大错特错。即使是胡适的"整理国故"论也没有大错。

问题在于,一些人小看了中国封建政治保护下的旧文化的顽固势力,以为主义的提倡过后就应该着手于文化建设,过分地强调破除旧文化,会伤害我们自己文化的元气。这样的错误估计,所形成的判断就会产生策略上的不当。鲁迅强调反抗的崇高意义。在《坟》中收入的一篇题为《杂忆》的文章里,提到"中国人所蕴蓄的怨愤已经够多了,自然是受强者的蹂躏所致。但他们却不很向强者反抗,而反在弱者身上发泄,兵和匪不相争,无枪的百姓却并受兵匪之苦,就是最近便的证据。再露骨地说,怕还可以证明这些人的卑怯。卑怯的人,即使有万丈的愤火,除弱草之外,又能烧掉什么呢?"

在底层百姓和知识分子受到"强者的蹂躏"而产生的"怨愤"里,除了"愤怒",还蕴含着"怨毒",前者可以引发出正义的反抗,后者却是一股邪气,引发出疯狂、无序的破坏。鲁迅提醒"点火的青年":"对于群众,在引起他们的公愤之余,还须设法注入深沉的勇气,当鼓励他们的感情的时候,还许竭力启发明白的理性。"他特别指出了"智"和"勇"比"气"更重要。他说:"我以为国民倘没有智,没有勇,而单靠一种所谓'气',实在是非常危险

---

① 刘伯明:《学者之精神》,《学衡》1922 年第 1 期。
② 编者,《学衡》1922 年第 1 期。

的。现在,应该更进而着手于较为坚实的工作了。"①从这些地方,都可以看出,鲁迅是始终坚持五四的理性精神的,并且表现出对青年的爱护:鲁迅绝不是一味地鼓动激进的人。鲁迅提倡从事较为坚实的工作,这也是一种疏导论。他多次对运动的过激有所批评。这就是说,疏导并非倒退,而是有秩序地前进,科学地求索,也将破坏同建设结合起来。

五四文化思潮的历史评价

在研究五四新文化思潮中,有一种意见颇有影响力。就是有些论者认为五四导致了思想上的极"左"思潮,甚至进而否定五四新文化的积极意义。各种论点虽然并不一定存在政治上的对立意识,但是学术思想上的厘清是必要的。我们今天面对这样的历史话语现象,是要通过历史考察和现实分析才能提出自己的看法的。

应该说,这样的认识不是没有一点道理的。也就是说将"文革"的思潮同大约五十年前的五四新文化运动相提并论有着似是而非的联系。前文已经说过,我们的思维常常将一时的策略性选择当作永远性的理论原则。五四思潮中的"全盘西化"、"打倒孔家店",和"废除汉字"、代之以汉字拉丁化等意见,全是尝试性提案。而且很快地大家就进行了自我校正。如果革命高潮到来的时候不能够大胆地提出问题,倡导新的改革意见,那就是时代的落伍者。对革命文学运动,也应该放到中国大革命失败后的时局中去考察。左翼文艺运动中的极"左"思潮,特别是解放区文艺运动中的"文艺服从政治"之说,也有它形成的背景。即时性的策略换取了我们的一些成功。于是将那些意见奉为万能的良药,说它们是"放之四海而皆准的真理"是极大的错误。其实,一切真理都有相对性,只有那些显而易见的公理才是放之四海而皆准的。真理不但要经得起追问,也应该经得起时间和空间的考验。

基于这样的认识。这里有两层意思可以研究。

第一,五四思潮中确有许多过激的口号和愤激之词,有许多改革性意见是尝试性的提案。这些现象在革命运动到来的时候出现本来就是正常的。比如我们经常说到的全盘西化、汉字拉丁化、以西医代中医、不读中国书等意见,都已经被证明为过激了。但是我们不能说他们一定就属于幼稚,不能说他们就不应该提出这样的问题。鲁迅在《随感录 四十一》中说:"凡中国

---

① 鲁迅:《坟·杂忆》,《鲁迅全集》第1卷,北京:人民文学出版社1981年版,第238页。

人说一句话,做一件事,倘与传来的积习有若干抵触,须一个斤斗便告成功,才有立足的处所;而且被恭维得烙铁一般热。否则免不了标新立异的罪名,不许说话;或者竟成了大逆不道,为天地所不容。"应该肯定胡适的"尝试"精神是可贵的,不能说"尝试成功自古无",但是总应该承认"自古成功在尝试"。提出改革设想不是运动的错,而是我们后来理解历史运动时出现的错误。我们一说发扬五四精神,就把当年运动时的做法照过来,结果出现了多次社会问题。建国以后,中国的文化思想没有很好地进行转型,一次次的政治运动中启用了很多属于民主革命的临时性概念和原则,致使对后来的文化进行了错误指导。我们没有科学的自觉精神,却误认为五四给中国带来了灾难。

第二,由于我们没有学会辩证思维,在对五四新文化运动的全面评价上也出现了差误。那就是把当时的主流文化当作唯一的文化现象。我们看到很多的文学史著作总是说通过革命派与保守派的斗争,取得了什么什么的胜利。其实,有很多的争论并没有结束,也没有结论。比如,中国几千年的传统文化,确实是需要整理和加工的,五四的第一代文化人大都做过这样的加工工作。为什么不能说整理国故呢?胡适的中国哲学研究、古代文学研究,鲁迅的文学史研究和小说史研究,郭沫若的历史研究、古文字研究,周作人的中国古代文化史、人类学研究,郑振铎所写的插图本文学史、俗文学史,都体现了积极的建设态度。他们明白,中国五四需要盘古开天地,也需要女娲氏补天、鲧禹治水,羿射九日是英雄,伏羲氏、神农氏、燧人氏、有巢氏,因有建设之功,也是英雄。有许多神话中的英雄,既是开拓者,也是建设者。我们不一定要求五四时期的每一个文化人都是思想家,都有能力提出一整套革命方案,领导人们前进。事实上默默无闻地工作着的人们也是值得我们敬佩的。美国史学家詹姆斯·鲁滨孙说过:"我们不应该把历史学看作是一门停滞不前的学问,它只有通过改进研究方法,搜集、批评和融化新的资料才能获得发展。恰恰相反,我们认为历史学的理想和目的应该伴随着社会和社会科学的进步而变化,而且历史这门学问将来在我们学术生活里应该占有比从前更加重要的地位。"①

比如,我们长期忽视的晚清诸子学、诗学、词学,那一片天地非常大。即使是五四以后,也还没有被全部打倒。他们创办的杂志特别有生命力。《学衡》、《甲寅》、《逸经》、《禹贡》、《国专月刊》、《国学月刊》、《国学丛刊》

---

① 詹姆斯·鲁滨孙:《新史学》,齐思和等译,北京:商务印书馆1997年版,第20页。

等都产生过影响。特别是由陈赣一(1892—1953)任总编编纂的《青鹤》半月刊,于1932年11月15日创刊于上海,五年中出版了114期。《青鹤》的创办,可以看作旧派文人"挽狂澜于既倒"的一个例证。它留下了许多的资料,让我们可以认识晚清到民国中国文化的延续。说到"学衡派"的诸子学,"鼎革以后,子学朋兴,六艺之言,渐如土苴"①,"近人学者,更喜谈诸子之学,家喻户晓,浸成风气"②,更蔚为大观。仅此可见一斑。晚清到近代的词学研究,出现了陈石遗、陈柱尊、胡怀琛、汪兆铭、黄秋岳、夏敬观、马一浮、胡寄尘、叶恭绰、王国维、柳亚子、龙榆生、钱仲联、王鹏运、陈寅恪等词家。研究者发现,他们的词作并不是完全的旧派,他们的革新探索也是值得注意的。陈子展先生说,近代的词作"多少中了梦窗的毒",他特别指出,"从前正统派的文人是轻视"词这种文体的,而近代词人却"肯把全副精力用在词的制作上","使词在文学史上的价值益为人认识。他们倡导之力,真是不可埋没"。他还承认:"无论那一种文体,发展到了一定的限度,方法用得愈纯熟了,成了故套;规律变得愈严密了,成了枷锁;后来作它的人,为故套所范围,为枷锁所束缚,总不容易作出有生命有价值的作品来。于是不得不转变方向,以求解放,解放成功,而新的文体于以成立。"③晚清到近代的词人们开创的白话词、自由词就表示了这样的方向。他们并不是表现为千篇一律的守旧。胡适对旧文学的批评很严厉,但是对词却有点宽容,自己也用旧体词的形式创作新词,这其中的奥义也是值得好好研究的。

　　说到这里,我们可以概括一个认识:五四需要回顾,也需要重释。我们只要能够改即时性的批评为历史性的批评,就能够看清楚文学史中的若干现象。这个认识不仅对思潮有用,而且对思想研究也有用。几年前我写的一篇长文《鲁迅国民性批判思想的由来及意义》,主要是为了回答世纪初的否定鲁迅的思潮。文章的末尾我说过:"认为把中国社会的长期不进步说成是中国国民性不好,这一思维视角悬搁了社会停滞现象的其他方面原因,仅从一个特别的人性改造角度来考虑中国改革问题,这是能够让人得出很多启发的。但是,我们不能认为这就是鲁迅在改造中国问题上的全部意见。因为社会的变革,最强有力的推动力是社会革命,从根本上推翻反动统治阶级对中国的统治,使奴隶们改变自己的生存地位,这是第一要事。思想革命

---

① 陈柱:《定本〈墨子间诂〉补正自叙》,《学衡》1926年8月第56期。
② 柳诒徵:《论近人讲诸子学者之失》,《学衡》1931年1月第73期。
③ 陈子展:《中国近代文学之变迁》,北京:中华书局1930年版,第52页。

是社会革命的前导和最后保障,但不是社会革命的根本转动力;即使是对于文化的和风俗的改革也不能低估社会革命的巨大作用。革命不仅可以改变政权,也可能改变人的素质。不承认这一点就不是唯物主义者。"我想说,鲁迅的"中国国民性研究"是深刻的,但是并不是很有用的。即使对于鲁迅的研究,也应该从更高的层面上加以重释、重说。

对五四进行重评,不是这篇文章能够胜任的。本文主要是在思辨重评中提出疏导和重释的理论问题。希望得到大家的批评。

(作者单位:河北大学)

论战后初期五四在台湾的实践

——许寿裳与魏建功的角色

黄英哲

我们台湾也需要有一个新的五四运动,把已往所受的日本毒素全部肃清,同时提倡民主,发扬科学,于五四时代的运动目标以外,还要提倡实践道德,发扬民族主义。

——许寿裳

台湾的国语运动是要把"言文一致"的实效表现出来,而使得'新文化运动'的理想也得到最后胜利。

——魏建功

一、前　言

1945年,二战结束,日本战败,台湾脱离日本的殖民统治,重归中国版图。在长达半世纪的殖民统治期间,日本殖民当局强力推行同化政策,利用国家机器将日本文化移植台湾,透过各级学校教育将日本国民意识强加灌输给台湾青少年。此同化政策自1937年抗日战争爆发后更是变本加厉,日人在台进一步推行皇民化运动,禁止中文报纸刊物,在全台各地设置皇民练成所,企图以法西斯式的军国主义思想将台湾青少年塑成"皇民"。在这种情况下,即使有台湾人①认同了日本,亦是极其自然之事。关于台湾人的日

---

① 战后初期台湾,一般对台湾住民的提法是将1945年台湾重归中国版图之前居住于台湾的住民(福佬人、客家人)称为台湾人或台湾同胞或本省籍,原住民则称为山地同胞,将1945年以后从大陆来台者称为外省籍。根据1946年台湾民政厅的统计数字,当时台湾的总人口有6090806人,其中本省籍有6056139人(包括88741人的山地同胞)占总人口的99.48%。而外省籍只有31721人,占总人口的0.52%。《台湾省通志稿》卷二,人民志人口篇,台湾省文献委员会1966年版,第42、122页。

本化,著名台湾作家叶石涛(1925—2009)回忆,战争结束时他甚至连台湾话也不会说,因而断言当时台湾有三分之二的人口已经日本化了。① 这个数字尽管只是他个人的主观感受,却在相当程度上提示了台湾战后初期的社会情况。

根据推算,二战结束前夕台湾的日语普及率约为70%,当时台湾的人口约600万,故日语的使用人口至少有420万。② 因此,战后台湾虽然归属中国,基本上可以说仍属于日语文化圈内。

战后对国民党政府而言,台湾统治的当务之急是如何将新纳入"中华民国"的日本化台湾人"国民化"。换言之,即是如何尽快使台湾"中国化"、台湾人"中国人化"。为达此目的,国民党政府逐渐在台湾彻底推行"去日本化,再中国化"的文化政策,展开一连串的"文化重建"(cultural reconstruction)工作。本文即探讨战后国民党政府的台湾"文化重建"工作的执行过程中,许寿裳与魏建功所扮演的角色。

二、战后初期的台湾文化重建

1945年8月29日,陈仪被任命为战后初期台湾的最高统治机关——台湾省行政长官公署的行政长官。陈仪于1945年10月24日抵台,次日正式接收台湾。接收工作自11月开始,至翌年1946年4月完成全部的手续。

接收台湾的工作分别自政治、经济、文化三方面进行,当时称为"政治建设"、"经济建设"、"心理建设"。"心理建设"有时亦称"文化建设"③,确切地说即为文化重建工作。

1945年12月31日,陈仪透过广播向全岛发布"民国35年[1946]年度工作要领":

---

① 许雪姬:《台湾光复初期的语文问题——以二二八事件前后为例》,《思与言》1991年12月第29卷第4期,第158页。
② 张良泽:《台湾に生き残った日本语——'国语'教育より论ずる》,《中国语研究》1983年6月第22号,第17页。
③ 1946年12月召开的台湾省参议会第一届第二次大会上,陈仪与长官公署秘书长葛敬恩于开幕词及施政总报告中首次使用了"文化建设"一词。在此之前并无所谓"文化建设"的说法,概以"心理建设"称之。见陈鸣钟、陈兴唐主编:《台湾光复和光复后五年省情》上,第317页;台湾省行政长官公署编:《台湾省参议会第一届第二次大会台湾省行政长官公署施政报告》,台北:台湾省行政长官公署1946年版,第1页。

> 明年[1946年]的工作,可分政治建设,经济建设与心理建设三大端。其原则依据蒋委员长[蒋介石]核定的"台湾接管计划纲要"。
> 　　政治建设在实行民权主义。其要点在使政治有能,人民有权。……经济建设的要旨,在增加生产,提高生活。……
> 　　心理建设在发扬民族精神。而语言、文字与历史,是民族精神的要素。台湾既然复归中华民国,台湾同胞必须通中华民国的语言文字,懂中华民国的历史。明年度的心理建设工作,我以为要注重文史教育的实行与普及。我希望于一年内,全省教员学生,大概能说国语、通国文、懂国史。①

至于"政治建设","经济建设"及"心理建设"的具体方案,陈仪"台湾省行政长官公署施政方针"的报告进一步做了详细的说明。报告中,关于1946年度"心理建设"的具体方案如下:

> 　　心理建设,在发扬中华民族精神,增强中华民族意识。此为以前日本所深恶痛嫉,严厉防止,而现在所十分需要者。其主要工作:第一,各校普设三民主义,国语国文与中华历史、地理等科,加多钟点,并专设国语推进委员会,普及国语之学习。第二,增设师范学院、师范学校,大量培养教员。第三,各级学校广招新生,以普及台胞受教育之机会。第四,对于博物馆、图书馆及工业,农业,林业,医药,地质等试验,研究机构,力求充实,以加强研究工作,提高文化。第五,设置编译馆,以编辑台湾所需要各种书籍并着重中小学教科书之编辑。②

从上述"公署施政方针"可以清楚地看出当时"心理建设"的意图,乃是向台湾人灌输中国文化,促进中华民族意识——亦即中国人意识。关于这一点,陈仪在1946年2月举行的"本省中学校长会议"上,公开发表了如下意见:"本省过去日本教育方针,旨在推行'皇民化'运动,今后我们就要针对而实施'中国化'运动。"③换言之,所谓"心理建设"乃是一种"去日本化,再中国化"运动,亦即文化重建。

战后初期,行政长官公署的台湾文化重建工作的落实,重点是当时台湾

---

① 《民国三十五年度工作要领——三十四年除夕广播》,收入台湾省行政长官公署宣传委员会编:《陈长官治台言论集》第1辑,台北:台湾省行政长官公署宣传委员会1946年版,第41—45页。
② 台湾省行政长官公署编:《中华民国三十六年台湾省行政长官公署工作计划》,台北:台湾省行政长官公署1947年版,第4页。
③ 《人民导报》1946年2月10日。

文化内容的重建与言语秩序的重整。陈仪将此重责大任交给了时任台湾省编译馆馆长的许寿裳和担任台湾省国语推行委员会主任委员的魏建功去落实。二人在战后初期台湾的文化重建工作上，扮演了重要角色。

三、许寿裳与战后台湾文化重建工作

1. 许寿裳的赴台

许寿裳(1883—1948)，浙江绍兴人，毕业于杭州求是书院，1902年以浙江省派遣公费留学生身份赴日本留学，在弘文书院结识同乡的陈仪和鲁迅，三人的深厚友谊至死不变。留学期间曾参与《浙江潮》的编务，鼓吹革命思想，并先后加入光复会和中国同盟会。1909年返国从事教育工作，辛亥革命后，应时任教育总长的蔡元培之邀，赴南京的教育部工作，与鲁迅共事一段时间，后又与鲁迅转任北京女师大教职，1925年与鲁迅一起支持女师大学生反对旧派校长运动，同遭解职。之后到抗日战争胜利为止，许寿裳除了短暂担任教育部、中央研究院、考试院公职外，几乎都从事教育工作。1945年抗日战争胜利后，许寿裳担任考试院考选委员会专门委员，旋应任台湾省行政长官公署长官的好友陈仪力邀，前往台湾担任台湾省编译馆馆长，委以战后台湾的文化内容重建工作。"二二八事件"后因台湾省行政长官公署的裁撤，陈仪离职，台湾省编译馆撤废，许寿裳转任台湾大学中文系教授兼系主任，1948年于国共内战方酣中的台北去世，其死因有多种说法，至今尚未被证实。

许寿裳的赴台，除了好友陈仪的力邀之外，还有另外一个动机，其女儿许世玮有以下证言：

> 一九四六年初夏，父亲从重庆回到上海和家人团聚……他对我们说，南京的政治空气对他不合适，所以接受了台湾省行政长官陈仪之邀，到台湾去任编译馆馆长。
>
> ……
>
> 父亲所以到台湾，一个重要原因是认为当时台湾是个比较安定的地方，希望能实现他的夙愿，完成《鲁迅传》和《蔡元培传》的写作。[①]

从许世玮的证言可以了解许寿裳赴台的原因，除了陈仪力邀之外，再就是许

[①] 许世玮：《忆先父许寿裳》，收入北京鲁迅博物馆鲁迅研究室编：《鲁迅研究资料》卷14，天津：天津人民出版社1984年版，第305—307页。

世玮所言,许寿裳希望利用台湾的安定环境,完成《鲁迅传》与《蔡元培传》的写作计划,特别是《鲁迅传》的撰写是鲁迅殁后,许寿裳长年所想。从他1940年10月19日的日记即可得知:

> 鲁迅逝世已四周年,追念古人,弥深怆恻,其学问文章,气节德行,吾无间然,其知我之深,爱我之切,并世亦无第二人,曩年匆促间成其年谱,过于简略,不慊于怀,思为作传,则又苦于无暇,其全集又不在行箧,未能着手,只好俟诸异日耳。①

此外,1943年许寿裳亦曾被姚蓬子催促写《鲁迅传》。②

到了台湾的许寿裳,投注心力进行有关鲁迅的著述活动,对在台湾传播鲁迅思想做了很大贡献,并将此和台湾文化重建工作做了有机的结合。

2. "新的五四运动"与台湾文化重建

为了理解许寿裳在台之文化重建工作构想,以下将许寿裳在台时期的重要著作、讲演活动列表于下。

许寿裳台湾时期著作及讲演活动表

1946.6.25	(抵达台北)
8.?	撰《台湾省编译馆的设立》(《现代周刊》第2卷第11期[1946.9.3])
8.23	撰《孔子的生平事略及其学说》(《现代周刊》第2卷第12期[1946.9.10])
9.5	在台湾省地方干部训练团演讲《台湾文化的过去与未来的展望》(《台湾省地方行政干部训练团团刊》第2卷第4期[1946.10.15])
12	撰《俞曲园先生的教育功绩》
23	在省立第一女子中学演讲《第二诞生期和第三诞生期》、《亡友鲁迅印象记》完成第8、9章
26	《亡友鲁迅印象记》完成第10章
30	撰《鲁迅的精神》(《台湾文化》第1卷第2期[1946.11])
10.?	撰《鲁迅的德行》(上海《侨声报》,1946.10.14;台中《和平日报》,1946.10.21)

---

① 北冈正子、黄英哲、秦贤次编:《许寿裳日记》,东京大学东洋文化研究所东洋学文献中心1993年版,第38页。
② 同上书,第120页。

（续　表）

1946.6.25	（抵达台北）
6	《亡友鲁迅印象记》完成第11、12章
14	撰《鲁迅和青年》（台湾《和平日报》，1946.10.19）
15	《亡友鲁迅印象记》完成第13、14章
19	撰《台湾省编译事业的拓荒工作》（《台湾月刊》3、4期合并号[1947.1]）
29	撰《鲁迅的人格和思想》（《台湾文化》第2卷第1期[1947.1]）
?	撰《新台湾与三民主义的教育》
11.25	撰《亡友鲁迅印象记》
26	撰《亡友鲁迅印象记》
30	在省立师范学院演讲《鲁迅的人格及其思想》
1947.1.2	撰《教授国文应注意的几件事》（《中等教育研究》创刊号[1947.4]）
1.?	撰《国父孙中山先生和章太炎先生——两位成功的开国元勋》（《文化交流》1辑[1947.1]）
2.13	撰《摹拟与创作》（《台湾文化》第2卷第7期[1947.10]）
18	在台湾省地方干部训练团演讲《教授国文应注意的几件事》
19	撰《第二诞生期和第三诞生期——告台湾省青年》
3.22	《怎样学习国语和国文》脱稿（台北：台湾书店，1947.4）
26	题台静农藏《鲁迅讲演稿手迹——娜拉走后怎样》
4.30	撰《台湾需要一个新的五四运动》（《新生报》，1947.5.4）
5.4	撰《〈鲁迅的思想与生活〉序》（台北：台湾文化协进会，1947.6）
26	撰《亡友鲁迅印象记》脱稿（上海，峨嵋，1947.10）
6.3	撰台湾大学编《〈敦煌秘借留真新编〉序》（《台湾文化》第2卷第6期[1947.9]）
5	撰《俞曲园先生的思想》（《台湾文化》第2卷第4期[1947.7]）
7.28	撰《鲁迅的避难生活》（《时与文》第2卷第6期[1947.10]）
8.1	撰《中国民族精神的中心》（台湾《和平日报》1947.8.3）；《鲁迅和我的交谊》（《台湾文化》第2卷第5期[1947.8]）
8.?	撰《读了〈敦煌秘借留真新编〉之后》（《学艺杂志》第17卷第9号[刊行日期不详]）

(续　表)

1946.6.25	（抵达台北）
9.30	撰《鲁迅的游戏文章》(《台湾文化》第 2 卷第 8 期[1947.11])
12.5	在台北市外勤记者进修会演讲《中国新文艺创造者鲁迅》(徐子记录,题《许寿裳话鲁迅》,《中华日报,中华周报》20 号[1947.12.8])
13	撰《王通和韩愈》(《台湾文化》第 3 卷第 1 期[1948.1])
20	撰《新年展望和台湾大学校歌歌词》(《国立台湾大学校刊》第 7 期[刊行日期不详])
21	撰《对于本省今后语文教育的一点意见》;《三百年前台湾破荒的伟人沈光文》
1948.1.21	《敦煌秘借留真新编研究——尚书盘庚,微子二编》脱稿
29	撰《李慈铭秋梦乐府本事考》(《台湾文化》第 3 卷第 4 期[1948.5])

参考文献:《许寿裳日记:自 1940 年 8 月 1 日至 1948 年 2 月 18 日》,北冈正子、黄英哲、秦贤次编,东京:东京大学东洋文化研究所附属东洋学文献中心 1993 版;许世瑛:《先君许寿裳年谱》,收入北京鲁迅博物馆鲁迅研究室编:《鲁迅研究资料》卷 22,北京:中国文联出版社 1989 年版;许寿裳未公开著作。

从许寿裳台湾时期著作及讲演活动表能够得知许寿裳在台期间,五回的演讲中有两回是关于鲁迅,37 篇的著作中有 16 篇是关于鲁迅,由此可知,鲁迅的研究及其思想的传播介绍,可以说是许寿裳在台的演讲与著作活动的重心。许寿裳在台湾如此积极地讲演鲁迅、书写鲁迅,绝对不是偶然的,而是与台湾文化重建的构想有密切关系。

许寿裳关于台湾文化重建的构想,在他亲自撰述《台湾需要一个新的五四运动》一文中,充分表达出来:

> 谁都知道民国八年的五四运动是扫除我国数千年来的封建遗毒,创造一个提倡民主,发扬科学的文化运动,可说是我国现代史中最重要的划时代、开新纪元的时期。虽则他的目标,至今还没有完全达到,可是我国的新生命从此诞生,新建设从此开始,他的价值异常重大。我想我们台湾也需要有一个新的五四运动,把以往所受的日本毒素全部肃清,同时提倡民主,发扬科学,于五四时代的运动目标以外,还要提倡实践道德,发扬民族主义。从这几个要点看来,他的价值和任务是要比从

前那个运动更大,更艰巨,更迫切啊!①

因此可以理解许寿裳的台湾文化重建构想,即是在台湾掀起一个"新的五四运动",宣扬民主、科学的五四中国新文化运动精神,注入新的文化内容,重建台湾文化。

当时行政长官公署也认识到为了台湾的文化重建,台湾需要展开类似五四运动的文化运动。时任行政长官公署教育处副处长宋斐如在题为《如何改进台湾文化教育》的电台广播词中,慨叹"台湾一向没有足与世界比美的文化运动,即如祖国'五四运动'一类的活动从没有发生过,具有世界史意义的文艺复兴运动,更不消说了"②。当时行政长官公署的机关报《新生报》之社论《论本省文化建设》也指出"民主与科学,是民国八年'五四'运动以来,弥漫内地的一种新文化精神。……但当这一划时代的新生精神在内地激荡,根本改造着古老文化,并发展成为一种以民主与科学为主要内容的新文化运动时,本省正处于日本统治之下,无从与之接触而起同样的变化"③。战后初期,在台湾掀起类似五四运动的文化运动,进行台湾的文化重建,此一构想在行政长官公署内部可说有某种程度的共识,许寿裳的想法可以从当时这种思潮中来理解。

但是,许寿裳认为战后台湾需要的不只是德先生(民主)与赛先生(科学),还要进一步提倡实践道德,发扬中国的民族主义,以建设一个具有新生命、新文化的台湾。至于如何在台湾掀起一个"新的五四运动"?许寿裳的构想是传播鲁迅思想,将鲁迅思想与台湾文化重建做有机结合。

3. 许寿裳的鲁迅思想传播

许寿裳于1946年6月25日抵达台北,同年的10月19日恰是鲁迅逝世十周年忌日,他在《和平日报》上发表了《鲁迅和青年》,这是他抵台后发表的第一篇有关鲁迅的文章,紧接着又在同月21日的《和平日报》发表了《鲁迅的德行》,在隔月的11月1日发行的《台湾文化》(第1卷第2期)"鲁迅逝世十周年特辑"上又发表了《鲁迅的精神》。之后,又在来年1月的《台湾文化》(第2卷第1期)发表了《鲁迅的人格和思想》。

在上述文章中,许寿裳极力介绍鲁迅的思想和精神的根本。例如在

---

① 许寿裳:《台湾需要一个新的五四运动》,《新生报》1947年5月4日。
② 宋斐如:《如何改进台湾文化教育》,《新生报》1946年1月14日。
③ 《新生报》1946年6月19日。

《鲁迅的精神》一文中,对鲁迅的精神做了概括性的总结,他说"抗战到底是鲁迅毕生的精神","鲁迅作品的精神,一句话说,便是战斗的精神,这是为大众而战,是有计划的韧战,一口咬住不放的"。① 在《鲁迅的人格和思想》一文中,指出鲁迅是青年的导师、民族文化斗士,暴露了中国民族性的缺点,揭发了历史的黑暗,其人格的伟大和圣洁在于其拥有真诚、挚爱、坚贞、勤劳,并强调鲁迅的思想本质是人道主义,其方法是战斗的现实主义。② 在《鲁迅的德行》一文中,则再三阐述鲁迅的德行特点是诚爱、勤劳、坚贞、谦虚。③ 此外,在《鲁迅和青年》一文中一开头就说:

> 鲁迅是青年的导师,五四运动的骁将,中国新文艺的开山者。他的丰功伟绩,到今日几乎已经有口皆碑,不必多说了。但是他自己并不承认是青年的导师,正惟其如此,所以为青年们所信服,他的著述为青年们所爱诵。他说导师是无用的,要青年们自己联合起来,向前迈进。……他又指示着青年生存的重点,生命的道路,而且主张国民性必须改革。……鲁迅常说国民性必须改造,否则招牌虽换,货色照旧,口号虽新,革命必无成功。革命者只有前进,义无反顾的。他在《出了象牙之塔后记》一文中说道:"历史是过去的陈迹,国民性可改造于将来,在改革者的眼里,以往和目前的东西是全等于无物的"。以上这些话,至今还是很适切很需要的。④

从上述许寿裳的论述中,可以理解许寿裳想要传达的信息是,战后台湾最需要的是民主、科学、道德实践、中国民族主义,这些精神可以集中从鲁迅身上学习到。许寿裳明显地试图通过鲁迅思想的传播,使得过去鲁迅曾经扮演过重要角色的五四新文化运动能够再度在台湾掀起,达成台湾文化重建的目的。

四、魏建功与战后台湾文化重建工作

1. 魏建功的赴台

魏建功(1901—1980),字天行,江苏省如皋县(今海安县)出生。1911

---

① 许寿裳:《鲁迅的精神》,《台湾文化》1946年11月第1卷第2期,第2页。
② 许寿裳:《鲁迅的人格和思想》,《台湾文化》1947年1月第2卷第1期,第1—3页。
③ 许寿裳:《鲁迅的德行》,《和平日报》1946年10月21日。
④ 许寿裳:《鲁迅和青年》,《和平日报》1946年10月19日。

年入如皋第一高等小学,1914年入南通省立第七中学,1919年考入北京大学文预科乙部,1921年转入北京大学文本科中国文学系。1922年大学二年级时曾选修鲁迅之"中国文学史",在学期间曾以健攻、天行、山鬼、康龙、文狸等笔名,在《猛进》《语丝》《政治生活》等刊物发表文章。1923年,与潘梓年、缪金源、夏德仪、李浩然、施之瀛等创办《江苏清议》,批评军阀官僚政治。1925年,发起创办黎明中学,邀请鲁迅到校兼课,同年加入中国共产党(1926年退出)并自北京大学毕业,留校任北京大学研究所国学门助教,协助刘复的"语音乐律实验室"工作。1927年,赴朝鲜汉城,担任京城帝国大学中国语教师,翌年,返北京大学任中国文学系助教,后升任副教授、教授。1928年,任"教育部国语统一筹备委员会"常务委员,并与黎锦熙等筹编《中国大辞典》。1935年5月,国民党政府裁撤"教育部国语统一筹备委员会";8月,改设"教育部国语推行委员会",任委员兼常务委员,同年出版三十万言力作《古音系研究》。1937年,抗日战争爆发后,该委员会工作陷于停顿,随北京大学南迁,历任长沙临时大学、昆明西南联合大学教授。1940年,任四川白沙国立编译馆专任编辑,选编《大学国文教科书》,同年6月,国民党政府在重庆恢复"国语推行委员会",又被任为委员兼常务委员,7月,教育部召开国语推行委员会全体会议,议决推定由黎锦熙、卢前、魏建功三委员准照国音编订《中华新韵》,1941年10月,经国府颁布为国家韵书,沿用至今。1942年,任四川白沙西南女子师范学院中国文学系教授兼国语专修科主任、教务主任,至抗战胜利。①

抗日战争胜利后,魏建功立即受邀前往台湾担任"台湾省国语推行委员会"主任委员,负责战后台湾言语秩序重整的国语运动工作。关于赴台经过,魏建功本人也曾自述:

> 抗战胜利,台湾光复。台湾在日本帝国主义殖民统治下五十年,一般社会已经有许多人不能讲用祖国语言,尤其是知识分子,只能应用日本语。胜利前夕,伪国民政府派陈仪筹备接受工作,把推行国语定做一项重要工作。筹备接收工作教育方面负责的是赵乃传(台湾行政长官公署教育处第一任处长),推行国语的工作系属在教育方面,赵辗转通过女子师范学院院长谢循初约我担任。……大约是1944年下半年赵

---

① 关于魏建功的生平主要参考:魏至(按:魏建功之长公子)《魏建功传略》(按:魏至提供),与关志昌:《魏建功》,收入刘绍唐主编:《民国人物小传》第6册,台北:传记文学出版社1984年版,第475—478页。

托谢来约的。1945年上半年伪政府在中央训练团开办台湾行政干部训练班,赵主持教育组,设有国语教学科目,我和女师范学院国语专修科教师王玉川同去讲过课。这个训练班的人后来都是台湾行政长官公署教育处的工作人员。……

我被赵乃传约往台湾,当然是因为我与教育部国语推行委员会有关系,但是并没有从教育部国语会来接洽。这件事应该由教育部国语会支持,我就把它提出,和萧家霖(教育部国语推行委员会专任委员)商量安排人力。我以教育部国语推行委员会常务委员身份和另外两个国语会成员何容(驻会委员)王炬(工作人员)作为台湾借调的关系去台。①

从魏建功的自述,可知他的赴台是台湾省行政长官公署教育处直接邀请的。台湾接收前,魏建功即参与了台湾接收的设计筹划工作,同时也在训练台湾接收工作人员的台湾行政干部训练班讲授关于台湾接收后的国语教学问题。因此,台湾甫一接收,立即被邀前往台湾,负责战后台湾的国语推行工作乃是极其自然之事。

2. 魏建功的台湾言语秩序重整构想

魏建功于1946年1月底抵达台北,除了立即展开台湾省国语推行委员会筹备工作外,还展开旺盛的文笔活动,阐述在台湾推行国语的意义、方针与方法。魏建功台湾时代的著作,根据笔者的调查,列表于下。

魏建功台湾时代著作年表(未定稿)

时 间	著 作	刊载处
1946年1月29日	抵台	
2月10日	《国语运动在台湾的意义》	《人民导报》
2月28日	《〈国语运动在台湾的意义〉申解》	《现代周刊》第1卷第9期
3月17日	《国语的文化凝结性》	《新生报》
3月31日	《台语音系还魂说》	《现代周刊》第1卷第12期
5月6日	《国语的德行》	《新生报》
5月21日	《国语运动纲领》	《新生报·国语》第1期
5月28日	《何以要提倡从台湾话学习国语》	《新生报·国语》第2期

---

① 根据魏建功家属所提供的魏建功未刊遗稿。

(续　表)

时　间	著　作	刊载处
6月4日	《国语的四大涵义》	《新生报·国语》第3期
6月25日	《台语即是国语的一种》	《新生报·国语》第6期
7月16日	《谈注音符号教学方法》	《新生报·国语》第9期
	《学国语应该注意的事情》	《新生报·国语》第9期
7月20日	《怎样从台湾话学国语》	《现代周刊》第2卷第7、8期合刊
7月30日	《国语辞典里所增收的音》	《新生报·国语》第11期
	《台湾语音受日本语影响的情形》	《新生报·国语》第11期
	《日本人传讹了我们的国音》	《新生报·国语》第11期
8月14日	《国语常用"轻声"字》（上）	《现代周刊》第2卷第9期
8月28日	《国语常用"轻声"字》（下）	《现代周刊》第2卷第10期
	《学习国语应重方法》	《新生报·国语》第15期
9月27日	《关于交际语》	《新生报·国语》第18期
1947年?月	《国语通讯书端》	《国语通讯》创刊号（未注明出版日期）
?月	《通讯二则》（与邵月琴合撰）	《国语通讯》第2期（未注明出版日期）
1948年3月18日	王玉川《〈国语说话教材与教法〉序》	《国语说话教材及教法》（台北：台湾省国语推行委员会）

魏建功一抵台后，即在一篇题为《〈国语运动在台湾的意义〉申解》的文章中，开宗明义地告诉台湾人什么是"国语"？

中华民国人民共同采用的一种标准的语言是国语，国语是国家法定的对内对外，公用的语言系统。……国语包括(1)代表意思的声音叫"国音"，(2)记录声音的形体叫"国字"，(3)声音形体排列组合表达出全部的思想叫"国文"。①

并宣示：

---

① 魏建功：《〈国语运动在台湾的意义〉申解》，《现代周刊》1946年2月28日第1卷第9期，第9页。

台湾光复了以后,推行国语的唯一意义是"恢复台湾同胞应用祖国语言声音和组织的自由"。……我们要稳稳实实的清清楚楚的先把国语声音系统的标准散布到全台湾。这是在台湾同胞与祖国隔绝的期间,国语运动的目标,传习国音——"统一国语"的基础。我们还有一个目标,也可说是期望统一国语的效果"言文一致"。……

所以我们在台湾的国语推行工作不仅是传习"国音"和认识"国字"两件事,而最主要的就是"言文一致的标准语说写"。最后,我用两句概括的话指出国语运动在台湾的意义:文章复原由言文一致做起,解脱"文哑"(按:意指不会写中文的人)从文章复原下手。①

因此,可以理解魏建功在台湾推行国语运动的目标是使台湾人能够讲"国音"、认"国字"、写"国文",他也不讳言他的最终理想是"台湾的国语运动是要把'言文一致'的实效表现出来,而使得'新文化运动'的理想也得到最后的胜利"②,五四以后的言文一致运动,因中国内外政局的动荡之故,迟迟未能彻底实现。显然,他希望中国新文化运动基本思想——言文一致,能够率先在战后的台湾落实。

魏建功又进一步揭示台湾省国语运动纲领是:

1. 实行台语复原,从方言比较学习国语。
2. 注重国字读音,由"孔子白"(按:指台湾话读音)引渡到"国音"。
3. 刷清日语句法,以国音直接读文达成文章还原。
4. 研究词类对照,充实语文内容建设新生国语。
5. 利用注音符号,沟通各族意志融贯中华文化。
6. 鼓励学习心理,增进教学效能。③

在这个纲领里,值得我们注意的是,魏建功一开始就明确地主张尽快恢复台湾话,主张以台湾话与国语的对照比较作为国语学习入门。他对当时台湾的语言现象有相当程度的了解,在一篇题为《何以要提倡从台湾话学习国语》的文章中也明白表示:

我对于台湾人学习国语的问题,认为不是一个单纯语文训练,却已

---

① 魏建功:《国语运动在台湾的意义》,《人民导报》1946年2月10日。
② 《〈国语运动在台湾的意义〉申解》,第12页。
③ 魏建功:《国语运动纲领》,《新生报国语》1946年5月21日第1期。

牵联到文化和思路的问题。因此很恳挚而坦白的提倡台湾人要自己发挥出自己方言的应用力量。……受日本语五十年的侵染,教育文化上如何使得精神复原,这才是今日台湾国语推行的主要问题①。

他认识到台湾人认"国字",几乎全是日文里所用的汉字观念,台湾人写"国文"也必然深受日文语法的影响,甚至台湾人学"国语"也大半用日本人学中国语的方法——用假名注音。因此,主张先实行台语复原——精神复原——文化、思路的复原,从台湾话学习国语。在公开发表的文章《台语即是国语的一种》里,他强调:

1. 台湾语并不是"非中国语",而所谓"国语"是指"中国标准语"。
2. 台湾人所讲的是"中国的方言",并且与标准语系统相同。
3. 台湾光复是回娘家,既是回娘家,语言的关系与毫不相关的外国人学习情形不能一样。
4. 外国人学另一国家的语言是学一个记一个,我们有"方言"和"标准语"对照的关系存在,学习方法上应该有快捷方式可走。②

从上述可以理解魏建功认为台湾语与国语之间是有相通的脉络,同属一个语言系统,台湾人学习国语的入门方法是先恢复台湾话,从台湾话与国语的对照,换言之即从台湾话声音系统自觉地推测国音和国语,类推着从台湾话改说成国语。魏建功的基本做法是在台湾提倡恢复台湾话,除了可以复原台湾人的文化、思路,也可以补救国语一时无法普及的缺陷,同时也可以增强应用国语的启示。魏建功就是基于以上的认识与信念,展开台湾的国语推行工作,其终极目标是把五四新文化运动的"言文一致"理想落实于台湾。

3. 台湾省国语推行委员会的工作内容

台湾省国语推行委员会之具体工作内容,在成立后隔月的"台湾省行政长官公署教育处工作报告"中就有清楚的说明:

一方面对社会上私人或机关团体之传习国语者,予以示范及协助,使其合于标准,一方面对本省语文教育问题作实验研究以寻求有效之解决途径,同时从各地约请国语国文教员,分发各级学校任教,并于各

---

① 魏建功:《何以要提倡从台湾话学习国语》,《新生报·国语》1946年5月28日第3期。
② 魏建功:《台语即是国语的一种》,《新生报·国语》1946年6月25日第5期。

县市设置国语推行所,负各地推行国语之责,其已开始之工作,可综合为下列各项:

1. 关于树立标准者

(1)语文教材,注意本处所编国民学校暂用国语课本,中等学校暂用国语课本,均已注明语音上轻音变音等,民众国语读本,亦加注国音及方音注音符号。

(2)国音示范广播。……

(3)编印国音标准参考书,注已编竣《国音标准汇编》第一辑付印。

2. 关于训练传习者

(1)全省行政人员之国语训练,由国语推行委员会派员至台湾省行政干部训练团讲授。

(2)本公署员工之国语训练,由国语推行委员会委员讲授。

(3)全省国民学校及中等学校教员之国语训练,由本处办理或由各县市分别办理,由国语推行委员会协助。……

3. 关于设置推行机构者

本处计划每一县市设立国语推行所一所,全省共设十九所,每所设推行员三人至七人,负责传习县市学校教育及公务人员,并直接传习民众。

4. 关于研究实验者

关于本省语文教育之实施方案,由国语推行委员会负责研究设计,并根据本省需要,编辑教材及参考书籍。①

而国语推行委员会自身也说明其成立的第一年,工作上有两个中心目标:

> 第一个目标是树立标准。……(一)指明国音的标准音是教育部公布的"国音常用字汇",并且把所有关于国音标准的教材汇集起来,编成了一本"国音标准汇编"。同时又(二)请一位标准人,就是本会的常务委员齐铁恨先生,在广播电台作"读音示范广播"。(三)我们进行的各种工作,像编辑、审查、训练。(四)对各机关各学校举办的讲习会、训练班、座谈会、讨论会、演说竞赛等等。所作的协助辅导工作,也

---

① 《台湾省行政长官公署教育处工作报告(1946年5月)》,收入陈鸣钟、陈兴唐主编:《台湾光复和光复后五年省情》上,南京:南京出版社1989版,第364—366页。

都是以树立标准为中心。(五)我们经常用书面或口头解答关于国语的询问。也都是有关标准的问题。

　　第二个中心目标,是提倡恢复本省方言。本省原有的方言,虽然还没因为被日本禁用而消灭,可是在沦陷期间,他的使用范围已经很小了。……本省方言跟国语是一个系统的语言(汉语),从方言学习国语。事半功倍,假设方言消灭,学国语就和学外国语一样困难。因此我们觉得必须恢复本省方言的使用,国语才容易进行。……我们制定了注本省语音字音的"方音符号",编写了"国台字音对照录"、"国台通用词汇"、"国台对照词汇"等书。①

　　从上述台湾省国语推行委员会的工作内容,我们可以更清楚了解该委员会实际上就是战后台湾言语秩序重整、实行中国语教育的执行机构,其具体做法是从中国各地招聘国语国文教员,分发各级学校任教,并负责国语传习者——全省行政人员、国民学校、中等学校教员之国语训练,又在各县市设置国语推行所,从中国各地招聘国语推行员派往推行所,负责各地方之国语推行。而国语推行之具体而微的方法——先树立国音标准,再从方言学习国语,显然是出自魏建功的构想。魏建功且亲自撰写国语台语读音对照本《注音符号十八课》,分别将注音符号与厦门音、漳州音、泉州音、客家音对照举例,在台湾省国语推行委员会主编的《新生报》专栏"国语"第二期开始连载刊出②,将其构想具体落实。

　　1947年2月,台湾发生"二二八事件",同年4月,国民党政府废止台湾省行政长官公署,改组为台湾省政府,陈仪被更替,新任魏道明为省政府主席,5月,陈仪离台,魏道明赴任。随着行政长官公署改组为省政府,原隶属于教育处之国语推行委员会也改为独立机构,6月,魏建功辞主任委员职③,由副主任委员何容升任主任委员,魏建功转任国立台湾大学中国文学系教授,1948年10月,又重返北京大学中国文学系任教。

---

① 何容等编:《台湾之国语运动》,第71—73页。
② 《注音符号十八课》注音符号与厦门音、漳州音、泉州音一起对照,一共分九回连载(1946年5月28日至7月23日),而注音符号与客家音的对照则分五回连载(1946年8月28日至9月24日),详细请参照上述日期的《新生报·国语》。《注音符号十八课》没有署作者名,据魏建功先生长公子魏至先生告知系魏建功先生亲自撰写的。
③ 关于魏建功辞主任委员一职的原因,根据其自述是因"二二八运动以后,我已逐渐准备回北京大学,那是1946年冬在北京的时候,北大当局催促我回校,刚巧台湾改组省政府,教育处改组教育厅,对'国语会'的态度不好,我更决心摆脱主任委员"。见魏建功遗稿。

五、结论

战后台湾的文化重建工作,除了许寿裳以五四新文化运动象征之一的鲁迅思想为核心思想的文化运动外,也有不同方向的文化运动。当时中国国民党台湾省执行委员会主任委员李翼中就公开主张:

> 我认为台湾文化运动工作仍然缺乏一个领导中心,这不是说台湾的文化运动要加以统制式的领导,而是说当前努力于文化运动的工作者,没有一个系统的、合理的、一贯的努力方向,也就是说当前努力于文化运动的工作部分中,仍然存留着分歧错杂的思想。我们必须要使台湾的文化运动能够配合建设三民主义新台湾的伟大任务,必须使三民主义能够成为领导台湾文化运动的最高原则,望着三民主义的最后目标,来致力于台湾文化运动,这就是我们所谓建立台湾文化运动领导中心的意义。①

当时,中国国民党台湾省执行委员会(以下简称台湾省执行委员会)设有"文化运动委员会",执行文化运动。陈仪当时虽任行政长官公署行政长官兼台湾省警备司令,掌握行政权与军权,却对台湾省执行委员会没有丝毫拘束力,甚至有时还受到掣肘。众所皆知,国民党内部相当复杂,因意识形态和利害关系分成几个派系,互相对立、牵制。例如,陈仪即属于"政学系",许寿裳在其庇护下实行其构想。可是在国民党本部和国民政府内拥有势力,负责全国性教育、文化政策的却是国民党中央常务委员的陈果夫和其弟——国民政府教育部长陈立夫的"CC派","政学系"和"CC派"处于对立关系②,许寿裳之前即已与"CC派"处于对立立场③。

台湾甫复归中国,"CC派"即任命其人员李翼中为台湾省执行委员会主任委员。他随即组访问团,在三个月内走遍台湾,于全省的区、乡、镇设立台湾省执行委员会下部组织,在县、市设立"县市党务指导办事处",指导下部组织。此外,又在台湾省执行委员会之下设立"文化运动委员会",在全

---

① 李翼中:《对当前台湾的文化运动的意见》,《新生报》1946年7月28日。
② 详细请参考陈明通:《派系政治与陈仪治台论》,收入赖泽涵主编:《台湾光复初期历史》,台北:中央研究院中山人文社会科学研究所1993年版。
③ 许寿裳曾在致友人的信中,清楚地表示反对"CC派"的立场,并透露与"CC派"的对立关系。见《许寿裳日记》。

省各地举办集会、讲演会等文化性活动宣扬三民主义,强调三民主义是战后台湾最需要注入的新精神,扬言要"党化新台湾"。[①] "CC派"主导的文化政策经常带有极端民族主义倾向,换言之,即是有文化保守主义的倾向[②],对于五四学生爱国的民族主义运动予以很高评价,但是对于五四启蒙文化运动的内容则采取保留态度。

  战后初期被赋予战后台湾文化重建中之两大重要工程——文化内容重建与言语秩序重整的许寿裳与魏建功,因有陈仪的庇护遂能实现他们的理想。而他们的理想均不约而同地要将过去无法在中国国内实现的五四新文化运动理想在台湾实践。

  许寿裳重建台湾文化的思想基础,始终是五四新文化运动精神,以继承传播发展其精神作为台湾文化重建工作的枢纽。因此,介绍传播五四新文化运动的精神支柱之一的鲁迅思想来台湾,想借着推广其思想在台湾掀起"新的五四运动",许寿裳认为这才是台湾文化重建的最佳途径。而许寿裳在传播鲁迅的过程中,无形中也将五四新文学中的社会主义文艺精神延续到台湾,传承了五四社会主义文艺精神,此社会主义文艺精神即体现在1948年《新生报》副刊"桥"的论争及1949年以后的台湾文学发展上。

  另外,魏建功担任主任委员的台湾省国语推行委员会就是战后初期台湾言语秩序重整的执行机构,其具体做法是从中国各地招聘国语国文教员,分发到各级学校任教,并负责中国语传习者——全省行政人员、国民学校、中等学校教员之国语训练,又在各县市设立"国语推行所",从中国各地招聘国语推行员派往推行所,负责台湾各地方之中国语推行。魏建功的终极理想是希望五四新文化运动的基本理想——言文一致,能够率先在台湾实现。1949年,国民党政府迁台以后,基本上仍延续魏建功的方针,在魏建功离台返回大陆之后,他的"言文一致"理想确实在台湾实践了。

(作者单位:日本,爱知大学)

---

① 张兆焕(台湾省执行委员会书记长)《本省党务概况》,《台湾省地方行政干部训练团团刊》1946年11月15日第2卷第6期,第273—275页。伊藤金次郎《台湾欺かざるの记》,东京:明伦阁1948年版,第201—202页。

② 坂口直树《国民党文化政策の展开と胡适》,《季刊中国》1993年第33号,第72—82页。

三一运动与五四运动的文化论探讨

郑灿荣

一、前言

2009年,韩国三一运动与中国五四运动迎来了90周年。如果将30年看成"一代"的话,那么现在已经过去了整整三代,同时又是第四代繁衍生息的开始。踏过18—19世纪的近代史,又经过近十年的21世纪,全世界都在共同探讨着近代、后现代主义(post-modernism)这一话题。在如此重要的历史时刻,回顾被称为近代史重要转折点的1919年,无论对于两国还是未来的东亚共同体,都带有寻找彼此共同点的重要意义。三一运动是举国参与的民族独立运动,五四运动则是中国知识分子在白话文运动和新文化运动的基础上发起的爱国运动。但两者又都带有反帝、反封建、倡导近代化等诸多相同点,这些相同点奠定了两个国家政治、社会发展的基础。同时,三一运动与五四运动都属于文化运动,其结果也都开启了两国的近代文明,这一点恰恰也是此次研究的重要线索。

历史,属于记忆它的人,这意味着历史不只是记载在书籍里的一成不变的陈年往事,而是由记忆它、将它重现为文化形式的人们所表述并持续变化发展的。同时,历史是"繁衍生息"的,它在那些铭记它并以它为前提进行的各种理论研究中不断演变。历史是一种"运动",在此,我们可以试着将三一运动与五四运动看作一个发展变化的运动来思考。把三一运动与五四运动解释为文化运动而不是政治或社会运动,其优点在于通过发掘共同点,我们可以寻找到东亚近代史的起点,并且运用这些共同点,探索未来发展的相通之处,为东亚以及世界和平提供更多的可能性。与其扩大差异,不如寻找更多相同点,这也是我们寻求共同发展的捷径。

排除文学领域对于韩国近代史划分方法的种种异见,韩国近代文学的上限应该追溯到许多文学史家主张的三一运动之后的 1920 年代以后时期的文学①。如果说中国现代文学的焦点在于如何看待五四运动的启蒙思想，两者之间的比较恰好可以为东亚近代文学研究提供一个范例。正如林亨泽教授所说的：虽然三一运动与五四运动所处的历史条件不同，但如果关注两者都与"文化运动"紧密相连这一点，就不难发现两者最终都开启了近代文明。因此，比较两次运动的意义，会发现有很多有趣的东西。②

文化论研究的合理性可以从近代（后现代）主义讨论的重构中寻找，即回顾近代历史而带来的焦点问题③——对国家、民族、风俗、宗教、文学、社会、文化、医疗等近代领域的制度形成过程的研究。这表明从比较研究韩国和西方近代史，渐渐转到从社会、历史角度重新审视自己那段近代史研究的阶段。不借用抽象的近代理念，而是根据自己的实践经验和具备的条件，具体深入地进行自己历史的研究。这就需要用文化论方法来研究问题，因为文化或者小说都是由"符号"和制度形成的。文化论研究方法并不是近代的概念，而是近代主义逐渐主体化，构建社会历史性脉络的过程。因此，这需要我们采取柔韧而开放的态度来接受它。④

在韩国文学里，文化论研究的成果，主要表现在近代微观领域和文化表现形式上，这也恰恰体现了文学形式主题的多样性，例如城市、时装、金矿、茶屋、女学生、建筑、电话、法律意识、疾病、百货商店、恋爱、家庭、爱情等丰富多样的主题。⑤ 中国的近代史研究中，最为突出的表现形式是 20 世纪 30—40 年代老上海为背景的电影、杂志、文学作品、城市文物研究等⑥，并且

---

① 崔元植：《文学的归还》，创飞社 2001 年版，第 142 页。
② 林亨泽：《1919 年东亚："三一"运动和"五四"运动》，《1919 年：近代东亚的新形势》，成均馆大学东亚学术院发表大会报 2009 年 2 月 13—14 日，第 2 页。
③ 历史问题研究所：《韩国近代与近代性批判》，历史批评社 1996 年版；金真均、郑根锡：《近代主体与殖民地规范权力》，文化科学社 1997 年版；首尔社会科学研究所：《寻找近代性的边缘》，新路 1997 年版。以这些研究为代表。
④ 郑灿荣：《文化论观点看小说之倾向与前景》，《现代文学理论研究》2005 年第 25 期，第 51—52 页。
⑤ 代表论点如下：金周里：《近代风尚的确立和 1930 年代文学之变革》，《韩国现代文学研究》1999 年版；李景勋：《网络和 premium——关于廉想涉的"电话"》，《现代主义小说与疾病》，天空莲池 1999 年版；李景勋：《三越》，《近代的陈列窗——文学与风俗 1》，《现代文学研究》2000 年第 15 期；金东植：《恋爱与近代性》，《民族文学史研究》2001 年第 18 期；李景勋：《〈无情〉中的风尚》，《民族文学史研究》2001 年第 18 期；金哲：《近代的超克〈浪费〉还有威尼斯》，《民族文学史研究》2001 年第 18 期。
⑥ 李欧梵：《上海摩登》，张东千译，高丽大学出版部 2007 年版。

改革开放以后的中国文学、电影、戏剧、建筑、网络、房地产、媒体、城市建设、日常消费、后工业社会主义、中国文化环境的研究也颇为引人瞩目。① 文化论研究方法的最大特点在于可以避免分析的固定化或呆滞化。与研究作家或作品的文学史研究相比,文化论研究是将研究主题(text)作为研究的重点,因此具有主观能动性。例如:权亨俊的《从东亚的视角审视三篇〈故乡〉:奇里科夫、鲁迅以及玄镇健》②,这篇文章将俄罗斯、中国、韩国的三位作家的同名小说作为题材,追求相对的客观性,试图解释东亚的文化同一性(identity)。这种文化论的文学研究可以分为文学制度方面的研究、有关经验和体验近代史的研究以及以近代史为前提叙述的文化主题研究三个方面。③

韩国以新文学、近代文学、现代文学,中国以近代文学、现代文学、当代文学来划分历史时代④,此项研究将反思分阶段研究的倾向,本文将用文化论的观点来重新审视 20 世纪近代化或追求近代化文学的整体变化。我们要以开放的态度接受变化的文学史和多样而开放的文化论,来更加深入研究各个国家的特殊性,寻出东亚的普遍性。

二、三一运动的文化定位和发展形式

三一运动之后,日本的朝鲜总督府一改之前对朝鲜的武力统治路线,开始实施怀柔和安抚性的所谓"文化政治"战略。这在一定程度上放宽了朝鲜的言论自由,借此也出现了一系列新闻杂志的发行。三一运动在政治上的失败,反而为活跃在海外的政治文化运动带来了新的契机。1919 年 4 月上海临时政府的成立,以及《独立报》的创刊便是这一变化的表现。因此,可以说三一运动预告着之后的 20 世纪 20 年代韩国要迎来近代知识分子时代。

---

① 林春城:《21 世纪中国的文化先驱——社会主义中国文化研究》,《现实文化研究》2009 年。
② 权亨俊:《东亚视角剖析中国文学》,首尔大学出版部 2004 年版,第 87—105 页。
③ 李校德:《表象空间的近代》,绍明 2002 年版,本书展示了风景、空间、语言、媒体、出版、克隆技术、教育、儿童、交通、地图等多样的近代表象。
④ 这三种概念相当于英语里的 modern,在韩国,各个论者看法不同,或区分于开化期的新文学、1919 年开始的近代文学、1930 年代开始的现代文学,或以 1860—1918 近代文学履行期、1919 年开始的近代文学来区分。从中国来说,从鸦片战争到 1917 年为止为近代文学、之后到中华人民共和国成立之前为现代文学、之后到现在为止为当代文学,这种区分法源自近代意识。因此要确立连续性文学史,必须要有对近代的再认识。

与海外相对自由的活动相比,在殖民地朝鲜的知识分子却是消极应对日帝统治的新形式,但因国内知识分子的文化意识不同,也呈现出各种对应方式。

蔡晚植的《ready-made 人生》(1934)正好表现了这一点,主人公 P 说,"虽然自由主义思潮在己未年已经踏出了真真切切的第一步",他把三一运动以后涌起的教育热,表述为对当时文化政治的迎合,写道:"大量定作知识分子阶级"的结果,是"资产阶级把握了'主导权'。学习了文化的一些知识分子掌握了'闲职'",以每年 1000 人规模剧增的知识分子阶级,使得资产阶级的所有机关陷入饱和状态。蔡晚植的这种讽刺语调,被崔元植解释为:"自 1884 年甲申政变以来,由'忏悔贵族'和'开明两班'阶层主导的民族运动已经宣告退出了历史舞台,以'三一'运动为转折点,运动的主动权转到了'杂'阶级——知识分子阶级的手中了。"①

日帝在朝鲜殖民地的文化政治目标,是在朝鲜构建日本式资产阶级社会体制,把朝鲜完全掌控在自己手中。这一系列的政治倾向,要求朝鲜资产阶级知识分子准备新的对应方法和策略。其结果导致了知识分子社会的多样性:第一类是通过露骨的亲日行径以求自身荣华富贵;第二类是由主张"民族改造论"转向"启蒙运动",如崔南善、李光株、金圣株等;第三类是由主张"民族文化建设论"转向劳动、农民运动,以申采浩、朴殷植、安载弘等为主要代表人士②;第四类是朝鲜共产党等激进运动派,最具代表性的就是 KAPF(1924)的组成与活跃。

首先,让我们先来看一下亲日势力的文化政治观。1910 年朝鲜被强占以来,迎合日帝统治、追求自身利益的顺应体制型知识分子,展开了全方位的活动:通过组织"国民协会"、"维民会"、"大东同志会"等团体来开展演讲会和言论等活动。他们主张日帝的统治是当今世界局势的必然结果,为加速朝鲜的近代化,应该参与到日帝的政治体制建设中,也应该让"两个文化与血统相近的民族"融为一体,来构成大民族国家,适应世界局势。③ 这

---

① 崔元植:《文学的归还》,第 400 页。这作为近代结构塑造出来的知识分子形象,令人联想到葛兰西的"有机知识分子",据他描述,知识分子从广义上可分为在生产领域、文化领域、政治行政领域履行组织技能的全部社会阶层。其中的有机知识分子阶层履行在资本主义生产方式中将独特技术能力具体化以及领导的职能。
② 郑润载:《日帝强占期民族生存的政治思想》,《东洋政治思想史》第 4 卷。
③ 李太勋:《20 世纪 20 年代前半期日帝的文化政治与中产阶级政治势力的对应方针》,《历史与现实》2003 年第 47 期,第 26—29 页。

些理论正迎合了大韩帝国末期的政党政治论。而且,这又是通过政治参与近距离接触国家权力,并借此来推动整个社会近代化的理论发展形式之一。[①] 他们通过《每日新报》、《共荣》、《时事评论》等媒体,试图将自己的亲日言论正当化。[②]

其次,1910 年涌现的新知识分子阶层,如:崔南善、李广洙、金圣株、宋振禹、张德株、玄尚润等。[③] 他们主张与其做抵抗运动,不如通过开展文化运动来增强社会实力,提倡所谓"先加强实力,后独立"的主张,认为朝鲜社会要摆脱殖民地统治,必须增强和巩固社会内实,只有这样才可以摆脱殖民地统治。其中李广洙的"民族改造论"[④]最具代表性,他力求通过教育民众改造民族精神,实现产业近代化。他们的这些努力通过《东亚日报》、《朝鲜日报》、《中央日报》等报纸和《开辟》等杂志,《废墟》、《白鸟》、《创造》等文艺同人文章和刊物来具体实施,同时也开展了国民启蒙运动、消除文盲活动、建立民资大学和奖励物产等一系列运动。

再次,反抗日帝统治的"非妥协性民族主义"者,为了在国内激起民族史和民族文化热潮,也开展了多方位的实践活动。张志英和金润庆 1921 年组织了"朝鲜语研究会";申采浩在流亡中国时期撰写了《朝鲜上古史》;朴殷植编写了《韩国独立运动之血史》;韩龙允组织创办了"朝鲜佛教维新会",发行了《君之沉默》等诗集;安载弘主导创立了民族协同战线之一的"新刊会"。他们都为民族文化建设做出了各自的贡献。[⑤] 李润载作为国语学者,发表了《圣雄李舜臣》(《汉城图书》1931 年)、传记《豪杰安龙福》(《东光》1926 年 5、6 月第 1、2 号)、《东方伟人李耳小传》(《新生》1931 年 2 月第 28 号)、《世宗大王之圣德》(《学灯》1933 年 10 月第 1 号)等文章,这在继承"申采浩创作历史传记小说"这一点上具有一定的意义。

最后,1920—1925 年间,俄国、伪满洲、日本等海外的韩国共产主义运动试图在国内寻找根据地,其结果是在 1925 年 4 月成立了朝鲜共产党。这

---

① 李太勋:《20 世纪 20 年代前半期日帝的文化政治与中产阶级政治势力的对应方针》,《历史与现实》2003 年第 47 期,第 26—29 页。
② 详细内容可参考以下论文:任京锡:《"三一"运动时期亲日势力的论理和心理——以〈每日新报〉为中心》,《历史与现实》2008 年第 69 期;朴钟麟:《通过〈共荣〉揭示大东同志会的活动与亲日论理》,《历史与现实》2008 年第 69 期;李太勋:《通过〈时事评论〉揭示国民协会的近代国家意识与参政权请愿论》,《历史与现实》2008 年第 69 期。
③ 朴灿承:《韩国近代政治思想史研究》,韩吉社 1992 年版,第 167 页。
④ 李广洙,《开辟》1922 年第 5 期。
⑤ 郑润载,《开辟》1922 年第 5 期,第 40—43 页。

些努力一直延伸到文化艺术领域方面。如以朴英熙、金基镇为中心的接受了社会主义倾向的文学家,开展了"新倾向派"文学运动;1922 年成立了社会主义倾向文人团体——"焰群社";于 1923 年成立了 PASKYULA。而 1925 年 8 月成立的 KAPF 对这些组织进行了统合。当时的成员有朴英熙、金基镇、李浩、金英八、李翼尚、朴龙大、李绩效、李相华、金殷、金福镇、安石英、宋英、崔升日、沈大燮、赵明熙、李琦英、朴八扬、金阳等,随后经过"方向转换论"等时期,以林华、金南川为中心的文人推出了一系列在韩国文学史上具有纪念意义的文艺作品。

1945 年 8 月朝鲜半岛光复,开始进入筹备新民族国家的时期。此时,人们开始极度关注三一运动。其原因在于:一方面可以告知世界韩国的民族统一性和文化潜力;另一方面也可以向全世界宣布韩国独立这一重要的历史性事件。因此,左右两派为日后争夺国家统治权,开始力争三一运动的主导权。

右翼派站在民族抵抗史的立场上来解释三一运动,打出了"临时政府法统论",并为了将此正当化,做了一系列表面性的工作。正如朴宗华的《青春胜利》(1934)里的描述,日帝殖民地时期的头号亲日分子忏悔过去,希望参与到新民主国家的建设之中。[①] 并且,还为三一运动的"大众化"倾注了努力,如 1946 年举办三一运动纪念仪式;1948 年单独政府成立后,将 3 月 1 日作为国庆日(1949.10);又如 1950 年 2 月制定"三一之歌"(1950.2)等,把三一运动纳入到国家性的制度里。[②]

正如《农民的悲哀》(1948)、《暴风的历史》(1947)里所表现的那样,左翼将三一运动定义为"以工人、农民为阶级范畴的运动"[③]。1946 年,朝鲜科学家同盟纪念三一运动论的文集——《朝鲜解放和"三一"运动》就非常典型地表现了这一点。其中写道:民族解放运动的主导权,应该由过去的改良主义者转到工人和农民手中。这意味着直接将矛头指向临时政府法统论,从中可以看出左翼分离三一运动和临时政府的意图。反过来,韩国的

---

① 郑钟贤:《从文化政治学的角度看"三一"运动的表现新式:以解放期——大韩民国建国期的"三一"运动的表现形式为中心》,《韩民族文化研究》2007 年第 23 期,第 246 页。
② 林钟明:《后殖民时期韩国"三一"运动的表现形式与竞争,以及建国初期的大韩民国》,《1919 年:东亚近代史的新的篇章》,《东亚学术发表大会论文集》,成均馆大学 2009 年版,第 133—142 页。
③ 郑钟贤:《从文化政治学的角度看"三一"运动的表现形式:以解放期——大韩民国建国期的"三一"运动的表现形式为中心》,《韩民族文化研究》2007 年第 23 期,第 253—267 页。

"'三一'运动——临时政府——大韩民国"这一言论,则是排除民族主义运动的统治意识形态。随之,官方的三一言论则与民族主义三一言论,不可避免地正面冲突起来。① 之后,韩国的民主化过程就集中表现在这两个言论的相互对峙上了。

三、五四运动的文化定位以及发展形式

五四运动是一场政治运动,也是一场文化运动。说五四具有超越政治意义的文化论意义,原因在于在当时反封建、反殖民统治的过程中,"文学"肩负着实现民族解放的使命这一特殊性,"文学"也包容着与社会的相互关系这一普遍性。因此,五四运动孕育了所谓五四一代人的同时,又对中国知识分子社会的形成起到了决定性的作用。

被知识分子誉为文化革命的五四运动,是在军阀统治和帝国主义统治的历史条件下发生的,其核心源于新文化运动,并结合了民族运动,其意义在于揭开了中国现代史的序幕。1915 年,日本留学归来的陈独秀在上海创刊杂志《青年杂志》,这标志着新文化运动的开始。他把中国的软弱归咎于传统的儒家思想,在这个杂志的创刊号上登载《敬告青年》一文,向青年人提出"自主的而非奴隶的"、"进步的而非保守的"、"进取的而非退隐的"、"世界的而非锁国的"、"实利的而非虚文的"、"科学的而非想象的"六点要求,唱响了新文化运动的序曲。陈独秀希望年轻人具备自主的、进步的、进取的、世界的、实利的、科学的六项条件,他认为只有"民主"与"科学"才能拯救中国。

留美归来的胡适主张进行文学语言的变革,他说道:打破以往统治阶级使用的文言文,使用通俗易懂的大众化的语言文字。胡适的"白话文运动"掀起了一场"文化革命"。1917 年,胡适在《新青年》上发表了《文学改良刍议》,作为革命运动的标志,使少数人争议的话题成为新文学运动正式兴起的标志。这篇文章系统地阐述了 1916 年提出的文化革命的八项纲领,阐述除旧创新的精神,提出的对当时局势产生重大影响的见解基本符合提倡白话文和新文学、反对文言文和旧文学的要求,因此得到了新文学提倡者的较

---

① 林钟明:《后殖民时期韩国"三一"运动的表现形式与竞争,以及建国初期的大韩民国》,《1919 年:东亚近代史的新的篇章》,《东亚学术发表大会论文集》,成均馆大学 2009 年版,第 126—137、142—144 页。

高评价。

紧接着,陈独秀在《新青年》第2期第6号发表了《文学革命论》,这可谓是文化革命的"正式宣言"。这篇文章不仅解决了《文学改良刍议》的不足,更重要的是它公开地高举"文化革命军"的旗帜,大写特写革命军的"三大主义"①,把它作为反对封建旧文学、创立民主主义新文学的战斗口号。②

1918年4月,胡适发表了《建设的文学革命论》,把《文学改良刍议》一文中提出的"八项主张"概括为"八不主义",并提出了新文学建设的"宗旨"。

随着文学革命的发展,在1920年前后,李大钊和沈雁冰等进行了进一步研究,提出了新的文学理论要求。1920年1月李大钊发表了《什么是新文学》,他在文中不仅批判了文学革命中出现的"重形式,轻内涵"的倾向,还主张要求作"为社会写实的文学"。沈雁冰于1920年初发表了《现在文学家的责任是什么》一文,提出"为人生"而表现人生的新文学主张。此外,还出现了一批初步展现文学革命成果的作品,白话文的使用也日益广泛了起来。③

综上所述,我们可以从以下几个方面总结五四运动的重要意义:第一,五四运动作为反帝、反封建运动,是一场民众自发聚集和参与的运动,而白话文的普及其文化意义更为重大;④第二,五四以后新旧知识分子之间的主导权之争已经倾向于新知识分子这一边。这一点可以理解为从"反传统"理念到"反封建"的革命性质的转向。⑤ 并且五四文学运动所提倡的"民主主义文艺思想",作为当时诸多文学同仁的思想基础,它的出现为中国文学发展史和文艺理论发展史奠定了重要的基础。而且,通过《新青年》、《新

---

① 三大主义的内容如下:"曰,推倒雕琢的、阿谀的贵族文学,建设平易的、抒情的国民文学;曰,推倒陈腐的、铺张的古典文学,建设新鲜的、立诚的写实文学;曰,推倒迂晦的、艰涩的山林文学,建设明了的、通俗的社会文学。"
② 之后,中国国内外发生的几大重要事件,起到了推动文学革命的重要作用。第一,一战后,以"山东问题"为导火线,举国兴起的五四反帝爱国运动;第二,世界范围内的人民解放与民族独立革命运动走向高潮,尤其是俄国十月革命的胜利,开辟了人类新纪元;第三,民主主义思想向全世界扩散,马克思——列宁主义传播到中国,中国现代史上迎来了第一次思想解放高潮,同时,这也意味着新文化运动从单纯的继承思想阶段提升为反帝反封建性质的政治斗争。
③ 洪锡杓:《"五四"文学革命和新文化的诞生》《邂逅中国现代文学》,韩国中国现代文学会,朝霞社2006年版,第29—45页。
④ 三一运动之后,为了迎接"同仁志"时代的到来,大力创作了韩语文学。
⑤ 这与韩国三一运动之后形成新知识阶级群非常相似。

潮》《学灯》《少年中国》等刊物培养了一大批新文学从事者与文艺青年。例如,"文化研究会"和"创造社",这两个由五四前后具有现代思想的知识青年组成的文学团体,在早期文坛上起到了举足轻重的作用。随着这两个文学团体的成立,推出了一系列立足现代文学思想的文艺理论,并据此展开了具体的文学创作。因此,阐述其文学意义,不能不提的是其将中国近现代史融进了文学创作的事实。把现代史叙述成五四新文学的素材,日后就成为了中国现代文学的基本框架。①

五四运动时期的知识分子群大致可以分为如下三大类:首先,"'五四'一代人站在激烈的'反传统'立场上,彻底粉碎传统文化的壁垒……试图在西方学说传统之上确保知识分子的中心地位",可以称他们为"传统士大夫型"。② 如同韩国的文化民族主义者,他们希望通过渐进的教育改革和开化运动来改变当时的社会;其次,是希望通过批判现实来获得历史进步的现实主义者和希望实现个人价值、现代文化倾向的现代主义人士;③再次,就是1917年俄国十月革命以后出现的,希望突破文化运动限制,实现政治、社会革命的社会主义者。④

之后五四文学的发展形式,与这些知识分子群体各个时期的盛衰紧密相连,权亨俊将五四文学的发展形式概括为以下三个历史时期:⑤第一,1919年的五四文学喊出反封建口号,试图融合西方文艺思潮来构建中国的近代文学;第二,自1928年起,社会主义文学运动分为"继承'五四'运动批判性"的积极倾向和"强调'为政治服务'"的消极倾向,但以1942年毛泽东《在延安文艺座谈会上的讲话》为契机,均转变为"强调革命性和集中制"的倾向;第三,便是1976年以后的新时期文学,此时再次出现了"继承'五四'文学批判性"的倾向⑥。

然而,五四文学传统的变化过程具有更为复杂的一面。1949年7月,第一届文代会举办之后,五四新文学运动创始人之一——胡适的强调实用

---

① 陈思和:《中国当代文学史》,鲁正恩译,文学村2008年版,第134—135页。
② 同上书,第405—406页。
③ 陈思和强调关于近代性的文学的现实主义和后现代主义的区别,把文化分为胡适提出的"全盘西化"文化、社会主义和现实主义思潮,以及俄国式神会主义文化等。
④ M·罗宾森:《日本帝国主义统治下的文化民族主义》,金敏焕译,拿南1990年版,第181页。
⑤ 权亨俊:《现代中国文学理解》。
⑥ 陈思和在其提出五四新文化传统中,强调运动的革命性,以1949年为转折点,通过文学革命,直到1976年,重组了五四新文化运动传统。

主义而抵制马克思主义的"唯心论"受到了批判;20世纪30年代,出现在左翼文艺运动中的文学理论家胡风所提倡的"知识分子应该参加抗战"的启蒙思想也受到了批判。这是因为五四文学传统带有强烈的民主主义色彩,这也为日后出现大规模知识分子思想改造运动和创作的单一性作了铺垫。危机中的五四传统,是通过在1956年"百花齐放、百家争鸣"——提倡生活和真实人性的所谓"双百时期"得到了关注。那些体现生活和描绘人性的作品——之前没有得到肯定的作品、未能发表的作品——在这一时期得到了一定的肯定与赞赏。1976年10月"无产阶级文化大革命"的结束,可以说是五四文学传统重新得到认可的转折点。这一时期出现的"伤痕文学",其历史意义在于:继承了五四的现实批判精神,使一些深入到现实生活中批判社会结构矛盾的知识分子、文人重现文坛,揭开了新时期文学的序幕。①

四、韩中近代文学的文化论比较

文化研究的模式可分为结构主义和文化主义,结构主义的特色在于:强调"限定的条件",把"经验"放在次要位置,使长期受到冷落的"意识形态"这个范畴得到了升华。反过来,文化主义的特点在于:注重"经验",强调创造性和历史性。② 尽管这两种研究模式都各有自己的特色和长处,但这两种理论都过分偏重"条件(构造)"和"意识(个人)"中的一项,也使二者都有一定的局限性。然而,这两种研究模式都认为文化是"受统治阶级意识形态支配"的,因此,本阿格(Ben Agger)曾说道,文化研究可分为(非理论性、非政治性的)顺应主义文化研究和(包含文化研究本身、文化包容且不分等级的文化生产力形式的)批判性文化研究两类。③

不过本篇文章的宗旨并非是介绍文化研究的多样性,而是"基于无阶级观念,在平等的批判主义文化研究"的立场,研究东亚的近代性。因此,这一章节将主要介绍三一运动和五四运动的多种发展形式和分析近代文学的各种文化素材,从而探讨日后研究的可能性。

首先,我们再回过头来看一看,将前面所提及的俄国的切里科夫、中国的鲁迅,韩国的玄真健写的同名小说《故乡》(这里再加上李奇英)进行比较

---

① 陈思和:《中国当代文学史》,鲁正恩译,文学村2008年版,第55—66、153—64、279—288页。
② 林永浩编著:《Stuart Hall 的文化理论》,参考了《文化研究的两种范畴》。
③ 本·阿格(Ben Agger):《作为批判理论的文化研究》,金海植译,玉土1996年版,第200页。

研究也许会是一件非常有趣的事情。李奇英在殖民地时期作为CAPH的主要成员活跃于当时的文坛,解放后赴朝鲜担任了朝鲜艺总委员长等要职。他在殖民地时期的代表作《故乡》(1934),成功地刻画了工农联盟的事迹,是一部社会主义写实主义的代表作。

站在非虚构小说(nonfictionnovel)的视角研究《血泪》①,从纪实文学的观点研究五四题材的文学,对两者进行比较也是一项很有趣的研究。用文学虚构的方式描述社会历史事件的这种表现形式,在韩国叫做"证言文学";西班牙叫做"新现实主义(neorealismo)";美国叫做"新兴新闻学(newjournalism)"或者"非虚构小说(nonfiction novel)";中南美叫"证言文学";在中国则叫做"纪实文学"②。以"文革"时期的悲惨经验为前提描写的《伤痕》(卢新华,1978),作为"伤痕文学"的代表作,也可以作为同一题材的文学进行研究。③ 韩国也有不少以社会、历史事件为题材的小说作品。④

然后,也可以试着进行韩中无政府主义(anarchism)方面的比较研究。如将韩国申采浩、权瞿玄、金和山等人的文学作品与中国鲁迅、巴金的作品进行比较研究,这不仅可以揭示无政府主义艺术的世界普遍性,也可以突出两国无政府主义文学的特殊性,因此此项研究对文学史的意义将更为重大。⑤

与此同时,还需要更加深入地进行韩中无产阶级文学(proletariat)方面的研究。因为,摆脱以往"运动论"和"组织论"的研究方法⑥,以诗、小说、评论、戏曲为中心,研究探索社会主义近代化实质,将会有极其重大的意义。例如,关于"世界观和创作方法争议"的认识,我们应该超越"苏维埃现实社会主义"的单纯移植式研究方法,而采取比较研究的方法,更深层地研究自身的特殊性。⑦

1950年的韩国战争既是韩国与朝鲜之间战争,也是一场轰动全球的国际战争。从这一点来说,以韩国战争为题材的韩国与朝鲜两国文学,通过表

---

① 这部小说的主人公是一个使用"其月"笔名的人物,围绕三一运动的具体事实,描绘首尔的生活。这本小说在《独立报》第1号至14号,以连载小说的形式发表的。
② 郑灿荣:《韩国真言小说的理论》,育林企划2000年版,第42—45页。
③ 洪子诚:《中国当代文学史》,飞峰出版社2000年版,第187—190页。
④ 郑灿荣:《韩国真言小说的理论》,育林企划2000年版。
⑤ 金景福:《韩国无政府主义和生态学乌托邦》,多云泉1999年版;陈思和:《中国当代文学史》,鲁正恩译,文学村2008年版,第66—71页。
⑥ 权亨俊:《1920—30年代韩中无产阶级运动比较:组织问题为中心》。
⑦ 郑灿荣:《近现代文学的再认识》第一部,世宗出版社2001年版。

现伤痕和治愈过程,达到放眼未来的目的。韩国战争题材的韩国文学形式非常多样,这些作品也可以与巴金、路翎、杨朔、陆柱国等作家著书的韩战题材的作品进行比较研究,其意义也将会很大。

家庭,在东方文化中占据着举足轻重的地位,姜景求虽对家族史小说进行了比较研究①,但还欠深度,应需要更加细致缜密的研究。比如,对古典小说中的家庭小说的比较研究,或对古典文学和现代文学的连续性的研究;②又如,通过对家族史、年代记小说的研究,尝试揭示韩国文学与世界文学的普遍性③。因此,通过家族史小说、家族小说,我们可以发现两国文化形态的普遍性和特殊性。

五、结束语

20世纪民族主义的一个极端表现并不是共存和共荣,而是矛盾和冲突,它源自统治与被统治、殖民和反殖民带来的紧张和矛盾。只有超越这种民族主义冲突,才能着眼于21世纪东亚和平和繁荣的大主题来共同探讨东亚的近代文化。此项研究对连续的文学史或者开放型文化论持以包容的态度,旨在对各个国家的特殊性和东亚的普遍性进行广义的深入研究。

三一运动和五四运动都具有反对帝国主义侵略、捍卫民族主权的共同点。当然,三一运动作为全民族的民族独立运动,异于以中国知识分子的白话文运动和新文化运动为发展形式的五四运动。但两个运动都是由文化运动促使了政治运动,政治运动又反过来鼓舞了文化运动。可以说三一运动和五四运动都与文化运动紧密相连,并且都形成了两个国家的近代文化。

三一运动之后的文化论可以分为:从1920—1930年代的"民族改造论"转向"启蒙运动"的一派;从"民族文化建设论"转向"工农运动"的一派;一开始就举着"社会主义文学运动"旗帜的一派。解放时期(1945—1948)的韩国,分左右两派(右翼派追求民族主义的史诗;左翼派站在阶级的立场上重新定义民族)进行活动。韩战以后,左翼理论渐渐占据了主导地位。此后的民主化过程集中表现在三一运动的统治意识形态和民族主义

---

① 姜景求:《汉中现代家族史小说的比较研究》,《中国现代小说探索研究》,世宗出版社2005年版。
② 崔世汉:《家庭小说研究》,民音社1993年版。
③ 柳钟烈:《家族史年代记小说研究》,国学资料院2002年版。

意识形态的对峙上。1980年以后,主要表现为恢复和深化关于三一运动的讨论。1990年以后,则表现为对东亚范围的近代表象的探索。

五四运动以后的文化论起始于近代的另一面——现实主义文化观、现代主义文化观(modernism)、社会主义文化观,之后经历了偏重五四传统革命性的时期和回归五四、将它视为近代化的起点的时期,以及恢复批判精神的时期,最终走向将现实过程纳入近代化过程之中的观点。在这些过程中产生了无数文学文化主题,他们又组成了各种不同观点,逐渐确立起关于五四的合理理解。

三一运动和五四运动是韩国和中国近代化的一个轴。通过对它们进行多样的文化透视以及实例翻检,可以发现韩中文学的特殊性和普遍性,并给我们揭示今后的研究方向。

本文从文化论的视角对三一运动和五四运动进行了探讨,旨在揭示东亚的特殊性和普遍性。至于对具体作品更详尽的研究以及朝鲜或中国台湾的研究,就寄希望于日后的研究课题了。

(作者单位:韩国,东西大学)

法国汉学家心目中的五四新文化运动

何碧玉(Isabelle Rabut)

记得几年前,在我讲五四新文化运动的时候,课堂上突然有个学生疑惑地说:"中国人怎么会对自己的文化持有这样破坏性的态度?"这样的反应只有过一次,大部分学生大概觉得中国文学与世界文学接轨是一件理所当然的事。可是,对五四新文学持怀疑态度的汉学家不乏其人,尤其在20世纪上半叶。

西方汉学家对五四文学的批判主要是从美学角度来进行的。俄罗斯汉学家 Basile Alexéiev(1881—1951)1926年11月在法兰西学院(Collège de France)和吉美(Guimet)博物馆做了一系列关于中国文学的演讲,他是法国著名汉学家 Edouard Chavannes(沙畹,1865—1918)的学生,在 Paul Demiéville(戴密微,1894—1979)心目中称得上是"对中国诗歌研究最有成效的西方专家之一"。Alexéiev 在他最后一次演讲中谈到《改革中的中国诗歌》,其所指即是胡适为代表的新诗。他对胡适的新诗很不以为然。他说中国古代诗歌之所以伟大是因为它是在两个对立思想的影响下产生的,即"儒家的幻觉"(phantasme confucéen)和"道家的怪诞"(fantaisie taoste)。所谓"儒家的幻觉"就是对一个能体现崇高的道德概念的士大夫文学(按照 Alexéiev 的说法是一个"伟大的超人文学",grande littérature du surhomme)的向往。"道家的怪诞"(fantaisie taoste)则是一个自由的、富于想象的精神世界。这个大传统在新诗里荡然无存。"超人"被普通公民所代替,崇高的道德理想被一般的、通俗的语言和感情所代替。同时,新诗人模仿"国际(西方)现代主义"的写法而毁灭了本土精神。就像梁实秋批评新文学的浪漫趋势一样,Alexéiev 嫌新诗太幼稚和孩子气、过分欧化和通俗,他说:"把诗歌大众化不等于把它彻底否定。"(Démocratiser la poésie, ce n'est pas du tout la profaner complètement.①)作为汉学家,他读新诗的时候一点美的感觉都没有。他不相信文言的废弃是一个不可挽回的现象:过一段时间后,诗人会对诗的大众化感到厌烦,到那时候他们会自然而然地重新使用传统语言。从他论文的结尾中不能不感觉到一种辛酸的语调:"即使不是预言家也能料想到中国文学的演变不会再和世界文学的演变分开,现在的中国不再是一个孤立的国家,而且在西方对中国的影响显示出优势的情况下,也会把它的文学风格以及它的传遍全世界的文化强加给中国。"("Mais, sans être prophète, on peut penser tout de même que cette évolution ne sera plus détachée de l'évolution mondiale, la Chine de nos jours n'étant plus un pays isolé, et que l'Europe, qui vit en Chine d'une manière triomphante, lui imposera aussi sa mode littéraire, avec sa culture, qui est mondiale."②)

胡适当然不是一流诗人,这大概是 Alexéiev 对新诗的批评如此严厉的一个原因。十多年以后 Alexéiev 在他给 1926 年写的序所加的附言里,承认他在最后一次演讲里所表达的意见有点"过时":新文学在 30 年代的进展很可能使他的消极看法有所改变。无论如何,Alexéiev 的演讲表明了一个事实:不少汉学家由于对中国旧文学的崇拜而很难接受新文学。现代文学直到 60—70 年代才真正成为一个研究课题,它在汉学中处于次要地位肯定跟这个恋旧情结不无关系。

当时在中国任教会神职的传教士主要是从道德角度来评价五四新文化运动的。在他们看来,新文化运动所造成的变化不能完全肯定,因为它威胁社会的稳定与和睦。在 1948 年出版的名为 *Etudiants chinois: silhouettes et tendances*(《中国学生:背影和趋向》)的著作中,耶稣会员 Alfred Bonningue 阿弗雷德·本尼克神甫(1908—1997)把传统的宗教家庭描写成一个富于热情和欢乐的理想大观园。他说:"若没有任何道德或宗教准则来代替中国大家庭和它的传统习俗里的一切健康的成分的话,恐怕中国人的一些好品德会消失。"("Si aucun principe moral et religieux ne vient suppléer l'influence de la grande famille chinoise et de tout ce que ses traditions et coutumes véhiculaient de sain, il faut craindre que ne s'éteignent plusieurs des belles

---

① Basile Alexéiev, *La Littérature chinoise: Six conférences au collège de France et au musée Guimet*《中国文学:在法兰西学院和吉美博物馆所做的六个讲座》, Annales du Musée Guimet, Librairie orientaliste Paul Geuthner, Paris, 1937, p. 227。
② Ibid., p. 229.

qualités humaines du peuple chinois."①)年轻人已在欧洲和其他国家患上"革命的疾病"了,时间一长,他们的家庭很可能不再有能力保护他们了。作家们就是 Bonningue 神甫批评的一个重要对象:"小说家和民法为离婚与彻底的(社会)分解大开绿灯。"("les romanciers et le code civil ouvrent la porte au divorce et à la désagrégation complète."②)他也鞭挞了"使中国与她的传统疏远、不指明方向就把她抛在现代文明的急流中的那些教育家和作家"("les éducateurs et les écrivains qui détachent la Chine de son passé et l'abandonnent sans boussole dans le courant de la civilisation moderne"③)。

Bonningue 神甫的那本书极能代表西方传教士对新文化运动所抱的怀疑态度。新文化运动企图使中国摆脱出她的传统,它想要"通过西方思想的引进来改变中国人的精神面貌"("transformer la mentalité du peuple chinois en l'ouvrant aux idées de l'Occident"④)。可是中国和其他的用福音教化的国家不一样,"她是一个对外没有什么需求的大国家,她拥有自己的文化、教育传统、家庭习俗"("la Chine est un grand pays qui ne demande rien; elle possède sa civilisation, ses traditions pédagogiques, ses coutumes familiales"⑤)。总之,中国文化是一个自给自足的伟大文化,一旦它接受西方的思想和习俗就有传统道德败坏和失去社会稳定的危险。

中国到底缺乏什么?恐怕只有宗教信仰。而在这方面,新文化运动带来了希望,同时也带来了威胁。Bonningue 认为新思想的特点就是盲目迷信科学和唯物主义。从这个角度来看,五四所提倡的科学研究更加强了中国人受儒家影响所培养出来的不可知论趋向。可是 20 世纪初的革命也有一个优点:它向儒家的霸权提出了挑战,使一些非正统的思潮重新抬起头来。而这些思潮当中,在传教士看来墨子的博爱哲学更接近天主教。据耶稣会传教士 Henri Bernard(亨利·贝尔纳神甫)说:"现代中国的宗教和哲学运

---

① Alfred Bonningue, *Etudiants chinois: silhouettes et tendances* (《中国学生:背影和趋向》), Alsatia 出版社, Paris, 1948, p.33。
② Ibid., p.12。
③ Ibid., p.41。
④ Henri Monsterleet(明兴礼), *Sommets de la littérature chinoise contemporaine*(《当代中国文学的高峰》), Domat, Paris, 1953, p.11。
⑤ Alfred Bonningue, *Etudiants chinois: silhouettes et tendances*, p.128。

动给天主教铺路,使传教的成功更加有把握。"①。皈依天主教的 John C. H. Wu(吴经熊,1899—1986)有同样的看法:他认为天主教使道德生活(儒家思想)与静修生活(道家思想)融为一体。看来,传教士的理想社会是一个以儒家思想为基础、以天主教为精神的社会。②

传教士在中国文学研究方面曾做出过较重要的贡献:比利时圣母圣心会(Scheutiste)传教士 Henri van Boven(文宝峰,1911—2003)所写的 *Histoire de la littérature chinoise moderne*(《中国现代文学史》)是第一部对中国现代文学做了比较深入细致概述的法文学术著作。对他来说,所谓文化复兴和文学复兴中有好的东西,也有坏的东西。好的东西比如它对僵化的传统提出了质疑,对国语的推广和文学的大众化等。坏的方面主要有两个:第一,新文化运动因对外国的盲目模仿"把中国异化了";第二,更严重的是,五四的反封建精神本是一个理性的、实用主义的和唯科学主义的精神(Van Boven 把笼罩整个现代文学的"忧郁,悲观,宿命论的气氛"归咎于这种否认自由意志的精神)。荒谬的是,这种实用主义的精神在欧洲已开始衰退了,西方人失去了对唯科学主义的信仰,他们开始回归到扎根于基督教真理的西方文化基础上。那么中国是不是也应该回归到自己的文化基础(儒家思想)上呢? 也不完全是:五四文化运动的精神是需要改造的,可是改造的工具将是天主教。天主教的使命就是"教导每个人为公益而努力,教导人们怎么能在个人、家庭和社会和睦中找到幸福。教导人们应该对传统采取的态度:不过分严格,不搞形式主义,不搞精神上或肉体上的奴役,也不搞极端的自由解放。极端的自由解放可顷刻间摧毁正常思维人们头脑中的全部理性及健康成分"("L'Eglise enseignera comment les individus peuvent tendre au bien commun social et trouver le bonheur dans la paix individuelle, familiale et sociale. Elle indiquera l'attitude à prendre vis-à-vis de la tradition: pas de rigorisme, pas de formalisme, pas d'esclavage ni de l'esprit ni du corps, mais aussi pas d'émancipation outrée ni de liberté sans freins qui

---

① Henri Bernard, S. J., *Sagesse chinoise et philosophie chrétienne: Essai d'introduction au catholicisme pour les Chinois d'aujourd'hui*(《中国智慧和天主教哲学——对今日中国人天主教入门》), Dossiers de la commission synodale(教务会议委员会档案)第 8 卷第 9 号(1935 年 9 月), pp. 663-685.

② John C. H. Wu, *From Confucianism to Catholicism: Account of His Conversion to the Catholic Faith*(《从儒教到天主教:皈依天主教信仰的叙述》), *China Missionary*, 6(1949 年 6 月), pp. 615-623. 吴经熊:法学家,1937 年皈依天主教,1947—1948 任中华民国驻梵蒂冈教廷公使,他的自传 *Beyond East and West* 于 1951 年在美国出版。

voudrait renverser dans un cataclysme foudroyant tout ce qui est sain et raisonnable pour chaque homme bien pensant"①)。

Van Boven 的论证符合一种独特的辩证法:正题是传统文化,反题是五四文化,合题则是天主教普遍真理。天主教将发扬中国传统文化的优点,同时也将弥补它的不足,发掘这个传统一直包含的真理。

70 年代在五四文化运动的认知上开辟了一个新时期:政治语言取代了美学和道德的语言。在当时的毛派汉学家的心目中,五四基本上是一个反帝、反封建的文化运动,它"反对支持社会保守主义的儒家意识形态"②。它体现了新旧的斗争,表示了中国人"要从西方的科学民主得到启发来建设一个新中国的意图"("le désir de prendre à l'Occident une leçon de science et de démocratie pour la construction d'une Chine nouvelle"③)。对五四的赞成同对旧社会的贬低是相辅相成的:新文化运动是对辛亥革命失败的反应,"辛亥革命虽然推翻了皇帝,但对根深蒂固的传统中国、对它极端的不公正、为神圣的礼教所保护的陈旧习俗、只图保存过去的僵硬的陈腐哲学和政治等,没有进行多少改变"④。所以那批汉学家对五四以前的文学没有一点怀旧的意思。Loi(鲁阿)夫人专门讥笑明兴礼神甫(Monsterleet)之类的汉学家,因为他们"老是说新诗到底不如文言诗,把 20 世纪初看作是中国诗歌的终止也无妨"("Ainsi va-t-on répétant que, tout de même, la poésie de wen yan valait mieux, et que l'histoire de la poésie chinoise et son étude peuvent sans dommages s'arrêter au seuil du XXesiècle"⑤)。

那么那些五四的赞美者怎么理解五四那个时代和"文化大革命"那个时代之间的联系呢? 据他们说,五四精神一直没有中断。换句话说,五四运动只不过是中国共产主义革命的先声:"这个运动后来成为一个大规模的、

---

① Henri Van Boven(文宝峰), *C. I. C. M.*, *Histoire de la littérature chinoise moderne* (《中国现代文学史》),Scheut Editions, Peiping, 1946,pp.174-176.
② François Jullien(法兰斯瓦·余莲,1951—), *Préface à Sous le dais fleuri*(《华盖集》序), Alfred Eibel, Lausanne, 1978,p.16. 这是余莲为自己的鲁迅《华盖集》的译文所写的前言。
③ Michelle Loi(米歇尔·鲁阿,1926—2002), *Roseaux sur le mur: Les poètes occidentalistes chinois, 1919-1949*(《墙上的芦苇:中国西方风格诗人,1919-1949》), Gallimard/Bibliothèque des idées, Paris, 1971,p.17.
④ Michelle Loi, *Avant-propos à Luxun, Cris*(鲁迅《呐喊》序言), Albin Michel, Paris, 1995,p.10.
⑤ Michelle Loi, *Roseaux sur le mur: Les poètes occidentalistes chinois, 1919-1949*,p.368。鲁阿夫人甚至说她故意在她论文书目里面忽略了明兴礼的名字,因为他的主观看法根本不值一提!

主要以在中国传播马列主义为目的的革命文化运动。"①所以在延安和后来所提倡的工农兵文学同五四新文学是一脉相承的。Loi 夫人说:"我认为毛泽东在延安所阐述的理论观点大多继承了鲁迅的观点。"②曾经引起过很多争论的欧化问题只不过是一个成熟过程,新诗运动最初的矛盾在延安终于得到了解决,延安就是一个用三十多年来完成的同化过程的终点,在此期间,诗人一直在寻求"是现代的而不是外国的、是中国的而不是陈旧的一种诗的微妙的平衡"("le délicat équilibre d'une poésie moderne qui ne fût pas étrangère, d'une poésie chinoise qui ne fût pas vieillotte"③)。

很明显,法国毛派把五四和当代文学的联系看得过于简单。他们只相信对鲁迅革命旗手歌颂的话,根本不知道五四精神早在 50 年代《三家巷》之类的小说中就已成为批评的目标了。

总之,对传统文化的依恋、政治上的教条主义是先后干扰法国汉学界深刻理解和正确接受五四新文化运动的两大因素。对五四文化运动理解的偏差可能和新文化运动的激进语言有关。我开始所提及的那个学生的反应不是没有道理的。五四文化运动的精神是开放的、兼容并蓄的,语言文字口号上却常常是激烈的、排斥异己的。很多作家为这种激进的语言所迫,逐渐主动地限制了自己的思想空间和表现余地。这大概就是五四文化运动的悲剧所在。

(作者单位:法国,Institut National des langues et Civilisations Orientales)

---

① Daniel Hamiche, *Lou Sin*, *Essais choisis*(《鲁迅杂文选》), Union Générale d'Editions, collection 10/18, Paris, 1976,第 1 卷,p.69。Hamiche 并不是汉学家,他从毛派的观点给(由另一个人从英文翻译的)鲁迅杂文写了前言和注脚。

② Michelle Loi, *Roseaux sur le mur*: *Les poètes occidentalistes chinois*, *1919-1949*, p.171。

③ Ibid., p.390。

周氏兄弟研究

周氏兄弟早期著译与汉语现代书写语言

王　风

一

不管是被认为,还是实际作为新文学创作的起源,鲁迅的《狂人日记》都是突然的。这并不止于其将整个历史作为寓言所激发的巨大的现实批判力量,单就书写语言而言,也是空前的。那个时期新文学的著译,比如胡适、比如刘半农,在文学革命之前都有白话实践,他们个人的书写史均有脉络可寻。但如果回溯周氏兄弟二人的文学历程,可以发现,此前十五年,文言在他们的写作中占有绝对统治的地位。似乎鲁迅决定改用白话是瞬间的转变,即便周作人,直到1914年,其主张仍然是小说要用文言:

> 第通俗小说缺限至多,未能尽其能事。往昔之作存之,足备研究。若在方来,当别辟道涂,以雅正为归,易俗语而为文言,勿复执着社会,使艺术之境萧然独立。斯则其文虽离社会,而其有益于人间甚多。①

所谓"易俗语而为文言",可以看作周氏兄弟文学革命之前书写语言选择的缩影。在他们刚进入文学领域的时候,其所抱持原非什么"萧然独立",而是恰恰相反。1903年,初涉翻译的鲁迅在书写语言上所努力的却是白话。该年,在《浙江潮》上的《斯巴达之魂》、《哀尘》用的固然是文言,但同时开始的文字量更大、持续更久的,却是用白话——或者从结果上看,试图用白话翻译的"科学小说"(《月界旅行》、《地底旅行》)。

选择这样的文本作为翻译对象,源于梁启超的影响。据周作人回忆:"鲁迅更广泛的与新书报相接触,乃是壬寅(1902)年二月到了日本以后的

---

① 《小说与社会》,1914年2月20日《绍兴县教育会月刊》第5号,转引自陈子善、张铁荣编:《周作人集外文》上集,海口:海南国际新闻出版中心1995年版。

事情……《新小说》上登过嚣俄(今称雨果)的照片,就引起鲁迅的注意,蒐集日译的中篇小说《怀旧》(讲非洲人起义的故事)来看,又给我买来美国出版的八大本英译雨果选集。其次有影响的作家是焦尔士威奴(今译儒勒凡尔纳),他的《十五小豪杰》和《海底旅行》,是杂志中最叫座的作品,当时鲁迅决心来翻译《月界旅行》,也正是为此。"①从当年资料看,周氏兄弟对梁启超文学活动的关注亦可得到证明。鲁迅那时日记不存,但如周作人日记癸卯(1903)三月初六日云:"接日本二十函,由韵君处转交,内云谢君西园下月中旬回国,当寄回《清议报》《新小说》,闻之喜跃欲狂。"十二日记鲁迅"初五日函"所列托寄书籍的"书目",就有《清议报》八册、《新民丛报》二册,以及《新小说》第三号。② 自然这些鲁迅此前都已经读过,而这仅仅是他们对梁的阅读史的一个事例。③

1902年梁启超在《新小说》创刊号发表《论小说与群治之关系》,将"新一国之小说"作为"新一国之民"的前提,小说因此承担了"新道德"、"新宗教"、"新政治"、"新风俗"、"新学艺"、"新人心"、"新人格"等诸多任务。④鲁迅早期文学主张的一个主要构成部分即来源于此,《月界旅行·辨言》云:

> 盖胪陈科学。常人厌之。阅不终篇。辄欲睡去。强人所难。势必然矣。惟假小说之能力。被优孟之衣冠。则虽析理谭玄。亦能浸淫脑筋。不生厌倦。……故掇取学理。去庄而谐。使读者触目会心。不劳思索。则必能于不知不觉间。获一斑之智识。破遗传之迷信。改良思想。补助文明。势力之伟。有如此者。我国说部。若言情谈故刺时志怪者。架栋汗牛。而独于科学小说。乃如麟角。智识患陋。此实一端。故苟欲弥今日译界之缺点。导中国人群以进行。必自科学小说始。⑤

"故苟欲……必自科学小说始"云云,从句式到语气都类于梁启超的"故今

---

① 周作人:《鲁迅与清末文坛》,《鲁迅的青年时代》,北京:中国青年出版社1957年版。嚣俄照片刊于《新小说》第二号,光绪二十八年(1902)十一月十五日。
② 周作人:《周作人日记》上,郑州:大象出版社1996年版。
③ 他们对梁启超的接受可参看周作人《我的负债》,1924年1月26日《晨报副刊》;《鲁迅与清末文坛》,《鲁迅的青年时代》。
④ 光绪二十八年(1902)十月十五日。
⑤ 儒勒·凡尔纳:《月界旅行》,鲁迅译,东京:中国教育普及社1903年版。

日欲改良群治,必自小说界革命始,欲新民,必自新小说始"①。当然就其个人因素而言,"我因为向学科学,所以喜欢科学小说"②。至 1906 年回乡结婚前,就现在所知,鲁迅编撰了《说鈤》、《中国地质略论》、《物理新诠》、《中国矿产志》等,都属于所谓"科学"。而翻译《月界旅行》、《地底旅行》、《北极探险记》这些"科学小说",本就是"科学"的延伸。

  两部"旅行"都试图采用白话,但又都混杂着文言,这种情况的产生自有其原由。那些科学论文具有学术性质,自然采用正式的书写语言文言。而科学小说,其目的在于开启民智,并不在文学本身,因而就翻译策略而言,必然是希望迁就尽量多读者的阅读能力,以使"不生厌倦"、"不劳思索"。所以"原书……凡二十八章。例若杂记……今截长补短。得十四回","其措词无味。不适于我国人者。删易少许"。③ 这与林纾《黑奴吁天录·例言》中所言"是书言教门事孔多,悉经魏君节去其原文稍烦琐者"目的相同,都在于"取便观者"。

  但林纾预设的是能读出"该书开场、伏脉、接笋、结穴,处处均得古文家义法"的"观者","所冀有志西学者,勿遽贬西书,谓其文境不如中国也"。或者可以说,他预想的就是鲁迅这样的阅读对象,所以"就其原文,易以华语"④,这个"华语"是古文一派的文言,为鲁迅们所熟知。而梁启超、鲁迅的翻译是以小说吸引尽可能多有识字基础的读者,使其不期然而受到文学以外其他方面的影响,就语体的选择策略而言,当然只能是所谓"俗语"。

  "俗语"在这个语境中可以理解为白话,实则中国历史提供了一千多年这种语体的产品。梁启超《十五小豪杰·译后语》"本书原拟依水浒红楼等书体裁。纯用俗话"⑤,明白指出这种翻译要进入哪个文体和语体传统。语体上采用白话,文体上章回小说的各种特征一应俱全。鲁迅《北极探险记》已佚,然就《月界旅行》《地底旅行》而言,每回皆用对仗作为回目。《月界旅行》各回,诸如"却说"这样的开头,回末"正是"后接韵语数句,再加以"且听下回分解"之类。到《地底旅行》,回末的套话消失,但其他都还保留。⑥

---

① 梁启超:《论小说与群治之关系》,《新小说》1902 年创刊号。
② 鲁迅:"书信",340515①致杨霁云,《鲁迅全集》第 12 卷,北京:人民文学出版社 1981 年版。
③ 《月界旅行·辨言》。
④ 转引自陈平原、夏晓虹编:《二十世纪中国小说理论资料》第 1 卷,北京:北京大学出版社 1989 年版。
⑤ 《十五小豪杰》第四回"译后语",《新民丛报》1902 年第 6 号。
⑥ 儒勒·凡尔纳《地底旅行》,鲁迅译,南京:启新书局 1906 年版。

文体上选择章回,则语体上自应使用白话。梁启超本来就是如此设计,"但翻译之时。甚为困难。参用文言。劳半功倍。计前数回。每点钟仅能译千字。此次则译二千五百字。译者贪省时日。只得文俗并用"①。就梁这样从小受到文言训练的文人而言,白话反而困难,那是另一种带有历史限制性的写作,需要专门的才能,远不是胡适所谓"有什么话,说什么话;话怎么说,就怎么写"那样简单。② 鲁迅也是"初拟译以俗语。稍逸读者之思索。然纯用俗语。复嫌冗繁。因参用文言。以省篇页"③,其理由虽与梁启超有所不同,好像是主动而非被迫的选择,不过对他而言,虽然此前一定有过丰富的阅读经验,但从未有过此类写作,白话较之文言可能还是吃力得多,陡然实践,自然别扭。

鲁迅后来回忆,"那时又译过一部《北极探险记》,叙事用文言,对话用白话"④,是双语体的结构。实际上此前的两部"旅行"已经是在白话的基础上混用文言,只是这文言更多在对话中出现。⑤《北极探险记》如许翻转过来,倒是很不一样的实践,可惜现在看不到了。

两部"旅行",从总体上看,是文言成分失控地不断增加的过程。《月界旅行》前半部分,基本还守着章回的味道,如:

> 却说社员接了书信以后。光阴迅速。不觉初五。好容易挨到八点钟。天色也黑了。连忙整理衣冠。跑到纽翁思开尔街第廿一号枪炮会社。一进大门。便见满地是人。黑潮似的四处汹涌。

其后如"众人看得分明。是戴着黑缘哉冠。穿着黑呢礼服。身材魁伟。相貌庄严"云云⑥,都是话本语言的风格。但到后半部,叙事上不时不自觉地使用文言:

> 众视其人。则躯干短小。鬓如羚羊。即美国所谓"歌佉髯"也。目灼灼直视坛上。众人挨挤。都置之不问。……社长及同盟社员。都

---

① 《十五小豪杰》第四回"译后语"。
② 《建设的文学革命论》,《新青年》1918 年 4 月第 4 卷第 4 号。
③ 《月界旅行·辨言》。
④ 鲁迅:"书信",340515①致杨霁云,《鲁迅全集》第 12 卷,北京:人民文学出版社 1981 年版。
⑤ 卜立德就这两部书的观察得出判断,"译文中叙事用白话,对白则用文言",虽说不尽如此,但大致对白中的文言成分要远多于叙事。卜立德:《凡尔纳、科幻小说及其他》,王宏志编:《翻译与创作——中国近代翻译小说论》,北京:北京大学出版社 2000 年版。
⑥ 《月界旅行》第二回。

> 注目亚电。见其挺孤身以敌万众。协助鸿业。略无畏葸之概。叹赏不迭。①

则几乎有林译的味道。不过总体上叙事大部分还是文白兼用,至于对话部分,则前后截然是两个样子:

> 大佐白伦彼理道。这些事。总是为欧罗巴洲近时国体上的争论罢了。麦思敦道。不错不错。我所希望。大约终有用处。而且又有益于欧罗巴洲。毕尔斯排大声道。你们做甚乱梦。研究炮术。却想欧洲人用么。大佐白伦彼理道。我想给欧洲人用,比不用却好些。……②
>
> 社长问道。君想月界中必有此种野蛮居住的么。亚电道。余亦推测而已。至其实情。古无知者。然昔贤有言曰。"专心于足者不蹶"。余亦用此者为金杖。以豫防不测耳。社长道。然据余所见。则月界中当无此种恶物。读古书可知。亚电大惊道。所谓古书者,何书耶。社长笑道。无非小说之类耳。……③

再如第二回社长的长篇报告纯用口语,第八回亚电的长篇演说则古韵铿锵,是更鲜明的对比。而到了《地底旅行》,似乎已经完全不管文言白话,只照方便。

鲁迅后来谈到他的早期作品,曾明言"虽说译,其实乃是改作"④,又说:"但年青时自作聪明,不肯直译,回想起来真是悔之已晚。"⑤关于是否"直译",倒不能光以"自作聪明"视之。《地底旅行》署"之江索士译演",演者衍也,增删变易,文体上不顾原来格式,语体上随意变换,本就是题中应有之义。如周作人所言,此时鲁迅"不过只是赏玩而非攻究,且对于文学也还未脱去旧的观念"⑥。而于雨果特别重视,致有"好容易设法凑了十六块钱买到一部八册的美国版的嚣俄选集",并寄给周作人这样当年绝无仅有的豪举⑦,缘于"大概因为《新小说》里登过照片,那时对于嚣俄十分崇拜"⑧。虽

---

① 《月界旅行》第九回,"畏葸"当作"畏葸"。
② 《月界旅行》第一回。
③ 《月界旅行》第十三回。
④ 鲁迅:"书信",340506 致杨霁云,又 340717②致杨霁云,《鲁迅全集》第 12 卷,北京:人民文学出版社 1981 年版。
⑤ 鲁迅:"书信",340515①致杨霁云,《鲁迅全集》第 12 卷,北京:人民文学出版社 1981 年版。
⑥ 周作人:《关于鲁迅之二》,《瓜豆集》,长沙:岳麓书社 1989 年版。
⑦ 周作人:《学校生活的一叶》,《雨天的书》,长沙:岳麓书社 1987 年版。
⑧ 《鲁迅的故家》"补遗三",北京:人民文学出版社 1957 年版。

说雨果的重要性无可置疑,但这并不来自其自身的选择,而是接受他者的判断。揆诸鲁迅以后的文学经验,实在并不是他真正的趣味。所译《哀尘》①,从译文和"译者曰"看,其介绍是隆重而谨慎的,与对"科学小说"的态度绝异。陈梦熊曾"根据法文原著略加核对","发现鲁迅虽据日译本转译,但除一处可能出于日译本误译外,几乎是逐字逐句的直译"②,而这个文本所使用的却是文言。周作人后来说:"当时看小说的影响,虽然梁任公的《新小说》是新出,也喜欢它的科学小说,但是却更佩服林琴南的古文所翻译的作品。"③指的不是这件事,但也能说明他们对文言白话两种语体的态度。

至翻译《月界旅行》、《地底旅行》之举,自然有"向学科学"的背景,但就题材选择也可判断受梁启超译《十五小豪杰》和卢借东译《海底旅行》的影响。"辨言"中谓:"然人类者。有希望进步之生物也。故其一部分。略得光明。犹不知餍。发大希望。思斥吸力。胜空气。泠然神行。无有障碍。若培伦氏。实以其尚武之精神。写此希望之进化者也。"纯是严复观念,梁启超文风。其后如"殖民星球。旅行月界","虽地球之大同可期。而星球之战祸又起",借此"冥冥黄族。可以兴矣"④,此类军国民主义的思路和幻想,无非将《斯巴达之魂》的寄托衍为说部,"掇其逸事。贻我青年"⑤,与文学没什么关联。而即便这难说是著是译的《斯巴达之魂》,大概题材选择上也渊源于梁启超此前的《斯巴达小志》。⑥

鲁迅给周作人寄了一大套雨果选集,再加上"那时苏子谷在上海报上译登《惨世界》,梁任公又在《新小说》上常讲起'嚣俄'"⑦,其直接的后果是周作人创作了一部《孤儿记》,"是记为感于嚣俄哀史而作。借设孤儿以甚言之"⑧。周作人当时与丁初我发生关系⑨,投稿《女子世界》,所以著译大

---

① 《浙江潮》1903 年 5 期。
② 熊融:《关于〈哀尘〉、〈造人术〉的说明》,《文学评论》1963 年第 3 期。
③ 周作人:《周作人回忆录》七七"翻译小说(上)",长沙:湖南人民出版社 1982 年版。
④ 《月界旅行·辨言》。
⑤ 《斯巴达之魂》附语,《浙江潮》1903 年第 5 期。
⑥ 《斯巴达小志》,《新民丛报》第十三号。可参看牛仰山《近代文学与鲁迅》五(一)的分析,桂林:漓江出版社 1991 年版。
⑦ 周作人:《学校生活的一叶》,《雨天的书》,长沙:岳麓书社 1987 年版。
⑧ 《孤儿记》"绪言",小说林社丙午年(1906)六月版。
⑨ 《周作人回忆录》四一"老师(一)"言在南京水师学堂时,"我的一个同班朋友陈作恭君,定阅苏州出版的《女子世界》,我就将译文寄到那里去……"又《丁初我》,《知堂集外文·〈亦报〉随笔》,长沙:岳麓书社 1988 年版。

多与女性有关,如《侠女奴》、《好花枝》、《女猎人》、《女祸传》等等。当然女性问题周作人终生关注,不过此前他的角度还多与所谓"英雌"有关,不乏应景的因素。《侠女奴》篇首附语曰:"其英勇之气。颇与中国红线女侠类。沈沈奴隶海。乃有此奇物。亟从从欧文移译之。以告世之奴骨天成者。"①《题侠女奴原本》:"多少神州冠带客。负恩愧此女英雄。"②而《女猎人·约言》自述撰作动因,"因吾国女子日趋文弱。故组以理想而造此篇",并进一步发挥说:"或谓传女猎人。不如传女军人。然女军人有名之英雄。而女猎人无名之英雄也。必先无名之英雄多,而后有名之英雄出。故吾不暇传铁血之事业。而传骑射之生涯。"

在这样的目的驱动下,《女猎人》"是篇参绎英星德夫人南非搏狮记。而大半组以己意",并明言"所引景物。随手取扱"、"猎兽之景。未曾亲历"、"人名地名。亦半架空"。③ 类似的例子是"抄撮《旧约》里的夏娃故事"而成的《女祸传》。④ 这些大概已完全不能算是翻译,"南非搏狮记"、《旧约》顶多是题材,或者干脆就是材料。至于确实发意撰述的《孤儿记》,据说写到后半段"便支持不住,于是把嚣俄的文章尽量的放进去,孤儿的下半生遂成为 Claude 了"⑤。这部小说的"凡例"确曾说明:"是记中第十及十一两章。多采取嚣俄氏 Claude Geaux 之意。此文系嚣俄小品之一。"⑥

《周作人日记》1903 年四月初二曰:"看小说《经国美谈》少许,书虽佳,然系讲政治,究与我国说部有别,不能引人入胜,不若《新小说》中《东欧女豪杰》及《海底旅行》之佳也。"⑦此时周作人尚未起意于文学,阅读兴趣似乎与乃兄相近,也有"旅行"这一类。但所言"说部",其实已经有自己的看法,即评判标准在于能否"引人入胜",而不在"讲政治"。因而随后入手著译,虽然也有其他目的,但对于文本选择则有自己的判断。初着手的《侠女奴》,来源于著名的阿里巴巴故事,后来他将《天方夜谭》称为"我的第一本新书","引起了对于外国文的兴趣",而之所以起意翻译是因为"我看了觉

---

① 《女子世界》1904 年第 8 期。"亟从从"当作"亟亟从"。
② 《女子世界》1904 年第 12 期。
③ 《女子世界》1905 年第 1 期。
④ 周作人:《周作人回忆录》五三"我的笔名",长沙:湖南人民出版社 1982 年版。《女祸传》,《女子世界》1905 年第 4、5 期合刊。
⑤ 周作人:《学校生活的一叶》,《雨天的书》,长沙:岳麓书社 1987 年版。
⑥ 周作人:《孤儿记》"凡例"。
⑦ 周作人:《周作人日记》上,郑州:大象出版社 1996 年版。

得很有趣味","一心只想把那夜谭里有趣的几篇故事翻译了出来"。① 首先是有趣,至于将女奴曼绮那弄成主人公,比之于红线女,命之以女英雄,那是另外的问题,毋宁说是附加的意义。至《孤儿记》,则干脆声称:"小说之关系于社会者最大。是记之作。有益于人心与否。所不敢知。而无有损害。则断可以自信。"②只是从消极的一面说,相较鲁迅翻译"科学小说"的目的,至少是不太在意诸如"获一斑之智识。破遗传之迷信。改良思想。补助文明。"③在语体的选择上,他从不曾试过使用白话,原因也在于此。

与鲁迅一开始关注"科学小说"相仿,周作人虽对"政治小说"印象不佳,但于"侦探小说"却有兴趣。辛丑(1901)年12月13日日记:"上午……大哥来,带书四部。……下午,大哥回去,看《包探案》《长生术》二书……夜看《巴黎茶花女遗事》一本竟。"④这一天的阅读,除接触了林译的哈葛德、小仲马,还有科南道尔所谓《包探案》,其经验几乎代表那时候的流行和兄弟俩所受的影响。诚如鲁迅后来所言:"我们曾在梁启超所办的《时务报》上,看见了《福尔摩斯包探案》的变幻,又在《新小说》上,看见了焦士威奴(Jules Verne)所做的号称科学小说的《海底旅行》之类的新奇。后来林琴南大译英国哈葛德(H. Rider Haggard)的小说了,我们又看见了伦敦小姐之缠绵和菲洲野蛮之古怪。"⑤不过,周作人翻译的科南道尔《荒矶》,却并不从"福尔摩斯全案"选择,而是"小品中之一。叙惨淡悲之凉景。而有缠绵斐恻之感"⑥。

爱伦坡 The Gold-bug 乙巳(1905)年正月译竟,五月初版,取名"山羊图",旋被丁初我易曰"玉虫缘"。这部小说是"还没有侦探小说时代的侦探小说",周作人"受着这个影响",但注意的却是"它的中心在于暗码的解释,而其趣味乃全在英文的组织上","写得颇为巧妙"。⑦ 所谓"惨怪哀感"、"推测事理,颇极神妙",这已经没有什么济世的想法,而仅仅出于对文学和

---

① 周作人:《周作人回忆录》四一"老师(一)",五一"我的新书(一)",长沙:湖南人民出版社1982年版。
② 《孤儿记》"凡例"。
③ 《月界旅行·辨言》。
④ 《周作人日记》上,郑州:大象出版社1996年版。
⑤ 鲁迅:《祝中俄文字之交》,《南腔北调集》,《鲁迅全集》第4卷,北京:人民文学出版社1981年版。
⑥ 《荒矶》,《女子世界》1905年2、3期,被标为"恋爱奇谈"。引见2期该译"咐言","惨淡悲之凉景"当作"惨淡悲凉之景"。
⑦ 周作人:《周作人回忆录》五二"我的新书(二)",长沙:湖南人民出版社1982年版。

语言的喜好。甚至因为"日本山县氏译本名曰掘宝"①，故而特意提醒"我译此书。人勿疑为提倡发财主义也"②。

出于这样的翻译目的，尽量传达原本的面貌成为必然的选择，周作人因而态度迥别。对读原本，可以发现译者至少主观上希望完全忠实原著。如"例言"中特别指出："书中形容黑人愚蠢。竭尽其致。其用语多误……及加以移译。则不复能分矣。"当时翻译风气，遇到这种情况，或略过，或改写。但周作人特意间注说明，如 I 问"And what cause have you"，Jupiter 答"Claws enuff"，译本加括号说明，"英语故 Cause 与爪 Claws 音相近、故迦误会"。甚至有些显得过于细致，"As the evening wore away"译作"夜渐阑"，本已经很妥当了，但还是特意注曰，"此夜字英文用 Evening、与 Night 有别、Evening 指日落至寝前、Night 指寝后至破晓、其别颇微、惟在中文则无可分"。而小说后部高潮是对暗码的破译，符号、格式非常特殊，阿拉伯数字和英文字母等更无法改易，周作人一一译出。当然此一文本被选择时这就是躲不开的问题，或者就恰恰因为其"却不能说很通俗"③，才使得他另眼相看了起来。

周作人晚年回忆中，对于自己的早年译作多有说明，而创作则从未提起，《孤儿记》如此，还有一篇非常短小的《好花枝》也未见道及。这篇小说见于《女子世界》，而且也正因为这篇小说，该杂志有了"短篇小说"栏目之设。④ 基本可以判定，这是周作人有意的试验，而并非对杂志采择稿件倾向的迎合。

这个短小的作品在当时虽未见得有多么奇特，却也相当集中地体现了周氏兄弟文言著译的面貌，以及那个时代新型文本的形式特征。这种形式特征首先是在翻译过程中搬用的，对于自己所重视的文本，"直译"成为选择，诸如分段、标点等也尽量遵照原式，并由此影响到他们的写作。《好花枝》中，就可以看到密集的分段，以及频繁使用的问号和叹号。比如：

    少顷少项。⑤ 月黑。风忽大。淅淅雨下。斜雨急打窗纸。如爬沙蟹。

---

① 《玉虫缘·例言》，文盛堂书局丙午(1906)四月再版。
② 《玉虫缘·附识》。
③ 周作人：《周作人回忆录》五二"我的新书(二)"，长沙：湖南人民出版社1982年版。
④ 《女子世界》1905年1期。
⑤ "少项"当作"少顷"。

阿珠。大气闷。思庭前花开正烂熳。妒花风雨恶！。无情！。无情！。恐被收拾去愁！。野外？。花落！。明日不能踏青去?!。
　　雨益大。

段落和标点符号属于书写形式的范畴,汉语古典文本中本不存在,无论诗文小说,在"篇"这个层面上并不分段,而在"句"这个层面上亦无标点。一篇文章,就是方块字从头到尾的排列,无形式可言。这当然限制了某种表达的可能产生,或者更准确地说,其所造就的表达方式成为一种风格。比如话本中常见的"却说"、"一路无话/一夜无话"、"花开两头/话分两头,各表一枝"就起着事实上的分段功能,由于通篇不提行,只能用此类词汇手段来区分段落。现代人可能已经很难意识到这些形式因素存在与否如何影响汉语文本的表达。

句读通常被认为是古代的标点符号,实际上其性质并不相同。句读出现于南宋,一直以来,在童蒙读物或者科考选本中被广泛使用(某些印刷文本以空格断句,用同于句读)。但这种使用是针对已经存在的文章施加的,也就是说,这些文章写作时并无句读存在,只是为了特定的目的在印刷中加以使用,或者个人阅读时自行断句。在写作中其实并不随时句读,句读不参与写作,因而性质上与标点符号绝异。

近代报刊的兴起,区分出不同以往文集之文的报章之文。由于媒介的不同,从一开始,报刊上的文章就有一部分实行分段,而句读则普遍施加。但分段只是简单区分文章层次,并非追求表达效果。句读无论是作者还是编辑所为,都是为了方便普通读者的阅读。至19、20世纪之交,某些标点符号才开始进入汉语文本,比如括号,是代替旧式双行夹注的。引号也在部分文本中被使用,但不为标识对话,而是施于专有名词。再有就是问号和叹号,对表达情绪有比较明显的作用。

不过这不包括起断句作用的逗号和句号,当时的诸多文本,实际上是句读和新式标点的混合体。值得注意的是,在书写格式上,这些新式标点是排入行中,占用与文字相等的地位。而句读则置于文字一侧,并不占用行内空间,仅仅起到点断的作用。即使该处已有新式标点,其旁依然施以句读。这种二元体制体现了那时候普遍的认识,即句读的功能是划分阅读单位,而新式标点是参与表达的。所以新式标点具有准文字功能,与句读是两套系统。

《好花枝》的这个语例也是这种体制,问号和叹号排入句中,与文字占同样的地位。而即便是施加了这样的标点符号,还是照样在旁边"点句"。具体而言,叙述部分只施以句读,心理描写则加上叹号和问号。

这个文本内部，如果没有标点，很多句子是无法断开的。"野外花落"没人会想到该断开。而即便用上句读，"野外？花落！"这样的内心问答也无法表现。还有这样的段落：

> 奇！。下雨？。梦！。阿珠。今者真梦？！。何处有风雨。

取消标点仅存句读，则不知何意：

> 奇。下雨。梦。阿珠。今者真梦。何处有风雨。

如果像古代文本没有句读：

> 奇下雨梦阿珠今者真梦何处有风雨

就可以有不止一种断句方式，意思大不相同。正如一个有名的例子"下雨天留客天天留客不留"，加上不同标点，可以有上十种句式，各说各的话。

密集分段和问号叹号大量使用在晚清最有名的例子是陈冷血，或者可看作"冷血体"的重要特征。不过，周作人初接触时似乎并无好感，癸卯（1903）年三月十一日日记："上午无事，看《浙江潮》之小说，不佳。"①这是该刊第一期，其小说栏下所刊即喋血生的《少年军》和《专制虎》。当然，所谓"冷血体"的成型和出名，是在1904年《时报》和《新新小说》的大量撰述之后，其体式确让人耳目一新。周作人谈及"在上海《时报》上见到冷血的文章，觉得有趣，记得所译有《仙女缘》，曾经买到过"②，所以受影响大体是有的。不过，比较二者的句式，还是有很大的区别，例如冷血的句子：

> 恶！、汝亦人耶！。汝以人当牛羊耶！、即牛羊、且不忍出此。
> 噫！彼何人。其恶人欤？。何以其设施。为益世计？。其善人欤？。何以全无心肝。残忍若是？。③

在加叹号的句子中，有"耶"；在加问号的句子中，有"欤""何以"。也就是说，如果不加标点，凭阅读也是能够分辨出这个句式的性质。至于给"恶""噫"这样的叹词加上叹号，就更不用说了。问号或叹号只是在过往已有的句式上加强了语气，不是非此则无以成立。而周作人的"奇！下雨？梦！阿珠。"并无词汇手段，标点完全取代了词汇，成为文本中不可移除的新的形式因素。

---

① 周作人：《周作人日记》上，郑州：大象出版社1996年版。
② 《鲁迅与清末文坛》，《鲁迅的青年时代》，北京：中国青年出版社1957年版。
③ 《侠客谈·刀余生传》（第二），《新新小说》第一年第一号，光绪三十年八月初一日。

而即便是句读,某些句子也有特殊之处:

>室中。孤灯炯炯。照壁。焰青白。如萤。

这个段落仅施句读,不过值得注意的是,句读可能在写作时就已经参与,未必是后加的。如取消,他人无法像这样断开,比如可以断成"室中孤灯。炯炯照壁"等等,这说明这个文本中的句读已部分具有标点的功能。

类如《好花枝》这样的频密分段,同样是"冷血体"的特点。胡适后来谈及《时报》以陈冷血为代表的"短评","在当时却是一种文体的革新。用简短的词句。用冷隽明利的口吻。几乎逐句分段。使读者一目了然。不消费工夫去点句分段。不消费工夫去寻思考索"①。这确实迎合了报章的阅读特性,亦即可以快速浏览。冷血的"论"多以排比式和递进式为主。如:

>侠客谈无小说价值!
>侠客谈之命意。无小说价值。何则、甚浅近。
>侠客谈之立局。无小说价值。何则、甚率直。无趣味。
>侠客谈之转折。无小说价值。侠客谈之文字。无小说价值。何则、甚生硬。无韵。不文不俗。故侠客谈全无小说价值。②

至于小说,尤其是短篇或者系列短篇,比如他经常著译的侠客、侦探或虚无党等类型,也是能提行就提行:

>路毙渐转侧。
>少年闻诸人语。不耐。睨视曰。君等独非人类欤。其声凄远。
>路毙开眼回首视少年。曰。子独非我中国人欤。其声悲。
>少年见路毙能言。乃起。脱外衣披路毙身上。呼乘舆来。载路毙。告所在。
>少年乃解马系。乘怒马、去、③

后来周作人提到自己的《侠女奴》和《玉虫缘》,说"那时还够不上学林琴南……社会上顶流行的是《新民丛报》那一路笔调,所以多少受了这影响,上边还加上一点冷血气"④。而同时期的《好花枝》,从面貌上看其"冷血

---

① 胡适:《十七年的回顾》,1921年10月10日《时报》"时报新屋落成纪念增刊"第九张。
② 《侠客谈·叙言》,《新新小说》第一年第一号。
③ 《侠客谈·路毙》,《新新小说》第一年第二号,光绪三十年(1904)十月二十日。
④ 周作人:《丁初我》,《知堂集外文·〈亦报〉随笔》,陈子善编,长沙:岳麓书社1998年版。

气"可不只一点：

> 咦！。阿珠忽瞥见篱角虞美人花两朵。凉飓扇。微动好花枝！。不落？。否！。阿珠前见枝已空。——落花返枝！。
> 落花返枝？。
> 蝴蝶！。
> 蝴蝶飞去！。

标点和分段的使用与陈冷血风格相近。因而在当时,除了"严几道的《天演论》,林琴南的《茶花女》,梁任公的《十五小豪杰》"这"三派"之外①,冷血一路也是他的文学语言来源之一。而且严林梁等大体影响的还是语言风格,冷血一路则直接与书写形式相关,引发一系列的表达变化。不过周作人后来的回忆虽然也经常提到陈冷血,但并不与严林梁并列。所谓"还够不上学林琴南"云云,实际隐含着当年的高下判断。回顾自己的阅读史,先是庚子以后读梁启超,"愉快真是极大",这从他的日记中可以得到印证。后来是"严几道林琴南两位先生的译书",使他降心相从,"我虽佩服严先生的译法,但是那些都是学术书,不免有志未逮,见了林先生的史汉笔法的小说,更配胃口,所以他的影响特别的大"②,则大体还是以为严林高于梁陈。梁影响最早,至于陈,则只是"一点冷血气"。或许周作人此时能读西文,此后能读东文,新的书写形式在东西文中本就自然如此,冷血体只是在汉语文本环境中"有趣",并没有什么需要敬服的。

当然,仅就这个《好花枝》而言,是与陈冷血文本有不同之处的。陈冷血的书写形式如果取消的话,固然会使其强烈的叙述效果消失,但并不妨碍文本的成立。而周作人的则有完全无意义的危险,比如上例中"不落？否！",问号叹号是不可或缺的。而结尾,如果没有标点分段,则成为"落花返枝落花返枝蝴蝶蝴蝶飞去",变得莫名其妙,其书写形式与文本紧紧粘连,已经无法脱开。

至于鲁迅,周作人晚年谈及《哀尘》,言曰"文体正是那时的鲁迅的,其

---

① 周作人:《我学国文的经验》,《谈虎集》,长沙:岳麓书社1989年版。
② 《我的负债》。周作人日记记载阅读梁著的感受如壬寅(1902)年七月所记,三日"看至半夜不忍就枕",初六日"阅之美不胜收"。按,本年周作人日记西历7月25日起借用梁启超斋名,署题"冰室日记",至8月5日"纪日改良",改用中历从"七月三日"起记。《周作人日记》(上)。

时盛行新民体(梁启超)和冰血体(陈冷血),所以是那么样"①。这里提到冷血的影响,主要也是由于文本频密的分段和短峭的句式。"陈冷血在时报上登小说,惯用冷隽、短小突然的笔调",而《哀尘》中"如……'要之嚣俄毋入署'、'嚣俄应入署'。又……'兹……(另行)而嚣俄遂署名。(另行)女子惟再三曰:云云'均是。"②当然,鲁迅翻译《哀尘》的1903年中,"冷血体"尚未流行,不过周作人后来回忆,冷血"又有一篇嚣俄(今改译雨果)的侦探谈似的短篇小说,叫作什么尤皮的,写得很有意思"③。这篇作品实际上题"游皮",署西余谷著,收在冷血译的《侦探谭》第一册④,离《哀尘》发表不远,况且在《浙江潮》上冷血也早于鲁迅发表作品。

1906年《女子世界》发表的鲁迅译《造人术》,同样被标明为"短篇小说"⑤,也是满身"冷血气"。随着人造生命逐渐诞生,主人公"视之!"、"视之!视之!"、"否否——重视之!重视之!"、"视之!视之!视之!"。最后:

> 于是伊尼他氏大欢喜。雀跃。绕室疾走。噫吁唏。世界之秘。非爱发耶。人间之怪。非爱释耶。假世界有第一造物主。则吾非其亚耶。生命!。吾能创作。世界!。吾能创作。天上天下。造化之主。舍我其谁。吾人之人之人也。吾王之王之王也。人生而为造物主。快哉。

同《好花枝》一样,这也是一篇几乎没有"故事",而以心理描写为重的作品。《新新小说》创刊号曾预告其翻译,但在第二期却有冷血"译者坿言"云,"前定造人术篇幅短趣味少恐不能餍读者望故易此"⑥。"篇幅短"固是一个原因,而"趣味少"云者,则恰显现其与周氏兄弟的区别。

有关分段和标点这些书写形式的问题对现在的阅读者来说,早已习焉

---

① 熊融《关于〈哀尘〉、〈造人术〉的说明》引周作人给作者的复信。原函影印件见陈梦熊《知堂老人谈〈哀尘〉〈造人术〉的三封信》,《鲁迅研究月刊》1986年12期。该函写于1961年4月22日,其中"冰血"当作"冷血",系周作人手误。
② 陈梦熊《知堂老人谈〈哀尘〉〈造人术〉的三封信》引1961年5月16日回信。所谓"另行"亦即别起一段。信中另例举《哀尘》受梁启超、严复影响的段落。另外还可参看熊融《关于〈哀尘〉、〈造人术〉的说明》中所引《造人术》与《天演论》语例的比较,牛仰山《近代文学与鲁迅》五(二)中对《哀尘》受冷血影响的引例。
③ 周作人:《关于鲁迅之二》,《瓜豆集》,长沙:岳麓书社1989年版。
④ 时中书局1903年12月出版。
⑤ 《女子世界》1906年4、5期合刊。《鲁迅全集》中《鲁迅著译年表》误系1905年。
⑥ 见《新新小说》第一年第二号《巴黎之秘密》文末。可参看张丽华对这一问题的考证,《读者群体与〈时报〉中"新体短篇小说"的兴起》,《南京师范大学文学院学报》2008年第2期。

不察。但在晚清的汉语书写语言变革过程中所起的作用无论如何估价都不过分。此类变化在文言和白话系统内部都在发生，总体而言尤以文言为甚，或者可将之称为近代文言。这当然与口语没有关系，完全是书写的问题，所以不妨将其看成"文法"的变化。可以这样认为，就"词法"和"句法"的层面，出现了一些新的"文法"。而真正全体的变化在于整个篇章层面——姑且称为"章法"，出现了新的文章样式，这是由段落标点这些书写形式的引入所造成的。周氏兄弟的文本也是这一历史环境中书写大革命的产物。

二

1906年夏秋之际，完婚后的鲁迅与周作人都来到东京，开始了他们三年的共同工作。此前半年，鲁迅从仙台退学，弃医从文。其心路历程，俱载《呐喊》自序。虽说其中并未提及周作人，但对于文学，显然他们是有默契的。固然，兄弟的气质、偏向不会完全一致，但互相影响之下，已经很难对那个时期的两人作出清晰的划分。

此前，鲁迅在日本，其主要发表刊物是《浙江潮》。而在江南的周作人则主要向《女子世界》和小说林社供稿。相对而言弟弟对文学的兴趣更纯粹一些，而鲁迅一直在建构他对于民族未来的方案，文学是在这一基础上的最终选择。他们发表作品的地点也各自不同，哥哥在关东，弟弟在江南。

《造人术》是个例外，而曾经周作人之手推荐，应无疑义。[①] 从题材上看，这篇也是所谓"科学小说"。当时化学界已从无机物中合成有机物尿素，因而创造生命在理论上成为可能，大可幻想造出人来。但在这非常短小的篇幅中，并无所谓"科学"[②]，其重点在描写"伊尼他氏"造人过程的心理变化，很容易让人联想到后来《不周山》中的女娲造人。当然此处鲁迅想要表达什么，并不容易确定。当时周作人跋语倒是有个解释：

> 萍云曰。造人术。幻想之寓言也。索子译造人术。无聊之极思也。彼以世事之皆恶。而民德之日堕。必得有大造鼓洪炉而铸治之。而后乃可行其择种留良之术。以求人治之进化。是盖悲世之极言。而

---

① 陈梦熊《知堂老人谈〈哀尘〉〈造人术〉的三封信》中周作人1961年8月23日函影印件，其中言及"由我转给《女子世界》"。
② 有趣的是，当时鲁迅所据翻译的日文本标为"怪奇小说"，而他所未见到的英文原作恰恰为"非科学小说"。参看神田一三：《鲁迅〈造人术〉的原作》，《鲁迅研究月刊》2001年第9期。

  无可如何之事也。①

  这篇文章应该是鲁迅在仙台时所译②,跋语简直可以作《呐喊》自序中弃医从文的注解。周作人将之归为"幻想之寓言"、"悲世之极言",正不在于其是否"科学"。虽然他晚年说《造人术》跋语只是臆测译者的意思,或者可以说就是后来想办《新生》之意,不过那时还无此计划"③。但就鲁迅选择的文本性质而言,显然与译介两个"旅行"的目的并不一样,也许当时兄弟二人已有思想上的交流或者默契。

  1907 年筹办《新生》没有成功,不过按周作人说法,"但在后来这几年里,得到《河南》发表理论,印行《域外小说集》,登载翻译作品,也就无形中得了替代,即是前者可以算作《新生》的甲编,专载评论,后者乃是刊载译文的乙编吧"④。

  这"乙编"的工作,其实还应包括中长篇的《红星佚史》、《劲草》、《匈奴骑士录》、《炭画》、《神盖记》、《黄蔷薇》等,其中最后一种翻译时鲁迅已经回国。东京共同工作期间,《河南》上的论文鲁迅写得多,而翻译则主要靠周作人,这缘于弟弟的西文水平要远好于哥哥。最早选择《红星佚史》,显然是周作人的趣味,因为这是古希腊的故事,而两位原作者哈葛德和安特路朗,一位是他所喜欢的林译《鬼山狼侠传》的原作者,一位以古希腊研究著名。⑤ 这部稿子卖给商务印书馆,封面书名之上赫然印着"神怪小说",估计他们见了哭笑不得。其"序"云:

> 中国近方以说部教道德为桀。举世靡然。斯书之翻。似无益于今日之群道。顾说部曼衍自诗。泰西诗多私制。主美。故能出自繇之意。舒其文心。而中国则以典章视诗。演至说部。亦立劝惩为臬极。文章与教训。漫无畛畦。画最隘之界。使勿驰其神智。否者或群逼桥之。所意不同。成果斯异。然世之现为文辞者。实不外学与文二事。学以益智。文以移情。能移人情。文责以尽。他有所益。客而已。而说部者。文之属也。读泰西之书。当并函泰西之意。以古目观新制。

---

① 《女子世界》1905 年第 4、5 期合刊。
② 陈梦熊《知堂老人谈〈哀尘〉〈造人术〉的三封信》中周作人 1961 年 8 月 23 日函影印件,其中言及当时鲁迅"计当已进仙台医学校矣"。
③ 熊融《关于〈哀尘〉、〈造人术〉的说明》引周作人另一封答复笔者的信。原函影印件见陈梦熊《知堂老人谈〈哀尘〉〈造人术〉的三封信》,该函写于 1961 年 9 月 6 日。
④ 周作人:《周作人回忆录》八一"河南——新生甲编",长沙:湖南人民出版社 1982 年版。
⑤ 周作人:《周作人回忆录》七七"翻译小说(上)",长沙:湖南人民出版社 1982 年版。

适自蔽耳。①

这已是《河南》诸文对于文学一系列论述的先声。《摩罗诗力说》云:"由纯文学上言之,则以一切美术之本质,皆在使观听之人,为之兴感怡悦。文章为美术之一,质当亦然,与个人暨邦国之存,无所系属,实利离尽,究理弗存。"②《论文章之意义暨其使命因及中国近时论文之失》亦言:"文章一科,后当别为孤宗,不为他物所统。"③也就是说,文学自身就有意义自足性。而不像此前鲁迅的翻译,小说的价值存在于"科学"。周作人"组以理想而造此篇",希望他日有人"继起实践之"、"发挥而光大之"。④

有了这样的意义自足性,才会"宁拂戾时人。移徙具足",为的是"移译亦期弗失文情"。《域外小说集》"集中所录。以近世小品为多",他们当然知道"不足方近世名人译本",期待的读者是"有士卓特。不为常俗所囿",正与最初翻译科学小说的预设成两极。这是一种不计商业后果的试验,为的是"异域文术新宗。自此始入华土"。⑤有这样的自我标的,"略例"中对诸多细节都作出规定,其中一条也涉及书写形式:

> !表大声。?表问难。近已习见。不俟诠释。此他有虚线以表语不尽。或语中辍。有直线以表略停顿。或在句之上下。则为用同于括弧。如"名门之儿僮——年十四五耳——亦至"者。犹云名门之儿僮亦至。而儿僮之年。乃十四五也。

因为要"移徙具足",所以类此标点符号这样的书写形式也就必须"对译"。⑥比如所举例子,见于周作人译迦尔洵《邂逅》,破折号的使用使得这种插入语结构的新的文法得以实现,否则只能改变语序,如"犹云"之下的句式,因而这实际上是强调了标点符号对句式的创造。

叹号和问号确实是"近以习见",这两种符号使得情绪表达未必需要表决断和疑问的语气词来实现。而所谓虚线即省略号亦使得"语不尽"和"语中辍"无需改用文字说明,可以直译。在没有标点的时代,这都需要词汇手段。随手举个著名的例子,比如《红楼梦》九十八回黛玉之死:

---

① 商务印书馆丁未(1907)年11月初版,为说部丛刊初集第七十八编。
② 鲁迅:《坟》,《鲁迅全集》第1卷,北京:人民文学出版社1981年版。
③ 周作人:《周作人集外文》上集,海口:海南国际新闻出版中心1995年版。
④ 《女猎人》约言。
⑤ 《域外小说集》第一册"略例""序言",1909年3月东京版。
⑥ "对译"一语见商务印书馆给周作人的《炭画》退稿函,《关于〈炭画〉》,《语丝》1926年83期。

>　　刚擦着猛听黛玉直声叫道宝玉宝玉你好说到好字便浑身冷汗不作声了

必须要有"说到好字",表明"语不尽",否则很难让人明白,"你好"甚至可以理解为问候语或判断句,因而确实是需要词汇手段以避免歧义。白话如此,文言亦如此,如章太炎谈到的例子:

>　　《顾命》"陈教则肆肆不违",江氏集注音疏谓:"重言肆者,病甚气喘而语吃。"其说是也。①

还有"期期艾艾"这个成语的出处:

>　　昌为人口吃,又盛怒,曰:"臣口不能言,然臣期期知其不可。陛下虽欲废太子,臣期期不奉诏。"(《史记·张丞相列传》)
>　　邓艾口吃,语称艾艾。(《世说新语·言语》)

所谓"肆肆""期期",在有标点符号的文本环境中,都可以免去这些词汇手段,即使拟音,也可以加添省略号,模拟声口的时值。此前,用省略号表明"语不尽"已经很常见,但鲁迅所译《四日》中不擅俄语的鞑靼人的"语中辍",则还是相当特别的:

>　　操俄语杂以鞑靼方言曰。彼善人。善人。然汝则恶。汝恶也。彼魂善。然汝则一兽。……彼生。然汝则死。……神令众生皆知哀乐。而汝无所求。……汝乃一石。……土耳!石无所需。而汝无所需。……汝乃一石。……神不汝爱。然神彼爱也。②

这样过于复杂的断断续续在以往的文本环境中很难出现,因为不可能在每处都用词汇手段说明"语中辍"。正是由于《域外小说集》坚持"移徙具足",才使得这种句式的"直译"得以实现。

像省略号一样,周氏兄弟此前的文本,破折号也是使用的。所不同的是,以往文本中多是"表略停顿",并不由此改变语序。此时则另有"句之上下"的功能,则出现了新的句式:

>　　时困顿达于极地。乃颓然卧。识几亡。忽焉。——此岂神守已

---

① 章太炎:《文学说例》,《中国近代文论选》下,郭绍虞、罗根泽、舒芜编,北京:人民文学出版社1959年版。
② 《域外小说集》第二册,1909年7月东京版。

乱。耳有妄闻耶。似闻。……不然。否。诚也。——人语声也。①

如此直接描写心理活动的表达方式可以说是全新的,如果没有这三个标点符号的综合运用,依古典文本的写法,估计只能"暗自寻思"如何如何。

这个时期他们的翻译思想也显现出变化,《域外小说集》广告言:"因慎为译述,抽意以期于信,译辞以求其达。"②几乎同时的《〈劲草〉译本序》也说:"爰加厘定,使益近于信达。托氏撰述之真,得以表著;而译者求诚之志,或亦稍遂矣。"③严复所谓"信达雅",存其信达而刊落其雅,这是因为听到章太炎"载飞载鸣"的评价而不佩服其"駸駸与晚周诸子相上下"的雅。④由于自身文学主张的确立,兄弟二人与梁启超甚而陈冷血背道而驰;而师事章太炎又使得他们与严几道、林琴南分道扬镳。章太炎有关文章的主张,当时随学的周氏兄弟当然是知道的,也会受影响。不过这也要看如何看,无论如何,他们写不出章太炎的文字。正像此前受严复、林纾影响,"觉得这种以诸子之文写夷人的话的办法非常正当,便竭力的学他。虽然因为不懂'义法'的奥妙,固然学得不象"。确实,如林纾这样的古文家,是数十年如一日的自我训练,至少周氏兄弟年轻时的经历中并没有这样的苦功。至于"听了章太炎先生的教诲……改去'载飞载鸣'的调子,换上许多古字"⑤,恐怕确实也就仅限于"文字上的复古"⑥。求学章门本为"只想懂点文字的训诂,在写文章时可以少为达雅"⑦。"改去'载飞载鸣'的调子"未必就成为章太炎的文章路子,那也是有某种"义法",即便"竭力的学他",最终恐怕还是"学得不象"。

况且《域外小说集》中兄弟两人的风格自身就不尽一致,这其中部分可能是由于西文水平的差异。鲁迅对德文终生使用不畅,译文可以看出句句

---

① 《四日》,《域外小说集》第二册,1909年7月东京版。
② 原载《时报》宣统元年(1909)闰二月二十七日,转引自郭长海:《新发现的鲁迅佚文〈域外小说集〉(第一册)广告》,《鲁迅研究月刊》1992年第1期。
③ 鲁迅:《集外集拾遗补编》,《鲁迅全集》第8卷,北京:人民文学出版社1981年版。又此残稿当为"又识",原稿署"乙酉三月","乙酉"当为"己酉"之误,《鲁迅著作手稿全集》(一),福州:福建教育出版社1999年版。
④ "载飞载鸣"语见《社会通诠商兑》:"严氏固略知小学。而于周秦两汉唐宋儒先之文史。能得其可读矣。然相其文质。于声音节奏之间。犹未离于帖括。申夭之态。回复之词。载飞载鸣。情状可见。盖俯仰于桐城之道左。而未趋其庭庑者也。"《民报》1907年3月6日第12号。"駸駸与晚周诸子相上下"语见吴汝纶:《天演论序》,《中国近代文论选》上。
⑤ 周作人:《我的复古的经验》,《雨天的书》,长沙:岳麓书社1987年版。
⑥ 《我的负债》,其中甚至说受影响"大部分却是在喜欢讲放肆的话,——便是一点所谓章疯子的疯气"
⑦ 周作人:《记太炎先生学梵文事》,《秉烛谈》,长沙:岳麓书社1989年版。

字字用力,对原文亦步亦趋。而周作人此时的英文水平已经完全胜任,显得游刃有余。这种状况从鲁迅仅译三个短篇而周作人包办其他之余还译了多部中长篇可以看出来。但更大的影响在于两人性格的差异,鲁迅的彻底性和周作人的中庸也使得二人在译作中显露出不同的个性。

周作人后来谈到他当时选择了"骈散夹杂的文体,伸缩比较自由,不至于为格调所牵,非增减字句不能成章"①,大概也并没有什么刻意的效法对象,或者是小时读《六朝文絜》之类的影响②。而尤其在景物描写的翻译上,多骈举排比,这样的文字风格,弱化句子之间的逻辑关系,甚至词组之间也能保持原文的语序:

(1)明月正圆。(2)清光斜照。(3)穿户而入。(4)映壁作方形。(5)渐以上移。(6)朗照胡琴。(7)纤屑皆见。(8)时琴在室中。(9)如发银光。(10)腹尤朗彻。(11)扬珂注视良久。

(1) The moon in the sky was full, (2) and shone in with sloping rays (3) through the pantry window, (4) which it reflected in the form of a great quadrangle on the opposite wall. (5、6) The quadrangle approached the fiddle gradually (7) and at last illuminated every bit of the instrument. (8) At that time it seemed in the dark depth (9) as if a silver light shone from the fiddle, (10) especially the plump bends in it were lighted so strongly (11) that Yanko could barely look at them.③

几乎可以完全对应,似乎是更高程度的"直译",但词组次序的完全一致却解散了原文的句式关系,也就是重新结句,因而从句子的层面上看倒是不折不扣的"意译",可以随便成文,难怪他觉得"这类译法似乎颇难而实在并不甚难"④。而此前对严林"学得不象"时的译法并不如此,比如晚年回忆时觉得"也还不错"⑤的《玉虫缘》的开头:

---

① 周作人:《谈翻译》,《苦口甘口》,上海:太平书局1944年版。
② 周氏兄弟小时家里就有《六朝文絜》,为他们所喜读。《鲁迅的国学与西学》,《鲁迅的青年时代》。
③ 《乐人扬珂》Yanko the Musician, and Other Stories,《域外小说集》第一册。英文原书据 Henryk Sienkiewicz: *Sielanka: a Forest Picture and other stories*, trans. Jeremiah Curtin, Boston: Little, Brown, and Company, 1899. 周作人《关于〈炭画〉》:"1908年在东京找到了寇丁译的两本显克微支短篇集,选译了几篇。"《语丝》1926年第83期。其中除《炭画》译自 Hania 外,《域外小说集》所收几篇皆据此本。
④ 周作人:《谈翻译》,《苦口甘口》,上海:太平书局1944年版。
⑤ 周作人:《周作人回忆录》五二"我的新书(二)",长沙:湖南人民出版社1982年版。

> 岛与大陆毗连之处。有一狭江隔之。江中茅苇之属甚丛茂。水流迂缓。白鹭水凫。多栖息其处。时时出没于荻花芦叶间。岛中树木稀少。一望旷漠无际。
>
> It is separated from the mainland by a scarcely perceptible creek, oozing its way through a wilderness of reeds and slime, a favorite resort of the marsh-hen. The vegetation, as might be supposed, is scant, or at least dwarfish. No trees of any magnitude are to be seen.

虽无法像前例那样词组顺序完全一致,但至少句间的逻辑关系比较清晰。反而到了《域外小说集》时期,某些句式的规整却造成了意义上的削足适履,比如俯拾即是的"明月正圆。清光斜照"之类,简直将异域改造成古昔①,想必是译笔的不假思索。至于这两个语例中一个将"fiddle"译成"胡琴",一个用"白鹭水凫"译"the marsh-hen"②,则是更加极端的例子。

相对而言,尽管鲁迅只译了三篇,而且其中大概也有误译,但几乎没有此类情况。确如其后来所言"许多句子,即也须新造,——说得坏点,就是硬造。据我的经验,这样译来,较之化为几句,更能保存原来的精悍的语气。"③而"化为几句"正是周作人当年的译法:

> 先将原文看过一遍,记清内中的意思,随将原本搁起来,拆碎其意思,另找相当的汉文一一配合,原文一字可以写作六七字,原文半句也无妨变成一二字,上下前后随意安置,总之要凑得像妥贴的汉文,便都无妨碍,唯一的条件是一整句还他一整句,意思完全,不减少也不加多,那就行了。④

鲁迅则"按板规逐句,甚而至于逐字译的"⑤。毫不忌讳于"新造"和"硬造":

---

① 袁一丹曾论及《域外小说集》周作人为了句子的整齐,多少会损伤原文意义的完足。《作为文章的"域外小说"》,未刊。
② 张丽华曾就本条语例谈及周作人译文中此类附载传统意象色泽的词汇改变了原文的风味。《现代中国"短篇小说"的兴起——以文类形构为视角》第三章第二节,北京:北京大学出版社2011年版。
③ 鲁迅:《"硬译"与"文学的阶级性"》,《二心集》,《鲁迅全集》第4卷,北京:人民文学出版社1981年版。
④ 周作人:《谈翻译》,《苦口甘口》,上海:太平书局1944年版。
⑤ 鲁迅:《"硬译"与"文学的阶级性"》,《二心集》,《鲁迅全集》第4卷,北京:人民文学出版社1981年版。

> 吾自愧。——行途中自愧。——立祭坛前自愧。——面明神自愧。——有女贱且忍!。虽入泉下。犹将追而诅之。
>
> "Ich schäme mich auf der Strasse, —— am Altar schäme ich mich —— vor Gott sch? me ich mich. Grausame, unwürdige Tochter ! Zum Grabe sollte ich sie verfluchen…"

> 及门。尚微语曰。言之。而为之对者。又独——幽默也。
>
> erreichte die Tür und flüsterte keuchend: "Sprich!" und die Antwort: —— Schweigen. ①

可以看出,与周作人相异,他是坚决不去"解散原来的句法"②,反倒像是因此而解散了译文的句法。或者可以说,正是这样一种状态,使得鲁迅形成其终生的语言习惯。即便是没有原本牵制,由己之意的写作,照样追求语句的极限,这种不惜硬语盘空的姿态正根植于他此时强迫性的语言改造。

尽管周氏兄弟译法并不相同,但对原本的尊重态度则是一致的。如此带来书写形式的全面移用,尤其鲁迅的译作,实际上是将西文的"章法"引入——亦即"对译"到汉语文本之中。句法的变化,甚至所谓"欧化"的全面实现端赖于此。从这个意义上说,《域外小说集》确实可以被认为是汉语书写语言革命的标志性产物,尽管那是文言。

不过,奇怪的是,标点符号系统中的引号始终未被周氏兄弟所采用,少量引号只用来标识专有名词,而不标识引语。对于小说这样的叙事文体,通常情况下总有大量的对话,缺失这个"小东西"对表达效果而言可谓影响至巨。同样在鲁迅译的《谩》中,其开头与原文出入如此:

> 吾曰。汝谩耳。吾知汝谩。
>
> 曰。汝何事狂呼。必使人闻之耶。
>
> 此亦谩也。吾固未狂呼。特作低语。低极聂聂然。执其手。而此含毒之字曰谩者。乃尚鸣如短蛇。
>
> 女复次曰。吾爱君。汝宜信我。此言未足信汝耶。

---

① 二例均见《默》Schweigen,《域外小说集》第一册。德文原文据 Andrejew, Leonid: *Der Abgrund und andere Novellen*. Kroczek, Theo (ed. & trans.), Halle a. S.: Verlag von Otto Hendel, 1905。相关考证据 Mark Gamsa. *The Chinese Translation of Russian Literature: Three Studies*. Leiden, Boston: Brill, 2008, p.233, note12, 这个考证主要依据鲁迅1906年《拟购德文书目》。

② 鲁迅:《艺术论》小序,《译文序跋集》,《鲁迅全集》第10卷,北京:人民文学出版社1981年版。

"Du lügst! Ich weiβ es, daβ du lügst!"

"Weshalb schreist du so? Muβ man uns denn hören?"

Auch hier log sie, denn ich schrie nicht, sondern flüsterte, flüsterte ganz leise, sie bei der Hand haltend und die giftigen Worte"Du lügst" zischte ich nur wie eine kleine Schlange.

"Ich liebe dich!" suhr sie sort,"du muβt mir glauben! Überzeugen dich meine Worte nicht?"

原文开头由引号直接引语构成一组对话,而译文没有这个形式因素,因而必须添加"吾曰"和"曰"的提示,不如此则变成或独白或自语或心理活动,对话中的"汝"必被认为同是一人所言。后面"女复次曰"与原文语序有别,否则"吾爱君"则不能确定是"女"说的话。正是这一标点符号的缺失,在翻译原则上强项如鲁迅者,也不得不妥协,对语序作出调整。

二十五年后鲁迅《玩笑只当它玩笑(上)》引了刘半农一段"极不费力,但极有力的妙文":

> 我现在只举一个简单的例:
> 子曰:"学而时习之,不亦悦乎?"
> 这太老式了,不好!
> "学而时习之,"子曰,"不亦悦乎?"
> 这好!
> "学而时习之,不亦悦乎?"子曰。
> 这更好! 为什么好? 欧化了。……①

三种句式,一个"不好",是因为"老式";两个"好",则是因为"欧化"。事实上,还可以再有个"好",即如有上下文,可能根本不用指明"子曰"。不过这些"欧化"在书写中能够成立正是由于引号的存在,中国古典文本,无论文言还是白话,大体只好是"老式"的句式。而且"曰""道"每处皆不可省,否则究竟谁说的话就无以推究了。② 至于"曰"等之后是直接引语还是间接引语,至少在形式上无法分别。

---

① 刘复:《中国文法通论》《四版附言》,上海:求益书社1924年版。鲁迅文见《花边文学》,《鲁迅全集》第5卷,北京:人民文学出版社1981年版。
② 这类"欧化"被王力界定为"五四以后新兴的句法";又,在先秦,"曰"有时可被省略,此后则罕觏。分见《汉语史稿》第四十二节"词序的发展"、第五十一节"省略法的演变",北京:中华书局1980年版。

文言时代的周氏兄弟,既然不采用引号,则无论原文如何,都只能一律改为"老式"的句式。随便举《玉虫缘》中几句对话为例:

> Presently his voice was heard in a sort of halloo.
> "How much fudder is got for go?"
> "How high up are you?" Asked Legrand.
> "Ebber so fur." replied the negro; "can you de sky fru de top ob de tree."
> "Never mind the sky, but attend to what I say. Look down the trunk and count the limbs below you on this side. How many limbs have you passed?"

> 但闻其语声甚响曰。
> 麦撒。如此更将如何。
> 莱在下问曰。
> 汝上此树。已高几许?。
> 迦别曰。
> 甚远。予可于树顶上望见天色。
> 莱曰。
> 汝惟留意于予所言。天与非天。不必注意。——试数汝之此边。已有若干枝越过。汝刻已上树之第几枝?。

原文四句对话均为直接引语,有四种不同的叙述格式:第一句,先提示说话者,然后引出话语;第二句,先引出话语,再提示说话者;第三句,将话语分成两部分,中间提示说话者;第四句,因为可以类推,只引话语,不提示说话者。但到周作人的翻译文本中,都统一成一种类似话剧剧本的格式。

到《域外小说集》时代,由于译法的改变,句式安排比较灵活。在某些情况下,没有引号周作人也可以做到保持原语序,如安介·爱棱·坡《默》的开头:

> 汝听我。为此言者药叉。则举手加吾顶也。曰。吾所言境地。在利比耶。傍硕耳之水裔。景色幽怪。既无无动。亦无无声。[①]

> "Listen to me," said the Demon, as he placed his hand upon my

---

① 《域外小说集》第二册,1909年7月东京版。

head. "The region of which I speak is a dreary region in Libya, by the borders of the river Zaïre, and there is not quiet there, nor silence."

原文将引语打成两截,中间点出说话者及其动作,译文照此次序。不过后半部用"曰"提示,是原文没有的。"said the Demon"译作"为此言者药叉",属于补叙性质。如照普通译作"药叉曰",则整段句意不明。

况且,这种情况也是不常有的,对话往返次数一加多,在有引号的情况下,通常可以不再提示对话者。但他们没有用到这个标点,就不得不反复添加原文未有的句子。兹举《灯台守》一截:

"Do you know sea service?"
"I served three years on a whaler."
"You have tried various occupations."
"The only one I have not known is quiet."
"What is that?"
The old man shrugged his shoulders. "Such is my fate."
"Still you seem to me too old for a light-house keeper."
"Sir," exclaimed the candidate suddenly, in a voice of emotion, "I am greatly wearied, knocked about. I have passed through much, as you see. This place is one of those which I have wished for most ardently…"

  曰。汝习海事乎。老人曰。余曾居捕鲸船者三年。曰。君乃遍尝职事。老人曰。所未知者。独宁静耳。曰。何也。老人协肩曰。命也。曰。然君为灯台守者。惧泰老矣。老人神情激越。大声言曰。明公。余久于漂泊。已不胜勚。遍尝世事。如公所知也。今日之事。实亦毕生志愿之一。……①

无论如何,这是极为忠实的翻译,"意思完全,不减少也不加多",但需处处点名某"曰",无一处可以遗漏。无论如何,周氏兄弟此时已尽其所能"移译亦期弗失文情",但一遇到对话,必然出现这种无法"对译"的情况。

可以比较吴梼《灯台卒》相同的段落:

"海里的事呢。……"

---

① 《灯台守》*The Light-house Keeper of Aspinwall*,《域外小说集》第二册。英文原文据 *Sielanka: a Forest Picture and other stories*。

"坐在捕鲸船里三年。"

"如此说来。老翁简直色色精明。没一件事不干到么。……"

"俺所不知道的。……惟有平安无事四个字。……"

"怎么那样。……"

老人耸起肩甲。答说。

"那也是俺的命运。"

"但则老翁。我想看守灯。像似老翁那样。年纪不过大了么。……"

老人徒然叫一声"不。……"那声气觉得非常感激。随后接下去。

"呀。恁地说时。实在不好。你老也看见知道。俺已疲倦非常。俺是从那世上淘波骇浪之中。隐闪而来。俺素来愿得这样的生活。这样的位置。……"①

吴梼也以直译得到后世的佳评,他是从日语译入,用的是白话。从这个段落来看,就"文情"的传达,确实不如周作人。比如"色色精明"是多出来的;"quiet"译成"平安无事四个字",不管数词还是量词都不对;而"恁地说时"云云则流露出古典白话小说的口吻。吴译在书写形式上也是句读加标点的双重体制,问号在他的译文中用为省略号。不过由于引号的使用,而且每个对话都提行,至少文本在直观上比周译接近原文面貌。

汉语文本对话中使用引号,其实在周氏兄弟开始从事翻译之时就被隆重引入。1903 年《新小说》第 8 号上开始连载的周桂笙译《毒蛇圈》,其译者识语云:

……其起笔处即就父母问答之词。凭空落墨。恍如奇峰突兀。从天外飞来。又如燃放花炮。火星乱起。然细察之。皆有条理。自非能手。不敢处此。虽然。此亦欧西小说家之常态耳。爰照译之。以介绍于吾国小说界中。幸弗以不健全讥之。②

吴趼人在第三回批语中也着重点评,"以下无叙事处所有问答仅别以界线不赘明某某道虽是西文如此亦省笔之一法也"③。所谓"别以界线"就是标

---

① 《绣像小说》1906 年 2 月第 68、69 期。所据日文本田山花袋译,见《太阳》第 8 卷第 2 号,明治三十五年(1902)二月。

② 《新小说》1903 年 10 月 5 日第 8 号。

③ 《新小说》1904 年 8 月 6 日第 9 号。

上引号,所以可以"不赘明某某道"。着重介绍之余,此译尚在连载,吴趼人已出手撰《九命奇冤》,开头也模仿了一道:

> "唅!。伙计!。到了地头了。你看大门紧闭。用甚么法子攻打。""呸!。蠢材。这区区两扇木门。还攻打不开么。来!、来!!、来!!!、拿我的铁锤来。""硰訇、硰訇、好响呀。"……"好了。有点儿红了。兄弟们快攻打呀。"豁、剌、剌。豁、剌、剌。"门楼倒下来了。抢进去呀。"……哄、哄、哄、一阵散了。这一散不打紧。只是闹出一段九命奇冤的大案子来了。
>
> 嗳、看官们。看我这没头没脑的忽然叙了这么一段强盗打劫的故事。那个主使的甚么凌大爷。又是家有铜山金穴的。志不在钱财。只想弄杀石室中人。这又是甚么缘故。想看官们看了。必定纳闷。我要是照这样没头没脑的叙下去。只怕看完了这部书。还不得明白呢。待我且把这部书的来历。与及这件事的时代出处。表叙出来。庶免看官们纳闷。
>
> 话说这件故事出在广东……①

只是这先锋的试验一下子就露出"这一散不打紧"的老腔调,随后一口一个"看官",终而至于与《毒蛇圈》一样,必须"话说",而转入话本的叙述语调。

吴趼人后来还有《查功课》这样大量使用引号,全文基本由对话结构的短篇小说。②《月月小说》中,白话文本里此类书写形式和表达方式不算少见。至于文言文本,当属陈冷血最为喜用,《新新小说》中以他为首的著译,除叹号问号满天飞外,引号也神出鬼没。如他自著自批解的《侠客谈》,一开始对话的格式是"曰"后提行缩格,与周作人《玉虫缘》等同是当时文言译作通行的格式。不久毫无规律地偶尔加了些引号,似乎慢慢熟悉了句法,就开始不断表演倒装:

> "汝恐被执欤"?。旅客又笑问。
> "否!、否!、是乃余所日夜求而不得者。"盗首正色答。
> "然则汝何恐怖欤?。汝被执时亦如余昨夜欤"?。旅客又问。
> 盗首云、是不然!、是不然!、是盖所以与大恐怖于我者。③

---

① 《新小说》1904 年 12 月 1 日第 12 号。
② 《月月小说》1907 年 5 月 26 日第 1 年第 8 号。
③ 《侠客谈·刀余生传》(第七),《新新小说》第 1 年第 1 号。

最后的"盗首云"露出了马脚。如此这般的时用引号时不用引号,肯定不是直接引语和间接引语的区别。其"重译"《巴黎之秘密》以及其他文本大体亦如此,越往后引号越频密,一样很难找出何时用何时不用的规律,短篇小说也是有的文本用有的文本不用。不过无论如何,这种不顾前后挥洒自如的作风即使不能算作"冷血体"的一个特点,却也确实是陈冷血的最大特点。

《域外小说集》为了"移徙具足",而至于在体例上列专条说明标点符号的使用。独独避用引号,造成无法"对译",实在让人有点难以理解。他们可是直读英德原本,所绍介的"异域文术新宗"恰是小说,不会感觉不到引号对于文本面貌的巨大影响。也不可能是印刷所缺乏排印标点的条件,那时日本的出版物绝大部分已都有新式标点。当然,兄弟前后曾所服膺的,不管是梁启超、林琴南,也不管是严几道、章太炎,其无论是小说还是文章,无论是著是译,都不曾使用这种书写形式,但似乎也不成其为完全的理由。那么虽然这方面周氏兄弟并没有留下解释,或者可以悬揣,引号所起作用在于标示直接引语,也就是声口的直接引述,则文言如何是口语?!他们大概未必有这方面的自觉判断,也许是出于某种直觉而不自觉地避用。如果这样,那也就不是文言这一语体所能解决的问题了。

三

鲁迅1909年8月先行回国,1911年5月再赴日本,不久后与周作人一家同回绍兴,至1912年2月赴南京任职教育部,其间约半年多兄弟共处。在此期间,鲁迅创作了后来被周作人起名为"怀旧"的小说。[①]

这篇文言小说大致作于辛亥革命至民国建元之初的绍兴,周作人言是"辛亥年冬天在家里的时候","写革命前夜的情形",既是写"革命前夜",那当然是写于革命之后。[②] 有关它的研究,已经有各种各样的论述。普实克读出文本前后不同的面貌,亦即他所谓的"情节结构",开头部分"一大段这样的描写",其后"才接触到可称为情节的东西"。[③] 姑不论用"描写"与

[①] 《小说月报》1913年4月25日第4卷第1号,署名周逴。
[②] 周作人:《关于鲁迅》,《瓜豆集》,长沙:岳麓书社1989年版。鲁迅《集外集拾遗》将《怀旧》编年于1912年,略有问题,最大可能当在1911年11月至1912年1月间。
[③] 普实克:《鲁迅的〈怀旧〉——中国现代文学的先声》,《国外鲁迅研究论集(1960—1981)》,乐黛云编,北京:北京大学出版社1981年版。

"情节"来说明是否合适,能体味其间分别,自是出色的感觉。实际上,原始文本前后的差异远要大得多,现在的整理本统一了全文的书写形式,这样的更动遮盖了鲁迅写作过程中手法的突然变易。

小说开头部分描述秃先生的教学法,原刊的书写形式是分段和句读的结合:

> ……久之久之。始作摇曳声。曰。来。余健进。便书绿草二字。曰。红平声。花平声。绿入声。草上声。去矣。余弗遑听。跃而出。秃先生复作摇曳声。曰。勿跳。余则弗跳而出。

这样的叙述策略并不大需要标点符号的参与,其间"曰"所引领的对话自然无需引号。不过,似乎作者写作感觉发生变化,突然之间转为一种戏剧化场景:

> "仰圣先生!。仰圣先生!。"幸门外突作怪声。如见雠而呼救者。
> "耀宗兄耶。……进可耳。"先生止论语不讲。举其头。出而启门。且作礼。

这里一组对话,先直接引语,由于其语是互相称呼,自然点明对话者,无需言某"曰",其后以倒装的方式补叙情节,如此则对话必须加上引号。

其后则是有关长毛的故事,主体情节的推进依赖于不断的对话来组织。可以说是"章法"全变,再也离不开引号的使用。这一书写形式的引入使得行文多变,场景组织空前灵活,远非《域外小说集》所能相比,反而与以后他所创作白话小说体式相近:

> "将得真消息来耶。……"则秃先生归矣。予大窘。然察其颜色。颇不似前时严厉。因亦弗逃。思倘长毛来。能以秃先生头掷李媪怀中者。余可日日灌蚁穴。弗读论语矣。
> "未也。……长毛遂毁门。赵五叔亦走出。见状大惊。而长毛……"
> "仰圣先生!。我底下人返矣。"耀宗竭全力作大声。进且语。
> "如何!"秃先生亦问且出。睁其近眼。逾于余常见之大。余人亦竟向耀宗。
> "三大人云长毛者谎。实不过难民数十人。过何墟耳。所谓难民。盖犹常来我家乞食者。"耀宗虑人不解难民二字。因尽其所知。为作界说。而界说只一句。

"哈哈难民耶。……呵……"秃先生大笑。似自嘲前此仓皇之愚。且嗤难民之不足惧。众亦笑。则见秃先生笑。故助笑耳。

"包好,包好!"康大叔瞥了小栓一眼,仍然回过脸,对众人说,"夏三爷真是乖角儿,要是他不先告官,连他满门抄斩。现在怎样?银子!——这小东西也真不成东西!关在牢里,还要劝牢头造反。"

"阿呀,那还了得。"坐在后排的一个二十多岁的人,很现出气愤模样。

"你要晓得红眼睛阿义是去盘盘底细的,他却和他攀谈了。他说:这大清的天下是我们大家的。你想:这是人话么?红眼睛原知道他家里只有一个老娘,可是没有料到他竟会那么穷,榨不出一点油水,已经气破肚皮了。他还要老虎头上搔痒,便给他两个嘴巴!"

"义哥是一手好拳棒,这两下,一定够他受用了。"壁角的驼背忽然高兴起来。

"他这贱骨冷打不怕,①还要可怜可怜哩。"

花白胡子的人说,"打了这种东西,有什么可怜呢?"——

康大叔显出看他不上的样子,冷笑着说,"你没有听清我的话;看他神气,是说阿义可怜哩!"②

由此我们可以看到"仰圣先生"和"耀宗兄"互相称呼那一组对话的意义。鲁迅晚清民初的著译事业,实际上为他的新文学创作准备了新的"章法"。这是一个不断添加的过程,到了《怀旧》,已大体完备。与文学革命时期鲁迅的小说相较,其区别可能只在文言和白话这个语体层面。似乎只要待得时机到来,进行文言与白话的语体转换即可化为新文学。

那么,是否可以认为新文学的大部分目标无需乎胡适的白话主张,因为不管是思想还是文学,至少从《怀旧》看,文言也能完成文学革命的诸多任务。

事情当然并不如此简单,《怀旧》可以说是文言文本最极端的试验,而恰恰因为走到了这个限度,语体与新的书写形式之间出现了难以克服的矛盾。《怀旧》有这样一句引语:

---

① "贱骨冷"当作"贱骨头"。
② 《药》,《新青年》1919年5月第6卷第5号。

>秃先生曰。孔夫子说。我到六十便耳顺。耳是耳朵。到七十便从心所欲。不逾这个矩了。……余都不之解。

这是开头部分的叙述,秃先生所"曰",并未加上引号,而全文只有此处引语是直接传达声口。这就形成有意思的现象,后面带引号的热闹对话并非日常口语,实际上是将口语转写成文言,却以直接引语的方式出现,而这句真正描摹语气的,却以间接引语的方式出现。

汉语古典文本,无论文言还是白话,实际上是无法从形式上区分直接引语和间接引语,因为没有引号这个形式因素来固定口说部分,从文法上也无法分别。无论是"曰"是"道",其所引导,只能从语言史的角度判断其口语成分,一般的阅读更多是从经验或者同一文本内部的区别加以区分。唐宋以来文白分野之后,文言已经完全不反映口语,文言文本中直书口语是有的,但那只是偶尔的状况。如今对文言句子直接加引号,从形式上看是直接引语,但所引却是现实中甚至历史上从未可能由口头表达的语言。由《怀旧》的文本揣测,鲁迅在这篇小说开笔时似乎并未预料到后面会写法大变,只是进入有关"长毛"的情节时发现不得不如此。结果新的表达需求必须借助新的书写形式的支持,而新的书写形式的实现又带来了语体上的巨大矛盾,所显示的恰是文言在新形式中无法生存的结果,简直预告了文言的必须死灭。

民元之后,鲁迅入教育部,至民国六年秋周作人到北京,兄弟二人重聚之前,他的工作基本转入学术领域,大致在金石学和小说史。留在家乡的周作人,则主要兴趣除民俗学外,还在文学。无独有偶,1914年周作人也发表了一篇小说《江村夜话》,[①] 其结构与《怀旧》颇为相似,开头部分也是"描写",然后转入一个片断式"情节",以数人的对话来结构故事。其间连缀曰,"秋晚村居景物。皆历历可记。吾今所述。则惟记此一事。"因而更像一则长笔记或传奇。周作人并没有像鲁迅那样引入新的对话格式以制造戏剧感,当然也就没有像《怀旧》那样显露出语体与书写形式的紧张关系。不过,话说回来,这也许是兄弟二人天分差异所致。鲁迅后来谈到自己的小

---

① 《中华小说界》1914年7期。按:张菊香、张铁荣编《周作人年谱》并陈子善、张铁荣编《周作人集外文》均误系于1916年。另,二书均有署名"顽石"的白话小说《侦窃》,原刊《绍兴公报》,实则此篇并该报上十多篇署此笔名者均非周作人作品。参看汪成法:《周作人"顽石"笔名考辨》,《湖南人文科技学院学报》2007年第1期。

说,说是"写些小说模样的文章"①,而周作人在白话时代也令人惊讶地试手写过小说,如《夏夜梦》、《真的疯人日记》、《村里的戏班子》等②。只是鲁迅即使真是写文章,无论《朝花夕拾》、《野草》还是杂文,也都有些"小说模样"。周作人写起小说来,说到底干脆还是文章,并无"假语村言"的才华,《江村夜话》自不例外。

按周作人自己的说法,日本回国以后到赴北大任教这一时期,正在他"复古的第三条支路"上,"主张取消圈点的办法,一篇文章必须整块的连写到底"。不过正因为种种复古的实践,"也因此知道古文之决不可用了"。③如此有了文学革命的周作人,1918年伊始在《新青年》上发表作品,早于鲁迅。第4卷第1号刊载译作《陀思妥夫斯奇之小说》,但据周作人自己说,"我所写的第一篇白话文,乃是"第2号上的《古诗今译》Theokritos牧歌第十,"在九月十八日译成,十一月十四日又加添了一篇题记,送给《新青年》去"。④ 不过无论原刊还是周作人日记,均未记录这两个时间,则晚年回忆如此确切,或者另有所据。⑤ 而在回忆录中将"题记"全文照录,可见其重视。其第二条云:"口语作诗不能用五七言,也不必定要押韵,只要照呼吸的长短作句便好。现在所译的歌就用此法,且试试看,这就是我所谓新体诗。"

《古诗今译》中有两处"歌",确实是"照呼吸的长短作句",而且不押韵,如:

> 他们都叫你黑女儿,你美的Bombyka,又说你瘦,又说你黄;我可是只说你是蜜一般白。

> 咦,紫花地丁是黑的,风信子也是黑的;这宗花,却都首先被采用在花环上。

---

① 鲁迅:《呐喊·自序》,《鲁迅全集》第1卷,北京:人民文学出版社1981年版。
② 前两篇分别写于1921年9月、1922年5月,收《谈虎集》。后一篇写于1930年6月,收《看云集》。又《周作人回忆录》九八"自己的工作(一)"言及,约当《怀旧》的"同时也学写了一篇小说,题目却还记得是《黄昏》"。
③ 周作人:《我的复古的经验》,《雨天的书》,长沙:岳麓书社1987年版。又《周作人回忆录》九七"在教育界里",长沙:湖南人民出版社1982年版。
④ 周作人:《周作人回忆录》一一六"蔡孑民(二)",长沙:湖南人民出版社1982年版。
⑤ 周作人1920年4月17日所作《点滴·序言》称,"当时第一篇的翻译,是古希腊的牧歌",引"小序"末注"十一月十八日",与回忆录所记微有出入。《点滴》,"新潮丛书第三种",1920年8月版。

羊子寻苜蓿,狼随着羊走,鹤随着犁飞,我也是昏昏的单想着你。①

周作人晚年回忆并说"这篇译诗和题记,都经过鲁迅的修改"②,大概也是事实。从题记时间看,应该是给一月出版的第4卷第1号,不过却延了一个月发表。而就在这第1号上,明显是由胡适邀约沈尹默、刘半农发表《鸽子》、《人力车夫》等新诗。这无论对新诗史还是胡适个人都是极为重要的一批作品,简单说,就是"自由体"出现了。此前胡适所作,按他自己的说法,"实在不过是一些刷洗过的旧诗!这些诗的大缺点就是仍旧用五言七言的句法",其实还有骚体和词牌,结集时收在《尝试集》第一编。而第二编收录自称"后来平心一想"而成就"诗体的大解放"的作品③,正是以此号所刊《一念》等开头的。

1918年5月15日出版的《新青年》第4卷第5号,有鲁迅首篇白话作品《狂人日记》,另外"诗"栏中刘半农《卖萝卜人》其自注云:"这是半农做'无韵诗'的初次试验。"④胡适等的自由诗一开始确实还是押韵的,不过周作人《古诗今译》早已主张"也不必定要押韵",而且实践了。自然那是翻译,至他发表第一首新诗《小河》,其题记则更明确提出主张:"有人问我这诗是什么体,连自己也回答不出。法国波特来尔(Baudelaire)提倡起来的散文诗,略略相像,不过他是用散文格式,现在却一行一行的分写了。内容大致仿那欧洲的俗歌;俗歌本来最要叶韵,现在却无韵。或者算不得诗,也未可知;但这是没有什么关系。"⑤

"一行一行的分写"当然并不是他的首创,此前胡适等的白话新诗早已如此。甚至早在晚清,诗词曲等也有分行排列的,周氏兄弟文本中如骚体等也大多"分写"。不过那只是排版而已,分不分行并无区别。就如中国古典韵文,实际上无论写作还是印刷,并不分行,亦无标点,因为押韵,而且每句字数各有定例,分不分行并不影响阅读。如今周作人主张不规则作句、不押韵,如果再用"散文格式",那确实"算不得诗"了。在不押韵、不规则作句的情况下,"一行一行的分写"是新诗必须有的书写形式,新诗之所以成其为诗体端赖于此。

---

① 《新青年》1918年2月15日第4卷第2号。
② 周作人:《周作人回忆录》——六"蔡孑民(二)",长沙:湖南人民出版社1982年版。
③ 胡适:《尝试集》"自序",上海:亚东图书馆1920年版。
④ 又,《扬鞭集》"自序"言:"我在诗的体裁上是最会翻新鲜花样的。当初的无韵诗,散文诗,后来的用方言拟民歌,拟'拟曲',都是我首先尝试。"《扬鞭集》上卷,北新书局1926年6月版。
⑤ 《新青年》1919年2月15日第6卷第2号。

不规则作句、不押韵、分行，是周作人"我所谓新体诗"的观念，大概也是汉语新诗主流的特点。不过要说到实践，其实早在他的文言时代就已进行。1907年的《红星佚史》，据周作人所言，其中十几首骚体"由我口译，却是鲁迅笔述下来；只有第三编第七章中勒死多列庚的战歌，因为原意粗俗，所以是我用了近似白话的古文译成，不去改写成古雅的诗体了"①。则"古雅的诗体"非周作人所擅，故由其兄代劳。后来《域外小说集》里《灯台守》也有一首骚体译诗，被收入《鲁迅译文集》②，应该没有问题。至于周作人"用了近似白话的古文译成"的那一首，其文如下：

　　　　其人挥巨斧如中律令。随口而谣。辞意至粗鄙。略曰。
　　　　勒尸多列庚。是我种族名。
　　　　吾侪生乡无庐舍。冬来无昼夏无夜。
　　　　海边森森有松树。松枝下。好居住。
　　　　有时趁风波。还去逐天鹅。
　　　　我父唏涅号狼民。狼即是我名。
　　　　我挐船。向南泊。满船载琥珀。
　　　　行船到处见生客。赢得浪花当财帛。
　　　　黄金多。战声好。更有女郎就吾抱。
　　　　吾告汝。汝莫嗔。会当杀汝堕城人。③

　　这首译诗，应该算作"杂言诗"。"杂言诗"用韵、句式在古典韵文中最为宽松，大概可以视为古代的"自由诗"。这一首三五七言夹杂，是杂言诗中最常见的句式组合。

　　译于1909年的《炭画》也有诗歌，周作人并不借重乃兄，自己动手，如：

　　　　淑什克……作艳歌曰。
　　　　我黎明洒泪。直到黄昏。
　　　　又中宵叹息。绝望销魂。

　　又如：

　　　　身卧白云间。悄然都化。眼泪下溶溶。
　　　　天地无声。止有薜华海水。环绕西东。

---

① 周作人：《周作人回忆录》七七"翻译小说（上）"，长沙：湖南人民出版社1982年版。
② 第十册"附录"，北京：人民文学出版社1959年版。
③ 《红星佚史》第三编第七章。

> 且握手。载飞载渡。——①

虽是押韵,但也仅此而已,而且凭己意"长短作句",已不是杂言诗的体制。而到1912年译《酋长》,其中的"歌"则连韵也免了,又不分行,简直就是文言版的《古诗今译》:

> 却跋多之地、安乐无忧。妇勤于家、儿女长成、女为美人、男为勇士。战士野死、就其先灵、共猎于银山。却跋多战士、高尚武勇、刀斧虽利、不染妇孺之血。②

如果不是预先标示"歌有曰",根本无法判断这是诗歌。《新青年》时期,周作人白话重译此作,这几句被译成:

> Chiavatta 狠是幸福。妇人在舍中工作;儿童长大,成为美丽的处女,或为勇敢无惧的战士。战士死在光荣战场上,到银山去,同先祖的鬼打猎。他们斧头,不蘸妇人小儿的血,因为 Chiavatta 战士,是高尚的人。③

整体观之,可以看出二者处理语言的理路是一致的,即"不能用五七言,也不必定要押韵,只要照呼吸的长短作句便好",白话文本如此,早到民国元年的文言文本就已经如此了。1919年开始的《小河》等,其先声是在这里,只是再度增加了分行这一书写形式要素,以使诗重新有别于文。

不过两个语例最后一句的语序有差别,文言本作"却跋多战士、高尚武勇、刀斧虽利、不染妇孺之血";白话本作"他们斧头,不蘸妇人小儿的血,因为 Chiavatta 战士,是高尚的人。"白话本主句在前从句在后,亦即王力所谓"先词后置"。④ 鲁迅也有类似的例子,1920年9月10日日记:"夜写《苏鲁支序言》讫,计二十枚。"⑤发表于《新潮》时题"察拉图斯忒拉的序言"⑥,共

---

① 分见《炭画》第六章、第七章,上海:文明书局1914年版。
② 《域外小说集》,上海:群益书社1920年版。此版较1909年东京版新增入周作人此后的文言翻译,同时所有文本均添加新式标点。有关《酋长》的翻译时间见《周作人回忆录》一〇〇"自己的工作(三)"。
③ 《新青年》1918年10月15日第5卷第4号。
④ 王力:《汉语史稿》第四十二节"词序的发展",北京:中华书局1980年版。
⑤ 鲁迅:《鲁迅全集》第14卷,北京:人民文学出版社1981年版。
⑥ 《新潮》1920年9月第2卷第5号。

十节。而保存于北京图书馆则有前三节文言译本,题"察罗堵斯特罗绪言"①。两个文本开头部分有如下句式:

> 你的光和你的路,早会倦了,倘没有我,我的鹰和我的蛇。

> 载使无我与吾鹰与吾蛇。则汝之光耀道涂。其亦勚矣。

白话本同样是从句后置。这种新的"文法"的产生,是周氏兄弟进入白话时代以后一个新的书写形式因素引入的结果,这一新书写形式就是逗号和句号的配合使用。晚清以来诸多文本句读和标点并存,他们亦不例外,而句读很容易让人误以为就是句号和逗号。事实上周氏兄弟著译,写作过程中并不加句读,只是在最后誊写时才进行断句②,甚至有些还可能是杂志编辑所为。句号和逗号是最常用的两种标点符号,但其实最晚被引入汉语书写中,就因为汉语文本原就有施以句读的历史。句读和句号逗号都有断句的功能,虽然断句方式并不相同,但表面上看似乎差别不大,不过句号逗号的配合使用有时可以反映某种文法关系,为句读所不备,更何况当时"读"用得极少。就这两对语例,白话文本如果一"句"到底,那就无从知道从句归属的是前一个句子还是后一个句子,也就是其主句到底在前在后无法判别。

这两个标点符号是周氏兄弟文本引入的最后一种书写形式,就翻译来说,可以最大程度将原文的语序移植过来。周作人发表的第一篇白话作品《陀思妥夫斯奇之小说》,其中有这样的语例:

> 他们陷在泥塘里、悲叹他们的不意的堕落、正同尔我一样的悲叹、倘尔我因不意的灾难、同他们到一样堕落的时候。

> And they mourn, down there in the morass, they mourn their incredible fall as you and I would mourn if, by some incredible mischance, we ourselves fell.

> 但他自己觉得他的堕落、正同尔我一样、倘是我辈晚年遇着不幸、

---

① 《鲁迅译文集》第十册"附录"。研究界引用普遍标为1918年译,不知来源。实际上这种说法颇为可疑,而且仅这三节就不可能译于同时,因为第三节已不译为"察罗堵斯特罗",而译为"札罗式多"了。
② 他们文言时期的手稿大都不存,不过遗留下来的《神盖记》可作推断。《周作人回忆录》八八"炭画与黄蔷薇"云,该稿"已经经过鲁迅的修改,只是还未誊录"。百家出版社1991年6月版的《上海鲁迅研究》4,影印了首页,文句连写并无句读。

堕落到他的地步。

……he fells his degradation as I would feel if, in my later years, by some unhappy chance, such degradation fell on me.①

移用的是句读的符号,功能却完全是句号和逗号。两处英文原文都是"if"所带领的从句后置,原文照译有赖于逗号和句号的配合,句读不可能完成这样的任务。

如此终于全面实现了书写形式的移入,亦即《域外小说集》所言的"移徙具足",或者也可以说是"欧化"的全面实现。这使得文本面貌远离汉语书写的习惯,即便在《新青年》同人中也是极端的例子。钱玄同和刘半农导演的那场著名的"双簧戏",钱玄同化名王敬轩以敌手口吻批判周作人的译文:

若贵报四卷一号中周君所译陀思之小说。则真可当不通二字之批评。某不能西文。未知陀思原文如何。若原文亦是如此不通。则其书本不足译。必欲译之。亦当达以通顺之国文。乌可一遵原文移译。致令断断续续。文气不贯。无从讽诵乎。噫。贵报休矣。林先生渊懿之古文。则目为不通。周君謇涩之译笔。则为之登载。真所谓弃周鼎而宝康瓠矣。②

所谓"一遵原文移译",正是周作人的原则;"断断续续。文气不贯",也是周作人在所不辞的。次年,《新青年》"通信"中有封张寿彭来函,指责周作人在"中国文字里面夹七夹八夹些外国字","恨不得便将他全副精神内脏都搬运到中国文字里头来,就不免有些弄巧反拙,弄得来中不像中,西不像西",并特别点到所译《牧歌》"却要认作'阳春白雪,曲高和寡'了"。其实,此前的文言译本,周作人早就得到相类的异议,"确系对译能不失真相,因西人面目俱在也。行文生涩,读之如对古书"。③ 那是一封《炭画》的退稿函,周作人置于无可如何。如今面对有关《牧歌》的批评,他有强硬得几乎是鲁迅语调的回答:

---

① 汉语文本见《新青年》1918年1月15日第4卷第1号。英文原本见 W. B. Trites 作 *Dostoievsky*, *The North American Review*, Vol. 202 No. 2, 1915 August, New York City。周作人译文题注"第七一七号译北美评论",期数有误。
② 《文学革命之反响》,《新青年》1918年3月15日第4卷第3号。
③ 《关于〈炭画〉》,《语丝》1926年第83期。

> 我以为此后译本,仍当杂入原文,要使中国文中有容得别国文的度量,不必多造怪字。又当竭力保存原作的"风气习惯,语言条理";最好是逐字译,不得已也应逐句译,宁可"中不像中,西不像西",不必改头换面……但我毫无才力,所以成绩不良,至于方法,却是最为正当。①

周作人此时译本里对人地名等专有名词采取直用原文的策略,并不转写为汉字,此即"杂入原文"。"最好是逐字译,不得已也应逐句译",则是放弃《域外小说集》时期的译法,而与鲁迅的翻译原则相一致。这一翻译原则按鲁迅的说法就是"循字移译"②,为周作人在白话时代所遵用,而鲁迅,则是从《域外小说集》开始,不折不扣地执行终生。晚年在上海有关他的翻译的一系列争论,其译本效果如何姑且不论,但就翻译原则而言,确实在他是一以贯之的。

鲁迅去世后,周作人在回忆文章里提到当年受章太炎的影响,"写文多喜用本字古义",认为"此所谓文字上的一种洁癖,与复古全无关系"。③ 不过对于他们而言,绍介域外文学所坚持的"对译"原则,毋宁说也是另外一种文字上的洁癖,即是"弗失文情",而且将其执行到彻底的程度——所谓"移徙具足",所谓"循字移译"。正是在这一过程中,汉语书写语言在他们手里得到最大程度的改变。

这个过程横跨了两种语体,从文言到白话。在周氏兄弟手里,对汉语书写语言的改造在文言时期就已经进行,因而进入白话时期,这种改造被照搬过来,或者可以说,改造过了的文言被"转写"成白话。与其他同时代人不同,比如胡适,很大程度上延续晚清白话报的实践,那来自于"俗话";比如刘半农,此前的小说创作其资源也可上溯古典白话。而周氏兄弟,则是来自于自身的文言实践,也就是说,他们并不从口语,也不从古典小说获取白话资源。他们的白话与文言一样,并无言语和传统的凭依,挑战的是书写的可能性,因而完全是"陌生"的。一个有趣的例子,当时张寿朋在批评周作人《牧歌》不可卒读的同时,表扬"贵杂志上的《老洛伯》那几章诗,狠可以读",而《老洛伯》就是胡适的译作,胡适在按语中提到原作者 Lady Anne

---

① 周作人答张寿朋,《新青年》1918 年 12 月 15 日第 5 卷第 6 号"通信"。
② 鲁迅 1913 年《艺术玩赏之教育·附记》:"用亟循字移译。庶不甚损原意。"《鲁迅全集》第 10 卷。
③ 周作:《关于鲁迅之二》,《瓜豆集》,长沙:岳麓书社 1989 年版。

Lindsay"志在实地试验国人日用之俗语是否可以入诗",①译作所用语言确实就是"日用之俗语"。

刘半农后来曾提到一个观点:"语体的'保守'与'欧化',也该给他一个相当的限度。我以为保守最高限度,可以把胡适之做标准;欧化的最高限度可以把周启明做标准。"②周氏兄弟的白话确实已经到了"最高限度",这是通过一条特殊路径而达成的。在其书写系统内部,晚清民初的文言实践在文学革命时期被"直译"为白话,并成为现代汉语书写语言的重要——或者说主要源头。因为,并不借重现成的口语和白话,而是在书写语言内部进行毫不妥协的改造,由此最大限度地抻开了汉语书写的可能性。"当时很有些'文法句法词法'是生造的,一经习用","现在已经同化,成为己有了"。③之所以有汉语现代书写语言,正是因为他们首先提供了此类表达方式。

这源于《狂人日记》,作为白话史上全新"章法"的划时代文本,鲁迅第一篇白话小说几乎可以看作对周作人第一篇文言小说《好花枝》的遥远呼应。与《好花枝》一样,提行分段是《狂人日记》文本内部最大的修辞手段。开头"今天晚上,很好的月光。"结尾"救救孩子……"都是独立的段落,全文的表达效果皆有赖于类似的书写手段。如果没有这些书写形式的支持,几乎可以说,这个文本是不成立的。

《狂人日记》正文之前有一段文言识语,有关其文本意义,学界多有阐释。不过识语称"语颇错杂无伦次",或许这种全新的书写语言在时人眼中确是这样一副形象。这些新式白话被"撮录一篇"④,则白话正文或者可以看作全是文言识语的"引文"。如果换个戏剧性的说法,则新文学的白话书写正是由经过锻造的文言介绍而出场的。

(作者单位:北京大学)

---

① 《新青年》1918年4月15日第4卷第4号。
② 刘复:《四声附言》,《中国文法通论》,上海:中华书局1939年版。
③ 鲁迅:《"硬译"与"文学的阶级性"》,《二心集》,《鲁迅全集》第4卷,北京:人民文学出版社1981年版。
④ 《新青年》1918年5月15日第4卷第5号。

文学的五四、文学的世纪与"鲁迅文学"

汪卫东

一

五四,那一次裹挟着思想、文学、政治等等的救亡运动激烈爆发后,就在时空中离我们而去,随着它向历史深处的渐次退去,被包裹的话语也层层积累,无论怎样忙碌,每隔十年,我们都要习惯地对他进行一次话语的"粉刷",今人明白,还原历史已然成为一种空想,但每代人对它都兴致不减,恰说明了五四作为意义源头和影响性事件的本质。无论是功是过,是捍卫还是质疑,吾人不得不认同,我们还处在世纪初的这次爆炸的辐射当中。这是以大爆炸理论作比,即它是现代中国的爆炸性起点,无论是观念还是行为,思想还是政制,还是世纪中国的现代性,皆受到五四的决定性影响。不知现在这一"宇宙"是仍然在膨胀还是已经在萎缩,我想,"崛起"声中,回眸五四,吾人当添更复杂的情怀和反思。

这里剔出"五四"、"文学"、"鲁迅"三点,一是宇宙太大,不好随意指点,故自我限制于专业的视角,二是文学确是五四之重要一环,而五四、文学、鲁迅三者的世纪姻缘及其深远影响,吾人尚估量不足。

如果找一些关键词来把握波澜壮阔的中国20世纪,首先想到的关键词也许会有:救亡、启蒙、革命、解放、改革等等,但我要提醒和强调的,是还有一个"文学",20世纪是文学的世纪。五四新文化运动的主要内容,是思想革命和文学革命,而其中最有声势最为见效者,为后者;在后来政治革命和社会革命的主潮中,文学或固守自己的方式,或主动、被动地成为政治革命的重要"一翼",深度介入了整个20世纪的现代性建构。五四、文研会、创造社、新月社、左联、京派、延安文艺整风、"十七年"的文艺批判、"文革"、80年代文化热,拉开长时段的视角,不难看出文学在20世纪中国的重要作用及其与革命、政治之间的复杂纠缠。

而联系到五四与20世纪中国的重要影响关系,文学之世纪影响与五四源头的内在联系,也应在情理当中。如前所述,五四提供的一个历史事实是,文学革命是其最为成功的一役,就白话文革命来说,其成就之速,连当事者胡适都始料未及,五四后新文学之雨后春笋的局面,亦如有神助,令时人不暇应接。五四的成败利钝,颇不易说,但至少可以肯定,文学的五四,是成功的。

我还想在此提出"鲁迅文学"这个范畴,这不仅指向鲁迅文学本身,而是强调,尘埃落定,而今蓦然回首,鲁迅文学作为20世纪中国文学的"传统"和"范式"的历史存在,已愈益显著。日本时期的"幻灯片事件",由于连接着后来一系列影响深远的文学行动,已超出其个人事件的范围,在发生学意义上成为20世纪中国文学的原点性事件;早期文言论文对"精神"(《文化偏至论》)和"诗"(《摩罗诗力说》)两个契机的把握,也正昭示了十年后五四思想革命和文学革命的两个命题,成为了20世纪中国文学的先声;鲁迅文学以文学参与历史和干预现实的文学品格,深刻影响了20世纪文学的存在状况;鲁迅生前和死后都曾纠缠于文学、革命与政治之间,构成了20世纪文学的一个核心情节,从他20年代中期后对文学与革命、政治关系的复杂思考,以及晚年遭遇"洋场"后对海上文坛的观察,可以找到反思20世纪中国文学复杂性的更丰富的线索。"鲁迅文学"起源于文学救亡的动机,但其深度指向,则是国人精神的现代转型,因而在20世纪的纷繁语境中,形成了独具深度的视点。在此意义上,"鲁迅文学",确立了20世纪中国"严肃文学"的范式。

二

以上就三点提出基本判断,在此基础上,本文想就此世纪姻缘及其影响进行更深入的追问,但我无意于捍卫或挑战先在立场,而是力图深入历史逻辑展开梳理,并立于当下处境作出反思。

说文学的五四,并非试图以文学概括包罗万象的五四,而是强调作为载体和方法的文学在五四的神奇功效与显著影响。后人惯以西方文艺复兴或启蒙运动类比五四,常感叹后者的迅忽与短暂,从另一方面说明了五四思想动员的快捷。一校一刊之碰撞而得以迅即扩散,造成一触即燃的时代氛围,文学的作用功不可没,新思想借助新文字和新文学迅速传播,而达于新教育体系中的新青年,救亡图存的情结一旦触动,遂纷纷走上街头诉诸行动。翻看1919年大事记,可谓一呼百应,不得不承认五四学生运动对于现代民族动员的示范意义①,而运动的基础,则在新思想借助新文学所实现的思想动员。反过来,五四学生运动又为新文学的进一步扩大影响打开了新的场面。

　　五四与文学的历史姻缘,需要从发生学意义上对其历史逻辑进行梳理,在我看来,五四新文化运动是自晚清以来的思想运动、文学运动和语言运动的合流,正是三者的历史会合与相互借力,使得五四迅速蔚为声势。在思想运动的轨迹上,由救亡情结所驱动的现代转型理念,试错式地经由器物、政制、革命,到民国初年袁氏当国,已陷入停滞和倒退的局面,复辟闹剧前后,在变革者那里,越来越多的人开始把思路转向思想文化层面(胡适曾惊讶于民国初年宪政讨论的突然消歇)②,与此同时,新文学也呼之欲出,黄远庸的思想忏悔,即伴随着对新文艺的深情呼唤③,从事思想革命的陈独秀后来与胡适的文学革命一拍即合,也说明文学革命是思想革命的题中之义。如果说以《新青年》发动思想运动的陈独秀之垂青文学,是思想借助文学,那么,由胡适一面看来,则是由思想到语言,再由语言到文学,留美时期由政治兴趣到文章本业,固有传统习惯使然,更有借语言改良思想的设计,通过胡适,晚清以来的语言运动——自土话字母翻译《圣经》,到官话字母"专拼白话",再到读音统一会和国语研究会之拼文言——开始与文学运动合流,按胡适的话说,就是借文学造国语。注音字母运动始于《圣经》的翻译和传播,而胡适的"一念"来自基督徒钟文鳌的宗教宣传的启发,此中可见胡适之努力与晚清语言运动的逻辑联系④。语言运动借由文学革命,终于大功告成。文学运动借由陈独秀的思想运动和胡适的白话文革命,也一战告捷。

---

① 五四之后一年全国学生响应的盛况,可参见张允侯、张友坤编:《在五四运动爆发的一年里》,武汉:武汉出版社1989年版。

② 胡适在《五十年来中国之文学》中说:"民国五年(一九一六年)以后,国中几乎没有一个政论机关,也没有一个政论家;连那些日报上的时评也都退到纸角上去了,或者竟完全取消了。这种政论文学的忽然消灭,我至今还说不出一个所以然来。"胡适:《胡适全集》第2卷,合肥:安徽教育出版社2003年版,第308—309页。

③ 语见《甲寅》月刊1卷10期(1915年10月)"通信"栏:"愚见以为居今论政,实不知从何说起。……至根本救济,远意当从提倡新文学入手,综之,当使吾辈思潮如何能与现代思潮相接触,而促其猛醒。而其要义须一般之人,生出交涉。法须以浅近文艺普遍四周。史家以文艺复兴为中世改革之根本,足下当能语其消息盈虚之理也。"

④ 胡适:《中国新文学大系·建设理论集导言》,《胡适全集》第12卷,合肥:安徽教育出版社2003年版,第263—264页。

其中,胡适的"实验主义"操作,在方法上是成功的关键,在此意义上亦可说,没有胡适,何来鲁迅?

无论是陈独秀以思想借由文学,还是胡适由思想到语言再到文学,五四那代人,都不约而同抓住了思想与文学这两个变革契机。周树人在年龄代际上,比陈、胡早,但变革思路相同,如前所述,十年前形成于日本的"第二维新"方案——在某种意义上属于周树人、周作人和许寿裳的三人团体,其对"精神"与"诗"的双重把握,其实已开始了五四思想革命与文学革命两个基本命题,但这超前而寂寞的思路,此时正停滞于S会馆的绝望中,周树人对"新青年"们"心有戚戚"而不置可否,正是过来人心态使然。金心异的闯入,方使相隔十年的思路开始合流,周树人始成为鲁迅。

同是径由思想到文学的路径,陈、胡、鲁在五四走到一起,然三人对文学内涵的具体考量,其实未必相同。确切地说,陈、胡虽垂青于文学的路径,但对这文学是什么,可能尚未遐思。胡适的新诗创作,旨在以白话文攻坚文学堡垒的实验,《尝试集》诚乃第一部白话诗集,却证明作者并非诗人,本人后来也敬谢不敏。今人多争议《刍议》一文是偏重形式还是不忘内容,其实胡适所着眼者,非形式与内容的孰轻孰重,而是实验的可操作性,故所提"八事",虽卑之无甚高论,然皆切中肯綮,具体可行。陈氏以革新家之敏锐,为前者摇旗呐喊,其声援大论,虽振振有词,极富鼓动,然掇拾西方文学口号,出之以文言对仗,终嫌有名无实,有勇无谋。

三

相较而言,十年前鲁迅对文学的选择,有着断念和决断的深思背景。"幻灯片事件"显示了以文学改变精神的原初动机。弃医从文后得以实施的两件文学方案——一是在《河南》杂志发表的系列文言论文,一是兄弟二人翻译出版的《域外小说集》——皆能显示其对文学的全新想象。系列论文实际上构成了一个初步的思想体系,由对西方进化论、科学史和19世纪文明史的梳理,及对晚清以来救亡之路的检讨,彰显了"进化"、"科学"及整个"十九世纪文明"背后的"人类之能"、"神思"、"精神"、"意力"等的重要,批判了"兴业振兵"和"国会立宪"等救亡方案的偏颇,从而提出"首在立人"——"尊个性而张精神"的新救亡方案,而"精神"寓于"心声",鉴于国中"心声"蒙蔽、"诗人绝迹"、"元气黮浊"的精神状况,遂大声疾呼"吾人所待,则有新文化之士人"①,冀以刚健有力之"心声"——"新声"("诗"),激起"精神"的振拔,此即其"第二维新之声"。"精神"与"诗",诚是系列论文的核心,"诗"指向"精神"的振拔,即作为中国现代转型基础的人的精神的变革。

《域外小说集》的翻译,则是向异邦寻求"新声"的实践,兄弟二人倾心尽力,"收录至审慎"②,异于此前以林纾为代表的偏重英法美等主流国家及娱乐倾向的晚清翻译习气,侧重19世纪后之俄国及北欧短篇小说,故序文不无自信:"异域文术新宗,自此始入华土"③。所选俄国及东、北欧小说,一多为被压迫民族国家的文学,二多为挖掘心灵、具有精神深度的作品,显示了与时人迥异的眼光和心思。其所寓于文学者,一冀以反抗之声激起国人之"内曜",以助邦国的兴起,二以文学移入异质之精神,改造固有之国民性,即所谓"性解思维,实寓于此","籀读其心声,以相度神思之所在"④。在对俄及东、北欧文学的接触中,二人惊艳于其所显示人性的新异与深度,发现了以文学"转移性情,改造社会"的力量。鲁迅后来不无偏激地强调"新文艺"是"外来的",与"古国"无关⑤,大概也就在于这源于异域的文学新质吧。值得一提的是,在五四之前的周氏文学方案中,文言还是白话,并非问题所在,五篇论文,皆出以文言,《域外小说集》在文言追求上,甚至意在与林琴南一比高下,此皆过于聚焦文学思想功能之故,周作人在五四白话文革命告一段落时提醒时人别忘了"思想革命",亦是此一思路的显现。⑥

---

① 鲁迅:《坟·摩罗诗力说》,《鲁迅全集》第1卷,北京:人民文学出版社1981年版,第100页。
② 鲁迅解释说"集中所录,以近世小品为多,后当渐及十九世纪以前作品。又以近世文潮,北欧最盛,故采译自有偏至。惟累卷既多,则以次及南欧及泰东诸邦,使符域外一言之实。"鲁迅:《译文序跋集·〈域外小说集〉序言》,《鲁迅全集》第10卷,北京:人民文学出版社1981年版,第155页。
③ 同上。
④ 同上。
⑤ 鲁迅曾经说:"现在的新文艺是外来的新兴的潮流,本不是古国的一般人们所能轻易了解的,尤其在这特别的中国。"(鲁迅:《集外集拾遗补编·关于〈小说世界〉》,《鲁迅全集》第8卷,北京:人民文学出版社1981年版,第112页)"新文学是在外国文学潮流的推动下发生的,从中国古代文学方面,几乎一点遗产也没摄取。"(鲁迅:《集外集拾遗补编·"中国杰作小说"小引》,《鲁迅全集》第8卷,北京:人民文学出版社1981年版,第399页)
⑥ 周作人强调思想革命的重要:"表现思想的文字不良,固然足以阻碍文学发达,若思想本质不良,徒有文字,也有什么用处呢?……所以我说,文学革命上,文字改革是第一步,思想改革是第二步,却比第一步更为重要。我们不可对于文字一方面过于乐观了,闭却了这一面的重大问题。"(周作人:《谈虎集》,上海:北新书局1936年版,第5—8页)

异域文学所显现的精神与人性的异质性,既使鲁迅看到精神变革的方向,也使他感到过于隔膜的悲哀。当时曾有一杂志,也翻译刊载显克微支的《乐人杨珂》,却加标识为"滑稽小说",对此"误会",鲁迅深感"空虚的苦痛"①。《域外小说集》十年后再版,还不无感慨:"这三十多篇短篇里,所描写的事物,在中国大半免不得很隔膜;至于迦尔洵作中的人物,恐怕几于极无,所以更不容易理会。"②正是苦于知音难觅,八年后,礼拜六作家周瘦鹃翻译《欧美名家短篇小说丛刊》,下卷专收英美法以外国家如俄、德、匈、丹麦、塞尔亚、芬兰等国的作品,1917年8月上海中华书局甫一出版,即得到时任教育部通俗教育研究会小说股审校干事的鲁迅的激赏,并以部的名义亲拟褒状加以推介,誉之为"昏夜之微光,鸡群之鸣鹤"③。鲁迅一生最重翻译,所选也多在精神深异之作,可谓一以贯之。

由此可见,鲁迅文学的原初动机,是救亡图存的原始情结,而其深度指向,则是人的精神的现代转型,这就是救亡——精神——文学的转型理路;这一深度指向一经确立,也就越过民族国家的视域,指向人的精神的提升与沟通。在这两个层面上,可以说,鲁迅文学以其示范效应,开启了20世纪中国"严肃文学"的范式和传统。

肇始于周氏兄弟世纪初的想象与实践,十年后汇入五四文学革命,与胡适白话文运动结伴而行,修成正果。鲁迅文学的汇入,使内蕴不清的陈、胡文学革命方案,加入了深度精神内涵。鲁迅的每篇小说,都以"表现的深

---

① 鲁迅:《译文序跋集·〈域外小说集〉序》,《鲁迅全集》第10卷,北京:人民文学出版社1981年版,第163页。
② 同上。
③ 褒奖辞谓:"凡欧美四十七家著作,国别计十有四。其中意、西、瑞典、荷兰、塞尔维亚,在中国皆属创见,所选亦多佳作。又每一篇属著者名氏并附小像略传,用心颇为恳挚,不仅志在娱悦俗人之耳目,足为近来译事之光。""当此淫佚文字充塞坊肆时,得此一书,俾读者知所谓哀情惨情之外,尚有更纯洁之作,则固亦昏夜之微光,鸡群之鸣鹤矣。"(《教育公报》1917年11月30日第4卷第15期)据周作人回忆:"总之他对于其时上海文坛的不重视乃是事实,虽然个别也有例外,有如周瘦鹃,便相当尊重,因为所译的《欧美小说丛刊》三册中,有一册是专收英美法以外各国的作品。这书在1917年出版,由中华书局送呈教育部审查注册,发到鲁迅手里去审查,他看了大为惊异,认为'空谷足音',带回会馆来,同我会拟了一条称赞的评语,用部的名义发表了出去。"(周遐寿:《鲁迅的青年时代》,《鲁迅回忆录》专著中册,北京鲁迅博物馆编,北京:北京出版社1999年版,第846页)"只有一回见到中华书局送到部里来请登记还是审定的《欧美小说丛刊》,大为高兴。这是周瘦鹃君所译,共有三册,里边一小部分是英美以外的作品,在那时的确是不易得的,虽然这与《域外小说集》并不完全一致,但他感觉得到一位同调,很是欣慰,特地拟了一个很好的评语,用部的名义发了出去。"(周遐寿:《鲁迅的故家》,同上书,第1069页)

切"引起同仁击节称赏,周作人《人的文学》一出,举座皆惊,后被胡适推为"当时关于改革文学内容的一篇最重要的宣言"①,皆因周氏兄弟实乃渊源有自,有备而来。

在一定程度上,鲁迅世纪初的文学想象,通过五四,融入了现实,其所确立的严肃文学范式,进入了20世纪中国文学史。这不仅体现在本人终其一生的文学实践中,而且体现在五四问题小说对社会和人生问题的关注中,体现在文研会"将文艺当作高兴时的游戏或失意时的消遣的时候,现在已经过去了。我们相信文学是一种工作,而且又是于人生很切要的一种工作"②的宣言及其"为人生"文学的创作实践中,体现在20世纪文学与革命、政治的复杂纠缠中。拉开20世纪中国文学的主流线索,可以看到,文学作为一种行动,与启蒙、革命、政治一道,深刻参与了中国的现代进程。鲁迅之后来成为20世纪中国文学最有代表性的存在,乃有历史的必然。

四

然鲁迅文学在与20世纪中国的摩擦、纠缠中,扭曲、变异或被遮蔽的可能,也在所难免。其深度指向,蕴含着尚待挖掘和彰显的新的文学想象。

在围绕"救亡"形成的晚清实学思潮中,周氏兄弟重揭文学大旗,似乎逆潮流而动,然所张主,为文学之新质。既以"精神"诉诸"诗",故"立人"之外,还当"立诗",《摩罗诗力说》可谓新语境下之"为诗一辩",而周作人的《论文章之意义暨其使命》,更为文学之本质而在世界语境中穷追猛索。周氏兄弟的文学立论,在世纪初驳杂纷呈的中西语境中展开,其必须面对的文学观念,一是晚清刚刚传入的西方纯文学观念,二是中国固有之文学观,其一为以文学为游戏、消遣的观念,晚清结合商业运作,此类文学正方兴未艾,与此相关,是文学无用论,其二是"文以载道"、以文章为"经国之大业"的文学功用观,晚近则是梁启超对小说与群治关系的揭示,以文学为治化之助。于是三者,周氏皆有不满,游戏观念,自所不齿,载道之言,视为祸始,梁氏之说,直趋实用,西方传来之近代纯文学观,又过于明哲保身。文学既关乎"救亡",首先要排斥的,是本土之游戏、消遣观,舶来之纯文学观,亦须加

---

① 胡适:《〈中国新文学大系·建设理论集〉导言》,《胡适全集》第12卷,合肥:安徽教育出版社2003年版,第296页。
② 周作人起草:《文学研究会宣言》,《小说月报》第12卷第1号。

修正。文学是有所为的,然其有所为,非传统之载权威之"道",经一姓之"国",亦非直接以助治化,而又要有所不为。要从这有为与无为的悖论夹缝中挣脱而出,需追寻文学更坚实的基座,故二人由此出发,把文学上推,与"精神"、"神思"等原初性存在直接对接。《摩罗诗力说》论文学之"用",先以"纯文学"视角,承认文学"与个人暨邦国之存,无所系属,实利离尽,究理弗存"。其"为效","益智不如史乘,诚人不如格言,致富不如工商,弋功名不如卒业之券"。① 但否定排除之后强调:"特世有文章,而人乃以几于具足。"②最后,把这一"不用之用"的原因归结为二,一为"以能涵养吾人之神思耳。涵养人之神思,即文章之职与用也。"③二以"冰"为喻,强调文学涵"人生诚理",使读者"与人生即会"的"教示"作用④。周作人则广集西方近世诸家之说,考索文学要义,最后采美国宏德(Hunt)文论,归为"形之墨"、"必非学术"、"人生思想之形现"、"具神思(ideal)、能感兴(impassioned)、有美致(aristic)""四义"⑤,于三、四者,尤所置重;论及文学之"使命",亦采宏德之说归为四项:"裁铸高义鸿思,汇合阐发之"、"阐释时代精神,的然无误也"、"阐释人情以示世"、"发扬神思,趣人生以进于高尚也"⑥。篇末,周氏直抒己见:"夫文章者,国民精神之所寄也。精神而盛,文章即固以发皇,精神而衰,文章亦足以补救。故文章虽非实用,而有远功者也。……文章一科,后当别为孤宗,不为他物所统。"⑦

在周氏兄弟的文学想象中,文学与精神、神思等原初性存在直接相关,二者的直接对接,一方面使它得以超越知识、伦理、政教等"有形事物"的束缚而获独立,"别为孤宗",另一方面,它又与政治、伦理、知识等力量一道,对社会、人生发挥作用和影响。这样,进者可使文学通过精神辐射万事万物,发挥其"不用之用"和"远功",退者亦可使文学通过回归精神而独立,在有为与无为(独立)之间,文学找到了存在的基点。

文学与知识、道德、宗教一道,分享了精神的领地,但文学又自有其超越

---

① 鲁迅:《坟·摩罗诗力说》,《鲁迅全集》第1卷,北京:人民文学出版社1981年版,第71页。
② 同上。
③ 同上。
④ 同上书,第71—72页。
⑤ 周作人:《论文章之意义暨其使命》,《周作人集外文(上集)》,海口:海南国际新闻出版中心1995年版,第41—44页。
⑥ 同上书,第46—49页。
⑦ 同上书,第57—58页。

性在。二人都强调文学与学术等有形之思想形态的不同:"盖世界大文,无不能启人生之閟机,而直语其事实法则,为科学所不能言者。……此为诚理,微妙幽玄,不能假口于学子。"①"文章犹心灵之学"②"高义鸿思之作,自非思入神明,脱绝凡轨,不能有造。凡云义旨而不自己出,则区区教令之属,宁得入文章以留后世也……以有此思,而后意象化生,自入虚灵,不滞于物。"③文学自由原发、不拘形态,因而在精神领域亦占据制高点的位置,尤其在王纲解纽、道术废弛的世纪初语境中,文学更显出其推陈出新的精神功能。故此,在周氏兄弟那里,文学,成为精神的发生地和真理的呈现所,它与知识、道德、伦理、政治等的关系,不是后者通过前者发挥作用,而是相反,文学作为精神的发生地,处在比后者更本原的位置,并有可能通过它们发挥作用。

这就是周氏兄弟在世纪初驳杂语境中确立的文学本体论,文学本体之确立,在中国文学史上第一次把文学确立在独立的位置上,而其独立,不是建立在纯文学观之审美属性上,而是建立在原创性精神根基上,随着与精神的直接对接,文学被推上了至高的位置。文学摆脱了历来作为政教附庸的位置,但并没有放弃文学的社会作用,相反,摆脱束缚后的文学以更为原创的力量发挥其影响。文学,既非"官的帮闲",亦非"商的帮忙",而是作为独立的行动,参与到社会与历史中去。周氏文学本体论的形成,固然来自救亡图存的动机,然已超越救亡方案的单一层面,成为一个终极性立场。文学不仅在救亡局面中超越了技术、知识、政制等有形事物,甚至还在精神领域取代了僵化衰微的宗教、道德、政教、知识等的位置和作用,成为新精神的发生地和突破口。

在这个意义上,称之为"文学主义",大概也不为过吧。不难看出,周氏文学主义背后,有着老庄精神哲学、儒家经世传统以及西来浪漫主义文学观的观念因子④,正是遭遇"三千年未有之大变局",在周氏兄弟那儿,这些中、

---

① 鲁迅:《坟·摩罗诗力说》,《鲁迅全集》第1卷,北京:人民文学出版社1981年版,第71—72页。
② 周作人:《论文章之意义暨其使命》,《周作人集外文(上集)》,海口:海南国际新闻出版中心1995年版,第48页。
③ 同上书,第49页。
④ 在老庄那儿,精神与道相通,是遍及客观与主观的创始性存在,是一种不拘于形的超越性力量;在西方,通过路德打通的个人与上帝的沟通渠道,浪漫主义文学中的个人凸现出来,作者凭借灵感,像神灵附体一般,成为最高存在的直接沟通者和表达者。文学,通过天才性的个人,成为精神的发生地和突破口。

西观念才得以相互碰撞并重新激活成崭新形态。

周氏兄弟后来以各自的方式对应现实的挑战,作为积极和消极回应现实的结果,二人的文学实践,呈现出了越来越分离甚至截然不同的轨迹,20世纪中国的剧烈动荡,由此可见一斑。在某种程度上说,世纪初的这一文学立场,主要是通过鲁迅的卓越文学实践,对世纪文学产生了深远影响。从这一终极立场出发,鲁迅以文学为独立的行动,积极参与和深度介入了中国的现代转型,并经历了多次绝望,切己的是,所有现代参与的不幸,都化为他个体的、心理的精神事件,作为副产品,在这一过程中,他以文学的形式表达了堪称现代中国最深刻的生命体验,留下了中国近现代文化转型最深刻的个人心理传记,这些,都成为了文学家鲁迅的底色。

至此,可以把"鲁迅文学"的要义归结为两点:一、文学是一个终极性的精神立场;二、文学是一个独立的行动。

五

作为一种独立的行动,鲁迅文学与启蒙、革命和政治等20世纪的重要力量一起,在共同参与20世纪中国的现代转型中,曾发生过复杂的姻缘和纠缠,这其中,也有着尚待清理和揭示的问题。

以文学启蒙民众,转移性情,改良社会,正是鲁迅文学救亡方案的题中之义。晚年谈到为什么做起小说,仍然强调:"说起'为什么'做小说罢,我仍抱着十多年前的'启蒙主义',以为必需是'为人生',而且要改良这人生。"①终极性文学立场决定了,文学,既是启蒙的有效方式,亦是启蒙的原发性领域,不是文学来自启蒙,而是启蒙来自文学,这大概就是竹内好所曾看到的"文学者鲁迅无限地生成出启蒙者鲁迅"②之意吧。

如何处理在共同参与历史过程中文学与革命、政治的现实关系?对此,在20年代中期革命话语甚嚣尘上的纷繁语境中,鲁迅曾经历过并未明言的艰难思考。一方面他怀疑当下所谓革命文学的存在,讽刺那些貌似的革命

---

① 鲁迅:《二心集·我怎么做起小说来》,《鲁迅全集》第4卷,北京:人民文学出版社1981年版,第512页。
② 竹内好:《鲁迅》,《近代的超克》,孙歌编,北京:生活·读书·新知三联书店2005年版,第143页。

文学者,同时又把文学与革命放在不满现状、要求变革的同一阵营,①但他又承认,政治性革命的现实功效,比文学更为快捷。② 鲁迅此时期有关文学与革命的言述,常常欲言又止,话中有话。在《文艺与政治的歧途》中,他把文艺家与政治家分开,因为后者安于现状,前者永远不满现状③,另外,他似乎又对"文艺"和"革命"(政治革命)进行了分别④,这不仅在于笔杆和大炮的区别,也在于"政治革命家"最终会成为"政治家",而"文艺家"终将遭遇现实与理想的冲突,永无满足之时⑤,文艺——鲁迅既不说"文艺革命",对"革命文艺"也审慎使用——与政治革命,既有方式的不同,还有彻底性的差别。二者同道而驱,然当各以自方为根本,以对方为"一翼"之时,冲突在

---

① "文艺和革命原不是相反的,两者之间,倒有不安于现状的同一。"(《集外集·文艺与政治的歧途》,《鲁迅全集》第 7 卷,北京:人民文学出版社 1981 年版,第 113 页);"所谓革命,那不安于现在,不满意于现状的都是。文艺催促旧的渐渐消灭的也是革命(旧的消灭,新的才能产生)……"(同上书,第 118—119 页)。

② "一首诗吓不走孙传芳,一炮就把孙传芳轰走了"(《而已集·革命时代的文学》,《鲁迅全集》第 3 卷,北京:人民文学出版社 1981 年版,第 423 页);"我是不相信文学有旋干转坤的力量的";(《三闲集·文艺与革命》,《鲁迅全集》第 4 卷,北京:人民文学出版社 1981 年版,第 83 页);"倘以为文艺可以改变环境,那是'唯心'之谈,事实的出现,并不如文学家所豫想。"(同上书,第 134 页);"自然也有人以为文学于革命是有伟力的,但我个人总觉得怀疑,文学总是一种余裕的产物,可以表示一民族的文化,倒是真的。"(《而已集·革命时代的文学》,《鲁迅全集》第 3 卷,北京:人民文学出版社 1981 年版,第 423 页)

③ "我每每觉到文艺和政治时时在冲突之中;文艺和革命原不是相反的,两者之间,倒有不安于现状的同一。惟政治是要维持现状,自然不安于现状的文艺处在不同的方向。不过不满于现状的文艺,直到十九世纪以后才兴起来,只有一段短短历史。"(《集外集·文艺与政治的歧途》,《鲁迅全集》第 7 卷,北京:人民文学出版社 1981 年版,第 113 页);"政治想维系现状使它统一,文艺催促社会进化使它渐渐分离;文艺虽使社会分裂,但是社会这样才进步起来。文艺既然是政治家的眼中钉,那就不免被挤出去。"(同上书,北京:人民文学出版社 1981 年版,第 114 页);"从前文艺家的话,政治革命家原是赞同过;直到革命成功,政治家把从前所反对那些人用过的老法子重新采用起来,在文艺家仍不免于不满意,又非被排轧出去不可,或是割掉他的头。"(同上书,北京:人民文学出版社 1981 年版,第 118 页);"而文学家的命运并不因自己参加过革命而有一样改变,还是处处碰钉子。……在革命的时候,文学家都在做一个梦,以为革命成功将有怎样怎样一个世界;革命以后,他看看现实全不是那么一回事,于是他又要吃苦了。"(同上书,北京:人民文学出版社 1981 年版,第 119 页)

④ "我以为革命并不能和文学连在一块儿,虽然文学中也有文学革命。"(《集外集·文艺与政治的歧途》,《鲁迅全集》第 7 卷,北京:人民文学出版社 1981 年版,第 117 页);"革命文学家和革命家竟可说完全两件事。"(同上书,北京:人民文学出版社 1981 年版,第 119 页)

⑤ "理想和现实不一致,这是注定的运命;"、"以革命文学自命的,一定不是革命文学,世间哪有满意现状的革命文学?"(《集外集·文艺与政治的歧途》,《鲁迅全集》第 7 卷,北京:人民文学出版社 1981 年版,第 119 页)

所难免。而文学与政治,走向歧途,也似成宿命。

我感兴趣的是,在鲁迅的躲闪其辞中,是否也保留着从未明言的基于前述"文学主义"立场的革命想象?鲁迅文学之原初动机固起于救亡,但经由对救亡方案的终极求索,发现并确立了文学的终极立场。在这一终极立场上,文学指向的变革与转型的深远愿景,救亡远不能囊括。在这个意义上,鲁迅的文学想象,也就是鲁迅的革命想象,文学与革命,在这样的制高点上才能重合。故鲁迅对于政治革命,视为同道,当作契机,也应有所保留。羡慕大炮的功效,调侃文学的无用,是在两次绝望之后,其文学想象,愈到后来,愈益显现其世纪初所力排的迂阔,后来的人生选择,已见出文学立场的调整,最终有点"煞风景"的遗言,也透漏了盈虚之消息。但是,文学的终极立场,及其深度指向,应该未被抛弃,而是更深地藏纳于内心吧。

六

鲁迅文学,通过其示范效应,深刻影响了20世纪中国文学,并和世纪文学一道,形成了20世纪中国"严肃文学"的范式和传统,表现在以下几个层面:

一、20世纪中国文学深度介入了民族国家的救亡与现代转型,形成了参与历史和干预现实的积极品格,在某种意义上说,20世纪中国文学是"民族国家的文学"。

二、文学不再仅仅是政教的附庸或娱乐、消遣的工具,而是一种独立而深入的精神行动,并在参与历史和干预现实的过程中,与启蒙、革命、政治等20世纪的重要力量,发生了复杂的姻缘与纠缠。

三、20世纪文学与中国现代性的复杂纠缠,使中国现代文学成为20世纪中国艰难转型的丰富见证或"痛苦的肉身",并空前丰富了我们对文学性的理解。

四、文学之终极精神立场的确立,潜移默化地影响了现代中国人文知识分子的文学认知与自我认知,形成了一种批判性的人文立场及其精神传承。

七

世纪回首,毋庸讳言,鲁迅文学及其世纪影响,亦存在值得反思的问题。如:

1. 文学与拯救

鲁迅文学背后,有着世纪末价值废墟的背景,19世纪末,中、西精神规范普遍遭遇解构,当鲁迅以人性的视角发现国民性的危机——这无疑是救亡理念中的一个最深视点——后,如何拯救?他在资源上是无援的。鲁迅垂青于文学的精神生发功能,转向新精神的生发地——文学,试图以文学的精神原创力和感召力振拔沉沦私欲的国民性,在这个意义上,鲁迅的文学救亡已深入人性拯救的层面。文学与拯救并置,就会产生一个问题:文学能否承担人的拯救?"拯救"一词来自宗教,在宗教中,拯救源自确定性和超越性的至高价值。鲁迅文学终极立场的确立,使文学站到了比宗教、道德、知识等更本原的位置,在人性拯救的意义上,取代了宗教、道德的功能,或者说,文学,成为新的宗教和伦理。但是,在鲁迅那儿,文学作为精神的发源地,是以非确定形态出现的,其价值就在不断否定、不断上征的超越功能,问题是,以非确定的否定性精神作为人性拯救的资源,是否可能?与此相关的是——

2. 文学与启蒙

解构启蒙,已成为当下中国的普遍思潮,这个西方时尚学术话语与中国式世俗聪明的混血儿,正在百年启蒙的沉重身躯前轻佻地舞蹈。其实,对于21世纪的中国,启蒙远不是已经过时的话题,而是尚未完成的工程。面对世纪启蒙的困境,吾人有必要作一番彻底的反思。当下需要追问的,一是我们拿什么启蒙?与此相关的是,我们用什么方式启蒙?或者借用英文的启蒙问:enlightenment,但"光源"何在?

启蒙是来自西方的近代观念,理性,是启蒙的根本资源和绝对依据,是启蒙主义的自明的前提。启蒙者普遍相信,理性是人的本性,依靠人所共有的普遍理性,就可以摆脱此前的愚昧状态。康德的《答复这个问题:"什么是启蒙运动?"》是对启蒙的经典阐释,在他的阐释中,"理智"、"勇气"、"自由"是三个关键词,"勇气"和"自由",是启蒙的内在和外在条件,而"理智"或"理性",则是康德启蒙的真正内核所在,它被预设为人的先验本性,康德启蒙要人们回到的自己,是具有自主理性的人。[①]

作为启蒙依据的理性,并非17、18世纪的发明,它的背后,有着源远流

---

① 康德:《历史理性批判文集》,何兆武译,北京:商务印书馆1990年版。

长的西方理性主义传统。理性的本质是普遍的、超越性的原则和秩序,被认为是人的先验本性,其实,与其说理性是与生俱来的先验本性,不如说理性来源于人们对理性的信仰——对宇宙秩序和自身思维秩序存在的相信,有什么样的信仰,就有什么样的本性,没有信仰,难以启蒙。

以文学为精神资源并以文学为方式的启蒙,由于启蒙资源的不确定性及其否定性方式,最后唤醒和回到的"自己",有可能只是感性的自我,启蒙的最后结果,可能让启蒙者自己大吃一惊。

自然人性论和个人主义,是世纪启蒙的两个话语基石,就其内涵作进一步反思、检讨,宜其时矣。此处不赘。

3. 文学的历史参与问题

文学的历史参与和现实干预,一方面形成了中国 20 世纪文学的可贵品格与优秀传统,丰富了我们对文学的理解,并为现代中国的思想运动和社会运动提供了丰富的想象资源和强大的鼓动力,另一方面,它又带来了有待反思的问题。在文学自身方面,过强的使命意识和过重的历史承担,易使文学沦为时代的弄潮儿或追随者,少了对自我主体的观照和自身建设的意识。在思想影响和社会影响方面,表现为感性过多和理性欠缺。社会变革需要激情和感性,但更需要的是理性、是知识与经验的积累和操作的审慎。反观 20 世纪中国的现代变革,一方面应看到文学在其中的积极作用,另一方面,从社会变革本身来说,文学参与的尺度,也是一个有待反思的问题。

八

文学的世纪,已经过去,20 世纪意义上的文学,正陷入四面楚歌的处境中。90 年代经历了世纪文学的转型,市场化、世俗化带来了文学的边缘化,在政治之外,市场——媒体、畅销书、收视率等成为影响文学生态的新的强大力量,在某种意义上,中国文学正经历着空前的转型,与此相关,"鲁迅文学"范式,正面临着危机。文学何为? 已成为摆在我们面前的新的严峻问题。值此非常时刻,吾人之反思,在情感上就更为复杂:一方面,反思刚刚开始并有待深入,另一方面,在当下处境追问文学何为,为诗一辩,鲁迅文学,无疑又是我们在新语境下追问并确立文学意义和价值的值得呵护的宝贵资源。

鲁迅似乎对此一处境早有预见。在《文艺与政治的歧途》中,鲁迅笑谈道:"我每每觉到文艺和政治时时在冲突之中;文艺和革命原不是相反的,两者之间,倒有不安于现状的同一。惟政治是要维持现状,自然和不安于现状的文艺处在不同的方向"①、"从前文艺家的话,政治革命家原是赞同过;直到革命成功,政治家把从前所反对那些人用过的老法子重新采用起来,在文艺家仍不免于不满意,又非被排轧出去不可,或是割掉他的头。"②鲁迅又说:"等到有了文学,革命早成功了。革命成功以后,闲空了一点;有人恭维革命颂扬革命,就是颂扬有权力者,和革命有什么关系?"③

是否由此可以说:"治世"无文学?

莫非其世不治,其文斐然,世既已治,其文"歇菜"?

《野草》中有一篇《希望》,该篇围绕"希望"的可能性,层层设置终极悖论,不断设置,不断突围。借由"我只得由我来肉搏这空虚中的暗夜了"超越第二个悖论("我"寄希望于"身外的青春",然而"身外的青春"也消逝了)之后,裴多菲的绝望之诗又把文思退回到前一悖论中,就在这时,第三个也是最后一个悖论突兀出现:"但暗夜又在那里呢?……而我的面前又竟至于并且没有真的暗夜!"④对"暗夜"的一笔勾销,终于釜底抽薪地取消了"反抗"的意义。

如果真的"暗夜"都不存在了(是否可能?),"文艺家"就灭绝了,或者反过来,"文艺家"灭绝了,"暗夜"也就不存在了。

问题是在何种意义上理解"治世"和"暗夜"?一种是政治家所谓的"治世",在政治家看来,既是"治世",何来"暗夜"?或即使有"暗夜","文艺家"也不必乱说。而在鲁迅那里,"文艺家"总是不满现状,因而即使在政治家的"治世","文艺家"恐怕还是有所不满,看到"暗夜"。

但若世人皆曰太平,文学该如何自处?

君不见现如今全民娱乐化的国学热和游戏文学热的盛世景观。在新世纪大国崛起的殷切心态中,以自我批判为内核的现代启蒙话语,已然不合时宜,解构启蒙,也已成为学术时尚,现在来谈鲁迅的国民性批判,不仅不识时务,无人喝彩,甚至会招来口水和笑声,以批判国民性为内核的鲁迅文学,走向末路,势所必然。

---

① 鲁迅:《集外集·文艺与政治的歧途》,《鲁迅全集》第7卷,北京:人民文学出版社1981年版,第113页。
② 同上书,第118页。
③ 同上。
④ 鲁迅:《野草·希望》,《鲁迅全集》第2卷,北京:人民文学出版社1981年版,第178页。

但无论是"官的帮闲",还是"商的帮忙",对鲁迅来说恐怕都不是真的文学吧。

文学何为？诚是当下处境中需重新追问的问题。

鲁迅文学的深度指向,是国人精神的现代转型。贯穿整个20世纪的现代转型,并没有随着20世纪结束,而是正在艰难深入,被鲁迅视为现代转型基础的国民性,其"暗夜"尚在。故在自我认定的意义上,鲁迅文学,无疑仍有其存在的价值。

需进一步追问的是:若天下真的太平了,文学到底还有没有存在的价值？越过笼罩20世纪中国文学的民族国家层面,鲁迅的"文学主义"立场,是否仍可提供文学合法性的价值资源？

我想在此把"暗夜"作更普泛化地理解。即使不再是批判性立场上的政治的、社会的、国民性的甚至人性的"暗夜",在人的存在意义上,存在的被遮蔽,也是人类生存之永恒的"暗夜"吧。语言照亮暧昧的生存,在语言达不到的地方,存在处于晦暗之中。在终极意义上,文学,作为一种非确定的言说方式,是在知识、体制、道德和宗教之外,展现被遮蔽的隐秘存在、使存在的"暗夜"得以敞亮的一种不可或缺的独特方式。上世纪初鲁迅为诗一辩,即把文学确立在独立性和终极性的精神立场上,《摩罗诗力说》论文学之"为效",首先将其与知识("益智")、道德("诚人")和实利("致富"、"功名")等区别开来,强调"特世有文章,而人乃以几于具足"[①];又以"冰"为喻,彰显文学优于知识之所在:"盖世界大文,无不能启人生之闷机,而直语其事实法则,为科学所不能言者"[②]。《科学史教篇》篇末,兀然加入一段逸出科学史内容的议论:"顾犹有不可忽者,为当防社会入于偏,日趋而一极,精神渐失,则破灭亦随之。盖使举世惟知识是崇,人生必大归于枯寂,如是既久,则美善之感情漓,明敏之思想失,所谓科学,亦同趣于无有矣。故人群所当希冀要求者,不惟奈端已也,亦希诗人如狭斯丕尔(Shakespeare);不惟波尔,亦希画师如洛菲罗(Raphaelo);既有康德,亦必有乐人如培得诃芬(Beethoven);既有达尔文,亦必有文人如嘉来勒(Garlyle)。凡此者,皆所以致人性于全,不使之偏,因以见今日之文明者也。"[③]鲁迅的文学立论,固然起于民族救亡的现实动机,但它始终建立在普遍性的人类需要与终极性的

---

① 鲁迅:《坟·摩罗诗力说》,《鲁迅全集》第1卷,北京:人民文学出版社1981年版,第71页。
② 同上书,第71—72页。
③ 鲁迅:《坟·科学史教篇》,《鲁迅全集》第1卷,北京:人民文学出版社1981年版,第35页。

精神立场上。穿越民族救亡与现代转型的世纪图景,这一终极性"文学主义"立场,可能是吾人于新世纪困境中寻求文学新的合法性的唯一本土资源。

(作者单位:苏州大学)

尼采与鲁迅五四时期批评的中国"国民性"

张钊贻

早在20世纪初留学日本时,鲁迅便跟当时文化先进之士一起,承接了尼采在世界范围影响的第一浪潮,并配合中国当时的政治革命和现代化进程,鼓吹以具有鲜明尼采色彩的反抗诗人和特立独行的文化评论人为首的文学运动,以"改造国民性"。这些都在《文化偏至论》(1908)和《摩罗诗力说》(1908)等文章中留下了清晰的印记。但就晚清和民国初期的意见气候来说,政法军事和实业是中国自救和图强的重点,文化问题基本上得不到重视,更不用说尼采和文学了。

到了五四新文化运动时期,傅斯年(1896—1950)发现《狂人日记》(1918)中尼采的声音①,后来又有人察觉到《热风》(1925)跟尼采风格相似,并因此称鲁迅为"中国的尼采"②。鲁迅自己也承认他的小说和杂文受过尼采的影响③,不过,鲁迅早期所接触的只是尼采,主要是《查拉图斯特拉如是说》(Also sprach Zarathustra, 1883—1885, 1892),其次很可能是登张竹风的《尼采和二诗人》,其中根据布兰兑斯的《尼采》概括介绍了尼采《不合潮流的观察》(Unzeitgemässe Betrachtungen, 1873—1876),另外还有几本关于尼采的德语书。④ 虽然如此,可能是由于两人的契合,鲁迅在一些问题上可谓深得尼采神髓,而且在所谓中国的四次"尼采热"之中⑤,能够与尼采产生深刻持久的共鸣,并真诚地将尼采的一些理念付诸实践的作家和思想

---

① 见其发表在《新潮》的《一段疯话》及《随感录(四)》(1919),载中国社会科学院文学研究所鲁迅研究室编:《1913—1983 鲁迅研究学术论著资料汇编》第1卷,北京:中国文联出版社(1985—1989),第8—13页。此书以下简称《资料汇编》。
② 鲁迅:《无花的蔷薇8》,《鲁迅全集》第3卷,北京:人民文学出版社1981年版,第258页。
③ 鲁迅:《我和〈语丝〉的终始》,《鲁迅全集》第4卷,第168页;《〈中国新文学大系〉小说二集序》,《鲁迅全集》第6卷,北京:人民文学出版社1981年版,第238页。
④ 参见拙文《早期鲁迅的尼采考》,《学人》1996年第9辑,第259—293页。
⑤ 所谓"四次"是指20世纪初(王国维和鲁迅等)、五四、20世纪40年代("战国策"派)及20世纪80年代。

家,亦只有鲁迅一人。

鲁迅和尼采的契合是多方面的,本文集中讨论和分析他们对中国"国民性"的批判。在他们眼中,中国"国民性"的问题实际上也就是中国人奴性的问题。而鲁迅对"国民性"的针砭,以五四时期最为突出。①

鲁迅批判中国"国民性"的奴性,集中其"卑怯"的特征,一方面体现在"瞒和骗"的"精神胜利法",另一方面体现在自我萎缩的苟活。这些特征,都可以在尼采对"奴隶道德"和中国文化的抨击中找到。而他们对奴性观点上的契合,首先在于他们对奴隶历史现实的心理探究。

一、鲁迅与奴隶的国民性

据许寿裳回忆,鲁迅早在日本留学时期,便跟他讨论过中国"国民性"三个相联的问题,其中包括"病根何在?"他们认为中国"国民性"问题的"症结""要在历史上去探究,因缘虽多,而两次奴于异族,认为是最大最深的病根。做奴隶的人还有什么地方可以说诚说爱呢?……"②

有一点必须指出,鲁迅既然认为要从历史去探究,那么,第二点所谓"缺乏",其实是原本有而后来没有,所以实际上是丧失。其次,鲁迅认为,中国"国民性""最大最深的病根"就是在元朝和清朝"两次奴于异族",则中国"国民性"的"症结",是以实在的历史为根据的奴性。

鲁迅对中国人奴性的这些看法,主要是受到当时反对清政府的种族革命时代思潮的影响。③章太炎与光复会强调革命的民族主义方面,即推翻异族统治,光复旧物④,显然对鲁迅也有影响。在这种影响底下,鲁迅认为异族入侵对中国国民精神的堕落起了关键作用。其实把中国"国民性"问题跟异族入侵联系起来思考是很自然的,因为"国民性"其实也就是"民族性",是现代民族主义思潮兴起而产生的概念。一个民族长期受到奴役,自然影响到"民族性"。

---

① 笔者认为鲁迅在这个问题上的看法是颇一贯的,所以本文虽然主要引述五四时期的著述,但也引述一些早期和后期的论点。
② 许寿裳:《我所认识的鲁迅》,《回忆鲁迅》,北京:人民文学出版社1981年版,第59—60页。
③ 鲁迅:《杂忆》,《鲁迅全集》第1卷,北京:人民文学出版社1981年版,第221页;《略谈香港》,《鲁迅全集》第3卷,北京:人民文学出版社1981年版,第432—433页。
④ 鲁迅:《趋时与复古》,《鲁迅全集》第5卷,北京:人民文学出版社1981年版,第536页;《关于太炎先生二三事》,《鲁迅全集》第6卷,北京:人民文学出版社1981年版,第546页。

不过，必须指出，正如鲁迅和许寿裳讨论时也已经表示过的，这里面还有其他的历史原因。鲁迅在1925年曾说：

> 任凭你爱排场的学者们怎样铺张，修史时候设些什么"汉族发祥时代""汉族发达时代""汉族中兴时代"的好题目，好意诚然是可感的，但措辞太绕弯子了。有更其直捷了当的说法在这里——一，想做奴隶而不得的时代；二，暂时做稳了奴隶的时代。这一种循环，也就是"先儒"之所谓"一治一乱"……①

这段话也许是修订和超越了辛亥革命前后的观点②，但若要认为鲁迅的看法是一贯而没有根本改变的话，这段话大概也可以这样理解：（一）在异族入主中国之前，中国人奴性其实已有一定的发展基础，就如《文化偏至论》所透露的所谓崇尚物质、嫉妒天才的传统；或者（二）这是对中国文化和精神开始堕落之后的概括，因为尽管鲁迅把"汉族发祥时代"也包括在这两种时代，但实际上他曾赞誉过并未堕落的中国人的精神，如《破恶声论》（1908）中所谓的"内曜"。但不管我们怎样去理解，鲁迅认为中国人是奴隶。

鲁迅的学生增田涉就注意到，"奴隶"这个词经常出现在鲁迅的作品和谈话之中。③ 鲁迅也说过自己是奴隶，因为在清朝汉人是被满人征服了的奴隶，他的这种观点在清末民初是很典型的。满清王朝推翻之后，鲁迅却仍然认为自己是奴隶：但不是异族的奴隶，而是更糟，成了先前奴隶的奴隶。④ 连统治阶层都是奴隶的话，则所谓"想做奴隶而不得"和"暂时做稳了奴隶"，自然并非社会制度压迫下的奴隶，而是民族意义上的奴隶，而"国民性"的堕落就仍与异族入侵和统治有关。

异族统治虽然塑造了中国人的奴性，但推翻异族统治，这种奴性似乎也没有好转。鲁迅批评"明太祖对于元朝，尚且不肯放肆"，在他眼中实际已

---

① 鲁迅：《灯下漫笔》，《鲁迅全集》第1卷，北京：人民文学出版社1981年版，第212—213页。
② 其心路历程，见鲁迅：《病后杂谈之余》，《鲁迅全集》第6卷，北京：人民文学出版社1981年版，第179页。
③ 增田涉：《鲁迅的印象》，龙翔译，香港：天地图书有限公司1980年版，第37—40页。
④ 鲁迅：《忽然想到（1—4）》，《鲁迅全集》第3卷，北京：人民文学出版社1981年版，第16页；《序言》，《鲁迅全集》第5卷，北京：人民文学出版社1981年版，第418页；《题记》，《鲁迅全集》第4卷，北京：人民文学出版社1981年版，第417页；《又是"古已有之"》，《鲁迅全集》第7卷，北京：人民文学出版社1981年版，第230页；《半夏小集》，《鲁迅全集》第6卷，北京：人民文学出版社1981年版，第595页。

经很具奴性。① 中国人的"精神"在清政府统治下遭受奴役更深,以至辛亥革命推翻清政府之后,鲁迅认为中国人也只是变成先前奴隶的奴隶而已。②

二、尼采的"奴隶道德"

尼采也探讨过奴性的问题,即所谓"奴隶道德",也跟异族统治有关。

"奴隶道德"这个术语首先是与对立的"主人道德"一起出现在《超越善恶之外》的,但类似的意思早见于《人间的,太人间的》。③ 尼采提出两种道德是基于两个前提:(一)生命是"权力意志"④,所以不光是强者有"权力意志",弱者也有"权力意志";(二)他对西方文明史的观察所得。两种道德的划分,是按照古代希腊奴隶制的历史事实推论出来的。尼采还举出犹太人受罗马统治和奴役的事实为例子,认为犹太人创造的基督教是"奴隶道德"的代表。

不过,必须指出,这两个概念是关于道德,而不是社会政治体制的。尼采并没有按阶级成分或种族不同,简单地把人的道德分成两种,而是认为现代文化是两种道德的混合,这种混合存在于"每一个家庭,每个组织,每个联邦",甚至"同一个人,在单个的灵魂里"。⑤ 尼采更关心的是这两种道德在同一个人之中,在一种文化之中的共存和斗争。换言之,他只是利用古代奴隶制的比喻,来阐明现代道德的复杂矛盾状况。尼采还特别举出犹太人的例子,除了因为犹太人曾经是罗马人的奴隶,还因为犹太人是祭师类的民族:祭师类统治阶级比起武士类,体能和活力上都相对逊色,但他们有能力创造新的价值观,创造"善与恶"的标准。⑥ 尼采其实很欣赏犹太人。

奴隶受奴役又无力反抗改变现实,所以心怀"怨恨"(ressentiment)。"怨恨"是尼采创造的一个概念,尼采特意用法语来表达它特定的含义。按照吕迪格·比特纳(Rüdiger Bittner)的解释,尼采所指的"怨恨"是一种心灵的机制,是人们对某种经验的反应的方式:

---

① 鲁迅:《我谈"堕民"》,《鲁迅全集》第5卷,北京:人民文学出版社1981年版,第216页。
② 见鲁迅与埃德加·斯诺的谈话,Edgar Snow, *Journey to the Beginning*, New York: Vintage Books 1972, p. 131。
③ *Jenseits von Gut und Böse*, IX, 260; *Menschliches, Allzumenschliches*, I, 45. 尼采著作只注章节。
④ *Jenseits von Gut und Böse*, IX, 259. *Also sprach Zarathustra*, II, 12. Cf. WM, III, 692.
⑤ *Zur Genealogie der Moral*, III, 14. *Jenseits von Gut und Böse*, IX, 260.
⑥ *Zur Genealogie der Moral*, I, 7 & 16.

> 道德上的奴隶造反,始于"怨恨"本身变得有创造性,并生出价值:"怨恨"的人们,其真正的反应即行动的反应,遭到否定,因而以一个想象的报复,来自我补偿。①

尼采认为犹太人通过创造基督教的"善与恶"标准,进行道德造反,最后颠覆了罗马统治者的"主人道德",把原来的异族入侵者置于他们的价值观的统治之下。这也是"权力意志"的一种表现。不过,尼采并非只是做历史研究。据比特纳补充指出,尼采这里所说的"奴隶"只是比喻,泛指才能、力量和境况相对较差的人,他们想变得好一些,但却遭到较强者的阻挡,所以他们转而制定价值,在想象中使自己变得好一些。② 熟悉鲁迅的读者,都会立即联想到阿Q的"精神胜利法"。

三、阿Q精神与弱者的"权力意志"

鲁迅曾表示过,《阿Q正传》(1921)是要"画出"一个现代中国"沉默的国民的魂灵来"。③ 鲁迅既然认为中国人是奴隶,则《阿Q正传》所揭示的也就是关于奴隶的弱点和德性。一些论者认为阿Q精神是人人共有的普遍特性,威廉·莱尔(William A. Lyell)和吕俊华后来有更深入的发挥,他们把阿Q精神当成一种积极的普遍的心理机制④,有一定的道理。奴隶毕竟也是人。而且我们的确可以从阿Q精神中找出"力量"。例如,阿Q精神中的善忘,在尼采看来——后来让精神分析论进一步发挥,就是一种避免自我毁灭的力量。⑤ 吕俊华就强调其正面的作用,认为阿Q精神是自尊与虚荣

---

① *Zur Genealogie der Moral*, I, 10.
② Rüdiger Bittner, "Ressentiment," in Richard Schacht (ed.), *Nietzsche, Genealogy, Morality*, Berkeley: University of California Press 1994, pp. 127-138.
③ 鲁迅:《俄译本〈阿Q正传〉序及著者自叙传略》,《鲁迅全集》第7卷,北京:人民文学出版社 1981年版,第81—82页;《再谈保留》,《鲁迅全集》第5卷,北京:人民文学出版社 1981年版,第144页。
④ William A. Lyell, *Lu Hsün's Vision of Reality*, Berkeley: University of California Press, 1976, p. 244;吕俊华:《论阿Q精神胜利法的哲理和心理内涵》,西安:陕西人民出版社 1982年版,第1—76、93—116页。
⑤ *Jenseits von Gut und Böse*, 68. 弗洛伊德发现,排除令人不快的记忆是一种普遍的心理现象。见Sigmund Freud, *The Psychopathology of Everyday Life*, tr. Alan Tyson, Harmondsworth: Penguin Books, 1975, pp. 194-203. 亦见 *Zur Genealogie der Moral*, II, 1.

的产物,甚至是一种变形的反抗。① 然而,如果把阿Q精神当成是人类的普遍心理机制,会忽略其中一些很根本的特征,例如,这种心理机制在阿Q身上发展到不成比例的地步;而且,这是阿Q应付他现实生活的唯一手段;还有,更重要的是,阿Q精神充满"怨恨"。② 这些"怨恨"在他幻想参加革命之后的抢杀报复中,暴露无遗。③ 最后,把阿Q精神当作普遍心理机制,就会忽略阿Q的另一个主要性格特征,也是中国"国民性"主要病根之一:卑怯。④

阿Q的卑怯还表现在被人打了以后,安慰自己说是被儿子打,这跟"他妈的"这句骂人话背后的一般中国人的卑怯心理是一致的。鲁迅分析"他妈的"这句骂人话的含义,认为大概出现在晋代,因为当时氏族门阀决定一个人的前途。过于注重门第意味着庶人才俊受压制,无能的贵族则受祖宗余荫。贵族享有的所有荣耀、财富与权势完全取决于他们的祖宗,被压迫的普通人自然也就将他们的祖宗当成仇敌,于是愤激的下等人便发明了这句"他妈的!"鲁迅评论说:

> 要攻击高门大族的坚固的旧堡垒,却去瞄准他的血统,在战略上,真可谓奇谲的了。最先发明这一句"他妈的"的人物,确要算一个天才,——然而是一个卑劣的天才。⑤

所以,这种攻击背后是"怨恨"和卑怯,强调了卑怯,虽跟尼采所谓的奴隶的"精神报复"和"道德造反"稍有不同,但也还是其中的一支。而鲁迅认为,这种卑怯的"精神报复"已经是中国人的常用手法。⑥ 清政府统治之时,有谣言说"乾隆皇帝是海宁陈阁老的儿子",其背后的心态是想推翻清政府统治,但不是靠武力,而是通过便宜不费力的"掉包"。⑦ 又例如,不少中国知

---

① 吕俊华:《论阿Q精神胜利法的哲理和心理内涵》,西安:陕西人民出版社1982年版,第1—49页,第93—116页。无宜有相同的结论,见《反对阿Q典型研究的修正主义》,《学术月刊》1958年第10期,转引自葛中义:《〈阿Q正传〉研究史稿》,西宁:青海人民出版社1986年版,第42页。吕俊华则提醒读者注意阿Q精神及其作为一般心理功能的区别(第48页)。

② 苏雪林:《〈阿Q正传〉及鲁迅的创作艺术》,《资料汇编》第1卷,第1035—1044页;David A. Kelly, "The Highest Chinadom", in Graham Parkes (ed.), *Nietzsche and Asian Thought*, p.153。

③ 鲁迅:《呐喊》,《鲁迅全集》第1卷,北京:人民文学出版社1981年版,第515页。

④ 鲁迅:《两地书》,《鲁迅全集》第11卷,北京:人民文学出版社1981年版,第40页。

⑤ 鲁迅:《坟》,《鲁迅全集》第1卷,北京:人民文学出版社1981年版,第232—233页。

⑥ 鲁迅:《王化》,《鲁迅全集》第5卷,北京:人民文学出版社1981年版,第135页;《中国文与中国人》,《鲁迅全集》第5卷,北京:人民文学出版社1981年版,第363—364页。

⑦ 鲁迅:《中秋二愿》,《鲁迅全集》第5卷,北京:人民文学出版社1981年版,第565页。

识分子认为中国文化具有"同化"异族的能力,意思是说,尽管异族入侵统治中国,后来终于屈服于中国文化,所以中国文化是伟大的。鲁迅毫不客气的指出这是自欺欺人。① 就像粉饰过去残酷的失败一样,这些谣言和粉饰自然也只是自欺。不过,这种"精神胜利法"的自欺旨在攻击和克服敌人,所以不妨称为"积极自欺"。② 在鲁迅著作中,我们还可以找另一种自欺:"消极自欺"。

所谓"消极自欺",是指通过文学作品的"大团圆"结局以及歪曲史实,来粉饰或掩盖残暴和悲惨的事情,来达到心理平衡。③ 仅仅为了安抚自己受伤心灵,而并没有"攻击性"。鲁迅指出,卑怯者"遇见强者,不敢反抗",便找出种种道理来粉饰,来自欺欺人。④ 鲁迅在《论睁了眼看》(1925)中分析了中国人的卑怯与自欺的联系。他指出中国人从来就缺乏正视现实的勇气:

> 先既不敢,后便不能,再后,就自然不视,不见了。……万事闭眼睛,聊以自欺,而且欺人,那方法是:瞒和骗。……中国人的不敢正视各方面,用瞒和骗,造出奇妙的逃路来,而自以为正路。在这路上,就证明着国民性的怯弱,懒惰,而又巧滑。一天一天的满足着,即一天一天的堕落着,但却又觉得日见其光荣。在事实上,亡国一次,即添加几个殉难的忠臣,后来每不想光复旧物,而只去赞美那几个忠臣;遭劫一次,即造成一群不辱的烈女,事过之后,也每每不思惩凶,自卫,而只顾歌咏那一群烈女。仿佛亡国遭劫的事,反而给中国人发挥"两间正气"的机会,增高价值,即在此一举,应该一任其至,不足忧悲似的。⑤

中国人的卑怯还表现在,经受了长期反复的欺凌、压迫和失败,而又无力通

---

① 鲁迅:《报"奇哉所谓……"》《老调子已经唱完》,北京:人民文学出版社1981年版,《鲁迅全集》第7卷,第253—254、309—311页;《灯下漫笔》,《鲁迅全集》第1卷,北京:人民文学出版社1981年版,第214—217页;《再论雷峰塔的倒掉》,《鲁迅全集》第1卷,北京:人民文学出版社1981年版,第193页。

② 鲁迅:《阿Q正传》,《鲁迅全集》第1卷,北京:人民文学出版社1981年版,第492页;鲁迅在其他地方也谈到这种"精神上的胜利",见《王化》,《鲁迅全集》第5卷,北京:人民文学出版社1981年版,第135页;《中国文与中国人》,《鲁迅全集》第5卷,北京:人民文学出版社1981年版,第364页。

③ 鲁迅:《论睁了眼看》,《鲁迅全集》第1卷,北京:人民文学出版社1981年版,第237—241页;《病后杂谈》及《病后杂谈之馀》,《鲁迅全集》第1卷,北京:人民文学出版社1981年版,第170—173页,190—191页。

④ 鲁迅:《通讯》,《鲁迅全集》第3卷,北京:人民文学出版社1981年版,第26页。

⑤ 鲁迅:《论睁了眼看》,《鲁迅全集》第1卷,北京:人民文学出版社1981年版,第237—240页。

过反抗和报复来宣泄,只好把愤火发泄在弱者身上,特别是妇女和儿童:

>……中国人所蕴蓄的怨愤已经够多了,自然是受强者的蹂躏所致的。但他们却不很向强者反抗,而反在弱者身上发泄,……再露骨地说,怕还可以证明这些人的卑怯。①

然而,向弱者宣泄愤火终究不能消解长久蕴蓄的怨愤,"所以他们要愤怒一生,——而且还要愤怒二世,三世,四世,以至末世"②。很多中国人由于蕴蓄着怨愤,不去转化为积极的动力,"改造自己,改造社会,改造世界",结果只能是"恨恨而死"。③ "奴隶道德"由此恶性循环。

鲁迅和尼采都发现了胆怯这个"奴隶道德"中的普遍特征。鲁迅认为奴隶因不能公开地跟主人对抗,于是设法愚弄他们。当他们的主子受到蒙蔽或者本身就是笨蛋,奴隶就会认为主人是"好"的,因为主人对他们不再构成威胁。④ 鲁迅的观察跟尼采下面的评论非常相近:

>这种道德中的"善"也带点轻蔑——可能是很轻的,仁慈的——因为好人在奴隶的思维方式中,必须是不危险的:他脾气好、容易骗。也许有点蠢,是个老好人(un bonhomme)。在奴隶道德主宰的任何地方,语言上总要把"善"和"蠢"拉得更近一些。⑤

鲁迅指出,奴隶另一种卑怯的自我保护方法,是把对他们有危险的强人"捧起来":

>中国的人们,遇见带有会使自己不安的朕兆的人物,向来就用两样法:将他压下去,或者将他捧起来。……压不下时,则于是乎捧,以为抬之使高,餍之使足,便可以于己稍稍无害,得以安心。⑥

鲁迅批评这种"意图生存,而太卑怯"的态度为"苟活"⑦。

---

① 鲁迅:《杂忆》,《鲁迅全集》第1卷,北京:人民文学出版社1981年版,第225—256页。不过,鲁迅也发现,当受压迫的学生或妇女有了权力,他们也会欺凌其他学生和妇女。《忽然想到(7—9)》,《鲁迅全集》第3卷,北京:人民文学出版社1981年版,第60—61页。
② 鲁迅:《杂感》,《鲁迅全集》第3卷,北京:人民文学出版社1981年版,第49页。
③ 鲁迅:《随感录·六十二》,《鲁迅全集》第1卷,北京:人民文学出版社1981年版,第360—361页。
④ 鲁迅:《谈皇帝》,《鲁迅全集》第3卷,北京:人民文学出版社1981年版,第252—253页。
⑤ *Jenseits von Gut und Böse*, IX, 260.
⑥ 鲁迅:《这个与那个》,《鲁迅全集》第3卷,北京:人民文学出版社1981年版,第140页;《关于中国的两三件事》,《鲁迅全集》第6卷,北京:人民文学出版社1981年版,第7—9页。
⑦ 鲁迅:《北京通讯》,《鲁迅全集》第3卷,北京:人民文学出版社1981年版,第51—53页。

不管是积极还是消极自欺,按照尼采的心理分析,都是弱者"权力意志"的表现,也是出自自我保护的本能。尼采分析犹太人的心理力量时指出,他们有能力伪造"所有现实"①,改变现实来安慰自己,跟中国人的自欺一样。"消极自欺"把自己的意志和本能转向内,以克服心理的创伤,所以主要是一种心理自卫机制。而且这种自欺体现在文学创作上,跟尼采分析弱者出自"怨恨"和"权力意志"的精神报复,也有相类似的地方。而"积极自欺"则将自己的意志和本能转向外,对欺压者取得"精神胜利",使失败的感受得到补偿。这跟尼采所谓的犹太人的"精神报复"也非常相似。然而,犹太人通过善恶"立法"的"精神报复",创造出一个使"主人"也皈依的宗教,也遵从的道德价值观,的确征服了他们的征服者,而中国的"精神胜利"尽管外向而貌似"积极",实际结果仍然是一种自我心理安慰,到底还是一种内向自欺的报复。尼采就说过中国人的报复只是转向自己②,的确是看得很准确。由于"精神胜利"的自欺性质,只是使事实上是奴隶的中国人认为自己不是奴隶③,所谓报复,到底只是伤害了自己。也许中国人的"权力意志"比祭师型的犹太人还要弱,无法实行"精神报复",只能用"精神胜利"去掩盖可怜的现实。

四、尼采对中国负面认识

尼采对中国文化有尖锐的批评,笔者和夏瑞春教授曾做过初步的研究。④ 后来托马斯·布罗布杰尔对尼采阅读《大学》和《道德经》的问题做了辨正,并在尼采时中国文化资料的阅读上做了补充。⑤ 然而,布罗布杰尔补充的尼采阅读材料,其实只有一处提到中国,也就是说几乎所有尼采关于

---

① *Der Antichrist*, 24.
② *Die fröhliche Wissenschaft*, II, 69.
③ 例如鲁迅:《文章与题目》,《鲁迅全集》第5卷,北京:人民文学出版社1981年版,第121—122页;《十四年的"读经"》,《鲁迅全集》第3卷,北京:人民文学出版社1981年版,第129页。
④ 详见夏瑞春教授与笔者合作之"Nietzsche's Reception of Chinese Culture," *Nietzsche-Studien*, 32,2003, pp. 296-312。
⑤ Thomas H. Brobjer, "Nietzsche's Reading About China and Japan", *Nietzsche-Studien*, 34, 2005, pp. 329-336. 根据 Marie Baumgartner 给尼采的一封回信中,谈到尼采寄给她的"孔子的书"(Giorgio Colli/ Mazzino Montinari hrg, *Friedrich Nietzsche*, *Kritische Gesamtausgabe Briefwechsel*, Berlin: Walter de Gruyter, 1975-1984, II.6/1:96),布罗布杰尔认为这本书就是指《大学》。

中国的资料来源和评论,都出处不详。① 所以根据目前研究所得,我们至少可以认为,尼采对中国的观感并非直接受某一本或一些著作的影响,而是他自己通过非常有限的德语二手材料形成的。

尼采对中国的观感有一个从中性的感兴趣,到负面批判的转变过程。在19世纪80年代之前,除买了《大学》和《道德经》,尼采还把学到的一点中国人礼貌表达方式,用在给母亲和女性朋友的书信中,明显有炫耀的用意②;在1873年《希腊悲剧时代之哲学》中谈及毕达哥拉斯(Pythagoras)时可能受中国影响③。但在1874年《不合潮流的观察》中,也谈到"中国机械玩偶"对不管是"政府、公众舆论或数量上的多数的任何权势",都点头说"是",并按照任何牵线权势的节奏移动手足。④ 已经显示出尼采对中国人奴性的负面印象。从1882年《欢乐之学》开始,即布罗布杰尔所谓开始有目的地阅读有关中国的书籍之后,陆续对中国人及中国文化有尖锐的批评。在1885年一份《权力意志》写作大纲中,甚至有计划在第二部《价值的批判》中批判印度和中国的思维方式;在1887年一段笔记中,计划写关于欧洲将"改善"人当成国家和社会努力的唯一使命,而且把中国和印度类似的运动也分别列出⑤,显然有更进一步探讨的想法,所以在1883年夏的笔记中,尼采还在收集材料,从比较文化人类学的材料中,摘记了一些有关中国的风俗⑥。从他的遗稿笔记中,我们知道他在1880年春开始提及中国的地方明显增加,包括资料摘录及评论,但所有的评论都是尼采自己的或尼采引申出来的,他并没有摘录批判中国文化的材料。在公开出版的著述和现存遗稿

---

① Thomas H. Brobjer, "Nietzsche's Reading About China and Japan," *Nietzsche-Studien*, 34, 2005, pp. 329-336. 另外,尼采买了一本《中国生活的图画》(Leopold Katscher, *Bilder aus dem chinesischen Leben*, Leipzig, 1881),此书只有购书单,不见于尼采藏书。Andrea Orusucci 认为《欢乐之学》第69节有关"中国式的报复"即出于此(Die fröhliche Wissenschaft, II, 69. Andrea Orusucci, "Beiträge zur Quellenforschung", *Nietzsche-Studien*, 32, 2003, pp. 444-445)。但布罗布杰尔看过此书后认为结论并不令人信服。

② An Marie Baumgarten (11 März 1875) u. an Franziska Nietzsche (12 März 1875), in Giorgio Colli/Mazzino Montinari (hrg), *Friedrich Nietzsche, Sämtliche Briefe, Kritische Studienausgabe*, Berlin: dtv/de Gruyter (1986), V: 30, 32. 所谓中国人礼貌的表达方式,指"armselige Hütte",大概是"陋室"或"寒舍"的翻译。

③ *Die Philosophie im tragischen Zeitalter der Griechen*, 1.

④ *Unzeitgemässe Betrachtungen*, II, 8.

⑤ Giorgio Colli/Mazzino Montinari (hrg), *Friedrich Nietzsche Sämtliche Werke, Kritische Studienausgabe*, Berlin: dtv/de Gruyter (1980), KSA, XII: 110, 429. 一下简称 KSA。

⑥ KSA, X: 325.

中所看到的尼采对中国的观感,大都是负面的,态度是批判的。

五、自我萎缩的"末人"

尼采认为中国文化已经到了晚期,晚期文化的特征是萎缩衰退和缺乏活力。尼采第一次在《欢乐之学》中公开批评中国文化时说:"中国是这样一个国家,大规模的不满以及作出改变的能力早已在数世纪前绝迹。"[①]所以他认为中国代表"衰落和生命最后耗竭的表现"[②]。在尼采看来,中国式的人代表"本能的衰落",具备奴隶的道德品质。[③]这种萎缩衰退自然也反映在人们的思维方式上:

> 中国母亲有句教小孩的话:siao-sin——"将你的心变小!"这是晚期文明很具特色的根本取向。[④]

在尼采看来,把一切变小也正是"末人"(der letzte Mensch)的特性[⑤],也就是"奴隶道德"的特征,中国人的特征。尼采也把"末人"和中国人联系起来,他在写作《查拉图斯特拉如是说》时准备的笔记中有一条:"末人:一种中国类型"。[⑥] 后期的鲁迅也曾借用了尼采的"末人"来概括中国人奴性麻木和毫无活力的特征。[⑦] 不过,尼采对中国的评论,在大多数情况下其实都是指桑骂槐,真正的抨击对象其实是基督教及当时欧洲的思潮和风气。尼采无意也无力探究中国文明萎缩衰退的原因,尤其是异族入侵和统治的后果。鲁迅则不同。对于尼采评论中国人缺乏活力,中国文化是衰落和"生命最

---

① *Die fröhliche Wissenschaft*, I, 34. 1881 年秋遗稿笔记中说,中国千年没变(KSA, IX: 547)。
② *Der Antichrist*, 11.
③ *Die Götzen-Dämmerung*, IX, 40. 在 1884 年春遗稿笔记中有:"奴隶德行及其价值的增长('中国人')"(KSA, XI: 45)。
④ *Jenseits von Gut und Böse*, IX, 267. 尼采引"小心"一词出处未详,从这个词的拉丁文转写方式看,应该是出自德文材料。
⑤ *Also sprach Zarathustra*,"Vorrede", 5.
⑥ 鲁迅:《由聋而哑》,《鲁迅全集》第 5 卷,北京:人民文学出版社 1981 年版,第 278 页。*Also sprach Zarathustra*,"Vorrede", 5. KSA, X: 168.
⑦ 鲁迅:《序言》,《七论"文人相轻"——两伤》,《鲁迅全集》第 3 卷,第 405 页;《由聋而哑》,《鲁迅全集》第 5 卷,北京:人民文学出版社 1981 年版,第 278 页。

后耗竭"的表现,鲁迅也表达过类似的意思。① 鲁迅也认为中国人毫无活力的原因之一是缺乏对现状的"不满"。② 但鲁迅设法挖掘那萎缩衰退的原因,并认为是异族入侵和统治的后果。

鲁迅在《看镜有感》(1925)一文中,赞扬汉、唐两朝的自信和宏大的气度,并批评宋朝在外族入侵面前,已经露出明显的奴隶心态:

> 遥想汉人多少闳放,新来的动植物,即毫不拘忌,来充装饰的花纹。唐人也不算弱,……宋的文艺,现在似的国粹气味就熏人。然而辽、金、元陆续进来了,这消息很耐人寻味。汉、唐虽然也有边患,但魄力究竟雄大,人民具有不至于为异族奴隶的自信心,或者竟毫未想到,凡取用外来事物的时候,就如将彼俘来一样,自由驱使,绝不介怀。一到衰弊陵夷之际,神经可就衰弱过敏了。每遇外国东西,便觉仿佛彼来俘我一样,推拒、惶恐、退缩、逃避,抖成一团,又必想一篇道理来掩饰,而国粹遂成屏王及屏奴的宝贝。③

由于对外来的强者无力反抗,于是卑怯自欺,失去雄大的魄力,对外来事物恐惧,内向萎缩。对这种遇到威胁或问题不是积极处理,想办法解决,而是退守和"收起来"的策略心态,鲁迅称之为"坚壁清野主义",认为是降伏了的奴隶的心态。④ 鲁迅又抨击"将你的心缩小"为卑怯的"苟活",他说:

> 中国古来,一向是最注重于生存的,什么"知命者不立于岩墙之下"咧,什么"千金之子坐不垂堂"咧,什么"身体发肤受之父母不敢毁伤"咧,竟有父母愿意儿子吸鸦片的,一吸,他就不至于到外面去,有倾家荡产之虞了。可是这一流人家,家业也决不能长保,因为这是苟活。……意图生存,而太卑怯,结果就得死亡。以中国古训中教人苟活的格言如此之多,而中国人偏多死亡,外族偏多侵入,结果适得其反……

所以他认为大概只有监狱才符合苟活的要求,但这种"半生半死的苟活"其实是死路:

---

① 鲁迅的观点见《文化偏至论》及《摩罗诗力说》,《鲁迅全集》第1卷,北京:人民文学出版社1981年版,第44、63—65页;《十四年的"读经"》,《鲁迅全集》第3卷,北京:人民文学出版社1981年版,第130页。
② 鲁迅:《习惯与改革》,《鲁迅全集》第4卷,第223页;《随感录·六十一》,《鲁迅全集》第1卷,北京:人民文学出版社1981年版,第358—359页。
③ 鲁迅:《看镜有感》,《鲁迅全集》第1卷,北京:人民文学出版社1981年版,第183页。
④ 鲁迅:《坚壁清野主义》,《鲁迅全集》第1卷,北京:人民文学出版社1981年版,第256—259页。

> 古训所教的就是这样的生活法,教人不要动。不动,失错当然就较少了,但不活的岩石泥沙,失错不是更少么?我以为人类为向上,即发展起见,应该活动,活动而有若干失错,也不要紧。惟独半死半生的苟活,是全盘失错的。因为他挂了生活的招牌,其实却引人到死路上去!①

对这种中国"后期文明很具特色的根本取向",同样出现在基督教及现代欧洲社会走向平庸的倾向之中。尼采评论说:

> 欧洲人的缩小和扯平构成我们最大的危险……今天我们看不到任何要长得更伟大的东西,我们估计事情会继续往下走,往下走,变得更薄,更好脾气,更谨慎,更舒适,更平庸,更冷漠,更中国的,更基督徒的——毫无疑问,在任何时候,人变得"更好"……②

对于所谓"更好脾气"和"更冷漠",也出现在鲁迅对"国民性"的批评之中,而且跟异族压迫联系起来。鲁迅认为,异族统治者及其对奴隶的长久残酷的压迫,使中国人丧失了"兽性"而变得"驯良"③;所谓"驯良"实际上是冷漠,对压迫甚至屠杀都不反抗。④ 中国人被迫对时事漠不关心,这种态度逐渐发展成对其他人的痛苦也漠不关心,形成旁观者心态,⑤也就是失去了主人翁的精神。

鲁迅后期还举出具体的异族压迫造成"驯良""冷漠"的实例:清朝的文字狱和"文化政策"。在文字狱时,凡夹有感愤的文章都被"销毁,劈板","只剩了'天马行空'似的超然的性灵",这种歪曲了的"性灵",却成了林语堂鼓吹的模范。⑥ 清朝统治者及其奴才,还通过篡改书籍而进行精神奴化政策。他们删改了许多古人著作谴责外族入侵的字句和段落,禁了许多明清人的书,通过乾隆亲自监督编纂钦定《四库全书》,销毁所有表达愤慨、报仇和反抗的书籍⑦,又通过编纂钦定《唐宋文醇》和《唐宋诗醇》,筛选掉指

---

① 鲁迅:《北京通讯》,《鲁迅全集》第 3 卷,北京:人民文学出版社 1981 年版,第 51—53 页。
② *Zur Genealogie der Moral*, I, 13. 尼采在《欢乐之学》抨击欧洲争取"权利平等"的主张,是要将所有人拉到同一水平,而这是"中国古玩"(chinoiserie)。(*Die fröhliche Wissenschaft*, V, 377)
③ 鲁迅:《略论中国人的脸》,《鲁迅全集》第 3 卷,北京:人民文学出版社 1981 年版,第 414 页;《从孩子的照相说起》,《鲁迅全集》第 6 卷,北京:人民文学出版社 1981 年版,第 80—82 页。
④ 鲁迅:《晨凉漫记》,《鲁迅全集》第 5 卷,北京:人民文学出版社 1981 年版,第 236 页。
⑤ 鲁迅:《经验》,《鲁迅全集》第 4 卷,北京:人民文学出版社 1981 年版,第 540 页。
⑥ 鲁迅:《杂谈小品文》,《鲁迅全集》第 6 卷,北京:人民文学出版社 1981 年版,第 417—418 页。
⑦ 见乾隆的上谕,载纪昀等编:《〈四库全书〉总目》,台北:艺文印书馆(无日期),第一册,第 1—17 页。

斥当路的偏激文字,经过这样篡改,古人便都变得驯良而不激越,而这种形象被当成后世的模范。实际上是把精神奴化政策的结果著诸竹帛,浸透转变成"文化传统",①反过来又进一步加强了中国人的奴性和"奴隶道德"。这是鲁迅批判文化传统的主要原因之一,他的真正目的,其实是"国民性"里面的肿瘤——"奴隶道德"。

  鲁迅还要指出,异族惨酷的摧残与压迫,也使中国人的"内曜"无法发展。鲁迅的"内曜"跟弗洛伊德的"生命本能"差不多,是在热情和坚毅的行动中表现出来的,②在一定意义上是生命力的同义语。但鲁迅用"内曜"也有特定的含义,主要是通过诗歌创作和宗教活动来体现的。③ 然而,统治者是不喜欢奴隶有"内曜"和活力的,因为如果"他们会笑,就怕他们会哭,会怒,会闹起来。"④异族统治者及其奴才更憎恶人们表现活力,因为活力意味着反抗。鲁迅解释:

    这不能说话的毛病,在明朝是还没有这样厉害的;他们还比较地能够说些要说的话。待到满洲人以异族侵入中国,讲历史的,尤其是讲宋末的事情的人被杀害了,讲时事的自然也被杀害了。所以,到乾隆年间,人民大家便更不敢用文章来说话了。所谓读书人,便只好躲起来读经,校刊古书,做些古时的文章,和当时毫无关系的文章。⑤

所以,奴隶是不能有"内曜"的,奴隶的心态必须与有活力的人截然相反,要治得"好像古井中水",不会对任何刺激产生反应。⑥ 鲁迅特别指出,清朝文

---

① 鲁迅:《古人并不纯厚》,《鲁迅全集》第 5 卷,北京:人民文学出版社 1981 年版,第 448—449 页。《谈"激烈"》,《鲁迅全集》第 3 卷,北京:人民文学出版社 1981 年版,第 477—478 页;《买〈小学大全〉记》,《鲁迅全集》第 6 卷,北京:人民文学出版社 1981 年版,第 57—58 页;《杂谈小品文》,《鲁迅全集》第 6 卷,北京:人民文学出版社 1981 年版,第 417—418 页。
② 鲁迅:《田军作〈八月的乡村〉序》,《鲁迅全集》第 6 卷,北京:人民文学出版社 1981 年版,第 286—287 页。
③ 鲁迅:《破恶声论》,《鲁迅全集》第 8 卷,北京:人民文学出版社 1981 年版,第 24—31 页。参看《无声的中国》,《鲁迅全集》第 4 卷,北京:人民文学出版社 1981 年版,第 12—15 页。
④ 鲁迅:《〈论语〉一年》,《鲁迅全集》第 4 卷,北京:人民文学出版社 1981 年版,第 570 页;参考《隔膜》,《鲁迅全集》第 6 卷,北京:人民文学出版社 1981 年版,第 43—44 页。
⑤ 鲁迅:《无声的中国》,《鲁迅全集》第 4 卷,北京:人民文学出版社 1981 年版,第 12—13 页。参见《徐懋庸作〈打杂集〉序》,《鲁迅全集》第 6 卷,北京:人民文学出版社 1981 年版,第 292 页。
⑥ 鲁迅:《萧红作〈生死场〉序》,《鲁迅全集》第 6 卷,北京:人民文学出版社 1981 年版,第 409 页。

字狱是导致中国人"哑了声音"的直接原因,更是造成中国人奴性的原因。①对于这些不愿中国人有点活力与生气的人,鲁迅后来就借用尼采的话,称他们为"死之说教者"。② 这种奴隶压迫,不但使中国人"哑了声音",还因此丧失活力③,也连带丧失力量、韧性和毅力④。

失去声音,没有活力,自然也没有个性。尼采认为,中国人是跟"工厂奴隶"一样个性遭埋没、内在生活遭剥夺的一群一律平庸的"勤劳的蚂蚁"。⑤ 鲁迅同样尖锐批评中国忍耐的"畜群本能",也认为是中国"奴隶道德"的组成部分。⑥ 害怕个性和活力的社会文化,自然也会害怕天才,害怕特出的人物。鲁迅就发现中国人倾向于把突出的人削平,终于使社会文化停滞。⑦ 尼采还从一句中国谚语"伟人是国之不幸",发现中国人害怕"伟人",跟鲁迅认为中国传统嫉妒天才的观点,不谋而合。⑧ 不过,所谓中国人害怕"伟人",也显示出尼采不知道儒家君子与小人的区分,也就是对儒家一些很普通的基本理念缺乏了解。然而,尼采批评现代"奴隶道德"的基督教道德,认为基督教把"所有事物的价值变得贫乏、病弱和丑陋",似乎倒是一切奴性主导的社会文化的共同特征。⑨

结束语

鲁迅把"奴隶道德"当作中国"国民性"的主要特征,其看法有他所处时

---

① 鲁迅:《田军作〈八月的乡村〉序》,《鲁迅全集》第 6 卷,北京:人民文学出版社 1981 年版,第 286 页。《且·买〈小学大全〉记》,《鲁迅全集》第 6 卷,北京:人民文学出版社 1981 年版,第 57—58 页。
② 鲁迅:《七论"文人相轻"——两伤》,《鲁迅全集》第 6 卷,北京:人民文学出版社 1981 年版,第 405 页。
③ 鲁迅:《娜拉走后怎样》,《鲁迅全集》第 1 卷,北京:人民文学出版社 1981 年版,第 163 页;《华·补白》,《鲁迅全集》第 3 卷,北京:人民文学出版社 1981 年版,第 106 页。
④ 鲁迅:《这个与那个》,《鲁迅全集》第 3 卷,北京:人民文学出版社 1981 年版,第 142 页。
⑤ *Morgenröte*, III, 206.
⑥ 例如:鲁迅:《随感录 38》、《随感录 56》及《来了》,《鲁迅全集》第 1 卷,北京:人民文学出版社 1981 年版,第 311—314, 347—348 页;《立此存照(六)》,《鲁迅全集》第 6 卷,北京:人民文学出版社 1981 年版,第 632—633 页。
⑦ 鲁迅:《徐懋庸作〈打杂集〉序》,《鲁迅全集》第 6 卷,北京:人民文学出版社 1981 年版,第 290 页。
⑧ KSA, IX, 552, 626. Cf KSA, XIV, 653. 此句谚语原来的中文及出处均不详。尼采的"伟人"也就是天才(*Die Götzen-Dämmerung*, 44)。对照《文化偏至论》,《鲁迅全集》第 1 卷,北京:人民文学出版社 1981 年版,第 57 页。
⑨ *Der Fall Wagner*, "Epilog".

代留下的烙印,也有自己独特的思想基础和逻辑,其中有没有尼采的影响,虽然不可能实证地梳理出来,但明显有很多契合。这些契合可能是出于两个共同点:他们都从历史入手挖掘"奴隶道德"的根源;但更重要的一点,是他们都从心理和价值观的角度去探讨问题,所以得出很多相同的观点。

对于鲁迅与尼采"奴隶道德"的问题,有一点颇令人深思。尼采"奴隶道德"是与"主人道德"并举的,鲁迅留日期间从日本的"美的生活"论战中应该有所接触,可能由于登张竹风将"主人"译成"君主",所以没有得到支持推翻满清帝制的鲁迅的重视,但五四时期陈独秀也提过,同样没有引起鲁迅的反应,鲁迅仍然只关注奴隶一方。自然,在他看来,全中国上下都是奴隶,所以无从谈起。但鲁迅既从历史入手探讨,也可以从历史向中国揭示原来的"主人"精神。然而,汉唐的雄大在他的著作中只是昙花一现,最后淹没在"想做奴隶而不得"和"暂时做稳了奴隶"的两种时代。

也许,这两种时代的确太长了。"先王之泽,日已殄绝"。① 原来的"主人道德"已经在自欺的"儒术"涂抹下踪影难寻,连原来是两种道德的混合物,也提纯到几近单一。鲁迅当时能够看到的,是男人扮女人的艺术、弱不胜衣嗑南瓜子看消闲小报的少爷、一遇困难只会哭拜的孝子、总是得胜的阴柔人物、靠与敌人睡觉的妓女来救国的"国防文学"、争取优于鸡鸭待遇的革命者、"为遗老而遗老"的传统派、甘心为异族入侵开路的"民族主义者"、自欺欺人的"聪明人"等等,面对这些,只好"且置古事不道,别求新声于异邦"了。② 于是,鲁迅找到了尼采。

(作者单位:澳大利亚,University of Queensland)

---

① 鲁迅:《文化偏至论》,《鲁迅全集》第1卷,北京:人民文学出版社1981年版,第57页。若按照尼采两种贵族竞争的模式,则西汉"罢绌百家,独尊儒术"似乎可以说是祭师对武士的最后胜利,也就是两种道德根本逆转,"奴隶道德"开始占上风的关键。

② 鲁迅:《论照相之类》,《鲁迅全集》第1卷,北京:人民文学出版社1981年版,第187页;《上海通信》,《鲁迅全集》第3卷,北京:人民文学出版社1981年版,第363页;《后记》,《鲁迅全集》第2卷,北京:人民文学出版社1981年版,第324—325页;《两地书》,《鲁迅全集》第11卷,北京:人民文学出版社1981年版,第89页;《"这也是生活"……》,《鲁迅全集》第6卷,北京:人民文学出版社1981年版,第602页;《序言》及《倒提》,《鲁迅全集》第5卷,北京:人民文学出版社1981年版,第417、490—494页;《病后杂谈》,《鲁迅全集》第6卷,第169页;《"民族主义文学"的任务和运命》,《鲁迅全集》第4卷,北京:人民文学出版社1981年版,第311—320页;《摩罗诗力说》,《鲁迅全集》第1卷,第65页。

鲁迅的《孔乙己》与芥川龙之介的《毛利先生》
——围绕清末读书人和大正时期英语教师展开的回忆故事

藤井省三

一、"《狂人日记》很幼稚"

鲁迅的《狂人日记》一般被认为是"中国现代文学史上第一篇白话短篇小说"。据鲁迅博物馆鲁迅研究室所编《鲁迅年谱》(增订版)记载,《狂人日记》写于1918年4月2日,5月发表于《新青年》第4卷第5号上。①《鲁迅年谱》之所以如此记载《狂人日记》的创作和发表时间,是因为它类似于序言的文章开头部分的末尾标着"七年四月二日识",而且刊载《狂人日记》的那期《新青年》的目录和底页也标着"一九一八年五月一五日发行"。

不过,《狂人日记》的开头类似序言的那一段文字本身,就是整篇小说的一部分,它很有可能是虚构的。另外,根据报纸广告和图书馆公告判断,《新青年》第4卷第5号的实际发行日期不是5月15日,而是大约四周以后的6月10日。②

《狂人日记》的主人公是三十多岁的男子,他大哥主持家事。作为弟弟,他害怕某一天自己会被大哥吃了,进而觉得5岁就死了的妹妹被大哥吃了,自己也在不知情的情况下吃了妹妹的肉。这部作品虽然是以大户地主

---

① 李何林主编,鲁迅博物馆鲁迅研究室编:《鲁迅年谱》第1卷,北京:人民文学出版社1981年版,第373—374页。
② 上海群益书社在上海报纸《申报》上刊登的该期《新青年》的广告是6月11日;《北京大学日刊》的《图书馆书目室布告》栏所通知的"本日新到《新青年》第4卷第5号2本"是在6月18日;《周作人日记》所记"收第五号新青年十册"是在6月15日;《鲁迅日记》记载的"寄季市《新青年》"是在6月17日。在《狂人日记》末尾所标记的"一九一八年四月"是该作品被收录在《呐喊》之时,1918年4月的《鲁迅日记》没有任何涉及《狂人日记》的文字。详细请参照拙著《鲁迅事典》,东京:三省堂2002年版,第61页。

人家作为舞台,但是作品中没有父亲这个人物,母亲的影子也很淡薄,这一点很有意思。中国的财产继承制度一般是平均分给家里的男孩子,如果把这个因素也考虑在内的话,弟弟之所以担心自己被哥哥吃掉,是害怕哥哥侵吞自己的财产,所以也可以说这种担心来源于对家族制度的极其现实的恐惧。

在《狂人日记》发表的时候,北京的报纸正在把吃人当作一种美德而大加报道。《晨钟报》(1918年12月改名为《晨报》)于同年3月改革扩充了社会问题版面,这个版面从5月开始连续报道了精神病院和吃人肉等事件。内容大致如下:5月1日的版面报道了"疯人院将迁移"、"疯妇食子奇闻",5月19日报道了"孝子割股疗亲",5月26日报道了"贤妇割肉奉姑"、"贤妇割臂疗夫"等事件。

需要注意的是,报上报道的吃人话题,除了5月1日的事件是发疯了的母亲吃了自己的孩子之外,其他三件诸如孝顺儿子为父母、贤惠媳妇为婆婆、好妻子为丈夫割下自己的肉,给他们吃等等,其中所说的"孝"、"贤"等都是从儒教的价值观出发来大加称道的。也许鲁迅是针对疯人吃自己的孩子、孝子贤妇给父母吃自己的肉等报道——尤其后者作为"孝"、"贤"被大家赞赏——的残酷现实,毅然拿起笔来写了《狂人日记》。从这个意义上来看,《狂人日记》写于5月的可能性比较大。①

在吃人的社会,人们想吃别人可又担心自己被别人吃了——鲁迅借助狂人的臆想,表现了儒教体制的矛盾。不过选择父亲亡故的家庭作为展现矛盾的舞台,这也许暗示着皇帝不在的中华民国。《狂人日记》虽然是短篇小说,但它尖锐地指出了作为国家缩影的家庭、支撑国家和家庭的儒教意识形态的阴暗面,进而描写了五四时期知识分子的精神世界。

这样看来《狂人日记》确实具有"历史广度与思想深度"②,但未必就能说明它是一部完成得很好的杰作。它虽然被称为"中国现代文学史上第一篇白话短篇小说",可是从文体上看,它各个章节很短,且逗号很多,句子频频中断,主语、宾语、接续词的省略也很多,还大量残留着文言文的特色。③再有,《鲁迅研究学术论著资料汇编》被称为收录了"鲁迅及其作品的反响、

---

① 藤井省三:《鲁迅事典》,三省堂2002年版,第61—62页。
② 李何林主编,鲁迅博物馆鲁迅研究室编:《鲁迅年谱》第1卷,北京:人民文学出版社1981年版,第375页。
③ 吴晓峰:《"错杂无伦次":〈狂人日记〉的语言狂欢》,《国际商务(对外经济贸易大学学报)》2008年S1期,第22页。

评论、报道、新闻等所有能够找到的资料",这里边收录了傅斯年在《狂人日记》发表约一年后在《新潮》上发表的评价文章,他说,"鲁迅先生所作《狂人日记》的狂人,对于人世的见解,真个透彻极了"①,不过这个评价却没能引起什么反响。如果考虑到这些因素,我们就可以知道鲁迅在1919年4月17日给傅斯年的信中所说的"《狂人日记》很幼稚,而且太逼促,照艺术上说,是不应该的"②就不仅仅是谦虚了。

二、《孔乙己》的写作年月日

鲁迅非常直率地表达了自己的反省,同时在《新青年》第6卷第4号上发表了《孔乙己》。虽然该期的目录上标着"一九一九年四月一五日发行",底页上标着"一九一九年九月一日出版",但上海报纸《申报》刊登的有关该期杂志的广告却是在8月19号,所以我推断它的实际发行是在8月中旬。

另外,该作品发表时附了篇末附记,写着"这一篇很拙的小说,还是去年冬天做成的"。所以《鲁迅年谱》把它的创作时间推定为1918年冬天。③还有,收入《呐喊》时在篇末加上了类似执笔年月的"一九一九年三月"。另一方面,同年3月10日鲁迅的日记记载着"录文稿一篇讫,约四千余字",4月25日的日记记载着"夜成小说一篇,约三千字,抄讫"。据《鲁迅年谱》记载4月25日完成的作品是《药》,而《孔乙己》原文有2000多字,《药》不足5000字,所以3月10日抄讫的原稿可能是《药》,4月25日完成的作品可能是《孔乙己》。如果再加上后面我要谈到的芥川龙之介(1892—1927)作品对《孔乙己》的影响等因素,可以推定《孔乙己》成于4月25日。

《药》比《孔乙己》迟了一期,发表在《新青年》第6卷第5号上。该杂志的目录和底页标着"一九一九年五月出版",其实际发行时间可以推定为4个月后的9月22日。因为上海报纸《申报》分别于9月22日和25日刊登

---

① 孟真:《一段疯话》,《新潮》1919年4月1日第1卷第4号。中国社会科学院文学研究所鲁迅研究室编:《1913—1983鲁迅研究学术论著资料汇编》第1卷,北京:中国文联出版公司1985年版,第11页。
② 《对于〈新潮〉一部分的意见》,《新潮》月刊1919年5月第1卷第5号。见鲁迅:《鲁迅全集》第7卷,北京:人民文学出版社2005年版,第236页。
③ 李何林主编,鲁迅博物馆鲁迅研究室编:《鲁迅年谱》第一卷,北京:人民文学出版社1981年版,第384页。

了关于该期杂志的广告。①

不论怎么说,鲁迅在写作《狂人日记》半年多以后写了《孔乙己》,而且在执笔 3—4 个月之后进行了修改,修改前后,在文艺杂志上承认了《狂人日记》的幼稚,之后发表了《孔乙己》。不过还剩下《药》比《孔乙己》完成的早这一可能因素,但如果鲁迅是特意先把《孔乙己》投稿给《新青年》的话,就可以窥见作为作家的鲁迅对《孔乙己》的自信。

根据《鲁迅研究学术论著资料汇编》记载,读者对于《孔乙己》的反响比《狂人日记》还要晚,要到作品发表 4 年多后。不过其中有"仲回"的随笔,他说"我之由古文学研究而渐移向于纯文学的欣赏,从于《新青年》读到鲁迅的小说《孔乙己》而开始的";②还有冯文炳的随笔:"鲁迅君的文章,在零碎发表的时候,我都看过一遍两遍,只有《孔乙己》,到现在每当黄昏无事,还同着其他相同性质的作品拿起来一路读";张定璜也说"读《呐喊》、读那篇那里面最可爱的小东西《孔乙己》。"③值得一提的是,后二位(冯文炳、张定璜)的《孔乙己》论在随后发行的单行本《鲁迅论》里被一起收录了,是对《孔乙己》作出很高评价的较早代表。④ 在鲁迅晚年的时候,李长之在《鲁迅批判》中高度评价了《孔乙己》,他说,相比于收录在《呐喊》、《彷徨》里的《风波》、《故乡》、《阿 Q 正传》、《社戏》、《祝福》、《伤逝》以及《离婚》等其他作品,《孔乙己》是代表这部短篇集的"完整的艺术"。⑤

其实早在这些随笔和评论出现之前,《孔乙己》就和《故乡》、《风波》、《药》一起出现在 1923 年 7 月版的国语教科书中了。⑥ 到了今天,《孔乙己》已经成为中学语文教科书的必选作品,深受中国人民的喜爱。

---

① 藤井省三:《鲁迅事典》,三省堂 2002 年版,第 62—64 页。
② 鲁迅的《呐喊》与成仿吾的《〈呐喊〉的评论》,见《商报》(上海)1924 年 3 月 14 日。《1913—1983 鲁迅研究学术论著资料汇编》第 1 卷。
③ 《〈呐喊〉》,《晨报副刊》1924 年 4 月 13 日。《现代评论》1925 年 1 月 30 日第 1 卷第 8 期。《1913—1983 鲁迅研究学术论著资料汇编》第 1 卷。
④ 台静农编:《关于鲁迅及其著作》,上海:开明书店 1926 年版。李何林:《鲁迅论》,上海:北新书局 1930 年版。
⑤ 李长之:《鲁迅批判》,上海:北新书局 1936 年版,《1913—1983 鲁迅研究学术论著资料汇编》第一卷,第 1293 页。
⑥ 秦同培选辑:《中学国语文读本》全 4 卷,上海:世界书局 1923 年版。

三、又脏又破的衣服和半懂不懂的《毛利先生》

小说《孔乙己》的地点是一个叫鲁镇的小城里的咸亨酒店。时间是在作品创作之时的二十年前。叙述者是从十二岁开始就在酒店中专管温酒的"我",小说以"我"对时常来"站着喝酒"的穷书生孔乙己的回忆而展开。孔乙己虽然是穿长衫的读书人,但因为科举考试连续失败,连半个秀才也没捞到,靠替人抄抄书来换一碗饭吃。但因为他喜欢喝酒,常把客人寄存在他那里的书籍纸张笔砚弄丢,最后竟然因为到举人家去偷东西而被打折了腿。一天孔乙己用两手蹭着过来了,店主人嘲笑他"还欠着钱呢","又偷东西了才被打断腿",我却悄悄温了酒端过去给他。最后小说以"我到现在终于没有见——大约孔乙己的确死了"结束了回忆。

鲁迅在执笔《孔乙己》之前,应该读了与《孔乙己》的结构相类似的小说。那就是芥川龙之介的《毛利先生》。《毛利先生》是以"评论家"对毛利先生的回忆展开的——"那时我在一所府立中学上三年级",毛利先生作为临时英语教师被雇佣了一个学期。

毛利先生本来是一所私立中学的英语教师,他个儿很矮,秃头上戴着"破旧的绅士礼帽",穿着一件"让人几乎忘记曾经是黑色的、真真是带着'苍然'古色的"、"奇怪的半长礼服",那个"有些脏了的翻领上的极尽华丽的紫色领带,简直象张开了翅膀的蛾子一样,夸张地系着"。他英语发音虽然正确,但"一到翻译的时候,他知道的日语词汇少得几乎让人不觉得他是个日本人。或许他知道,到了临场之际突然想不起来了"。有一天,毛利先生给我们讲解美国诗人亨利·朗费罗(Henry Wadsworth Longfellow [1807—1882])的代表诗集《人生礼赞》(A Psalm of Life)的意境,他"像一只被拔了毛的鸟一样,两手不断地上下挥动,用慌里慌张的口吻"作了如下说明:

> 诸位还不了解人生……我们,是完全了解人生的。了解归了解,只是苦恼太多。对吧,苦恼太多。就拿我来说吧,我有两个孩子,所以得让他们上学呀,上学——这个上学——学费?对,就得交学费,对吧。所以呀,苦恼相当多……

这让学生们觉得他的做法有些滑稽:他在"诉说生活苦难,或者本不打算诉说,但事实上却是在诉说"。所以一个一直旷课、只看武侠小说,"坐在我旁边的柔道运动员",突然"以猛虎之势站了起来",抗议说:"老师我是为了请您教英语才出席的,所以您如果不教英语,我就没必要进教室了。"

毛利先生先是感到一阵茫然,然后"家畜似的眼中流露出某种哀求的表情","没有教诸位英语,是我不对。我不对,因此我深表歉意。好吗?我深表歉意"。因为他"同样的话重复了好几遍",所以"当时我觉得……毛利先生为了避免失职的危险,宁愿讨好学生。他当老师是被生活所迫,对教育本身根本没有什么兴趣"。"刚才不只是对他的服装和学识,甚至是对他人格的轻蔑……同学们傲慢的笑声几番降落",但毛利先生却一直在"用他那好像是被堵住了嗓子似的尖声"念着"Life is real, life is earnest"。

之后过了七八年,"我"大学毕业那年的秋天,在中西屋(在东京神田的一所洋书店,鲁迅也常常眷顾)前的咖啡店里见到了毛利先生。先生还是穿着那件"带着苍然古色的半长礼服"、以"尖声细气"的声音,"一杯咖啡坐上一整晚",热心地教那些服务员英语。"我"目睹了这个场面不禁感慨到:"啊,毛利先生。到如今我才觉悟到先生那高尚的人格,如果说有天生的教育家的话,那么先生就是那种人。"①

叙述者"评论家"在文章的开头说"那已经是大约十年前的事了",他"还在一所府立中学上三年级的时候",《毛利先生》创作于1918年,十年前就应该是1908年左右。随便说一句,太平洋战争之前的各所东京府立中学都是五年制的名校。芥川本人1908年是府立三中(现东京都立两国高校)三年级学生。他的文学之师夏目漱石(1867—1916)也在府立一中(现东京都日比谷高校)上过学。芥川在中学毕业后,经过旧制高中升入帝国大学,"评论家"的同学们也会升学到东京高等商业学校(现一桥大学)等等,对于他们这些未来的精英来说,落魄的临时老教师毛利先生很容易成为被嘲笑的对象。另外,从毛利先生我们可以联想到漱石小说《哥儿》(1906)中出现的四国中学英语教师"脸色苍白"的古贺先生老年时候的影子。

那么,芥川描写的毛利先生"气色很差的圆脸","古色苍然"、"有些稍脏"的衣服,还有"让人不觉得是日本人"的奇妙语言,也可以让我们联想到鲁迅描写的那个"青白脸色……穿的虽然是长衫,可是又脏又破,似乎十多年没有补,也没有洗。他对人说话,总是满口之乎者也,教人半懂不懂"②孔乙己的影子。再者,在府立中学有一个场面:"大约是一年级模样的六七

---

① 《毛利先生》收录在芥川龙之介:《芥川龙之介全集》第4卷,岩波书店1996年版,第81—101页。
② 《孔乙己》收录在鲁迅:《鲁迅全集》,北京:人民文学出版社2005年版,第457—461页。

个半大孩子在玩着跳背游戏,他们看到先生之后马上争先恐后地恭恭敬敬地行礼",先生也"挥动着绅士礼帽微笑着还礼"。由此我们可以联想到在咸亨酒店也有一场:"有几回,邻舍孩子听得笑声,也赶热闹,围住了孔乙己。他便给他们茴香豆吃,一人一颗。"而且两位作家分别在作品的微笑场面过后马上描写了对二人的奇异装束、奇异言语的嘲讽。芥川安排了一个年轻英语教师说"那顶帽子可是老古董了",三年级学生们通过对这个教师的单杠卷身上动作"含有间接目的"的鼓掌喝彩,来显示"我们对毛利先生的恶意"。鲁迅则让孔乙己对还想要茴香豆的孩子们慌手慌脚:"伸开五指将碟子罩住,弯腰下去说道,'不多了,我已经不多了。'直起身又看一看豆,自己摇头说:'不多不多!多乎哉?不多也。'"

毛利先生教富裕中产阶级占多数的府立中学三年级学生们朗费罗的诗集《人生礼赞》的深刻含义,并以已到中年的自己的人生经历为例来说明,却被同学们理解为"诉说生活之苦",遭到大家的误解和反抗。为此他惊慌失措地道歉,更加深了叙述者"我"对他的误解:"先生下等教师的根性暴露无遗。"于是"我"在课本上"托着腮",对站在火炉前、精神和肉体都在经受火烤的老师多次投以傲慢的讥笑。

《孔乙己》中,也反复提到这种叙事者在少年时代拒绝中年男子善意教诲的行为:

"你读过书么?……我便考你一考。茴香豆的茴字,怎样写的?"我想,讨饭一样的人,也配考我么?便回过脸去,不再理会。孔乙己等了许久,很恳切的说道:"不能写罢?……我教给你,记着!这些字应该记着。将来做掌柜的时候,写账要用。"我暗想我和掌柜的等级还很远呢,而且我们掌柜也从不将茴香豆上账;又好笑,又不耐烦,懒懒的答他道:"谁要你教,不是草头底下一个来回的回字么?"孔乙己显出极高兴的样子,将两个指头的长指甲敲着柜台,点头说:"对呀对呀!……回字有四样写法,你知道么?"我愈不耐烦了,努着嘴走远。孔乙己刚用指甲蘸了酒,想在柜上写字,见我毫不热心,便又叹一口气,显出极惋惜的样子。

之后少年与中年男子再次相逢,改变了看不起中年男子的想法。在这点上,《毛利先生》与《孔乙己》是相通的。前者叙事者在嘲笑了毛利先生七八年之后,大学毕业的那年秋天在神田的洋书店前的咖啡馆与先生邂逅,这在前面已经详细介绍过。鲁迅也描写了一场虽然短暂,但很实在的会面,表达了叙述者的后悔。下面一段是孔乙己到丁举人家偷东西被抓住,打折了腿之后好久没有在酒店露面,到了秋天,两腿坐地蹭到酒店来的场面:

> 他脸上黑而且瘦,已经不成样子;穿一件破夹袄,盘着两腿,下面垫一个蒲包,用草绳在肩上挂住;见了我,又说道:"温一碗酒。"掌柜也伸出头去,一面说:"孔乙己么?你还欠十九个钱呢!……你又偷了东西了!"但他这回却不十分分辩,单说了一句"不要取笑!"……我温了酒,端出去,放在门槛上。他从破衣袋里摸出四文大钱,放在我手里,见他满手是泥,原来他便用这手走来的。不一会,他喝完酒,便又在旁人的说笑声中,坐着用这手慢慢走去了。

虽然掌柜和其他客人看到孔乙己的惨相之后仍然在取笑他,"我"却给他"温了酒"而且周到地"端出去,放在门槛上",就是说,我用两手捧着酒碗,放到了坐在地上的孔乙己能够喝得到的地方。后来"到了年关,掌柜取下粉板说,'孔乙己还欠十九个钱呢!'到第二年的端午,又说'孔乙己还欠十九个钱呢!'"可是到中秋没有再说。掌柜对孔乙己的欠账不提了——这说明他已经忘记了孔乙己。相反,"我""自此以后,又长久没有看见孔乙己……再到年关也没有看见他。……我到现在终于没有见"。从当时到现在已经二十年过去了,叙事者三次提到没有看到过孔乙己,最后说"大约孔乙己的确死了",说明他一直挂记着这个消失的文人到底死了没有。

如上所述,芥川的《毛利先生》与鲁迅的《孔乙己》都是以第一人称的回忆展开叙述,这种叙事方法和少年、落魄中年男子的人物设定,加上叙述者对中年男子感情上由嘲笑到产生共鸣的变化这种故事结构等等,有很多相似之处。

四、鲁迅的模仿和创造

芥川将《毛利先生》发表在东京新潮社出版的文艺杂志《新潮》1919年1月号上。同时也将它收录在该社1919年1月15日发行的《芥川第三短篇集》的《傀儡师》之中。第一次发表时篇末写有"七·一二·五",这是大正七年(1918)12月5日的意思,应该是执笔年月日。

鲁迅最早接触到芥川的作品也许是在1918年6月14日。因为这一天东京的书店东京堂给鲁迅、周作人兄弟的住所北京绍兴会馆寄来了芥川第二短篇集《烟草与魔鬼》(新潮社1917年11月发行)。① 另外1919年3月19日的《周作人日记》上也写着"得东京堂十二日寄《傀儡师》一册"。② 可以说,鲁迅很有可能通过《傀儡师》读到了《毛利先生》,受它的影响,于4月25日"夜成小说一篇,约三千字,抄讫。"

鲁迅在翻译芥川的《鼻》时,于1921年4月30日写了《〈鼻〉译者附记》,其中引用了刊登在《新潮》1919年1月号上的田中纯的《文坛新人论》。③ 虽然在鲁迅和周作人的日记上并没有记载,但鲁迅很有可能在《傀儡师》到手以前已经读了最先发表在《新潮》上的《毛利先生》。

那么下面我们集中看一下《孔乙己》和《毛利先生》的不同之处。首先应该指出的是,《毛利先生》约有13000字,而《孔乙己》的汉语原文只有大约2000多字。我翻译的日语版大约4500字,它的长度大约是《毛利先生》的三分之一。可以推断,字数差异使《孔乙己》出现了与《毛利先生》不同的叙事方法和故事结构。

两部作品的差异首先体现在叙事方法上。芥川在《毛利先生》的开头写道:"岁末的一个黄昏,我和朋友评论家二个人……在街道两边已经变得光秃了的柳树下,朝着神田桥方向走着"。"在我们的左右有一伙下级官吏模样的人——过去岛崎藤村曾向他们发出悲叹'再高抬起你的头大步走'—— 在尚存的黄昏余晖中迈着踉跄的步子",这个光景唤起了"朋友"的"惆怅情绪",也许这种心境让他联想到了朗费罗的诗 "Tell me not, in mournful numbers,/Life is but an empty dream!/For the soul is dead that slumbers,/And things are not what they seem",④他说"我想起了毛利先生"。然后芥川写道:"下面所记述的是当时朋友一边走一边讲给我听的,关于毛利先生的回忆"。他让第一叙事者"我"说了上面的话之后,就让他消失了,

---

① 鲁迅博物馆藏《周作人日记(影印本)》上册(郑州:大象出版社1996年版)关于1918年6月的记录有"一四日得东京堂廿九日寄小包内新春等七册"(755页),同年《书目》6月记录着"新春 德富健次郎/物见游山 冈本一平/マッチノ棒 又/烟草卜悪魔 芥川龙之介/梦卜六月 相马泰三/手品师 久米正雄/神経病時代 広津和郎"(805—806页)。还有,《鲁迅全集》第15卷《鲁迅日记》1918年6月14日也写有"上午得东京堂寄书籍一包"(北京:人民文学出版社2005年版,第330页)。

② 鲁迅博物馆藏《周作人日记(影印本)》中册,郑州:大象出版社1996年版,第17页。同日《鲁迅日记》也记载着"上午东京堂寄来小说一册"。

③ 鲁迅:《鲁迅全集》第10卷,北京:人民文学出版社2005年版,第250页。

④ Henry Wadsworth Longfellow, *Poems and other writings*, New York : Literary Classics of the United States, 2000, p.3.

以后再也没有登场。取而代之的是，从下一段落开始赋予"朋友"第二叙事者的职责，让他围绕先生展开回忆："那是大约十年前，我还在一所府立中学上三年级时候的事。"芥川在《毛利先生》中安排了这种由两个叙事者组成的二重叙事结构。

这两个叙事者都用第一人称代名词"我（日语原文：自分）"来叙述。读者中会有很多人认为第一叙事者是芥川自己。再者第二叙事者的经历——"大约10年前"在府立中学读三年级，之后大学毕业成为作家——与芥川本人又十分相似，所以也会有很多读者认为他是芥川的分身。

与此相对，鲁迅的《孔乙己》以"鲁镇的酒店的格局，是和别处不同的"——咸亨酒店的描写开始，然后马上写到"做工的人，傍午傍晚散了工，每每花四文铜钱，买一碗酒，——这是二十多年前的事，现在每碗要涨到十文"，不经意之中显示出这个故事是二十多年前的回忆。第一段关于酒馆的描写告一段落之后，第二段以"我从十二岁起，便在镇口的咸亨酒店里当伙计"开头，舒缓地交代出这篇小说由"我"来叙述。让"我"一个人从头到尾完成叙事者的任务。鲁迅给《孔乙己》安排了这种单纯的叙事结构。

芥川赋予了《毛利先生》故事结构上的复杂性。毛利先生为了向学生更深刻地传达朗费罗的诗，便以自己的人生为例，这导致了第二个"我""不仅看不起他的服装和学识，而且看不起他的人格"。芥川并没有急匆匆地奔向这个结局，如上所述，而是在此之前插了只穿"西装背心"，戴"运动帽"向学生展示单杠卷身上动作的、年轻的专职英语教师丹波先生的故事。丹波先生看清了远处的人是毛利先生后冷笑道"那顶帽子太古董了"。"我"为这位专职教师献上了鼓掌喝彩。对此，芥川让"我"解剖了自己："当时自己的心情是在道德上看不起丹波先生，同时在学识上也看不起毛利先生。"先让"自己"在道德上轻视年轻教师，然后再让自己对朗费罗的解释产生误解，从而轻视毛利先生的人格，这样两种结构在此也显现了出来。

与此相对，鲁迅的《孔乙己》以长长短短的13个段落构成一个简单而条理清晰的故事。

第1—3段介绍了二十多年前的咸亨酒店以及叙事者自己。

第4—6段介绍孔乙己，并描写了站着喝酒的客人对孔乙己的嘲弄。

第7段插入了孔乙己教叙事者"回"字的四种写法。

第8段描写了孔乙己给附近的孩子们茴香豆时温和而又滑稽的样子。

第9段是第4到第8段的总结。

第10—11段叙述了被打断了腿的孔乙己到来酒店喝酒的故事。

第12—13段写孔乙己有一年没来了,在他的欠账被勾销的同时,他也被酒店的主人遗忘了,只有我至今也没有忘记孔乙己,文章结束。

就这样,鲁迅使《孔乙己》这个故事在结构上一气呵成。他让叙事者在第7段说"讨饭一样的人,也配考我么?"来轻视孔乙己之后,又在第10—11段让故事急速展开,把叙事者引向对受重伤的孔乙己的深切同情,还让他在第12—13段,在二十年之后仍然回忆起孔乙己。如果说这种直线结构与芥川的《毛利先生》形成对比也不为过。后者在结构上错综复杂:它让"我"对年轻专职教师在道德上表示轻视之后,又让我在人格上轻视毛利先生。

"读过书"的《孔乙己》的叙事者也许与孔乙己一样,是士大夫阶级的没落者,他在酒店受到主人、客人和附近孩子们的孤立,这一点不容忽视。他与《毛利先生》的第二叙事者有很大不同:后者是中产阶级子弟聚集的府立中学的学生,他与毛利先生以外的精英教师和作为未来精英的学生们是同伙。

这样,芥川的《毛利先生》与鲁迅的《孔乙己》之间,既有基本相同的地方又有个别不同的地方。可以说,鲁迅在第一人称的回忆这种叙事方式,以及由对中年男子轻视转向产生共鸣的少年心理变化这种故事的基本结构上模仿了《毛利先生》,在此基础上创造出了与大正时期东京的毛利先生在时空上有很大差别的清末时期小镇上的孔乙己。鲁迅通过这种创造式的模仿刻画了孔乙己,不过,毛利先生在从教师岗位上退休之后,还像朗费罗诗中所歌唱的那样"Let us, then, be up and doing, / With a heart for any fate; / Still achieving, still pursuing, / Learn to labor and to wait",继续在咖啡馆教着英语。本来毛利先生就像漱石《哥儿》中的主人公——在私立中学毕业后,在专科学校学习物理,成为县立名校的中学数学教师——那样,接受过专门教育后获得私立中学英语教师的职位,并一度登上府立名校的讲台(虽说是临时教员)。他虽然苦于筹措学费,但也会供两个孩子上中学吧。他虽然被明治后半期到大正、昭和战前期的"学历贵族"路线排除在外,但也勉强挤进了近代国民国家日本的中产阶级行列。

与此相对,孔乙己科举初级考试就没有合格,连秀才也没捞上。而且过着"替人家钞钞书,换一碗饭吃"那样不安定的生活,因为想弄点酒钱就偷窃,结果被打折了腿以至于丧命。生活在日本大正时代的毛利先生,是一位安定社会里面的小市民,老年之后仍然过着"Still achieving, still pursuing"、"天生的教育家"的生活。然而生活在清末民初大变革时代的孔乙己,却在叙述者的"我"之无力的关怀之下,可怜地死去了。这两篇小说之间的落差很大。鲁迅凝视着这个巨大的落差,创作了《孔乙己》这个处于变革期的绝望故事。与芥川的其他作品相比,《毛利先生》在日本几乎成了被忘却的作品,与此相对,《孔乙己》不仅在中国,在日本也被广泛阅读,还被日本高中国语教科书选用。可以说,鲁迅通过比《毛利先生》简短的《孔乙己》这部作品,描写了变革期的绝望和希望,创造出了留在世界文学史上的典型人物。

(作者单位:日本,东京大学)

丹斋与鲁迅的思想比较
——韩国三一与中国五四的代表思想

金彦河

> 逃避现实的是隐士;屈服现实的是奴隶;搏斗现实的是战士。我们要自觉已处于不得不在前三者中选择一个这样境地。
> ——《大黑虎的一夕谈》

一

丹斋(1880—1936)与鲁迅(1881—1936)是共处于19世纪末到20世纪前半叶这一剧变的近代转型期,在韩中两国为了开拓各自民族的生存血路而奋斗一生的文化巨人。在韩国,丹斋使韩国近代史学得以诞生;在中国,鲁迅使中国现代文学得以启动。他们各自以史学和文学作为自身的不同本色,但盼望通过它们在自己民族的灵魂里引起时代要求的反传统哲学觉悟,在这一点上他们却没有两样。这或许是文、史、哲自由相通的东方文化传统影响了转型期知识分子否定传统的方式。

20世纪初叶韩国与中国都有着帝国主义侵略所引起的亡国灭种的危机意识,但由于分属殖民地和半殖民地这种韩中两国当时所处的现实条件的不同,丹斋与鲁迅的思想面貌似乎也呈现了各异的着重点。丹斋着重于克服1910年日本帝国主义强占所引起的殖民地现实,贯穿着反帝国主义民族主义的立场;鲁迅着重于克服1911年辛亥革命失败所证实的封建现实,体现出一种反封建主义和启蒙主义的面貌。这些可能是因为,丹斋认为阻碍韩国近代化进程的决定性障碍就是日本的殖民统治;鲁迅觉得引起中国半殖民地化处境的决定性因素即是祖国的封建现实。

中国民族对鲁迅的评估,一言而蔽之,可概括为为鲁迅举办葬礼仪式时盖棺布上写着的"民族魂"三个字上;韩国民族对丹斋的评价,心山金昌淑[1]在哀悼他的死亡时写的一首诗中所称的"青邱的正气"可作为代表[2]。这样他们在中韩两国各自被评为"民族魂"及"民族正气",此一事实就证实了鲁迅与丹斋绝不仅仅是单纯的优秀的文学家或史学家。他们将自己的一生奉献于民族灵魂的救济与民族正气的光复,直至目前仍然成为检讨民族现在与构思民族未来的思想资源,这简直是一种不可思议的奇迹。

二

比较丹斋与鲁迅的思想,我们首先想到的共同点是两人都有着对思想痛苦的自觉。当然,思想的痛苦起因于社会生活的痛苦。因此,除非社会生活的痛苦被除去,不然不管是什么种类的思想,其痛苦都是不可避免的。于是,大部分人像逃避痛苦那样逃避思想,尽可能忘却思想,将其作为减轻痛苦的捷径。那么,如果没有思想而活着,人就能没有痛苦而幸福地过日子吗?虽然能感觉不到痛苦,但同样也就不能享受作为人的幸福——因为社会的痛苦还没除掉。如果感觉不到作为人的幸福,那就是莫大的痛苦。人生根本无法逃出两难处境,很可能是由于如果要享受作为人的幸福这一目标,那就必须要付出剧痛的代价。

鲁迅与丹斋是以各自不同的方式显示了同一个洞见。在同时宣布思想家鲁迅及中国现代文学诞生的《狂人日记》(1918)中,鲁迅将人活在"吃人"社会里感到的极端痛苦表现为病态恐怖——"迫害狂"。在人吃人的社会里,甚至最亲密的家族关系中也会发生这种事情,因此狂人感到极度痛苦而陷入疯狂。然而,狂人通过认真研究终于发现了自己的无意识吃人的欲望及吃人履历,进而觉悟自己也不是"真的人"这一事实,以至于戏剧性地摆脱了疯狂。我们可从狂人所经历过的极端痛苦中预感到非凡思想家的诞生。

---

[1] 金昌淑(1879—1962)是作为"这个大地的最后儒者",代表韩国儒林的抗日独立斗士。他在日本帝国主义强占期因独立运动被捕受到裁判,但由于不承认日本统治,坚决拒绝律师辩护和上告。因日寇拷问,两腿作废,是1945年韩国解放后主导民族统一运动及反独裁运动的韩国现代史上的巨人。
[2] 心山的追悼诗《哀悼丹斋申采浩》全文如此:"听说君骨以金州火烧尽,君去了青邱的正气亦消失了,君去了会好当天上文衡,君乎岂不会随溥斋而游。"转引自任重彬:《丹斋申采浩一代记》,首尔:凡友社1987年版,第226页。

在展现思想家丹斋及韩国近代史学创始人丹斋的面貌的自传性幻想小说《梦天》(1916)中,丹斋将对面"宇宙的残酷"而感到的极端痛苦形容为闭上眼睛。现实中直面超过限度的经不起的痛苦时,人或者离开现实而陷入疯狂,或者闭上眼睛而不顾现实,这两者是不可避免的归结。假如"宇宙的本面目"原为这样"残酷的场地",到底有几个人能不像小说主人公"一民"那样闭上眼睛而装作看不见。

> 刀和刀作战,弓和弓作战,火和火搏斗,然后打中人,被打的人如掉了头就用手搏斗,掉了手就用腿搏斗,非要所有的肌肉除掉、一切骨头尽碎,不可告终的战斗。不到几时几分,尸体覆盖千里,血腥漫无边际,几乎不能呼吸,鲜血无限浇泼,甚至染红天上。①

如狂人依靠疯狂发现蔓延于中国社会及历史的可怕的吃人欲望一样,一民也凭借一个天官的指导,张开眼睛直视只有战斗的现实人间,并领悟残酷的宇宙的本来面目。于是,一民克服自己的软弱,下定决心遵从像神的命令那样的至上命令,不放弃自己的责任,积极参加战斗。一民能接受天官的指导而张开眼睛,是因为他已有如此的觉悟:"人间只有斗争,打赢了就活下来,打输了就死去,神的命令就如此。"②

狂人之所以摆脱疯狂,是因为认识到在具有吃人欲望这一事实上,自己也不是例外。一民在去战场的途中,因各种各样的陷阱(痛苦、黄金、嫉妒、绝望、投降)失去了跟他长相一模一样的六个朋友,只有他一个人去参加战斗。但他也中了敌人的美人计而掉到地狱、被驱逐出战场,从而认识到斗争的艰苦。然而,一民之所以摆脱地狱,是因为发现自己身上有两份感情,即自己也不是真的爱国者:"除了国家之外没有别的爱情,这才算是爱国",但因为做不到,所以"像身体被铁链捆着那样"无法摆脱地狱。当他大彻大悟这种道理时,发现"本来没有捆绑的身体哪儿有解脱的"③,于是他一振身子就摆脱了地狱。

"吃人社会"与"只有残酷斗争的人间"标志着鲁迅与丹斋所体认的承受不了的极端人生痛苦。在半殖民地中国,鲁迅为了废除封建的"吃人社会"、建立近代的"人国"持续不断地进行思想斗争,和那些对吃人习惯加以合理化的主张作对;而在"只有残酷斗争的人间",丹斋为了改变殖民地现

---

① 申采浩:《梦天》,《丹斋申采浩全集》下卷,首尔:萤雪出版社1975版,第177—178页。
② 同上书,第176页。
③ 同上书,第212页。

实、建设近代的自主独立的"梦天",走上了"参绝壮绝"的战士之路。

鲁迅这样描述其思想的痛苦:"用骨肉碰钝了锋刃,血液浇灭了烟焰。在刀光火色衰微中,看出一种薄明的天色,便是新世纪的曙光。"①他认为只有自己付出莫大牺牲才能享受人间快乐。丹斋则如此表现其思想痛苦的自觉:"摇摆各种主义的招牌而背诵自由、改造、革命这些名词的形式上人物,比起他们的心思来更要有一个精神上人物为了自信的主义、名词而进行血战。"②对不带动痛苦的思想,即不付出自己牺牲的思想,鲁迅曾表达过这样的怀疑:"对于人道只能'………'的人的头上,决不会掉下人道来。因为人道是要各人竭力挣来,培植,保养的,不是别人布施,捐助的。"③

马克思曾在《德意志意识形态》(1846)一书中对共产主义如此说明:

> 共产主义对我们说来不是应当确立的"状况",不是现实应当与之相适应的"理想"。我们所称为共产主义的是那种消灭现存状况的"现实的运动"。这个运动的条件是由现有的前提产生的。④

不将共产主义把握为某种"状况"或"理想",而称为消灭现存状况的"现实的运动",这种意义上的共产主义可以说是一切种类的真的思想的同义词。如果某种主义是指真的思想,那么,不管具体形态是启蒙主义、民族主义,还是民主主义、共产主义、无政府主义,它就都在某个国家的历史现实中不得不具有一定程度的影响力和生命力。反过来说,不管是什么样的主义,假如它不是真的思想,绝不能成为废除现状的"现实的运动"。丹斋与鲁迅思想的生命力,可以说是起因于它们都在韩中两国代表了废除"吃人社会"及"只有残酷斗争的人间"这种当时现状的"现实的运动"。

三

如上所述,思想痛苦的原因首先是因为社会生活是痛苦的。其次,因为它要求有思想的个人痛苦。社会生活越痛苦,要求的思想的个人痛苦越沉

---

① 鲁迅:《热风·随感录五十九"圣武"》,《鲁迅全集》第1卷,北京:人民文学出版社1981年版,第356页。
② 申采浩:《浪客的新年漫笔》,《丹斋申采浩全集》下卷,首尔:萤雪出版社1975年版,第32页。
③ 鲁迅:《热风·随感录六十一"不满"》,《鲁迅全集》第1卷,北京:人民文学出版社1981年版,第358页。
④ 马克思、恩格斯:《德意志意识形态》,《马克思恩格斯选集》第1卷,北京:人民出版社1972年版,第40页。

重。在艰苦的封建现实或殖民状态中难于遇见思想家,其原因可从这个方面得以说明。在这个意义上,鲁迅反复提到中国没有思想家;丹斋也一直强调韩国难觅真的爱国者。

人们与其付出剧烈痛苦而换来思想,不如尽可能避免痛苦从而没有思想地活下去。鲁迅将此批判为逃避火和刀而作为"暴君的臣民"活下去的生活。丹斋将此称为"不管整个朝鲜人死不死,只要我一身一家活下去就行,到处寻找《郑鉴录》的十胜地"的"避难心理"①,并看作应该讨灭的大贼。鲁迅将不抵抗暴政反而去服从它的国民性称作"奴性"。在鲁迅看,奴性是维持"吃人社会"的心理基础,同时也是阳碍近代"人国"出现的民族劣根性的标本。简单地说,中国民族要是不能从具有奴性的奴隶蜕变为具有人性的人,那么,中国的未来就没有希望,这就是鲁迅的看法。鲁迅对中国民族奴性的深刻解剖和讽刺批判,集中体现在他的代表作《阿Q正传》中。鲁迅多么执着于奴性这一主题,可从他直至临终还在下笔的最终稿子是果戈理的《死魂灵》的译本这一事实中看出来。这样,鲁迅将奴性看作悠久的封建社会给中国民族留下的最严重的精神奴役的创伤,并透彻地认为,如果不彻底废除或从根本上改造它,新中国就不可诞生。

对于丹斋的一生,碧初洪命熹②如此评估:"活着成为鬼的人很多,然而丹斋活着也是人,死去也是人。"③这里鬼的意思是什么?鬼是指死亡的人。所以活着成为鬼的人的意思是虽然活着但其实已经死亡的人。虽然活着但其实已经死亡的人是指虽然保持命根但起不到人的作用的奴隶。④ 即奴隶是活着的死人。在殖民地现实中无数人被强迫维持作为奴隶的生活。丹斋

---

① 申采浩:《浪客的新年漫笔》,《丹斋申采浩全集》下卷,首尔:萤雪出版社1975年版,第31页。
② 洪命熹(1888—1968)是日本强占期韩国民族独立运动领导之一,曾历任1927年建立的抗日独立运动组织新干会副会长,亦是著名长篇历史小说《林巨正》(1928—1939)的著者。
③ 洪命熹:《哭丹斋》,转引自金三雄:《丹斋申采浩评传》,首尔:时代之窗出版社2005版,第454页。
④ 丹斋的一些文字有助于我们了解鬼的含义:"他们所谓的保国论无异于受到羁绊而成为奴隶、成为牛马,这样的话,成为奴隶、牛马的人种虽然会不至于灭绝的境地,但即刻陷入万劫地狱不见天日,来往出入只是呼号叫痛,虽然活着但其实死亡,虽然是人但其实是鬼。因此,有人说姑且不问人种的保不保,而研究保国二字,在此两种说法中果然何者妥当?"申采浩:《保种保国元非二件》,《丹斋申采浩全集》下卷,首尔:萤雪出版社1975年版,第53页。

拼命地抵抗殖民地现实①,这让他能作为人而活着,作为人而死去,这就是碧初的判断。

丹斋对奴隶根性的批判,因为当时韩国是日本帝国主义殖民地这一严峻现实,是在民族的、国家的层面上进行的,显现为对事大主义、殖民主义的批判。丹斋对事大主义、殖民主义的批判,集中体现在上面提到的《梦天》中。其后,在《龙和龙的大激战》(1928)中,这种批判显得更集中、更彻底和更直接。当时韩国因日本帝国主义侵略而丧失国权、沉沦为殖民地,在丹斋看来,对这样的国民来说,为了民族独立及祖国光复不惜生命进行残酷斗争,是像神的命令一般的至上命令。在这方面上,那些所有脱离光复国权而进行的反帝民族解放斗争,比如依靠美国或国际联盟的外交论、先培养实力后图将来的准备论、在承认殖民地现实这一前提下获得一定权利的自治论、参政权论、文化运动论等,都被丹斋一律批判,这也可说是理所当然的。

如鲁迅尖锐地批判中国民族具有的个人的奴性一样,丹斋痛烈地批判韩国民族具有的集体的奴性即事大主义、殖民主义,并主张无论任何行为及手段,都要以民族及国家的利害为标准,开拓生存的血路。

> 拿着刀子号召杀戮,这对我们有利,就这样做;闭着眼睛寻找和平,这对我们有利,就这样做;以伦理、道德为基地而开拓前途,这对我们有利,就研磨伦理、道德;以暴动、暗杀为先锋而搅乱敌情,这对我们有利,就从事暴动、暗杀。跟从佛陀有利就跟从他,拿着屠刀砍掉佛陀脖子有利就砍掉佛脖;信仰耶稣有利就信仰他,学着犹太人民钉上耶稣头部有利就钉上耶稣。在这个世界里,凡是对我们有利的,就欢迎进口,凡是对我们有害的,就排斥抹煞。踌躇什么,恐惧什么!②

在丹斋看来,只有韩国民族的利害才是取舍选择的唯一标准,杀戮和和平、伦理道德和暴动暗杀、佛陀和耶稣,这些都只不过是韩国民族取舍选择的手段或对象。丹斋这样的主张可说是"有利害无是非论"。丹斋思想的核心是在民族的层次上主体性地贯穿这种"有利害无是非论"。从这里,我们可

---

① 丹斋的一些论述有助于我们了解拼命抵抗的意义:"一切权利都被抢夺,却仍然剩下自己生杀的权利。这个权利是不仅由大院君而且由秦始皇、弓裔、拿破仑、威廉二世谁都不能抢夺的权利。这岂不是伴随到人生最后瞬间的唯一的权利。然而,千万不要滥用这个权利。刎颈与伏剑有何难,但轻率地实行,就如厌避世事的隐士一样,以死逃避责任,那就不可。然而,千万不要忘却使用这个权利。这样,你才能不屈服于军舰、飞机、大炮、金钱什么的任何势力。"申采浩:《人道主义可哀》,《丹斋申采浩全集》下卷,首尔:萤雪出版社1975年版,第375—376页。

② 申采浩:《利害》,同上书,第146—147页。

明显看出作为民族主义思想家的丹斋的面貌。

鲁迅也一贯坚持拿来主义立场,主张只要有利于中国民族的生存及发展,不管是旧的还是新的、是中国的还是外国的、是朋友的还是敌人的,都应该拿来用。我们不难看出,鲁迅的拿来主义与丹斋的有利害无是非论,虽然有不同的表现方法及着重点,但又有着相同的主旨,即否定形式主义而强调真的意义上的民族主体性。

丹斋一贯运用有利害无是非论,批判韩国民族的集体性奴隶根性:

> 我们朝鲜人每次都要在利害之外寻找真理,所以释迦近了来就不成为朝鲜的释迦而成为释迦的朝鲜;孔子进了来就不成为朝鲜的孔子而成为孔子的朝鲜;什么主义进了来也就不成为朝鲜的主义而要成为主义的朝鲜。因此,只有为了道德及主义服务的朝鲜,没有为了朝鲜服务的道德及主义。啊!这就是朝鲜的特色吗?特色固然是特色,但是奴隶的特色。为了朝鲜的道德及主义,我要哭起来。①

韩国民族假如接受释迦的佛家及孔子的儒家等外来主义及道德时,不以民族的利害为标准进行取舍并按照国情加以调整,就会成为外来的主义及道德的附庸。因此,"有为了道德及主义的朝鲜",而"没有为了朝鲜的道德及主义",这是丹斋的判断。丹斋将韩国民族显露的容易被外来主义及思想压倒的这种倾向,称为"奴隶的特色"即集体的奴隶根性,并加以批判。

在批判对外来主义及道德的接受态度时,丹斋与鲁迅的表现不尽相同。丹斋主张道德及主义该为韩国民族的利益服务并成为民族化的;鲁迅则批判中国民族对外来道德及主义加以变形而使其不能像样地被拿来使用。这似乎是因为小国与大国、殖民地与半殖民地这种国情的差别,使得丹斋与鲁迅运用民族的利害这一标准时产生了差异。如上所述,对奴隶根性的批判,丹斋着重于韩国民族的集体根性;鲁迅则突出中国民族的个人根性,这也似乎起因于同样的缘故。

四

鲁迅的反封建启蒙主义与丹斋的反帝民族主义具有的彻底性和特异性来源于何处呢?鲁迅的奴隶根性批判与丹斋的事大主义批判具有的令人吃

---

① 申采浩:《浪客的新年漫笔》,《丹斋申采浩全集》下卷,首尔:萤雪出版社1975年版,第26页。

惊的深度和不可思议的力量产生于何处呢？鲁迅为何代表了启蒙主义这一半殖民地中国的五四时代精神？丹斋又为何代表了民族主义这一殖民地韩国的三一时代精神？鲁迅的反封建主义以批判吃人传统这种极端形态出现的原因是什么？丹斋的反帝国主义以安那基主义这样一种极端面貌出现的理由是什么？

总之，除非对丹斋的民族主义与鲁迅的启蒙主义所具有的特殊性进行解读，否则似乎不能解决这些疑问。换句话说，丹斋的民族主义与鲁迅的启蒙主义是一种过饱和状态的。它们虽然披着民族主义与启蒙主义的外皮，但是其中蕴含着民族主义与启蒙主义这样的词汇绝不能充分概括的某种陌生的东西。是民族主义而同时是超过民族主义的某种东西，根据这种东西对帝国主义进行批判；是启蒙主义而同时是超过启蒙主义的某种东西，根据这种东西对封建主义进行批判：这种特异现象共同呈现在丹斋与鲁迅那里。

能容纳这种思想矛盾的词汇可能很难找到。然而，丹斋与鲁迅思想具有的深度和生命力的根源，从这个角度能得到一定的说明。鲁迅的反封建主义否定了封建主义的无意识基础；丹斋的反帝国主义否定了帝国主义的无意识基础。封建主义及帝国主义的根本界限呈现为误解和颠倒自身的无意识基础。对意识形态具有的这种命中注定的误解和颠倒，马克思曾如此指出：

> 意识在任何时候都只能是被意识到了的存在，而人们的存在就是他们的实际生活过程。如果在全部意识形态中人们和他们的关系就象在照相机中一样是倒现着的，那么这种现象也是从人们生活的历史过程中产生的，正如物象在眼网膜上的倒影是直接从人们生活的物理过程中产生的一样。①

于是，"从人们生活的历史过程中生活"的不可避免的颠倒和误解，可说是一切意识形态的宿命。即在一切意识形态中，人类和他们之间的关系不得不倒过来显现。封建主义及帝国主义不可避免地否认自身历史的偶然性，主张永恒的不变性，颠倒善恶。如果封建主义承认自己是吃人社会；资本主义承认自己是剥削社会；帝国主义承认自己是掠夺机构，那岂不是成为它们自己否定自己的存在理由。所以，封建主义、资本主义、帝国主义不可

---

① 马克思、恩格斯：《德意志意识形态》，《马克思恩格斯选集》第 1 卷，北京：人民出版社 1972 年版，第 30 页。

避免地认为自己是体现仁义道德、自由平等、世界和平及文明的体制,以至于颠倒自身本质并误解自身实体。

同样道理,如果不以自身无意识基础的自觉为前提,哪怕是反封建的启蒙主义、反帝国的民族主义,也都摆脱不了相同的命运。那么,丹斋的民族主义与鲁迅的启蒙主义可说是自觉了自身无意识基础的民族主义与启蒙主义。换句话说,它们不是一种作为意识形态的民族主义与启蒙主义,而是一种作为非意识形态的某种东西的民族主义与启蒙主义。这样意义上的民族主义与启蒙主义,就是一种作为真的思想的民族主义与启蒙主义的同义词,即不是上述的作为某种"状况"或"理想"的民族主义与启蒙主义,而是作为去废除现状的"现实的运动"的民族主义与启蒙主义。

丹斋的民族主义与鲁迅的启蒙主义中共同显露的,作为"真的思想"或"现实的运动"性质,曾经通过他们的成名作《梦天》(1916)与《狂人日记》(1918)得到体现。在这个意义上,我们可以说,丹斋的思想从1916年以后,鲁迅的思想从1918年以后,是没有根本变化的。如果表达得诗意一点,可以说他们到这个时候具有了思想的寂静中心。这一年,他们的思想作为一种过饱和状态的东西得以完成,其后他们的思想总是伴随着自己思想无意识基础的自觉出现,不管他们接受什么思想。因此,丹斋的思想从民族主义转变成无政府主义,或鲁迅的思想从启蒙主义转变到马克思主义,这样一些论点至多只是部分正确。

鲁迅与丹斋,他们死亡的面貌也是酷似的。鲁迅临终前在像遗书一样的文章中说,自己决不饶恕一个生前跟他作对的敌人,请敌人们也不要饶恕自己。鲁迅的敌人中有封建主义者、民主主义者、民族主义者和马克思主义者。这句话可能引起非议,认为鲁迅临终也不能放弃狭窄的心思,但这其实是只有真的思想家、具有思想的寂静中心而斗争的人才能说出的话。

丹斋因外汇伪替事件被捕,入狱并最终因病死亡。在大连法庭进行公判时,他沉着地陈述自己的行为不是诈骗妄动,而是没有任何可指摘之处的正当行为。这举动可能也会受到非议,给革命家生涯留下污点,但是他不过是按照自己的信念,实践了"无国民的特别道德"之一,即"无恐怖的道德"。

> 放弃当义兵会减少朝鲜人口这样的算盘思量,断掉做残行会没有身后的名誉这样的伦理论评,我们另外制定我们的道德信条,要走这条

路子。哪儿有工夫顾虑第三者云云。①

借丹斋的话来形容丹斋的死亡,或许可以这样表述:丹斋从事可耻的诈骗活动,自己断掉了身后名誉,作为丧失国权的殖民地亡国民,他按照对光复国权有益的任何事情都是正当的这一道德信条,实践了无国民的特别道德,以致走上了死亡之路。

(作者单位:韩国,东西大学)

---

① 申采浩:《道德》,《丹斋申采浩全集》下卷,首尔:萤雪出版社1975年版,第142页。

暧昧的启蒙 暧昧的自我
——《狂人日记》、《沉沦》新论

张志忠

对于五四启蒙运动与新文学发生的关系,我们一向都是从正面的意义加以肯定的。而80年代后期以来,虽然我们对五四启蒙思潮的反思逐渐展开,却很少顾及同时代文学作品中所表现出来的关联性。本文所说"暧昧的启蒙"和"暧昧的自我",是以《狂人日记》和《沉沦》两部标志性的作品为例证,借鉴柄谷行人《日本现代文学的起源》[①]对日本现代文学的建立所进行的卓越分析,借用其中的某些方法对今人已经耳熟能详的鲁迅的《狂人日记》和郁达夫的《沉沦》所作的一些新的解读——在《日本现代文学的起源》中,"风景之发现"、"内面之发现"、"所谓自白制度"、"所谓病之意义"、"儿童的发现"等占据了其中的主要篇章。凡此种种,似乎都可以移用到对《狂人日记》和《沉沦》的解读中,作为研究的切入点。本文力图阐明的,是五四新文学发生期所表现出来的启蒙精神的多重性与暧昧性,以及文学作品中自我形象的多重性与暧昧性。这种多重性与暧昧性,不是简单的正负价值的判断,而是对有关问题的深度理解。

风景发现中的东方与西方

《狂人日记》中的狂人"我",和《沉沦》中的"他",是中国现代小说中出现最早的两个具有强烈个性的人物形象。在通常的理解中,他们都被赋予了特定的历史的和民族的意义,前者倾诉的是对数千年之吃人民族和吃人自我的冷峻思考与"救救孩子"的热切呼唤,并且由此追问狂人最后的"回归"之蕴含何在。后者则是以弱国子民的心态,迫不及待地以最后的生命

---

① 本文所引用的柄谷行人《日本现代文学的起源》中文本,均为赵京华译,北京:生活·读书·新知三联书店2003年版。

发出"祖国呀祖国！我的死是你害我的！""你快富起来！强起来罢！"的呼吁；也有论者将论辩的焦点集中在"他"的道德与非道德层面，如苏雪林那样。这些评价，对揭示作品的价值都有重要作用，但是，就人物形象而言，我们能不能从中解读出其他的意味呢？

也许是无巧不成书。《狂人日记》和《沉沦》都是以对自然景物的描写为开端的。而且，它寓有柄谷行人所言、由于内面的发现而导致风景的发现之机制。

"今天晚上，很好的月光。""我不见他，已是三十多年；今天见了，精神分外爽快。才知道以前的三十多年，全是发昏；然而须十分小心。"鲁迅的小说，惜墨如金，对景物描写更是吝于笔墨，如他自己所言，宁可把小说压缩成速写，也不可把速写拉成小说，在写作中经常用白描法塑造人物，背景则是通过省略造成的一片空白。这里连续两句对月亮的描写，可以说已经很铺排了。翻检旧章，从关于嫦娥奔月的美丽传说，到《春江花月夜》中对春江月色的吟咏，到李白和苏轼诗中的绰约婵娟，月亮可以说是中国文学的基本意象之一。但是，在现代作家笔下，古典诗意让位于现代自我，曾经温情脉脉地辉映了人间数千年的月亮，成为一种现代时间观念的标志，这在鲁迅和张爱玲那里似乎都是存在的，甚至他们的习惯性时间都是三十年，三十年河东，三十年河西，三十年媳妇熬成婆，三十年忽觉今是昨非。这种月亮的非本土性，和《奔月》中对月亮的充满东方韵致的描写——"在天际渐渐突出银白的清辉"，"马也不待鞭策，自然飞奔。圆的雪白的月亮照着前途，凉风吹脸，真是比大猎回来时还有趣"——显然迥别。当然，在狂人这里，也可以说是一种心理时间或者是错觉记忆，就像他在下文中所表现出的是某种"不可靠的叙述者"①一样。这里的发现，首先是狂人自己的思想历程的一种标志——不是狂人通过月亮而获得了某种顿悟，而是他内心世界的猛醒，沉浸于内心世界良久，无暇顾及外界的事物，直到这一时刻的到来，省悟到此前的岁月"全是发昏"，并且需要某种物质性的对应物作为其标志。对比后文所言，"黑漆漆的，不知是日是夜。赵家的狗又叫起来了"，这里的"很好的月光"，正是来自思想豁然开朗、精神分外爽快的折射吧。

《沉沦》中的"他"，第一次出场就是在秋日的田野上漫游，这和中国文人的田园情怀并无二致。"晴天一碧，万里无云，终古常新的皎日，依旧在

---

① 韦恩·C. 布斯在《小说修辞学》中为不能径信其辞的叙述者定了名称："言语或行动与作品常规（指隐含作者的常规）相一致的叙述者是可靠的叙述者，否则是不可靠的叙述者"。

她的轨道上,一程一程的在那里行走。从南方吹来的微风,同醒酒的琼浆一般,带着一种香气,一阵阵的拂上面来。""他"也确切无误地联想到了桃花源——如同鲁迅笔下的月亮一样,桃花源也是中国文人心中永远的向往。但是,紧接下来,作品却这样写道:

> 他好像是睡在慈母怀里的样子。他好像是梦到了桃花源里的样子。他好像是在南欧的海岸,躺在情人膝上,在那里贪午睡的样子。
> 他看看四边,觉得周围的草木,都在那里对他微笑。看看苍空,觉得悠久无穷的大自然,微微的在那里点头。一动也不动的向天看了一会,他觉得天空中,有一群小天神,背上插着了翅膀,肩上挂着了弓箭,在那里跳舞。

"南欧的海岸"、"情人膝上",长翅膀挂弓箭的小爱神,这些带有明确的欧洲文化的用语,不但给"他"眼中的风景以明确的规定性,体现了作品的现代性,与此同时,"他"正是在自我与他人的隔绝和对立中,开始这样的漫游的:"他的早熟的性情,竟把他挤到与世人绝不相容的境地去,世人与他的中间介在的那一道屏障,愈筑愈高了。"因此,发现这样的田园秋色,正是要寻找一处人生的避难所,心灵的栖息地,并且因此开始了"成长的烦恼"所引发的一连串厄运。

这就是柄谷行人所说的"内面之发现"和与之伴随的"风景之发现"。"关于日本现代文学有各种各样的说法,而将其作为'现代的自我'之深化过程来讨论的方法则是最常见的。然而,这种把'现代的自我'视为就好像存在于大脑之中似的看法是滑稽的。'现代的自我'只有通过某种物质性或可以称为'制度'性的东西其存在才是可能的。就是说,与制度相对抗的'内面'之制度性乃是问题的所在。"①就此,柄谷行人提出了明治时代日本的基督教的告白制度在知识分子中的被接受被采用,以及言文一致的追求。如同柄谷行人所言,无论是日本的现代小说,还是欧洲的近现代小说,起源都是自白体。那么,对于鲁迅和郁达夫来说,他们是如何进入自己的"内面"的呢?《狂人日记》和《沉沦》,都是采取了自白或者半自白的方式。两者的形式都是取法于世界文学,而不是本土的章回体第三人称叙述。郁达夫自陈阅读了一千多本西洋小说,而鲁迅写作《狂人日记》也同样是基于通过阅读俄罗斯和东欧等国小说而获得的写作经验。从样式上讲,《狂人日

---

① 柄谷行人:《日本现代文学起源》,赵京华译,第51—52页。

记》借鉴果戈理的同名小说,从别国窃得火来,开创了中国现代文学的日记体小说,并且在其后的《莎菲女士的日记》、《腐蚀》等作品中得到了更深入更为个性化的发展。《沉沦》中作品叙述人对"他"的客观描述,与"他"的内心独白、自言自语以及内心回忆交错而行;同时,与"他"的行迹和心迹相伴随的,是一系列中外经典文本的穿插与递降,如李欧梵指出的那样:在"风景之发现"中,他从华兹华斯的"天真"和"自然"转向海涅和德国浪漫诗传统中的"遗世"和"悲怀";再次在田野散步时,又拿出一本 G..Gissing(吉辛)的小说来,而此次文本引用带出来的却是一个偷窥日本女侍洗澡的场面;主人公到山上租屋,撞到一对野合的男女,但主角手里拿着的是一本黄仲则的诗集;然后是在海边酒店一夜销魂后(吟唱的也是黄仲则的诗),主人公最后走向大海长叹而死。忧郁、性欲和民族主义因而连成一气,成了故事最终的主题。① 在现实、心灵与文本之间,郁达夫找到了心灵剖白的文体,并且形成了他此后一系列自叙传式小说的写作路径。

自白与"中国病人"

那么,这两位自白者,借助自白而表述了自我的文学人物,具有什么样的特征呢?我们可以借用福柯的两部作品——《癫狂与文明》和《性史》加以描述。如果说,狂人具有癫狂的品性,"他"则是在少年的性欲与自我压抑中苦苦熬煎的。这两位人物都是典型的"中国病人"。从现代医学的角度,一个是"迫害狂",一个是青春期性苦闷导致的"忧郁症"(从本质上来讲,"他"同样是一个"迫害狂",而且还能够从这种虐待境遇中获得某种快感,"他心里一听到这一种声音,就舒畅起来。他觉得悲苦的中间,也有无穷的甘味在那里"。)

如果按照柄谷行人多处引用的福柯的理论,他们的病症又是大可质疑的。正是现代医学对精神病人的界定和隔离机制,使得疯癫者从正常人中区分出来,并且在积极地寻找救治手段时将狂人与正常人间的鸿沟突现出来;再加上国人所特有的于百无聊赖的生涯中喜欢围观一切超常和反常现象的恶习("示众"),就更加让狂人感到周围人的无法理喻。不是疯癫导致了医疗,而是医学发现了疯狂。进一步而言,狂人的疾患,并

---

① 李欧梵:《引来的浪漫主义:重读郁达夫〈沉沦〉中的三篇小说》,来源:中国论文下载中心[08-07-22 11:51:00],http://www.studa.net/dangdai/080722/11513532.html。

不是靠现代医学就可以治疗的。至于"他"在青春期的难以克制的手淫自渎,让他一次又一次地到图书馆中去查阅现代医学著作,结果却是徒增他的罪孽感,"他犯罪之后,每到图书馆里去翻出医书来看,医书上都千篇一律的说,于身体最有害的就是这一种犯罪。从此之后,他的恐惧心也一天一天地增加起来了。"在晚近的医学研究中,对于自渎是否足以损害身体健康的断定,以及是否就是自我犯罪的断定,已经有了新的结论,可怜现实中的许多青少年,和作品中的"他",却被这种经过科学包装的"医学真理"横加摧残。

同时,作为弱国子民,他们的疾病又都拥有双重的隐喻。鲁迅和郁达夫都曾经学习过现代医学,他们自己都曾经患过肺病(肺结核),而且都接触过弗洛伊德等人的心理学,理性认知和切身体验,让他们笔下的病象和心理描写都非常精确到位。《狂人日记》中的狂人,和果戈理的原作中的主人公一样,都是处于语无伦次、疑心生暗鬼的狂躁状态,让读者感受到那种环境压力和内心焦灼引发的妄诞;《沉沦》中的"他",以及郁达夫一系列作品中的病人形象,则让我们联想到苏珊·桑塔格在《疾病的隐喻》中所描述的近代欧洲的作家们通过疾病所张扬的浪漫而颓废之美。在第二个层面上,如杰姆逊所言,在第三世界的作品中,即使是最为个人化的书写,都含蕴着一个民族的寓言。《狂人日记》关于从"仁义道德"中读出"吃人"的隐喻自不待言,《沉沦》中的"他",在现实的困境中,回忆起在国内求学所受到的压抑时,讲到两度就读于教会学校又两度离开的经历,这在通常的阅读中是容易被忽略的(笔者在先前就没有注意到),却是为"他"在海外遭受的轻蔑和排斥提供了相关背景(在作品中,这种排斥和轻蔑,可以说是半由境生半由心造,许多时候并不能确证,而是靠当时别的作品和现实境遇加以补充和证实的,由此造成了另一种"阐述的不可靠"。郁达夫在小说集《沉沦》的序言中写道:"《沉沦》是描写着一个病的青年的心理,也可以说是青年忧郁病的解剖,里边也带叙着现代人的苦闷——便是性的要求与灵肉的冲突……也有几处说及日本的国家主义对我们中国留学生的压迫的地方,但是怕被人看作了宣传的小说,所以描写的时候,不敢用力,不过烘云托月地点缀了几笔"[①]),获得了一种民族主义的情怀。

---

① 转引自李欧梵:《郁达夫:自我的幻像》,《李欧梵自选集》,上海:上海教育出版社2002版,第62页。

惩罚与罪错的颠倒

如上所述,我们可以说,在《狂人日记》和《沉沦》中,同时具有柄谷行人所言"风景之发现"、"内面之发现"、"自白制度的建立"和"病之发现"的多重特性。现代心理学对人的潜在心理进行了深刻的揭示,基督教对原罪的界定,形成了严厉的罪与罚,并且迫使人们对自己的内心进行毫不松懈的监视和检查。在中国的传统心态中,有两句联语,百善孝为先,问心不问行,问行天下无孝子;万恶淫为首,问行不问心,问心天下无完人。这为人们的言行之间保留了相当的弹性空间。按照基督教的原理,却是要"狠斗私(淫)字一闪念",只要心中产生欲念,就与事实犯罪无异——不知道是否可以说,这也是一种颠倒,是先有界定,后有罪错。在现代中国作家那里,他们未必都有基督教的情怀,但是,中国古代文人的正心诚意之说,却又和其有暗合之处。因此,鲁迅和郁达夫都不是基督徒,但是,生当中外文化大撞击的时代,他们对于上帝和基督教却都是很有心得的。在《野草》之《复仇》(其二)中,鲁迅以耶稣的视角叙写其被钉上十字架的那个非常时刻,居高临下审视芸芸众生的"神之子",在酷刑难耐中觉察自己被上帝抛弃,发现自己的软弱,不过是"人之子",从而改写了《圣经》的故事。郁达夫在浙江曾经就读于教会学校,对基督教并不陌生。与《沉沦》同一时期写出的《南迁》,主人公伊人就是一位基督徒,经一位英国传教士的介绍,来到日本南部养病,寄居于一位热心于传教活动的英国女士那里,并且结识了一群患病的日本青年男女(这让人想到柄谷行人所引用的尼采所言,基督教需要病态。伊人的教义演讲中,也的确论述了病人与上帝的紧密关系:"有一种精神上贫苦的人,就是有纯洁的心的人。这一种人抱了纯洁的精神,想来爱人爱物,但是因为社会的因习,国民的惯俗,国际的偏见的缘故,就不能完全作成耶稣的爱,在这一种人的精神上,不得不感受一种无穷的贫苦。另外还有一种人,与纯洁的心的主人相类的,就是肉体上有了疾病,虽然知道神的意思是如何,耶稣的爱是如何,然而总不能去做的一种人。这一种人在精神上是最苦,在世界上亦是最多。凡对现在的唯物的浮薄的世界不能满足,而对将来的欢喜的世界的希望不能达到的一种世纪末的病弱的理想家,都可算是这一类的精神上贫苦的人。他们在堕落的现世虽然不能得一点同情与安慰,然而将来的极乐国定是属于他们的。")。《迷羊》曲终奏雅,借美国传教士之口,说明全文的第一人称主人公"王先生",就是通过典型的告解,实现了自我解脱和救赎,从而走向艺术之旅的。① 就此而言,所谓通过弗洛伊德的潜意识理论(如鲁迅),或者通过基督教的告白制度(如郁达夫),而获得"内面之发现",对自己和作品人物内心的关注和告白,也就成了自然而然的。

但是,伊人的教义演讲,却又具有鲜明的时代特色,或者说,不是宣讲如何向上帝进行忏悔,而是将基督教教义和时代流行的社会主义、无政府主义精神结合起来,加强后者的批判力量,从而表现出一种经过五四运动洗礼的中国大陆青年的性格特征:

> 耶稣教我们轻富尊贫,就是想救我们精神上的这一层苦楚。由此看来,耶稣教毕竟是贫苦人的宗教,所以耶稣教与目下的暴富者,无良心的有权力者不能两立。我们现在更要讲到纯粹的精神上的贫苦上去。纯粹的精神上的贫苦的人,就是下文所说的有悲哀的人,心肠慈善的人,对正义如饥如渴的人,以及爱和平,施恩惠,为正义的缘故受逼迫的人。这些人在我们东洋就是所谓有德的人,古人说德不孤,必有邻,现在却是反对的了。为和平的缘故,劝人息战的人,反而要去坐监牢去。为正义的缘故,替劳动者抱不平的人,反而要去作囚人服苦役去。对于国家的无理的法律制度反抗的人,要被火来烧杀。我们读欧洲史读到清教徒的被虐杀,路得的被当时德国君主迫害的时候,谁能不发起怒来。这些甘受社会的虐待,愿意为民众作牺牲的人,都是精神上觉得贫苦的人吓!

进一步分析,恐怕鲁迅自己也未曾觉察到,在他的诸多作品中折射出来的,他心目中的对于兄弟关系的担忧,是他的一个重要的心理原型,也给他

---

① "这是我们医院里的一个患者。三四年前,他生了心脏病,昏倒在雪窠里,后来被人送到了我们的医院里来。他在医院里住了五个多月,因为我是每礼拜到医院里去传道,所以后来也和他认识了。我看他仿佛老是愁眉不展,忧郁很深的样子,所以得空也特别和他谈些教义和圣经之类,想解解他的愁闷。有一次和他谈到了祈祷和忏悔,我说:我们的愁思,可以全部说出来全交给一个比我们更伟大的牧人的,因为我们都是迷了路的羊,在迷路上有危险,有恐惧,是免不了的。只有赤裸裸地把我们所负担不了的危险恐惧告诉给这一个牧人,使他为我们负担了去,我们才能够安身立命。教会里的祈祷和忏悔,意义就在这里。他听了我这一段话,好象是很感动的样子,后来过了几天,我于第二次去访他的时候,他先和我一道的祷告,祷告完后,他就在枕头底下拿出了一篇很长很长的忏悔录来给我看。这篇忏悔录,稿子还在我那里,我下次可以拿来给你看的,真写得明白详细。他出院之后,听说到欧洲去了,我想这一定就是他,因为我记得我曾经在一本姓名录上写过这一个 C.C. Wang 的名字。"

带来了沉重的心灵阴影。《狂人日记》中的兄长—弟妹关系是如此(《狂人日记》可以说正是由此生发出来的),《弟兄》中沛君梦中出现的情景,送自己的孩子去上学,却动手殴打已经失去父亲佑护的侄子,亦是如此。究其心理原点,应该是《风筝》中所讲述的,少年时代粗暴地毁损年幼多病的小弟弟精心扎制的风筝的往事。当年认为这是身为兄长对不求上进的"没出息"的小弟弟的训诫,成人之后,"我不幸偶尔看了一本外国的讲论儿童的书,才知道游戏是儿童最正当的行为,玩具是儿童的天使。于是二十年来毫不忆及的幼小时候对于精神的虐杀的这一幕,忽地在面前展开,而我的心也仿佛同时变了铅块,很重很重的堕下去了。"(这里又陷入一种暧昧表述:"我"对于这件往事深刻反省,是基于成人对儿童的研究,为此耿耿于怀,几次用到"沉重"一词,甚至要为此请求弟弟的宽恕,但是,这件往事在弟弟那里,却是"什么都不记得了",于是,"沉重"并没有随着得到宽恕而化解,反而再次出现,"我的心只得沉重着,"又加了一层"无可把握的悲哀"。本来认为是确凿无疑的现代科学揭示出的真相,在弟弟的淡然中让人惘然了。)然而,越是怕鬼,就越是有鬼,二周兄弟的反目,恰恰印证了这种担忧。

如果说,在鲁迅那是迫害狂与被迫害狂的集于一身的自审自责,那么,在郁达夫笔下,却是某种程度的自虐狂的自陈(当然,从更严格的意义上讲,自虐狂恐怕是一种普遍的存在,许广平回忆说,家中发生争执之后,鲁迅会到冰冷的水泥平台上躺下来,不顾自己的身体而进行自我摧残)。就像《沉沦》中所言,并没有别的原因,仅仅是为了挑起新的一轮兄弟冲突并且绝交,造成覆水难收的既成事实,"他"就蓄意放弃兄长给他选择的医科而改从文科,"他因为想复他长兄的仇,所以就把所学的医科丢弃了,改入文科里去,他的意思,以为医科是他长兄要他改的,仍旧改回文科,就是对他长兄宣战的一种明示。并且他由医科改入文科,在高等学校须迟卒业一年。他心里想,迟卒业一年,就是早死一岁,你若因此迟了一年,到死可以对你长兄含一种敌意。因为他恐怕一二年之后,他们兄弟两人的感情,仍旧要和好起来;所以这一次的转科,便是帮他永久敌视他长兄的一个手段。"如同李欧梵指出的那样,把郁达夫一生的事迹孤立起来看,不难发现他本来不应长期生活在忧郁之中。他的生活经历其实是他那时代一般生活方式的典型,虽然带有些伤感,但却绝不是如他所说的是一个"结构并不很好的悲剧"。只是郁达夫将自己幻想成一个常年受苦,在黑暗的生活里沮丧漂泊的失败者,这样的幻象令他对自己现实生活的每一方面都感到不满。[①] 与鲁迅比较,这一点就很耐人寻味,鲁迅说自己是尽力地遮掩其黑暗和绝望的真实心态,装点出亮色,为那些勇敢的前驱们壮行。在后来的经验中,鲁迅又一再说到,他曾经以最卑劣的心态去想象世道人心,但是现实经历中对黑暗和卑劣的发现,总是远远超出他的想象力之外。郁达夫呢,由《沉沦》观之,很难说有什么来自别人对"他"的直接排斥和迫害,"他"的中国同学和日本同学,对其并没有什么证据确凿的恶行,只是"他"自说自话、极其夸张地渲染自己的忧郁和孤独,甚至要尽力地营造出一种受苦受难的情景而后快。这或许与郁达夫的幼年记忆相关。在《悲剧的出生——自传之一》中郁达夫写道:

> 像这样的一位奶水不足的母亲,而又喂乳不能按时,杂食不加限制,养出来的小孩,哪里能够强健?我还长不到十二个月,就因营养的不良患起肠胃病来了。一病年余,由衰弱而发热,由发热而痉挛;家中上下,竟被一条小生命而累得精疲力尽;到了我出生后第三年的春夏之交,父亲也因此以病以死;在这里总算是悲剧的序幕结束了,此后便只是孤儿寡妇的正剧的上场。

没有做过相关的考察,不知道郁达夫的父亲的死因是否确实如其所言,是被弱小多病的儿子活活累死,但是,郁达夫的幼小心灵从此却被笼罩上浓重的阴影,这是可以确定的。李欧梵由此推定郁达夫的零余者心态,"可能他痛苦地觉得自己为家庭带来一份'诅咒',他根本不应该出生。在他心目中,他在正常的人群中是多余的,怪异的。"[②]我的阅读中,却觉得郁达夫由此所产生的原罪感和被虐狂,对家人的愧疚,对自我生命的轻贱,对社会环境的难以适应,都会与此相关。于是,他的创作,他的作品中表现出来的那种忧郁症和自我摧残,都成为他向社会倾诉和忏悔的一种方式。这种心态,大约要到他和王映霞结合之后才得到疗治——不过,这并非王映霞之功,而是王映霞的祖父王二南,这位很有名气的旧诗人,不但能够接受已经有家室的郁达夫走进自己的家庭,还和他成了非常投契的文朋诗友。郁达夫一生中唯一写过的人物传记,《王二南先生传》中这样写道:"和先生时时对酒谈诗书,一顿饭,总要吃尽三四个钟头;有时夜半起来,挑灯,喝酒,翻书,谈古

[①] 李欧梵:《郁达夫:自我的幻像》,《李欧梵自选集》,上海:上海教育出版社2002年版,第70页。
[②] 同上书,第73页。

今,往往会痴坐到天亮。""我少年时期的那一种厌世偏向的渐渐减去,所受的也是先生的感化。"在这位慈祥而博学的祖父那里,得到幼年缺失的父爱的补偿,得到心灵焦灼的缓释,是可以推定的。遗憾的是,郁达夫的原罪感和受虐情结消解的同时,他那急切地向世人倾诉的冲动也随之消散了,一位个性独特的小说家的身影也渐渐远去。

暧昧而多重的自我

《狂人日记》和《沉沦》中的主人公,有着中国文学中前所未有的"自我",具有一种萨义德所言的放逐者——"边缘人"的品格,是新文化运动中产生的新的知识分子。用当下流行的语言来说,身处于新旧交替、剧烈动荡的时代,往往会有一些人从体制内分离出来,并且成为旧体制的剥离者和批判者。疯疯癫癫的唐·吉诃德和佯疯佯谬的哈姆雷特,就是文艺复兴时代的典型代表。从"凤歌笑孔丘"的楚狂人接舆,到接续"好了歌"的甄士隐,则是转型期中国的癫狂者。狂人和"他"都在进行着艰难的思索,在对现实与自我的思考中凸现出自我的存在。就个人而言,自我有两次诞生,第一次是生命的降生,第二次是从理性上对自我的确证和认同。那么,如何把自己从浩如烟海的芸芸众生中识别出来呢?每个人都需要确证自己的独特性,作为自我识别的标志。狂人与庸众的区别,在于他对"吃人"之民族史和个人史的发现,对中国文化的核心即历史理性的批判(所谓六经皆史);"他"的自我确证,则是从正在遭遇的青春危机、欲望压抑和民族情感遭受伤害等方面表现出来,是以赤裸裸的个人真实撕下了被奉为至高价值的道德的虚伪外衣(所谓太上立德,其次立功)。

在《知识分子论》中,萨义德指出,知识分子的本质就是放逐者,是走向边缘的人,知识分子的主要责任就是从压力中寻找相当的独立,从权力中心疏离出来,成为自在安适的边缘人,就像旅行家、探险家,具有好奇和发现新事物的精神,对任何事情都不视为理所当然(从来如此,就对吗?)。但这并不意味着放逐的人与先前的经验、知识完全割断,而是处于两者之间的状态。它使放逐者在看问题时具有"双重视野"(double perspective),既在事物之中,又在事物之外,足以打破"不识庐山真面目,只缘身在此山中"的局囿,获得开阔的视野和创新的思路。

由此顺延,疾病就成为他们进行内心审视和自我发现的一个重要契机。从医疗心理学来说,生病会使人摆脱常规的生活环境,将病人与社会分隔开来,暂时摆脱个人对社会和家庭所承担的责任,使病人将主要精力关注于自己的身心,更加深入地省察自我和发现自我。其次,病人还获得了挑战日常规训的某种特权:狂人可以尽情地倾吐他的狂言疯语而不被治罪,忧郁症患者可以无所顾忌地宣泄自己的忧郁,以边缘者的身份而吸引世人的关注,从而形成有别于既有中心的另一个关注中心。这些被排斥出社会群体的零余者,以此而争得了更多的权利。如同柄谷行人所言,只有失败的人才会自白,"为什么总是失败者自白而支配者不自白呢?原因在于自白是另一种扭曲了的权力意志。自白绝非悔过,自白是以柔弱的姿态试图获得'主体'即支配力量。"①换言之,通过自白,原本是沉默的人获得了特别的话语权,获得了自我表述的权利。

但是,《狂人日记》和《沉沦》中的主人公所发现的,又是"暧昧的自我"。这是仿照柄谷行人的"暧昧的现代性"而生发出来的。现代性既脆弱又嘈杂,充满了内在的喧嚣与冲突;与此同时,在中国的特定语境中,在与旧时代交战的时候,它能够抵挡几个回合,也是大可商榷的——这也就是鲁迅为什么一再地祈求速朽而不得,我们为什么至今仍然要求助于五四新文化传统的缘由。狂人在其日记中表现得何等决绝勇敢,但是,并非偶然地,作品前面的文言短识,"某君昆仲,今隐其名,皆余昔日在中学时良友;分隔多年,消息渐阙。日前偶闻其一大病;适归故乡,迂道往访,则仅晤一人,言病者其弟也。劳君远道来视,然已早愈,赴某地候补矣。因大笑,出示日记二册,谓可见当日病状,不妨献诸旧友",以及那位痊愈者自己把日记定名为"狂人日记",更加显示出狂人面目的暧昧性。"他"的出场是伴随着华兹华斯的诗作的,在其后还出现过海涅、吉辛、梭罗,但是,这样的装饰最终让位于黄仲则这样的本土诗人,在他初涉日本的情色场所,半醉半醒之时所吟诵的,"醉拍阑干酒意寒,江湖寥落又冬残,剧怜鹦鹉中州骨,未拜长沙太傅官,一饭千金图报易,五噫几辈出关难,茫茫烟水回头望,也为神州泪暗弹",仍然是黄仲则的诗作,而且还暗含着与隔壁唱日本歌的嫖客们对抗的心态。漂洋过海来寻求异域风情和世界知识的"他",最终却回归于中国古代文人的门下,岂不令人多思!

还有,《狂人日记》中的狂人,在对中国历史与礼教之"吃人"的判断上,其深刻的洞察力显然是令人震惊的。但是,作为改变这种沉重积习的力量,无论是尼采的超人意志,还是进化论中的独尊少年,都是经不住现实的验证

---

① 柄谷行人:《日本现代文学起源》,赵京华译,第79—80页。

的。狂人发出的"救救孩子"的呼吁,在《孤独者》的魏连殳那里,转化为慈爱关怀和尊重儿童的实践。但是,这种认定"孩子总是好的。他们全是天真……"的判断,不但遭到"我"——另一位认真思考的知识分子的质疑:"不。如果孩子中没有坏根苗,大起来怎么会有坏花果?譬如一粒种子,正因为内中本含有枝叶花果的胚,长大时才能够发出这些东西来。何尝是无端……"在魏连殳自己,在一次次的幻灭中,终于也转过来将孩子当作卑贱的玩物了:"他先前怕孩子们比孩子们见老子还怕,总是低声下气的。近来可也两样了,能说能闹,我们的大良们也很喜欢和他玩,一有空,便都到他的屋里去。他也用种种方法逗着玩;要他买东西,他就要孩子装一声狗叫,或者磕一个响头。哈哈,真是过得热闹。前两月二良要他买鞋,还磕了三个响头哩,哪,现在还穿着,没有破呢。"青年胜于老年,孩子代表未来,在短短数年内就冰消瓦解,如何能够与积重难返的惨痛历史相抗衡?

有趣的是,在《孤独者》中,鲁迅还宕开一笔,将《沉沦》问世后的尴尬也带了进来,让我们的论述获得了新的论据:

> 只要和连殳一熟识,是很可以谈谈的。他议论非常多,而且往往颇奇警。使人不耐的倒是他的有些来客,大抵是读过《沉沦》的罢,时常自命为"不幸的青年"或是"零余者",螃蟹一般懒散而骄傲地堆在大椅子上,一面唉声叹气,一面皱着眉头吸烟。

郁达夫那饱含无尽辛酸的零余者,至此也演变成了标明时尚的流行病,"出生的悲剧"由此变作了"死后的喜剧"。鲁迅再一次显示了其冷峻而深邃的判断力。《孤独者》写于1925年10月。此时的郁达夫呢,在1923年2月17日,与鲁迅结识。同年5月19日,作《文学上的阶级斗争》,首次在中国文艺界提倡文学应该为阶级斗争服务,同时期发表《春风沉醉的晚上》,在自我之外的底层女工那里,获得寻觅已久的温情关爱。至1926年,鲁迅和郁达夫又先后到达当时的国民革命中心广州,相继进入中山大学任教,虽然因为时间错开,两人未能共事,他们却仍然在暧昧的现代性之旅上艰难寻找着希望之光。1932年,在《"天凉好个秋"》中,感慨于九一八事件周年纪念时期遭遇的种种怪现状,如"只许沉默五分钟,不许民众集团集会结社","吴佩孚将军谈仁义,郑××对李顿爵士也大谈其王道","中国军阀的济南保定等处的屠杀,中部支那的'剿匪',以及山东等处的内战"等等,郁达夫心绪万端,结末时写道:

> 有话则长,无话则短,不想再写了,来抄一首辛稼轩的《丑奴儿》

词,权作尾声:"少年不识愁滋味,爱上层楼,爱上层楼,为赋新词强说愁。而今识尽愁滋味,欲说还休,欲说还休,却道天凉好个秋。"

不知道写这篇文章的时候,郁达夫有没有想到,他笔下那个病弱而敏感的少年,"几乎要同小孩似的哭出来了",却"硬了头皮,跟了一个十七八岁的侍女走上楼去",吟诵出"茫茫烟水回头望,也为神州泪暗弹"的往事前生。

(作者单位:首都师范大学)

五四前期周作人人道主义"人间观"研究

张先飞

五四前期,周作人在世界现代人道主义社会思潮的影响下,对现代人道主义的理论观念在诸多方面做出了创造性的理论贡献,其中在"人间观"方面创获颇多,他的"人间观"着重对"大人类主义"的理论构建、理想人间生活的实现等问题进行了深入思考,本文拟对这些方面加以细致阐释。

一、"人间"观念的理论辨析
——关于理想社会构建的原理性思考

1920年1月6日周作人在北平少年中国学会发表了名为《新文学的要求》的演讲,在演讲中周作人做出了如下论断:

> 许多重大问题,经了近代的科学的大洗礼,理论上都能得到了解决。如种族国家这些区别,从前当作天经地义的,现在知道都不过是一种偶像。所以现代觉醒的新人的主见,大抵是如此:"我只承认大的方面有人类,小的方面有我,是真实的"。①

这段论述实际上表明了五四前期周作人对近代思想变迁的一种基本认知,

---

① 周作人:《新文学的要求》,1920年1月6日北平少年中国学会讲演,《晨报副刊》1920年1月8日。

在他看来,由于兴起于实证科学时代的偶像破坏思潮、运动的冲击①,人们开始对一切社会存在进行深刻反思,包括历来被奉为神圣的国家、种族等存在的合理性也受到了深刻质疑。参与这一反思的,不只限于各种派别的无政府主义者、社会主义者,还扩展到广大的普通知识阶层。他们从实证科学基础上的各种科学学科,以及力图建于实证科学基础上的各种学说出发,以科学的理性精神,对国家、种族等社会存在进行了严肃审视与严厉批判。一战前后这种审视与批判有了更深入的发展,由于欧洲大战的强烈精神冲击,人们在战时与战后经历了痛苦的反思过程②,相当一批社会改革力量,即周作人所说的"现代觉醒的新人"发现了"人间"生活的真实,普遍得出这样的结论:作为人类社会存在结构单位的国家、种族等都不过是建立于各神宗

---

① 文艺复兴以来的近代历史,不论是文艺复兴、宗教改革、启蒙运动,还是资产阶级大革命、浪漫主义运动等都具有偶像破坏的特质,本文所涉及的偶像破坏运动与思潮,是有专指的,它是用来概括 19 世纪中期以来的一种广义的思潮活动,这种思潮活动,是从实证科学时代开始,在新理想主义时代广泛兴起(尤其是在一战前后对社会、世界问题的严肃反思中),又在一战之后形成蔚为壮观的思想风潮,其基本特点可概括为——站在科学认识的立场上审视一切,并力图对建立于迷信之上的旧偶像加以破坏。偶像破坏的思潮运动所针对的对象涵盖非常广泛,以往全部的旧文明,都在反思考察之列,但更多是指一种思想领域内的破坏与建设活动。新理想主义时代的偶像破坏思潮运动,不仅与以往时代有很大的不同,而且也与实证科学时代有所差异,在新理想主义时代,尤其是在全世界欲收改革之实的一战之后,偶像破坏的思潮运动,带有更多的建设色彩,不再是单纯的破坏。关于实证科学时代以来的偶像破坏思潮运动,陈独秀在《现代欧洲文艺史谭》(《青年杂志》1915 年 11 月 15 日第 1 卷第 3 号)中有过这样的描述:"十九世纪之末,科学大兴,宇宙人生之真相,日益暴露,所谓赤裸时代,所谓揭开假面时代,宣传欧土,自古相传之旧道德、旧思想、旧制度一切破坏。文学艺术,亦顺此潮流"。厨川白村的《近代文学十讲·上》(罗迪先译述,学术研究会总会发行,1921 年 8 月初版)、升曙梦的《现代文学十二讲》(汪馥泉译,北京:北新书局 1931 年版)中也有对于实证科学时代"偶像破坏"特质的专门分析,如《近代文学十讲·上》第三讲《近代之思潮(其一)》第三节《怀疑与个人主义》中的分析,见第 76—99 页;在《现代文学十二讲》第一讲《近代思想底种种相》第五节《个人主义》中有《偶像破坏》的部分,见第 28—31 页。在《新文学的要求》中,周作人肯定地提到了现代人道主义者作为"偶像破坏者"的身份:"这新时代的文学家,是'偶像破坏者'。但他还有他的新宗教,——人道主义的理想是他的信仰,人类的意志便是他的神",并把近代科学研究当做主要的标准,特意说明了"所谓人类的意志这一句话,似乎稍涉理想;但我相信与近代科学的研究也还没有什么冲突"。

② 关于五四时期中国思想家、文学家对一战前后西方世界思想潮流介绍的内容,请参照拙文《20 世纪初世界现代人道主义思潮的兴起——"五四"人道主义思潮背景探源》,《河南师范大学学报》2007 年第 3 期。

教、意缔牢结等"迷信"之上的偶像①，人类真实的社会存在中只有"个人"与"人类"，两者相对待而存在，即这些"现代觉醒的新人"认为人类社会存在最基本的结构单位只有"个人"与"人类"，仅此两者才经得起科学论证的考验。周作人将这种新的观念看作现代人道主义的"真理"性认识②，并进行了专门的论证与历史描述。当时周作人和一些五四思想家、文学家普遍使用"人间"一词来说明人类的社会存在，用所谓"人间"的生活来涵括人区别于动物的全部生活，而"人间"的基本存在单位只有"个人"与"人类"。在他们的极力推介下，这种认识在五四中国得到广泛认同与传播，"人类"/"个人"命题成为这一时代的中心话题，并成为描述"人间"生活的主要概念系统，以及观察、评断人类生活的重要角度③；更为重要的是，这一命题成为新思想家思考如何打破偶像崇拜为基础的旧社会，构建理想社会的基本理论起点。当然对于"人类"、"个人"概念的具体内涵，以及两者关系，每个人的理解都不尽相同，其中周作人的独特思考，在五四思想界显得极为突出，并对五四新思想、新文学的发展产生了重要影响，本节即着重对周作人"人间"观念的理论思考加以阐发。

周作人的"人间观"思考，是在西方世界现代人道主义新的"人间"观念背景下进行的，为阐明周作人的"人间"观念，著者有必要首先对这一观念背景进行梳理。

1. 新理想主义时代现代人道主义的"人间"观念

（1）新"人间"观的思潮背景——新理想主义时代社会意识的觉醒

在19世纪末20世纪初形成的新的"人间"观念，与这一时期社会意识的觉醒有着直接关联。在这一历史时期，西方出现了由个人意识向社会意

---

① 周作人在《新文学的要求》中分析道："从前的人从部落时代的'图腾'思想，引伸到近代的民族观念"，1920年1月6日北平少年中国学会讲演，《晨报副刊》1920年1月8日。陈独秀在《偶像破坏论》(《新青年》1918年8月15日第5卷第2号）等文中也说明了这一问题。
② 参见周作人《人的文学》开头对"人道"的"真理"性定位，1918年12月7日作，《新青年》12月15日第5卷第6号。
③ 当时包括周作人在内的五四新文化人看待人类生活、人类社会几乎都是从人类/个人着眼的，不仅如此，当时外国文学的介绍中，比如周作人翻译代表这种人道主义思考的每一篇作品与作家的思想解剖——《黄昏》、《小小的一个人》、《沙漠中的三个梦》、《玛加尔的梦》、《可爱的人》等小说，以及周作人对每篇作品所做的《译者附记》，都明显显出这种特质，实际上这也是周作人这一时期翻译作品的特点，同时也是这一时期他个人思考的特点，见《点滴·序》，1920年4月17日作，收入《点滴》，周作人辑译，北京大学出版部1920年版。

识转变的思想潮流,对这种思潮趋向,宫岛新三郎在《欧洲最近文艺思潮》、《现代日本文学评论》中有过较为集中的论述:

> 十九世纪以及十九世纪以前的时代……社会意识却没有以明白的轮廓而活动着。反之,个人意识却以种种形式,表现在了种种方面。而这个人意识表现得最明显的,要算是十九世纪的欧洲。因此,有的批评家且把十九世纪唤做了个人主义的时代。
>
> ……
>
> 要之,十九世纪是被个人意识促动着的时代,是权力肯定的时代。二十世纪,注意到了由此而酿成的不正虚伪和残忍,所以有了要脱出身来的意欲。结果发现了社会意识。希望生之充实,生命的飞跃,谁都是一样的。问题是在如何满足这各个人的要求。这个,不在集各个人而组织成的有机的社会全体方面着想是不行的。要做到这个当然不可不有发展个性的社会底理想要求。从这里,涌起了社会意识……
>
> 二十世纪以后的前述的一切哲学的新倾向(前文所举的倭铿、柏格森、詹姆斯的哲学倾向——著者注),政治思想,经济问题,社会问题,都可说是由这社会意识的强烈的背景而生。在文艺和思想方面,这个社会意识也渐渐活动起来。我们若看一看二十世纪以后的作品,所谓惹了世人的注意的,差不多都有取社会问题,结婚问题,劳动问题等具体的形式的社会意识在里面很强地作用着……而把这个倾向益加推广,益加深刻化了的,便是这一次的欧洲大战。①
>
> 自从二十世纪初头,尤其是欧洲大战以后。上面所说的社会意识,终于代个人主义的色彩,占得主座之位了。②

可以看出,以宫岛为代表的一批20世纪初的思潮史家认为,尽管19世纪是以个人意识为中心的时代,但从19世纪后期以来社会思潮就发生了重大变化,人们的社会意识开始有所觉醒,究其原因,主要在于19世纪最为突出的

---

① 宫岛新三郎:《欧洲最近文艺思潮》,瞿然译,上海:现代书局1930年版,第134—137页。
② 宫岛新三郎:《现代日本文学评论》第十二章《现代日本文艺之特色和世界文艺思潮》,张我军译,上海:开明书店1930年版,第212页。

所谓个人主义文明,呈现出了它存在的某些严重不足①,这促使人们发现了社会意识②。而使社会意识倾向得以推广,益加深刻化,并从根本上取代个人主义主导地位的,则是缘于欧洲大战的冲击。更进一步,那些站立在时代潮头"急急于新文化,新社会之建设"的新理想主义的理论家们,如嘉本特等,则从人类文明的发展角度看待这一思潮变迁,将新的思潮倾向定位为,摒弃人类意识之第二阶段,即基于个人主义的文明,开始建设新的第三阶段,即立足于人类共存的意识(人类爱)、社会意识,乃至宇宙意识的新文明,这种新的文明将是"由于人类爱,人人结合,握手的文明阶段",他们认为这一思潮与社会走向正是迈入理想之域的大道。③

(2) 现代人道主义者的人类意识

现代人道主义的思考,正处在由个人意识向社会意识转变的思潮背景中,不过在对社会意识问题的思考上,现代人道主义者直接落脚到了人类意识,即上文所说的人类共存的意识。

"人类"观念的"发现"被视为文艺复兴时代的巨大理论贡献,不过在此问题上真正完全摆脱形而上学本体论、认识论的局限,把"人类"观念在政治、社会生活领域内明确突现出来,使之成为最重要的核心观念,并令其在社会生活中得到广泛认同与传播的,则是在新理想主义时代,人类观念的这种变迁成为新理想主义时代的重要思想成果④。这一时代的众多理论家都对这一观念变迁在理论上做出了突出贡献,其中现代人道主义者的表现尤为突出。

---

① 这里所谓形成弊端的个人主义有着它较为独特的所指,这种个人主义有着自身的哲学基础,并与一定的社会观、政治观、经济观密切相连,更多是指传统的利己主义观(边沁等为代表)、个人主义观等自由竞争时代的社会主流观念。它既不同于周作人、鲁迅所说的以尼采等为代表,作为十九世纪资产阶级文明、道德、物质主义反动的个人主义,即鲁迅所谓的"新神思宗",也与19世纪中期以来小约翰·穆勒之后的个人主义,功利主义有着明显不同,与人道主义的个人主义观念距离更远,而且与它同一时代的自然主义、浪漫主义、新浪漫主义的个人主义倾向相比,也有着相当的差异。

② 关于这一问题的介绍,另可参照高须芳次郎:《日本现代文学十二讲》第十二讲《改造期的文学》第一节《欧洲的思潮及文学的大势》,新潮社1924年版,第459—460页。

③ 以上论述参照宫岛新三郎:《现代日本文学评论》第十二章《现代日本文艺之特色和世界文艺思潮》,张我军译,上海:开明书店1930年版,第208—214页。当时人们在对将要到来的文明、社会进行设想时,还使用了"集合生活"、"集团生活"等类似的概念,概括以社会意识为中心的时代。嘉本特,即为周作人在《随感录三十四》(《新青年》1918年10月15日第5卷第4号)中介绍的凯本德(Edward Carpenter)。

④ 这一重要变迁是由多种观念共同促成的。

现代人道主义者关于人类意识的思考,从现代人道主义精神先驱托尔斯泰与陀思妥耶夫斯基就已开始①。宫岛在《现代日本文学评论》中论述20世纪社会意识在欧洲文艺上的表现时,通过追根寻源,提出托尔斯泰在19世纪末就已发出了先知的声音,批评了历来隔阂人类的艺术与观念,宣扬使人类结合的人类共存之爱:

> 托尔斯泰已在十九世纪末,发狮子吼,否定了现代之艺术。理由是说,那虽足以离散人们,却不足以结合人们的缘故。又因为是富者或特权阶级的独占物……依托尔斯泰的意思,那是流病毒于世人,导人民于邪路,传播性的堕落,而且对于历来的人类之幸福,做着最坏的障碍物的。对于耽美主义者的这种虚伪,对于富者的这种娱乐,我们应该发起有生命的艺术,结合人们,结合一切阶级,结合一切国民的艺术——托尔斯泰这样疾声厉呼了。

托尔斯泰等关于人类意识的深切思考,在19世纪70年代后的俄国产生了广泛影响,俄国现代人道主义者进一步发展了这一思考。伴随着20世纪初全世界社会意识的广泛觉醒,这种人类意识在世界上产生了强烈精神共振,这在罗曼·罗兰身上表现尤为显著:

> 这种疾声厉呼,到了二十世纪,立刻叫起响应了。最先在法国。其呼号,由于法国的罗蔓·罗兰而获得共鸣了。他的大作《将·克里斯特夫》的主人翁之奋斗的一生,是将对于资本主义恶,资本主义虚伪的不断的反抗,和对于真理,正义,自由,人类爱的景仰,沥沥织上去的大布……他在那以后的作品,或于批评,都是教人以人类共存之爱,社会

---

① 托尔斯泰与陀思妥耶夫斯基是这一思考转向与定位的主要先驱,但这一时期,还有相当多的无政府主义者、社会主义者也从这一角度思考世界命运,可以说他们是"人类"意识的共同思考者,当然他们与托尔斯泰、陀思妥耶夫斯基间也存在着极其复杂的相互影响(比如托尔斯泰与陀思妥耶夫斯基被称作俄国无政府主义的先驱,无政府主义、社会主义思想对人道主义者也有很大影响),但是他们的出发点、立脚点,与最终的理论、实践目的都不尽相同。在周作人的译文《俄国革命之哲学的基础》中对此问题有所涉及,主要是在对巴枯宁观念的讨论中,见《新青年》1919年4—5月第6卷第4—5号,(英)Angelo S. Rappoport 著,原载1917.7,The Edinburlgh Review,起明(周作人)译。还需指出,托尔斯泰与陀思妥耶夫斯基也是从个人意识到社会意识的思潮变迁的主要理论先驱。

意识,世界和平的思想的教师。①

日本现代人道主义的主要代表白桦派的重要成员也经历了与罗曼·罗兰类似的精神历程②。而最终促使托尔斯泰等关于人类意识的思考成为全世界思考的中心命题的,主要是缘于欧洲大战的切身之痛,它使世人普遍对这一思考产生共鸣,并深受其影响。当然这种人类意识的形成也同时受到了各种无政府主义及社会主义观念的影响。③

托尔斯泰、陀思妥耶夫斯基等关于人类意识思考的一个核心命题,就是对现有的国家组织形式,以及国家、种族等观念的严重质疑,在他们看来,国家是人为的暴力强制的组织,而以绝对化的国家、种族观念造成的人间的隔膜更是社会万恶之源,因此他们提出构建人类社会新的组织形式,具体而言,他们要破除种族的隔离,取消暴力国家的存在,以人类的整体作为人间生活的单位,并以此为基础,实现人类结合的最终理想。俄国现代人道主义者及罗曼·罗兰等深受此观念的影响,如罗曼·罗兰在《约翰·克利斯朵夫》、《论偶像》、《精神独立宣言》等论著中都对这些观念有过明确表述,在《论偶像》一文中,他直斥国家、种族观念为人为的偶像④,而在《精神独立宣言》的结尾他则对这一新的人类意识做出了较为完整的概括:

> 我们尊敬的唯有真理,自由的真理,无边界,无限际,无种级族类之偏执。信然,我们不脱离人类不是对于人类漠不关心的。我们是正在为他而工作,只是我们所为非他的一分,乃为的是他的全体。我们不知道这民众,那民众,种种许多的民众。我们但知唯一民众(The people)——一而普遍,——就是那受苦,竞争,跌而复起,沿着浸泡在他们自己的汗血中,凹凸不平的路,永远相续不断的前进的民众——合一切人类,一切同是我们的弟兄的,之民众。而且就是为的他们,同我们一样,也可以觉悟到这个兄弟之情,亲爱之谊,我们故于他们盲目的争斗

---

① 宫岛新三郎:《现代日本文学评论》,张我军译,上海:开明书店1930年版,第212—214页。在《新潮》第2卷第2号张崧年为《精神独立宣言》作的注中,介绍了罗曼·罗兰因受托尔斯泰影响,作出了与托尔斯泰相同的论断,见《精神独立宣言》,罗曼·罗兰等作,张崧年译注。
② 关于白桦派受到托尔斯泰等俄国思想家影响,形成独特人类意识的问题,在日本的白桦派研究中基本都有论述。
③ 关于这种人类意识的产生及影响情况,请参照拙文《20世纪初世界现代人道主义思潮的兴起——"五四"人道主义思潮背景探源》。
④ 在《新潮》第2卷第2号张崧年为《精神独立宣言》所作注中,他介绍了罗曼·罗兰对此问题的明确论断,见《精神独立宣言》,罗曼·罗兰等作,张崧年译注。

之上，举起"联约之匮"——自由无挂碍，一而多，永远长久的精神。①

这正是现代人道主义者的共同信念，我们从周氏兄弟译介的武者小路实笃的《一个青年的梦》，以及周氏兄弟、张崧年等人五四时期的言论中也能明显地感到这种信念。不过现代人道主义者的结论与同时代一些无政府主义者②、社会主义者的观念也存在近似之处，但在本质上彼此的立场不同，观念的理论基础、思路，及最后的社会诉求都有较大差异，尽管他们最终的目的，如周作人所言，是殊途同归的③。只是也有人将托尔斯泰、陀思妥耶夫斯基看作无政府主义的先驱与重要理论代表④。

(3) 个人意识与社会/人类意识调和的理论尝试

托尔斯泰等关于人类意识的某些思考明显趋于极端，如托尔斯泰反思

---

① 罗曼·罗兰等：《精神独立宣言》，张崧年译注，分载《新青年》1919年12月1日第7卷第1号，《新潮》1919年12月第2卷第2号，其中《新潮》版对《新青年》版进行了大量校改，本文采用《新潮》的版本。结尾处"永远"原文作"永过"，疑为手民之误，因《新青年》版中作"永远"。

② 无政府主义者的代表性意见，比如巴枯宁与陀思妥耶夫斯基的看法，在周作人翻译的《俄国革命之哲学的基础》一文中（Angelo S. Rappoport 著，原载 1917.7, The Edinburlgh Review，起明 [周作人]译，《新青年》1919年4—5月第6卷第4—5号）有着相关介绍：

　　Bakunin 虽然是俄国人，却为人类全体尽力。在他看来，国民种族，不过人类大洋里的一个浪头罢了，他的理想，是"人类的友善"，不是"国民的结合"……Dostojevski 说，"……我们的使命，应该完全的人类的。我们努力……应该去奉事全人类。"

另请参考著者对现代人道主义思潮演进问题的相关研究。

③ 周作人对这一问题的判断分别见于《工学主义与新村的讨论》(《工学》1920年3月第1卷第5号)、《新村的理想与实际》(1920年6月19日北京青年会所作讲演，《晨报副刊》6月23—24、《时事新报·学灯》6月25日)、《新村的讨论(答黄绍谷的信)》(1920年12月17日作，《批评》12月26日第5号["新村号"])等诸篇文章，其中在《工学主义与新村的讨论》中周作人回复孙俍工的第二封信(1920年3月29日作)里说：

　　往自由去原有许多条路；只要同以达到为目的，便不妨走不同的路；即使同走一条路，也可以或走、或跑，都无什么区别。我相信"工学主义"与新村是同走一条路的……

在《新村的理想与实际》中他说：

　　我相信往自由去原有许多条的路，只要以达到目的为目的，便不妨走不同的路。方才所说的两派与新村，表面很有不同，但是他们的目的是一样的，都是想造起一种人的生活，所以我想有可以互相补足的地方……

而在《新村的讨论》中是这样表述的：

　　往自由去的路原有好几条，有人以为别条路更为适合的，可以请他自己走去，不必彼此相强，因为世上本没有唯一的正确的道路。

④ 参见尼·别尔嘉耶夫：《俄罗斯思想：十九世纪末至二十世纪初俄罗斯思想的主要问题》第七章，雷永生、邱守娟译，北京：生活·读书·新知三联书店1995年版。

过去偏颇的个人主义,强调人类意识——利他及对人类的爱的时候,却又过多地抹杀了个人,恰如周作人所言,"俄国 Tolstoy……提倡极端的利他,抹杀了对于自己的责任"①,这显然走向了另一个极端。② 这种思想倾向并非托尔斯泰、陀思妥耶夫斯基等所独有,在19世纪末20世纪初相当普遍,当时不少社会、哲学观念,如社会主义、一些派别的无政府主义、军国民主义、国家主义、国家干预主义等都表现出类似的倾向。③ 这种意识在当时不仅普遍,而且具有相当影响力,产生了不小的负面作用。所以很多思想家对这种极端的倾向颇为不满,认为虽然社会的意识是对过去偏颇的个人意识弊端的反拨,并且集合生活的时代即将取代个人主义的时代,但这绝不意味着就要彻底否定与抛弃个人意识,"这社会意识,决不是牺牲了个人意识的"④,因为抹煞了个人意识的社会意识绝对不能算是完整的社会意识,所以他们提出了所谓与社会意识毫不矛盾而且能融合为一的个人意识的命题。在他们看来,这里的社会意识与个人意识都是不同以往的全新观念,他们一再强调,这种新的个人意识并不与新的社会意识立场,以及人类全体的发展、人类的集合生活等相冲突,因为它已不再是过去偏颇的个人主义,而是那种不仅不能"使集合生活的全体生出裂缝",而且要使"集合生活的唱歌班(Chorus)成为谐调"的"个人完成,自我充实,和个性实现";而新的社会意识,也完全不同于"昔日的所谓利他和仁慈",实际是"新的社会意识的觉醒",因为新的社会意识中同时包含着新的个人意识⑤,社会意识与个人意识之间的关系,应该是:"社会意识和个人意识,实际并非别物。个人意识的

---

① 周作人:《日本的新村》,《新青年》1919年3月15日第6卷第3号。
② 关于牺牲自己的利他,周作人在其所译犹太作家大卫·宾斯奇的剧本《被幸福忘却的人们》(1920年7月25日译,载《新青年》11月1日第8卷第3号)的《译者附记》中,以及《人的文学》(1918年12月7日作,《新青年》12月15日第5卷第6号)对陀思妥耶斯基《白夜》的分析中都有所论及。《被幸福忘却的人们》描写纯粹利他主义者的心灵,他们因为利他而牺牲自己,于是自己被幸福忘却。在该剧的《译者附记》中周作人引用英译者在译序中的评说:"自己牺牲的姊妹的题目,在犹太剧场上是很普通的,正如为了他人而牺牲自己,在犹太生活中也很常见的一样。"《人的文学》中周作人分析说:"俄国陀思妥也夫斯奇(Dostojevskij)是伟大的人道主义的作家。但他在一部小说中,说一男人爱一女子,后来女子爱了别人,他却竭力斡旋,使他们能够配合。陀思妥也夫斯奇自己……言行竟是一致……"
③ 托尔斯泰这种偏颇的说法,对于人道主义思考者有着较大影响,很多人十分信服,甚至亦步亦趋,以中国受托尔斯泰观念影响最大的五四为例,单就文艺界而言,如从周作人与俞平伯等人的讨论,以及当时不少文艺观的讨论中,就可看到不少狂热的追随者。
④ 宫岛新三郎:《欧洲最近文艺思潮》第五章,瞿然译,上海:现代书局1930年版,第136页。
⑤ 同上书,第177页。

合成体,便是社会意识"①。这种观念在19世纪后期以来也得到了广泛认同,如胡适所倡导的健全的个人主义观等,而以日本白桦派以及周作人为代表的20世纪现代人道主义者更是将自己对"人间"观的思考建立于斯。

以上简要概括了现代人道主义新的"人间"观的基本命题,但现代人道主义的每一位思考者,对"人间"观的认识都不相同,如周作人对相关命题的阐发,就显示出自己独特的观念特点与思考理路。

2. 周作人对人类意识问题的思索
（1）"大人类主义"

周作人认为新理想主义时代的人们,在实证主义时代科学精神的观照下,对人类的"人间"生活有了新的觉悟,他在《新文学的要求》一文中对这种新的"人间"观进行了细致阐发:

> 许多重大问题,经了近代的科学的大洗礼,理论上都能得到了解决。如种族国家这些区别,从前当作天经地义的,现在知道都不过是一种偶像。所以现代觉醒的新人的主见,大抵是如此:"我只承认大的方面有人类,小的方面有我,是真实的"。人类里边有皮色不同,习俗不同的支派,正与国家地方家族里有生理、心理上不同的分子一样,不是可以认为异类的铁证。我想这种种界限的起因,是由于利害的关系,与神秘的生命上的连络的感情。从前的人以为非损人不能利己,所以连合关系密切的人,组织一个攻守同盟;现在知道了人类原是利害相共的,并不限定一族一国,而且利己利人,原只是一件事情,这个攻守同盟便变了人类对自然的问题了。从前的人从部落时代的"图腾"思想,引伸到近代的民族观念,这中间都含有血脉的关系;现在又推上去,认定大都是从"人"(Anthropos)这一个图腾出来的,虽然后来住在各处,异言异服,觉得有点隔膜,其实原是同宗。这样的大人类主义……也就是我们所要求的人道主义的文学的基调。②

在他看来,现代人道主义者所肯定的现代人类意识,是一种"大人类主义",它完全以科学的观念看待"人间"生活,认定"人间"的生活,从本质上讲并没有国家、种族、民族、家族、地方,以及阶级等的界限、分别。过去这些界

---

① 宫岛新三郎:《欧洲最近文艺思潮》第五章,瞿然译,上海:现代书局1930年版,第136页。
② 周作人:《新文学的要求》,1920年1月6日北平少年中国学会讲演,《晨报副刊》1920年1月8日。

限、分别的形成,都是缘于以前时代对人之间的利害关系及生命上的连络等问题的不正确观念,比如认为非损人不能利己,所以组织攻守同盟,而且他们由血缘的关联,生发出部落时代的'图腾'思想及近代的民族观念,而现在由于受到近代科学的洗礼,人们终于觉悟,于是推翻了以往种种错误观念,一方面认为人类原是利害相共,而且利己利人,原是一事,因此人间对立的攻守同盟不必存在,另一方面,进化论与新的人类学、人种学已证实,世界上的人都是从"人"(Anthropos),即人这种生物物种中发展出来的,原是同宗。在打破这些错误的观念后,便可清楚地看到,在人类社会生活的构成中,国家、民族、种族、家族、阶级等都仅仅是一种虚假的偶像,而由利益相共、本质相同的个人所组成的人类才是最为真实的社会存在,即"大的方面有人类,小的方面有我,是真实的",其中"人类是个总体,个人是这总体的单位①",两者组成了人类社会存在的基本架构。当然这种新理想主义时代的现代

---

① 周作人:《新村的精神》,1919年11月8日为天津学术讲演会讲演,《民国日报·觉悟》11月23—24日,《新青年》1920年1月1日第7卷第2号。另《人的文学》(1918年12月7日作,《新青年》12月15日第5卷第6号)中说:"单位是个我,总数是个人",《点滴·序》(1920年4月17日作,见《点滴》,周作人辑译,北京大学出版部1920年版)中说:"单位是我,总数是人类"。据陈原考证(见《读书》1992年第2期《俄国盲诗人》的梦——关于华西理·爱罗先珂》),所谓"人类中的一分子"正是这种人类主义的命题,"人类一分子主义"一词源出世界语创始人——波兰的柴门霍夫博士一九〇六年为此写的一首小诗和一篇"宣言"(随感录),陈原在文中介绍了爱罗先珂以及胡愈之所谈到的"人类一分子主义",并且说:"所述特征,很多都能在爱罗先珂身上以及本世纪初的知识分子身上看到,比如:——'我是一个人,我把全个人类看成一个家庭;我认为人间最大的不幸,就是人类被割裂成互相敌视的种族和宗教群体;但这不幸迟早会消失,我应尽我的力量加速这消失'"。实际上这在五四是一个极为普遍的用语,周作人也数次谈及,如"彼此都是人类,却又各是人类的一个"、"我与张三李四或彼得约翰虽姓名不同,籍贯不同,但同是人类之一"(《人的文学》)、"同是住在各地的人类的一部分"(《访日本新村记》,1919年7月30日作,《新潮》10月30日第2卷第1号)、"我们有什么改造社会的主张,去改造别人之先,还须从社会——人类——之一分子的自己入手改造,这样我们一面实行自己的主张,社会的一个分子也就同时改造过了"(《新村运动的解说——对于胡适之先生的演说》,1920年1月18日作,《晨报》1月24日)、"新村的理想的人的生活,是一个大同小异的世界。物质的生活是一律的,精神的生活是可以自由的。以人类分子论,是一律的,以个人论,不妨各各差异,而且也是各各差异的好。各国各地方各家族各个的人,只要自觉是人类的一分子,与全体互相理解,互相帮助而生活"(《新村的理想与实际》,1920年6月19日北京青年会所作讲演,《晨报副刊》6月23—24日)。他所翻译介绍的外国作家很多都抱有这样的观念,比如日本作家江马修,周作人翻译了他的小说《小小的一个人》,在作者介绍中周作人说,作家"有人道主义的倾向",这个标题"用英文译不过是 A Little One 的意思",实际上就是人类中的一个的意思,小说中明确地说到"人类的大海中的那小的一个人",见《新青年》1918年12月15日第5卷第6号。在波兰作家什朗斯奇的《黄昏》中,也有"人类的一个小小的分子"的话,见《新青年》1920年2月1日第7卷第3号。

"大人类主义"观念,有着其特定的精神特质与内涵。

在周作人看来,这种人类意识的发生不只是由于人们对"真理"的发现,它更是人类社会、人类精神发展到新阶段在观念上的直接反映,因为一方面,人类的界限正随着文明的新发展逐渐被打破,"地理上历史上,原有种种不同,但世界交通便了,空气流通也快了,人类可望逐渐接近,同一时代的人,便可相并存在。单位是个我,总数是个人"①,新村时期的武者小路实笃对此有过十分清晰的解说:

> 所谓个人的本务,就是说个人作为人类的一份子所应尽的义务。
>
> 个人是国家的一份子,也是家庭的一份子。然而我们已经不能够不想人类底协力,而单想个人底存在。我们不是单受着国民底恩,是受着人类底恩……我们已经被世界的波动所摇动了。决不是一国民能单独存在的……总之我们已经作为世界人而生存,和世界底思想,生活,文明,都直接交涉着而生存的……同一看待底时候,就要到来罢……总之对于我们,世界已经没有怎样广阔了。世界底事件,一日就可以传达于世界,起落世界底人心,或使恐怖,或使欢喜,而且使深深的反省。像这样的事,当真的说起来,是太透露的明白事实。这回的战争,使这事实更加了然的明白了。还在继续的通知。照现在的气势过去,这气势不晓得到什么地方才停止。保守的人不必说,便是适中底进步的人也是皱眉的时候。世界是驱逐了自以为将世界荷在肩上底人而进行。
>
> 便是列宁杜洛斯基之类,也成过去之梦了。人原是人,劳动者资本家底问题,要成为过时底问题;各自像人似的生存底时候,以为是敌的人,而实在是向了同一目的走着底兄弟,握着手喜欢的时候,不能说不会到来。世界上青年底脑里,那准备已经成就了。
>
> 我说着明白到不必说明的事。②

另一方面,人类精神也已经进化到了一个更高级的阶段,这种新理想主义时

---

① 周作人:《人的文学》,1918年12月7日作,《新青年》12月15日第5卷第6号。
② 武者小路实笃:《人的义务与其他》,《人的生活》,李宗武、毛咏堂合译,上海:中华书局1922年版,第11—14页,收入"新文化丛书",1921年7月6日周作人作序,此书是武者小路实笃1920年出版的著作。这种从世界发展状况解说人类接近的论调,在20世纪以来成为一种常识性的说法,可以参照20、30年代大量的中、日思潮史论著。

代的现代"大人类主义"正是人的"心的进化"的必然结果。周作人在《新文学的要求》与《宗教问题》中,从文学的历史发展角度描述了这一"心的进化"的历史进程:

> 文学上人类的倾向,却原是历史上的事实;中间经过了几多变迁,从各种阶级的文艺又回到平民的全体的上面来,但又加了一重个人的色彩:这是文艺进化上的自然的结果,与原始的文学不同的地方,也就在这里了。
>
> 关于文学的意义……就文艺起源上论他的本质,我想可以说是作者的感情的表现……上古时代生活很简单,人的感情思想也就大体一致,不出保存生活这一个范围;那时个人又消纳在族类里面,没有独立表现的机会;所以原始的文学都是表现一团体的感情的作品……后来的人将歌舞当作娱乐的游戏的东西,却不知道他原来是人类的关系生命问题的一种宗教的表示。我们原不能说事物的原始的意义,定是正当的界说,想叫化学回到黄白术去;但我相信在文艺上这意义还是一贯,不但并不渐走渐远,而且反有复原的趋势:所以我们于这文学史上的回顾,也不能不相当的注意,但是几千年的时间,夹在中间,使这两样相似的趋势,生了多少变化;正如现代的共产生活已经不是古代的井田制度了。古代的人类的文学,变为阶级的文学;后来阶级的范围逐渐脱去,于是归结到个人的文学,也就是现代的人类的文学了。《新文学的要求》①
>
> 再说文学与宗教相同的地方。文学的理想本来应该如此……宗教上的"神人合一"、"物我无间",其特性亦即在此……基督教约翰福音说:"世德,我在你中,彼等亦在你中,故我在彼等中。"这个目的物象萧伯纳称他为"生命之力"亦可,不过宗教上另换一个名字罢了,像"神"、"一"、"无限"等……可以作为宗教的本体思想的代表。他们就是把我们与最高神合一。这在古代文学便是如此,中间经过一次变动,现在却又有这种趋向了。上古最初文学所发表的感情,就是全社会的,因为保全生命是关系全体的。后来个人思想发达,于是注重个人的情感。这是上古到十九世纪的变动。现在觉得文学不应以个人为主。是要结合全人类的感情的。托尔司泰说,文学不但要

---

① 周作人:《新文学的要求》,1920年1月6日北平少年中国学会讲演,《晨报副刊》1920年1月8日。

使别人晓得我的意思,要他受到我的同一的感触;如我向他说,即能使他发生与我同样的情感,无形中彼此就互相联络了……文学的作用便都在此……他用另一种方法,将大家的共同情感发表出来,自然能结合全体。

总之现代文学的变动确似倾向古代了。古代的艺术都是平等的,普遍的,无论何人都会的。近来就渐趋专门了。文学家说出大家没有想到的话,使个性较为稍不敏捷的人可以引起同样的感想。再近一点,便全要变成社会的了。《宗教问题》①

在周作人看来,现代文学中的人类(即"平民的全体")意识虽然与古代"人类的倾向"有一定相似之处,但两者就好像是现代的共产生活与古代井田制度间的相似,现代的人类意识只是"确似""倾向古代",它与古代的"人类的倾向"之间仍然有着本质差异,就文艺而言,这种差异是"文艺进化上的自然的结果",实际上就是人的"心的进化"的自然结果,这使得现代新的人类意识显现出了新的精神内涵、特质,对这种新的精神内涵、特质,周作人除了强调现代人类意识的近代科学背景,还着重强调,这种新的人类意识又"加了一重个人的色彩",周作人说这种个人的色彩的形成,是由于从古代到现代的"心的进化"过程,曾经历了以个人为中心的阶段——"后来个人思想发达,于是注重个人的情感",即新的人类意识中"个人的色彩"是"进化上的自然的结果"。

(2)"个人观"

独特的"个人观"与"个人立场"是现代人类意识的一个重要特征,这种"个人观"与"个人立场"的主要精神渊源,是19世纪中后期"新神思宗②"的个人主义观念③,但现代人类意识的"个人观",同"新神思宗"的个人主

---

① 周作人:《宗教问题》,《少年中国》1921年5月第2卷第11期。
② 鲁迅(迅行):《文化偏至论》,1907年作,《河南》月刊1908年8月7号。
③ 在周氏兄弟的观念中,与新理想主义时代"大人类主义"观念有着主要精神渊源的前一个时期的个人主义,更多是指鲁迅所谓的"新神思宗",包括斯蒂纳、尼采、寇尔凯谷(克尔凯郭尔)、易卜生等,以及受他们影响的众多思考者,如梅特林克、安德列夫、斯特林堡、早期高尔基等等,这一思潮于19世纪中后期在欧洲思想界形成广泛影响,周作人在论及个人主义的思想家时,几乎没有提到过任何现在经常为人所论及的英美政治思想系统内的新旧个人主义、自由主义者,反而多次反复提及斯蒂纳、尼采,如在《新村的精神》、《新村的理想和实际》、《可爱的人·译者附记》、《山中杂信·一》、《新希腊与中国》等中。白桦派的个人主义观念,也主要来自(转下页)

义及传统的个人主义有着本质差异。对于现代人道主义而言,它的"个人观"绝非是对"新神思宗"的个人主义及传统的个人主义观念的照搬,现代人道主义者是要为新的时代构建全新的"个人观",①他们在承继"新神思宗"个人主义观念许多重要命题如"超人"、"唯一者所有"②、"我"、"个人"等的同时,又对这些命题进行了重大改造,根本改变了其内涵。

（1）"人类的一员"

在以往,尤其是19世纪"个人主义的时代"的社会观念中,个人/个体是作为人类社会组构中最小的单元而存在的,但个体只是一个个孤立于其他个体的单体,个体与个体之间,在各种意义上都是相互隔离、相互对立的,不仅存在着本质论上的差异、对立,而且还有着利益上的冲突,即每个个体都是作为其他个体的对立物而存在的。从根本上讲,在以前这些个人主义观念的话语结构中,核心概念就是作为社会基本组构元素的"自我"。在"自我"概念中,存在着一个"自我"/"他人"紧张对峙的意义生成机制,也

（接上页）梅特林克、尼采等,这已被详细考证,可参照刘立善：《日本白桦派与中国文学》,沈阳：辽宁大学出版社1995年版,以及各种近代日本文学史论著作。

这实际上是当时对个人主义的一种普遍认知,翻阅（日）厨川白村的《近代文学十讲·上》（罗迪先译述,学术研究会总会发行,1921年8月初版)、（日）升曙梦的《现代文学十二讲》（汪馥泉译,北新书局发行,1931年7月初版),其中都有近代个人主义的专节介绍（《近代文学十讲·上》第三讲《近代之思潮（其一）》第三节《怀疑与个人主义》中的分析,第76—99页,《现代文学十二讲》第一讲《近代思想底种种相》第五节《个人主义》,第26—40页),他们关于个人主义源流的介绍如出一辙：始于浪漫主义的先驱卢梭,浪漫主义时代的"个人底自由的主义"是个人主义的源泉。19世纪真正兴盛起来是,是19世纪科学时代的产物,其形成的原因,既有实证科学时代唯物观、进化论所教导的生存竞争的思想影响的缘故,也是由于教育的发达使社会的人智得到开发,它的形成过程是"从知识到怀疑,从怀疑到偶像破坏,从偶像破坏到个人主义这径路……知,是怀疑底始初。怀疑尽了一切东西,那可靠的,当然只有自己了,这便产生了个人主义"（《现代文学十二讲》,第33页)。他们列举出尼采、斯蒂纳、寇尔凯谷、易卜生、屠格涅夫、般生、高尔基等个人主义的代表人物。以上分析很明显是说明这种个人主义主要是科学时代的产物。当然其产生还有另一方面的原因,鲁迅在《文化偏至论》（1907年作,载《河南》月刊1908年8月第7号)中对这一原因的分析较有代表性,在他看来,19世纪文明发展出现偏至：社会民主抹平一切,造成庸众统治,压抑天才/独异个人,作为反动,一些思想家奋起反对,提出了鲜明的个人主义观念。

① 这种全新的"个人观"绝非传统个人主义与"大人类主义"的调和,而是"大人类主义"观念内部新的理论建构。

② 周作人：《可爱的人·译者附记》,1919年1月31日作,载《新青年》2月15日第6卷第2号。

就是说,每个个体都只是作为一个与"他人"对立的"自我"而存在的,而且每个"自我"也是因为对立的"他人"而确立自身的存在。在这种"自我"观念之下,个体与个体之间形成了极其复杂的结构关系。

现代人道主义者的"个人观",颠覆了这种对立的意义生成机制,并否定了与"他人"相对立的"自我"概念。他们虽然也强调"自我",但"自我"的意义已完全发生改变,正如《近代日本思想史》在分析白桦派的"自我"观念时所说的那样①,现代人道主义者在"自我"观念中抽掉了与"他人"的对立这一部分,这样自然就取消了旧的"自我"观念中原有的"自我"/"他人"的等级差异与对立关系,从而使每个"自我"在本质上成为了与其他的"自我"具有同等地位的独立的单体,周作人所说的"他人里的自己②"、"别人的自己③"、"我中的他④"等命题就是对这一认识极为准确的表述,周作人还从社会伦理角度,用利他与利己的关系阐明了这一点,"人类原是利害相共的"、"利己利人,原只是一件事情"。这样在"大人类主义"观念下,"自我"成为"人间"最基本的社会组构的单元,每个"自

---

① 《近代日本思想史》中是这样分析的:

众所周知,"白桦派"在文学上和生活上的首要主张,是"发挥自我"。这种对"自我"的强烈肯定,是"白桦派"的共同特色。但这里所说的"自我",并不是与"他人"对立而局限起来的"自我",它不过是自己所确信的"自我",是和一般"个体"即"人类"本身相通的"自我"。这样,"白桦派"主张直接地无媒介地把"自我"看作"个我"一般,即看作"人的个体"本身。凭借这一主张,它得以夸耀"我们在精神上是世界之子"。也就是说,在"白桦派"那里,"自我"即"个体"由于抽掉了同"他人"的对立,同时就超越了国家、社会即"种",能够直接和"人类"即"普遍"联系起来,和它协调起来。

参见近代日本思想史研究会所:《近代日本思想史》第2卷,李民等译,北京:商务印书馆1991年版,第180页。从中可以看到白桦派的逻辑思路是:在"自我"概念中抽掉了与"他人"对立的意义含蕴,从人的本质角度上,认为"自我"只不过是每个人的意识所自觉认识到的、确信存在的"我"——这实际就是认识论原初意义上自我意识的自我认知,从人的本质论意义上来讲,每个人的"自我"都是如此。他们把每个这个意义上的"自我"直接当作人的社会存在中的"人的个体",作为人类社会的组构成分。当然这更多是哲学角度的思辨,但这种概念上的变化,实际上反映出了现代"大人类主义"者从根本上否定了那种孤立、对立的个体的现实存在的理论努力。以上看法在日本各种近代文学史论中是常识性的认识。
② 周作人:《新村的理想与实际》,1920年6月19日北京青年会所作讲演,《晨报副刊》6月23—24日,《时事新报·学灯》6月25日。
③ 周作人:《新村的精神》,1919年11月8日为天津学术讲演会讲演,《民国日报·觉悟》11月23—24日,《新青年》1920年1月1日第7卷第2号。
④ 周作人在《游日本杂感》中说,"我们论事都凭'我',但也不可全没杀了我中的'他'"。1919年8月20日作,载《新青年》11月1日第6卷第6号。

我"都是人类中同等的一员,周作人称之为"人类的一员"①、"人类中的一份子",每个"自我"彼此间没有任何本质上的差异与对立,"以人类分子论,是一律的②"。

(2)作为"唯一者所有"的"人类的一员"

正如以上所分析的那样,在"大人类主义"的"个人观"中,每个人对于人类都是一个个人,是人类中同等地位的一员,但这种个人不同于原始时代中被容纳于族类内的个人,后者的情况被周作人描述为,"个人消纳在族类的里面,个人的简单的欲求都是同类所共具",这种差异,用周作人的话来讲,就是每个现代的个人不仅"对于人类是个人",而且"对于自己是'唯一者所有'",③周作人特别强调,如果没有彻底自觉的个体意识,就不能算是真正意义上的现代"大人类主义"者,也就没有成为"人类的一员"的资格,对此他在《新村的理想与实际》一文中有过这样的论断:"其先如没有彻底的自觉做根本……兼爱实只是盲目的感情的动。愈是彻底的知道爱自己的,愈是真切的能够爱他人里的自己……不从'真的个人主义'立脚,要去与社会服务,便容易投降社会,补苴罅漏的行点仁政,这虽于贫民也不无小

---

① 周作人:《新村的精神》,1919年11月8日为天津学术讲演会讲演,《民国日报·觉悟》11月23—24日,《新青年》1920年1月1日第7卷第2号。
② 周作人:《新村的理想与实际》,1920年6月19日北京青年会所作讲演,《晨报副刊》6月23—24日,《时事新报·学灯》6月25日。
③ 周作人:《可爱的人·译者附记》,1919年1月31日作,《新青年》2月15日第6卷第2号。"唯一者所有"是斯蒂纳的中心命题,"我"即"唯一者所有",升曙梦在《现代文学十二讲》中介绍道:

他说:一切的东西为我而存在;一切的事为我自己而干。"我",是一切底源泉;就是,"我"是造物者。神明、道德、社会、人道,这些东西,都是因为"我"这东西底存在而存在的;"我"底价值是绝对;上天下地,惟我独尊。而且他排斥一切的观念、一切的传说,不服一切的权威,倡导无神论,倡导利己的个人主义。他又从这立脚点,甚至排斥自由平等,虽则个人主义是由自由平等的思想养育成的,可极端的个人主义,是和自由平等的思想不相容的。除了自己之外,什么都不承认,并无暇顾及社会:在这种人,以为应对一切的人平等地广及的自由这种事,是不必考虑的。平等,这是由互相让步的结果而得到的。在以不让一步为主义的人们,平等什么,他们是不管的。

斯蒂纳认为这才是合理的个人主义,即去掉各种不对、不义,经济、政治以及一切因袭的束缚,对个人的无限发展扩充与完善,个人的无限推崇。见升曙梦:《现代文学十二讲》,汪馥泉译,北京:北新书局1931年版,第33—34页。

补,但与慈善事业相差无几了。"①在这种意义上,周作人承认自己是"个人主义"者,他不仅肯定了新村是个人主义的生活②,而且将现代人道主义定义为"个人主义的人间本位主义"③。关于"自觉的个体意识",现代人道主义的"个人主义"从"新神思宗"承继了很多重要命题:比如"自己是'唯一者所有'"的个人精神的自觉立场,对自己的责任,即个人充分发展的自觉,立足于精神独立的"我"/个人基础之上的独立判断、怀疑批评的精神,对作为"进步的欲求,常常超越族类之先"的④先觉者的肯定(或称之为"独异"个人⑤、"先知或引路的人"⑥)……并且将"自我"作为一切问题思考的逻辑起点。当然这些源自"新神思宗"个人观的命题在内涵上已发生了根本变化,周作人对此均进行了细致阐述。

其一,个体意识。"我"、"唯一者所有"不再是斯蒂纳哲学意义上的绝

---

① 周作人:《新村的理想与实际》,1920年6月19日北京青年会所作讲演,《晨报副刊》6月23—24日,《时事新报·学灯》6月25日。另外,周作人对军国主义的否定也很能说明问题:"我们反对军国主义等,便因为他不承认个人,只将他当作制造那空洞洞的什么军国的材料与牺牲",也因此反对现在谈人类、世界、社会时,抹杀个人,认为这实际上与军国主义的谬误没有什么区别,"现在如将社会或世界等等字作目标,仍不承认个人,只当他作材料,那有什么区别呢?"即如果否定、抹杀了个人,实际上也失去了真正意义上的现代人类主义、世界主义的真意。见《新村的精神》,1919年11月8日为天津学术讲演会讲演,《民国日报·觉悟》11月23—24日,《新青年》1920年1月1日第7卷第2号。

关于慈善、仁政,周作人在《人的文学》(1918年12月7日作,《新青年》12月15日第5卷第6号)中说,"我所说的人道主义,并非世间所谓'悲天悯人'或'博施济众'的慈善主义",又在《平民的文学》(1918年12月20日作,载《每周评论》1919年1月19日第5号,署名仲密)中说,"慈善这句话,乃是富贵人对贫贱人所说,正同皇帝的行仁政一样,是一种极侮辱人类的话",即所谓慈善、仁政,仍是存在人类之间的等级之分,我/他之分。

② 周作人:《新村的理想与实际》,1920年6月19日北京青年会所作讲演,《晨报副刊》6月23—24日,《时事新报·学灯》6月25日。

③ 周作人:《人的文学》,1918年12月7日作,《新青年》12月15日第5卷第6号。

④ 周作人:《新文学的要求》,1920年1月6日北平少年中国学会讲演,《晨报副刊》1920年1月8日。

⑤ 迅(鲁迅):《随感录·三十八》,《新青年》1918年11月15日第5卷第5号。其中称扬这些"独异"个人:"一切新思想,多从他们出来,政治上宗教上道德上的改革,也从他们发端"。这些"独异"个人完全否定了"众数"之说,他们对"众数"弊端的认知,鲁迅在《文化偏至论》(1907年作,《河南》月刊1908年8月第7号)中有过清晰表述:法国大革命后,社会追求完全的民主平等,而"所谓平社会者,大都夷峻而不抑卑","于个人殊特之性,视之蔑如,既不加之别分,且欲致之灭绝",以至造成"精神益趋于固陋","人群之内,明哲非多,伧俗横行,浩不可御,风潮剥蚀,全体以沦于凡庸",且庸众压抑迫害先觉者、"英哲"。

⑥ 仲密(周作人):《平民的文学》,1918年12月20日作,《每周评论》1919年1月19日第5号。

对的自我,而是指周作人所说的个性充分自由发展的个人①,不过"大人类主义"的"我"、"唯一者所有"的概念,在强调每个人的个性自由发展、个体意识的充分自觉(即强调每个人"对于人类是个人,对于自己是'唯一者所有'")的同时,还必须强调每个人作为"人类的一员"的身份(即"我是'唯一者'的所有,却又是人类的一员"②),并必须符合作为"人类的一员"的要求,服从"人类的意志"——人类共同的人性、共同的生存与幸福、共同的发展,以及社会进化的法则等③。

其二,每个人都有个性、个体意识高度发展的可能。在"新神思宗"的观念体系中,与"唯一者所有"观念直接相连,存在着一个"独异"个人的重要命题,这是"新神思宗"个人主义观的一个核心概念,"新神思宗"的个人主义观认定精神突出发展的"独异"个人与"庸众"之间存在着本质上的对立。④ 周作人等现代人道主义者,也承认所谓"独异"个人的存在,但在他们

---

① 周作人所作关于新村的文章都着重讨论了这一问题。
② 周作人:《新村的精神》,1919 年 11 月 8 日为天津学术讲演会讲演,《民国日报·觉悟》11 月 23—24 日,《新青年》1920 年 1 月 1 日第 7 卷第 2 号。
③ 关于"人类的意志",周作人在这一时期的多篇文章中提及,将其作为一个重要的观念:无奈世人无知,偏不肯体人类的意志,走这正路……(《人的文学》,1918 年 12 月 7 日作,《新青年》12 月 15 日第 5 卷第 6 号)这人道主义的文学……就是个人以人类之一的资格,用艺术的方法表现个人的感情,代表人类的意志,有影响于人间生活幸福的文学。所谓人类的意志这一句话,似乎稍涉理想;但我相信与近代科学的研究也还没有什么冲突:至于他的内容,我们已经在上文分两项说过,此刻也不再说了。这新时代的文学家,是"偶像破坏者"。但他还有他的新宗教,——人道主义的理想是他的信仰,人类的意志便是他的神。(《新文学的要求》,1920 年 1 月 6 日北平少年中国学会讲演,《晨报副刊》1920 年 1 月 8 日)新村的运动,虽然由武者小路氏发起,但如他所说,却实是人类共同的意志,不过由他说出罢了……现在万人的希望,又正是人类的最正当最自然的意志……(《日本的新村》,《新青年》1919 年 3 月 15 日第 6 卷第 3 号)人类的意志在生存与幸福。这也就是个人的目的……现在人的生存与幸福的基础,便全筑在别人的灭亡与祸患上。这是错的,是不正当的,因为这是违背了人类的意志了。(《新村的精神》,1919 年 11 月 8 日为天津学术讲演会讲演,《民国日报·觉悟》11 月 23、24 日,《新青年》1920 年 1 月 1 日第 7 卷第 2 号)人生的目的不仅是在生存,要当利用生存,创造一点超越现代的事业,这才算顺了人类的意志,——社会进化的法则,尽了做人的职务,不与草木同腐。他们又相信只要不与人类的意志——社会进化的法则相违反,人的个性是应该自由发展的。神的意志是这样呢,这就是人类的意志——社会进化的法则。这思想本来很受托尔斯泰的基督教的影响,但实际却又与尼采的进化论的宗教相合了。(《新村的理想与实际》,1920 年 6 月 19 日北京青年会所作讲演,《晨报副刊》6 月 23—24 日,《时事新报·学灯》6 月 25 日)
④ 鲁迅在《随感录·三十八》(《新青年》1918 年 11 月 15 日第 5 卷第 5 号)中说:"'个人的自大',就是独异,是对庸众宣战……他们必定自己觉得思想见识高出庸众之上,又为庸众所不懂,所以愤世疾俗,渐渐变成厌世家,或'国民之敌'。"

看来,"独异"个人与其他"群众"并无本质区别,比如周作人就把这些"独异"个人称之为"先知或引路的人",他认为这些"独异"个人"超越族类之先"的思想,其他"群众"完全是能够理解的,即使不懂也只是暂时性的,只要去引导、启发即可,在《平民的文学》中他曾明确说明,"凡是先知或引路的人的话,本非全数的人尽能懂得……正因为他们不懂,所以要费心力,去启发他"①。这里很明显存在着一个启蒙的过程,而启蒙的一个重要前提就是,每个人在获得智识之后,都会有精神自由发展与人格逐渐完善的可能,可见"先知或引路的人"与"他以外的人类"②之间并没有本质上的不同,唯一差别,只是闻道的先后与觉悟的早晚而已。按周作人的说法,这些"独异"个人,本质上也不过就是先闻道、先觉悟的"人类的一员"罢了,他首先发出的"爱自由,求幸福"等"进步的欲求"的呼声,不是他一个人独有的精神要求,而是"人类所共具"的"人类共同的意志"(或曰"万人的精神"、"万人所望的事")③,不过是他先于整个族类/人类感受、觉察到,超越族类之先有了迫切的要求,并作为整个族类/人类的代表,将它先说出来罢了。周作人在《新文学的要求》中对此有过充分阐述:

> 古代的个人消纳在族类的里面,个人的简单的欲求都是同类所共具的,所以便将族类代表了个人。现在的个人虽然原也是族类的一个,但他的进步的欲求,常常超越族类之先,所以便由他代表了族类了。譬如怕死这一种心理,本是人类共通的本性:写这种心情的歌诗,无论出于群众,出于个人,都可互相了解,互相代表,可以称为人类的文学了。但如爱自由,求幸福,这虽然也是人类所共具的,但因为没有十分迫切,在群众每每忍耐过去了;先觉的人却叫了出来,在他自己虽然是发表个人的感情,个人的欲求,但他实在也替代了他以外的人类发表了他们自己暂时还未觉到,或没有才力能够明白说出的感情与欲求了。④

---

① 仲密(周作人):《平民的文学》,1918年12月20日作,《每周评论》1919年1月19日第5号。
② 周作人:《新文学的要求》,1920年1月6日北平少年中国学会讲演,《晨报副刊》1920年1月8日。
③ 周作人:《日本的新村》,《新青年》1919年3月15日第6卷第3号。周作人在文中说:"新村的运动,虽然由武者小路氏发起,但如他所说,却实是人类共同的意志,不过由他说出罢了",并引述了武者小路实笃的话:"我的精神,不是我一人的精神,与万人的精神有共通的地方。我所望的事,也正是万人所望的事。"
④ 周作人:《新文学的要求》,1920年1月6日北平少年中国学会讲演,《晨报副刊》1920年1月8日。

既然作为"人类的一员","独异"个人与普通群众之间就只有闻道先后,觉悟早晚的差别了,那么"独异"个人只是先知先觉,并没有与其对立的庸人、"末人",只有与其同等的他以外人类的"自我",这样的话,只要能够觉醒,每个人都会有个性、个体意识高度发展的可能,正如周作人为新村所录《论语》中所讲的那样——"仁远乎哉。我欲仁,斯仁至矣"①,其实这也就是肯定了人人都可能成为个体精神突出发展的"唯一者所有"、"超人"、"神的人类"(即个性充分自由发展的个人),而实际上这种发展也就代表了人类共同的意志。

(3) 个人与人类的关系——"我即是人类"②

在论述此问题之前,首先必须说明一点,在周作人看来,对于人的存在形式而言,既没有抽象的个人的存在,也没有抽象的人类的存在,真实的只有一个个具体活生生的"自我",所谓人类也只是一个权宜的总称而已,就是普通意义上的一个个具体个人的总体的意思③,因此也就没有不同于个人的特殊本质。

关于个人与人类的关系问题,周作人在《平民的文学》中,曾从本质论的角度,借用哲学范畴"单体"加以说明:我们"只自认是人类中的一个单体,浑在人类中间,人类的事,便也是我的事"④,作为一个哲学概念的"单体",就是完全具备着类的普遍本质的个体。⑤ 但在周作人看来,既然没有抽象的人的"类"的存在,也就并不存在人作为"类"的普遍本质,因此所谓"只自认是人类中的一个单体",从理论上讲,实际是在说明,只存在着"单体",人人都是"单体",每个"单体"都具备各个"单体"共同的本质,如果说

---

① 周作人:《访日本新村记》,1919 年 7 月 30 日作,《新潮》10 月 30 日第 2 卷第 1 号。文中说明,1919 年 7 月 9 日周作人为新村书《论语》一则:"子曰,仁远乎哉。我欲仁,斯仁至矣",这句话是武者小路实笃选定后请他写的。
② 周作人:《新文学的要求》,1920 年 1 月 6 日北平少年中国学会讲演,《晨报副刊》1920 年 1 月 8 日。
③ 《人的文学》(1918 年 12 月 7 日作,《新青年》12 月 15 日第 5 卷第 6 号)中说:"单位是个我,总数是个人",《点滴·序言》(1920 年 4 月 17 日作,见《点滴》,北京:北京大学出版部 1920 年版)中说:"单位是我,总数是人类",《新村的精神》(1919 年 11 月 8 日为天津学术讲演会讲演,《民国日报·觉悟》11 月 23—24 日,《新青年》1920 年 1 月 1 日第 7 卷第 2 号)中说:"新村的精神,首先在承认人类是个总体,个人是这总体的单位。"
④ 仲密(周作人):《平民的文学》,1918 年 12 月 20 日作,《每周评论》1919 年 1 月 19 日第 5 号。
⑤ 文艺复兴时期的"大宇宙"/"小宇宙"观念,莱布尼兹的"单体"观念,泛神论的观念都有类似这样的思考。

有所谓"人类"的本质,那就是在说"单体"的本质。从这个意义上,就可以明白,周作人所说个人与人类不仅不相冲突,而且反而是相成的①,是在说明我的"自我"("单体")与所有他人的"自我"("单体")本质上完全相同,那么个人与人类的关系,实际就是一个"己"("单体")与所有"己"("单体")的关系,也就是"自己"与"自己"的关系,"我即是人类"的命题就是在这个意义上成立的。一言以蔽之,在周作人看来,从本质上说,个人与人类是一回事,个人就是人类,"人间"社会的结构框架内只有个人的存在,个人与人类的关系,就是个人与个人的关系,"自我"与"自我"的关系,更进一步讲,是"自我"与其自身的关系。

周作人得出个人与人类关系问题的结论,并非来自于抽象的哲学思辩,他主要是从人的科学本质,以及人的社会伦理生活层面进行思考的,"单体"是在这一意义上的思考结论:

首先,人的本质是相同的,包括这样两个层面的意思,其一,人(所有具体的个人)的本质是完全相同的,都是灵肉一致的人,这一本质都是同一物种在生物进化(包括"心的进化")中获得的②;其二,每个个人"同是人类之一,同具感觉性情"③。

其次,每个人的利益完全相同,也有两个方面的含义,其一,"人类原是利害相共的",而且每个个人之间,所谓"利己利人","原只是一件事情",况且本也没有"己"、"人"之分,"一切的人都是一样的人"④、都是"自己"。其二,"人类的运命是同一的"⑤。

第三,所有人的目标相同,周作人用"人类的意志"来概括这一点。所谓"人类的意志",就是灵肉一致的人在"人间"生活的本质与目标,即在社会进化的法则下,所有人具有共同的本质、共同的"生存与幸福"、共同的发展,以及"人类所共具"的"爱自由,求幸福"的感情与欲求等,周作人总结道:"人类的意志在生存与幸福。这也就是个人的目的。"⑥

---

① 周作人:《新文学的要求》,1920年1月6日北平少年中国学会讲演,《晨报副刊》1920年1月8日。
② 请参照拙作《发生期新文学科学"人学"观念的建构》,《文学评论》2006年第3期。
③ 周作人:《人的文学》,1918年12月7日作,《新青年》12月15日第5卷第6号。
④ 周作人:《新村的精神》,1919年11月8日为天津学术讲演会讲演,《民国日报·觉悟》11月23—24日,《新青年》1920年1月1日第7卷第2号。
⑤ 周作人:《人的文学》,1918年12月7日作,《新青年》12月15日第5卷第6号。
⑥ 参照以上关于"人类的意志"的注释。

另外,在"灵肉一元"的"二希"理论框架内,从人性一元论出发,认定个人与人类这一组人的生存中的本质性的元素①,是人性一元(也是人的生存的一元)中两个不可或缺的组成成分,而且从人的生存本质上来看,两者在根本上为不可分割的一体,个人(生活)即是人类(生活),人类(生活)也即是个人(生活)。

在周作人看来,以上这些人道主义"大人类主义"的观念,全都是"真理"性的认识。

由"我即是人类"的观念出发,一些问题才能得到圆满的解释,如周作人在对人道主义、"大人类主义"进行论述时,为什么总是将"自我"、个人作为每次理论表述的逻辑起点,而且,"自我"、个人也被他作为人类发展、人道主义理想生活实践活动展开的实际起点。

最后仍必须强调,在周作人的现代人道主义观念中,每个"单体"——所谓"人类的一员",同时也必须是"唯一者所有"——个性高度发展、人格充分完善,有完全的个体意识的个人,这就是周作人所说的"我们论事都凭个'我'"②、"我说的人道主义,是从个人做起。要讲人道,爱人类,便须先使自己有人的资格,占得人的位置。耶稣说,'爱邻如己'。如不先知自爱,怎能'如己'的爱别人呢?"③、"愈是彻底的知道爱自己的,愈是真切的能够爱他人里的自己"④等的真实含义。

"我即是人类"的命题还有更多社会伦理上的含义,即所谓"他是我的兄弟"的人类认同,这在著者对俄国现代人道主义思潮研究中已有较细致的分析,此处不复赘述。

二、周作人对理想人间生活实现的思考

五四前期以周作人为代表的新文学家对"人间观"真理进行深入思考,是基于如何实现理想的人间生活(即理想社会)的目的,他认为,理想人间

---

① 在周作人的灵肉一元的理论框架内,个人与社会是一组相对峙的人的生存中的本质性元素,但在新理想主义时代的新观念中,与个人相对峙的"社会"已为"人类"所替代,因此这一命题转化为个人与人类的关系。
② 周作人:《游日本杂感》,1919年8月20日作,《新青年》11月1日第6卷第6号。
③ 周作人:《人的文学》,1918年12月7日作,《新青年》12月15日第5卷第6号。
④ 周作人:《新村的理想与实际》,1920年6月19日北京青年会所作讲演,《晨报副刊》6月23—24日,《时事新报·学灯》6月25日。

生活的实现,本质上就是人间和谐关系的实现,而所谓人间生活的关系问题,他完全还原为每个作为"单体"的个人之间的关系问题。周作人在其"大人类主义"观念中,对理想社会结构中每个个人所处地位进行了确切定位,认为每个个体都应该是本质相同、利益相共、目标一致的,并遵照"人类的意志"共同向人间的理想生活迈进。从这种理论认识出发,自然得出这样的结论:人与人的关系本质上就应该是和谐、一致的,因此只要人人都遵循人间的真理,成为理想化的个人,那么和谐的人间关系自然就可以实现。应该说从理论上讲,实现理想的人间生活问题已经得到解决。那么紧接着的下一步,就是要考虑,如何遵循人间的真理,在实际层面解决这一问题,具体而言,面对现有人间关系的不良状况,如何在人间实现和谐的关系。解决这一问题,首先就必须从"人间观"的真理出发,对现实人间所存在的问题进行诊断,以便寻出病因,对症诊治。

1. 人类精神的隔绝——对人间生活现状总的判断

五四前期周作人对于人间现实状况的认知与判断,在很大程度上受到武者小路实笃观念的启示,二者的立场几乎完全相近,当然周作人对这一问题的思考包含了他对中国特定现实状况的独特审视,所以他对这一问题有着个人的独立见解。

在周作人与武者小路实笃等现代人道主义者看来,不论是在历史上,还是在当前的现实中,人间生活、人与人的关系从来就是不和谐、分裂的,而这种状况现在愈加严重。在周作人等对人间关系现状的分析中,主要谈到了这样几重关系:国家、种族间的对立、仇视,阶级间的不平、对立,各种狭隘集团间的冲突,普通人之间难以化解的敌意等。

同现代人道主义的理论先驱及世界各国众多现代人道主义者一样,对国家、种族间战争的反思是周作人等人道主义思考的基本起点,在他们看来,国家、种族间的仇视,使各个国家中的绝大多数民众以国家、种族的区别来彼此认知、相互对待,并且彼此之间相互"恐怖"、"误解"[1]、嫌憎,都以为"外国的损失,便是本国的利益"[2],这一切最终导致各国民众在战场上相互

---

[1] 周作人:《读武者小路君所作〈一个青年的梦〉》,《新青年》1918年5月15日第4卷第5号。周作人引述了武者小路实笃《一个青年的梦》中的对话。

[2] 周作人在《日本的新村》中引述武者小路实笃《新村的生活》中的话,《新青年》1919年3月15日第6卷第3号。

厮杀,彼此毁灭,周作人、武者小路实笃、鲁迅等因此都表达过"对于人类运命的忧虑",他们认为:"照现今的国家行下去时,战争将更盛","国同国的关系,要是照现在这样下去,实在可怕"。①除了国家、种族间的仇视外,阶级间存在的差异与对立,也是这个时代讨论的中心话题,周作人等对此都极为重视,在他们看来,在现实世界中,造成阶级仇视的核心原因之一就是现实世界经济、物质生活的基本状况,对此周作人这样总结道:"我们说阶级不好,这就因为是不平;不平的不好,是因为义务权利不均",一方面,特殊阶级的人们不劳而食②,另一方面,多数的劳动者则"为了你的口粮,卖去你的一生",不得不勉强去做过度的劳动,这实际上就是"少数的人,在多数人的不幸上,筑起自己的幸福,想享太平的福"③。这自然会引起阶级间的仇视,不同阶级间彼此不把对方当人看待,在现实生活中表现为:"官吏绅士富翁固然太不将贫民当人看待,但如幸德或大杉那样做法,也未免将官吏绅士富翁不当人看待了"④,周作人说"波兰的小说家曾说一个贵族看人好像是看一张碟子",而这种看法是很可怕的。在《游日本杂感》中周作人具体描绘了当时日本社会中阶级间相互敌对、仇视的一幕:

> 那些暴发户的装腔作势,自然也不过买得平民的反感。成金(笔者按,周作人对"成金"作了这样的解释:"Narikin,即暴发财主")这两个字里面,含有多量的轻蔑与憎恶,我在寓里每听得汽车飞过,呜呜的叫,邻近的小儿便学着大叫"Korosuzo Korosuzo!"(杀呀杀呀!)说汽车的叫声是这样说。阔人的汽车的功用,从平民看来,还不是载这肥重的实业家,急忙去盘算利益的,乃是一种借此在路上伤人的凶器,仿佛同军阀们所倚恃的枪刺一样。⑤

而现在的状况是,不同阶级之间的矛盾变得愈加尖锐,这也使"人类的运

---

① 周作人:《读武者小路君所作〈一个青年的梦〉》,《新青年》1918年5月15日第4卷第5号。周作人引述了武者小路实笃《一个青年的梦》的自序以及剧中的对话。
② 周作人:《新村的讨论(答黄绍谷的信)》,1920年12月17日作,《批评》12月26日第5号("新村号")。
③ 周作人在《日本的新村》中引述武者小路实笃《新村的生活》中的话,《新青年》1919年3月15日第6卷第3号。
④ 周作人:《新村运动的解说——对于胡适之先生的演说》,1920年1月18日作,《晨报》1月24日。
⑤ 周作人:《游日本杂感》,1919年8月20日作,《新青年》11月1日第6卷第6号。

命"①变得愈加危险,整个社会已临近以暴力方式解决问题的边缘,然而现在不同阶级的人们不但没有想去填平彼此之间的鸿沟,以和平的方式彻底解决这一问题,反而彼此间对立的心理愈加严重,双方极力地去掘深这个鸿沟。② 当然除了因国家、阶级间的仇视而造成的人间生活中的对立、冲突之外,在人类的生活中还存在着其他种种对立冲突、相互毁坏的状况。

对于不和谐的人间关系问题的思考,周作人与武者小路实笃等与当时的社会主义者、阶级论者等之间存在着很大差异,周作人与武者小路实笃等把各种人间的不和、冲突的关系,从本质上全部归结到了每个"自我"、"单体"之间的关系上("自我"、"单体"是指现代人道主义"大人类主义"意义上的个人)。对于造成人间不良关系的原因,周作人与武者小路实笃有过相同的论述:

> 我想人类不能享人的生活,是大错的。这错误从何而生,大约有种种缘由。简单说,便是因为他们不明白人类应该互助生活;反迷信自己不取得便宜,即要受损失的缘故。所以心想别人的不幸应该永远忍受,只要自己幸福便好。③

> 人类里边有皮色不同,习俗不同的支派,正与国家地方家族里有生理、心理上不同的分子一样……我想这种种界限的起因,是由于利害的关系,与神秘的生命上的连络的感情。从前的人以为非损人不能利己,所以连合关系密切的人,组织一个攻守同盟……④

> 我们平常专讲自利,又抱着谬见,以为非损人不能利己……所以彼此都"剑拔弩张",互相疾视。⑤

> 我们能不妨害别人的生存而生存,不妨害别人的幸福而幸福么?当然是不能的。现在人的生存与幸福的基础,便全筑在别人的灭亡与

---

① 周作人:《人的文学》,1918 年 12 月 7 日作,《新青年》12 月 15 日第 5 卷第 6 号。
② 周作人:《游日本杂感》(1919 年 8 月 20 日作,《新青年》11 月 1 日第 6 卷第 6 号),其中还提到日本当时阶级的冲突。1919 年 9 月 21 日周作人创作新诗《东京炮兵工厂同盟罢工(一九一九年八月至九月)》,诗中描写这次游历日本前后的日本东京炮兵工厂同盟发动的罢工事件,载《新青年》11 月 1 日第 6 卷第 6 号。
③ 周作人在《日本的新村》中引述武者小路实笃于《新村的说明》中的论断,《新青年》1919 年 3 月 15 日第 6 卷第 3 号。
④ 周作人:《新文学的要求》,1920 年 1 月 6 日北平少年中国学会讲演,《晨报副刊》1920 年 1 月 8 日。
⑤ 周作人:《访日本新村记》,1919 年 7 月 30 日作,《新潮》10 月 30 日第 2 卷第 1 号。

祸患上。这是错的,是不正当的……①

在这些论断中他们都明确指出,由于人们的错误观念——认为彼此之间利害相对,"非损己不能利人"等,以至造成了"现在人的生存与幸福的基础,便全筑在别人的灭亡与祸患上"的状况,从而使人们在"物质生活"层面上"同类中也一样剧烈的争斗"。②但尤为可怕的是这种观念与生活造成了人们彼此之间的误解、隔膜,最终导致人类在精神上彼此完全隔绝。周作人对此异常感慨,1919年10月30日在他翻译的安德列夫的短篇小说《齿痛》中,就展现出了一幕虽然看似平淡,但实际上却惊心动魄的人间心灵隔绝的场景。在"那可怕的一日,就是世界上不法的事做成功了"③,即宣扬人类爱并最终为整个人类受难的耶稣背着十字架,受尽兵士的鞭打、群众的侮辱,走向各各他的时候,一个商人为着自己的牙痛,对周围的世界毫不关心,也对别人的世界、别人的痛苦没有任何同情。小说最后展现了这样一幕:首先展示了在西方文化中经常出现的一幕场景——天地间充满了阴惨的气氛,人们在刑场为耶稣的死亡无比痛苦,然后作者安德列夫却在这样一个无比严肃、郑重的场景中安排了几个猥琐的看客,那位商人对耶稣之死毫不在意,只是异常麻木、无所谓地瞥了一眼,他所有的精力都集中在兴高采烈地为另两个人喋喋不休地讲述着自己的一点小小的肉体的苦痛,并在这种讲述中得到无限的快乐,而在他们身旁的十字架上悬挂着耶稣血污的尸体,下面跪着一群人——玛丽亚等人在旁边哀哭……小说中这一场景明显地显现出,安德列夫并不是在传达传统的西方宗教理念,他只是借用这一场景,将人间生活中人们彼此间的精神隔绝的状况异常触目惊心地呈现出来。在《新青年》7卷1号中周作人在译文后还撰写了一篇相当长的《译者附记》,着重探讨了人间关系问题,其中周作人引述了安德列夫在小说《大时代的一个小人物的自白》中的几段话,十分明确地表现出安德列夫对于这种人间隔绝的现状的极端痛心。周作人深为认同安德列夫对这一问题的体认,他曾多次引用安德列夫的一段话:"我们的不幸,便是在大家对于别人的心

---

① 周作人:《新村的精神》,1919年11月8日为天津学术讲演会讲演,《民国日报·觉悟》11月23—24日,《新青年》1920年1月1日第7卷第2号。
② 周作人:《新村的理想与实际》,1920年6月19日北京青年会所作讲演,《晨报副刊》6月23—24日,《时事新报·学灯》6月25日。
③ (俄)L. Andrejev(安德列夫),《齿痛》,周作人译,《新青年》1919年12月1日第7卷第1号。

灵、生命、苦痛、习惯、意向、愿望,都很少理解,而且几于全无。"①可以看出,周作人同安德列夫一样,痛切地感到——这种人类精神上的完全隔绝,成为仇恨、争夺等一切人间不幸的源泉。这种人间的不幸,在周作人看来,一方面,不能"使人类享人的生活",实现人间的和谐、幸福。而且无论是富贵的人还是贫民,每个人都不幸福,人人都是"苦人"(《人的文学》中周作人说富贵的人过的也是"非人的生活"②),对此,他在《苦人》一诗中有过明晰的表述:

> 沿城根统是苦人呵。
> 苦人这两个字,
> 引起我许多亲密的感情。
> 我们谁不是苦人呢?
> 坐汽车的,穿狐皮的,
> 又何尝得到人间的幸福,
> 不过你们更苦罢了。
> ……
> 我爱你们,我又能恨谁呢?③

另一方面,也是更为紧要的一方面,这种人间的不幸,使人类社会的状况非常危险:

> "我们生在现世,总感着不安;觉得照现在情形不会长久支持下去。现在世间不公平不合理的事真多,因此不能实行人的生活的人,也便极多。"④武者小路实笃因为我想照现在这样下去,叫一部分的人担全部生活的奋斗,总是很危险。⑤

周作人、武者小路实笃等根据现实世界的真实状况做出了这样的判断,人间

---

① 周作人:《圣书与中国文学》,1920年11月30日讲演,《小说月报》1921年1月10日第12卷第1号。《〈齿痛〉译者附记》,《新青年》1919年12月1日第7卷第1号。
② 周作人:《人的文学》,1918年12月7日作,《新青年》12月15日第5卷第6号。
③ 作人(周作人):《苦人》,《新生活》1920年2月8日25期。周作人在《齿痛·译者附记》中引述安德列夫作品中的话:"我能诅咒什么人,裁判什么人呢?因为我们都是一样的不幸,苦难是普遍。"《新青年》1919年12月1日第7卷第1号。
④ 周作人在《日本的新村》中引述武者小路实笃《新村的说明》中的话,《新青年》1919年3月15日第6卷第3号。
⑤ 周作人:《新村运动的解说——对于胡适之先生的演说》,1920年1月18日作,《晨报》1月24日。

生活的危险已经到了相当可怕的地步,如果人们还是丝毫不加努力去改变这种现实状况,照这样下去,人类社会必定会走到非用革命的暴力解决一切不可的境地,正如武者小路实笃所言"对于这将来的时代,不先预备,必然要起革命"①,而从以往的历史经验来看,从古至今"从来"都是最终走到暴力解决的结局(周作人称为"从来非用暴力不能做到的事"②)。周作人与武者小路实笃等尽管很清楚地知道,革命的目的是"要使世间更为合理的缘故,使世间更为自由,更为'个人的',又更为'人类的'的缘故"③,但是对于革命,对于所谓"阶级战争"④中不可避免的阶级仇恨及暴力的手段等情状,周作人等并不赞同,对此周作人引述了武者小路实笃在《新浦岛的梦》中所言,"憎恶与暴力"(即周作人《新村的讨论》中所说的"翻天覆地,唯铁是血"⑤的办法)是"贱视人间的信仰的手段",是与"人间里面高贵的力"⑥完全相反的。在这个意义上,周作人与武者小路实笃等称自己是"怕惧革命的人"⑦,他们认为暴力的革命必将会造成"可怕的结果"⑧、"血腥的事"⑨,他们深信革命的暴力是违背人间的平和理想的,也违背人人同为人类一员等人道的原则及"人间的信仰"的……可以说,他们对于革命暴力对文明、人道、人性成长的巨大负面影响做出了充分考察与审视,所以他们对此怀着深深的"忧惧",极力要在现时社会进行和平改革,避免这一"可怕的结果"的发生⑩,可谓用心良苦:

---

① 周作人在《日本的新村》中引述武者小路实笃《新村的生活》中的话,《新青年》1919年3月15日第6卷第3号。
② 周作人:《访日本新村记》,1919年7月30日作,《新潮》10月30日第2卷第1号。
③ 周作人在《日本的新村》中引述武者小路实笃《新村的生活》中的话,《新青年》1919年3月15日第6卷第3号
④ 周作人:《新村的讨论(答黄绍谷的信)》,1920年12月17日作,《批评》12月26日第5号("新村号")。
⑤ 同上。
⑥ 周作人在《〈人的生活〉序》引述武者小路实笃的剧本《新浦岛的梦》中的话,1921年7月6日作,见《人的生活》,李宗武、毛咏堂合译,上海:中华书局1922年版,收入"新文化丛书"。
⑦ 周作人在《日本的新村》中引述武者小路实笃《新村的生活》中的话,《新青年》1919年3月15日第6卷第3号。
⑧ 周作人:《读武者小路君所作〈一个青年的梦〉》,《新青年》1918年5月15日第4卷第5号。周作人引述了武者小路实笃《一个青年的梦》的自序。
⑨ 周作人:《日本的新村》,《新青年》1919年3月15日第6卷第3号。
⑩ 周作人等人的非暴力的观念,一方面是源于他们对历来革命的过程与影响的考察,一方面是来自于托尔斯泰的反对以暴易暴的观念,而欧洲自由主义、保守主义也有此类结论。应该说,这也是五四时期中国先进知识分子思考、论争的一个重要的理论、实践命题。

新村的人，要将从来非用暴力不能做到的事，用平和方法得来，在一般人看来，似乎未免太如意了，可是他们的苦心也正在此……①

但要使这事实现，我不愿意借憎恶与暴力的帮助。用了这样贱视人间的信仰的手段去筑起那样的世界，我总是想免避的。我想只借了人间里面高贵的力，造成这事业，取还对于人间的信仰。②

此外，人间这种不良关系如果要继续持续下去，类似欧洲大战这样的人间彼此残酷杀戮的悲剧仍不可避免，周作人与武者小路实笃等人都认为，只要人们不以人类一员的身份相互对待，战争就不可避免——"世人未达到人类的长成时，战争不能灭"，而且"照现今的国家行下去，战争将更盛"。③

周作人除了对全世界人类感到忧虑之外，对"中国的一部分人类"有着更深层的忧虑，他在《访日本新村记》一文中特别强调说："中国人生活的不正当，或者也只是同别国仿佛，未必更甚，但看社会情形与历史事迹，危险极大。"④在周作人看来，基于中国特殊的社会现实，以及历史上巨大社会变乱的明显例证，现在人类不良的关系及生活，引发中国发生纯粹破坏性的巨大社会动乱的危险更大，而且这种危险每时每刻都有可能来临⑤，对此他充满

---

① 周作人：《访日本新村记》，1919年7月30日作，《新潮》10月30日第2卷第1号。《新村运动的解说——对于胡适之先生的演说》(1920年1月18日作，《晨报》1月24日)中也谈到："但新村的想用和平方法办到以前非用暴力不能做到的事"，这是周作人等人谈及新村问题时着重强调的重要命题。

② 周作人在《〈人的生活〉序》引述武者小路实笃的剧本《新浦岛的梦》中的话。在《〈人的生活〉序》中周作人对此做出了评断："这一节话，很能说出新村的理想与和平的精神，也差不多可以说是人的生活的标语了。"1921年7月6日作，见《人的生活》，李宗武、毛咏堂译，上海：中华书局1922年版，收入"新文化丛书"。

③ 周作人：《读武者小路君所作〈一个青年的梦〉》，《新青年》1918年5月15日第4卷第5号。周作人引述了武者小路实笃《一个青年的梦》剧中的对话。

④ 周作人：《访日本新村记》，1919年7月30日作，《新潮》10月30日第2卷第1号。

⑤ 参见周作人在《知堂回想录》中对《小河》写作的背景解说，香港：三育图书文具公司1970年版，第382—393页；以及董炳月在《周作人与〈新村〉杂志》(《中国现代文学研究丛刊》1998年第2期)一文中对周作人致新村的一封信的考证与论述。

了深深的恐惧与忧虑①。

在周作人等看来,导致人间不良关系的产生,与暴力革命危险逼近的根本原因,在于人类精神的隔绝,因此打破精神隔膜,就成为"改良人类的关系"②,实现理想的人间生活的第一要务。要达到打破精神隔膜的目标,其核心便在于改变人的精神,具体而言,就是使每个个人在精神上觉悟,自己去打破彼此之间厚重的精神隔膜,实际"人类互相理解"③,这样人们自然会去主动改变自己的生活,人间的正当关系也就会自然而然地得以实现。④周作人提出这样几条途径来彻底改变人们的精神:在理性上完全接受人道主义的真理,并在感情上发生转变,而且还要彻底改变人们麻木的精神状态,培养出"爱与理解"以及对其他个体精神的"感受性"等精神能力。应该

---

① 这就是著名的"忧惧"命题。此处周作人强调了中国特殊的"社会情形与历史事迹"。特殊的"社会情形",是指与世界相比,中国社会的情状更为可怕,因为至少各国人们已有所觉醒(《与支那未知的友人》,武者小路实笃,周作人约稿并翻译,1919 年 12 月 9 日作,《新青年》1920 年 2 月 1 日第 7 卷第 3 号),而中国不但没有社会改变的举动,而且社会的不合理的状态在日趋恶化。特殊的"历史事迹",是指中国历史上不间断出现民众因无法生活而掀起异常凶暴的社会动乱的狂潮(似乎形成了一种历史"循环"),每次都伴随着巨大的文明摧毁、社会动荡,民众和平的生活全部被毁灭,就中国的历史而言,在不同的时代,每次这种社会动乱狂潮的进程、破坏的手段等,都几乎完全一样。基于这种历史判断,周作人认为,如果中国依然如故,还不发生任何改变的话,现在的中国将难以逃脱历史"循环"的宿命。周作人此时所做的《小河》(1919 年 1 月 21 日作,《新青年》2 月 15 日第 6 卷第 2 号)正是对社会动乱狂潮来临前中国现状的隐喻:筑堰的人只在不停加筑、堵塞,不做引导,下游岸着和平民众的稻、桑在忧惧、叹息,可怕的命运随时都会到来,那时平和的人民将全部归于毁灭,而筑堰的人却对此熟视无睹(诗中说在此危险境况下筑堰人却不知在何处)。周作人对这一现实充满了恐怖与忧虑,他用"古老的忧惧"(《知堂回想录》,香港:三育图书文具公司 1970 年版,第 388 页)来概括这种心境,在他看来,基于中国特殊的现实,以及历史上巨大社会变乱的明显例证,现在人类不良的关系及生活,引发中国发生纯粹破坏性的巨大社会动乱的危险更大,而且这种危险每时每刻都有可能来临,针对这一现实判断与"忧惧"的感受,周作人急切地盼望着平和的改革的到来,他在《访日本新村记》中说"暴力绝对不可利用,所以我对于新村运动,为中国的一部分人类计,更是全心赞成"(1919 年 7 月 30 日作,《新潮》10 月 30 日第 2 卷第 1 号)。
② 周作人:《人的文学》,1918 年 12 月 7 日作,《新青年》12 月 15 日第 5 卷第 6 号。
③ 周作人:《读武者小路君所作〈一个青年的梦〉》,《新青年》1918 年 5 月 15 日第 4 卷第 5 号。
④ 周作人在关于新村问题的文章中数次论及:"实行这生活,原不是一件难事;只须实在痛切的感到正当的生活的必要与实现的可能……"(《新村的精神》,1919 年 11 月 8 日为天津学术讲演会讲演,《民国日报·觉悟》11 月 23—24 日,《新青年》1920 年 1 月 1 日第 7 卷第 2 号)"特殊阶级的人们如不劳而食,确是不好,倘若一旦翻然改悔,去同劳农尽同一的义务,享同一的权利,他的阶级同时消灭……""新村的梦想家……相信人们只要知道了就能实行,所以希望很大……"(《新村的讨论(答黄绍谷的信)》,1920 年 12 月 17 日作,《批评》12 月 26 日第 5 号["新村号"])。

说周作人的这种思考,对于当时的思想界、文学界都有着深刻影响。

2. 理性觉悟、情感转移与精神能力的培养
——理想人间实现之途

在周作人看来,要达到人与人之间的相互沟通、理解,首先就要使人们对人道主义观念所肯定的人间理想关系、合理生活的"真理"有所觉悟。

1919年7月周作人访问了日向等处的新村本部与支部,在《访日本新村记》中他自述在新村中亲身体验到和谐的人间关系,他从这次亲身体验出发,得出了这样的结论:"不但本怀好意的人群……即使在种种意义的敌对间,倘能互相知识,知道同是住在各地的人类的一部分,各有人间的好处与短处,也未尝不可谅解,省去许多无谓的罪恶与灾祸。"① 他所谓的这种相互"知识",包含着以下几方面的内容:

其一,就是周作人在《人的文学》中强调的,"改良人类的关系。彼此都是人类,却又各是人类的一个。所以须营一种利己而又利他,利他即是利己的生活"②,即人们首先应该了解的,是"大人类主义"中的人类意识与个人观——即人人都是作为"唯一者所有"③的"人类的一员"④,人与人之间应该共存互助,平和地生活。⑤

其二,人们应该认识到,在物质生活中人类各成员在权利义务上的平等——"人类的平等,只能各以人的资格而平等,在权利义务上而平等"⑥,不能把自己的生存建立在别人的劳动、生存之上,每个人都应该负起个人对于人类的义务,为人类、为其他人而劳动。⑦

---

① 周作人:《访日本新村记》,1919年7月30日作,《新潮》10月30日第2卷第1号。
② 周作人:《人的文学》,1918年12月7日作,《新青年》12月15日第5卷第6号。
③ 周作人:《可爱的人·译者附记》,《新青年》1919年2月15日第6卷第2号。
④ 周作人:《新村的精神》,1919年11月8日为天津学术讲演会讲演,《民国日报·觉悟》11月23—24日,《新青年》1920年1月1日第7卷第2号。
⑤ 周作人的相关论述参见:《读武者小路君所作〈一个青年的梦〉》,《新青年》1918年5月15日第4卷第5号;《访日本新村记》,1919年7月30日作,《新潮》10月30日第2卷第1号;《新村的理想与实际》,《晨报副刊》1920年6月23—24日,《时事新报·学灯》6月25日;《新村运动的解说——对于胡适之先生的演说》,《晨报》1920年1月24日;以及周作人在《日本的新村》中对武者小路实笃《新村的生活》的引述,《新青年》1919年3月15日第6卷第3号。
⑥ 周作人:《新村的讨论(答黄绍谷的信)》,《批评》1920年12月26日第5号("新村号")。
⑦ 周作人相关论述参见:《新村的精神》,1919年11月8日为天津学术讲演会讲演,《民国日报·觉悟》11月23—24日,《新青年》1920年1月1日第7卷第2号;《人的文学》,1918年12月7日作,《新青年》12月15日第5卷第6号。

其三,人们应该了解人的本质,以及建于其上的人的道德生活,即周作人在《人的文学》中所论述的:"人类正当生活,便是这灵肉一致的生活。所谓从动物进化的人,也便是指这灵肉一致的人","关于道德的生活,应该以爱智信勇四事为基本道德,革除一切人道以下或人力以上的因袭的礼法,使人人能享自由真实的幸福生活"。①

周作人强调"这些事,非真心的懂得不可"②,在他看来,每个人都在理性的"知"的层面上意识到这种人间生活的真理与人的合理关系的状况,是打破精神隔膜、走向共同谐和生活的重要一步,正如他引述的 Bahaullah 所说,"一切和合的根本,在于相知"③。应该说,新村所进行的实践就是要做出一个理想生活的样板,让人们亲眼看到处于正当人间关系中的人们的幸福,借以促进人们对人间正当关系、理想生活的"知"的觉醒。④

在周作人看来,每个人醒悟之后,并不一定就能够走向理想生活的实践,如何能使这些真理真正落实于实践呢?他着重强调了两点:

其一,他在《点滴·序言》中明确指出:

> 我们平常专凭理性,议论各种高尚的主义,觉得十分彻底了,但感情不曾改变,便永远只是空言空想,没有实现的时候。真正的文学能够传染人的感情,他固然能将人道主义的思想传给我们,也能将我们的主见思想,从理性移到感情这方面,在我们的心的上面,刻下一个深的印文,为从思想转到事实的枢纽……⑤

这就是说仅仅在"知"的层面的觉悟,还并不能"转到事实",必须在感情上

---

① 周作人:《人的文学》,1918 年 12 月 7 日作,《新青年》12 月 15 日第 5 卷第 6 号。
② 周作人:《读武者小路君所作〈一个青年的梦〉》。周作人引述了武者小路实笃《一个青年的梦》剧中的对话。《新青年》1918 年 5 月 15 日第 4 卷第 5 号。
③ 周作人:《访日本新村记》,1919 年 7 月 30 日作,《新潮》10 月 30 日第 2 卷第 1 号。
④ 关于此点,周作人在有关新村的论文中多次论及:新村的运动,是重在建设模范的人的生活,信托人间的理性,等他觉醒,回到合理的自然的路上来。(《日本的新村》,《新青年》1919 年 3 月 15 日第 6 卷第 3 号)下建设建设几个新村……可以把人的生活的实例给人看,使他们知道社会改造后的人的生活,是这样幸福的自由的……(《新村的讨论(答黄绍谷的信)》,1920 年 12 月 17 日作,《批评》12 月 26 日第 5 号["新村号"])新村的人主张先建一间新屋,给他们看,将来住在破屋里的人见了新屋的好处,自然都会明白,情愿照样改造了。(《新村的理想与实际》,1920 年 6 月 19 日北京青年会所作讲演,刊于《晨报副刊》6 月 23—24 日,《时事新报·学灯》6 月 25 日)
⑤ 周作人:《点滴·序言》,1920 年 4 月 17 日作,见《点滴》,周作人辑译,北京:北京大学出版部 1920 年版。

发生真正的完全改变,人道主义的理论才会真正化作个人的信仰,也才能够转化为行动。

其二,现在不正当的人间生活,造成了普遍存在的麻木的精神状态,如果要唤起这些人改造生活的决心,培养其"爱与理解"及对其他个体精神的"感受性"等精神能力就变得至为关键。

实际上,早在20世纪初,鲁迅就把人间隔离的主要原因深刻归结为缺乏诚和爱,这当然也是周氏兄弟的共同看法,周作人经常用安德列夫的一段话表达这一认识,即"我们的不幸,便是在大家对于别人的心灵、生命、苦痛、习惯、意向、愿望都很少理解,而且几于全无",就是说,人与人之间"几于全无"理解造成了每个人对于他人的存在、苦痛等毫不在意、完全麻木。这里他们所说的理解,不是一种抽象理念层面上的人与人的理解,也不仅仅是一种出于理性的认知,而是具体的有血有肉的个体对其他个体的切身的、感同身受的体察与情感共振。当然,缺乏诚和爱,还有另一方面的含义,即在现有的社会状况下,每个人的精神实际上都已处在极其麻木的非正常状态中,失去了对他人及万物的敏感性、同情心、还有爱,只是局限在自己的"禁锢着的利己"①当中,而这是一种一定要损害别人的纯粹的恶性的利己。这种心理的进一步恶化,就会从精神的麻木变为精神的"残酷性",即一种对其他人遭受的痛苦加以"赏玩"的"变态的残忍的心理"②,这种精神的"残酷性",周氏兄弟在谈论国人精神病况时屡屡论及。在人们的实际生活中,人与人之间"几于全无"理解与精神麻木,这两个方面互为因果,相互促动,使每个人在自己封闭的精神与生活中被禁锢得愈加严重,人间的关系也变得越来越隔膜。

基于以上对人们精神现状的判断,周作人提出了对"爱与理解"以及精神的敏感性这两种彼此紧密相关的精神能力的培养问题,认为这是打破人间精神隔膜的关键。对于这一问题,他在《英国诗人勃来克的思想》中借勃来克的思考做出了分析与解答:

> 威廉·勃来克……的艺术是以神秘思想为本……欧洲各派的神秘主义,大半从希腊衍出,布洛谛诺思所著《九卷书》中,说宇宙起源本于一,由一生意,由意生灵,即宇宙魂。个体魂即由此出,复分为三:为物

---

① 周作人:《欧洲古代文学上的妇女观》,《妇女杂志》1920年10月第7卷第10号。这是引用威尔士的话。

② 仲密(周作人):《山中杂信·四》,1921年7月17日作,《晨报副刊》7月17日。

性的,理知的,神智的。只因心为形役,所以忘了来路,逐渐分离,终为我执所包裹,入于孤独的境地,为一切不幸的起源。欲求解脱,须凭神智,得诸理解,以至物我无间,与宇宙魂合,复返于一。勃来克的意见也是如此,所以他特重想象(Imagination),将同情内察与理想主义包括在内,以为是入道的要素。斯布勤女士在《英文学上的神秘主义》(Spurgeon, Mysticism in English Literature)中有一节说:

> 在勃来克看来,人类最切要的性质……是在爱与理解。他说,"人被许可入天国去……是因为他们能培养他们的理解的缘故。"理解是爱的三分;但因了想象,我们才能理解。理解的缺乏,便是世上一切凶恶与私利的根本。勃来克用力的说,非等到我们能与一切生物同感,能与他人的哀乐相感应,同自己的一样,我们的想象终是迟钝而不完全。《无知的占卜》(Auguries of Innocence)篇中云——
>
> 被猎的兔的一声叫,
> 撕去脑中一缕的神经。
> 叫天子受伤在翅膀上,
> 天使停止了歌唱。
>
> 我们如此感觉时,我们自然要出去救助了;这并非因被义务或宗教或理性所迫促,只因愚弱者的叫声十分伤我们的心,我们不能不响应了。只要培养爱与理解,一切便自然顺着而来了。①

从文中可以清晰地看到,布莱克思考这一问题的逻辑思路虽然源自其神秘主义的哲学思辨,但他所关注的问题及思考的出发点实际上是人间之事,即如何打破人间的隔膜。一旦剥去其思考的神秘主义外衣,关于感受性的系统理论就会十分清晰地呈现出来。布莱克也完全肯定爱的缺乏与"理解的缺乏",是"世上一切凶恶与私利的根本"与"一切不幸的起源",它使人"终为我执所包裹,入于孤独的境地",因此为了能够达到爱与理解,人们就要拥有"与一切生物同感,能与他人的哀乐相感应,同自己的一样"的精神的敏感性,他称之为"想象",只有当人们具有了这种精神的敏感性,他们才可能理解与爱,反之,如果每个人都为"我执"包围,对一切生物的感受与他人的哀乐毫无所感、异常麻木,那么我们的"想象"就始终是"迟钝而不完全"

---

① 周作人:《英国诗人勃莱克的思想》,1918年作,《少年中国》1920年2月15日第1卷第8期。关于写作时间请参照钟叔河在其所编《周作人文类编》第8卷中所作考证,长沙:湖南文艺出版社1998年版,第383页。

的,也做不到理解与爱。所以在这段话中其实强调了三点:其一,培养精神敏感性的问题,这是能够爱与理解的前提——"因了想象,我们才能理解"。他对精神的敏感性有着相当高的要求,至于精神的敏感性要达到的程度,在长诗《无知的占卜》中则有着充分的表达。其二,爱和理解的重要性,即"人类最切要的性质……乃是在爱与理解","人被许可入天国去……因为他们能培养他们的理解的缘故",而只有具备了爱与理解,我们才"能与一切生物同感,能与他人的哀乐相感应,同自己的一样"。最后,也是他特别强调的,就是当我们有了对一切生物异常敏锐的感受以及对他人的哀乐的"感同身受"的敏感,我们就会对于别人的哀乐不仅能够"感同身受",而且会在实际行动上有所表现——当感觉到别人的悲苦、灾难时,"自然要出去救助",而这救助绝不是因为"被义务或宗教或理性所迫促",乃是因为"愚弱者的叫声十分伤我们的心,我们不能不响应了"。因此可以说"只要培养爱与理解,一切便自然顺着而来了",即能够摆脱"我执所包裹"的"孤独的境地",人与人之间能够互通衷曲、相互扶助,以至最终达到精神的合一。

  布莱克对于人间关系的深切思考,被周作人完全吸取,因为一旦去除布莱克思考中所有神秘主义的内涵,它就完全是"人间性"的思考结论,其中要求的"爱与理解"以及精神的敏感性也完全是人间生活所要求的精神特质。关于这些精神特质,周作人在小说《深夜的喇叭》与《热狂的孩子们》的《译者附记》中,引述了白桦派作家长与善郎、武者小路实笃对人道主义作家千家元麿的评论,其中他们对千家元麿的一种精神特质——"因了自己的心,发见别的心与生命"的"可惊的感受性"、无比之深的"同情"击节称赏:

> 长与善郎……说,"千家是现今具着希有的'心'的一个人。这心是极端亲和的感情,又是燃烧着的猛火。千家为这个心所驱使,燃着这个火而生活着的诗人。这个心便生出他的可惊的感受性;这感受性又生出千家独特的艺术与宗教。飘飘的同风一样,千家到处因了自己的心,发见别的心与生命。感情是一切——这一句话,在千家实是真理。用了现在希有的。对于自然,真的从顺与对于或物的真的虔敬……(他是——著者加)希有的自然的人……"①

  东京出版的《新潮》(Shincho)第一八六号上,载着一篇《千家氏的

---

① 周作人:《深夜的喇叭·译者附记》,1920年9月18日作,《新青年》1920年12月1日第8卷第4号。

印象》,由六个人执笔。武者小路实笃氏称他为残酷性全无的人……"千家的同情之深是无比的,但是他心的动摇也是无比。他过于受外界的刺激。凡是看见或听见的东西,都动他的心底。他的残酷性可以说是全无。只要对手有点窘苦,他便不知道怎样是好。无论对手是蟹也罢,金鱼也罢,老鼠也罢,他总是一样。"①

  从以上文字我们可以看出,在这些白桦派作家与人道主义作家那里,这种"感受性"完全是人间生活中所要求的精神特质(长与善郎甚至由衷地感叹说,"千家在或一点上,已经是世界的人了"),而这些也正是周作人的看法,他评价长与善郎很能说出千家元麿的性格与著作的特色②。此外,我们说这种"感受性"思考已完全成为人间的思考,这在周作人的精神历程中也有明晰的显现,这些思考结论在其20年代的大量文章以及文学创作中都留有深刻的印迹,比如在他五四前后的诗歌、散文中,可以明显地看到这种"想象"的培养、对世界的敏感的感触,以及救助的心理等,从中我们可以看到这种"爱与理解"与精神敏感性的理论,已成为周作人分析问题、观察社会与衡量评判人类生活的理论基点,而他确实也在培养着自己的"想象"能力,并用这种异常的敏感体验着自然与人生。

  当然,在新理想主义时代,作为人道主义者的重要观念与精神禀赋,无论是爱与理解,还是精神的敏感性,都是经过了"大人类主义"等人道主义观念的理性洗礼的,其间涵蕴着彻底的人道主义的理性"自觉",准确地说,就是这些观念与精神禀赋"现代却加上了多少理性的调剂",所以成为"感情与理性的调和的出产物"。这一点十分重要,因为如果缺失了理性的调剂,人道主义者们所表现出的爱与理解,以及精神的敏感性就只会是"盲目的感情冲动"③,或是源于对人与人之间联系的神秘主义/形而上学解释的玄谈。对他人的敏感虽然接受了理想的洗礼,但并不因此成为理性,它们依然是情感,只不过这种情感更具理性的自觉罢了。

  实际上,对人类之间的关联的理性认知,也使人们对世界问题、人类生活的感知更加敏感。可以这样说,以前人们精神之所以麻木,在很大程度上

---

① 周作人:《热狂的小孩们·译者附记》,1920年12月22日作,《新潮》1921年10月1日第3卷第1号。
② 周作人:《深夜的喇叭·译者附记》,1920年9月18日作,《新青年》1920年12月1日第8卷第4号。
③ 周作人:《新村的理想与实际》,1920年6月19日北京青年会所作讲演,《晨报副刊》6月23—24日,《时事新报·学灯》6月25日。

是缘于人们的精神并未觉悟所致,使得他们的视野、情感投注的范围极为狭隘,根本觉察不到身边的人类的苦乐,感觉不到人类间命运的普遍联系。现在既然理性上已认识到所有的人本质相同、利益一致,有着共同的命运,因此每个人对旁人的爱与理解就会扩展推及整个人类,这样每个人也就能够更加敏感、深切地感受到人间现实的苦乐以及自己与别人命运的联系。被称赞为具有"可惊的感染性"的千家元麿曾经极为惊异于自己的少年时代并没有十分痛切地感受到现在他所能够深切感受到的"世间的暗黑与孤寂":

> 我听了喇叭的声音,将我少年时代的恐怖,又明明白白的在心里叫醒过来了。我心想这世界还是黑暗哩。我很强烈的感到世上的寂寞的事,觉得自少年时代以至现今,在这期间里,对于世间的暗黑与孤寂,居然能够不很痛切的感着,随便过去,似乎倒是一件不思议的事了。①

而他现在具有惊人的感受力,能够那样强烈地感受到"世上的寂寞的事",明显是与他的人道主义的理性觉悟有着直接的关系。

此外,在周作人等人的观念中,有一个十分重要的方面,即他们特别强调这种爱与理解,以及对其他人的敏感,其起点是出于对每个具体的个人的爱,以及对这些具体的个人的苦乐的"感同身受",他们将这视为现代人道主义社会改造观的重要特点。而且也正是基于此,周作人等人道主义者把自己与那些仅仅出于理性认识与判断的社会改造者从根本上区别了开来。因为在周作人等看来,后者虽然也自称是为了人类的幸福而奋斗,但是他们所从事的使人类走向合一的实践活动,根本上缺乏前者所具有的心理动因,即他们不是由对其他生命的存在"感同身受"而做出救助与趋向合一的努力,而只是由理智判断认为应该这样做。具体而言,他们不是出于对每个具体的人的感应和爱(即"并不曾有什么感动"),只是为了所谓的抽象的人类的幸福而奋斗,他们对于"在我们眼前活着苦着的人",每个具体的"自我"的苦乐毫不在意,因此他们所许诺的未来的人类幸福,也只不过是一场虚空,因为他们已经抹杀了对个人的真实的爱,他们所谓的"爱"不是真正的爱,他们只是"枯燥的理智家"。这正如周作人翻译的长篇论文《俄国革命之哲学的基础》一文中所分析的那样:

> 我们如在人类思想事业的历史上,详细考察,当能看出,许多为公

---

① 千家元麿:《深夜的喇叭》,周作人译,《新青年》1920年12月1日第8卷第4号。

众做过事业的人,都不过是理智的机械,对于个人的苦难,并不曾有什么感动……要为一群一族或一阶级,求物质及精神上的幸福,大抵是出于理智,不出于爱。只爱将来的世代,不爱在我们眼前活着苦着的人,不能算是真的爱。为将来的世代,未知的人民求幸福的人,他的动机或者很是崇高伟大;但正直的心理学家恐不免在他的动机中间,寻出若干野心自利或空想的分子。人心里的爱究竟是有限的;所以如将这爱分给将来无量数的人民,各个人所得的分量,便极微少了。真实的好心,真正利他的情绪,纯粹的爱。只有为个人求幸福,专心致志为一部分的人尽力,隐默无闻,不在公众与历史的面前,表白他的事业的人,他们心中才有这爱。这谦逊的真正的爱,断然不是一阶级一族一国一群的所谓救主的所能有的。这样的救主……他们对于个人的受苦,不甚关心,只梦想着无量数人的幸福安乐,终于不能算是博爱家感情家理想家;他们即使不是利己家,也不过是枯燥的理智家罢了。爱全群的一部分,是在人力以内;但爱全体而轻部分,这可能算是爱?纵说是爱,也是虚空的了。兵士……死在战场上,是因为他爱他的故乡家庭……母亲或儿女,并不是爱未来的子孙,人为了理想而死,从来如此……但这只因为那理想已成了他的生命的一部分,他的宝贵的精神的遗传或所有品,才能如此的。①

这种"枯燥的理智家"是人道主义者们所坚决反对的,人道主义者强调人类的爱的出发点是对具体个人的苦乐的关怀与爱,他们认为只有从这里出发的人类爱才是"无限的真实的爱",这样的爱人类者才能算是真正的"博爱家感情家理想家"。周作人在这篇文章中明显是肯定这种真实的爱的,而反对那样的"枯燥的理智家"。应该说作为人道主义者的周作人不辞辛苦地翻译了这篇长文,绝不是仅仅出于介绍俄国革命哲学基础的单纯目的,更多是有着理论上、实际上的深刻寄寓。

这在周作人十分重视的江马修的小说《小小的一个人》中,便非常明晰地展现出来,可以看到,引发主人公,或者说作者对人类生出更为深切的忧思的起因,源于他对某一个具体的人的苦乐的关切、同情,以及对其命运的忧虑:

> 自此以后,过了两月,我仍然时时想起那孩子的事,常同妻提起他。

---

① Angelo S. Rappoport:《俄国革命之哲学的基础》,原载 The Edinburlgh Review 1917 年 7 月,起明(周作人)译,《新青年》1919 年 4—5 月第 6 卷第 4—5 号。对此问题的分析,另参见以赛亚·伯林:《俄国思想家》,彭淮栋译,南京:译林出版社 2001 年版。

又想象他一人的运命,和他家中不幸的情事。我同妻到街上的时候,屡次看见极像鹤儿的孩子;那不必说,原是别一个人了。可是无形之中有一枝线索牵着,我们总是忘不了溶化在人类的大海中的那小的一个人。我又时常这样想:人类中有那个孩子在内,因这一件事,也就教我不能不爱人类。我实在因为那个孩子,对于人类的问题,才比从前思索得更为深切:这决不是夸张的话。①

周作人在对实现人间和谐生活的思考中,最终为"爱与理解"以及对他人精神的敏锐的感受性等精神能力,赋予了重要的意义与价值,他把它们确认为是每个人走出与他人的精神隔绝的真正通路,他认为,它们的真实意蕴与真正的价值、功用都完全集中在这一方面,他借助于威尔士(H. G. Wells)的一段话清晰地阐明了这一判断:

  我想,同事的欲求,将自己个人的本体没入于别人的欲求,仍为一切人间的爱的必要的分子。这是一条从我们自己出离的路,我们个人的分隔的破除,正如憎恶是这个增厚一般。我们舍下我们的谨慎、我们的秘密、我们的警备;我们开露自己;在常人是不可堪的摩触,成为一种喜悦的神秘;自卑与献身的行为,带着象征的快乐。我们不能知道何者是我,何者是你。我们的禁锢着的利己,从这个窗户向外张望,忘了他的墙壁,在这短的顷刻中,是解放了,而且普通了。②

而他自己在新村中确确实实地亲身感受到了这种爱,以及同类相爱,毫无隔阂的真正快乐,"令人融醉,几于忘返"③,他也企盼着这成为整个人间的实在。

(作者单位:河南大学)

---

① 江马修:《小小的一个人》,周作人译,《新青年》1918 年 12 月 15 日第 5 卷第 6 号。
② 周作人在《欧洲古代文学上的妇女观》(《妇女杂志》1920 年 10 月第 7 卷第 10 号)中引用威尔士的话为文章作结,完全可以代表他自己的意见。
③ 周作人:《访日本新村记》,1919 年 7 月 30 日作,《新潮》10 月 30 日第 2 卷第 1 号。

哪里来？何处去？
——论周作人的五四文学观

高恒文

  周作人在五四新文学运动之后，有不少关于这个文学运动的议论、论述或回顾，其思想、观点或意见，自然值得充分重视——作为五四新文学运动的倡导者之一，他的这些议论的史学价值自然完全不同于当时或此后的研究者的论述。但是，研究周作人的五四新文学观，面临的又是一个非常复杂的难题：他的文学观出之以议论、论述或回顾，或以专文发表，或只是篇中涉及，文本形式不一，也就有了不同的思想出发点、话语前提与展开形式，这自然需要仔细辨析，偶有疏忽则失之千里，此其一[①]；又因为他在五四之后思想变化较大，且一再变化，对五四的看法自然也有相当的不同，特别是在他"落水"之后和1949年之后，"时位之移人也"，虽然他自诩自己的思想是一以贯之的，其实还是有自身处境与政治语境压力之下的修辞策略考虑的，此其二[②]；而最复杂的恐怕还是因为他关于"五四"的那些议论、论述或回顾并不完全是学术的、历史的态度，意旨不是关于五四本身而是别有所指，所谓言在此而意在彼是也，此其三[③]。

  因此，本文在论述周作人的五四新文学观这个问题时，将问题的讨论严格限定在1926年之前，因为如上文所谓的难题之二，1926至1928年是周作人五四之后思想的第二次重大变化时期，并因此形成了他30年代的基本

[①] 最典型的还是《中国新文学的源流》，参见拙著《京派文人：学院派的风采》，第六章第二节，上海：上海教育出版社2000年版，第145—153页。

[②] 关于周作人思想的变化，参阅钱理群《周作人论》的第一编各章，其中有相当深入、细致的论述，上海：上海人民出版社1991年。关于周作人因为自身处境和政治压力而特有的写作的策略性修辞特征，参阅拙文《话里话外：1939年周作人言论解读》，《中国现代文学研究丛刊》2008年第2期。

[③] 最典型的还是《中国新文学的源流》，参见拙著《京派文人：学院派的风采》，第六章第二节，上海：上海教育出版社2000年版，第145—153页。

思想，而在援引周作人关于五四的那些议论、论述或回顾时，基本也是这个时间下限，只是考虑到他的《中国新文学的源流》的特殊性，不得不谨慎引用并仔细分析。

本文的论题其实是周作人五四新文学观的思想特征及其变化，而不是其文学观本身，由此进而论述在周作人看来五四新文学应该从哪里来、往何处去这样一个十分个性化的而又理应属于文学史的问题。

一

周作人在五四期间关于新文学有一系列的论述，并且自成体系，涉及文学思想、艺术技巧、语言形式等各个方面，具有相当的思想深度与影响，可以毫不夸张地说，他对新文学的理论贡献远远超过了其他倡导者，甚至如胡适这样一个新文学运动的发动者也难以比肩。对此，无论是整体的文学史著作还是批评史著作，基本上至今还停留在胡适等人当年对《人的文学》、《美文》等单项问题的肯定上，而缺乏一个整体的深入论述与准确定位①，倒是在"周作人论"这样的专题研究中，有比较深入的论述，出现了一系列重要的学术成果：如钱理群的《周作人论》第二编中以专章的形式、用了五章的篇幅分别论述了周作人五四时期在文学理论与批评、翻译等各个方面的成就与贡献；再如新加坡学者徐舒虹的《五四时期周作人的文学理论》，也同样考察了周作人各个方面的理论成就与贡献；还有英国学者卜立德的《一个中国人的文艺思想——周作人的文艺思想》，则是在整体上论述周作人文学思想的特征，等等②。在此研究基础上，可以看到一个被忽略而没有正面集中论述的问题：周作人这些理论主张的核心命题的实质是什么？考察这样一个问题的文学史意义在于：由此不仅可以看出周作人的思想特征及其来源，更重要的是能够认识到作为新文学倡导者之一的周作人要把新文学引向何方；或者借用周作人的说法，这样被引导的新文学之"源"来自何方。

在《中国新文学的源流》中，周作人分析五四新文学的"源流"所得出的

---

① 温儒敏《中国现代文学批评史》是开创性著作，对周作人有专章论述，深入而细致，也是比较完整的论述与肯定，但其中的论述如"周作人提倡'美文'是以外国的散文作'模范'的，表面上他似乎很羡慕英国的散文，其实他对英国的散文并不熟悉，内心深处还是更喜爱'中国古文里的序，记和说等'"，显然和本文的论点不同。北京：北京大学出版社1993年版。

② 徐舒虹：《五四时期周作人的文学理论》，上海：学林出版社1999年版；卜立德：《一个中国人的文艺思想——周作人的文艺思想》，上海：复旦大学出版社2001年版。

结论,其弟子废名当时的解读如下:

> 岂名先生是新文学运动者之一……岂名先生到了今日认定民国的文学革命是一个文艺复兴,即是四百年前公安派新文学运动的复兴。①

这显然是一个令人意外的结论。虽然废名紧接着说"我以为这是事实",但他显然也意识到周作人的结论存在问题,所以接着有这样一个设问:

> 有人或者要问,新文学运动明明是受了欧洲文学的鼓动,何以说是明朝新文学运动的复兴呢?②

然后仔细解说了他所谓的"我以为这是事实"的理论根据,而置事实根据不顾:"至于公安派人物都是鼓吹文学运动的思想与言论是怎样的与我们今日的新文学运动完全一致,在这里我还可以不提,我只是就文学变化上的一个必然性来说。"③这就清楚地表明,即使作为弟子的废名,在附和老师的论点并竭力解释其合理性时,也不是没意识到存在的问题肯定会(而不是他故意所谓的"或者")引起的疑问甚至是诘难。令人费解的是,废名在这样解说之前也没有回避这样一个事实——他同一篇文章的开头说:

> 大家知道中国有一个《新青年》时期,即所谓新文化运动,其实就是新文学运动……胡适之先生是揭竿而起的第一功臣,于是有一些人响应,岂名先生是其一,而对于新文学内容上岂名先生却又多有填实,这是当然的,因为岂名先生于一九零九年已在日本刊行《域外小说集》,与近代的欧洲文学已有所接触,一到中国的新文学成了运动,这一个潜伏着的力量自然有了效用,因此我尝想,《域外小说集》是一部很有历史价值的书。④

既然在肯定周作人与新文学运动发生的关系与贡献时特意强调周作人与欧洲文学的关系、"《域外小说集》是一部很有历史价值的书",不就说明了新文学运动与外国文学的关系么?所谓"历史价值"不就是《域外小说集》作为新文学运动的外来资源之意义?因此废名指出的这样一个历史事实反倒恰恰说明了"新文学运动明明是受了欧洲文学的鼓动"的历史事实,而和

---

① 《周作人散文钞》之"废名序",《周作人散文钞》,上海:开明书店1932年版;引自《废名集》第3卷,王风编,北京:北京大学出版社2009年版,第1277页。
② 同上书,第1277页。
③ 同上书,第1278页。
④ 同上书,第1274页。

他下文附和并解说周作人的论点构成了矛盾。

其实不仅《域外小说集》,五四时期周氏兄弟翻译出版的《现代小说译丛(第一集)》更是意在给新文学提供一个来自外国的样板。不仅仅是翻译作品本身,译者在几乎每一篇作品之后的附记文字里都提示了这样的意图,如《幸福》的译者附记中说,"现在有几位批评家很说写实主义可厌了,不厌事实而厌写出,实在是一件万分古怪的事";《神父所孚罗纽斯》的译者附记云,这篇作品"怀古的思想也很丰富","但是革命精神的怀古,是一种破坏现状的方便,与对于改革而起的反动的保守的运动很不同……中国革命以前的复古思潮也如此,与革命后的反动的复古完全是两样的"。① 周作人在他写就的这本《现代小说译丛(第一集)》的序言中说:"我不相信艺术上会有一尊或是正统,所以不但是一人一派的主张觉得不免太隘,便是一国一族的产物,也不能说是尽了人间的美善,足以满足我们的全要求。"② 这显然与鲁迅所谓的对于外国文化要"放开大胆地,无畏地,将新文化尽量吸收"③是同一意旨。这样的思想主张与大量的翻译作品,构成了对五四新文学的巨大影响,这也就说明了外国文学对五四新文学的发生、发展的巨大驱动力,而就倡导者来说其实就更是原动力。这里还可以补充一条材料,作为说明周作人的这种思想特征的旁证。1922 年,周作人在为《阿 Q 正传》所写的评论中说:"《阿 Q 正传》的讽刺在中国历代文学中最为少见","《阿 Q 正传》的笔法据我们所知是从外国短篇小说而来的,其中以俄国的果戈理与波兰的显克微支最为显著,日本的夏目漱石、森鸥外两人的著作也留下不少的影戏。果戈理的《外套》和《狂人日记》,显克微支的《碳画》和《酋长》等,森鸥外的《沉默之塔》,都已经译成汉文,只就这几篇参看起来,也可以得到多少痕迹,夏目漱石的影响则在他的充满反语的杰作小说《我是猫》"④。不仅指出完全是外国作品的影响,而且详细开列了具体作品的名单一一指明,而所谓的"都已经译成汉文",恰恰是他们兄弟合译的那几部译作——《域外小说集》、《现代小说译丛(第一集)》和《现代日本小说集》等。这不仅说明五四小说创作成就最大、影响最大的鲁迅作品的外国来源,而且示人以门径,

---

① 止庵编:《现代小说译丛(第一集)》,《周氏兄弟合译文集》丛书本,北京:新星出版社 2006 年版,第 82、216、1 页。

② 同上。

③ 鲁迅:《坟·看镜有感》,《鲁迅全集》第 1 卷,北京:人民文学出版社 1981 年版,第 200 页。

④ 周作人:《鲁迅的青年时代》,《周作人自编文集》丛书本,止庵编,石家庄:河北教育出版社 2002 年版,第 111 页。

驱动小说创作以外国为榜样,其后果显然是"新文学运动明明是受了欧洲文学的鼓动",又怎么能说"即是四百年前公安派新文学运动的复兴"呢?

也不仅是小说,几乎在所有重要文类上,周作人为新文学提供的都是来自外国的榜样。比如散文,他的著名的《美文》,开头一句就是"外国文学里有一种所谓的论文",这种话语方式就显然表明了作者思想的西方资源之特征。接下来则说"这种美文似乎在英语国民里最为发达",虽然也这么轻描淡写地提了一句"中国古代的序,记与说等,也可以说是美文的一类",但结论却是倡导"我们可以看了外国的模范做去"。①《美文》和其他论文一样,当时的影响是巨大的,诚如阿英所说"不仅表明了他(引按,周作人)个人的文学上的主张,对于当时的运动,也发生了很广大的影响","确立了中国新文艺批评的础石"。② 而郁达夫在 30 年代还说:"英国散文的影响,在我们的知识阶级中间,是再过十年二十年也决不会消失的一种根深蒂固的潜势力。"③那么这种影响的发生显然与《美文》的巨大影响有密切的关系。反过来的问题是,在《美文》发表的时代,谁这么倡导过晚明文学如公安派竟陵派散文?创作者中又有几个人对诸如公安派竟陵派散文有如此明确的榜样意识呢?

关于新诗,周作人一方面明确表示对创作的不满,另一方面则致力于翻译、推介外国诗人与作品。在写作《美文》的同一年同一月(1921 年 5 月),他在《新诗》一文开头第一句即说:"现在的新诗坛,真可以说消沉极了。"④那么出路呢? 周作人在此前后除了大量翻译了外国诗,还发表了诸如《勃来克的诗》、《日本的诗》、《日本的小诗》、《希腊的小诗》、《希腊的小诗二》等一系列文章,为新诗创作提供样板。尤其值得注意的是,他在 1919 年发表自己那首后来备受称赞的《小河》时说:"有人问我,这诗是什么体,连自己也回答不出。法国波特来尔提倡起来的散文诗,略略相像,不过他是用散文格式,现在却一行一行的分写了。"⑤据废名说,这首《小河》发表时,"当

---

① 周作人:《谈虎集》,《周作人自编文集》丛书本,止庵编,石家庄:河北教育出版社 2002 年,第 29—30 页。
② 阿英:《周作人》,载阿英《夜航集》,《阿英文集》,北京:生活·读书·新知三联书店 1981 年版,第 111 页。
③ 郁达夫:《〈中国新文学大系·散文二集〉导言》,引自《中国新文学大系·散文二集》,上海:上海良友图书有限公司 1935 年版,第 11 页。
④ 周作人:《谈虎集》,《周作人自编文集》丛书本,止庵编,石家庄:河北教育出版社 2002 年版,第 27 页。
⑤ 周作人:《〈小河〉小引》,《新青年》1919 年 2 月第 6 卷第 2 号。

时大家异口同声的说这一首《小河》是新诗中的第一首杰作","周作人先生的《小河》,其为新诗第一首杰作事小,其能令人耳目一新,诗原来可以写这么些东西,却是关系白话新诗的成长甚大"。① 《小河》"关系新诗的成长甚大"是说它深刻影响了新诗的创作,而就周作人将《小河》比拟波特来尔(按,今译波德莱尔,本文一律采用周作人的译法,以免与引文不一而引起误解、混乱)的《巴黎的忧郁》而言,废名说的这种影响其实远不止《小河》本身,而是将新诗创作同小说、散文一样引入借鉴外国文学的道路上了,使得外国诗成为新诗创作的艺术资源。这里有必要仔细考察废名的这个论断,来证明我们的判断。废名之说,见诸《谈新诗》,这是他 30 年代中期的论述,其中有明确的新诗发展史的意识,即在重新清理新诗艺术发展史的同时表明他的新诗理论,而不仅仅是对诗人创作的逐一评点,又因为此时的废名已是著名的诗人,诗的创作已经重于他的小说创作,他与诗坛尤其是"京派"诗人的联系相当密切,十分熟悉当时新诗创作的实践,所以他的《小河》"关系新诗的成长甚大"这个说法是有其充分的历史依据的。在废名看来,"胡适之先生最初白话诗的提倡,实在是一个白话的提倡,与'诗'之一字可以说无关"②;"到了《小河》这样的新诗一出现,大家便好像开了一个眼界,于是觉得新诗可以是这样的新法了"③。这样废名就突出了《小河》在新诗艺术发展史上的特殊意义,是他所谓的《小河》"关系新诗的成长甚大"的真正意涵。所谓的"这样的新法"则是强调周作人取法波特来尔的意义与价值,所以他甚至这样认为:"较为早些日子做新诗的人如果不是受了《尝试集》的影响就是受了周作人先生的启发。而且我想,白话新诗运动,如果不是随着有周作人先生的新诗做一个先锋,这回的诗革命恐惧同《人境庐诗草》的作者黄遵宪在三十年前所喊出的'我手写我口,古岂能拘牵,即今流俗语,我若登简编,五千年后人,惊为古斓斑'一样的革不了旧诗的命了。"④以黄遵宪的《人境庐诗草》来比譬《尝试集》是一个恰当而婉转的批评,意在说明"诗界革命"之"我手写我口"和"文学革命"之"话怎么说,就怎么写"(胡适语)这种语言、形式变革的局限性:仅仅是输入"新名词"或"抓住白话"而不是取法西方诗歌艺术表现技巧的"革命"其实是"革不了旧诗的命"的。

---

① 废名:《谈新诗》,引自《废名集》第四卷,北京:北京大学出版社 2009 年版,第 1687、1689 页。
② 废名:《周作人散文钞》之"废名序",《周作人散文钞》,上海:开明书店 1932 年版;引自《废名集》第 3 卷,北京:北京大学出版社 2009 年版,第 1278 页。
③ 废名:《谈新诗》,《废名集》第 4 卷,北京:北京大学出版社 2009 年版,第 1687 页。
④ 同上书,第 1688 页。

上文考察的事实表明,周作人对外国文学作品的大力译介,实际上是使外国文学与新文学之间构成了事实上的真正的"源流"关系,而绝不是他后来在《中国新文学的源流》里竭力凸现的晚明文学如公安派与新文学之间的源流关系。下文将进一步探讨周作人五四时期文学观乃至文化观上中外二元对立的思想特征,并视此思想特征为他把外国文学作为新文学样板的根本原因。

当五四新文学倡导者们忙于讨论新文学创作的艺术与语言问题时,周作人高屋建瓴地提醒"思想革命"的重要性:"文学革命上,文字改革是第一步,思想改革是第二步,却比第一步更为重要。"因为在他看来:"中国人如不真是'洗心革面'的改悔,将旧有的荒谬思想弃去,无论用古文或白话文,都说不出好东西来。"而他所谓的"荒谬思想",指的是"寄寓在古文中间,几千年来,根深蒂固,没有经过廓清"的"儒道合成的不自然的思想"①。这实际上是对中国传统思想的几乎全盘否定与批判。这篇引起重大反响的文章中没有正面提出"思想革命"主张的具体内容,只是指出了"思想革命"的重要性,正面提出的命题其实在前一年(1918)发表的《平民的文学》和《人的文学》中已经提出了,尤其是著名的《人的文学》。周作人在论述"人的文学"时,首先论说"人道主义"的问题:

> 欧洲关于这"人"的真理的发现,第一是在十五世纪,于是出了宗教改革与文艺复兴两个结果。第二次成了法国大革命,第三次大约便是欧战以后将来的未知事件了。②

并且特意说明他所一向关心的这样一个事实:"女人与小孩的发现,却迟至十九世纪,才有萌芽。"③接着便这样说道中国:

> 中国讲到这类问题,却须从头做起,人的问题,从来未经解决,女人小儿更不必说了。如今第一步先从人说起,生了四千余年,现在却还在讲人的意义,从新要发现"人",去"辟人荒",也是可笑的事。但老了再学,总比不学该胜一筹罢。我们希望从文学上起首,提倡一点人道主

---

① 周作人:《思想革命》,《谈虎集》,《周作人自编文集》丛本书,止庵编,石家庄:河北教育出版社2002年版,第7—9页。
② 周作人:《艺术与生活》,《周作人自编文集》丛书本,止庵编,石家庄:河北教育出版社2002年版,第9页。
③ 同上。

义,便是这个意思。①

这不仅表明周作人"人的文学"思想资源完全来自西方的"人道主义"思想以及他对西方人道主义思想发展史的理解与把握,同时也可以从他这种西方与中国对比论述中看出五四时期十分典型的中西二元对立的思想特征。值得注意的是,他同时还说了这样的话:

> 人为了所爱的人,或所信的主义,能够有献身的行为。若是割肉饲鹰,投身给饿虎吃,那是超人间的道德,不是人所能为的了。②

这种注重"自我"的思想原是属于五四的"发现自我"的思想,不具有什么独特性,但我们知道,"投身给饿虎吃"之说恰恰是他"下水"之后所津津乐道的。

接下来论述"人的文学"时,正面的例证都是西方的作品,否定的例证则完全是中国的,因为在他看来,"中国文学中,人的文学本来极少。从儒教道教出来的文章,几乎都不合格",并在开列十类中国历史上的"非人的文学"之后说:"这几类全是妨碍人性的生长,破坏人类的平和的东西,统应该排斥。"③这样,周作人没有明确说出的结论显然是:新文学只有以外国文学为"源",才能产生出"人的文学"之"流"。

《人的文学》不是个别的孤证,同样的思想特征还表现在周作人这一时期的其他一系列文章中。这里需要特别提出的是《文学上的俄国与中国》这篇 1920 年讲演文稿。在这篇讲演中,周作人通过五个方面的对比,逐一进行了俄国"人的文学"与中国"非人的文学"的比较分析,同样是专制主义国家,为什么俄国文学能够如此? 周作人的答案是:"俄国在十九世纪,同别国一样受着欧洲文艺思想的潮流"的影响,这是它"造成了一种无派别的人生的文学"的重要原因。④ 所谓"欧洲文艺思想",其核心自然就是哲学上的"人道主义"及其体现在文学上的"人的文学"。这里,周作人强调了"欧洲文艺思想"的影响之于俄国文学的意义,这和他提倡新文学的"人的文学"是同一思路,把西方人道主义及其文艺思想作为"人的文学"产生之"源"。所以周作人在讲演的结束时说:

---

① 周作人:《艺术与生活》,《周作人自编文集》丛书本,止庵编,石家庄:河北教育出版社 2002 年版,第 9 页。
② 同上书,第 12 页。
③ 同上书,第 12—13 页。
④ 同上书,第 67 页。

> 我们看世界古国如印度希腊等，都能有老树的根株上长出新芽来，是一件可以乐观的事。他们的文艺复兴，大都由于新思想的激动，只看那些有名的作家多是受过新教育或留学外国的，便可知道。①

言"世界古国"之意其实在中国；大概是因为讲演，所以说出这样乐观的话来，但意旨却在强调"新思想的激动"是"文艺复兴"的前提这一根本命题。

这样，周作人将新文学规定为以"人道主义"为思想主题的"人的文学"时，他自己的思想资源来自西方，他所提供的可资借鉴的文学也完全是西方的。如果说上文所分析的周作人译介外国文学主要是提供艺术上的资源，那么《人的文学》则是在文学思想、主题所反映的文学性质的意义上主张学习外国。正因为如此，他在《三个文学家的记念》一文中竟然提出"记念"和中国本不相干的弗罗倍尔、陀斯妥耶夫斯奇和波特来尔"三个伟大人物的诞生一百年"，他强调的"这三个伟大人物的精神"，其实也正是阐发他所谓的"人的文学"的精神，所以他说："我相信，在中国现在萧条的新文学界上，这三个人所代表的各派思想，实在是一服极有力的兴奋剂，所以值得记念而且提倡。"②与此同时，他甚至翻译了西方学者的论文如《论左拉》、《陀斯妥耶夫斯奇》、《俄国革命之哲学的基础》等，目的显然也是为新文学之"人的文学"提供思想的资源和借鉴的榜样。

在结束这个问题的讨论之前，有两点必须指出：

第一，如上文所说，周作人在把外国的思想与文学作为五四新文化、新文学之"源"而提出时，他基本上全盘否定了中国固有的思想与文学，这种类似于"全盘西化"的思想是否体现出一种"西方中心主义"的思想特征？我以为恐怕还不能如此率尔结论。因为当周作人"言必称希腊（西方）"时，他始终没有忘记新文学应该是"中国的"文学，即充分注意到文学的民族性。1922年在《国粹与欧化》一文中批评"学衡"派时，周作人说：

> 我们反对模仿古人，同时也就反对模仿西人，所反对的是一切的模仿，并不是有中外古今的区别与成见。模仿杜少陵或泰戈尔，模仿苏东坡或胡适之，都不是我们所赞成的，但是受他们的影响是可以的，也是有益的，这便是我对于欧化问题的态度。我们欢迎欧化是喜得有一种

---

① 周作人：《艺术与生活》，《周作人自编文集》丛书本，止庵编，石家庄：河北教育出版社2002年版，第75页。

② 引自周作人：《谈龙集》，《周作人自编文集》丛书本，止庵编，石家庄：河北教育出版社2002年版，第17页。

> 新空气,可以供我们的享用,造成新的活力,并不是注射到血管里去,就替代血液之用。向来有一种乡愿的调和说,主张中学为体西学为用,或者有人要疑我的反对模仿欢迎影响说和他有点相似,但其间有这一个差异:他们有一种国粹优胜的偏见,只在这条件之上才容纳若干无伤大体的改革,我却以遗传的国民性为素地,尽他本质上的可能的量去承受各方面的影响,使其融和沁透,合为一体,连续变化下去,造成一个永久而常新的国民性,正如人的遗传之逐代增入异分子而不失其根本的性格。①

这里特意表明自己的主张和"中学为体西学为用"不同,是值得注意的。而在1923年发表的《地方与文艺》一文中说:

> 这几年来中国新兴文艺渐见发达,各种创作也都有相当的成绩,但我们觉得还有一点不足。为什么呢?这便因为太抽象化了,执着普遍的一个要求,努力去写出预定的概念,却没有真实地强烈地表现出自己的个性,其结果当然是一个单调。我们的希望即在于摆脱这些自加的锁纽,自由地发表那从土里滋长出来的个性。②

这里所谓的"抽象化"即概念化,是说"人的文学"也容易流为概念化,即只有普遍的人性而不是个性化的形象;所谓"从土里滋长出来的个性",则不仅要求现象的个性化,而且要求这种个性化有地方性与民族性——"这样的作品,自然的具有他应具的特性,便是国民性,地方性与个性,也即是他的生命。"至于"西化"与"国民性、地方性与个性"的关系,周作人则认为:

> 我相信,所谓国粹可以分作两部分,活的一部分混在我们的血脉里,这是趣味的遗传,自己无力定他的去留的,当然发表在我们一切的言行上,不必等人去保存他;死的一部分便是过去的道德习俗,不适宜于现在,没有保存之必要,也再不能保存得住。③

这几乎是和鲁迅完全一样的论点,显然是主张尽量"西化",因为"西化"不

---

① 周作人:《自己的园地》,《周作人自编文集》丛书本,止庵编,石家庄:河北教育出版社2002年版,第12—13页。
② 周作人:《谈龙集》,《周作人自编文集》丛书本,止庵编,石家庄:河北教育出版社2002年版,第10—11页。
③ 周作人:《谈龙集》,《周作人自编文集》丛书本,止庵编,石家庄:河北教育出版社2002年版,第13页。

仅不会丧失"国民性"、民族性,反而是去除传统之糟粕与病毒的良方。

第二,周作人在谈到中国固有的思想传统——即他所谓的"儒道合成的不自然的思想"——时几乎是完全否定的,体现出五四激烈地反传统的思想特征,而在谈到中国传统文学时则出言谨慎——"中国文学中,人的文学本来极少。从儒教道教出来的文章,几乎都不合格",俱见上文论述时引述。也就是说,在周作人的思想中,对中国传统文学的否定不是像他对中国传统思想的否定那样彻底、那样不留余地。所以他在谈"美文"时,如上文引述的那样,说过"中国古文里的序,记与说等,也可以说是美文的一类"这样的话。但是他也只是提到而已,绝不是提倡——拿来作为"美文"的榜样。同样,他在《论小诗》中说:"小诗在中国文学里也是'古已有之'。"并且举出《诗经》到唐代的绝句及以后的小令和"从民歌里变化出来的子夜歌懊侬歌等"为例,但他仍然强调"中国现代的小诗的发达,很受外国的影响,是一个明了的事实"。① 虽然这个判断确实符合"事实",但是他之所以这样说的目的,同样是反映了他此阶段思想深处根深蒂固的观念:努力将新文学之"流"接在外国文学之"源",而不是反之,使中国传统文学与新文学构成"源流"关系。尽管如此,周作人在此阶段对中国传统思想和传统文学的态度的这种细微差异,却是值得我们注意的,因为正是这种细微的差异构成周作人在1922—1923年之后文学观变化的一个重要思想前提。

二

我十年前在拙著《京派文人:学院派的风采》这本流派史小册子中,曾经论述了《中国新文学的源流》作为对当时文学潮流批评的思想特征,以为它是针对已经蔚为大观的"革命文学"的一种策略性的批评,通过肯定文学的"言志"性质来否定"革命文学"的"载道"歧途。② 2004年我看到日本学者木山英雄也有相近的看法:

> 周作人分别将"言志"的"志"视为感情,"载道"的"道"当作思想,在这样的基础上,他一面观望着远景上的正统派的"卫道文学"和近景上的左翼"革命文学"乃至"普罗文学",指出赋得式的"载道"之反

---

① 周作人:《自己的园地》,《周作人自编文集》丛书本,止庵编,石家庄:河北教育出版社2002年版,第43—44页。
② 江马修:《小小的一个人》,周作人译,《新青年》1918年12月15日第5卷第6号。

动——即兴式的"言志"态度才是新文学的本质。①

这位严谨的日本学者的判断,使得我对自己的观点有了更加坚定的信心。但是,重新思考这一问题,以前存有疑虑而没有轻易表述的另一结论,现在应该提出来进行论述,这就是:周作人在把晚明文学如公安派作为新文学之"源"提出来时,实际上表明了他的文学观的一个重要变化——把外国文学与新文学的"源流"关系转变为中国古典文学而不仅仅是晚明文学如公安派与新文学的"源流"关系,并且这种文学观的变化实际上不仅反映了他对中国古典文学的态度的变化,更重要的是表明了他试图重新规划新文学的发展路径和方向的努力。

以1922年1月《自己的园地》这篇文章以及在这一年写作、后来题名为"自己的园地"的这一组文章为标志,周作人五四时期的文学观有一个重大变化,其人生观也同时有了重大变化,并且其人生观的变化是其文学观变化的原因,而这又因为两个直接的人生经历的刺激作用:一是1921年的生病;二是1923的"兄弟失和"②。

周作人在《自己的园地》中对他提出的"自己的园地"的"文艺"之概念不厌辞繁地进行了详细地解说,文字缜密而曲折。为了避免误读曲解、避免断章取义之嫌,完整引述如下:

> 有人说道,据你所说,那么你所主张的文艺,一定是人生派的艺术了。泛称人生派的艺术,我当然是没有什么反对,但是普通所谓人生派是主张"为人生的艺术"的,对于这个我却略有一点意见。"为艺术的艺术"将艺术与人生分离,并且将人生附属于艺术,至于如王尔德的提倡人生之艺术化,固然不很妥当;"为人生的艺术"以艺术附属于人生,将艺术当作改造生活的工具而非终极,也何尝不把艺术与人生分离呢?我以为艺术当然是人生的,因为他本是我们感情生活的表现,叫他怎能与人生分离?"为人生"——于人生有实利,当然也是艺术本有的一种作用,但并非唯一的职务。总之艺术是独立的,却又原来是人性的,所

---

① 木山英雄:《周作人——思想与文章》,《文学复古与文学革命——木山英雄中国现代文学思想论集》,赵京华编译,北京:北京大学出版社2004年版,第85页。

② 一般都注意到"兄弟失和"对周作人思想变化的重要性,但对这种思想变化与其文学观变化的关系则注意不够,至多只注意到因此而来的其创作上的变化,其实其文学观变化与其创作上的变化并不完全是同一性的。只有钱理群敏锐地注意到1922年的生病对周作人的思想和文学产生了重要影响,见钱理群:《周作人传》第六章,北京:北京十月文艺出版社1990年版,第238—242页。

以既不必使他隔离人生,又不必使他服侍人生,只任他成为浑然的人生的艺术便好了。"为艺术"派以个人为艺术的工匠,"为人生"派以艺术为人生的仆役,现在却以个人为主人,表现情思而成艺术,即为其生活之一部,初不为福利他人而作,而他人接触这艺术,得到一种共鸣与感兴,使其精神生活充实而丰富,又即以为实生活的基本;这是人生的艺术的要点,有独立的艺术美与无形的功利。①

"以个人为主人,表现情思而成艺术"是这段话的思想核心,在这里我们看到,周作人实际上是将他以前提出的"人的文学"命题悄然演变为现在的这种"以个人为主人,表现情思而成艺术",不变的"人道主义"思想实质,区别则在于:"人的文学"命题中的"人"是一个类的、普遍的复数概念,而"以个人为主人,表现情思而成艺术"则进而强调"个人"这一个别的、独特的单数概念。② 正因为如此,周作人在这段话的前面措辞异常激烈地说:

> 倘若用了什么名义,强迫人牺牲了个性去侍奉白痴的社会,——美其名曰迎合社会心理,——那简直与借了伦常之名强人忠君,借了国家之名强人战争一样的不合理了。③

五四固然是"人的发现",但它的发生更为内在的驱动力自然是"救亡"意

---

① 周作人:《自己的园地》,《周作人自编文集》丛书本,止庵编,石家庄:河北教育出版社2002年版,第6—7页。
② 周作人1920年在《〈点滴〉序》中说:"但这些并非同派的小说中间,却仍有一种共通的精神,——这便是人道主义的思想。……他们只承认单位是我,总数是人类;人类的问题的总解决也便包涵我在内,我的问题的解决,也便是那个大解决的初步了。这大同小异的人道主义的思想,实在是现代文学的特色。"见周作人:《苦雨斋序跋文》,《周作人自编文集》丛书本,止庵编,石家庄:河北教育出版社2002年版,第15—16页。这代表了周作人五四初期的"人的文学"之"人道主义"思想的个人("我")与气体("人类")关系,而与他五四后期如《自己的园地》更强调"个人"的思想有明显差别,即个人("我")与气体("人类")关系之偏重的不同。在发表《自己的园地》的下一月——1922年2月——周作人又发表了《文艺上的宽容》一文,其中有云:"文艺以自己表现为主体,以感染他人为作用,是个人的而亦为人类的,所以文艺的条件是自己表现,其余思想与技术上的派别都在其次,——是研究的人便宜上的分类,不是文艺本质上判分优劣的标准。"这里所谓的"文艺以自己表现为主体"、"文艺的条件是自己表现"云云,和《自己的园地》思想完全一致,之所以一再撰文强调,是因为"宽容"问题:"宽容者对于过去的文艺固然予以相当的承认与尊重,但是无所用其宽容,因为这种文艺已经过去了,不是现在的势力所能干涉,便再没有宽容的问题了。所谓宽容乃是说已成势力对于新兴流派的态度。"这是指以国家、民族、社会、集体来压制、牺牲个人("个性")。此文乃此条笺注另一重要旁证也。同上书,第8—10页。
③ 周作人:《自己的园地》,《周作人自编文集》丛书本,止庵编,石家庄:河北教育出版社2002年版,第6页。

识,因而"国民性"改造也就成了新文化和新文学的最重要的思想主题。鲁迅的创作目的是"揭示病苦,引起疗救的注意",周作人为《阿Q正传》所写的评论也是阐述这一关于"国民性"问题的主题,而远在"五四"新文化、新文学运动之前,他们兄弟在日本的文学活动也具有明确的以文学改造社会之目的①。这一改造社会的目的并不是"强迫人牺牲了个性去侍奉白痴的社会",所以鲁迅同时也明确提出"立人"的口号,但问题是,五四新文学的本来以"立人"为改造"国民性"、改造社会的思想前提在以后文学发展中逐渐弱化,甚至丧失。周作人正是看到这种可能与趋势,才这样措辞激烈地强调"个性",并进而提出"以个人为主人,表现情思而成艺术"的主张。当然,周作人后来的思想表明,这样的主张也有放弃文学的社会承当的危险,以至于他一再受到批评,而他自己也一再陷入自我内在紧张的思想状态。这是不属于本文主旨的另外的问题,兹不深论。

因此上文引述的这段话中的"为人生的艺术"是一个值得注意的表述,周作人用来暗指"文学研究会"为代表的流行的文学观念②,所谓"'为人生的艺术'以艺术附属于人生,将艺术当作改造生活的工具而非终极,也何尝不把艺术与人生分离呢"的说法,显然是对由"人的文学"而来的"为人生的艺术"文学观的委婉的反思与批评。这个反思的思想焦点在于周作人意识到"为人生的艺术"文学观的"工具"论的思想特征及其危险,极容易蜕变为新的"载道"文学观与文学潮流。这样看来,当周作人在《中国新文学的源流》中以"载道"这一概念来批评"革命文学"时,包含了他对五四新文学的历史反思,并且他的这个反思其实早在1922年就已经开始了。《中国新文学的源流》指称五四新文学是"文艺复兴",这表明周作人并没有否定他所谓的"人的文学"这个新文学之"源",但他批评"为人生的文学"、批评"革命文学",则表明他认为新文学之"流"出了问题。

既然如此,那么新文学将往何处去?

《中国新文学的源流》出人意外地将晚明文学如公安派与五四新文学视为"源流"关系,这个命题的更重要的意义也许并不在于它本身的合理性与否,而在于另外的两个方面:一是对五四以来的文学史的历史反思,如上

---

① 钱理群:《周作人论》第一编第一章,北京:北京十月文艺出版社1990年版,第5—10页。
② 《文学研究会宣言》是周作人执笔的,但"为人生的文学"却不是这个宣言提出的。《文学研究会宣言》,载《小说月报》1921年1月第12卷第1号,收入《周作人集外文》上集,陈子善、张铁荣编,海口:海南国际新闻出版中心1995年版,第333页。

文所说;二是表明周作人对中国古典文学的态度的变化,并且由此为新文学寻找新的思想和艺术之"源",这是本文这一节开头提出的问题,经过上面必要的梳理,下文进一步展开论述。

周作人对中国古典文学的看法和态度,已在本文第一节有所论述,并在第一节的结尾作为要点提出过,即他对中国古典文学绝少认可,因此在文章中也就绝少正面提及。但在《中国新文学的源流》中,由他对晚明文学的看法可以看出,他以前所谓的"中国文学中,人的文学本来极少。从儒教道教出来的文章,几乎都不合格"的看法有了很大变化。对晚明文学如公安派、竟陵派的肯定,主要是对其文学观的肯定,周作人特别欣赏公安派的"独抒性灵,不拘格套"的主张①;至于创作,他认为公安派的作品"清新流丽"但流弊在于"过于空疏浮滑,清楚而不深厚",竟陵派的意义在于以"奇僻"对公安派的流弊"加以补救"。进而是对此后的晚明文学的肯定:"后来公安竟陵两派文学结合起来,产生了清初张岱诸人的作品,其中如《琅嬛文集》等,都非常奇妙。"②不仅如此,这种对晚明文学的肯定,也导致了周作人对此外的中国古典文学的态度变化,原因就在于他认为中国古代的文学是通过"言志"和"载道"两者交替变化而出现的。既然如此,晚明文学就不是个别的、偶然的例子。这里不妨举例说明。他说:

> 《诗序》上说:"情动于中而形于言,言之不足,故嗟叹之;嗟叹之不足,故咏歌之;咏歌之不足,不知手之舞之,足之蹈之也。"我的意见,说来是无异于这几句话的。文学只有感情没有目的。若必谓为是有目的的,那么也单是以"说出"为目的。③

这是以中国古典理论来申说自己的观点。对具体的作品,他肯定魏晋时代文学得到"解放",对《颜氏家训》等给予高度评价:

> 《世说新语》是可以代表这时候的时代精神的一部书。另外还有很多的好文章,如六朝时的《洛阳伽蓝记》,《水经注》,《颜氏家训》等书内都有。《颜氏家训》本不是文学书,其中的文章却写得很好,尤其是颜之推的思想,其明达不但为两汉人所不及,即使他生在现代,也绝

---

① 周作人:《中国新文学的源流》,《周作人自编文集》丛书本,止庵编,石家庄:河北教育出版社2002年版,第22页。
② 同上书,第26页。
③ 同上书,第14页。

不算落伍人物。对各方面他都具有很真切的了解,没一点固执之处。《水经注》是讲地理的书,而里边的文章也特别好。其他如《六朝文絜》内所有的文章,平心静气地讲,的确都是很好的,即使叫现代的文人写,怕也很难写得那样好。①

唐诗、宋词、陆游、黄庭坚、苏轼、元曲等,也认为有相当的"文学价值"②;他甚至以亚力士多德(按,今通译"亚里士多德")《诗学》中的"净化"理论(按,他所谓"一种被除作用")来肯定《水浒传》和《红楼梦》的价值:

> 从前的人们都以《水浒》为诲盗的小说,在我们看来正相反,它不但不诲盗,且还能减少社会上很多的危险。每一个被侮辱和被损害者,都想复仇,但等他看过《水浒》之后,便感到痛快,仿佛气已出过,仿佛我们所气恨的人已被梁山泊的英雄打死,因而自己的气愤也就跟着消灭了。《红楼梦》对读者也能发生同等的作用。③

如此等等,这样的肯定就与他以前所谓的"中国文学中,人的文学本来极少。从儒教道教出来的文章,几乎都不合格"的看法显然是不可同日而语了。

这里存在两个问题:一、周作人对中国古典文学的这种看法的变化在《中国新文学的源流》之前何时发生的?怎么发生的?二、这种看法的变化与他试图重新规划新文学的发展路径和方向的努力是什么关系?对此,下文将结合周作人20年代的新诗理论和批评来进行论述。

在本文第一节里谈到,周作人在对五四诗坛感到失望的同时曾经大量译介外国诗作为创作的艺术资源,并且现身说法将自己的《小河》与波特来尔的《巴黎的忧郁》作艺术上的类比,这类似于鲁迅在谈到《呐喊》"表现的深切和格式的特别"时所谓的"却是向来怠慢了绍介欧洲大陆文学的缘故"的说法,都是将外国文学当作创作的艺术之"源"。但在第一节没有指明的问题是,周作人在译介外国诗时针对当时诗坛一再强调的诗的艺术特征,现在不妨略加引述以展开讨论。

周作人在一再强调诗的艺术特征时反复申说的是"含蓄"、"暗示",这

---

① 周作人:《中国新文学的源流》,《周作人自编文集》丛书本,止庵编,石家庄:河北教育出版社2002年版,第19—20页。
② 同上书,第20—21页。
③ 同上书,第15页。

其实是他的诗学理论的核心。1919年的《日本的诗歌》中说,"诗形既短,内容不能不简略,但思想也就不得不求含蓄";"正如世间评论希腊的著作,'将最好的字放在最好的地位',只将要点捉住,利用联想,暗示这种情景";并且不惜篇幅引述小泉八云的论述,其中有云,"最好的短诗,能令人感动,言外之意,直沁到心里去,正如寺钟的一击,使缕缕的幽玄的余韵,在听者心中永续的波动"。① 在1923年的《日本的小诗》中仍然这样强调:"诗歌本以传神为贵,重在暗示而不在明言。"②并不是专就日本诗歌而言的,而是就诗的本体艺术特征而言的,所以他在1922年的《论小诗》中也说:"诗的效用本来不在明说而在暗示,所以最重含蓄,在篇幅短小的诗里自然更非讲字句的经济不可了。"③这里显然也不是专就小诗而言的。这是周作人新诗艺术论的第一点。

那么,随之而来的问题是,诗歌如何做到"含蓄"、"暗示"?周作人的答案集中在"象征"二字。《勃来克的诗》云:

> 艺术用了象征去表现意义,所以幽闭在我执里面的人,因此能时时提醒,知道自然本体也不过是个象征。我们能将一切物质现象作象征观,那时他们的意义,也自广大深远。所以他(按,勃来克)的著作除纯粹象征神秘的《预言书》以外,就是抒情小诗,也有一种言外之意。④

这是周作人新诗艺术论的第二点。

令人不免疑惑的是,周作人反复申说的"含蓄"、"暗示"不也是中国古典诗词的典型的艺术特征么?连用语也是中国古典诗学最基本、最重要的概念,为什么他偏偏一再以外国诗为例呢?答案显然是本文第一节所论述的——周作人的目的就是要把外国诗作为新诗创作的艺术之"源"。正因为如此,周作人即使偶尔说到中国古典诗词,也是很有叙述策略地略一提及而已,甚至很策略地作为否定的例证,比如《日本的诗歌》中这样说道:

> 绝句中的"孤舟蓑笠翁,独钓寒江雪",略像一首咏冬季的俳句,可

---

① 周作人:《艺术与生活》,《周作人自编文集》丛书本,止庵编,石家庄:河北教育出版社2002年版,第111页。
② 同上书,第125页。
③ 周作人:《自己的园地》,《周作人自编文集》丛书本,止庵编,石家庄:河北教育出版社2002年版,第48页。
④ 周作人:《艺术与生活》,《周作人自编文集》丛书本,止庵编,石家庄:河北教育出版社2002年版,第102页。

> 是孤独等字连续的用,有了说尽的嫌忌。①

也就是说,柳宗元的这首著名的绝句不如日本俳句那样"含蓄"、"暗示"。至于第二点他所说的"象征",则恐怕是他故意使用这样一个西方诗论的概念,将新诗创作的艺术途径指向西方。其实周作人何尝不知道"含蓄"、"暗示"就是中国古典诗歌的典型的也是最重要的艺术特征?只不过在五四时期最初,他和其他新文化、新文学倡导者一样,因为竭力反传统而故意全盘西化。

但是,当他看到以西方的人道主义来倡导"人的文学"也有流弊,甚至蜕化为新的"载道"的文学如"为人生的文学"乃至"革命文学"时,他自然也就意识到刻意避而不谈中国古典文学未必是创造新文学的良方,甚至会带来新的流弊。所以,1923年周作人为刘大白诗集《旧梦》所写的序中说:

> 过了几年,大白先生改做新诗,这部《旧梦》便是结果,虽然他自己说诗里仍多传统的气味,我却觉得并不这样,据我看来,至少在《旧梦》这一部分内,他竭力的摆脱旧诗词的情趣,倘若容我的异说,还似乎摆脱的太多,使诗味未免清淡一点,——虽然这或者由于哲理入诗的缘故。现在的新诗人往往喜学做旧体,表示多能,可谓好奇之过。大白先生富有旧诗词的蕴蓄,却不尽量的利用,也是可惜。②

"诗味未免清淡一点"显然是说缺乏诗所应有的"含蓄"、"暗示"的韵味,而"蕴蓄"则与他所谓的"含蓄"、"暗示"同义。这似乎是周作人最早说到对于中国古典诗词"却不尽量的利用,也是可惜"。虽然这里有些就事论事的意味,还不是作为一种主张正面提出。下文则进一步发挥他读《旧梦》"而引起的感想"云:

> 我们生在这个好而又坏的时代,得以自由的创作,却又因为传统的压力太重,以致有非连着小孩一起便不能把盆水倒掉的情形,所以我们向来的诗只在表示反抗而非建立,因反抗国家主义遂并减少乡土色彩,因反抗古文遂并少用文言的字句:这都如昨日的梦一般,还明明白白的

---

① 周作人:《艺术与生活》,《周作人自编文集》丛书本,止庵编,石家庄:河北教育出版社2002年版,第112页。
② 周作人:《自己的园地》,《周作人自编文集》丛书本,止庵编,石家庄:河北教育出版社2002年版,第115—116页。

> 留在我的脑里,——留在自己的文字上。①

这一段引文中所谓的"因为传统的压力太重,以致有非连着小孩一起便不能把盆水倒掉的情形",在上一段引文的语境之中,自然有因为反传统而对古典诗词"却不尽量的利用,也是可惜"的意思,虽然还是没有正面提出"尽量利用"中国古典诗词艺术的主张,然而却将此问题隐含在对传统的继承这样一个更大也是更重要的命题之中了。这篇文章清楚地表明,早在1923年,对中国传统文学而不仅仅是古典诗词的艺术继承问题,就已经出现在周作人的思考之中了。

1926年,周作人写作并发表了《扬鞭集序》这样一篇新诗批评史上具有重要意义的文章,正是在这篇文章中他第一次正面提出了他在《旧梦》的序言中隐含的命题。周作人先是这样表明自己的诗学理论:

> 新诗的手法,我不很佩服白描,也不喜欢唠叨的叙事,不必说唠叨的说理,我只认抒情是诗的本分,而写法则觉得所谓"兴"最有意思,用新名词来讲或可以说是象征。让我说一句陈腐话,象征是诗的最新的写法,但也是最旧,在中国也"古已有之"。我们上观《国风》,下察民谣,便可以知道中国的诗多用兴体,较赋与比要更普通而成就亦更好。②

所谓"象征是诗的最新的写法",指的这一艺术技巧已经成为西方象征主义诗歌的艺术特征,这表明了周作人对西方诗歌艺术发展的了然;"中国的诗多用兴体,较赋与比要更普通而成就亦更好"则体现了他对中国古典诗歌艺术的准确估价与肯定,这可能包含了他由西方诗歌艺术与理论而来的对中国古典诗歌艺术与理论的"再发现",从而高度肯定了中国古典诗歌艺术的现代价值;但"我只认抒情是诗的本分,而写法则觉得所谓'兴'最有意思,用新名词来讲或可以说是象征"则是他建立在中西诗学基础之上的诗学理论的核心思想的最为简洁明了的表述。周作人进而明确指出:

> 中国的文学革命是古典主义(不是拟古主义)的影响,一切作品都像是一个玻璃球,晶莹透澈得太厉害了,没有一点儿朦胧,因此也似乎

---

① 周作人:《自己的园地》,《周作人自编文集》丛书本,止庵编,石家庄:河北教育出版社2002年版,第117页。

② 周作人:《谈龙集》,《周作人自编文集》丛书本,止庵编,石家庄:河北教育出版社2002年版,第41页。

> 缺少了一种余香与回味。正当的道路恐怕还是浪漫主义——凡诗差不多无不是浪漫主义的,而象征实在是其精意。这是外国的新潮流,同时也是中国的旧手法;新诗如往这一路去,融合便可成功,真正的中国新诗也就可以产生出来了。①

这是在指出包括新诗在内的新文学的缺点的前提下,提出以"象征"为核心的"外国的新潮流"与"中国的旧手法"的"融合"是产生"真正的中国新诗"的途径。

虽然这里说的是诗,但联系上文对《中国新文学的源流》的论述,自然可以做出这样一个判断:以《扬鞭集序》为标志,周作人放弃了他对中国传统文学绝少肯定的态度、结束了他单向度地将外国文学作为新文学之"源"的努力,提出了同时也将中国传统文学作为新文学之"源"的思想主张。

需要强调指出的是,周作人这样重构中国古典文学与新文学的"源流"关系,并不是在指出新文学往哪里去时完全否定了他在五四初期论述新文学应该从哪里来的思想,因为他现在的主张中有"融合"这一关键词,所以我们分析的结论中也使用了"同时"一词。也许周作人也意识到这一点,因而他在这篇文章中特意强调"我不是传统主义的信徒(Traditionalism)":

> 我不是传统主义(Traditionalism)的信徒,但相信传统之力是不可轻侮的。坏的传统思想,自然很多,我们应当想法除去他。超越善恶而又无可排除的传统,却也未必少,如因了汉字而生的种种修辞方法,在我们用了汉字写东西的时候总摆脱不掉。我觉得新诗的成就上有一种趋势恐怕很重要,这便是一种融化。不瞒大家说,新诗本来也是从模仿来的,他的进化是在于模仿与独创之消长。近来中国的诗似乎有渐近于独创的模样,这就是我所谓的融化。自由之中自有节制,豪华之中实含清涩,把中国文学固有的特质因了外来影响而益美化,不可只披上一件呢外套就了事。②

这里所谓的"近来中国的诗似乎有渐近于独创的模样,这就是我所谓的融化",就是他下文所说的以"象征"为核心的"外国的新潮流"与"中国的旧手法"的"融合"。然而,这里也就有了另外一个值得指出的问题,大概是在

---

① 周作人:《谈龙集》,《周作人自编文集》丛书本,止庵编,石家庄:河北教育出版社2002年版,第41页。
② 同上书,第40页。

《中国新文学的源流》之后,周作人"抄古书"连同"喝苦茶"一起成为引人注目的形象,左翼批评家在指斥他从"叛徒"蜕变为"隐士"时,正是主要以《中国新文学的源流》为据,说他重构新文学往哪里去时完全否定了他在五四初期论述新文学应该从哪里来的思想,这个批评恐怕还是被周作人这种形象的表象所迷惑了。这不在本文论述的范围,姑且从略。反倒是作为弟子的废名看得比较准确,值得我们引述并且分析,作为对上文结论的补论。废名认为:

> 中国这次新文学运动的成功,外国文学的援助力甚大……这次的新文学运动因为受了外国文学的影响,新文学乃能成功一种质地。新文学的质地起初是由外国文学开发的,后来又转为"文艺复兴",即是由个性的发展而自觉到传统的自由,于是发现中国文学史上的事情都要重新估定价值了,而这次的新文学又得了历史上中国文艺的声援,而且把古今新的文学一条路沟通了,远至周秦,近迄现代,本来可以有一条自由的路。①

这段话是为了阐明"新文学的质地起初是由外国文学开发的",后来"又得了历史上中国文艺的声援"这一历史事实,其思想的实质与其说是历史的分析,还不如说是将上文分析的周作人对新文学发展方向的重构的努力作为既成事实来认定。其中特意反复强调"外国文学"对新文学运动的意义,这与周作人《中国新文学的源流》的论说有所差异,恐怕是因为意识到老师的说法与历史事实不尽符合,虽有理论上的重要意义,却是牵强的历史判断,因而容易引起疑问而损害其理论价值。这是废名在《谈新诗》中说的一段话,也与此前他在《周作人散文钞》序言中为《中国新文学的源流》所作的辩护有明显的不同。所以他接着这样说道:

> 周作人先生在新文学运动中,起初是他介绍外国文学,后来周先生又将中国文学史上的事情提出来了,虽然周先生是思想家,所说的又都是散文方面的话,然而在另一方面周先生却有一个"奠定诗坛"的功劳。②

说"周作人先生在新文学运动中,起初是他介绍外国文学,后来周先生又将中国文学史上的事情提出来了",这和本文分析的周作人"五四"时期文学

---

① 废名:《谈新诗》,《废名集》,北京:北京大学出版社2009年版,第1687—1688页。
② 同上书,第1688页。

观的变化的结论是一致的。"思想家"一词值得注意,废名隐含的意思恐怕是这样的:周作人在《中国新文学的源流》中"又将中国文学史上的事情提出来"的说法不是学术研究的历史判断,而是关于新文学将来发展方向的文学思想的论说与主张。"散文方面的话"自然指的是对晚明文学公安派、竟陵派以及张岱的论述。那么,为什么说"周先生却有一个'奠定诗坛'的功劳"呢?这实际上是说周作人"又将中国文学史上的事情提出来"之论在新诗创作上的影响更大。虽然如废名所说《中国新文学的源流》"所说的又都是散文方面的话",但如我们在上文的论述,周作人在《旧梦》、《扬鞭集》的序言中那样明确提出继承中国古典诗歌艺术的主张,影响也很大,时间也更早。就废名自己而言,正是因此才开始新诗创作的。据周作人40年代透露的事实,1927年曾经向废名"推荐"了"李义山诗","于他的写作很有影响"①。中国现代新诗创作中的"晚唐诗热"这一重要文学史事实最初就是这样由周作人发动、经废名的创作和论说而产生的,到了30年代"京派"诗人那里,周作人的以"象征"为核心的"外国的新潮流"与"中国的旧手法"的"融合"之理论构想终于成为了事实②。

(作者单位:天津师范大学)

---

① 周作人:《怀废名》,见废名:《谈新诗》,黄雨编,北平:新民印书馆1944年版,引自废名:《论新诗及其他》,陈子善编,沈阳:辽宁教育出版社1998年版,第145页。
② 孙玉石对中国现代诗中的"晚唐诗热"现象最为关注,进行了全面的分析,也是学术界到目前为止最为集中、系统的论述,但主要关注的是30年代现代诗创作中由废名至卞之琳等这一历史发展脉络,焦点主要是废名,而对周作人的意义似乎注意不够。参见作者系列文章《对中国传统诗的现代性呼唤——废名关于新诗本质及其与传统关系的思考》,载《烟台大学学报》1997年第2期;《呼唤传统:新诗现代性的追求——废名诗观及30年代"晚唐诗热"阐释》,载《现代汉诗:反思与求索》,北京:作家出版社1998年版;《新诗:现代与传统的对话——兼释20世纪30年代的"晚唐诗热"》,《现代中国》第一辑,陈平原主编,武汉:湖北教育出版社2001年版。

五四时期周作人的基督教观

白永吉

引 言

在中国近现代文学史上,试图把基督教的宗教精神融入中国文学之具体文脉中,做一番深入的理论性探索的代表人物,可算是五四时期的周作人。周作人在这个时期的一系列主要评论上所提出的"灵肉一致"的人性论,就是在西方基督教文明之源泉的希伯来思想的"灵"与希腊思想的"肉"的所谓"灵肉二元"论的基础上,通过近代的"分立"和现代的"融合"过程来成立的人性论。其实,对立足这种人性观,追求"利己"和"利他"一致的以及"个人"和"人类"一致的"现代文学上的人道主义思想",周作人自己也认同其本质性意义就起源于"基督教精神"。①

当然,在这里周作人所提出的人性论与人道主义基本上是反映近现代价值观的概念,曾经是推动文艺复兴和宗教改革开展的思想性契机。因此,这种近代以来的人性观及人道主义与作为西方近代文明源流的基督教精神实质之间,肯定会既有普遍性和共同点,又会有内在的矛盾因素。②

如此看来,周作人五四时期"人的文学"概念,事实上"更接近于人文主义,有古希腊、文艺复兴和中国传统人文主义等多种成分"③的评价,也可以

---

① 参见周作人:《人的文学》,《新青年》1918年12月第5卷第6号。《圣书与中国文学》,1920年30日讲演,《小说月报》1921年1月第12卷第1号。引自周作人:《艺术与生活》,石家庄:河北教育出版社2002年版。
② 从这种角度来看,如刘小枫所主张,可以说近代人道主义思想与基督教本源性宗教精神之间内部纠纷的侧面,起源于继承古老的希腊理性精神的所谓"近代人文主义——欧洲科学主义",终于"宣称人的知性的绝对主权",而其根本原因正是来自本来以"罗马基督教会的公教文化形式"来弥合的"希腊性精神和希伯来启示精神"之间的不可调和的冲突。参见刘小枫:《生灵降临的叙事》,北京:生活·读书·新知三联书店2003年版,第18—29页。
③ 王本朝:《20世纪中国文学与基督教文学》,合肥:安徽教育出版社2000年版,第87页。

说是中肯的。特别是,对经过了五四退潮后的 20 年代中后期以来周作人所显现出的将儒家文化及佛教文化当成其"重要理论前提和言说背景"的情况以及其所谓"非宗教"思想的特点①也加以考虑的话,这时期的周作人所带有的对基督教的观点和其文学批评工作,可以当作解开中国现代文学特有的宗教性多重结构的一把关键钥匙。本文以周作人的五四时期文学论为中心,试图探索作为整个西方文明总源泉的基督教精神在中国新文学的成立及发展过程中怎样被接纳、体现或变形。

一、"灵肉一致"论和"神人的合一"

周作人在《人的文学》里提出的灵肉一致论,以"从动物进化的人类"这种进化论的人性论为其立足点。这标志着从中世纪的神本主义价值观到重视人类自然本性的人本主义价值观的转换。而在众多支持这种观点的西方文化理论中,周作人特别钟情于英国浪漫主义诗人威廉·勃来克(布莱克,William Blake)的《天堂和地狱的结婚》中如下《恶魔的声音》的一段:

  1)人并无与灵魂分离的身体。因这所谓身体者,原止是五官所能见的一部分的灵魂。
  2)力是唯一的生命,是从身体发生的。理就是力的外面的界。
  3)力是永久的悦乐。②

布莱克写这些诗的 18 世纪末,一般承认灵魂优于肉体,"在当时几乎没有人支持布莱克这种肉体正好成为灵魂之活力和喜悦的源泉的立场"③。其实,基督教明确强调灵魂(圣灵)对肉体的主导性,在《加拉太书》中使徒保罗的如下主张就是其典型的例子。

  我说:你们当顺着圣灵而行,就不放纵肉体的情欲了。因为情欲和圣灵相争,圣灵和情欲相争,这两个是彼此相敌,使你们不能作所愿意

---

① 作为从这种"宗教"及"非宗教"的角度来注重探索周作人文学思想的研究成果,参见哈迎飞:《半是儒家半释家——周作人思想研究》,北京:人民文学出版社 2007 年版,第 12—14 页。
② 周作人:《人的文学》,《新青年》1918 年 2 月第 5 卷第 6 号。另外,关于布莱克的诗"The Marriagge of Heaven and Hell"中的关联原文及其意味分析,参见姜善求:《블레이크艺术论》,韩南大学校出版部 2003 年版,第 226 页。
③ 姜玉善:《블레이크의 작은 천국》(William Blake's Lyric & Prophetic Poems),图书出版동인 2004 年版,第 362 页。

作的。(加 5：16—17)

  顺着情欲撒种的,必从情欲收败坏;顺着圣灵撒种的,必从圣灵收永生。(加 6：8)①

  当然,圣经的这种灵肉观,并不像希腊的柏拉图所设想的像"居住在一所房屋或一座监牢中"那样"灵魂居住在肉体中"的灵肉二元观。在基督教中,灵肉一致的人性论就是托马斯·阿奎那等所提出的"由肉体和灵魂组成的存在物"统一体的观点。但是,基督教对组成有机性统一体的人的肉体和灵魂的观点立足于"灵魂是人的造型的、'主道的'原则,身体是活动的器官、灵魂活动的必要条件"的立场。因此,基督教的宗教性概念上人的精神和灵魂占有主导性地位,这是"人成为上帝的肖像并且去祈求上帝"的决定性契机。②

  如此看来,不必将周作人的灵肉一致的人性论断定为对基督教的宗教性本身的批判或者背离。尤其在此不可忽视的是,在《人的文学》里引用的布莱克的诗歌创作和文学主张其实并不是对基督教的宗教性本身的拒绝或否定,而是通过对制度化的教堂权威和公式化的"法律主义"的挑战。换句话说,它是为了"人类丢失的乐园的恢复"和"健康社会秩序的恢复"而发挥了独特艺术想象力的努力,是作为"辩证法和讽刺性模仿滑稽作品"的产物。③ 当然周作人的灵肉一致的自然人性观,特别认同布莱克的"从身体发生的""创造性的活力"。如果周作人的这种观点可以认为和布莱克的"反律法主义性爱观"上的"性爱"意识有紧密联系的话④,应该被解释为周作人性心理观点的一环,这必是周作人研究领域的另外一个重要侧面。

  其实,这时期周作人关于性心理和基督教宗教性的富有个性的认识不能被忽视。周作人借用把圣经作为"国民文学"性格源起的西方学者们的研究成果,特别关注例如旧约《雅歌》里所描写的"男女间的热烈的官能的恋爱",并对以此作为"民间歌谣"的"恋爱歌集"的推测表示赞同。在某种意义上讲,周作人似乎以对人的自然本性的性心理分析为中心,要发现希腊

---

① 《圣经》,中国基督教协会 1998 年版。
② 卡里什(Rudolf Karisch):《人是现实的一个特殊的存在阶段》,《20 世纪西方宗教哲学文选》,上海:上海三联书店 1991 年版,第 176、179 页。
③ 姜晔:《윌리엄 블레이크의 시와 사상》(威廉·布莱克的诗和思想),釜山大学校出版部 2004 年版,第 173 页。
④ 唐梅秀:《布莱克的反律法主义宗教伦理观——〈天堂与地狱的婚姻〉之圣经解读》,《贵州大学学报(社会科学版)》2008 年第 26 卷第 3 期。

哲学与希伯来思想的切合点,而由此探索出"人的文学"概念与基督教的宗教性本质间的联系性。他的评论《圣书与中国文学》中如下的表述就是一个例子。

> 其实希腊的现世主义里仍重中和(Sophrosynê),希伯来也有热烈的恋爱诗,我们所说两派的名称不过各代表其特殊的一面,并非真是完全隔绝,所以在希腊的新柏拉图主义及基督教的神秘主义已有了融合的端绪,只是在现今更为显明罢了。①

总之,周作人的灵与肉一致的人性论,特别是对"肉体"的生命活力的礼赞,可以说最终与"人类丢失的乐园的恢复欲望"相连结,而周作人五四时期的文学论对于包括男女间性爱在内的生命活力的论述,似乎试图解释一种宗教性乐园意识。比如说"性爱是生的无差别与绝对的结合的欲求之表现,这就是宇宙间的爱的目的","我们不信有人格的神,但因了恋爱而能了解'求神者'的心情,领会'入神'(Enthousiasmos)与'忘我'(Ekstasia)的幸福的境地",或者"恋爱可以说是一种宗教感情"②等主张,都证明这种推论的正当性。还可以说,关于爱和生命的周作人这种独特的观点,必然联系到他受到很多影响的托尔斯泰之基督教艺术论的核心内容,即以"神与人的合一"及"人们相互的合一"为中心的宗教性"爱"的接纳和体现。

比如说,在《圣书与中国文学》里周作人使"神与人的合一"的境界,在《新约圣经》的"上帝就是爱,住在爱里面的,就是住在上帝里面,上帝也住在他里面"(约壹4:16)这句话中得到证实,又以此作为确认"希伯来思想的精神大抵完成"的证据。然而这里特别让人感兴趣的是,周作人在恢复神和人的绝对性关系的过程中寻求希伯来思想的核心,在另一方面,再把这种神与人的爱扩大到人和人之间的关系上,即扩大到超越人和人之间的隔绝和对立的爱的层面,而将此理解为与希腊思想统一的过程。因此,使徒约翰的"不爱他所看见的兄弟,就不能爱没有看见的上帝。"(约壹4:20),这种强调实践神之爱的表述也被周作人解释为与"柏拉图派所说不爱美形就无由爱美之自体(Auto to kalon)"的观点相一致。进而,这种观点就被看作"不知道爱他自己,就不能爱他的兄弟"的观点。③换句话说,周作人要把"个

---

① 周作人:《圣书与中国文学》,《艺术与生活》,石家庄:河北教育出版社2002年版,第39页。
② 周作人:《情诗》,《晨报副刊》1922年10月12日,引自《自己的园地》,石家庄:河北教育出版社2002年版,第51—52页。
③ 周作人:《圣书与中国文学》,《艺术与生活》,石家庄:河北教育出版社2002年版,第40—41页。

人主义的人间本位主义"的人道主义合理化,并且在基督教的圣经里探寻其具体例证。总的来说,他要把这种自我中心的爱看作希伯来主义和希腊主义相接触、融合完成的人道主义之一环。

然而,这种周作人的人性论及人道主义观点所向往的,其实是以希腊的爱智者形象为其理想的富有理性的人。首先,令人惊讶的是,他基于使徒约翰的圣经内容来阐明神与人合一的境地并提出人道主义观点的时候,并没有充分考虑人对自己罪的忏悔和救赎的过程。其实忏悔和救赎是恢复人神关系的前提。因此,可以这样断定:其实周作人的基督教观里关于人的局限性和得到救赎而释罪的环节,特别是把耶稣基督的死亡和复活看作恢复人神关系的关键这一核心主题,并没有受到关注。换句话说,周作人的"个人主义的人间本位主义"的价值观及其人道主义的具体体现形态里面,就缺乏作为独立主体的人能够获得的"个人绝对价值的观念",也就是缺乏因神的恩赐得以救赎的醒悟。从某种意义上来说,他的基督教观里面暴露出基于希腊哲学的人文价值观、作为理性精神主体的独立个人的自我意识,即自我(ego)的前提被突出,因此,可以这样说:周作人的人性观一开始就暗含着从基督教的人性论偏离的某些成分。

于是,可以说,在五四时期周作人的基督教观里也隐含着近代启蒙主义观念体系的基础——希腊理性精神与宗教的、超越的神性之间的冲突。实际上,这个时期周作人的基督教批评话语明确显示出受西方近代个人主义或自由主义影响宗教性本质变形的痕迹。这样的话,立足于这种基督教的变质因素之上的人道主义观点及其实践,即他所追求的为了人和人之间的合一而借用的基督教爱的社会性扩张里面,总不免带有内部限度或矛盾的要因。①

---

① 因此,如果将当代中国的基督教批评话语所论及的如下内容与五四时期周作人的基督教观相联系起来考察的话,会得到很多启示。"与犹太先知们的说教不同,耶稣的教诲首先针对的不是作为整体的民众,而是单个的个体生存,将上帝与人的关系从习传宗教和民族性的共同体约束中解放出来。……然而,《约翰福音》的'个体自由主义'根本就不是现代意义上的个体自由主义。现代的个体自由主义不认识人自己身上的'罪'(生命的欠然),不认为需要替自己看路的眼睛,当然也不会任信'你们彼此相爱'。"刘小枫:《圣灵降临的叙事》,北京:生活·读书·新知三联书店2003年版,第239页。

二、"怨恨"的克服和"人们相互的合一"

如上所述,五四时期周作人的"人的文学"概念缺乏某些基督教宗教性本质,即依靠人的罪意识和忏悔来恢复神与人的关系的内容,因此其宗教性的社会性扩张——即对人和人之间隔绝而言的宗教性意义的理解及其解决的摸索会有一定局限。但是尽管如此,这时期周作人以人道主义文学观解释人们之间的相互隔绝、对立和怨恨等诸多实践性问题,并依靠他所理解的基督教的爱来不断进行"人和人的合一"的社会性具体体现及其文学形象化探索,做接近基督教精神实质和克服其局限的努力。

其实,五四时期的周作人把其目光投向人道主义的实现工作上,可能是因为强烈地意识到人们彼此之间的隔膜、纠纷和仇恨。在《游日本杂感》(1919)中如下一段的描述就是一例。

> 日本世代相传的华族,在青年眼中,已经渐渐失了威严,那些暴发户的装腔作势,自然也不过买得平民的反感。成金这两个字里面,含有多量的轻蔑与憎恶,我在寓里每听得汽车飞过,呜呜的叫,邻近的小儿学着大叫"korosuzo korosuzo"(杀呀杀呀!)说汽车的叫声是这样说。阔人的汽车的功用,从平民看来,还不是载这肥重的实业家,急忙去盘算利益的,乃是一种借此在路上伤人的凶器,仿佛同军阀们所倚恃的枪刺一样。①

周作人敏感地捕捉到平民对贪婪的财主的愤怒和杀机,和被毫无遗漏地摄入天真烂漫的小孩子眼睛的令人悚然的场面。周作人还坚持如果要克服这种现实恶,必须相互理解和爱,这就得依靠文学和艺术的感染力。众所周知,周作人自己多次引用过俄罗斯作家安德列夫的如下表述,并与之共鸣:"我们的不幸,便是在大家对于别人的心灵、生命、苦痛、习惯、意向、愿望都很少理解,而且几乎全无。我是治文学的,我之所以觉得文学的可尊,便因其最高上的事业,是在拭去一切的界限与距离。"②总之,周作人基于这种立场,试图通过"'爱和理解'以及精神的敏感性这两种彼此紧密相关的精神

---

① 周作人:《游日本杂感》,《新青年》1919年11月第6卷第6号,引自《艺术与生活》,石家庄:河北教育出版社2002年版,第237—238页。
② 周作人:《〈齿痛〉译者附记》,《新青年》1919年12月第7卷第1号,以及《圣书与中国文学》。

能力的培养","打破人间精神隔膜"。①而对周作人的这种文学主题和作家意识起重要影响的,就是已在前边探讨过的英国诗人布莱克。

周作人在《勃来克的诗》里说,从"宇宙魂"被分离出来迷途了的"个体魂"脱离"终为我执所包裹,入于孤独的境地"的"一切不幸",依靠"神智"以至"物我无间"的境地,即"与宇宙魂合,复返于一"的过程的艺术形象化,就是布莱克诗神秘主义的标志性意义所在。周作人在这篇文章里作为"就是抒情小诗,也有一种言外之意"的诗来引用的如下作品,就是一个例子:

迷失的小孩(The Little Boy Lost)

"父亲,父亲,你到那里去?
你不要走的那样快。
父亲你说,对你的小孩说!
不然我快要迷失了。"

夜色黑暗,也没有父亲;
小孩着露湿透了;
泥泞很深;小孩哭了。
水气四面飞散了。②

这首诗是在布莱克的初期抒情诗中描绘人类堕落,被放逐以后怀抱着向往"乐园"之梦的《纯粹的歌》(Songs of Innocence)里收录的作品。这篇诗中描绘的是"世上的父亲"(earthly father)和"天上的父亲"(heavenly father)都不在的黑暗世界。这里边有一个"任何人的保护也不能受到的孩子",被丢弃在池沼里迷途了。总之,这首歌描绘着虽然渴望"相互之间的感情交流和和谐的共存",而终于"在哪儿也不能得到安慰的",象征温柔和纯洁的像羊羔的纯粹世界的孩子。③ 不过,周作人评说这篇诗虽然是"纯朴的小儿歌",但也可以说是"迷失的灵的叫声",因为另外还有象征性地表现"灵魂

---

① 参见张先飞:《理性觉悟、情感转移与精神能力的培养——五四时期周作人对打破"隔膜"的精神条件的思考》,《中州学刊》2008年第5期。
② 周作人:《勃来克的诗》,1918年作,初收《艺术与生活》,引自《艺术与生活》,石家庄:河北教育出版社2002年版,第102页。
③ 参见金镇郁:《윌리엄 블레이크의 아이의 순수 연구——A Study of William Blake´s 'Innocence'》,成均馆大学英文系2007年硕士论文。

回归的历程"的诗。

寻得的小孩(The Little Boy Found)

在荒凉的池沼里迷了路的小孩,
跟随着摇晃的亮光走去,
哭起来了,可是,上帝在近处
像穿着白色衣服的父亲一样显出来了。

他给小孩接吻指引着他,
到母亲那边带去了,
在荒凉的山沟里徘徊着,悲愁得脸色刷白的母亲
哭着哭着,现在终于,寻得了幼小的孩子。①

这篇《寻得的小孩》是《经验的歌》(Songs of Experience)里边的作品,《经验的歌》以人间为舞台,里面从乐园被放逐的人类经营着被嫉妒、残忍和伪善统治着的痛苦人生。就是说,这首歌可以解释为在不能形成"作为有机性全体的一个共同体"的这个分裂的世界上,"孩子被像父亲一样的引导者带着,再向纯粹世界、母亲的保护,安琪儿和耶稣的怀里回去"的人类拯救的信息。② 如此来看,可以说这篇小诗通过具体鲜明的小孩子形象,正好体现着"神人合一"和"人们相互的合一"的基督教宗教精神。

不过,包括如上所引的诗篇在内,关于布莱克诗世界及其意义的具体探讨是超出本文分析范围的。但是,周作人从这两篇组诗中只引用《迷失的小孩》,关于后篇的《寻得的小孩》只是简单地触及其象征性意义,这需要引起重视。当然,作为向一般读者全面介绍布莱克诗世界的评论文章,周作人不必对上述的抒情诗里隐含的宗教性意义进行详细探索。然而,周作人虽然明确意识到两篇诗内在的联系,却并没有采取直接引用《寻得的小孩》的叙述方式,这或许可以解释为是周作人对这篇作品的宗教性含义的价值判断持有保留或理智性反感的结果。在看似细枝末节的叙述结构的问题上下工夫,是因为布莱克诗的引用及分析介绍过程里潜在着周作人审美批评

---

① 参见并重引自姜玉善:《블레이크의 작은 천국》(William Blake's Lyric & Prophetic Poems),图书出版동인 2004 年版,第 60—63 页。

② 参见金镇郁的论文。

的准则,其实这与他对布莱克文学所呈现的"爱和理解"及"想象力"作用的认识里面含有的基督教宗教性意义的价值评估息息相关。

反过来看,就周作人来说,向搭载暴发户急驶而过的汽车带着敌意叫喊的日本小儿,或布莱克的诗上所描绘的落在深泥路哭着的小孩,都是缺乏人们相互的爱和理解而陷入怨恨和憎恶的牺牲羔羊。因此,五四时期周作人的"人的文学"论和一些在创作过程中所表达的对儿童的关注及某种"负债感",颇令人感到周作人文学论中人道主义思想的深层意义及其向往宗教性的"赎罪感"。这时期他的新诗创作中,比如说《对于小孩的祈祷》里"对'小孩'的再三呼唤与祈祷中"所表现出的"赎罪者"意识,就是极好的例子。不仅如此,周作人的这些"对于儿童的'赞歌'"所反映出的,与"五四时期所特有的'小儿崇拜'思潮与社会心理"一脉相通①,所以也应该值得关注。

三、新村运动的变形宗教性

五四时期周作人的人道主义文学观构成了新文学运动中启蒙主义文学批评话语的中心,与此同时,周作人为了将这种人道主义价值观和理想体现在具体的社会现实里也倾注了很多心血,其重要的实践之一就是将日本的新村运动介绍到中国并广泛传播。不过,在周作人和新村运动的关系中值得关注的,与其说是他的政治思想或者社会实践活动的时代妥当性或科学合理性,不如说是贯穿着五四时期他的思维方式和社会活动的一种独特的人性观和宗教思想的侧面。②从这些方面来看,这一时期的周作人似乎特别关注当时日本"新村运动"受到的"托尔斯泰的基督教的影响",并试图通过它的实践来发现新的社会变革的福音。也可以说,周作人的人道主义文学观与日本的"新村运动"之间建立起精神联系的关键词,就是基督教的宗教性。这从下面引文中可见一斑:

> 忽见一个劳动服装的人近前问道:"你可是北京来的周君么?"我答道:"是,"他便说:"我是新村的兄弟们差来接你的。"……我自从进

---

① 钱理群:《周作人研究二十一讲》,北京:中华书局2004年版,第50页。
② 关于五四时期中国新文学的意义及其使命的,如下结论性比喻,即"这新时代的文学家,是'偶像破坏者'。但他还有他的新宗教,——人道主义的理想是他的信仰,人类的意志便是他的神"的表述,也就是其一例。周作人:《新闻学的要求》,1920年1月6日在北平少年学会的讲演,《晨报副刊》1920年1月8日,引自《艺术与生活》,石家庄:河北教育出版社2002年版,第23页。

了日向已经很兴奋,此时更觉感动欣喜,不知怎么说才好,似乎平日梦想的世界,已经到来,这两人便是首先来通告的。……新村的空气中,便只充满这爱,所以令人融醉,几乎忘返,这真可谓不奇的奇迹了。①

对上述情景,有一位研究者分析为"一副信徒入教、圣徒升天的宗教接引图",特别在这篇文章中通过"我是新村的兄弟们差来接你的"的信息,周作人表现出"好像天使向人应许道——神的国近了"的"预言性质",其实这已经是排除理性的分析或者"怀疑的再考问"的、也就是说"直接上升为信仰"的显露。②尽管如此,周作人一方面注重新村运动的这种基督教宗教性体现的侧面,另一方面并没有忽视这种宗教性里隐含的人类意志以及社会科学的理性要素。关于新村运动的理想与实际,如下的评论就是一例。

他们相信有神的意志支配宇宙,人要能够顺从神的意志做去,才能得真正幸福的生活,世人的圣人便是能够先知这意志,教人正当的生活的人。神的意志是这样呢?这就是人类的意志,——社会进化的法则。这思想本来很受托尔斯泰的基督教的影响,但实际却又与尼采的进化论的宗教相合了。③

在此,周作人赞成的新村的理想是"不赞成暴力,希望平和的造成新秩序",并指出"他们相信人类,信托人间的理性,等他觉醒,回到正路上来"。与此同时,他又敏锐地发现新村运动存在着"因为他信托人类,把人的有几种恶的倾向轻轻看过了"的弊端。总之,周作人一方面担忧人所固有的自我本位的利己之心和欲望的破坏性,另一方面认为只依靠基督教的爱,不能克服那种局限。所以他提出了应该基于人类的理性和觉醒,就是说与"尼采的进化论的宗教"的互补和结合来克服问题的主张。

实际上,可以说周作人相信人类的理性和自觉比基督教的拯救更能有效地克服人所固有的人类的现实恶或罪。他评价托尔斯泰的"基督教的爱"和"泛劳动主义"时,立足于"提倡极端的利他,抹杀了对于自己的责任"的观点,指出托尔斯泰主张的局限性,也算是对这种态度的反证。此外,指

---

① 周作人:《访日本新村记》,《新潮》1919 年 10 月第 2 卷第 1 号,引自《艺术与生活》,石家庄:河北教育出版社 2002 年版,第 223—224 页。
② 张先飞:《周作人:"五四""人学"之思》,《形而上的困惑与追问》,郑州:河南大学出版社 2004 年版,第 9—10 页。
③ 周作人:《新村的理想与实际》,《晨报副刊》1920 年 6 月 23—24 日,引自《艺术与生活》,石家庄:河北教育出版社 2002 年版,第 219 页。

出上述的新村的缺点(对人的恶的忽视)以后,周作人通过其代替方案触及了"善种学（Eugenics）家与激烈的社会主义者"①,这一段也不应忽视。从某种意义上讲,周作人为了克服人类恶,为超越基督教拯救意识的局限,提出"尼采的进化论的宗教",即"人类的意志,——社会进化的法则"。马克思主义作为它的延续,并未排除其社会变革的可能性。

实际上,在五四时期周作人所具有的广泛的人本主义思想,特别是对社会上被压迫、处于周边阶层的女性和儿童的关爱里,可以确认已经含有对社会主义或者共产主义体制及其理念的抽象性理解和一定共鸣。这一时期发表的有关女性解放的文章中,如下的论述就是一例。

> 我们不可忘记:如无社会上的大改革,女子的解放,也不能完成。如不把我们商贩制度——将人类的力作,人类的爱情,去交易卖买的制度——完全去掉,别定出一种新理想新习俗时,女子不能得到真的自由。
>
> 小注:女子的自由,到底须以社会的共产制度为基础;只有那种制度,能在女子为母的时候供给养活他,免得去倚靠男子专制的意思过活。②

当然,在周作人的五四时期人道主义文学思想及作为其社会实践的新村运动的展开过程中,成为其核心内容的就是托尔斯泰的艺术论所提出的趋向神人合一以及人人合一的基督教之爱的宗教性。不过五四前后的中国社会现实和对社会主义意识形态持有期望的风气,肯定影响到周作人对这一时期社会主义或无政府主义的抽象性共鸣的作家意识。并且周作人的这种社会思想,可以说表现为基督教宗教性和马克思主义理念的互相补充或

---

① 周作人:《新村的理想与实际》,《晨报副刊》1920 年 6 月 23—24 日,引自《艺术与生活》,石家庄:河北教育出版社 2002 年版,第 220 页。

② 周作人:《爱的成年》,原题《随感录三十四》,《新青年》1918 年 10 月第 5 卷第 5 号,引自《谈龙集》所收《爱的成年》,石家庄:河北教育出版社 2002 年版,第 154—155 页。另外,在这一篇评论文章中周作人以"商贩制度"和"共产制度"的词汇来翻译并引用的英文原文是"our whole commercial system"以及"the Communism of society"。参见 Edward Carpenter,"Love's Coming-of-age", New York: Modern Lib., 1911. p.60。如此来看,周作人所共鸣的 Carpenter 的观点,可以被解释为基本上基于对"我们商贩制度",即"资本主义"体制的批判,以及对"共产主义"社会的一定肯定的立场。对于与此有关的,这一时期周作人在新村运动过程中所显示的社会主义及无政府主义理念的倾向,参见尾崎文昭:《周作人の新村提倡とその波紋(上)——五四退潮期の文学状況》。

并列追求的倾向。尽管是事后的论述,20 年代中期以后,周作人对自己在五四时期的文学思想和参加新村运动的回顾中所触及的如下立场,可以说是再好不过的论证:

> 其实照我想来,凡真正宗教家应该无一不是共产主义者。宗教的目的是在保存生命,无论这是此生的或是当来的生命;净土,天堂,蓬莱,乌托邦,无何有之乡,都只是这样一个共产社会,不过在时间空间上有远近之分罢了。共产主义者正是与他们相似的一个宗教家,只是想在地上建起天国来,比他们略略性急一点。所以我不明白基督教徒会反对共产,因为这是矛盾到令我糊涂。①

通过上述一系列探讨可以确定,五四时期的周作人为了"人们相互的合一"的"爱和理解",在社会实践上或在文学性具体体现过程中一贯坚持着的,就是重视个体人的自由意志的一种个人主义自我意识。换句话说,那种自我意识的坚持正是他基督教批评话语的特色和界限,也可以说是让他忽略基督教和马克思主义之间本质性纠葛和对立要素的根本要因。如此来看,正如有一位研究者指出的那样,就周作人来说,"个人主义和人道主义"不算对立分裂的要素,而是"在含混其词的同一中,包蕴着多种发展的可能性和选择性"②的概念了。

在此,如果允许做一些主观性猜测的话,1921 年周作人的卧病和挫折或许是象征性地显露出基于他那种"在含混其词的同一中"构筑起来的启蒙主义理想崩溃的结果。同时那也可能是,所谓五四退潮以后,特别是1923 年在与鲁迅失和过程当中,周作人所表白的把"蔷薇的梦的虚幻"痛切

---

① 周作人:《外行的安语》,1926 年 2 月执笔,《谈虎集》初收。引自《谈虎集》,石家庄:河北教育出版社 2002 年版,第 169—170 页。不过,在此把基督教和共产主义之间的对立和纠葛断定为"矛盾到令我糊涂"的周作人的观点,其实也可以说是已经在五四时期的文学批评话语里孕育着的多元论性宗教观的一端。在本文触及有关新村运动的文章中,所谓"托尔斯泰的基督教"和"尼采的进化论的宗教"之相合的观点就是典型的一例。

② 李今:《个人主义与五四新文学》,哈尔滨:北方文艺出版社 1992 年版,第 89 页。

地觉醒的决定性奇迹的前兆。① 由此来看,如参照以1924年为界周作人逐渐潜入"隐士"型个人抒情世界的事实,我们不难发现,其实在五四时期周作人所显示的个人主义和人道主义和谐融合的现象里面,可以说已经暗藏着限制基督教"你们彼此相爱"实践性要求的作为"现代的个体自由主义"的局限因素。

四、结语：五四时期的基督教话语与周作人

五四时期周作人的基督教观是构筑他"人的文学"论的一个中枢,如此看来,周作人就是这时期中国文人或知识分子中间,最能体会西方基督教文化的本质及其宗教性拯救论的人物。也是在这个意义上,周作人可算最能接近如下伊藤虎丸所设定的,作为近代性个人所能达到的宗教"自觉"可能性的人物：

> 作为构成近代社会根柢的主体性个人的人,或个人的内面性统一（也可以叫做"良心的自由"）,只有超越了可见的"物资"或者"多数",恢复对某个超越者的"罪的意识"或"责任"感或"债务"感,只有恢复对凡是不可见的东西的恐惧,才能实现。②

这里如果引用一位研究者的话来评价五四时期周作人的文学论的话,它确实带有一种基于"自然人性论"上的"人道主义的社会—道德理想"的性格。③可以说在整个20世纪初的文学风景里,他的这种文学论和文学思想对近代自我意识的确立起到了决定性作用,与此同时,给中国新文学提供了能够接触世界史上同时代新水平的契机。其中五四时期周作人对基督教

---

① 如此来看,周作人在交给鲁迅的1923年7月18日字的所谓"绝交信"上所提到的,"我不是基督徒,却幸而尚能担受得起,也不想责谁——大家都是可怜的人间。我以前的蔷薇的梦原来都是虚幻,现在所见的或者才是真的人生"。这一段的含义,可以说意味深长。像一位日本研究者所指出的那样,这里周作人一面说自己不是基督徒,但又在下意识里流露出"以基督徒自居"的"白桦派人道主义的自恋"倾向。对于与此有关的,作为鲁迅兄弟失和过程中周作人的内面风景的让人感兴趣的分析,参见中岛长文:《道听途说——周氏兄弟的场合》,《飙风》1991年12月第6号。在此参见并重引自孙郁、黄乔生主编的《周氏兄弟》（开封：河南大学出版社2004年版,第235页）所收的《道听途说——周氏兄弟的情况》。
② 伊藤虎丸:《鲁迅と终末论再说——"竹内鲁迅"と一九三〇年代思想の今日の意义》,《东京女子大学比较文化研究所纪要》2001年1月第62卷,引自伊藤虎丸:《近代の精神と中国现代文学》,汲古书院2007年版,第270页。
③ 张先飞:《形而上的困惑与追求》,郑州：河南大学出版社2004年版,第2页。

的本质及其宗教精神的关注和探索,是这时期他所提出的"灵肉一致"的"人的文学"观念的一个中心环节。像上述已探讨的那样,在这种宗教性批评的摸索进程中,他借重托尔斯泰所提出的"神人的合一"与"人们相互的合一"的观点,以及布莱克的"爱与理解"和神秘主义"想象"的思考,对基督教精神的艺术性体现方面进行了深入阐释。尽管如此,在五四时期周作人的基督教观里,也确实存在着作为宗教性批评话语的某些缺乏。那就是这时期周作人所呈现出来的:对以个体的忏悔以及拯救意识为其核心前提的基督教本源性价值所持有的保留态度和隔阂倾向。

如此看来,这个时期周作人有关宗教性的人性论,从严格的意义上来讲,与基督教的宗教性本质有着一定的差距。他的人性论肯定更多地继承了希腊文化思想的传统,带有近代文艺复兴以后形成的启蒙主义人性概念的品格。从这种角度看,周作人所提出的"兽性 + 神性 = 是人性"的一种"人格二元分裂观点",虽然根源于基督教文化,但是其灵肉一致的人性论"并不理会其中必然存在的灵与肉的二元对抗涵义"。结果,周作人五四时期的"人"的文学论及其对西方文化的认识,受到了"还停留在19世纪西方学者对自身文明的盲目乐观理解的水准上"的指摘[1],似乎成为其难以摆脱的尴尬。

众所周知,周作人曾在30年代中期这样评价过自己:"我自己知道有特别缺点,盖先天的没有宗教的情绪,又后天的受了科学的影响,所以如不准称唯物也总是神灭论者之徒。"[2]就是说至少在与基督教的关系上,周作人即使面对人生本质的危机感和虚无感或者陷于绝望和死亡的深渊时,也许还是拒绝因渴望自我拯救而改变内心。总而言之,周作人就是不愿成为包括基督教在内的特定宗教的信徒。这种立场和态度始终贯穿着他的人生轨迹,在他持有依靠"能容受科学的一神教"的基督教来"要一新中国的人心"的"希望"时如此[3],在一面"依然信奉作为理想的社会主义",一面为了基督教宗教性信仰的自由而争辩,以致与共产主义者们破裂时[4]也依然

---

[1] 喻天舒:《五四文学思想主流与基督教文化》,北京:昆仑出版社2003年版,第191—195页。
[2] 周作人:《〈苦竹杂记〉题记》,《大公报》1935年11月17日,后改题为《〈苦竹杂记〉后记》,引自《苦竹杂记》,石家庄:河北教育出版社2002年版,第220—221页。
[3] 周作人:《山中杂信(六)》,《晨报副刊》1921年9月6日,引自《雨天的书》,石家庄:河北教育出版社2002年版,第143页。
[4] 尾崎文昭:《陈独秀と别れるに至った周作人——一九二二年非基督教运动での冲突を中心に》,《日本中国学会报》1983年第35集。

如此。

在这种自我意识的深层次起作用的,似乎是并不把基督教作为宗教而信仰,而只将之看作西方文化之一环的思维方式,而这可能是五四当时中国知识界的一种风气以及传统宗教文化遗产等层层介入的结果。这就表明,对五四时期周作人的基督教观所含有的思想史上的意义或局限的总体性评价,至少应该确认并克服如下严厉的批评角度才能重新出发:

> 从宗教意义而言,仅仅表现为个人主义的"爱"的哲学,是不完善的,因而也是脆弱的,周作人"爱的哲学"与严格意义上的基督教的"爱的哲学"是有区别的。……
>
> 周作人的那种只满足于物质生命,而泯灭超越自身有限存在的精神生命意志的畸形个性主义,使他的人格与情感中既缺乏忏悔,也缺乏爱。[①]

(作者单位:韩国,高丽大学)

[①] 许正林:《中国现代文学与基督教》,上海:上海大学出版社 2003 年版,第 40、44 页。